伽马什探长系列

暗夜诉说
THE BRUTAL TELLING

[加拿大]露易丝·佩妮_作品 魏懿_译

上海文艺出版社

···作者致谢

我要再次声明,这部作品是众人合作的成果,在创作这部小说的过程中我得到了许多人的帮助。我首先想要感谢我的丈夫迈克尔。在发表前他不断阅读这部小说的手稿,并总是鼓励我说这是一部很棒的小说。我还要感谢我的助理莉丝·佩吉,她一直孜孜不倦地鼓励我并给予我好的创作构思。我还要感谢谢里斯·霍布斯和霍普·戴隆极有耐心地对这部作品进行编辑。

我还想感谢这个世界上最棒的图书出版商泰丽莎·克里斯。在我的上一部作品入围《纽约时代周刊》评选的最佳畅销小说榜时,她送给我一个银质的心形挂饰(我想我以前已经提过这件事了)。泰丽莎不仅是一位杰出的出版商,她也是一个既可爱、又能替别人着想的人。

我还想感谢我的两个朋友:苏珊·麦肯齐和莉莉·格兰德佩。感谢她们两人给我的帮助和支持。

最后我想说一下在这部小说中所引用的诗句。尽管我希望读者们能相信这些诗句出自我的手笔,但我还是想感谢那几位允许我在这部小说中逐字逐句引用他们所创作的诗句的杰出诗人。我热爱诗歌,在语言和情感方面,诗歌都能激发我的灵感。我一直告诉那些渴望成为作家的人要多读诗歌,因为我觉得作家需要读诗就像身体需要营养物质一样。如果一个作家不能尝试着去阅读一些能打动自己的诗歌,那将是多么遗憾的一件事啊!诗人在一句诗句中所投入的精力等同于我在整部小说中所投入的精力。

我觉得,我现在终于明白这一点了。

在这部小说中,我所引用的诗句出自诗人玛格丽特·阿特伍德的诗集《被烧毁的房屋里的清晨》。诗集的标题可能让人感伤,但它却是一部优秀的诗集。我还从拉尔夫·霍吉森的旧作《天堂的钟声》中引用了部分诗句。此外,我还引用了一位刚崭露头角的加拿大诗人麦克·弗里曼的诗集《骨》中的一首诗《零重力》。

　　我说这些就是想让读者知道这些诗和这些诗人。我希望这些诗句能够向读者娓娓诉说它们所蕴藏的情感,就像它们曾经向我诉说那样。

...01

"他们所有人吗？包括孩子？"壁炉噼里啪啦地响着，声音盖过他的喘气声，"都被杀了吗？"

"比这更可怕。"

一片沉默。这沉默意味着可能有比杀戮更可怕的事。

"他们离这儿近吗？"他想象着在小树林里有可怕的东西正朝他们爬过来，他感到背上一阵刺痛。他向周围看了看，几乎期待会看到双血红的眼睛正在凝视着自己，这双眼睛或许在窗边、或许在屋子的角落里、或许就在床底下。

"就在周围。你看到夜空里的那些光吗？"

"我以前觉得那是北极光。"红色、绿色、白色不断变幻着，漂浮在星星的上方，就像一个活物，不断发热、不断生长、不断靠近。

奥利维·布鲁列低下头，不敢再凝视那令人不安和令人心神错乱的光亮。这个故事已经伴随他很久了，他总是不断告诉自己，这个故事不是真的。它只是个神话，一个不断被讲述、不断被重复和不断被添油加醋的故事罢了,就像人们在壁炉边经常讲的那种故事一样。

它就是一个故事,仅此而已,没有什么好怕的。

但是在这个深藏于魁北克荒野的简易木屋里,这似乎远不止是个故事而已,即使奥利维自己也对此深信不疑。也许他信吧,因为那位老者很明显是信这个故事的。

老者坐在自己的座椅上,就在石头砌成的壁炉一边,而奥利维坐在壁炉的另一边。他凝视着那个已经用了超过十年的壁炉。古老的火焰不会熄灭,它啪啪地发着响声、在壁炉的格栅里突突地冒出来、将柔和的光线投射入木屋里。他用拨火棍拨动着壁炉里的余火,有火星冒出,向上飘入烟囱。烛光像黑夜中的眼睛,在光亮的物体表面与火焰的光芒一起闪烁着。

"故事快说完了。"

老者的眼睛像达到熔点的金属般闪耀着光亮。他身体前倾,这是他每次讲故事的时候经常做的姿势。

奥利维用目光扫了一下整个屋子。闪烁不定的烛光投射出鬼魅般的阴影,使得夜色变得更加深沉。黑夜似乎透过木头的缝隙,渗入木屋、蜷曲在屋子的角落里、隐藏在床底下。魁北克当地的土著部落相信,邪恶会隐藏在角落里,所以当地传统的民居都是圆形的,而不是政府分配给他们的那种正方形房子。

奥利维不相信邪恶会隐藏在角落里。不会的,至少在白天是不会的。但是他相信,在这个木屋的幽暗角落里的确隐藏着某些只有那位老者才了解的东西,那是让奥利维想起来心脏就怦怦跳的东西。

"继续说啊。"他说道,尽力不让自己的声音显得紧张。

已经很晚了。奥利维还得步行二十分钟穿过树林返回三松镇。他每隔两周就会这样走一回。即使是在夜里,他对这路径也了然于心。

只有在夜里,只有在夜幕降临后,奥利维才会和老者待在一起。

他们俩一起喝着柑橘红茶。奥利维知道,那是老者用来款待尊贵的客人的。那也是他唯一的客人。

但现在是讲故事的时间。他们挨近壁炉。九月初的寒气随着黑夜已经爬进了屋子。

"我讲到哪儿了？噢,是的,我现在记起来了。"

奥利维把手上的杯子握得更紧了。

"可怕的力量以自己的方式摧毁了一切。旧世界、新世界、一切的一切,除了……"

"除了什么？"

"除了一个小村子幸存了下来。它位于一个深谷中,所以残忍的军队没有发现它。但是迟早会被发现的。到那个时候,强大的首领会站在部队的最前头。他巨大无比,比大树还要高大,身穿用岩石、多刺的贝壳和骨头制成的铠甲。"

"太可怕了。"

奥利维轻声说着,话语消失于黑暗之中,好像蜷缩在一个角落里,等待着爆发的时刻。

"灾难、愤怒、疾病、饥荒、绝望,一切都会爆发出来,他们不断在寻找,永远不会停下,直到找到那个东西。"

"那个被偷走的东西？"

老者点点头,脸上的表情显得很严肃。他似乎看到了杀戮和毁灭,看到了许多男男女女和小孩子在无情残忍的力量前拼命奔跑。

"但那个东西究竟是什么？它有那么重要吗？使得他们宁可摧毁一切也要把它夺回来？"

奥利维迫使自己的目光紧盯着老者沧桑的面容而不至于看着黑暗的角落。他和老者都知道,那个东西此刻就在那个角落的一个旧帆布包里。老者似乎看出了奥利维的想法。奥利维看到老者嘴角露出一丝意味深长的微笑。

"并不是因为那支军队要那东西。"

他们俩似乎都看到,在那支可怕军队的背后那东西隐隐浮现出来。那是令所有的灾难都为之感到恐惧的东西,它会驱使绝望、疾病和饥荒。那支军队只有一个目标——找到从它主人手里被抢走的那个东西。

他们讲话的声音很低,低得快要刮擦到了地面,就像两个害怕阴谋被暴露的阴谋家在讲话一样。

"当那支军队最后找到了它要找的东西,它就会停下,站在一边。然后,你能想象到的最可怕的事情就会降临。"

又是一片沉默。这沉默中蕴藏着你可以想象到的最可怕的事情。

屋外,一群土狼发出嚎叫。它们已把某个猎物逼入了绝境。

神话故事,仅此而已。奥利维不断让自己相信,那只是个故事。他再次凝视着壁炉中的余火,这样他就不会看到老者脸上显露出的恐惧。然后他看了看手表,将表面朝向炉火,直到表面亮出橘红色的光。现在是凌晨两点三十分。

"灾难即将来临,孩子,没有什么能阻挡。虽然花了很长时间,但最终还是降临在了这里。"

老者点点头,他的眼睛阴郁且流着泪,这可能是被壁炉里木头冒出的烟给熏的,也可能是其他什么原因。奥利维身子向后靠,吃惊地感到自己三十八岁强健的身体竟忽然感到疼痛。他这时才意识到,在讲故事的整个过程中他都一直身体紧绷地坐着。

"我很抱歉,我得走了。天已经很晚了,加布里会担心的。"

"要走了吗?"

奥利维站起身,在珐琅瓷的水槽里倒入冷水,然后清洗杯子。随后他回到房间。

"我很快会再来的。"他笑着说道。

"我给你一样东西。"老者说道,他环视了一下屋子。奥利维的目光集中在了放着那个帆布包的角落上。它没被打开,一捆细麻线紧紧地将它的开口捆着。

老者窃窃地笑了一声。"我也许会在以后的某一天把那东西送给你,奥利维,但不会是今天。"

老者走到自己手工做的壁炉台旁,拿起一个小物件,然后把它递给奥利维这位长相迷人的金发小伙。

"这是为了感谢你送来的那些东西。"老者指了指放在壁炉台上的罐头、奶酪、牛奶、茶、咖啡还有面包。

"噢,这不行,谢谢。"奥利维说道,但他和老者十分有默契,他们彼此都清楚奥利维是会接受老者的馈赠的。"谢谢啦。"奥利维站在门口时说道。

户外的树林里一片狼藉,好像某个动物在前面拼命奔跑以躲避自己的宿命,而土狼却在后面追着要让它认命似的。

"路上小心点。"老者说道,他扫视了一下夜空。在关门前,老者轻声地说了些话,但那些话很快被树林中的夜色吞噬而根本听不清。奥利维在想,那位老者会不会在胸前划着十字,嘴里说着祈祷词,身子就靠在那扇说结实也说不上有多结实的门上。

奥利维想,那位老者是否相信有关那支强大而残忍的军队的传说?那支军队伴随着灾难、驱使着愤怒、所向披靡、不可阻挡,而且它就在离这儿不远的地方。

在那支军队的身后还有别的什么东西——一些难以形容的东西。

奥利维想,老者是否会相信自己的祈祷呢?

奥利维打开手电筒,看了看周围的夜色。周围到处是灰色的树干。他拿手电筒照照这儿,又照照那儿,试图找到那条贯穿树林的小道。一来到小道上,他就开始加快脚步。走得越快,他就越感到害怕,而越害怕,就越发跑得快,直到他的步履变得磕磕绊绊,像是被黑暗树林中的黑暗魔咒追赶一样。

奥利维终于走出了树林。他步履蹒跚地停下脚步,手放在膝盖上,大口地喘着气。然后他慢慢直起身子,俯视着山谷中的那个小镇。

三松镇像往常一样静静地坐落在那里。它如此安详,与周围的世界和谐共处,全然不知在它周遭发生的事情。也许它意识到了一切,但却选择安然处之。小镇里一些人家的窗户上显出柔和的灯光。老式房屋的窗帘依然拉着,显得如此害羞。空气中早秋时节的香气向奥利维飘来。

在三松镇这座魁北克小镇的中心矗立着三棵高大的松树,它们如同守卫者一般。

奥利维感到安全了。他摸摸口袋。

那个小物件,老者送他的那个小物件呢?他忘了拿了。

真是该死。奥利维看看身后严丝合缝的树林。他又想到了老者小木屋角落里的那个帆布包,想到了老者之前跟他开玩笑,许诺给他,并在他面前晃动的那个东西。那是一个深居简出的老人一直隐藏着的东西。

奥利维累了,他对于自己忘了拿老者送他的小物件而感到生气。对于老者没有给他那个许诺送他的东西,奥利维又感到极度不快。那是他应该得到的东西。

他迟疑了,然后他转身,再次冲入树林之中。他感到自己越来越恐惧,而这又使他更加生气。他一开始是走,然后又开始跑,有一个声音不断在身后紧跟着他,驱赶着他:

"灾难即将来临,孩子。"

...02

"你去接电话。"

加布里掀开盖在脸上的被子,一动不动地躺着。电话铃响个不停。在他身旁,奥利维静静地躺着,对周围发生的事没有反应。窗外,加布里看到细雨打在窗框上,他能感到周日早晨的湿气侵入了卧室。但在羽绒被下一切是舒适而温暖的,所以加布里并不打算起床。

他戳戳身边的奥利维,"醒醒。"

没反应,只有均匀的呼吸声。

"着火啦!"

仍没反应。

"你的偶像埃尔塞·摩尔曼①来啦!"

还是没反应。上帝啊,他不会是死了吧?

加布里靠近他的伴侣,看见奥利维薄薄但却漂亮的头发散在枕头上

---

① 埃尔塞·摩尔曼(Ethel Merman 1908—1984):美国百老汇著名舞台剧女演员。

和脸上。他眼睛闭着,很安详。加布里用鼻子嗅了嗅奥利维,一股香味略夹杂着汗味。他们很快会去冲澡的,然后闻上去就会像象牙牌香皂那么香了。

电话铃又响了。

"是你妈妈的电话。"加布里在奥利维耳边轻声说道。

"什么?"

"去接电话,是你妈妈打来的。"

奥利维坐起身,奋力睁大眼睛。他看上去两眼蒙眬,好像刚从一个悠长的隧道中走出来一样。"我妈妈? 可她已经去世很多年了。"

"如果有人能死而复生把你唤醒的话,也只有她了。"

"是你把我叫醒的。"

"没错。现在去接电话。"

奥利维将手伸过加布里庞大的身躯去接电话。

"喂,你好?"

加布里缩回到温暖的被窝里,然后看了看发光手表。六点四十三分,周日早晨,劳动节周末。

到底谁会在这时候打电话过来?

加布里坐起身,看着奥利维的脸,研究着他脸上的表情,就好像乘客在飞机起飞时看着空乘人员的脸上表情一样。那是担心的表情? 或是恐惧的表情?

他看到奥利维的脸部表情从开始时的关注变成了困惑,然后,奥利维金黄色的眉毛忽然下垂,脸一下子变得通红。

啊,上帝啊,加布里想到。我们要下地狱了。

"怎么了?"加布里高声问道。

奥利维一言不发,只是默默地听着电话。但是他脸上的表情清楚表明,一定发生了什么不同寻常的事情。

奥利维和加布里急急忙忙地走过小镇的草地。他们的雨衣在风中翻飞。莫娜·兰德斯撑着她巨大的雨伞,奋力走过草地和他们碰头,然后他们一起前往小酒馆。现在是黎明时分,周围的一切看上去都是灰白和潮湿的。没走几步他们就到了小酒馆。他们的头发都沾黏在头上,衣服也湿透了。但加布里和奥利维都不在乎。他们在莫娜身边忽然停下,就站在小酒馆砖砌屋子的外面。

"我已经报警了。警方应该很快会到。"莫娜说道。

"你确定吗?"奥利维看着莫娜,她是他的朋友同时也是邻居。莫娜身材高大、圆胖。此刻她浑身湿漉漉的,石灰色的雨衣下露出一双亮黄色的胶鞋。莫娜撑着她的红色雨伞,整个人看上去就像一个炸开的救生球。但是她从没像现在这么严肃过。看来她十分确定。

"我进去看过了。"莫娜说道。

"啊,上帝啊,"加布里轻声问道,"里面有什么?"

"我不知道。"

"你怎么会不知道?"奥利维反问道。他透过小酒馆窗户上的带框玻璃向里看,把他纤细的手放在额头上以挡开早晨微弱的光亮。莫娜把她鲜红色的雨伞撑在奥利维头的上方。

奥利维的呼吸使窗户上起了薄雾,但没多久他看到了莫娜看到的那东西。有个人在小酒馆里,那人脸朝上,就躺在旧松木地板上。

"是什么?"加布里问道,他凑上前,伸长脖子,在奥利维身边看来看去。

但奥利维脸上的表情告诉了他他想要知道的一切。加布里盯着站在他身边的大个子黑人莫娜。

"那个人死了吗?"

"比这更可怕。"

加布里在想,能有什么比死亡更可怕的呢?

莫娜是小镇里人们能找到的住得最近的医生。她以前曾是蒙特利尔的一名心理咨询师,听说过太多太多别人伤感的故事。她脆弱的神经最终使她放弃了那份职业。她曾将所有家当装上车,打算花几个月的时间到处旅行,然后找个地方——任何她喜爱的地方——定居下来。

她在蒙特利尔城外转了一小时,无意中发现了三松镇。她停下来,在奥利维开的小酒馆里喝了杯牛奶咖啡、吃了块羊角面包,然后再也没有离开。她把行李从车上搬下来,把隔壁的商店和楼上的单间公寓租下来,开了家旧书书店。

小镇居民会在莫娜的书店里逗留和聊天。他们会给莫娜带来他们的书籍,有些书是装订好的,而有些则是大家都熟悉的书籍。莫娜知道书中的有些故事是真实的,有些则是虚构的。尽管不是每本书她都会买下来,但是她喜欢人们带来的每本书。

"我们应该进去看看,"奥利维说道,"确定一下没有人动过尸体。你还好吧?"

加布里紧闭着双眼,此时他再次睁开眼睛,看上去比刚才镇定了些。"我很好。只是感到有点突然。那人看上去好像不是我们认识的人。"

莫娜在加布里的表情中感受到了她之前进入小酒馆时自己的真实感受,那种感受像是松了一口气。毕竟,一个陌生人的尸体没有一位朋友的尸体那么让人难过。

他们鱼贯进入小酒馆,紧靠在一起,好像那位死者会突然伸出手,抓住他们中的一个人似的。他们慢慢朝尸体移动时,目光向下凝视。雨水沿着他们的头和鼻子滴落在尸体穿着的旧衣服和地板的湿泥上。莫娜然后轻轻地将雨水从尸体周围擦拭掉。

两位男士的感受也是如此。假日的周末,他们原本应该在自己温暖的床上醒来,待在自己温馨的家里,享受着舒适的人生,但现在却突然发现自己处于绝境之中。

三个人都转过身子,默默无语,睁大眼睛看着彼此。

小酒馆里竟然有具尸体。

不仅仅是死亡,比这更可怕。

当他们在等警方到达的时候,加布里去煮了壶咖啡。莫娜脱掉雨衣,坐在窗边,看着窗外薄雾蒙蒙的九月清晨。奥利维在房间两边的壁炉里添上木料,生起炉火。他使劲拨动炉火,在自己潮湿的衣服之下他感觉到火的温暖。他觉得全身麻木,但那并不是由湿冷引起的。

他们站在尸体周围,盯着它看。"可怜的人。"加布里咕咕哝哝地说道。

奥利维和莫娜点点头。他们看到的是一位老人,身穿破旧的衣服。老人的双眼也盯着他们看。他脸色苍白,眼睛显得惊恐不安,嘴微微地张着。

莫娜指了指尸体的后脑勺。地板上的泥水已经变成了微红色。加布里试着靠近看个仔细,但奥利维一动不动。让他茫然不知所措的并不是尸体被砸碎的后脑勺,而是头的前部——尸体的脸。

"天啊,奥利维,这个人是被谋杀的。噢,上帝啊。"

奥利维继续看着,凝视着尸体的眼睛。

"这人是谁呢?"加布里轻声问道。

是隐居在小木屋里的那位老者。他死了,被人杀了,就在小酒馆里。

"我不知道。"奥利维回答道。

当探长阿尔芒·伽马什接电话的时候,他刚和妻子蕾娜·玛丽吃完早饭,洗刷完毕。在位于蒙特利尔市奥特蒙德区公寓的客厅里,伽马什听到他的副手吉恩·波伏瓦和他女儿安妮的声音。他们不是在交谈,他们从不交谈,而是在争吵,尤其当波伏瓦的妻子依妮德不在旁边劝架的时候。依妮德得安排学校里的课程,所以推掉了来伽马什家吃早餐的邀请,而波伏瓦是从来不会拒绝吃免费早餐的邀请的,即使吃免费早餐也要付出一定的代价,那代价就是安妮。

波伏瓦和安妮争论的话题一开始是关于鲜榨橙汁,然后转向摊鸡蛋和布里干酪,后来又转向新鲜水果、羊角面包和果酱。

"你怎么能赞同使用电击枪?"安妮的说话声从餐厅那边传来。

"又是一顿丰盛的早餐,谢谢你,蕾娜。"戴维说道,他把盘子放在洗涤槽前面,吻了一下他岳母的脸颊。戴维中等身材,留着短而稀疏的黑发。他三十岁,比他妻子安妮大几岁,不过他通常看上去要更年轻些。在岳父伽马什眼里,戴维主要的特点就是生性活泼,虽谈不上极度活跃,但却充满活力。五年前,当他的女儿安妮把戴维介绍给他和蕾娜认识时,他就喜欢上戴维这个人了。和安妮之前带回家的大多数男人(主要是像她一样的律师）不同，戴维并没有在自己面前摆出一副大男子汉的气魄。伽马什对显摆男子气的人不感兴趣，也不会对他们留下什么印象。当戴维见到伽马什和蕾娜的时候，戴维却使伽马什印象深刻。戴维当时只是向他们说了句"你们好"并冲他们露出一个令人开怀的微笑，那微笑似乎充实了整个房间。

戴维并不属于安妮之前感兴趣的那类男人。他不是学者，也不是运动员，也长得不算很帅，也不可能成为下一任魁北克地区的总督或是他工作单位的老板。

戴维没这可能，但他为人开朗、善良。

安妮嫁给了他。伽马什很高兴地陪着自己唯一的女儿走过婚礼大厅的走廊，蕾娜也陪在女儿的另一边，看着戴维迎娶安妮。

对于伽马什而言，他知道恶人是什么样的。他知道暴虐、绝望和恐惧意味着什么。他也知道什么才是善良——一种已被遗忘但却弥足珍贵的品质。

"难道你要我拿真枪射杀嫌犯吗？"在餐厅里波伏瓦提高了他的嗓门。

"谢谢，戴维。"蕾娜说道，接过盘子。伽马什递给女婿一块干净的抹布。蕾娜一边洗盘子，戴维和伽马什一边把洗好的盘子擦干。

"那么，"戴维把脸朝向伽马什，"你觉得哈布斯队今年有机会赢得奖杯吗？"

"没这回事，"安妮高声喊道，"我只是希望你逮捕嫌犯，而不会伤到他们，或是让他们丢了性命。我希望你能真的明白，嫌犯不是你可以暴打、电击或是开枪射杀的低人一等的罪犯。"

"我觉得他们会的。"伽马什回答道，又递给戴维一个盘子让他擦干，自己又拿了一个。"我喜欢他们队新来的那个守门员。我觉得他们的前锋表现比以前更成熟了。今年哈布斯队肯定能赢。"

"但是他们的短板仍然是防守，你不这么看吗？"蕾娜问道，"加拿大人总是过分看中攻球而不是防守。"

"那你去试着逮捕一个操着家伙的杀人犯吧。我倒要看看你是怎么做的。你，你……"波伏瓦气急败坏地说道。厨房里伽马什他们的谈话停了下来,他们想听听波伏瓦接下去会说出些什么。这种争吵在每次吃早餐的时候、在每次圣诞节、感恩节以及生日的时候都会上演,不过争吵的内容略有变化。如果不是争论电击枪,波伏瓦和安妮就会争论儿童日托管理、或是教育问题、或是环境问题。如果安妮说白,波伏瓦就非要说黑。自从十二年前波伏瓦探员加入由伽马什领导的魁北克安全局刑侦部门以来,情况就一直如此。波伏瓦已是该部门的成员了,也是伽马什家庭中的一员了。

"你刚才说什么?"安妮喊道。

"我说你讲的都是些无聊透了的废话。"

蕾娜朝厨房的后门指了指,那后门通向一个小阳台和太平门。"我们要不要……?"

"逃跑?"伽马什轻声问道,希望蕾娜是认真的,但又怀疑她在开玩笑。

"也许你应该朝他们两个开枪,你觉得呢,阿尔芒?"戴维问道。

"我恐怕波伏瓦的拔枪速度比我快,"伽马什回答道,"他会朝我先开枪的。"

"但是,"蕾娜说道,"值得去试试。"

"无聊透了的废话?"安妮说道,她说话的声音露出极度的鄙视,"说得好,你这法西斯混蛋。"

"我想我可以使用电击枪。"伽马什说道。

"法西斯?法西斯?"波伏瓦几乎要尖叫起来。在厨房里,伽马什的德国牧羊犬亨利在自己睡觉的窝里坐起身,伸直了脑袋。它有一双超大的耳朵,这让伽马什怀疑它不是纯种牧羊犬,而是牧羊犬与碟形卫星天线的杂交品种。

"呜……汪,"戴维叫道。亨利又蜷缩在了自己的窝里。显然,如果可以的话,戴维也能加入牧羊犬的行列。

三个人都以渴望的眼神看着窗外细雨蒙蒙、空气凉爽的早晨。现在是九月初蒙特利尔市劳动节周末的一个早上。安妮说了些莫名其妙的话,而波伏瓦的反应却非常干脆。

"去你的。"

"我想他们的争论结束了。"蕾娜说道,"还要喝点咖啡吗?"她指了指咖啡壶。

"我不要了,谢谢。"戴维笑着回答道,"也请不要再给安妮了。"

"蠢女人,"波伏瓦走进厨房时,嘴里咕咕哝哝地说道。他从架子上抓下一块抹布,开始用力地擦起一个盘子来。伽马什在想,这可能是他最后一次看到这个款式别致的盘子了。"告诉我,她接受了你的观点。"

"没有,那个盘子是特制的。"蕾娜把另一个盘子递给伽马什。

"去你的。"安妮把头伸进厨房,然后又消失了。

"祝她心情愉快。"蕾娜说道。

在伽马什的两个孩子中,丹尼尔更像父亲,个子高大、为人周到、思维严谨。他生性和蔼可亲,同时又意志坚定。当安妮出生时,蕾娜感到这个孩子很有可能天生像她,阳光、聪明、漂亮。由于生性爱看书,蕾娜成了一名图书管理员,后来在蒙特利尔国家图书馆管理着一个部门。

但安妮的性格却让她和丈夫都大吃一惊。安妮聪明、爱和别人竞争、爱笑,对于自己所做所感她都十分较真。

蕾娜和伽马什其实对安妮的性情也略知一二。当安妮刚出生时,伽马什就常开车带她兜风。当她哭闹的时候,就想方设法安慰她。伽马什会用自己低沉的男中音给她唱甲壳虫乐队的歌曲、雅克·布莱尔的歌以及波·多米奇的《阿拉斯加海豹之歌》,那是丹尼尔最喜欢的歌。那是一首满怀深情的悲歌,但却无法使安妮为之动容。

有一天,当伽马什把哭闹不停的小安妮抱到车子座位上,系上安全带,准备发动汽车的时候,他无意中把一盘织工乐队[①]的磁带放进播放机里。

当播放机里传出乐队假声演唱时,小安妮安静下来。

一开始他还觉得那是个奇迹。但在数百次一边开车、一边听着小安妮大笑以及播放机里织工乐队"呕,呕,呕"的演唱声,伽马什怀念起以前的美好时光,他感到自己要尖叫了。但当乐队唱歌的时候,小安妮这

[①] 织工乐队(Weavers):美国20世纪40年代至50年代的老牌乡村乐队。

头暴怒的小狮子便会睡着。

这头小狮子后来长成了母狮子。但是有时当她和父亲一起安静地散步时,她会告诉父亲她孩提时的恐惧、失望和感伤。伽马什探长那时总会有一种冲动,想把女儿紧紧拥在自己怀里。这样她就不必一直假装坚强了。

她对一切事情较真是因为她害怕一切事情。

其他人看到的是一头意志坚定、性情暴戾的母狮子。但在伽马什眼里,他看到的则是一个无助的小女孩。不过,他从来没有告诉过她,连她的丈夫戴维也没诉过。

"我们能谈谈吗?"安妮问父亲,不理睬旁边的波伏瓦。伽马什点点头,把抹布递给戴维。他们走出大厅,来到温暖的卧室。卧室里书籍被整齐地摆放在书架上,而有些书则放在桌底,或是沙发旁边,看上去不那么整齐。《责任报》和《纽约时代周刊》放在咖啡桌上,壁炉里生着暖暖的炉火,那不是大冬天猛烈燃烧的炉火,而是早秋时节轻柔得几乎像烟云一般的火。

他们在一起谈了会儿丹尼尔,他此刻和自己的妻子女儿生活在巴黎,丹尼尔的另一个女儿在这个月月底前也要出生了。然后他们又谈起了安妮的丈夫戴维以及他所在的冰球队,他即将再一次参加冬季比赛。

伽马什大多数时候都在聆听。他不知道安妮是不是有什么特别的事要告诉他,还是只是聊聊天。亨利摇摇摆摆地走进房间,把脑袋搁在安妮的膝盖上。安妮轻轻地挠着它的耳朵,亨利发出咕咕的轻声。最后它干脆躺在了壁炉旁边。

就在这时,电话铃响了。伽马什没理会。

"好像是你办公室里的电话。"安妮说道,她似乎能看到父亲的那间办公室,里面有一张老式的木桌,上面放着电脑和笔记本。房间里到处都是书,闻上去有檀木香和玫瑰水的香味。另外还有三把椅子。

以前安妮常和丹尼尔坐在那把木质转椅上,不断地坐在上面旋转直到头晕目眩为止,而他们的父亲则安稳地坐在扶手椅上读着书,或有时看着他们。

"我想是的。"

电话铃又响了。这铃声再熟悉不过了,它和其他电话铃声不同。它是报告发生了凶杀案的铃声。

安妮看上去有些不安。

"先别管它。"伽马什轻声说道,"你有什么事要跟我讲的吗?"

"我能去接吗?"波伏瓦探进脑袋。他对安妮笑笑,但目光很快集中到伽马什身上。

"好的。我马上过来。"

伽马什转身看着自己的女儿,但这时戴维走了进来,安妮马上又露出之前一副不可侵犯的表情。这与她私底下的表情没太大不同,可能只是看上去没那么脆弱。当戴维坐下来握着安妮的手时,伽马什在想,面对自己的丈夫,安妮干嘛还要摆出这样一副表情呢。

"发生了一起凶杀案,探长。"波伏瓦站在房间门口轻声说道。

"我知道了。"伽马什看着安妮。

"去吧,爸爸。"安妮向他摆摆手,这不是要打发他走,而是想让他去忙自己的事不用陪她。

"我会去的。你们想一起去走走吗?"

"外面可正在下大雨呢。"戴维大笑着说道。伽马什真的很喜欢这个女婿,但有时这个女婿又有点笨。安妮也大笑起来。

"说真的,爸爸。这种天亨利也不愿出去。"

亨利站起身,跑着去叼自己的球。真是糟糕,"亨利"、"出去"这两个词的组合对这条牧羊犬而言激发出了一种不可抵抗的力量。

当亨利跑回进房间时,伽马什说道:"好,我得去工作了。"

他意味深长地看了看安妮和戴维,然后又低头看看亨利。伽马什的意思即使像戴维这样笨头笨脑的也清楚地明白了。

"老天爷。"戴维幽默地轻声说道,他从舒适的沙发上站起身和安妮一起拿亨利的牵狗绳。

当伽马什探长和波伏瓦探员到达三松镇时,当地警方已将小酒馆给隔离起来了。小镇居民撑着雨伞在小酒馆周围晃悠,视线一直盯着这幢老式砖楼。在这幢小楼里,曾有许多人来吃吃喝喝,庆祝各种活动。但现在这里面却是一桩凶杀案的现场。

当波伏瓦开车沿着略微有些倾斜的山坡进入小镇的时候,伽马什叫他把车停在一边。

"那是什么?"伽马什问道。

"我想看看。"

两个人坐在暖和的车子里,透过缓慢移动的雨刷看着前方的小镇。展现在他们面前的是一个绿油油的小镇。池塘、绿地长椅、种着玫瑰和绣球花的花坛、还有晚开的夹竹桃和蜀葵。在考门斯大道的尽头竖立着三棵高高的松树,它们牢牢扎根于大道和整个小镇。

伽马什将目光移向小镇绿地周围的建筑。这些建筑是饱经风霜、装有护墙的白色农舍,里面有宽宽的走廊和柳藤编成的椅子。这些建筑里有些是第一批定居此地的先民在数个世纪前建起的小型石屋。这些石屋是当地先民开垦土地并用土里的大石头建造起来的。不过,小镇绿地周围的大多数建筑是由美国独立战争时期逃到此地的英王保皇派人士用玫瑰红色的砖头建起来的。三松镇就坐落在离美国佛蒙特州几公里的范围内。虽然那些居民当时与美国的关系还算友好,对美国也怀有一定的感情,但他们再也没有回去过。创建这座小镇的先民迫切渴望有个避难所,逃离那场他们并不认同的战争。

伽马什随后抬头看着莫林山,那是一座小山丘。就在这座小山丘旁有一座白色的小教堂,那是圣托马斯英式教堂。

伽马什又将目光移向那些站在雨伞底下的小镇居民。他们站在一起,说着话、用手指指点点、看着小酒馆。奥利维的小酒馆恰好就坐落在由一圈商店所围起来的半圆形区域的中心地段。每一家商店都紧挨着另一家:贝立夫先生的杂货铺、旁边是莎拉的面包房、旁边紧挨着奥利维的小酒馆、再旁边就是莫娜的书店。

"我们过去吧。"伽马什点点头说道。

波伏瓦就等这句话了。车子缓慢地向前开着,朝着嫌疑犯、朝着真正的杀人凶手驶去。

不过,当波伏瓦加入魁北克安全局著名的刑侦部门的时候,伽马什给他上的第一课是抓杀人犯靠的不是向前冲,而是向后退。他们得后退,退回到过去,因为那里才是罪恶开始的地方、那里才是凶手开始动手的地方。有些事情也许已经被别人给遗忘了,但是对于凶手而言,他却清楚地记得。在动手之前凶手就已经在策划了。

到底谁是凶手,我们是无法马上知道的。伽马什曾这样告诫波伏瓦,这也是办理凶杀案的危险之处。杀人的凶器有时并不是枪、刀或是拳头。它可能不是任何你能看到的东西,而只是一种情绪,一种不断变坏、变恶、等待着某个时机一下子爆发出来的情绪。

车子缓慢地朝小酒馆开去、朝那具尸体开去。

一分钟后当当地警局的一名警官替伽马什拉开小酒馆的门时,伽马什说道:"谢谢你。"那位年轻的警官原本想要阻拦伽马什,但是他迟疑了一会儿。

波伏瓦喜欢看到这种情况。当地警方马上明白,这位五十出头的大个子男人并非是一个好奇的小镇居民。对于年轻警官而言,伽马什就像是他们的父亲。他总是穿着一件外套或是夹克衫,表现得很彬彬有礼。而今天伽马什穿着一件法兰绒外套,戴着一条领带。

他们注意到,伽马什留着修剪整齐的灰白胡子。他耳朵旁边的黑头发已经变得灰白且有些微微卷起。像在这样的下雨天伽马什都是戴着帽子,但在室内他会把帽子脱掉,然后警官们会看到他秃秃的脑袋。如果这还不够,那么他们还会注意到伽马什的双眼,他们一定会注意到的。那是一双深褐色、充满思想、睿智和其他品质的眼睛。正是这些品质使伽马什从众多资深警探中脱颖而出,成为魁北克安全局刑侦部门的领导。

伽马什看上去慈眉善目。但这既是他的优点,也是他的缺点,波伏瓦是这么认为的。

当那位年轻的警官发现自己与伽马什这位魁北克著名警探面对面时,他感到有些吃惊。伽马什对他笑笑,向他伸出手。那位年轻警官在伸出自己的手之前迟疑了片刻。"探长先生。"年轻警官说道。

"啊,我希望是你来了。"加布里匆忙从房间里出来,经过那些正在检查尸体的安全局的警员。"我们刚才还在问,安全局能不能把你派过来,但显然我们这样的嫌疑犯是不可以指定派谁来的。"加布里拥抱了一下伽马什,然后转身面向满屋子的警员。"你们瞧,我的确认识他。"然后他在伽马什耳边轻声说道,"我想我们还是不要亲吻为好。"

"好主意。"

加布里看上去很疲倦、压力也很大,但是并不慌张。他看上去有些蓬头垢面,尽管对他而言这算不了什么。在加布里身后,奥利维静静地站着,看上去面容憔悴。奥利维也有些蓬头垢面,这就有点不寻常了。他看上去筋疲力尽,眼睛周围显出黑眼圈。

"验尸官已经来了,探长。"伊莎贝拉·拉克斯特警官从房间里走过来,向伽马什打招呼。她穿着一条风格简易的裙子和一件轻薄的毛线衫,她试图使裙子和毛线衫搭配得很时尚。如同大多数魁北克女性,她身材娇小且充满自信。"那位该是哈莉丝法医了吧。"

他们都朝窗外看去。外面的人群让出一条道,让一位带着医用包的女士通过。与拉克斯特警官不同,哈莉丝法医让自己的裙子和毛线衫看上去搭配得有点邋遢,但是却穿得很舒适。在这样一个下雨的糟糕日子,像这样的舒适穿着才是真正迷人的。

"好,"伽马什说道,转身看着拉克斯特警官,"这案子你有发现什么吗?"

拉克斯特领着伽马什和波伏瓦来到尸体边上。他们都蹲下身,那是他们在办案时做过上百次的动作。这尸体似乎让人感到很亲近。他们没有触碰它,只是身子不断向前靠,靠得那样近,除了自己的亲人外,他们从来没有靠别人那样近。

"死者是从头的后部被钝器砸死的。凶器应该是某种干净、坚硬,但很细长的东西。"

"比如说拨火棍?"波伏瓦问道,看了看奥利维之前生起的炉火。伽马什也看了看。今天早上虽然湿冷,但是还没冷到要生壁炉的地步,生火显然是没有必要的。当然，这也有可能是想让人心情放松点，而并非为了取暖。

"如果凶器是拨火棍的话，那根拨火棍应该很干净。当然这还得验尸官做进一步验证。但是在尸体的伤口处没有发现明显的灰尘、炉灰、木头碎片或是其他什么杂质。"

伽马什一边听着拉克斯特警员讲述，一边凝视着尸体头部的那个洞。

"那么，还没找到凶器喽？"波伏瓦问道。

"还没有，我们正在找。"

"死者是谁？"

"不知道。"

伽马什将视线从尸体的伤口上移开，一言不发地看着拉克斯特警官。

"我们没发现这个人的任何证件，"拉克斯特警官继续说道，"我们已经翻过死者的口袋，但什么也没发现，甚至连一张贴标签的面纸都没有。好像这里也没人认识他。我只能说，死者是位白人男性，七十五六岁的样子，瘦弱，但没有营养不良。七十五岁，但也有可能八十五岁。"

几年前当拉克斯特警官第一次加入刑侦部门的时候，她总是觉得要把那些伽马什探长自己能够看明白的东西进行分门别类的陈述是件很奇怪的事。但是伽马什要求部门里所有人都要这么做，所以她也就照办。当拉克斯特警官几年后自己培训新警员的时候，她发现这么做的确很有帮助。

伽马什和拉克斯特当然看到了相同的东西，但是警察有时跟其他人一样会犯错、会主观臆断。他们会忽略某些东西、错判某些东西。而分类陈述却可以尽量避免犯这些错误，要么不犯错，要么就犯同样的错。

"尸体手上没有任何东西，看上去他指甲缝里也没有什么东西。也没有擦伤。似乎没有打斗的痕迹。"

他们站着不动。

"房间里的摆设可以证明没有打斗发生。"

他们看看周围。

的确，房间里一切井然有序。没有东西翻倒，一切都整齐而有序。

这是间舒适的房间。房间两侧的支架壁炉中的火驱散了早晨的阴冷。炉火映照出抛光的木质地板,这地板由于常年被烟熏和被人踩踏而泛出黑色。

壁炉前放着沙发和大大的扶手椅,颜色已经有些黯淡了。旧式的椅子围在黑色的圆形木质餐桌周围。在有竖框的凸窗前摆放着三四把靠背椅,它们等待着小镇居民前来享受热腾腾的牛奶咖啡和羊角面包、或是苏克兰威士忌、或是紫红色的葡萄酒。伽马什在想,那些此时站在户外雨中的居民能否享受这些美食。他认为奥利维和加布里是肯定能享受的。

伽马什和他的队员来过这个小酒馆许多次。冬天他们会坐在熊熊的炉火前享受大餐,或是夏天在酒馆的平台上喝着冰凉的饮料。他们几乎总是在谈论凶杀案情。不过,以前在小酒馆里是从来没有尸体的。

法医莎伦·哈莉丝走过来,一边脱掉身上的雨衣,一边向拉克斯特笑笑,随后她表情严肃地同伽马什握握手。

"哈莉丝医生,"伽马什说道,微微鞠了一躬,"我很抱歉在节假日打扰您。"

哈莉丝之前待在家里,不断切换着电视频道,试图找到某个不对观众进行说教的节目。这时电话铃响了,这似乎是上帝送来的意外之礼。但当她此时看着尸体的时候,她知道这和上帝没什么关系。

"我把这儿交给你了。"伽马什说道。他透过窗户看到那些站在户外的小镇居民,他们仍在等待着消息。一个身材矮小、一头乱发的女士正在说着话,而一位身材高大、相貌英俊、头发灰白的男士俯下身正在仔细聆听。他们是彼得和克莱拉夫妇俩,他们既是小镇居民,也是艺术家。像根杆子一样站在彼得和克莱拉身边、目不转睛地看着小酒馆的是露丝·萨多以及她养的看上去十分傲慢的鸭子。露丝穿着一件在雨中闪着光泽的油布长雨衣。克莱拉此时正在跟露丝说话,但后者根本没搭理她。伽马什知道,露丝是个讨厌且难对付的家伙,可是她又偏偏是伽马什在这世界上最喜欢的一位诗人。克来拉又在跟露丝说话了,这次后者有反应了。即使听不到她回应的话,伽马什也知道她说了什么。

"走开。"

伽马什笑笑。虽然小酒馆里有具尸体会让人感到出乎意料,但有些事是不会在人的意料之外的。

"探长先生。"

一个熟悉、深沉、带着咏叹调的声音在向伽马什打招呼。他转过身,看到莫娜·兰德斯从房间那头朝他走来。她笨重的黄色靴子踩在地板上,下身穿着一条裤腿一直塞到靴子里的运动裤。

无论从哪方面讲,莫娜都是个有色人种。

"你好,莫娜。"伽马什笑笑,在她两边的脸颊上亲了一下。这让周围当地的警察感到很是惊讶,他们没料到伽马什竟会亲吻嫌疑人。"其他人都在外面的时候,你在这儿干什么?"伽马什向窗外挥挥手。

"是我发现的尸体。"莫娜回答道,伽马什的脸变得严肃起来。

"是吗?我很抱歉。这一定让你很惊恐吧。"伽马什把莫娜带到壁炉边的一把椅子旁。"我想已经有人给你做了笔录了。"

她点点头,"拉克斯特警员已经做了。但我恐怕没什么太多的东西可说。"

"你想来杯咖啡吗?或是来杯茶?"

莫娜笑笑。那是她以前常给伽马什的建议,也是她给其他所有人的建议——从她屋子里木质炉子上沸腾的茶壶里倒一杯茶。而现在伽马什向她这么建议,她感到很温馨。

"来杯茶吧,谢谢。"

当莫娜坐在壁炉边取暖时,伽马什去叫加布里泡壶茶,然后走回来。他坐在莫娜旁边的扶手椅上,身子朝前倾。

"发生了什么事?"

"我每天早上都会外出散步。"

"这是你的新习惯吗?我以前可不知道你有这习惯。"

"哦,是的。是今年春天开始的,因为我已经五十岁了,所以决定要保持身材。"她爽朗地笑笑,"至少能使身体瘦一点。我现在只吃梨,不吃苹果。"她拍拍自己的胃,"尽管我怀疑我天生能吃下整个果园。"

"有什么会比果园更棒的呢?"伽马什也笑笑,然后看看自己的肚子。"我自己也不苗条。你是什么时候起床的?"

"我的闹钟设定在六点三十分。六点四十五前我已经在户外了。今天早上我注意到奥利维的小酒馆门开着时,我已经在外面了。我朝小酒馆里面看了看,还喊了几声。我知道奥利维周日的时候不会这么早开张,所以感到有点惊讶。"

"但没什么东西让你感到不对劲吗?"

"没有。"莫娜对这个问题感到有点吃惊,"我刚要离开时,就看到了它。"

莫娜背对着房间,伽马什没有去看她身后的尸体。相反,伽马什看着莫娜的眼神,向她点头示意,鼓励她继续说,而自己什么也没说。

茶来了。显然,加布里虽然也想加入他们谈话的行列,但他和伽马什的女婿戴维不一样,他总能够凭直觉明白何时自己可以加入谈话。他把茶壶、两个骨质瓷杯和小碟子、牛奶、糖还有一碟姜黄色曲奇饼放在桌上,然后转身离开。

"一开始我还以为那可能是前一天晚上酒馆的服务员们放在地板上的一堆亚麻布。"当觉得加布里走远应该听不到时,莫娜说道,"大多数服务员都很年轻,你不会知道他们会做些什么。但是我走近一看,才发现那堆东西是具尸体。"

"一具尸体?"

那是人们形容死者,而不是活人的说法。

"我知道那人已经死了。你也知道的,我已经见过好几次了。"

伽马什的确知道。

"它现在跟我刚看到它时一样。"莫娜看看尸体,而伽马什在倒着茶。莫娜指了指牛奶和糖,然后拿了一杯茶还有一块饼干。"我走上前看,但没有碰它。一开始我没想到死者是被谋杀的。"

"那你认为他是怎么死的?"伽马什用大大的手掌握着茶杯。茶很浓、很香。

"我一开始想,这人可能是中风,或是心脏病突发。从他脸上的表情来看，应该是突如其来的什么事。他显得很惊讶，但是并不害怕或是痛苦。"

伽马什想，那倒是一个形容死亡的好说法。死亡让人惊讶，但死亡的确让大多数人感到惊讶，即使那些上了年纪的老人和体弱多病的人也是如此。没有人会真正期待自己突然死去。

"然后我看到了他的头。"

伽马什点点头。头总是难以被忽略的。其实也并不是头，而是头上缺失的东西难以被忽略。

"你认识这人吗？"

"从没见过。我想我们会纪念他的。"

伽马什对此表示同意。死者看上去像个游民。这类人虽然易被忽视，但却很难被忘记。伽马什把手上精致的茶杯放在跟茶杯配套的精致茶碟上。他的思绪始终在想着那个自从他接到电话得知三松镇的小酒馆里发生凶杀案以来一直在思考的问题。

为什么会发生在小酒馆里？

"我随后拨打了911报警电话，然后站在外面等着警察来。"

莫娜描述着从开始一直到警方到达现场的那一刻里所发生的一切。

"谢谢。"伽马什说道，站起身。莫娜拿着她的茶杯，朝房间另一边的加布里和奥利维走去。他们三个一起站在壁炉前面。

房间里每个人都认识这三位主要嫌疑人。除了这三位嫌疑人之外，小镇上其他人大家也都认识。

...03

莎伦·哈莉丝法医站着,把自己的裙子弄干净。她对伽马什探长露出浅浅一笑。

"尸检花不了多长时间。"

伽马什目光向下看着那具尸体。

"他看上去像个游民。"波伏瓦说道,俯下身检查死者的衣物。死者衣服穿着不搭,而且已经破旧了。

"他一定生活很拮据。"克拉斯特说道。

伽马什蹲下身,再次仔细看着这位老人的脸。这张脸饱经风霜、布满皱纹。这是一张看得到阳光暴晒、风雨侵蚀和寒冷蹂躏过的印刻着岁月与季节变化的面容。伽马什用拇指轻轻地揉搓一下死者的脸颊,感觉到有胡渣。死者把胡子刮得很干净,但那些稍长出来的胡渣已经发白。死者的头发也已发白,而且不曾打理过,这里剪一刀,那里剪一刀。

伽马什抬起死者的 只手,好像在安慰他一样。他抬了一会儿,然后将手掌朝上,随后用自己的手掌慢慢在死者的手掌上抚摸。

"不管他是谁,他干的都是体力活。手上都是老茧。大多数无业游民是不会去干体力活的。"

伽马什慢慢摇摇头。你到底是谁?为什么你会在这儿?在小酒馆里?在这个地球上没几个人知道,更没几个人会发现的小镇里?

但是你发现了这个地方,伽马什想到,他仍旧抬着死者冰冷的手。你发现了这个小镇,也发现了死亡。

"他的死亡时间应该在六到十个小时内。"法医说道,"可能是在午夜后,但可能是在今早四五点钟。"

伽马什看着死者后脑勺那个使其丧命的伤口。

太可怕了。那伤口看上去像是由极其坚硬的东西一击毙命造成的,凶手行凶时好像极其愤怒。只有愤怒才会产生这样巨大的杀伤力,这力量足以把脑壳以及脑壳保护的大脑击成碎片。

这个脑壳里原本储藏着有关这个人的一切信息。可有人用致命且果断的一击砸破了脑壳。

"没流很多血。"伽马什站起身,看着刑侦队在这间大房间里收集着各种现场证据。这间房间已被入侵,先是被杀人犯,现在是被警方入侵,他们都是些不速之客。

奥利维站在壁炉边,取着暖。

"有个问题,"哈莉丝法医说道,"头部的这个伤口应该大量出血,应该会出很多血,很多很多才对。"

"可能被人给擦干净了。"波伏瓦说道。

哈莉丝弯下腰,看着那伤口,然后直起身。"按照打击的力度,应该会大量出血,而且是内部大出血。死者应该是立即死亡的。"

这是伽马什在办理凶杀案时听到的最好消息。他可以面对死亡,甚至可以面对凶杀。但让他不愿面对的却是伴随着死亡的折磨。他看到过太多了,太多可怕的杀人恶魔。现在能看到一起干脆利落的凶杀案,这凶手几乎可以说是"仁慈"的。

伽马什听到过一位法官曾这样说过,对死囚处以死刑的最人道方法就是告知他他已经获得自由,然后立即将其处死。

伽马什一开始坚决反对这种说法,极力争辩、极力抵抗,但最后还是筋疲力尽,渐渐赞同了这种说法。

此时看着死者的脸,伽马什知道他死时没有受到痛苦折磨。他甚至可能都没有看到那朝他脑后砸来的致命一击。

几乎就像在睡眠中突然死去一样。

但是又并不一样。

警方将尸体装进一个袋子运走了。站在户外的小镇居民忧伤地让出一条路,让搬运尸体的人通过。人们摘掉已被雨水打湿的帽子,女人们紧闭双唇,显得很难过。

伽马什转身离开窗边,朝波伏瓦的方向走去。此时波伏瓦正和奥利维、加布里以及莫娜坐在一起。刑侦队已进入小酒馆后面的房间——私人餐室、职工房间以及厨房——进行取证工作。除了有关凶杀案的问题外,这间主室现在看上去恢复了正常。

"我对发生的事情感到很难过,"伽马什对奥利维说道,"你现在感觉怎么样?"

奥利维长吐一口气,看上去好像快没力气了。"我觉得我还是有些恐慌。这人是谁?你们知道吗?"

"还不知道,"波伏瓦回答道,"有没有人报告过,这地方有陌生人出现?"

"报告?"奥利维问道,"向谁报告?"

三个人都十分困惑地看着波伏瓦。他似乎忘了,在三松镇是没有警局的,也没有交通信号灯,也没有人行道,也没有镇长。镇上唯一的自愿者消防队是由精神有些错乱的老诗人露丝·萨多管理的。不过,小镇大多数人宁愿房子被大火吞噬掉,也不愿去找露丝来救火。

这个地方也不会有什么犯罪,除了凶杀。这个小镇发生的唯一犯罪类型恰恰是最可怕的那种。

小镇居民在这儿和一具尸体在一起。至少小镇其他人都有名有姓,唯独这个死者像是从天上掉下来,砸碎了自己的脑袋。

"你知道,夏天在这儿要发现陌生人可能有点难。"莫娜说道,在沙发边的一把椅子上坐下来,"夏天来这里拜访的人较多。有些家庭回来度假,有些人家的孩子放假回来。现在又是节假日周末。人们要节假日后才回来。"

"是布鲁姆郡县集市节,"加布里说道,"明天就结束了。"

"明白了。"波伏瓦回答道,他对该节日还是颇为关心的。"那么也就是说,三松镇在周末前是看不到人的喽?但你们说的那些拜访者都是朋友或家人吗?"

"大部分是,"莫娜回答道,她将身子转向加布里,"有些陌生人也会来你的旅店,不是吗?"

加布里点点头说道:"如果人们都来这里,我真的要被挤出去了。"

"我的意思是,"波伏瓦有点恼怒地说道,"来三松镇的人并不算真正的陌生人,是不是?我只是要你们把这点说明白。"

"我们可说不明白。抱歉。"加布里说道。奥利维疲倦的脸上露出一丝微笑。

"我倒听说有个陌生人,"莫娜说道,"不过,我没怎么在意过。"

"谁说有个陌生人?"

"帕拉说的,"莫娜有点不情愿地回答道,这感觉有点像告密,之前没人会关注这事,"我听帕拉跟老孟和他老妻说起过,他在树林里看到过一个人。"

波伏瓦把这事记录下来。这已不是他第一次听到帕拉这名字了。帕拉一家以前可是显赫的来自捷克的家族。但老孟和他老妻是谁?这一定是个玩笑。波伏瓦缩着嘴唇,表情严肃地看着莫娜。莫娜也表情严肃地看着他。

"就是这么回事,"莫娜回答道,好像她看出了波伏瓦的心思。这并不难,因为波伏瓦的心思就写在脸上,"是的,那就是他们的名字。"

"老孟和老妻?"波伏瓦重复了一遍。他没有生气,但是感到奇怪。莫娜点点头,"他们的真名叫什么?"

"那就是他们的真名。"奥利维回答道,"他们就叫老孟与老妻。"

"好吧，我可以称呼你为老什么，这或许有可能。但不会有人看着一位年轻的女士，而称呼她为老妻吧。至少我不会。"

莫娜笑笑，"你说的没错。不过我已经习惯了，所以也没去想过这称呼的事。我也不知道她真名叫什么。"

波伏瓦在想，一位年轻女士被人允许称呼为老妻，这是多么可怜。这就像《圣经》听上去有新老之分一样。

加布里在桌子上放了些啤酒、可乐还有几碟坚果。屋外的那些居民此时已经回家去了。外面看上去湿冷而凄凉，但是室内却是舒适而温暖的，以至于让人几乎忘了这是在办案。刑侦科的警员们此时似乎像融入进了木板中一样，只有轻微的刮擦声和含糊的说话声在提醒人们他们正在办案。他们此时像是藏在暗处的啮齿动物或是幽灵，或是处理凶杀案件的侦探。

"说说昨晚的事情吧。"伽马什探长问道。

"昨天这里像是在狂欢，简直一团糟。"加布里说道，"上一次节假日周末，每个人都到这里来。大家白天去了集市，所以回来时都很累了，员工们也不愿做饭。每个劳动节周末都是这样，所以这次我们做了些准备。"

"你的意思是……？"拉克斯特警员也加入了他们的谈话。

"我的意思是，我们另外又找了些帮手，"奥利维回答道，"一切很顺利。大家都很放松，我们也在凌晨一点左右准时打烊关门。"

"然后发生了什么？"拉克斯特问道。

大多数凶杀案调查似乎都显得很复杂，但其实很简单，只需要一遍又一遍问"然后发生了什么？"聆听对方的回答也很有帮助。

"我通常会清点现金，让值晚班的员工负责清扫。但每周六有点不一样。"奥利维回答道，"老孟会在小酒馆关门后来，把他一周内修好的东西带过来，然后会选几件已经破损的家具。时间不长，通常服务员和厨房里的员工一边在打扫，他一边做这些事。"

"等等，"波伏瓦说道，"你是说老孟每周六午夜时分会来这儿？为什么周日早上不来？或是其他什么时候？干嘛是在午夜的时候？"

波伏瓦对于那些神秘事情总是十分敏感的,老孟的事对他而言有些神神秘秘。

奥利维耸耸肩,回答道:"我猜那是他的习惯吧。最初来这儿干活时,他还没和老妻结婚。那时每周六晚上他常在这儿附近溜达。当我们要关门时,他就来拿些破损的家具回去修。我们觉得没必要改变什么。"

在一个一成不变的小镇里,这倒也不足为奇。

"所以昨晚老孟来拿走了些家具。然后呢?"波伏瓦继续问道。

"我也走了。"

"昨晚你是最后一个离开的吗?"

奥利维迟疑了一会儿,"也不能算是。昨晚很忙,有很多事要干。我的员工都还是些孩子,你知道的,他们都是很负责的。"

伽马什始终在听他们说话。他喜欢让他的助手问问题,而他则可以自由地观察,自由地聆听他人讲的话、讲话的方式以及话语中暴露出来的问题。此刻他听出奥利维冷静而配合的说话声中出现了自我辩护的迹象。奥利维是在为自己的行为辩护吗?还是在保护他的员工,以免他们受到警方的怀疑?

"谁是最后一个离开这儿的?"拉克斯特警员问道。

"是小帕拉。"奥利维回答道。

"小帕拉?"波伏瓦问道,"跟老孟一样的名字?"

加布里做了个鬼脸,"当然不是。他的名字里可没有'小'字,否则就成了怪名字了。他名叫哈沃克。"

波伏瓦的眼睛眯了起来,他盯着加布里。波伏瓦可不喜欢被愚弄。他此时怀疑加布里这个大个子在愚弄自己。他随后看看莫娜,莫娜没有笑,她点点头表示加布里说的是真的。

"那就是他的真名。他父亲罗阿尔·帕拉就是叫他儿子哈沃克的。"①

波伏瓦把这一点记下来,但他还是不太确信。

---

① 哈沃克的英文名为 Havoc,在英语中有"大破坏"、"大浩劫"之意,这是波伏瓦感到以 Havoc 为人名让人感到不可思议的原因。

"是他锁的门吗?"拉克斯特问道。

伽马什和波伏瓦都意识到,这是一个关键性的问题,但是奥利维好像没意识到这点。

"当然啦。"奥利维回答道。

伽马什和波伏瓦互看了一下。现在他们有点头绪了。凶手入室杀人一定得有钥匙。嫌疑犯的范围一下子缩小了许多。

"我能看看你们的钥匙吗?"波伏瓦问道。

奥利维和加布里掏出他们的钥匙,交给伽马什。但是还有第三把钥匙。伽马什转过身,看到莫娜大大的手上挂着一串钥匙。

"我也有这儿的钥匙,以免被锁在外面或是有什么紧急的事情。"

"非常感谢。"波伏瓦说道,他似乎没刚才那么自信了。"你们最近有把钥匙借给过别人吗?"他问奥利维和加布里。

"没有。"

波伏瓦笑笑。这很好。

"当然除了老孟。老孟最近把他的钥匙给丢了,需要去复制一把。"

"还有比利·威廉姆斯,"加布里提醒奥利维,"你忘了吗?他通常都会用门口花盆底下的那把钥匙,但扛木头的时候,他嫌弯腰去拿太麻烦。所以他借了一把钥匙去复制更多把。"

波伏瓦的脸扭成一团,显得完全无法相信。"那干嘛还要锁门呢?"

"为了安全呗。"奥利维回答道。

好吧,某人得多买几份意外保险了,波伏瓦是这么认为的。他看看伽马什,摇摇头。真的,这些家伙如果在睡觉时被人给杀了,那也是他们活该。但讽刺的是,往往是那些锁上门、时刻保持警惕的人会被人谋杀。在波伏瓦看来,达尔文的观点大错特错。适者并不一定生存。适者很有可能被自己的某个白痴邻居杀死,而那个邻居还在继续到处转悠。

...04

"你不认识那个人？"克莱拉一边问道,一边切着从莎拉面包店里买来的新鲜面包。

莫娜的朋友们现在在谈论的只有一个人。莫娜摇摇头,把番茄拌入色拉中,然后又去拿青葱,那些青葱是刚从彼得与克莱拉的菜园里割下来的。

"奥利维和加布里也不认识那人？"彼得问道,他正在切一只烤鸡。

"很奇怪,是不是？"莫娜停下手头的活,看着她的朋友们。彼得身材高大、头发灰白,显得文雅而严谨。站在他身边的是他的妻子克莱拉。她身材矮小、圆胖,留着黑色狂野的头发,一粒粒的面包屑粘在她的头发上。克莱拉的眼睛是蓝色的,通常都带着幽默感,但今天她眼中的幽默感消失了。

克莱拉在摇晃着脑袋,显得很困惑。一些面包屑落在桌子上。她随意地拾起并把它们吃了。此刻,最初发现凶杀案时的惊恐感已经退去,莫娜清楚地知道他们此时都在想着同一件事情。

这是一起凶杀案。死者是个陌生人。但是杀人凶手呢？

他们现在可能会得出相同的结论。不可能的。

克莱拉试图不去想这个问题,但这个问题却一直盘踞着她的思维。她拿起一小片面包片,开始咀嚼起来。面包片暖暖的,又软又香,外面的面包皮也脆脆的。

"看在上帝的分儿上。"克莱拉说道,把小刀朝莫娜手上吃了一半的面包指了指。

"想要一些吗?"莫娜给了她一片。

这两个女人就站在桌边吃起新鲜温暖的面包来。她们俩周日通常会去奥利维的小酒馆吃午餐,但今天似乎没心情,可能由于尸体或别的什么关系吧。所以,克莱拉、彼得来到了隔壁莫娜阁楼上的单间公寓里。楼下书店的门只要有人进来就会响起警报声。其实也算不上什么警报,不过是门打开时拴在门上的小铃铛发出的声响罢了。莫娜有时会下楼,有时不会。几乎所有来书店的顾客都是当地小镇的居民,他们都清楚在收银机旁边该放多少钱。此外,莫娜认为,如果某个人真的迫切想要某本书的话,他是一定会偷的,然后他还会来这儿。

想到这点,莫娜感到浑身发冷。她看看房间那头的窗户是否开着,湿冷的空气是否进入到了房间里。她看到裸露的砖墙、结实的梁木,还有大大的金属窗户。她走过去检查了一番,所有窗户都关着,只留下一条小缝隙便于通气。

莫娜在宽宽的松木地板上走回来,然后在房间中央的黑色壶型木质取暖炉旁停下脚步。炉子里正噼叭作响。莫娜掀起炉盖,在里面又添了块木头。

"你当时一定吓坏了吧。"克莱拉问道,走过去站在莫娜身边。

"是的。那个可怜的人,就躺在那边。我一开始还没看到他的伤口。"

克莱拉和莫娜坐在面朝取暖炉的沙发上。彼得拿来两杯苏格兰威士忌,然后默默回到厨房。在那里他能看到她们,也能听到她们的谈话,但不会干扰她们。

他看着这两个女人身子靠前,小口喝着威士忌,小声地谈着话。彼得感到有点嫉妒。他转过身,搅拌起干酪和做起苹果汤来。

"伽马什是怎么认为的?"克莱拉问道。

"他好像跟我们其他人一样困惑。我是说真的。"莫娜脸朝克莱拉,"为什么小酒馆里会有一个陌生人呢?而且还死在里面?"

"他是被谋杀的。"克莱拉说道,两个人都想了一会儿。

克莱拉最后问道,"奥利维有说些什么吗?"

"什么也没说。他好像受到了惊吓。"

克莱拉点点头。她明白那种感受。

警方就在门口。很快就会来他们家,进入他们的厨房和卧室,还会侵入他们的头脑。

"不敢想象伽马什会怎么看我们,"莫娜说道,"每次他来这儿,这儿总是会有具尸体。"

"在魁北克每个小镇都有自己的特产,"克莱拉说道,"有的小镇出产奶酪、有的出产葡萄酒、有的出产水壶,而我们这个小镇出产尸体。"

"修道院才出产尸体呢,不是小镇。"彼得大笑着说道。他把一碗味道浓郁的汤放在莫娜长长的餐桌上,"我们这儿可不出产尸体。"

不过,他并不能十分确定。

"伽马什是刑侦部门的头儿,"莫娜说道,"这对他而言是家常便饭了。事实上,如果这儿没有尸体,他才会感到吃惊呢。"

莫娜和克莱拉来到餐桌边和彼得坐在一起。当这两个女人聊天时,彼得在想着那位负责这起凶杀案的人。这个人是个难对付的人物,彼得知道这一点。对于任何杀死小酒馆里那个人的凶手而言,伽马什都是个难对付的人物。彼得在想,凶手是否知道在追踪自己的那个人是什么来头。不过,彼得感到凶手也许已经清楚地了解到了这一点。

波伏瓦探员环视了一下他们的新办公地点。他深吸了一口气,惊奇地意识到,周围的味道是那么熟悉、那么令人兴奋。

这就是激动的味道,就是抓捕罪犯的味道。这是长时间坐在发烫的电脑前、一起吃着披萨饼的味道,是团队合作的味道。

这味道中还有柴油燃料和木头烟熏的气味以及光亮剂和水泥的气味。他此时又在三松镇的那座老火车站里了。这座火车站在十多年前被加拿大太平洋铁路局废弃了,但三松镇的自愿者消防队接收了它。他们是偷偷摸摸接管的,希望不被人注意。当然,铁路局也的确没注意到,因为他们早就忘了有三松镇这样一座小镇的存在。所以,现在这个小火车站里摆放着三松镇的消防车、消防服以及其他消防设备。火车站原来带齿槽的木质镶板还保留着,上面还贴有有关横跨落基山的旅行以及救生技巧方面的宣传海报,在墙上与消防安全小贴士、消防自愿者执勤表以及老火车站原来的时刻表争抢着所剩不多的空间。此外,墙上还有一副大大的宣布加拿大总督诗歌奖得奖冠军的海报。海报上一个疯女人——露丝·萨多——一直盯着屋子里的人。

露丝·萨多此时也的确在盯着波伏瓦。

"你这个家伙在这里做什么?"露丝·萨多喊道,她身旁的鸭子也在盯着波伏瓦看。

露丝·萨多可能是加拿大最知名也是最受人爱戴的一位诗人了。她的鸭子罗萨也是。波伏瓦知道,当伽马什看着露丝时,他看到的是一位极具天赋的诗人。但波伏瓦看到的却是一个让自己胃不舒服的疯女人。

"这里发生了一起凶杀案。"波伏瓦用充满怒气同时又极具权威的声音回答道。

"我当然知道发生了一起凶杀案。我又不是傻子。"

在露丝身后,她的鸭子摇摇脑袋、拍拍翅膀。波伏瓦已经习惯看见露丝跟她的鸭子在一起的画面了,所以他不再感到惊讶。事实上,虽然波伏瓦不愿承认,但他还是很高兴那只鸭子还活着,因为他觉得,跟在露丝这个疯老女人身边的任何东西都是活不长的。

"我们需要再次占用这个地方作为我们办案的办公室。"波伏瓦说道,然后转身离开。

露丝·萨多尽管年事已高,脚有点瘸并且脾气暴怒,但是她还是被选为小镇自愿者消防队的头儿。波伏瓦希望有朝一日她会被熊熊大火吞噬。但波伏瓦又觉得,就算大火也烧不死她。

"不行。"露丝用她的拐棍重重敲了一下水泥地面。她的鸭子罗萨没有吓一跳，波伏瓦倒吓了一跳。"你们不能用这地方。"

"我很抱歉，萨多女士。但是我们警方需要这地方，我们也打算接管这地方。"

波伏瓦的声音不像先前那么彬彬有礼了。三人都目目相对，只有罗萨眨了眨眼。波伏瓦知道，这个疯女人最终能否成功赶跑自己就在于她是否会念她写的那些莫名其妙的诗句。但波伏瓦也知道，在小镇所有的居民当中露丝是最不可能读自己诗作的人了。她似乎对自己创作的诗歌感到很尴尬，甚至感到羞耻。

"你诗写得怎么样了？"波伏瓦问道，他看到露丝在颤抖。她银白而稀薄的短发直立在头上，好像她的脑袋要爆炸了。她的脖子细长而倔强，她高高的身子——波伏瓦曾觉得露丝的身子以前一定很结实——变得有些虚弱起来。但她给人的气势可绝不是软弱无力的。

"我听说您很快又要出版一本诗集了。"

露丝·萨多后退了几步。

"伽马什探长也会来这儿，您应该知道的吧。"波伏瓦的声音变得柔和起来，给人通情达理和温暖人心的感觉。露丝看着他，好像是在看着恶魔撒旦一样。"您该知道，探长他多么期待能跟您聊聊诗歌。他很快就到了。他还一直在背诵您的诗句呢。"

露丝·萨多转身走了。

终于成功了。他把她赶走了。这个老巫婆终于死了，至少看不到她了。

波伏瓦开始整理起他们的办公地点。他把桌子、通讯设备、电脑、打印机、扫描机还有传真机归置整齐，还有软纸板和记号笔。他在印着那个露着轻蔑微笑的疯子诗人的海报上订上软纸板。就在露丝的脸的上方，他准备写上有关凶杀案的线索。

小酒馆里一片寂静。

刑侦队的警员们已经离开了。伊莎贝尔·拉克斯特警员蹲在尸体之前躺着的地方。她还是像以前那样缜密工作,要确保没有任何一个线索被忽略。伽马什探长可以看到,奥利维和加布里一动不动地坐在褪色的旧沙发上,面朝壁炉,各自沉浸在自己的世界里。他们两个凝视着壁炉里的火,好像被火焰给催眠了一样。伽马什在想,他们两个此时究竟在想什么。

"你们俩在想什么呢?"伽马什走过去,坐在他们身旁的一把扶手椅上。

"我在想那个死者。"奥利维回答道,"我在想他到底是谁、到底在这儿做什么、他的家人又在哪儿、有没有人在思念他。"

"我在想午饭的事。"加布里回答道,"你们有谁饿了吗?"

在房间的另一头,克拉斯特抬起头说道:"我饿了。"

"我也饿了。"伽马什说道。

当听到加布里在厨房里叮叮当当地拿锅碗瓢盆的时候,伽马什将身子向前靠。此时只有他和奥利维了。奥利维茫然地看着他。伽马什以前看到过这种表情。事实上,不可能有人会看上去茫然,除非这个人想给别人一种茫然感。对伽马什而言,茫然的表情意味着内心的狂乱。

从厨房那头飘来了蒜头的香味,这味道大家是不会闻错的。房间里的人听到厨房里加布里唱起歌来:"我们该将喝醉的水手如何是好?"

"加布里认为死者是个无业游民。你怎么看?"

奥利维还记得死者玻璃般的眼睛盯着自己看。他也记得自己最后一次在老者小木屋里的情景。

混乱即将来临。它虽花了很长时间,但最终还是到了这里。

"除了是游民,他还能是什么?"

"你觉得他为什么会被人杀死在这里,在你的小酒馆里呢?"

"我不知道。"奥利维回答道,看上去精神要垮了,"我也在绞尽脑汁想这个问题。为什么会有人在这里杀人?没理由啊。"

"有理由的。"

"真的?"奥利维将身子向前靠了靠,"什么理由?"

"我现在不知道。但会弄明白的。"

奥利维看着这位令人敬畏又有些沉默的探长。伽马什忽然给人咄咄逼人之感，但却没有提高嗓门。

"你认识死者吗？"

"你已经问过我这个问题了。"奥利维厉声说道，然后定了定神，"我很抱歉，但你已经问过了。这真烦人，我不认识他。"

伽马什凝视着奥利维。奥利维的脸此时变得通红。但是是因为生气，还是因为壁炉里的火，或是因为他在撒谎才脸变得通红的呢？

"一定有人认识死者。"伽马什最后说道。他把身子靠回到椅子上，留给奥利维一种正在给他施压的感觉，同时也给他思考的时间。

"我和加布里都不认识他。"奥利维眉头紧锁，伽马什感到奥利维此时真的有些心烦意乱了。"那么，他在这里做什么？"

"你说的'这里'指的是三松镇，还是小酒馆？"

"都是。"

伽马什知道奥利维在撒谎。他指的是小酒馆，这是再清楚不过的了。在凶杀案调查中嫌疑人总是会撒谎的。如果战争的受害者告诉你的是真相，那么凶杀案的嫌疑人告诉你的多半是谎言。这些谎言使警察在寒冷、阴郁的早晨不得不起床。伽马什和他的团队就是来追踪这些谎言并揭露它们的，直到所有这些使我们的生活看似和谐的谎言消失为止、直到所有人都被证明清白为止。侦破的技巧就在于如何将弥天大谎与其他的小谎言区分开。奥利维此时的谎言似乎只是个小谎言，但他为什么要撒这个谎呢？

加布里走来，手里拿着一个托盘，盘子上有四个热气腾腾的碟子。没过多久，他们几个就围坐在壁炉边，吃起意大利虾面和用蒜末与耗油烹煮的牡蛎。新鲜的面包也拿上了桌，玻璃杯中倒上了干白葡萄酒。

他们一边吃，一边谈论着劳动节周末假日、栗子树以及板栗游戏等话题。此外，他们还谈论起放假回家的孩子以及黑夜变得越来越长。

小酒馆此时除了他们几个，一切都空荡荡的。但对伽马什而言，这里却十分拥挤，因为这里充斥着他已经知道的谎言，以及那些会不断被伺机编造出来的新谎言。

...05

午餐后,当拉克斯特警员在加布里的旅店安排住宿事宜的时候,伽马什慢慢朝小酒馆的反方向走去。雨已经停了一会儿了,但是薄薄的雾气仍漂浮在小镇周围的树林和山丘上。小镇居民从家里出来,做着日常事务或是在花园里忙活。伽马什沿着泥泞的小路向左转,走上横跨贝拉贝拉河的一座拱形石桥。

"饿了吗?"伽马什推开老火车站的门,拿出一个褐色的纸袋。

"快饿死了,谢谢。"波伏瓦几乎是跑过来拿那个纸袋的。他从纸袋里拿出一个大大的干酪香蒜沙司鸡肉三明治,还有一杯可乐和小糕点。

"你吃了吗?"波伏瓦问道,他的手拿着美味的三明治迟疑了一会儿。

"我吃过了。"伽马什回答道,觉得还是不要将自己吃的丰盛午餐告诉波伏瓦为好。

两个人搬来几把椅子,把它们围拢在炉子边。波伏瓦一边吃着三明治,伽马什一边看着记录下来的东西。

"到目前为止,"伽马什说道,"我们还不清楚死者到底是谁;凶手是谁；为什么死者会出现在小酒馆里；还有，杀人凶器到底是什么。"

"还没有有关凶器的任何线索吗？"

"还没有。哈莉丝法医认为凶器应该是金属棒之类的东西，是又光滑又坚硬的东西。"

"壁炉的拨火棍，有没有可能？"

"有这可能。我们已经拿了奥利维小酒馆里的拨火棍去做检查了。"伽马什说道。

"为什么要拿奥利维的？"

"奥利维把房间两边的壁炉都生起火，我觉得这有点奇怪。天的确有点冷，但还没冷到那个程度，而且那是奥利维在发现尸体后做的第一件事。"

"那么，你认为凶器可能是房间里的某根拨火棍喽？奥利维之所以生起炉火是为了使用拨火棍，好让上面的证据被烧掉？"

"我觉得有这可能。"伽马什回答道，声音显得很中肯。

"我们得把房间里的拨火棍检查一下，"波伏瓦说道，"但如果查出来那的确是凶器的话，这也不能表示是奥利维用的呀。任何人都可以用拨火棍去砸那个人的脑袋。"

"确实如此。但是只有奥利维在今天早上生火的时候使用过拨火棍。"

很显然，作为凶杀案的总负责人，伽马什必须得把所有人都列为嫌疑对象。但也很显然，他并不愿意这么做。

波伏瓦朝门口的几个大高个挥挥手，示意他们把一些设备搬进来。拉克斯特也来了，和他们一起站在炉子边。

"我已经在旅店里定好房间了。哦，对了，我碰到克莱拉了。她邀请我们今晚一起共进晚餐。"

伽马什点点头。那很好。比起盘问对方，在社交场合总是能发现更多线索。

"奥利维把昨晚在小酒馆里工作的人员名单给我了。我可能要去拜访一下这些人。"拉克斯特说道，"刑侦队正在小镇和附近地区搜查凶器,注意力主要放在壁炉拨火棍或类似的东西上。"

波伏瓦吃完午饭,开始布置起侦察室。拉克斯特去拜访那些小酒馆员工。伽马什有时不喜欢看到他的队员离开自己的视线。他总是提醒他们注意时间,别忘了自己在干什么,别忘了自己在找什么样的人,那个人可能就是凶手。

许多年前,伽马什的一位队员就死于一名凶杀嫌疑人之手。如果再失去一位队员,那自己真的该死了。但是他没办法保护所有队员,也没办法一直看着他们。就像自己的女儿安妮一样,他终究还是得放手。

这是今天拜访的最后一个人了。到目前为止,拉克斯特已经跟昨晚在奥利维小酒馆工作的五名员工谈过话了。他们的回答都一致:"没有,没有什么不寻常的事情发生。"昨晚小酒馆整晚都有人,因为那天既是周六晚上,同时又是劳动节周末。学校周二就放假了。所有来小镇度假的人都会在周一,也就是明天,回蒙特利尔。

拉克斯特拜访的人中有四个明天会回大学。他们其实也帮不上什么忙,因为昨晚他们所有人只注意到有一桌美女。

第五个受访者倒是帮了点忙,她注意到的并不只有一屋子的男女,还有一个普通的狂欢之夜。没人注意到有什么尸体。拉克斯特觉得,如果当时真有尸体,他们不可能不注意的。

拉克斯特此时正开车前往最后一名拜访者的家。这个年轻人名义上是奥利维离开小酒馆后负责打理小酒馆的人,也是昨晚最后一笔账并锁门的那个人。

这个人的家远离主干道,位于一条脏脏的私家车道旁。道两边都种着枫树。虽然大部分枫树尚未展现出绚丽的秋天的颜色,但其中的一些树已经开始变成橘红色和红色了。拉克斯特认为,几周之后这条车道会变得非常壮观。

拉克斯特从车里出来,看看周围,感到很惊讶。在她面前的是一个混凝土和玻璃组合起来的房子。它看上去与周围极不和谐,就好像你在繁华的纽约第五大街忽然看到一顶帐篷一样,两者实在不搭。当拉克斯特朝那幢房子走去时,她还注意到别的一些东西,这幢房子让她感到害怕。她知道为什么自己会害怕,因为她个人的品味趋向于古典老旧的建筑,而不是这种古板俗气的风格。她喜欢有裸露的墙壁和梁木,讨厌杂乱无章的家庭环境。尽管在有了孩子之后,她已不再假装自己能把家中的东西归置得井井有条了。在有孩子的那段时间里,只要经过一间房间时不会踩到一个嘎嘎叫的玩具,这个家就已经算归置得很整齐了。

这个地方看上去还算整齐,但它是个温馨的家吗?

一个体格粗壮的中年妇女开了门。她说着一口非常文雅的法语。拉克斯特很惊讶,因为她本以为只有粗俗的人会生活在这种粗俗的房子里。

"是帕拉夫人吗?"拉克斯特举起自己的警官证。那位妇女点点头,很亲切地笑笑,后退一步让拉克斯特进屋。

"请进。我想是关于奥利维小酒馆里发生的事情吧?"哈娜·帕拉即帕拉夫人说道。

"是的。"拉克斯特弯腰脱掉自己泥泞的靴子。这情景总是让人有些尴尬和掉面子。世界上大名鼎鼎的魁北克安全局刑侦部门的警官竟光着穿长筒袜的双脚在询问嫌疑人。

帕拉夫人没有让她不要脱靴子。但她从门边一个放满各式鞋子的木箱子里拿了一双拖鞋给拉克斯特。拉克斯特再次感到惊讶,因为她本认为一切都应该是整齐、干净和粗俗的。

"我想跟您的儿子谈谈。"

"哈沃克。"

哈沃克,这个曾让波伏瓦感到好笑的名字,此时在拉克斯特听来却一点都不好笑。奇怪的是,这个名字现在与这个冷漠、脆弱的地方相得益彰。还有什么地方能容得下哈沃克这个名字呢?

在开车来这儿之前,拉克斯特已经对帕拉一家进行过一些调查了。虽然只是很简略的调查,但的确有些帮助。那位把自己迎进门的妇女是圣雷米区的一位顾问,她的丈夫罗阿尔·帕拉是圣雷米区的一名物业管理。他们一家是八十年代中期从捷克斯洛伐克来到加拿大,来到魁北克,最后在三松镇外不远的地方定居下来的。事实上,他们现在住的地方是魁北克地区一个颇有影响的大型捷克人聚集区。其中的居民大都是难民和追求自己理想的人,他们追求的是自由和安全。哈娜和罗阿尔·帕拉在找到三松镇的那刻,他们就决定定居在此了。

也是在这儿,他们生出了哈沃克。

"哈沃克!"他的母亲哈娜又喊道。当她再次向着树林喊叫时,她让狗自己出去遛弯。

过了一会儿,一个个子矮小体格健壮的男子出现了。他的脸由于在干体力活而显得红扑扑的,卷曲的黑发十分杂乱。他朝拉克斯特笑了笑,拉克斯特意识到,小酒馆里的其他服务生是没机会追到美女的,因为眼前的这位会偷走所有女孩子的心。此刻他也有点偷走了拉克斯特的心。拉克斯特很快地算了一下:她自己是二十八岁,眼前的这位是二十一岁。男女之间的年龄差距在二十五岁之内应该是没什么关系的,尽管她知道自己的丈夫和孩子可能并不会同意。

"我能为您做些什么吗?"他弯下腰,脱掉自己绿色的靴子。"啊,我想是有关小酒馆里今早发现的那具尸体吧。真抱歉,我早该想到的。"

他一边说着,一边和拉克斯特一起走进一个大大的厨房。这间厨房跟拉克斯特以前见过的都不一样。它不是拉克斯特所看过的那种古典三角形样式的厨房,而是整个沿着一间亮堂的房间的墙壁一字排开式的厨房。厨房里有一个长长的混凝土吧台,一尘不染的钢制厨具,还有一个上面整齐排放着白色盘子的开放式架子。厨房的底层是分层隔板,整个样式既复古又现代。

厨房里没有乱七八糟的东西,只有一张毛玻璃餐桌。看上去像顶级柚木的椅子就放在吧台前面。当拉克斯特坐在其中的一把椅子上时,她惊讶地感到十分舒适。她在想,这些东西是否是从布拉格带来的古董家具。随后她又想,这些人是否真的会带着柚木椅子穿越国境线。

在房间的另一头有一堵装着落地窗的墙。窗子很大,从地板一直延伸到天花板。在窗边能看到周围的一切,能让人欣赏到田野、树林和远山的壮丽风景。在窗边她还能看到一个白色的教堂尖顶和不远处升起的炊烟，那就是三松镇了。

在巨大窗户边的起居空间里有两只沙发，它们恰好面对面。沙发之间放着一张低矮的咖啡桌。

"要喝茶吗？"哈娜问道。拉克斯特点点头。

哈沃克和哈娜·帕拉两人在这个几乎一尘不染的环境中显得有些古怪。当他们在准备茶的时候，拉克斯特想，罗阿尔·帕拉到哪里去了。也许这幢房子看上去古板而生硬正是由于他的关系。他是不是一个喜欢家中的一切都严谨有序，所有家具都是直线条，周围的房间都要空荡荡，房间里的架子要摆放得很整齐的人呢？

"你们已经查出死者是谁了吗？"哈娜问道，她把一杯茶放在拉克斯特面前。在一尘不染的桌子上她还放了一个白色的盘子，盘子上放着一些曲奇饼。

拉克斯特说了声谢，拿了一块吃起来。这曲奇饼吃起来很软，还带着烘烤时的温度，尝上去有葡萄干、燕麦片还有一点红糖和肉桂的味道。那是家里自己做的味道。她还注意到，在茶杯上有一个穿着红外套、面露微笑、向人挥手的雪人图案。那是博罗姆狂欢节——魁北克每年举行一次的冬季狂欢节——的吉祥物。拉克斯特喝了一小口茶，茶的味道浓烈而甘甜。

和哈娜一样，拉克斯特此时也心生疑问。

"不，还没有。我们还没查出死者的身份。"

"我们听说，"哈娜有些迟疑地问道，"那人不是自然死亡的，是吗？"

拉克斯特想起死者的后脑勺。"是的，不是自然死亡。他是被谋杀的。"

"上帝啊，"哈娜说道，"太可怕了。你们警方还没查出凶手？"

"我们很快会查出来的。现在我想了解一下昨晚的情况。"拉克斯特将身子转向坐在对面的那个年轻人。

就在此时，从厨房的后门那里传来一个声音。这个声音所讲的语言拉克斯特听不懂，但她觉得应该是捷克语。一个身材矮小但却很结实的男子走进厨房，然后用他的绒线帽重重地拍打着自己的外套。

"罗阿尔,你不能在储物间里弹灰吗?"哈娜用法语说道。尽管她显得有点责备他的意思,但是很显然她很高兴见到他。"警察在这儿,他们想了解一下昨天晚上的情况,关于那具尸体的。"

"什么尸体?"罗阿尔也说起法语,略微有些口音。他的话语听上去好像很在意,"尸体在哪儿?在这里?"

"不在这里,爸爸。今天早上人们在小酒馆里发现了一具尸体。那个人是被人给谋杀的。"

"你指谋杀?昨天晚上有人在小酒馆里被人给谋杀了?"

很显然,他看上去不敢相信这事。和他儿子一样,罗阿尔·帕拉身材也很结实魁梧,头发也是黑色的卷发。但和他儿子不同的是,他的头发已经有些发白了。拉克斯特觉得,他大概快接近五十岁了。

拉克斯特介绍了一下自己。

"我认识你。"罗阿尔说道,他的目光敏锐而具有穿透力。他眼睛的颜色是让人有些不知所措的蓝色,而且目光锐利。"你以前是住在三松镇的。"

拉克斯特觉得,罗阿尔能很清晰地记得别人的面孔。大多数人会记得伽马什探长,也许还有波伏瓦探员,但很少有人会记得她或是其他警员。

但这个人却记得。

罗阿尔给自己倒了杯水,然后坐下来。在这间现代风格的房间里,他似乎显得有点格格不入。但他完全是放松的,他看上去像是个在大多数地方都能放松下来的人。

"你不知道尸体的事?"

罗阿尔拿了一块曲奇饼,摇摇头,"我一整天都在树林里工作。"

"在雨中工作?"

他用鼻子哼了一声,"怎么?下点雨又不会死人。"

"但在头上重重一击可以死人。"

"那个人就是这么死的吗?"当拉克斯特点头表示是的时候,罗阿尔继续说道,"那人是谁?"

"现在还没人知道。"哈娜回答道。

"但是可能你知道。"拉克斯特说道。她从口袋里拿出一张照片,将其正面朝下放在坚硬冰冷的桌子上。

"我知道?"罗阿尔又用鼻子哼了一声,"我甚至都不知道有人死了。"

"但是,我听说今年夏天你看到有个陌生人在小镇里出没。"

"你听谁说的?"

"这无关紧要。总之有人听到你这么说了。你打算一直保密吗?"

罗阿尔有些迟疑,"没有,我也就看见过一次,也许两次吧。没什么不寻常的。真是愚蠢,我想我看到过某个人。"

"愚蠢?"

罗阿尔突然笑起来,这是拉克斯特目前为止第一次看到他笑。笑脸改变了他原本严肃的面孔,好像一个外壳突然崩裂了一样。笑容使他的两颊出现了皱痕,眼睛也一下子变得有神起来。

"相信我,这真的很蠢。我知道的,就像养个十几岁的儿子一样。我会告诉你,但这跟案子应该没什么关系。哈德利老宅有了新主人,是一对夫妻,几个月前买下来的。他们想对宅子做一些改装,所以叫我去造个马棚,再清理掉一些原来老宅里的东西。他们还想把花园也维修一下。真是个大工程。"

拉克斯特知道,哈德利老宅是一座已废弃的维多利亚风格的老房子。它就位于可以俯瞰整个三松镇的那座小山丘上。

"我想我在小树林里看到过一个人,是个男人。那时当我在树林里工作的时候,我也觉得有人在看我,但我想这大概是我想象出来的。树林里很宁静,有时我会很快回头看看,看看是否真的有人在那儿,但根本没有没人。不过,只有一次。"

"那次怎么了?"

"那次我看到有个人,但那人很快不见了。我朝他喊,还跑进小树林里想追他,但他已经不见了。"罗阿尔停下来,"也许,那人根本不存在。"

"但你相信他不存在吗?你是相信树林里真的有人的,是吗?"

罗阿尔看着拉克斯特,点点头。

"你还能认出那个人吗?"拉克斯特问道。

"也许吧。"

"我这里有那位死者的照片,是今天早上拍的。不过可能会让人不太舒服。"拉克斯特提醒道。罗阿尔点点头,拉克斯特把照片的正面翻上来。三个人都凑上来看,他们仔细地凝视着,然后都摇摇头。拉克斯特把照片放在桌子上,就放在曲奇饼的旁边。

"昨晚一切都正常吗?有什么不寻常的事情吗?"拉克斯特问哈沃克。

哈沃克的回答和之前几个受访者的回答一样:很忙,很多小费,没时间注意其他的事。

"有陌生人吗?"

哈沃克想了想,摇摇头。没有。只有一些夏日来这儿度假的人,还有一些来过周末的人,但每个人他都认识。

"奥利维和老孟走了之后,你做了些什么?"

"把盘子放回原处,然后很快扫视一下小酒馆,再然后就熄灯关门。"

"你确定你把门锁了吗?今天早上发现尸体时,门并没有上锁。"

"我确定。我总是把门锁起来的。"

一丝恐惧浮现在这个长相英俊的年轻人的话语声中。但拉克斯特知道这很正常。大多数人,即使是无辜的人,在被刑侦科警察盘问时都会显得有些害怕。但此时她注意到一些不同寻常的细节。

哈沃克的父亲看了一眼自己的儿子,但很快将目光移开。拉克斯特在想,罗阿尔·帕拉到底是谁。他现在树林里工作、除草、打理别人的花园。但是他以前是做什么的?许多人只有在了解了生活的残酷之后才会选择安逸的园圃工作。

罗阿尔·帕拉以前知道恐惧吗?或是以前他自己也制造恐惧?

...06

"探长先生吗？我是莎伦·哈莉丝。"

"啊,我是。你好,哈莉丝法医。"伽马什对着电话听筒说道。

"我还没有进行彻底尸检,但从初步尸检中我获得了一些情况。"

"请说。"伽马什将身子靠在桌子上并把笔记本放得更近些。

"尸体上没有可以证明死者身份的标记,没有文身,也没有做手术留下的疤痕。我已经把死者的牙齿记录送到相关部门去检测了。"

"有什么情况吗？"

"很有趣。死者的牙齿不像我预料的那么糟。我猜死者不是经常去牙医那里检查牙齿的。死者可能由于牙床方面的疾病掉了好几颗臼齿。但总的来说,死者的牙齿保护得还不坏。"

"他刷牙吗？"

电话里传来轻轻的笑声。"难以置信,是不是？死者是刷牙的,而且还用牙线呢。有些牙齿虽然已经松动了,有些有点充血,但是看得出,死者身前是注意牙齿方面的护理的。甚至有证据表明死者曾经做过牙齿填充护理,就是在牙根部位填充物质,去除蛀牙。"

"做这个可是费用很高的。"

"的确,死者看来曾经很有钱。"

伽马什认为,这位死者并不是天生就是游民。可是,谁又会生来就是游民呢?

"你能检测得出他是在多久以前填充牙齿的吗?"

"根据填充物的磨损情况判断,我至少应该有二十年了。不过,我已经把死者的牙齿填充物样本交给法医部门了,明天应该会有确切结果。"

"二十年前,"伽马什轻声说道,他算着数字,在笔记本上匆匆记下。"死者现在大概七十几岁。那也就是说,他是在五十多岁时做的牙齿填充。然后就发生了一些变故。他失去了工作,开始酗酒,整个人精神萎靡不振,最后将自己推向了生活的绝境。"

"的确发生了些事,"哈莉丝对伽马什的推测表示赞同,"但不是在他五十多岁的时候,而是在他三十八九岁或是四十岁出头的时候。"

"有那么早吗?"伽马什看看自己记下的东西。在笔记本上他写着二十年,并画了个圈。他有点搞糊涂了。

"那就是我想跟你说的事,探长。"哈莉丝继续说道,"尸体好像有些地方不对劲。"

伽马什将身子坐得更加笔挺,并摘下了他半月形的眼镜。在房间对面的波伏瓦看到了伽马什的这一举动,他走到伽马什的桌边。

"请继续说。"伽马什说道,他向波伏瓦点点头,示意他坐下。然后,他按了电话上的一个按钮,"我现在使用电话免提功能,波伏瓦探员也在旁边。"

"好的。让我感到不对劲的是,死者似乎是个贫穷的无业游民,但他竟然刷牙并且还使用牙线。当然,无家可归者会做一些古怪的事情。他们通常精神都有问题,你也知道的,总是强迫自己做一些事。"

"但是他们通常不会很讲卫生。"伽马什说道。

"的确如此,这确实有点奇怪。我尸检时脱去死者的衣物,发现他身上很干净。他应该最近洗过一次澡或是冲过一次淋浴。还有他的头发,虽然看上去很乱,但是非常干净。"

"也许他有家,"伽马什说道,"也许他并不是无业游民呢?我们的一位警员已经给当地所有无业游民管理所打了电话,但是没人认识这么一个人。"

"你怎么知道他不是?"哈莉丝法医很少质疑伽马什探长,但是她很好奇,"我们没人知道死者的姓名,而且他打扮的样子跟任何无家可归者没什么两样。"

"这倒是真的。"伽马什承认到,"那位警员把死者描述成一位身材瘦弱的老人,年纪大概七十几岁、白头发、蓝眼睛、皮肤褶皱。在这一地区没有任何符合这一外貌特征的无业游民失踪。不过,我们已经派人拿死者的照片去问了。"

电话那头没人说话。

"怎么了?"

"你们对死者的描述不对。"

"什么意思?"伽马什确信自己跟别人一样都清楚地看到了死者的外貌。

"死者并非老年人。我打电话来就是要告诉你这个情况。他的牙齿就是证明,我仔细检查过死者的牙齿,还有,死者的动脉和血管没有任何沉淀物,几乎没有任何动脉硬化的情况。他的前列腺也不肥大,也没有关节炎等症状。这些都能证明他不是老年人。我觉得死者应该五十多岁左右。"

跟我一样大,伽马什想到。地板上躺着的那具尸体有可能跟我同年龄吗?

"而且,我不认为死者是无家可归的无业游民。"

"为什么?"

"有件事再清楚不过了。死者很会保养自己的身体。当然他没有用什么高档保养品,但他保养得却跟波伏瓦探员一样好。"

波伏瓦显得有点微微得意。

"表面看起来死者好像七十多岁,但实质上他身体保养得很好。我还检查了一下死者穿的衣服。它们很干净,而且缝补过。它们虽然已经有些破旧了,但是却倍儿亮。"

哈莉丝使用了一个当地除了上了年纪的人外已经很少使用的词。"倍儿亮"指的是穿的衣服虽然不亮丽,虽然不是名牌,但是却十分得体、十分大方、十分耐看。这个词让人感到一种已被人遗忘的高贵气质。

"我还有其他事要做。这只是我初步尸检的结果。我会通过电子邮件把这些情况发给你的。"

"好的。你能想得出死者是做什么工作的吗?他是如何保持身体状态的?"

"你是指,死者属于哪家健身会所吗?"伽马什能听见哈莉丝说这句话时忍住的笑意。

"是的,"伽马什回答道,"死者慢跑吗?练举重吗?或是他参加单车训练班吗?或是也许他还练塑身运动呢?"

哈莉丝法医这一次大笑起来,"我想他应该下肢训练不多,应该做了很多上肢训练吧。死者上体比下体略微强壮些。我得去工作了,我会思考你的这个问题的。"

"多谢啦,医生。"伽马什说道。

"还有一件事,"波伏瓦说道,"关于凶器有进一步的线索吗?或者你对此有什么看法吗?"

"这个还有待进一步尸检。不过,我大致看了一下伤口,我还是坚持原来的判断。凶器应该是一种钝器。"

"像壁炉的拨火棍?"波伏瓦问道。

"有可能是吧。我注意到在伤口处有一些白颜色的东西。那可能是炉灰。"

"明天早上我们就能看到小酒馆里拨火棍的实验室检验报告了。"伽马什说道。

"有进一步情况,我再跟你联系。"

哈莉丝挂断电话,而拉克斯特正好进来。"把房子外边打扫一下的话,这将会是一幅美丽的日落风景图。"

波伏瓦看着她,显得有些不可思议。拉克斯特应该去搜索整个三松镇寻找破案线索,或是找到杀人凶器并由此找出杀人凶手,或是询问嫌疑人。怎么现在从她嘴里说出来的第一件事却是美丽的日落风景?

波伏瓦注意到,伽马什慢慢走到窗边,小口喝着咖啡。他转过身,笑着说道:"这日落风景真美。"

侦查室的中央支起了一张会议桌。在会议桌的一头,一些桌子和椅子成半圆形摆开。一张桌子上放着一台电脑和一部电话。侦查室里这些桌椅摆放的样子有点像三松镇——会议桌就像是小镇的绿地而周边的桌子就像小镇绿地边的商铺。这么摆放其实就是为了模仿当地的地形布局。

来自当地警局的一位年轻警员在房间里走来走去,好像有什么话要说。

"我能帮你什么忙吗?"伽马什探长问道。

来自当地警局的其他警员都停下手上的活,看着他们。一些人彼此看看对方,会意地笑着。

这位年轻警员伸直肩膀。

"我想帮您调查案子。"

房间里一阵寂静。甚至那些技术人员也停下手头的活看着那位年轻人和伽马什他们,好像在看着一场可怕的灾难似的。

"不好意思,"波伏瓦说道,他走上前,"你刚才说什么?"

"我想帮你们破案。"直到这时,那位年轻警员才意识到问题的严重性,他感到局势失控了。太晚了,他没法控制局面了。他意识到了自己的错误。

他意识到了这一切。他站着一动不动,不知这是出于害怕还是出于勇敢,这很难说得清。在他身后,四五个身材高大的警员插着手臂,并不打算伸出援手。

"你难道不能来摆放一下桌子,或是安装一下电话线吗?"波伏瓦大声斥责道,走上前靠那位警员更近些。

"我已经都弄好了。手头的活都干完了。"年轻警员的说话声变得更轻、更弱。但他仍然站在那儿不动。

"你凭什么觉得自己能帮助我们破案？"

伽马什此时就站在波伏瓦身后，一声不响地看着这一切。当回答问题的时候，那位年轻警员看着波伏瓦，但随后他的目光转向伽马什。

"我熟悉这一地区，也熟悉这里的人。"

"他们也熟悉呀。"波伏瓦向站在年轻警员身后的一排警员挥挥手。"如果我们需要帮助，我们凭什么要选你呢？"

这个问题好像把年轻警员给难住了。他站着，一声不吭。波伏瓦对他摆摆手，示意让他走开。

"因为，"年轻警员对伽马什说道，"因为我要求帮忙。"

波伏瓦站住脚、转过身，看上去一脸的难以置信。"你说什么？说什么？这是在办凶杀案，你以为是在玩母亲节的游戏吗？你是安全局里的人吗？"

这个问题问得好。这位年轻警员看上去大约只有十六岁。尽管他努力使警察制服穿得合身妥帖，但制服还是松松垮垮地套在他身上。当他站在前面，而身后站着其他警员时，整个画面看上去就像一幅警员进化图，这位年轻警员就处于已灭绝生物的那根枝杈上。

"如果你没事可干，那么请你离开。"

年轻警员点点头，转身回去做事。他看到站成一排的其他警员时，他停下了脚步，然后绕开他们。伽马什和其他人都一直盯着他在看。在所有人转身之前，他们看到那位年轻警官的最后一眼就是他的背部以及他通红的脖颈。

"你们来一下。"伽马什对波伏瓦以及拉克斯特说道。他们这时就坐在会议桌旁。

"你们怎么看？"伽马什轻声问道。

"你是说死者？"

"我是说那个年轻人。"

"别再烦找了。"波伏瓦有些恼怒地说道，"如果我们需要帮手，刑侦队里有的是优秀的警官。即使他们很忙，我们也有其他很多人选。安全局其他部门的警员都想来办凶杀案。我们干嘛要选一个来自市郊乳臭未干的家伙呢？如果我们真的再需要一名侦查员，我可以打电话给总部，叫他们派一个来。"

这是伽马什探长和波伏瓦探员之间典型的争论模式。

魁北克安全局刑侦部是整个魁北克地区，甚至有可能是整个加拿大最有声望的刑侦部门了。该部门的警官总是在最艰难的环境下办理最棘手的案子。他们也和那些最优秀、最受人尊敬和最有名的刑侦探长伽马什一起工作。

现在干嘛要选一个乳臭未干的家伙呢？

"我们当然可以选。"伽马什承认道。

但是，波伏瓦知道他自己是做不到的。伽马什曾看到拉克斯特坐在长官办公室门口，她要被交通科开除了。当他发现这一情况后，他邀请拉克斯特加入自己的刑侦科团队，这在当时让所有人都大吃一惊。

伽马什还曾发现波伏瓦在三河市①安全警卫队里看管资料。每天波伏瓦探员——那时只是波伏瓦警员——穿着制服十分屈辱地走进资料室。他就像笼子里的一只动物一样一直待在那儿。由于他得罪了自己的上司和同事，资料室便成为了他唯一能去的地方，在那里他只跟无生命的东西在一起。除了有时其他警员来放进或取走一些资料之外，波伏瓦有时一整天看不到人。即使那些来资料室的人也正眼不看他一下。他似乎变成了一个不可被触碰、不可被提起的隐身人。

但是伽马什探长发现他了。有一天伽马什为了办一个案子亲自来到资料室。就在那儿他看到了吉恩·波伏瓦。

波伏瓦这个曾经无人理睬的人，现在成为了刑侦部门里的二把手。

尽管如此，波伏瓦还是坚持认为伽马什到目前为止是非常幸运的，因为他看中的几个人都的确不错。但事实是，没有任何刑侦经验的警员是不可靠的，他们会犯错。而在办理凶杀案过程中，犯的错可能是致

---

① 三河市（Trois Rivieires）是加拿大魁北克省的一座城市，位于温莎－魁北克走廊中，圣劳伦斯河同圣莫里斯河交汇处。

命的。

　　波伏瓦转过身，以厌恶的神情看着那位年轻警员。他会不会就是会犯大错误的那个人呢？他犯的错会不会导致其他人的伤亡呢？但我可能也会啊，波伏瓦想到，也许犯的错更严重。他于是看了看身边的伽马什。

　　"为什么要选他？"波伏瓦轻声问道。

　　"他看上去不错啊。"拉克斯特说道。

　　"就像日落的风景，是不是？"波伏瓦嘲笑道。

　　"对，就像日落的风景，"拉克斯特重复道，"他就像日落一般孤独寂静。"

　　周围一片寂静。

　　"你觉得是这样吗？"波伏瓦问道。

　　"他并不合群，你看看他。"

　　"你们难道要选一个不合群的家伙来一起调查凶杀案吗？看在上帝的分儿上，探长，"波伏瓦向伽马什恳求道，"我们这儿可不是慈善机构。"

　　"你认为他不合适？"伽马什微笑着问道。

　　"对于破这个案子，我们需要最好的帮手。我们现在没有时间来培训新人。而且坦白说，那家伙看上去好像都还不会自己系鞋带。"

　　这说的没错，伽马什也不得不承认这一点，那位年轻警员太缺乏刑侦经验了。但他还有其他方面的优势。

　　"我们就选他了，"伽马什对波伏瓦说道，"我知道你不同意，我也明白你不同意的理由。"

　　"那你干嘛还要选他？"

　　"因为他要求参与破案，"伽马什回答道，站起身，"而其他人都没有这么要求。"

　　"但是其他人随时都可以加入我们啊，"波伏瓦争论道，也站起身，"任何人都可以随时加入。"

　　"你想要怎样的帮手？"伽马什问道。

波伏瓦想了想,"我想要一个既头脑聪明、又意志坚强的帮手。"

伽马什将头朝那位年轻警员的方向点了点。"你认为你花了多长时间才变得既聪明又坚强的?他需要花多长时间才能变得跟你一样呢?他花的时间或许跟你在三河市的时候一样多,或者,"伽马什转向拉克斯特,"和你在交通科的时候一样多。其他人也许也想加入我们的团队,但他们或是不够聪明,或是没有勇气来要求,但是我们的这位年轻人两者都具备。"

"我们的这位年轻人。"波伏瓦脑子里想着这个说法。他看着房间那边的那位年轻警员,他正独自一个人在仔细地把电线卷成捆,并放进一个箱子里。

"我尊重你的判断,吉恩。但是我觉得我很想要他。"

"我明白了,探长。"波伏瓦的确是明白了,"我知道这对你来说很重要。但是你并不总是对的。"

伽马什看着波伏瓦,后者有点退缩了,以免自己说得更过分,这或许会对两人的关系带来不好的影响。但是伽马什马上就笑了。

"很好。如果我犯错的话,你就告诉我。"

"我想你现在就在犯错。"

"我记下了。谢谢。你可以把那个年轻人叫来,邀请他加入我们的团队吗?"

波伏瓦自觉地走到房间的另一边,在那位年轻警员身边停下脚步。

"跟我来一下。"波伏瓦说道。

年轻警员站直身子,看上去很专注,"是,长官。"

在他们身后另一位警员窃窃偷笑。波伏瓦停下脚步,转身面朝那位年轻警员。

"你叫什么名字?"

"保罗·莫林。我来自安全局考恩斯威尔分局,长官。"

"莫林警员,你可否在会议桌边找把椅子坐下来。我们想询问一下你对于这起凶杀案调查的看法。"

莫林看上去很惊讶,但没有他身后的那些人看上去更惊讶。波伏瓦转身,慢慢地朝会议桌走去。感觉真是不错。

"现在开始汇报调查情况吧。"伽马什说道,他看看手表。已经晚上五点半了。

"调查结果主要来自今天早上从小酒馆里提取到的证据。"波伏瓦说道,"在地板上发现有死者的血迹,在一些地板缝隙处也有,不过,量不是很多。"

"哈莉丝法医很快会有更加详细的尸检报告。"伽马什说道,"她认为,之所以出血量不大主要是因为内部出血。"

波伏瓦点点头。"我们有关于死者衣物的检查报告,不过还是没办法确认死者的身份。死者的衣物比较旧,但是却很干净,质量也很好。他穿的是美利奴品牌的外套、全棉的衬衫还有灯芯绒裤子。"

"我想,死者会不会把自己最好的衣服都穿在身上了?"拉克斯特说道。

"继续说。"伽马什将身子向前靠,并摘掉了眼镜。

"好的,"拉克斯特继续按着自己的思路说着,"或许死者是去见某个重要的人。他在去之前还洗了个澡、刮了胡子、甚至还修剪了指甲。"

"死者可能选了干净的衣服来穿,"波伏瓦接着拉克斯特的思路说道,"也许是在一家旧衣物商店里选的,或是在衣物批发市场里选的。"

"在考恩斯威尔就有一家,"莫林说道,"在格兰比也有一家。我可以去查。"

"很好。"伽马什说道。

莫林看看波伏瓦,后者也点头表示同意。

"哈莉丝法医觉得死者不是无业游民,至少不是一般所认为的那种游民。"伽马什说道,"死者看上去有七十几岁,但哈莉丝确信他只有五十来岁。"

"开玩笑吧?"拉克斯特说道,"死者身上到底发生了什么事?"

这的确是个谜题,伽马什是这么看的。死者到底发生了什么事?活着的时候,看上去比实际年龄老了二十岁,而现在却死了。

波伏瓦站起身,走向那些钉在墙上的洁白的纸板。他拿起一只新的记号笔,拔掉笔帽,本能地在鼻子底下摩擦着。"让我们来梳理一下昨晚发生的事情。"

拉克斯特翻开她的笔记本,告诉他们她从小酒馆员工那里询问到的信息。

他们几个开始梳理昨天晚上发生的事情了。伽马什一边听着,一边似乎能看到那个热闹的小酒馆——劳动节周末,里面到处是前来吃饭喝酒的小镇居民。他们在小酒馆里谈论着布鲁姆市集、赛马比赛、如何挑选家禽以及如何搭帐篷等话题。人们庆祝着夏日的结束,最后向家人和朋友道别。伽马什似乎看到人们从小酒馆离开,年轻的服务员们在清理桌子、熄灭炉火、洗刷盘子。然后小酒店的门开了,老孟走了进来。伽马什没见过老孟,所以他把老孟想象成老彼得·布吕赫尔[①]油画中的一个人物形象——一个有点驼背但却很快乐的农民。老孟从小酒馆的门那里走过来,也许有一位年轻的服务员帮他搬来一些需要修理的椅子。老孟和奥利维或许彼此商定,老孟可以拿走一些需要修理的东西,钱在东西修好后支付。

然后发生了什么事呢?

根据拉克斯特的调查,其他服务员是先于老孟和奥利维离开的,小酒馆里最后只留下一个人。

"你对哈沃克·帕拉这个人怎么看?"伽马什问道。

"他对于小酒馆里发生的事似乎显得很吃惊。"拉克斯特回答道,"当然,他也可能是装出来的,这很难说。他的父亲告诉了我一些事情,证实了我们之前听说的情况。他的确在小树林里看到过陌生人。"

"什么时候?"

"今年初夏的时候。他那时正在哈德利老宅那里为宅子的新主人工作,他认为他看到了一个陌生人。"

"他认为?还是他真的看到了?"波伏瓦问道。

---

① 老彼得·布吕赫尔(Pieter Bruegel the Elder 1525—1569):欧洲文艺复兴时期荷兰画家,其画作以风景和农夫题材为主。

"他说他认为自己看到了。他还去追那个人,但是那个人不见了。"

大家都沉默了片刻,然后伽马什说道:"哈沃克·帕拉说,他锁了门,在凌晨一点前离开小酒馆回家。六个小时后,莫娜·兰德斯外出散步,随后发现了尸体。为什么一个陌生人会在三松镇被人谋杀?而且是在小酒馆里呢?"

"如果哈沃克真的锁了门,那么杀人凶手一定知道在哪里可以找到开门的钥匙。"拉克斯特说道。

"也许,凶手自己已经有一把钥匙了,"波伏瓦说道,"你们猜得出我现在在想什么吗?我在想,凶手干嘛要把尸体留在小酒馆里。"

"你的意思是……?"拉克斯特问道。

"你们想,当时周围什么人也没有,天又黑。凶手干嘛不把尸体弄到树林里去呢?树林离得也不远,大概几百尺的距离就到了。树林里的动物会清理掉尸体,尸体有可能再也不会被人发现,警方也可能根本不知道发生了凶杀案。"

"那你觉得凶手为什么要把尸体留在小酒馆里呢?"伽马什问道。

波伏瓦想了一会儿。"我觉得凶手是故意让人发现尸体的。"

"故意留在小酒馆里?"伽马什问道。

"对,故意留在小酒馆里。"

...07

奥利维和加布里漫步走过小镇绿地。现在已是晚上七点钟了,小镇家家户户的窗户已亮起了灯光,只有小酒馆里是一片黑暗与空荡。

"上帝哟,"夜幕里传来一个人大声说话的声音,"小精灵们都不在了。"

"真是讨厌,"加布里说道,"小镇女巫从她的阁楼里逃出来了。"

露丝·萨多步履蹒跚地朝加布里和奥利维走来,后面跟着鸭子罗萨。

"我听说你终于用犀利的语言杀死了一个人。"露丝停下脚步,对加布里说道。

"哦,我听说那人是因为读了你写的一首诗,然后就脑袋爆炸死了。"加布里说道。

"我倒真希望是这么回事。"露丝回答道。她用骨瘦如柴的手臂挽住加布里和奥利维的臂膀,然后三个人手挽着手朝彼得和克莱拉的家走去。"你现在感觉怎么样?"露丝轻声问道。

"还不错。"奥利维回答道。当他们经过小酒馆时,奥利维没有朝暗无灯光的小酒馆看一眼。

小酒馆就像是他的孩子,是他创造出来的。小酒馆里的一切他都喜欢,他把自己的一切——最好的古董、最好的美食以及最好的酒——也都投入其中。每晚他会站在吧台后面,假装在擦拭玻璃杯,但其实他是在聆听笑声,目视来小酒馆的顾客。顾客们总是很高兴来小酒馆。他们属于那儿,奥利维他自己也属于那儿。

这一切直到凶杀案发生。

谁还会愿意来一个发生过凶杀案的酒馆呢?

如果人们发现我认识死者,怎么办?如果他们发现我的所作所为,怎么办?不行,最好还是什么都别说,先看看接下去会怎么样。现在的情况已经够糟的了。

他们在彼得和克莱拉家门口的过道上停下来。透过窗户,他们看到莫娜正在把大束的鲜花放在厨房间的桌子上,桌子已经为晚餐而布置好了。克莱拉赞美着这美丽且充满艺术性的大束鲜花。他们听不见克莱拉说了些什么,但是她脸上的快乐是溢于言表的。客厅里,彼得向壁炉里又添了一块木头。

露丝的目光从这温馨的家庭画面转向站在她身边的奥利维身上。露丝把头靠过去,在奥利维耳边轻声地说着什么,就连旁边的加布里都听不清。"这需要时间。一切都会好的,你该明白的,是不是?"

然后露丝又转过头,透过窗户看到克莱拉拥抱了一下莫娜,彼得这时正好走进厨房,他也对这一大束鲜花赞叹不已。奥利维弯下腰,在露丝冰冷的脸颊上亲了一下以表示对她的感谢。但是,奥利维认为露丝不该同情自己,因为她对自己的心事一无所知。

灾难已经降临在三松镇。灾难会冲向小镇上的所有人,所有的安逸、温馨和仁慈都将会消失。

彼得给所有人倒上了酒,只有露丝一个人喜欢自顾自坐在面朝壁炉的沙发上,小口喝着一整瓶苏格兰威士忌。罗萨在屋子里踱着步,几乎没人注意它。即使露西——彼得和克莱拉养的金毛猎犬——也都不看它。当露丝第一次带着罗萨出现在克莱拉他们面前时,他们都要求把罗萨留在屋外,但是罗萨嘎嘎地叫个不停,所以他们只好让它进屋,这样它才停止叫唤。

"你们好。"

从储物间那头传来一个深沉而熟悉的声音。

"上帝啊,你们不会把糊涂大侦探给请来了吧?"露丝对着空荡荡的屋子说道。整个房间此时除了罗萨外,其他人都跑去迎接客人了。

"这儿太温馨了。"伊莎贝尔·拉克斯特说道,她随其他人一起走进温馨的厨房。长长的木质餐桌已经布置就绪,上面放着丰盛的晚餐:切片长棍面包、黄油、水壶还有葡萄酒。整个厨房闻上去还有蒜末、迷迭香以及紫苏的香味,这些都是刚从自家花园里采摘下来的。

餐桌的正中央放着一大束蜀葵,里面夹杂着白玫瑰、铁线莲、豌豆花和芳香的紫色夹竹桃。

更多的酒杯中倒满了酒。客人们来到客厅,在那里一边随意聊着天,一边一片片地吃着柔软的布里干酪,或是橙子和抹着开心果果酱的面包。

在客厅的另一头,露丝正在询问伽马什。

"看来你还不知道死者是谁吧?"

"恐怕是。"伽马什心平气和地回答道,"我们还不知道。"

"那你知道是什么凶器了吗?"

"也还不知道。"

"知道凶手了吗?"

伽马什摇摇头。

"知道为什么会发生在小酒馆里吗?"

"还不知道。"伽马什承认道。

露丝盯着他看。"我问这些只想确定你还是和以前一样无能。好在知道有些人还靠得住。"

"我很高兴您能同意这一点。"伽马什说道。他向露丝微微鞠了一躬,然后转身走向客厅的壁炉。他拿起拨火棍开始检查起来。

"那是壁炉的拨火棍。"克莱拉说道,她此时就站在伽马什身边,"你可以用它来拨动壁炉里的火。"

克莱拉微笑着看着伽马什。伽马什意识到自己现在一定看上去有点怪,拿着这根长长的金属棍子在面前摆弄,好像从来没见过似的。他把拨火棍放下,上面没有血迹。他松了一口气。

"我听说你的个人画展再过几个月就要举行了。"伽马什转身朝向克莱拉,微笑着说道,"那一定会很精彩的。"

"如果把牙医的钻孔机放在你的鼻子上算得上是精彩的话,那么算是吧。"

"有那么糟吗?"

"啊,你也明白的。创作抽象画简直是种折磨。"

"你的画都画完了吗?"

"都画完了。当然它们都算不上艺术品,不过至少都完成了。丹尼斯·弗丁会亲自过来和我讨论怎么挂这些画。我有自己的一套展示画作顺序的想法。如果他不同意我的想法,我只能大哭一场了。"

伽马什大笑道:"我就是这么当上探长的。"

"我早就这么跟你说过。"露丝对着罗萨轻声说道。

"你的画作很棒,克莱拉,这点你知道的。"伽马什说道。克莱拉离开其他人,单独和伽马什说着话。

"你怎么知道?你只看过一张画,也许其他的都很糟呢。我在想,按照数字来排列我的画是不是一大错误。"

伽马什做了个鬼脸。

"你想看看其他的画吗?"克莱拉问道。

"想看。"

"太好了。吃完晚饭看,怎么样?这样你就有差不多一个小时的时间可以来尽情赞美,'啊,上帝,克莱拉,它们是我见过的最棒的艺术作品。'"

"其他画作很糟吗?"伽马什笑道,"我其实就是这么当上探长的。"

"你是一位热爱古典艺术的人。"

"古典绘画你也很擅长啊。"

"谢谢你的赞美。我们还是来谈谈你的工作吧。死者的身份现在有线索了吗?"克莱拉压低说话的声音。"你跟露丝说,你还不知道,是真的吗?"

"你觉得我是在撒谎吗?"伽马什反问道。但是为什么不能撒一下谎呢?伽马什这样想着,每个人都会撒谎的。"你的意思是,我们还要多久才能破案,是不是?"

克莱拉点点头。

"这很难说。我们已经有点头绪和想法了,但是在不知道死者身份的情况下要查清他被杀的原因还是很困难的。"

"那假如你们就是查不出死者的身份,怎么办?"

伽马什低头看看克莱拉。她是不是话里有话?她是不是心里希望警方永远都查不出死者的身份?

"那样的话会使我们的调查工作很难进行下去,"伽马什承认道,"但是也不是不可能破案。"

伽马什说话的声音一直很放松,但是此刻忽然让人感到严肃起来。他想让克莱拉知道,他们警方是能够以某种方式破案的。"你昨天晚上在小酒馆里吗?"

"没有,我们昨晚和莫娜一起去了市集,还在那里吃了一顿难吃的晚餐,有炸薯条、汉堡包还有棉花糖。我们还骑了一会儿马,看了一些当地的才艺表演,然后就一起回来了。我想莫娜或许回来之后又去小酒馆吧,但我和彼得都快累死了。"

"我们现在知道的是,死者不是本镇的居民,他好像是外来的。你有没有在附近见过什么陌生人?"

"有些背包客或是骑自行车的人会到这里来。"克莱拉回答道,一边小口喝着葡萄酒,一边想着,"但这些人大都很年轻,而死者我想是一个老人吧。"

伽马什还不能告诉她今天下午哈莉丝法医说的事情。

"罗阿尔·帕拉告诉拉克斯特警员说,他今年夏天的时候看到有人隐藏在树林里。你对此知情吗？"伽马什认真地凝视着克莱拉。

"隐藏在树林里？这听上去太夸张了吧？没有，我没有看到过什么陌生人，彼得也没有。如果彼得看到过，他肯定会告诉我的。我们俩经常在外面的花园里活动。如果有不认识的人，我们肯定会看到。"

克莱拉指了指她家的后花园，现在那里一片漆黑。但伽马什知道，那是一个很大的花园，沿着略微有些倾斜的斜坡一直延伸到贝拉贝拉河。

"帕拉先生不是在那儿看到的，"伽马什说道，"他是在那儿看到的。"

伽马什指了指哈德利老宅，它就位于前面的那座山丘之上。伽马什和克莱拉拿着他们喝的酒，出门来到屋子前的回廊上。伽马什穿着他灰白色的法兰绒羊毛衫、衬衫、领带和夹克。克莱拉穿着一件线衫，她需要穿，因为九月初天黑得更早了，气温也更低了。整个小镇家家户户的窗户都亮着灯光，甚至山丘上的哈德利老宅也泛着光亮。

两个人都默默地凝视了一会儿老宅。

"我听说它已经出售了。"伽马什开口说道。

克莱拉点点头。他们能听到屋里客厅传来的咕咕哝哝的说话声。屋子里的灯光照映出来，伽马什可以看到克莱拉的侧脸。

"几个月前，"克莱拉说道，"我们现在是几号？劳动节？那时我就听说有人在七月份的时候把哈德利老宅给买下了，然后就一直在装修。买主好像是对年轻夫妇，大概跟我差不多年纪，反正对我来说他们是年轻的。"

克莱拉大笑道。

对于伽马什而言，他很难将哈德利老宅看成是三松镇里的一幢建筑。它似乎并不属于小镇。对伽马什而言，哈德利老宅似乎是一种罪恶，是伫立在山丘上的偷窥者，它俯视着整座小镇。它窥视和监视着小镇居民。有时它还会抓走一两个居民，并把他们杀死。

在那座老宅里曾经发生过可怕的事情。

就在今年早些时候，伽马什和他的妻子蕾娜·玛丽来过这个地方，还和小镇居民一起重新油漆和维修了一下老宅。他相信，任何东西都应该有第二次重生的机会,即使建筑物也应如此。当时他就希望有人会来买下这座老宅。

现在终于有人买下了。

"我听说老宅新主人雇佣了罗阿尔来负责地面装修工作,"克莱拉说道,"还有清理花园。他甚至还建了个马棚,而且原来的林间通道也重新开放了。在老宅以前的主人蒂莫·哈德利还活着的时候,这条通道是专供骑马用的,足有五十公里长呢。当然,现在肯定是杂草丛生了,罗阿尔有的好干了。"

"罗阿尔说,他就是在树林里工作的时候看到那个陌生人的。他还说,他自己一直觉得被人监视,但只看到过那个人一次。他还去追那个人,但那个人很快就不见了。"

伽马什的目光从哈德利老宅移向山丘下的三松镇。小镇里的孩子们正在绿地上玩橄榄球,似乎要充分利用他们暑假的最后一点时光。其他坐在自家回廊里的居民在聊着天,聊天的声音随风飘到伽马什的耳边。居民们正享受着这迷人的夜色,但是他们谈话的内容却不再是成熟的西红柿、逐渐变凉的天气,或是弄些冬天烧壁炉用的木头。

某种丑恶的东西似乎进入了这个宁静的小镇。"谋杀"、"鲜血"、"尸体"这些词汇在夜色中飘荡。当然还有其他的东西,那就是伽马什身上散发出的淡淡的玫瑰香水和檀香木的香味。

在室内,拉克斯特正在从放在钢琴上的酒瓶里给自己倒上另一杯加水的苏格拉威士忌。她看看房间四周,整堵墙都是书架,上面塞满了书籍。只有在通向屋外回廊的窗户和门那里没有书架,从那里拉克斯特可以看到伽马什和克莱拉站在一起。

在客厅的另一头,莫娜正和奥利维还有加布里聊天。彼得在厨房里忙着晚餐,鸭子罗萨则在壁炉前喝着水。拉克斯特以前来过一次克莱拉的家,但是那次只是来调查案子,而这次是来做客。

这户人家和自己想象的一样舒适。克拉斯特仿佛看到自己回到了蒙特利尔,回到了自己丈夫身边。她曾语气坚定地对自己丈夫说,他们可以卖掉现在的房子,让孩子们转学,辞掉工作,搬到三松镇定居。他们可以在小镇绿地附近找户农舍居住,并在小酒馆或是莫娜的书店里找份工作。

拉克斯特背向后靠,坐在扶手椅上,看着这一切。这时波伏瓦从厨房走进来,一只手里拿着一片肉酱面包片,另一只手里拿着啤酒。他朝沙发的方向走来。但他忽然停下脚步,好像被迫改变行走路线,朝屋外走去。

露丝站起身,步履蹒跚地朝放着酒瓶的托盘走去。她的脸上露出一丝邪恶的窃笑。在重新倒满了一杯苏格兰威士忌后,她又回到沙发边坐下,就像一只海怪重新潜回海面之下,等待着伏击猎物。

"小酒馆什么时候可以重新开张?"当加布里、奥利维和莫娜走到拉克斯特身边时,加布里这样问道。

"加布里。"奥利维有些恼怒地叫道。

"怎么了?我只是问一下。"

"我们已经采集了我们所需要的证据,"拉克斯特告诉奥利维,"你们随时都可以开张。"

"你们不能长时间不营业,你们明白的,"莫娜说道,"否则小镇上的人都会饿死的。"

彼得从厨房里探出头来喊道:"开饭啦!"

"当然并不一定要马上开张。"莫娜说道,他们一起朝厨房走去。

露丝用力从沙发上站起来,然后向屋外的回廊走去。

"你们几个都聋了吗?"露丝对伽马什、波伏瓦和克莱拉喊道,"晚餐都要凉掉了。赶快进来吃饭。"

波伏瓦经过露丝身边的时候,他感到自己的肠子在痉挛。克莱拉跟在波伏瓦身后来到厨房的餐桌边,只有伽马什还待在回廊里。

伽马什过了一会儿才意识到自己不是一个人在回廊里,露丝就站在自己身边。她个子高大而僵硬,拄着拐棍,满脸深深浅浅的皱纹。

"那是送给奥利维的一个奇怪礼物,你说是不是?"

还是那个深邃、尖锐、带着棱角的声音,从小镇绿地上孩子们的笑声中一下子切入伽马什的耳朵里。

"对不起,您说什么?"伽马什转身面向露丝。

"我是说那具尸体。你应该还没那么笨吧。这是有人在算计奥利维。奥利维这家伙或许自私、无能又软弱,但他从没伤害过谁。干嘛有的人要选择在他的小酒馆里杀人呢?"

伽马什扬了扬眉毛,"你认为是有人故意选择小酒馆实施杀人的?"

"这绝不是偶然。凶手选择在小酒馆里杀人,就是要把那具尸体送给奥利维。"

"既杀了人,又对酒馆的生意造成影响?"伽马什问道,"就像把白面包喂给金鱼?"

"你这混蛋家伙。"露丝说道。

"我给你的一切都不尽如人意,"伽马什念起了露丝写的诗句,"就像把白面包喂给金鱼。"

露丝站在伽马什身边,身子显得很僵硬。然后她用低沉的抑扬顿挫之声念完了自己的诗作:

> "它们吃啊,吃啊,直到撑死了自己,
> 它们在池子里飘移,把肚皮翻起,
> 它们露出惊恐的面容
> 指责我们的罪孽
> 好像它们暴饮暴食
> 全然不是自己的过错。"

伽马什仔细聆听着这首诗,这是他最爱的诗。他看着远处的小酒馆,夜色中,那里现在一片漆黑和空荡。这个时候那里原本应该是灯火通明、人头攒动的。

露丝说的有没有道理?真的是有人故意选择小酒馆来实施谋杀?但那就意味着奥利维可能牵涉其中。会不会是奥利维自己引火烧身?在小镇里,到底有谁如此嫉恨那位死者以至于要杀死他,又有谁如此嫉恨奥利维以至于要在他的小酒馆里杀人?那位死者会不会只是个工具?

一个在错误地点出现的可怜人？被当做一个工具来对付奥利维呢？

"你觉得谁会对奥利维做这种事？"伽马什问露丝。

露丝耸耸肩，然后转身回屋。伽马什看着她坐到朋友们中间。他们所有人都了解彼此的行为举止，伽马什也很了解。

凶手是不是也很了解呢？

...08

　　客人们慢慢品尝着食物。他们已经吃了煮玉米棒、甜黄油、彼得和克莱拉自己院子里种的新鲜蔬菜以及在炭火上熏烤的一整条大马哈鱼。当暖暖的面包和色拉端上来的时候,大家都在亲切地聊着天。

　　莫娜的那束由蜀葵、豌豆花和夹竹桃组成的巨大花束放在餐桌的中央,让人感觉仿佛置身于花园中进餐一般。伽马什可以听到拉克斯特在询问旁边的人有关帕拉一家的事情,然后她又询问有关老孟的事情。伽马什在想,其他人是否感到自己正在接受调查呢。

　　波伏瓦和身旁的人聊着鲁姆市集以及游客的相关话题。波伏瓦的对面坐着露丝,她正目不转睛地盯着波伏瓦。伽马什在想,为什么露丝大多数时候总是保持这样一副表情。

　　伽马什转身面向彼得,他此时正在拌芝麻菜、莴笋和新鲜的西红柿。

　　"我听说哈德利老宅已经被人买下了。你有没有见过老宅的新主人?"

　　彼得把一个樱木色拉碗递给伽马什。

"哦,我见过。是吉尔伯特一家:马克和多米尼克。马克的母亲也和他们住在一起。他们一家来自魁北克市。我猜,马克的母亲应该是做护士之类的工作的,不过她早就退休了。多米尼克在蒙特利尔从事广告方面的工作,马克是位投资经销商。他在市场变得不景气之前就已经赚了一大笔钱,然后就选择了退休。"

"真是个幸运的家伙。"

"应该说一个聪明的家伙。"彼得说道。

伽马什帮彼得一起拌色拉。他能闻到蒜末、橄榄油和新鲜莴笋的香味。彼得随后又给客人们倒了一杯红葡萄酒,并把拌好的色拉碗放在餐桌上。伽马什在等着彼得是不是还有什么话要说。彼得说马克很"聪明"是不是指这个人很"精明"、"狡猾"或是"狡黠"呢?不是的,伽马什觉得,彼得指的就是"聪明",这是赞美之词。彼得很少说别人坏话,但他也很少赞美别人。看来彼得真的对马克·吉尔伯特留下了很好的印象。

"你跟他们熟吗?"

"他们来这里吃过几次饭。很友善的一对夫妻。"彼得的赞美之情已经溢于言表了。

"不过,很有意思,他们用全部的积蓄买下哈德利这幢老宅子,"伽马什说道,"老宅已废置有一年多了。他们完全可以在这里附近买幢别的房子。"

"我们也感到有点惊讶,但是他们说他们想要一块可以按照自己心思装修的房子。你明白的,这样可以随心所欲地进行装修。而且,哈德利老宅有大片的土地,多米尼克想在那儿养马。"

"我听说,罗阿尔·帕拉已经在清理那里的林间小道了。"

"这可是一项缓慢的工程。"

说到这,彼得的声音变得很轻,两个人不得不把头靠得更近,好像在策划什么阴谋一样。伽马什在想,自己和彼得能策划什么阴谋呢?

"三个人住这么大的房子。他们有孩子吗?"

"没有。"

彼得的眼睛瞄了一下餐桌上的其他人,然后又看着伽马什。他在看谁？是克莱拉？加布里？不好说。

"他们在小镇里有朋友吗？"伽马什背靠后坐着，用正常的语调说着话，顺便叉了一勺色拉。

彼得又看了看其他人，然后把声音压得更低说道："没有什么朋友。"

伽马什还没来得及继续问，彼得就已经站起身，开始清理桌子了。在厨房的水槽边，彼得回头看了看他的朋友们。他们此时正坐在一起聊天。他们靠得那么近，身子都紧挨在一起。有时他们是会这样聊天的。

彼得没法这样聊天。他独自站在一边看着。他想起了本，那个曾经住在哈德利老宅里的朋友。他自己还是个孩子时也曾在老宅里嬉戏过。他还记得老宅里的每个角落、墙上的每条裂缝，还有那些隐藏着幽灵和蜘蛛的可怕暗角。但是现在有别的人要住在里面了，并要把老宅变成面目全非。

一想到吉尔伯特一家，彼得的心就为之一惊。

"你在想什么呢？"

彼得吓了一跳，他这才意识到伽马什就站在自己身旁。

"没想什么。"

伽马什从彼得手中拿过搅拌器，然后在已经结冻的色拉碗里倒入一点炼乳和香草精。他然后按下搅拌器的开关，把头靠近彼得，这样由于搅拌器的响声，其他人都听不见他的说话声，而彼得却可以听到。

"你跟我说说哈德利老宅，还有住在那里的人吧。"

彼得犹豫了一会儿，但他知道伽马什是不会轻易放过这个话题的。谈论这个话题需要谨慎。彼得开始和伽马什聊起来。他说话的声音断断续续、含糊不清，对于六英尺外正在聊天的客人们而言是根本听不到的。

"马克和多米尼克打算开一家豪华旅店兼休闲会所。"

"在哈德利老宅里？"

伽马什的惊讶程度几乎要让彼得大笑起来。"那已经不是你以前见到的老宅了。你现在可以去看看，可奇妙了。"

伽马什在想，哈德利老宅是否裹上一层油漆，添上一些新的家具就能把隐藏其中的邪灵驱赶走。他还在想，天主教会是不是知道这件事。

"但不是每个人都对此表示欢迎的。"彼得继续说道,"马克他们跟奥利维手下的几名员工面谈过,表示愿意出更高的工钱雇佣他们来自己的酒店工作。但奥利维还是保住了自己大部分的员工,不过他为此得付更高的工资给员工。他们两个几乎是不说话的。"

"你指马克和奥利维两个?"伽马什问道。

"他们两个甚至不愿意待在一间房间里。"

"在这么一个小镇,这一定很尴尬吧。"

"其实,也没什么啦。"

"那我们干嘛还要这么小声说话?"伽马什关掉搅拌器,开始用正常的语调说话,而彼得则显得有点慌张。他又朝那边的餐桌看了看。

"我知道奥利维会忘了这事的,但现在还是不要提起为好。"

彼得递给伽马什一块已经切成两半的脆饼,随后把带着新鲜红润汁水已经切成丁的草莓抹在脆饼上。

伽马什注意到,克莱拉站起身,莫娜也站起身。奥利维走过来,把咖啡拿去过滤。

"要我帮忙吗?"加布里问道。

"这儿,把奶油放在这儿。还有蛋糕,加布里。"彼得说道,加布里拿着一大勺生奶油向奥利维走去。很快,一排男士手里都拿着抹着草莓的脆饼了。当把脆饼放在餐桌上之后,几位男士转身去拿甜点,但是他们忽然停下了脚步。

在餐桌边此时只有烛光在闪烁,那里摆放着一些支架,支架上挂着至少三张画布,那就是克莱拉的画作了。伽马什忽然感到有点晕眩,好像自己穿越时光回到了伦勃朗、达芬奇和提香等绘画大师云集的时代。在那个时候艺术品都在日光或是烛光的映衬下来欣赏的。人们第一次欣赏《蒙娜丽莎》也是这样的情景吗?还有梵蒂冈的西斯廷教堂?是用火把的火光照映的吗?就像在欣赏岩画一样。

伽马什用抹布把手擦干,然后靠近放着画作的架子。他注意到其他人也在靠近画架,他们都是被上面的画作所吸引。在他们周围烛光在闪烁着,投射出的光亮比伽马什想象的要更亮些,但这也有可能是画作自身发出的光芒。

"我还有其他几幅,不过这几幅是将在弗丁美术馆展出的主要作品。"

没有人在听克莱拉说话。大家此时都凝视着架子上的那几幅绘画。有些人看着这幅,有些人看着那幅。伽马什则站在较远的地方,欣赏着全景。

三幅画上的三位老妇人肖像也回看着伽马什。

其中一幅肖像画很显然画的是露丝。这是丹尼斯·弗丁第一眼就选中的画作。也正是这幅画使弗丁决定让克莱拉在自己的美术馆里举行个人画展。这幅画曾让从蒙特利尔到多伦多、从纽约到伦敦的整个西方艺术界为之震惊。在魁北克北部的一个偏远小镇里竟然有如此有天赋的画家和如此有价值的画作。

现在这幅画就呈现在众人面前。

在这幅画上,克莱拉·莫罗将露丝画成一位年老并被人遗忘的圣女。现实生活中愤怒和神经质的露丝在这幅画上却充满了忧郁和痛苦的表情,仿佛她已看透了人生,仿佛她已失去了许多的机遇,又仿佛她已经历了一次次或是真实的、或是想象的、或是自己造成的、或是他人造成的失落与背叛。画上的露丝用瘦弱的双手紧紧抓着一条褶皱的蓝色披肩,披肩的一头搭在一个骨感的肩膀上。肖像的皮肤显得皱巴巴的,看上去好像是被钉在墙上的一具空壳。

但整幅画的确光彩四射,就像从一个小小的光源放射出来的光照亮了整个房间一样。画上的露丝绝望地凝视着远方,像是在凝视着一个不断靠近的东西。这一切更像是想象中的,而非真实的。

画上的露丝看到的是希望。

在这幅画上,克莱拉抓住了人物片刻的绝望表情并将其转变为希望——生活开始的希望。不知为何,画上的露丝给人一种优雅的感觉。

伽马什屏住了呼吸,他感到自己的眼睛里像有火在燃烧。他眨了眨眼,将视线从画上挪开,好像在避开一个刺眼的东西。他能看到房间里的其他人也在注视着这张画。他们的面孔在烛光里显得那样柔和。

另一幅画画的是彼得的母亲。伽马什曾见过她,虽只见过一次,但却再也无法忘记。在画面上彼得母亲的目光直视着看画的人。她并不像前一幅画上的露丝那样凝视远方,而是在看着一个很近的东西。她雪白的头发绾成蓬松的发髻,脸上布满蛛丝般轻柔的皱纹,仿佛像一扇支离破碎、但却还没掉落下来的窗户。她看上去皮肤白里透红,非常健康和祥和。她露出的一个安静而淡淡的微笑使她淡蓝色的眼睛眯成了一条线。伽马什几乎可以闻到画面上人物身上的香水味。然而,这幅肖像画让他感到十分不安。他仔细地看着,发现人物的手是向外张开的,她的手指似乎要伸出画布指着伽马什一样。伽马什感到,画上这位祥和、慈善的老妇人想要触碰他。如果真的被触碰到了,伽马什将会了解到一种他以前从未了解过的悲伤,也将会了解一个万物皆空——甚至痛苦都不存在——的世界。

这幅肖像画让人有一种抵触的情绪。但是伽马什还是情不自禁地被它吸引,就像一个恐高的人被吸引到了悬崖的边缘上一样。

第三幅画上的老妇人伽马什不知道是谁,他之前从没见过。他想,这会不会是克莱拉的母亲,因为那副肖像与克莱拉有些相像。

伽马什仔细地看着那幅画。克莱拉画出了人物的灵魂,他想要知道这灵魂承载着什么。

画中的老妇人看上去很快乐。她微笑着,回头看着某个令她感兴趣的东西,那似乎是她深深眷恋着的东西。她也搭着一条披肩,那是条旧的、有些粗糙的深红色羊毛披肩。但这披肩似乎对画中人物而言没太大意义。

伽马什觉得这幅画很有趣。画中的老妇人头朝向一边,但眼睛却看着另一边,看着她的身后。在这个人物身上,伽马什感到一种不可抑制的向往。他感到,他此刻最想做的事就是拿把椅子坐在这幅肖像画前面,然后倒上一杯咖啡,整晚都凝视着这幅画。或许在他的后半辈子都这样凝视着。它有一种诱惑人的魅力,这很危险。

伽马什尽力将视线从这幅画上移开。他发现此时克莱拉就站在房间的黑暗之中,正观察着其他人看这几幅画的反应。

彼得也在看这几幅画,脸上浮现出十足的自豪感。

"上帝啊,"加布里说道,"太了不起了。"

"恭喜你,克莱拉,"奥利维说道,"上帝啊,它们太棒了。你还画了其他人吗?"

"你是指,我有没有画你?"克莱拉笑着问道,"没有,亲爱的奥利维。我只画了露丝和彼得的母亲。"

"那么这幅画画的是谁?"拉克斯特指着伽马什之前凝视的那幅画。

克莱拉笑笑,"现在我可不能告诉你。你们得自己去猜。"

"画的是我吗?"加布里问道。

"对,是你。"克莱拉回答道。

"真的?"过了许久,加布里才看到克莱拉在笑。

有趣的是,伽马什觉得,那幅肖像画中的人物倒真有可能是加布里。伽马什借着柔和的烛光再次凝视那幅画。画上的人物既没有肢体动作,也没有情感表达,但的确有一种快乐感。然而,除此之外,这个人物身上还有别的东西,那是一种与加布里的气质不相符的东西。

"那么,哪一幅画画的是我?"露丝问道,她步履蹒跚地走近那几幅画作。

"你这个老醉鬼,"加布里说道,"这幅就是你。"

露丝盯着画中的自己看了半天。"我可看不出这是我。她看上去倒更像你。"

"你这老巫婆。"加布里咕咕哝哝地说道。

"你这混球。"露丝也顶了一句。

"克莱拉把你画成了圣母玛利亚。"奥利维解释到。

露丝把头更靠近一些,看那幅画,随后她摇摇头。

"圣母?"加布里轻声对莫娜说道,"显然这个老太婆算不上。"

"你在说谁?"露丝的视线跳过波伏瓦,"彼得,你能拿张纸给我吗?我现在有写诗的灵感了。你们觉得我在同一句诗里用上'笨蛋'和'白痴'这两个词会不会使句子显得太长了?"

波伏瓦脸上好像在抽筋。

"闭上眼睛,想想英格兰,"露丝对波伏瓦建议到,而波伏瓦之前的确想到露丝是来自英格兰的移民后裔。

伽马什走到彼得身边,彼得此时还在盯着自己妻子的画作。

"你感觉怎么样?"

"你是指,我该不该那把刀片把这些画划成碎片,然后一把火把它们烧掉?"

"差不多吧。"

这是伽马什和彼得以前谈论过的话题,因为现在很清楚,彼得作为家里、镇里乃至整个魁北克最佳画家的头衔要让位给自己的妻子了。彼得之前一直在为此抗争,但并不成功。

"即使我想压制住她,我也办不到了。"彼得说道,"我现在也不想压制她了。"

"压制别人和主动支持别人是有很大区别的。"

"即使我不想承认,但是我还是想说,这些画真的很棒。"彼得承认到,"克莱拉让我太震惊了。"

伽马什和彼得都看着那个此时正焦虑地注视着他人,身材丰满,个子矮小的克莱拉。显然她还没有意识到,自己创作出了传世的杰作。

"你现在也在进行创作吗?"伽马什朝彼得工作画室的方向点点头,画室的门此时正关着。

"哦,是的,我正在画一块原木。"

"一块原木?"这很难让人提起兴趣。彼得·莫罗是加拿大最为成功的画家之一。他总是能把那些微不足道,生活中最常见的物品以最精细的方式画出来,从而使这些物品变得难以辨认。彼得会很仔细地推进画面的聚焦,然后放大局部的细节,再把画画完。

他的画作看上去都是很抽象的。把画上的物体变得"面目全非"会让彼得有一种巨大的满足感。他的画作画的是极端化的现实,极端得让人已经无法辨认。现在在这种极端化轮到原木了。彼得先前从壁炉边用来烧火的木头中捡了一块原木,它此时就放在彼得的画室里。

甜点端上来了,咖啡和白兰地也倒好了;客人们在屋子里到处走动着。加布里在弹着钢琴,伽马什又被吸引到了那些画作前面,尤其是那副不知身份的老妇人的肖像画。克莱拉看到伽马什在看画,她走了过来。

"太棒了,克莱拉,这是我见过的最棒的作品。"

"你的意思是……?"克莱拉问道,假装很真诚的样子。

伽马什笑了笑,"你自己知道的,它们是了不起的作品。你不必感到担心。"

"真是那样的话,我就不用再画了。"

伽马什朝那幅他一直在看的画作点点头,"那幅画上的人是谁?"

"啊,是我认识的一个人。"

伽马什在等着她说出谜底,但是克莱拉却意外地沉默不语。伽马什觉得,画上的人是谁或许也不关紧要。在克莱拉离开后,伽马什又继续看着那幅画。但他看了一会儿后,他觉得这幅画发生了变化,但伽马什觉得,这也可能是光线的问题。但是他看得时间越久、他就越感到克莱拉在这幅画里融入了一些别的东西。如果说另一幅画上的露丝是一位发现了生活希望的怨妇,那么这幅画上的老妇人却好像发现了某个意想不到的东西。

她表面上在愉悦地看着远处也许是不远处某个让人感到快乐的东西,但是她的眼睛却似乎凝视着别的什么,正是那个东西将她的视线引向远处。

伽马什小口喝着白兰地,看着那幅画。渐渐地,伽马什感到那幅画上的老妇人看上去好像感觉到了什么。

她感觉到了恐惧。

...09

　　伽马什、波伏瓦和拉克斯特这三位安全局的警官向克莱拉他们道了晚安,然后徒步走过小镇绿地。现在已是夜里十一点了,周围一片漆黑。拉克斯特和伽马什停下脚步凝视着夜空。波伏瓦总是走在最前头。当意识到自己一个人在走时,波伏瓦也停下脚步。他有点不情愿地抬起头,很惊讶地看到天上有那么多的星星。露丝在道别时说的话又浮现在他脑海中。
　　"'吉恩·波伏瓦'和'咬我吧'的确很押韵,是不是?"
　　波伏瓦感到很尴尬。
　　就在这时,莫娜书店的阁楼里亮起了灯光,那是莫娜住的地方。伽马什几个人看到莫娜在房间里走动,她给自己倒了一杯咖啡,然后拿了一盘曲奇饼。阁楼里的灯光然后又熄灭了。"刚刚好像看到莫娜在倒咖啡,还拿了一盘曲奇饼,是不是?"
　　伽马什和克拉斯特在想,他干嘛要把这么明摆着的事情说出来。
　　"夜色已经很黑了,在屋子里做任何事情都得借助灯光才行。"波伏瓦说道。

伽马什在思考着波伏瓦讲的这句再明白不过的话,但拉克斯特第一个道出了自己的看法。

"昨晚在小酒馆,为什么凶手没有开灯呢?如果凶手开了灯,为什么没人看到呢?"

伽马什笑笑。这个问题显而易见,因为小酒馆在那时亮灯肯定会被人注意到的。

伽马什看看周围,他想看周围的哪幢房子最有可能观察小酒馆里的一举一动。但周围的建筑就像小酒馆长出的一对翅膀一样,从小酒馆两边延伸出去。没有一幢房子有观察小酒馆的绝佳视角,除非是小酒馆正对面的房子。伽马什转过身,在小酒馆的正对面是那三棵高大的松树。这三棵松树昨晚见证了一个人杀死了另一个人。但除了那三棵松树之外,小酒馆的正对面应该还有别的东西,那东西就在小酒馆对面的正上方——哈德利老宅。

哈德利老宅就在离小酒馆不远的地方。在昨天夜里如果小酒馆亮灯的话,老宅的新主人是可能看到小酒馆里发生的那起凶杀案的。

"还有一种可能,"拉克斯特说道,"那就是,凶手根本没开灯。他清楚地知道,如果开灯他会被别人看见。"

"你是说,凶手有可能使用了手电筒?"波伏瓦问道,他此时想象着昨天夜里凶手就待在小酒馆里,等待着被害人的出现,然后凶手打开手电筒走过去实施谋杀。

拉克斯特摇摇头,"在室内使用手电筒的话,外面一样能看到。我觉得,凶手是不会愿意冒这样的风险的。"

"那么看来,凶手根本就没有打开任何会发光的东西,"伽马什说道,他此时知道是怎么回事了,"凶手不需要任何光亮,因为即使在一片黑暗中,他也对小酒馆里的情况了如指掌。"

第二天早晨阳光灿烂,空气新鲜。阳光使人们再次感受到温暖。在吃早饭前,伽马什到小镇绿地边散步,没过一会儿他就脱掉了外套。一些小孩子在父母和祖父母的看护下正在绿地边的池塘里玩着跳蛙游戏。孩子们没有注意到伽马什,伽马什心情愉悦地站在不远处看着他们玩耍,然后又继续独自安详地在绿地边散起步来。他向莫娜挥挥手,莫娜也正在一个人散步,她刚好走到小山丘的山顶。

今天是暑期假日的最后一天。虽然从学校毕业已经有几十年了,但伽马什仍会感到心情矛盾,因为暑假的结束意味着夏天即将过去,这让人有点感伤,同时又意味着马上又能在学校里见到同学。在一个暑假的成长生活之后,大家都会穿着新衣服来上学,还有被削了好多次的铅笔以及铅笔散发出的木屑味道,当然,还会有新的笔记本。所有一切都是那么让人兴奋。那时孩子们都像白纸一张,没有受到任何沾污。他们也不会犯错,他们所拥有的只有信守的诺言与未来的前程。

调查一起新的谋杀案也是这么一回事。凶手有没有沾污证据?他们有没有犯什么错,从而露出马脚?

伽马什慢慢地绕着小镇绿地走着,他的双手放着背后,目光看向远方。他在思考着什么。在慢悠悠地转了几圈之后,他回到室内去吃早餐。

波伏瓦和拉克斯特已经在楼下了,面前各自放着一杯起泡的牛奶咖啡。当伽马什进屋时,他们两个都站了起来。伽马什示意他们坐下。厨房里飘来用枫木熏烤的熏肉、鸡蛋还有咖啡的香味。伽马什刚坐下,加布里就从厨房里冲出来,手上端着盛放着鸡蛋、水果还有松饼的盘子。

"奥利维刚去了小酒馆。他还没决定今天是否开张营业。"加布里说道,今早他整个人看上去的样子以及说话的声音都像极了茱莉亚·查尔德[①]。"我跟他说,小酒馆应该要重新开张,但是还得再等等看。我告诉他,如果关掉小酒馆的话,他会亏本的,通常的结局就是赔钱。你们要来块松饼吗?"

"谢谢。"拉克斯特说道,她拿了一块松饼。这些松饼看上去很蓬松,就像核弹爆炸产生的蘑菇云。拉克斯特开始想念孩子和丈夫了。但让她感到惊奇的是,她现在身处的小镇似乎有种能填补她心中的空缺的魔

---

① 茱莉亚·查尔德(Julia Child 1912~2004):美国著名厨师,兼作家和电视节目主持人。

力。当然，如果你吃下足够多的松饼，再大的空缺也是能被填补上的。拉克斯特现在就想试试。

加布里给伽马什拿来一杯牛奶咖啡。在加布里离开后，波伏瓦身子向前靠过来说道：

"今天有什么计划吗，队长？"

"我们需要调查一些人的背景资料。我想详细了解奥利维这个人的背景情况。查查看到底谁可能跟他有过节。"

"同意。"拉克斯特说道。

"还有帕拉一家的情况。你去调查一下他们在加拿大还有在捷克的时候的有关情况。"

"好的，"波伏瓦说道，"那么你做什么？"

"我要跟个老朋友见个面。"

伽马什登上那座可以俯瞰三松镇的小山丘。他把他的花呢夹克衫搭在手臂上，用脚踢掉一颗落在前面地上的松果。山丘上的空气闻上去带着苹果和树木的香甜味道。万物都已成熟，长得都十分茂盛。但在几周之后就会降下肃杀的严霜。那时一切都将凋零。

他沿着山路走着，哈德利老宅变得越来越近，也越来越大。伽马什准备随时应对从老宅里透射出来的哀伤气息。这种气息会淹没和袭击那些愚蠢得想要靠近老宅的人。

但是伽马什的应对策略似乎比他来之前想的要管用，或者说，是老宅发生了某些他意想不到的变化。

伽马什在一个阳光照射的地方停了下来，面朝哈德利老宅。这是一幢看上去十分休闲的英国维多利亚式的宅子。它有角塔、鳞片一样的墙壁、可以俯瞰山下景色的宽阔回廊以及由黑色锻铁铸造的栏杆。老宅新粉刷的油漆在阳光下闪烁着光亮，前门涂成了令人心情愉悦的亮红色。这红色不会让人联想到鲜血，而是会让人想到圣诞节、樱桃果实或是秋天又脆又红的苹果。老宅前小路上的杂草已经被清理掉了，结实的石板也已经铺好了。伽马什还注意到，老宅周围的植物已被修剪一番，树木也被整修过了，原本的枯木也被弄走了。这都是罗阿尔·帕拉的功劳。

伽马什很惊奇地意识到，他此时竟面带微笑地站在哈德利老宅前。他竟如此渴望能进去。

一个大约七十五岁左右的老妇人开了门。

"是谁？"

她头发花白，但却梳理得很漂亮。她几乎没有化妆，只是在眼睛处有些淡妆。此时老妇人正好奇地打量着伽马什。不久她认出了伽马什。她微笑着，把门开得更大。

伽马什递给她看自己的警官证，"我很抱歉打扰您，女士。我叫阿尔芒·伽马什，为魁北克安全局工作。"

"啊，我知道您，先生。请进，我是卡罗尔·吉尔伯特。"

卡罗尔·吉尔伯特将伽马什迎入前厅。她举止得体，显得亲切而友善。伽马什以前来过哈德利老宅，而且来过很多次。但是现在的老宅已变得难以辨认了，它就像一具添上了新的肌肉、肌腱和皮肤的骨架。结构还在，但此外的一切都发生了变化。

"您知道这个地方吗？"卡罗尔问道，看着伽马什。

"我知道这地方。"伽马什回答道，双眼紧盯着卡罗尔。卡罗尔也看着他，不过眼神中并没有挑衅的意味。她就像宅子的女主人一样自信地站在，无需更多的东西来证明自己。伽马什觉得，她热情友善，但也很善于观察。彼得说什么来着？卡罗尔可能曾当过护士？那她一定是个好护士。优秀的护士总是善于观察的，没有什么能逃过她们的眼睛。

"这里真是变化不小啊！"伽马什说道。卡罗尔点点头，把伽马什带进屋子。伽马什在铺在门口用来保护上蜡的木质地板的小毯子上蹭了蹭鞋，然后跟着卡罗尔进了屋。前厅走廊通向一个大厅。大厅的地板是用新的黑白相间的瓷砖铺就而成的。正前方是楼梯，大厅的过道则又通向其他房间。伽马什以前来这儿时，这里还是一片废墟——所有东西都有待维修。那时，整座老宅看上令个人觉得反胃。那时的老宅好像自行开裂一样——杂物扔得到处都是，墙纸松松垮垮地吊挂着，墙板起了泡，天花板也破破烂烂的。而现在，在老宅大厅的中央摆着一只被擦拭得十分光亮的桌子，桌子上放着一大盆花，从而使整个大厅充满芬芳。墙壁被涂上了介于米黄色和灰白色之间的茶色油漆。整个屋子看上去既亮堂温馨又庄重得体，就如同此时站在伽马什面前的卡罗尔·吉尔伯特一样。

"我们还在装修这幢房子呢。"卡罗尔说道，她领着伽马什穿过大厅过道向右转，走了几步台阶来到一个大大的客厅。"我说'我们还在装修'，其实这'我们'只有我儿子和媳妇，当然还包括装修工人。"

卡罗尔用一种自我嘲讽的口气笑着说道："我很傻，前几天还问他们我能帮他们做些什么。他们给我一把榔头，叫我敲掉一些干裂的墙壁，可我却砸断了一根水管还有一根电线。"

她的笑声如此自然，引得伽马什也不自觉地跟着笑起来。

"我现在去泡杯茶给您吧。他们都称呼我为泡茶夫人。您想喝杯茶吗？"

"谢谢，女士。这太好了。"

"我去告诉马克和多米尼克您来了。我想您来是因为小酒馆里那个可怜的死者吧？"

"是的。"

卡罗尔看上去很有同情心，但是对凶杀案不太感兴趣，好像那跟她无关。伽马什也希望那的确跟她无关。

在卡罗尔去叫儿子和媳妇的期间，伽马什环顾了一下四周。他朝落地大窗户走去，阳光正从那里照射进来。整个客厅显得很舒适，连客厅里的沙发和椅子都看上去十分好客。沙发和椅子上放着用高档丝织物做成的坐垫，给人一种现代感。几把埃姆斯靠椅围在壁炉周边。整个客厅将现代和怀旧的气氛完美地结合在了一起。看来，不管谁负责设计装修老宅，这个人一定很有眼光。

落地窗户的两侧是拖到地面裁剪精致的丝绸窗帘。伽马什觉得，这窗帘永远不会拉上。谁愿意拉上窗帘遮蔽窗外的风景呢？

窗外的景色太美了。从这个角度望出去，哈德利老宅能俯瞰整个山谷。伽马什能看到贝拉贝拉河蜿蜒地流过三松镇，然后绕过下一座山，朝向下一个小镇流去。现在山上已是秋天了，山顶的树木正在变换颜色。用不了多久,红色、赤褐色还有橘黄色的枫叶会沿着山坡延伸开去,直到整个树林都变得如火焰般绚烂。从这个地方观赏枫叶正是绝佳角度,而且从这里还能看到更多的东西。

站在窗户边,伽马什能够看到露丝和罗萨此时正在小镇绿地上散步,露丝这位老诗人正把一些烂果子或是小石子朝其他的鸟丢过去。他还看到莫娜在克莱拉的花园里忙着做事;拉克斯特警员正走过石桥,朝位于老火车站的临时办公室的方向走去。伽马什还看到,拉克斯特在石桥上停下脚步,凝视了一会儿桥下静静流淌的河水。伽马什在想,拉克斯特此时在思考着什么呢。没多久,拉克斯特又继续走起来。小镇里的其他居民正忙着干他们早晨该干的事。有的人在自家的花园里干着活,有的则坐在自家的回廊里读着报纸,或是喝着咖啡。

从这儿伽马什能看到小镇的一切,包括奥利维的小酒馆。

保罗·莫林在拉克斯特之前就已经到了,他此时正站在老火车站前看着自己做的记录。

"我一直在想昨天晚上的那起案子,"莫林说道,他看着拉克斯特打开老火车站的门,然后跟着她走进阴冷幽暗的老火车站。拉克斯特迅速打开灯,然后朝自己的办公桌走去。"我想,凶手作案时不可能打开小酒馆里的灯,你看对不对?我今天凌晨两点在自己家里转悠,我什么都看不见,屋子里一片漆黑。在城里马路上的灯光会照进屋,但这里可不一样。凶手在一片漆黑中怎么知道死者就是自己要杀的人呢?"

"如果是凶手自己把死者叫到小酒馆里的呢?这样的话一切就说得通了。小酒馆里那时只会有一个人,那就是凶手要杀的人。"

"我明白了。"莫林说道,他把自己坐的椅子拉得更靠近拉克斯特一些,"但是谋杀是件需要精心策划的事情。你不会想出任何差错。死者不是因为后脑勺被重重一击才毙命的吗?"

拉克斯特输入自己电脑的密码,密码就是她丈夫的名字。莫林正忙着看记录和说话,所以她确定他没有注意到密码。

"我可不觉得在别人后脑勺上砸一下会像看上去那么容易,"莫林继续很诚恳地说着,"我昨天夜里试了一下,用锤子去砸哈密瓜。"

这时拉克斯特开始全神贯注地听她说话了。这不仅因为她想知道接下去会发生什么事,也因为任何在凌晨两点用锤子砸哈密瓜的人都会引起他人的注意。这种注意可能是出于心理健康方面的关心吧。

"结果怎么样了呢?"

"第一次我差一点就击中了。后来我试了好多次才成功击中那个哈密瓜。简直太糟糕了。"

莫林在想,如果他的女友起床,看到被砸了个大窟窿的哈密瓜,她会有什么样的感受。莫林在走之前留了张纸条,但他觉得那可能并不管用。

纸条上写着:是我做的,我只是在做实验。

他本应该把话写得更明白些。

但是拉克斯特警员并没有想那么多。她将背靠在椅子上,想着问题。莫林的思绪终于平静下来。

"那么,你对这案子怎么看呢?"拉克斯特最后问道。

"我觉得凶手应该是开了灯的,但那样做又很冒险。"莫林似乎对自己的回答并不满意,"我搞不明白,凶手干嘛要在小酒馆里杀人,不远处不就有片树林吗?在树林里凶手爱杀几个人就可以杀几个人,没人会注意到。他干嘛非要在小酒馆里杀人呢?在小酒馆里尸体很快就会被发现,而且作案的时候也很容易被别人注意到。"

"你说得没错。"拉克斯特说道,"这的确让人弄不明白。伽马什探长觉得这可能跟奥利维有关。说不定凶手是故意选择小酒馆杀人的。"

"是为了牵累奥利维?"

"也许是想弄垮小酒馆的生意。"

"也许凶手就是奥利维,"莫林说道,"也有这种可能性,是不是?只有他可以在不开灯的情况下在小酒馆里行动自如,而且他还有小酒馆的钥匙……"

"好多人都有小酒馆的钥匙。小镇里有好几把钥匙呢。奥利维在小酒馆门口的花台下还放了一把。"拉克斯特说道。

莫林点点头,似乎并不觉得惊讶。在乡村的确是会这么做的,尤其在三松镇这样较小的乡镇。

"当然,奥利维是主要的嫌疑对象。"拉克斯特继续说道,"但他为什么要在自己的小酒馆里杀人呢?"

"也许,奥利维的突然出现让死者吓了一跳,或者死者偷偷潜入小酒馆却被奥利维发现了。于是,在搏斗中奥利维杀死了他。"莫林说道。

拉克斯特没有说话,她在静静地听着莫林顺着这思路能否说出些什么东西。莫林将十指插在一起形成一个塔的形状。他将自己的下巴靠在合十的手指上,眼睛看着远处。"但是那是在半夜。如果奥利维看到有人潜入小酒馆,他干嘛不报警,或者至少应该去叫同伴吧?我觉得,奥利维·布鲁列可不像一个会拿起棒球棍,一个人冲进去跟死者搏斗的人。"

拉克斯特呼了一口气,看着莫林。如果此时屋子里光线正好照在这位年轻警员的脸上的话,他一定看上去像个笨蛋。但显然莫林不是笨蛋。

"我认识奥利维,"拉克斯特说道,"我敢发誓,他一定被他所看到的给吓坏了。他那时显得很震惊,这是很难装得出来的。我敢说他当时的震惊不是装出来的。昨天早上他醒过来时,肯定没想到会在自己的小酒馆里看到一具尸体。但即使这样,我们也不敢保证他与此案无关,也许他是在不知情的情况下被卷进这案子里的。伽马什探长要我们查一下奥利维的相关资料。他的出生地、个人背景、家庭背景、就读的学校,来这之前是做什么的,有什么人可能和他有过节,还有,他得罪过什么人。"

"这可远不止得罪人那么简单。"

"你怎么知道?"拉克斯特问道。

"哦,我也得罪过一些人,但我可不会去杀人。"

"你当然不会。但有时你可能也会情绪失控,比如用锤子砸哈密瓜。"拉克斯特笑着说道,莫林的脸红了。"看吧,仅凭自己的观点去判断别人是会犯大错的。跟着伽马什探长学习的第一件事就是我们的想法并不等同于他人的想法。一个杀人犯的想法可能更奇怪。这起凶杀案并不是因为后脑勺被人砸了一下就开始了,杀人动机可能在几年前就已经以另一种方式出现了。凶手可能遇到了什么事情,也许是我们觉得很琐碎，甚至毫无意义的事情，但对凶手而言却足以勾起杀人的念头。也许那只是大多数人都不会放在心上的一件小事、或是一声呵斥、或是一次争吵。但凶手会一直记在心里。他会不断想着这事，愤怒也就越积越多。杀人凶手常常是感情用事的。感情变糟了，他就会变得很疯狂。你记着这一点。绝不要认为自己知道别人在想什么，绝不要仅凭自己的主观想法。"

这是伽马什教给她的第一课，也是她后来传授给新警官的第一课。要发现凶手，你得跟踪线索，但是你还得追踪凶手的感情发展，有时凶手的感情就像烂泥一样丑恶、腐臭和令人厌恶，但你还是得追踪这些烂泥，因为只有找到它们，你才能找到你的跟踪目标。

这是伽马什教给她的另一课，还有许多其他的呢。拉克斯特今后会传授给莫林的。

这其实也是拉克斯特在石桥上思考的问题，同时也是她关心的事情。她希望自己能把足够的智慧和足够的破案技巧传授给面前的这位年轻警员，这样他就能够抓住凶手。

"纳撒尼尔，"莫林说道，他此时站起身，走到自己的电脑旁，"那是您丈夫的名字，还是您儿子的名字？"

"我丈夫的。"拉克斯特回答道，显得有点困惑。他看到电脑密码了。

电话铃响了。那是哈莉丝法医打来的电话，她有急事要跟伽马什汇报。

...10

在伽马什探长的请求下,马克和多米尼克带领伽马什在老宅里转了一圈。此刻他们几个正站在一间房间的正前方,伽马什对这间房间太熟悉了。那是哈德利老宅以前的主人——蒂莫·哈德利的卧室。

在这间房间里曾经发生过两起凶杀案。

伽马什看着紧闭的房门,它现在被涂上了一层亮白色的新漆。伽马什在想,现在在这扇门背后会隐藏着什么呢?多米尼克打开了房门,阳光照射进来。伽马什的脸上露出无法隐藏的惊讶。

"变化很大吧?"马克说道,显然他对于伽马什的惊讶表情感到很高兴。

整间房间的确太令人震惊了。房间里原有的浮雕和回纹装饰都被清理掉了。还有,原来那些雕刻出来的小纹饰、黑黑的壁炉架、布满灰尘让人感到恐惧的维多利亚时代的天鹅绒窗帘,全都不见了。此外,那张重重的、给人不祥之感的、带有四根柱子的床也没了。

整间房间被恢复到了最初的状态。简单的线条展示出房间原有的高大感。现在,房间里带有条纹的灰白色窗帘能让阳光直接照射进来,每扇大窗户的正上方还装饰有彩色玻璃的横梁。这间已经有一百多年的房间此时充满了丰富绚丽的色彩。刚刚打过蜡的地板闪着光泽。带有软绵靠垫的特大号的床上摆放着整洁雪白的床上用品。壁炉里生着火,等待着进入这里的第一位客人。

"我来带您看看这里的组合家具。"多米尼克说道。

多米尼克身材高挑,伽马什觉得,她大概四十五岁左右的样子。她穿着牛仔裤和白衬衫,金黄色的头发显得很蓬松。她看上去很自信,而且也很健康。她的手上还沾着白色的油漆,手指甲剪得很短。

马克站在他妻子的身边微笑着,似乎很高兴展示他们的创作。伽马什清楚地知道,能让哈德利老宅获得如此的重生的确算得上是一种创作。

马克个子也很高,大概身高超过一米八,比伽马什还高一些,但体重却要比伽马什轻二十磅。他的头发剪得很短,几乎是板寸头,看上去就算头发长长了,他也是个秃顶。马克的眼睛是直摄人心魄的浅蓝色,但他的举止却很友善,充满热情。当多米尼克安静下来时,马克却毫无必要地显得有点急躁和紧张。

"他期待我表示一下赞赏。"伽马什这么认为。当一个人向别人展示一个对自己很重要的工程时,这种期待也是正常的。多米尼克说着老宅的浴室装修方面的特色,例如:浅绿色的马赛克瓷砖、按摩浴缸、独立的冲淋房等等。她对这一切都很自豪,但她并不需要别人的赞赏。

但是马克需要。

伽马什觉得,要对马克表示称赞其实是很容易的事。

"这扇门是我们上星期才装上去的。"马克说道,他打开浴室的一扇门,这扇门通向一个小阳台。从阳台上可以看到老宅屋后的景色,那里有一个花园和有一片田野。

阳台上有一张桌子,桌边围着四把椅子。

"我想,你们可以坐在那儿聊天。"从他们身后传来一个人说话的声音。马克急忙走过去从他母亲手上接过一个托盘。托盘上放着四杯冰镇茶,还有一些烤饼。

"可以吗?"多米尼克指了指阳台上的桌子,伽马什给卡罗尔搬了张椅子。

"谢谢。"卡罗尔说道,然后坐了下来。

"感谢你们的款待。"伽马什说道,他拿起茶杯喝起来。当其他人喝茶时,伽马什看了看他们。这三个人来到哈德利老宅这座忧伤、阴暗和被废弃的房子里,而他们让老宅又重新焕发了生机。

老宅也给予了他们回报。

"我们还有一些地方需要装修呢。"马克说道,"但已经装修得不错了。"

"我们希望在感恩节前能有第一批客人到这里来,"多米尼克说道,"如果卡罗尔能够帮我们干掉点活的话,就好了。但她总是拒绝刨篱笆桩或者灌水泥。"

"也许今天下午我就可以帮你们了。"卡罗尔笑着说道。

"我看到这里有一些古董。是你们从自己家里带来的吗?"伽马什问卡罗尔。

卡罗尔点点头。"我们把这些东西堆放在一起,但还有很多要买呢。"

"从奥利维那里买?"

"有一些是的。"这是伽马什到目前为止听到的最简短的回答,他还想听到更多信息。

"我们从他那里买了块漂亮的小地毯。"多米尼克说道,"就是铺在前厅里的那块。"

"不是的,那块现在还放在地下室呢。"马克说道,他的声音此时变得有点尖锐。他试图用一个微笑缓和一下自己的情绪,但好像不管用。

"我们好像还买了几把椅子。"卡罗尔语速很快地说道。

那些东西只占到整座老宅所有物品的一百分之一而已。伽马什一边小口喝着茶,一边注视着面前的这三个人。

"其他东西都是我们从蒙特利尔买来的,"马克说道,"从莫特瑞丹路那里买来的。您知道那条路吧?"

伽马什点点头,然后仔细听着马克讲述他们在莫特瑞丹路上淘宝的经历。那条路两边坐落着许多古董商店,有几家古董店其实不过是旧物商店,但是在那儿的确能淘到一些好东西,几乎是价值连城的好东西。

"有几样古董是我们从杂货店里买的,然后叫老孟帮我们修了一下。您可别告诉我们的客人啊。"多米尼克笑着说道。

"干嘛不从奥利维那里多买些呢?"

多米尼克此时眼睛直盯着盘子上的松饼,而马克在轻轻搅动着茶杯里的冰块。

"我们觉得他那里的价格有点贵,探长。"多米尼克最后说道。"我们其实很愿意从他那里买,但是……"

话说到一半,伽马什在等着她把话说完。最后马克发话了。

"我们原先从他那里订了一些桌子和床,一切都已经安排好了。然后我们发现,他卖给我们的价格比这些东西的原价高出了近一倍。"

"马克,这事我们还无法确定呢。"他的母亲说道。

"基本是不会错的。所以,我们后来取消了订单。您也能想象得出接下去的事情了吧。"

在马克说话的时候,多米尼克一直保持着沉默。现在她说话了。

"我还是觉得我们那时应该付钱买下来,或者可以私下跟奥利维再商量一下价格。毕竟,他是我们的邻居。"

"我可不喜欢被人压榨。"马克说道。

"没人压榨你。"多米尼克说道,"但总是有办法来解决的。也许那时我们应该买下来。你看看现在的局面。"

"现在的局面怎么了?"伽马什问道。

"奥利维是三松镇里有一定势力的人,"多米尼克说道,"现在把他给得罪了,你会为此付出代价的。每次到小镇里去,我们都感觉有点尴尬。我想我们去小酒馆的话,是不会受到欢迎的。"

"我听说,你们想挖小酒馆的员工到你们这里来工作。"伽马什问道。

马克的脸色一下子变了。"谁跟你说的?是奥利维吗?"马克显得有些咬牙切齿。

"这是不是事实？"

"是事实又怎么样？他简直把他的员工当奴隶，付给他们这么点工资。"

"那么，他们有人答应到你这里来工作吗？"

马克迟疑了一会儿，然后承认道没有。"但是奥利维答应给他们涨工资了，我们至少也为他们做了件好事。"

多米尼克一直惴惴不安地看着自己的丈夫。此刻她握住马克的手，说道："我想他们还是很忠实于奥利维的。他们似乎很喜欢他。"

马克哼了一声，压制住自己的怒火。伽马什意识到，马克是一个事情如果不顺自己的心意就会发脾气的人，而他的妻子多米尼克至少能安于现状，至少能尽力使自己保持理智。

"现在那家伙一定在整个小镇里到处说我们的坏话呢。"马克说道，他还对此不依不饶。

"别人不会只听一面之词的。"卡罗尔说道，她十分关心地看着自己的儿子，"那对画家夫妇人就很好。"

"彼得和克莱拉，"多米尼克说道，"是的，我也很喜欢他们。克莱拉还说，如果马匹到了，她要到这儿来骑马呢。"

"马匹什么时候到？"伽马什问道。

"今天晚些时候就能到。"

"真的吗？那太有趣了。来多少匹马？"

"四匹。"马克回答道，"都是纯种马。"

"事实上，我想你已经改变主意了，是不是？"卡罗尔转身朝向自己的媳妇。

"真的吗？我还觉得你喜欢纯种马呢。"马克也面朝多米尼克。

"我的确喜欢纯种马，但我后来看了几匹打猎用的马匹。我想既然生活在乡村，骑马打猎也是一种合适的娱乐。"她又看着伽马什，"不是因为我想打猎，那几匹马就是打猎用的马种。"

"是擅长跳跃的马种。"马克说道。

"你会骑吗？"

"我还没到那水平,但我的确很喜欢骑马打猎。我有好几年没骑过马了。"

"那你一定要来这儿骑骑马。"卡罗尔说道,虽然她和其他人都知道伽马什是不太可能穿上马靴、跨上马去打猎的。伽马什想,加布里要是接到这样的邀请会有何反应。想到这里,他不禁笑了。

"那几匹马叫什么名字?"马克问道。

多米尼克想了一会儿,不过她的婆婆插嘴说道:"很难记得,是不是?但好像有匹马叫雷雨,是吗?"

"啊,对。雷雨、骑兵、勇士,还有一匹叫什么来着?"多米尼克转身面朝卡罗尔。

"叫闪电。"

"真的?雷雨和闪电?"马克问道。

"它们是兄弟。"多米尼克回答道。

冰镇茶已经喝完了,松饼也只剩下一些碎屑。他们几个人站起身,朝客厅的方向走去。

"你们为什么要搬到这里来?"伽马什问道,此时他们正向楼下走去。

"您说什么?"多米尼克问道。

"你们为什么要搬到乡村来住,尤其搬到三松镇?这里可不好找。"

"我们喜欢这儿。"

"你们不想被别人发现?"伽马什问道,他询问时的声音充满幽默感,但眼神却十分锐利。

"我们喜欢这里的安静和祥和。"卡罗尔回答道。

"我们喜欢挑战。"马克补充道。

"我们也喜欢改变,不是吗?"多米尼克先看着自己的丈夫,然后又转身面向伽马什。"我和我丈夫以前在蒙特利尔的工作压力都很大。我们两个都累了,已经筋疲力尽了。"

"不是这么回事。"马克抗议道。

"反正差不多就是这么回事。我们没法再像以前那么生活了,也不想继续那么生活下去了。"

多米尼克没有继续说下去。她明白,自己的丈夫马克不愿承认以前的生活有多累——失眠,无缘无故的恐惧,把车停在高速公路旁大口吸着气,拼命将双手从方向盘上放下来。马克曾一度无法握紧东西。

马克日复一日、周复一周、月复一月、年复一年地过着那样的生活,直到最后向妻子说出了自己的真实感受。他们于是到乡村去过了个周末,那是许多年来的第一次。

多米尼克虽然不像她的丈夫那样常感到莫名的恐惧,但她有另一种感受——越来越强的空虚感和无力感。每天早上醒来时,她都必须告诉自己对自己极为重要的事情——广告销售。

但是,广告的销售变得越来越难了。

然后有一天,多米尼克想起了深埋于心底但却早已被遗忘的一个梦,那是她从孩提时代就有的梦想。她现在急需实现这一梦想。于是他们离开了蒙特利尔,放弃了压力过大的工作和过于肤浅的生活。他们带着大把的钱来到了三松镇,为的是治疗自己的心灵,然后再治疗别人的心灵。

他们如今的确治好了哈德利老宅的创伤。

"我们是在一个周六在《公报》上看到出售这座房子的广告。所以我们开车过来,买下了这座房子。"多米尼克说道。

"太果断了吧。"伽马什说道。

"我们一旦决定做什么事,就会果断去做。就是这样。"

看着多米尼克,伽马什相信她说的话。她了解大多数人从来没有意识到的事——自己的命运靠自己把握。

这使她变得果断而坚毅。

"那么,您呢,女士?"伽马什转向卡罗尔。

"哦,我已经退休了有段时间了。"

"我知道,您之前住在魁北克市。"

"对。我后来辞了工作。在我丈夫去世后,我也搬到这里来了。"

"丈夫离开后一定很寂寞。"

"还好啦。那是好几年前的事了。后来马克和多米尼克邀请我到这里来住,我觉得那一定很有意思。"

"您以前是名护士?这里开休闲养生会所,您一定能帮上不少忙呢。"

"我可不希望自己是以护士的身份来帮忙的。"卡罗尔大笑道,"你们可没想过伤害别人,然后让我来负责治疗吧,是不是?"她问多米尼克,"上帝会帮助所有向我寻求帮助的人。"

他们几个来到客厅。伽马什在落地窗户边停下脚步,然后面朝客厅里面。

"谢谢你们带我参观老宅,也谢谢你们的茶。但我还是有些问题要问。"

"是关于小酒馆里的凶杀案吗?"马克问道,他微微朝多米尼克的方向靠近,"在这个小镇发生凶杀案有些不合情理。"

"你也这么认为,是吗?"伽马什问道。他在想,有没有人告诉过马克他们在这座老宅里曾经发生过的事情呢?可能房地产商在出售老宅的广告里是不会提及这些事情的。

"对了,你们有没有在附近见过什么陌生人?"

"这里到处都是陌生人,"卡罗尔说道,"现在小镇里大多数居民我都认识了。但是这个周末小镇里到处都是我们没见过的人。"

"死者应该不难辨别。他看上去像个无业游民,像个流浪汉。"

"我没见过这样的人,"马克说道,"妈妈,你见过吗?"

"没有。"

"你们周六晚上和周日早上在干吗?"

"马克,我记得你先上床去睡觉了。他通常总是第一个去睡觉。多米尼克和我在听加拿大之声的广播,然后我们就上楼睡觉去了。"

"大概是晚上十一点吧,是不是?"多尼米克问道。

"你们有人在夜里起过床吗?"

"我起过。"卡罗尔回答道,"但就一会儿,我是去上洗手间。"

"您干嘛问我们这些?"多米尼克问道,"凶杀案发生在山下的小酒馆里,跟我们有什么关系?"

伽马什转过身，指着窗户。"这就是我问的原因。"

他们走过来看。就在山下的小镇里此时有几辆停在那里，一些人在拥抱告别，一些孩子不情愿地从小镇绿地上被父母带走，还有一位年轻女士正朝着老宅的方向在小镇的莫林街上走路。

"你们这里是三松镇里唯一能俯瞰整个小镇的地方，也是唯一能够直接看到小酒馆的地方。如果凶手作案时开灯的话，你们是能看到的。"

"我们的卧室在房子背面。"多尼米克说道。伽马什在之前参观老宅的时候已经注意到这一点了。

"没错。但我想，你们中应该有人夜里失眠睡不着吧。"

"不好意思，探长。我们在这里睡得就像死人一样。"

伽马什并没有告诉他们，哈德利老宅里死者的灵魂是从来不会真正睡着的。

就在这时，门铃响了。吉尔伯特一家显得有点惊讶，因为他们没想到这时会有人来。但是伽马什想到了，他刚才已经注意到拉克斯特穿过绿地沿着莫林街朝老宅的方向走来。

看来有新情况了。

"我能单独跟您说句话吗？"在伽马什把拉克斯特介绍给吉尔伯特一家之后，拉克斯特这样说道。吉尔伯特一家很知趣。在他们走后，拉克斯特转身面朝伽马什。

"法医打电话过来说，死者不是在小酒馆里被杀的。"

...11

　　莫娜轻轻地敲了下小酒馆的门,然后将门推开。
　　"你还好吗?"她轻柔地对着昏暗的小酒馆里面问道。这是自从她住在三松镇以来第一次看到小酒馆在白天还紧闭着店门。以前即使在圣诞节奥利维也会开门营业的。
　　奥利维这时正坐在一把扶手椅上。他看着莫娜,对她微微一笑。
　　"我很好。"
　　"露丝口中那个爱发牢骚、精神错乱、自大傲慢的家伙还好吗?"
　　"还是老样子。"
　　莫娜坐在奥利维的对面。她从自己的书店拿来一壶茶,那是一壶又烫又浓的茶,里面还加了牛奶和糖。这其实就是红茶,没什么特别的。
　　"想聊会儿天吗?"
　　莫娜静静地坐着,看着她的朋友。她熟悉奥利维的脸,也注意到这张脸在去过几年里的细微变化。奥利维的眼角已经有了眼尾纹,一头漂亮的金发也变得稀薄起来。但是莫娜觉得,奥利维没有改变的是他的善心和体贴。那是肉眼看不见的，同时却又是最明显的东西。奥利维是小镇里第一个把汤分发给病人的人，第一个去医院看望病人，给那里虚弱无助或者命不久矣的病人大声朗读故事的人。加布里、莫娜还有克莱拉都会组织小镇居民去医院做义工，但当他们到达医院时，奥利维总是第一个在那里。

现在该轮到别人来帮助他了。

"我不知道自己是否想聊天。"

莫娜小口喝着茶，点头道："这我可以理解。你受到了创伤打击。看到死者躺在这儿一定是个很可怕的打击。如果我是你，我也会这样的。"

你根本就不知道，奥利维脑子里这样想着。但他并没有说出来，只是望着窗外。他看到伽马什探长和拉克斯特警员从哈德利老宅出来正沿着莫林街在走。奥利维祈祷他们就这样走下去，不要都这里来，不要让自己面对他们敏锐的目光和尖锐的问题。

"我在想，我该不该把小酒馆卖了，然后搬到别的地方去生活。"

莫娜大吃一惊，但她脸上没有表露出来。"为什么呢？"她轻声地问道。

奥利维摇摇头，然后低下头看着放在自己膝盖上的双手。

"一切都在改变，一切都已改变。为什么一切不能保持它们原有的样子呢？警方拿走了我的壁炉拨火棍，你知道吗？我想，伽马什一定认为人是我杀的。"

"他不会这么想的，我确定。奥利维，看着我！"莫娜用力对奥利维说道，"别人怎么想的无关紧要。我们大家都相信你。你也应该相信我们。我们都爱你。你以为我们每天到这里来就是为了吃美食吗？"

奥利维点点头，笑道："你是说，你们到这里来不是来吃羊角面包的？还有红葡萄酒？还有巧克力蛋糕？"

"哦，好吧，也许是为了巧克力蛋糕。不过，听着，我们大家到这里来主要是因为你。你才是吸引我们来这里的真正原因。我们大家都爱你，奥利维。"

奥利维抬头看着莫娜的眼睛。直到这时他才意识到，大家对他的爱是无条件的。以前他一直觉得大家爱他是因为他是小镇唯一一家小酒馆的主人。大家是因为小酒馆的热闹氛围、美酒和美食才爱他的。那就是大家爱他的原因,因为他能给大家想要的东西,也能卖给大家想要的东西。

没有了小酒馆,他对大家而言就变得一无是处了。

莫娜怎么会知道连奥利维自己都不会对自己承认的事情呢?奥利维微笑着,看着莫娜。莫娜穿着她平时经常穿的火红色长袖衫,那是加布里用法兰绒编织成的一件冬天穿的长袖衫,是送给莫娜的生日礼物。奥利维想象着莫娜在书店里穿着这件衣服的样子,一定看上去像个又大又温暖的法兰绒编织成的球。

这个在过去几天里对奥利维而言已经封闭起来的世界现在又开始向他敞开了。

"我们趁最后一天一起去趟布鲁姆市集,怎么样?你对棉花糖、奶油苏打和牛肉汉堡感兴趣吗?我还听说,韦恩今天下午要在市集上给大家展示他们家刚出生的一窝小猪仔呢。我知道你是很喜欢小猪的。"

一次,只有那么一次,奥利维曾急急忙忙地赶去一年一度的市集在猪棚边看小猪仔。现在他喜欢吃烤乳猪,但他仍然爱看小猪仔。甚至他怀疑,自己在某些方面的确跟猪仔很相像。但是他摇摇头。

"我现在不想看。不过你们可以去,顺便带只烤乳猪给我。"

"你希望有人在这儿陪陪你吗?我可以留下来。"

奥利维知道莫娜是愿意的,但是他还是想一个人待着。

"谢谢,不用了。我是个爱发牢骚、精神错乱、自大傲慢的家伙。"

"只要你心情好就可以了。"莫娜说道,她站起身。在做了那么多年的心理咨询师后,她知道该如何倾听对方说的话以及如何不去打扰对方。

当莫娜、彼得、克莱拉、露丝还有鸭子罗萨一起坐上彼得的车子准备去市集的时候,奥利维透过窗户观察着他们。他们向他挥挥手,他也高兴地朝他们挥挥手。莫娜没有挥手,她只是朝他点点头。奥利维停止挥手,看着莫娜的眼睛,也朝她点点头。

当莫娜说大家都爱自己时,奥利维完全相信她所说的。但他也知道,大家爱的那个"自己"其实是不存在的,只是一个虚构的人物。大家如果知道了真实的奥利维的话,一定会把他踢出去,踢出大家的生活圈,甚至踢出整个三松镇。

当彼得的车子载着众人沿着山路朝布鲁姆市集驶去的时候,奥利维又听到了那些话。那是从深藏于小树林的那个小木屋里传来的。他似乎还能闻到熏木头的烟味和干燥的树叶味。他似乎还能看到那位隐居于小木屋里的老者。那样清晰,好像还活着,一脸的恐惧。

奥利维似乎又听到了那个传说。但他知道,那不仅仅只是个传说:

很久以前,一位山神看管着一笔宝藏。他把宝藏埋得很深。那笔宝藏陪伴了山神整整一千年,这招来了其他神灵的嫉妒和愤怒。他们警告那位山神,如果他不拿出那笔宝藏跟他们一起分享,那么他们就会做出一些很可怕的事情。

但那位山神是所有神灵中力量最强大的。他对其他神灵的威胁只是一笑而过,因为他知道其他神灵奈何不了自己。他能击退所有的攻击,并加倍还给那些发动攻击的人。他是所向披靡的。他准备好了面对任何攻击。他一直等着,但攻击并没有发生。

什么都没发生。什么都没有。

没有飞镖、没有长矛、没有战马、没有骑兵、没有猎犬,没有飞鸟,甚至风吹来时连种子也没有,后来连风也没有了。

还是什么都没发生。什么都没有。

后来,山神感到了死亡般的寂静,然后是死神的触摸。在山神死后,没有任何东西来触碰他的尸体,也没有风拂过他已经硬化的躯壳,也没有蚂蚁爬上他的身体,也没有鸟儿驻足,甚至也没有蛆虫来分解尸骸。

他什么都感觉不到。

直到有一天,来了一位年轻人。

奥利维的思绪又回到了小酒馆里的那一幕：僵硬的尸体、僵直的肌肉。奥利维把自己的指甲深深掐进手掌里。

他已经无数次问过自己，为什么？为什么自己要这么做？

在去见法医之前，伽马什走到贴在办公室墙上的大纸板前。先前波伏瓦已用大大的红色字体在纸板上写了这样几句话：

死者是谁？
他为何被杀？
凶手是谁？
杀人凶器是什么？

伽马什叹了一口气，在下面又加了两句话：

凶杀第一现场在哪里？
尸体为何被挪动？

到目前为止，在查案的过程中他们发现的问题比找到的线索要多。但问题就是答案的来源。伽马什感到困惑，但并不会就此罢手。

当伽马什达到考恩斯威尔医院的时候，波伏瓦已经等在那里了。他们两个随后一起沿着楼梯往医院的地下室走去，有关死者的情况报告和尸体都存放在那里。

"我一发现问题就打电话给你们了。"哈莉丝法医跟伽马什和波伏瓦打了声招呼。她将他们带入亮着白炽灯的无菌室。死者的尸体此时就赤裸地放在钢制轮床上。伽马什希望他们能给尸体盖上白布。尸体显得那样苍老，事实上，死者年纪也的确很老。

"尸体有点内出血，但并不多。你们看这个伤口。"哈莉丝指着死者后脑勺那个凹进去的伤口，"这样的伤口本应该在死者躺的地面上留下大量血迹。"

"可是,小酒馆地板上几乎没有什么血迹啊。"波伏瓦说道。

"他是在其他地方被杀的。"哈莉丝很肯定地说道。

"在哪里呢?"伽马什问道。

"你想要个确切的地址吗?"

"如果你可以的话。"伽马什开玩笑道。

哈莉丝法医也笑了笑。"确切地址我当然不知道,但我发现了一些情况或许能给你们提示。"

哈莉丝走到她的办公桌边,上面放着一些贴有标签的小瓶子。她把其中一个递给伽马什。

"还记得在死者伤口上发现的一点点白色的东西吗?我开始以为那些可能是炉灰,或是骨头渣子,甚至可能是头皮屑。现在看来都不是。"

伽马什需要戴上眼镜才能看清楚小瓶子里的白色雪片状物体。然后他看到瓶子上贴的标签:

　　链烷烃,发现于伤口处。

"链烷烃?像蜡一样的东西?"

"对,人们通常叫它石蜡。你也许知道的,石蜡以前被用来制作蜡烛,不过现在已经不用了,被更加稳定的物质替代了。"

"我母亲以前用石蜡封存食物。"波伏瓦说道,"她把石蜡融化,然后倒在腌菜的坛子口上把坛子密封起来。"

"没错,就是那东西。"哈莉丝说道。

伽马什转向波伏瓦,"那你母亲周六晚上在哪里?"

波伏瓦大笑道,"我母亲这辈子威胁过要砸脑袋的只有我一个。她对别人可构不成威胁。"

伽马什把瓶子还给哈莉丝,"你对此怎么看?"

"这东西位于伤口深处,它要么是死者在被杀前就在死者头上的,那么就是凶器上的东西。"

"比如说,腌菜坛子?"波伏瓦问道。

"凶手使用了很奇怪的凶器。"伽马什说道,但他还想不出那会是什么凶器。

波伏瓦摇摇头。除非是像露丝这样的英国移民后裔,否则谁会想到把一个腌菜坛子当做凶器呢?

"那么,凶器不可能是壁炉里的拨火棍喽?"伽马什问道。

"除非那根拨火棍非常干净。在尸体上没有找到有关炉灰的任何证据,只找到那个。"哈莉丝朝那个小瓶子点点头。"对了,还有一件事。"哈莉丝将一把实验室座椅搬到伽马什他们坐的长凳旁边,"在死者穿的衣服背面我们发现了这个。颜色非常浅,但是就在上面。"

她将验尸报告递给伽马什,并指着上面的一行字。伽马什读道:

"丙烯酸聚氨酯和氧化铝。什么意思?"

"是瓦勒轩①涂料,"波伏瓦说道,"我家刚用过它来涂刷地板。用沙子把地板表面磨光之后,就可以涂上瓦勒轩涂料了。"

"不单单是地板。"哈莉丝说道,她把小瓶子放回去,"这种涂料还可以用于木质器具的加工,那算是最后一道工序。除了死者头部的那个伤口之外,死者全身没有任何伤痕。他的确保养得很好。我估计,他如果没被杀的话,还可以活个二十五年到三十年。"

"他在死前几小时还吃了顿饭。"伽马什说道,他正在读验尸报告。

"是素食。我猜应该是有机蔬菜。我已经检验过了。"哈莉丝说道,"而且是非常健康的素食,这可不像是流浪汉吃的东西。"

"有人给他吃了顿饭,然后就把他给杀了。"波伏瓦推测到。

哈莉丝犹豫了一会儿,"我也想到过这问题,有这种可能性。可是……"

"可是……?"伽马什问道。

"可是,死者看上去好像是一直吃这样的食物的,并非只有死前那一次。"

---

① 瓦勒轩(Varathane):一个商业品牌,包括了世界领先的工业和民用特种涂料和密封涂料。工业产品包括了屋面系统、密封材料、防腐涂料、地坪涂料、还有特种化学品。但由于瓦勒涂料里轩里含有的化学物质会对环境造成污染,所以近年来已经不再被广泛使用了。

"所以，要么是他自己给自己做了顿健康的晚餐，"伽马什说道，"要么就是他叫别人给自己做了顿这样的饭，死者和那个人都是素食主义者。"

"应该是这样。"哈莉丝说道。

"报告上没提到酒精或是毒品。"波伏瓦说道，他瞄了一眼验尸报告。

哈莉丝点点头。"我不认为死者是个无家可归的流浪汉。我不清楚是否有人在照顾他，但很明显，死者把自己照顾得很好。"

他把自己照顾得很好，这是多么精彩的墓碑碑文啊！伽马什这样想着。

"或许死者是个求生主义者，"波伏瓦说道，"你们也许知道的，那些家伙逃离城市生活，躲在树林里，认为世界末日就要降临了。也许死者就是他们中的一员。"

伽马什转身看着波伏瓦。这是个很有趣的想法。

"说句老实话，我自己已经被搞糊涂了。"哈莉丝法医说道，"你们看，死者是后脑勺被一击重击而毙命的。这样的情况不太寻常，仅仅只有一击……"哈莉丝的声音渐渐变轻，她摇摇头，"通常情况下，如果一个人要对他人奋力一击致其毙命的话，他一般都会处于极度亢奋的状态，就好像受了刺激一样。他会变得歇斯底里，无法停下手，你应该会在死者身上找到多处伤痕。但这个人全身只有这么一处……"

"那么，你想到什么呢？"伽马什问道，他凝视着死者的后脑勺。

"这并不是激情犯罪。"哈莉丝转身面朝伽马什，"当然这里面有激情的成分，但更多的是预先设计好的计划。无论是谁干的，他一定很恨死者，却又能控制住自己的仇恨。"

伽马什扬了扬眉毛。这的确太少见了，而且让人觉得不安。这就好像你要驯服一大群咆哮的野马，它们的鼻孔里喷射着怒火，蹄子还在搅动着地面。

谁能控制这样的情绪呢？

凶手可以。

伽马什和波伏瓦两人面面相觑。这个凶手不好对付。

伽马什转身看着冰冷钢床上的那具冰冷的尸体。如果死者是个求生主义者，那么他求生失败了。如果他害怕世界末日降临，那么他逃得还不够远，在加拿大的树林里藏得还不够隐秘。

世界末日最终还是降临到了他的头上。

...12

多米尼克·吉尔伯特站在自己的婆婆身边,看着那条扬着灰尘的马路。每次当载满人的汽车驶离三松镇时,她和卡罗尔都会站在一边看着。人们趁着假日的最后一天开车前往市集或是早些进城以躲开假日的出游高峰。

人们不是朝三松镇来的,而是离开三松镇,朝着通往考恩斯威尔的马路驶去,拥有马匹的梦想也随之远去。

多米尼克对于自己竟然完全忘了孩提时代的梦想一事仍然感到很吃惊。不过,她也不必感到吃惊,因为她以前也曾梦想过嫁给电视连续剧《帕曲奇一家》中的男主角基斯①,或是梦想自己是俄国皇族中的一位失踪的公主。她想拥有马匹的梦想早就随着其他不可能实现的梦想灰飞烟灭了,这些梦想都被随后的董事会议、客户、健身中心会员和越来越

---

① 《帕曲奇一家》(*The Partridge Family*)是美国1970年9月25日至1974年3月23日播出的一部电视情景喜剧,讲述了一位寡妇和她的五个孩子的音乐创作生涯。其中基斯·帕曲奇是家里的大儿子。他长相英俊,擅长电子吉他和班卓琴。

昂贵的名牌衣服所取代,直到最后她心里的欲望已经满得装不下,所有的工作升迁,度假和瘦身护理都不再能够吸引她的注意力。但在她充满各种目标、计划和任务的心底,仍然残留着一个早年的梦想。

那就是拥有属于自己的马匹。

小时候,多米尼克曾骑过马。当风吹拂着头发,手里紧握着马缰绳的时候,她感到极度自在和安全。小女孩的那些烦恼在骑马时全都被遗忘了。

几年后,当对生活的不满变成了失望,当自己的精神变得萎靡不振,当早上一直赖床不起的时候,这个梦想又开始显现了。它就像骑兵部队,就像加拿大骑警一样将自己从灾难中解救出来。

马儿拯救了她的梦想。这些了不起的生物深爱着自己的骑手,愿意与骑手一起并肩战斗。在一片爆炸声中,在一片恐怖声中,它们穿越尖叫的人群和呼啸的炸弹,骑手叫它们上哪儿,它们就勇往直前地上哪儿。

谁会不爱它们呢?

一天早晨当多米尼克醒来时,她知道自己要做什么了。她要为了自己的心灵,为了自己的灵魂做些什么。于是,她和马克放弃了工作,来到乡村买下了一幢老宅。她要在这儿养马。

刚把哈德利老宅买下,他们就雇佣了罗阿尔来建造马棚。多米尼克之前就已经物色好了马匹。她花了几个月的时间挑选最好的优良马种。这些马匹要有好脾气。个头、体重、毛色都要好。要帕罗米诺马[①],还是条纹马?儿时的梦想又回来了。小时候多米尼克把月历上有关各种马的图片撕下来贴在墙上,就贴在基斯·帕曲奇的海报旁边。那些图片上有脚上带着白色条纹的黑马,有强壮的灰色种马还有高贵、神气、健壮的阿拉伯马。

最后,多米尼克选中了四匹打猎用的马。它们都是个子高大、毛色闪亮的好马。其中两匹是栗色的,一匹是黑色的,另一匹是全身白色的。

"我听到有卡车来了。"卡罗尔说道,她拉着媳妇的手并轻轻地捏着,

---

① 帕罗米诺马(Palomino):产于美国西南部的一种良马,毛色淡黄或奶黄色,腿细长。

好像在捏着马缰绳一样。

　　一辆卡车驶入视野。多米尼克朝卡车挥挥手。卡车放慢速度,然后转向多米尼克的方向,朝老宅的院子开来,最后停在新造的马棚旁边。

　　四匹马从卡车里被牵出来。它们的马蹄在木质坡道上发出铿锵的声音。当四匹马全都站在院子里时,卡车司机向卡罗尔和多米尼克走去,他把一个烟头丢在地上,然后用脚将烟头碾碎。

　　"请在这里签一下名字,女士。"司机拿出一张单子。多米尼克拿着单子签上自己的名字,但视线始终没有离开那四匹马。签完名后,多米尼克给了司机一点小费。

　　司机拿着小费,有点困惑不解地看看卡罗尔和多米尼克,然后又看看那四匹马。

　　"你们确定要养这四匹马吗?"

　　"是的,很确定。谢谢您。"多米尼克用更为自信的语气说道。既然马儿已经来了,梦想也就变成了现实。多米尼克忽然意识到,自己还真不知道该如何饲养一匹马,更别说饲养四匹马了。司机看上去很关心多米尼克。

　　"要我把它们弄进马棚吗?"

　　"不用了。我们自己可以的。谢谢您。"多米尼克想让司机快点离开,好让他不会看到自己的彷徨、笨拙和迟钝。多米尼克还没有到不知所措的地步,但她怀疑自己很快会变得不知如何是好了。

　　司机将空空的卡车调转车头,开走了。卡罗尔转身面朝多尼米克,说道:"好了,宝儿,我想我们会比它们的上一个主人干得好的。"

　　当卡车调头往考恩斯威尔的方向驶去时,卡罗尔和多米尼克看到了印刷在车后门上的字。那是用粗粗的黑体字印上去的,所以看得很清楚,那个字是"屠宰场"。卡罗尔和多米尼克回头看着她们面前的那四匹可怜的动物——毛色暗淡,眼角膜有白斑,背部凹陷,马蹄也很久没有修剪了,皮毛上覆盖着泥块和褥疮。

　　"天堂的钟声即将响起。"卡罗尔轻声说道。

　　多米尼克不知道什么是天堂的钟声,但她感到自己的脑子此时像有钟声在回荡。她做了什么？她拿着一根胡萝卜向第一匹马走去。这匹名叫毛茛的老马显得有些迟疑，它还没习惯人类的温情。不过随后它向前跨了一步，用它又大又厚的嘴唇从多米尼克的手上叼过甜甜的胡萝卜。

多米尼克放弃了她之前想买雄健的猎马的计划，她决定买下那些送去屠宰的马匹。如果她期待马儿能拯救自己，那么她能做的就只有先拯救它们。

一个半小时后，多米尼克、卡罗尔还有那四匹马仍旧站在马棚前面。但现在还多了位兽医。

"它们一洗刷完，你就把这个涂在它们的褥疮上面。"兽医递给多米尼克一罐药膏，"一天涂两次，早上一次，晚上一次。"

"这几匹马能骑吗？"卡罗尔问道，她正拉着最大的那匹马的缰绳。卡罗尔心里觉得那根本就不是一匹马，而是一头驼鹿。它的名字叫通心粉。

"啊，是的，我鼓励有人骑它们。"兽医在这几匹马身边走了一圈。他大大的手掌抚摸着这几匹可怜的动物。"可怜的马儿。"他轻轻地对着那匹名叫毛茛的老马的耳边说道。毛茛的鬃毛几乎已经掉光了，它的尾巴细得像根鞭子，毛色也是污秽不堪。"它们需要训练，也需要干净的食物和水。当然，它们更需要细心的照料。"

在检查完马匹之后，兽医摇了摇头。

"好消息是它们没有什么致命伤。它们之前肯定被丢在烂泥地里或是阴暗的马棚里自生自灭，也没人去喂它们和照料它们。这匹马，"兽医靠近那匹高高的、眼角膜带有白斑的马，它显得有点胆怯。兽医停下了脚步，然后再慢慢地靠近。他不断发出一些声音来安慰那匹马，直到它平静下来，"这匹马被人虐待过。你们看这儿。"兽医指着马身体两侧的伤疤，"它显得很怕人。它叫什么？"多米尼克看了看卡车司机给她的单子，然后看着卡罗尔。"啊！"多米尼克说道，然后又看着兽医，"这匹马的名字能改吗？"

"一般来说是可以的，但这匹马的名字最好不要改。它已习惯自己被叫这名字了。为什么要改掉它的名字?"

"单子上说,它的名字叫马克。"

"我还听过比这更糟的名字呢。"兽医说道,他拿过单子看起来。

多米尼克和卡罗尔面面相觑。到目前为止,多米尼克的丈夫马克还不知道自己的妻子放弃买良种马反而买了这几匹劣等马。他肯定不会高兴的。多米尼克希望马克不会注意到这些。如果她给马儿取了非常阳刚的名字,例如:雷雨和骑兵,马克可能不会在意的。但他肯定会注意到那匹跟自己同名的马半瞎的眼睛和身上斑斑驳驳令人生畏的伤疤。

"你们可以的话,就骑一下它们。"兽医从自己的车窗探出头对多米尼克和卡罗尔喊道,"一开始可以让它们慢跑直到它们恢复脚力。"他向两位女士露出一个微笑,"你们会做得很好的,别担心。它们是幸运的马儿。"

兽医开车走了。

"没错。"卡罗尔说道,"不过,马鞍放错了地方可就不一定了。"

"我觉得,马鞍应该放在马背的中间部分。"多米尼克说道。

"真是该死。"卡罗尔回答道。

安全局的警员们都在寻找血迹。如果死者不是在小酒馆里被害的,那么他肯定是在别的地方被杀的。警方需要找到第一杀人现场,在那里应该有大量血迹。虽然凶手有两天的时间来清理现场,但血液是会凝结的,所以凶手不可能完全抹去自己的杀人罪证。三松镇以及周围的每家每户、每一个小屋、每一个牲口棚、每一间杂物室、每一间简易屋都要搜查。波伏瓦探员负责这一切,他已将安全局的警员们分配到小镇的各个地方以及小镇周围的树林里去了。他自己则待在老火车站的临时办公室里,接收他们传来的报告,指导他们的侦查工作,偶尔还要责骂他们一下。传来的报告都是一无所获的消息,波伏瓦渐渐失去了耐心。

什么都没找到。

没有杀人第 现场的迹象,也没有杀人凶器的下落。甚至在哈德利老宅,新铺的地板也是连一滴血迹都找不到。关于奥利维小酒馆里的两根拨火棍的实验报告也证明,那两根拨火棍都不是凶器。凶器一定还在,还在某个地方。

在搜查中,警方找到了吉莉安丢失的靴子;在贝立夫先生的房子下面发现了一个地窖,虽然这个地窖里已经长满杂草而且早已废弃,但里面还存放着许多年前的腌菜和果酒;在露丝家的阁楼上警方发现了一个松鼠窝,这并不让人觉得吃惊;在莫娜的储藏间里警方找到了一些疑似蜀葵的种子。

除此之外,一无所获。

"我想扩大搜查范围。"波伏瓦在电话里对伽马什说道。

"是个好主意。"但是伽马什听上去并不显得很有把握。

在电话里波伏瓦能听到有铃声、音乐声还有人们的笑声。

伽马什此时正在布鲁姆市集。

布鲁姆市集已经有一百多年的历史了,它将人们从周边各个村镇吸引至此。和大多数市集一样,布鲁姆市集一开始只是农夫聚集的一个场所。农夫们在一起比较各家养的家畜,出售自家种的秋粮,或是做些买卖,或是纯粹看看朋友。以前在市集的一个棚子里会举办家畜评判比赛,而在另一个棚子里则展示农家的手工制品。露天大棚长长的走廊里会有各式糕点出售。孩子们会排着长队购买甘草糖和枫树糖浆,或是爆米花和新出炉的甜甜圈。

布鲁姆市集是当地夏季最后一个节日,它意味着天气即将进入秋季。

伽马什路过市集里的木马和叫卖的小贩。他看看手表,是时候了。他走过一块草地来到一个棚子的旁边,那里已经聚集了许多人,他们是来玩扔靴子游戏的。

孩子和成年人排成一排,伽马什则站在草地边上看着。管理该游戏的一位年轻人让人们安静下来,然后发给每个人一只旧皮靴。发完后,那位年轻人举起手,一直保持那姿势。

那个姿势让人感到神经都绷紧了。

忽然,年轻人举着的手像斧子一样落下。

排成一排的人齐刷刷地举起臂膀,然后身子朝前倾。伴随着旁观人群的欢呼声,那些人手上的旧皮靴像暴风雨一般飞了出去。

就在那一刻,伽马什突然意识到自己干嘛站在草地边上。至少有三只皮靴朝他这里飞来。

他转身,弯下腰,本能地抬起手臂保护自己的脑袋。在一阵啪啪的声音后,靴子落在他的身边,但没有击中他。

管理这项活动的那位年轻人跑过来。

"你没事吧?"

年轻人留着蜷曲的棕色头发,但头发在阳光的照射下显出红褐色。他的脸晒得黑黑的,眼睛是深蓝色。他长得很帅,不过此时显得有些生气。

"你不应该站在这里。我还以为扔靴子时你会跑开呢。"

年轻人看着伽马什,好像觉得他真是愚不可及。

"是我不好。"伽马什承认道,"对不起。我正在找老孟。"

"我就是老孟。"

伽马什盯着眼前这位满脸红润、相貌英俊的年轻人。

"您就是伽马什探长吧。"老孟伸出手,那手大大的,布满老茧。"我在三松镇见过您。您的妻子不是还在国庆日参加过木屐舞的活动吗?"

伽马什的眼睛始终盯着这位充满活力和阳光的年轻人。他点点头。

"我那时在舞会上还拉小提琴呢。您找我吗?"

在老孟身后,许多人聚集着,朝他的方向望过来。老孟也看看他们,显得很轻松。

"我想跟您谈谈,如果您方便的话。"

"当然可以。但是扔靴子游戏还得再玩一会儿,然后我才能抽身。您想玩吗?"

老孟把刚才落在伽马什身边的一只靴子拿给伽马什。

"我该怎么玩呢?"伽马什问道,他拿着那只靴子,跟随老孟来到一排人中间。

"这叫惠灵顿扔靴子游戏,"老孟大笑着说道,"我想你猜得出来该怎么玩吧。"

　　伽马什微笑着,今天可能是他最笨的一天。伽马什发现自己就站在克莱拉前面,他还发现老孟朝一位年轻貌美的女士以及一个大概六岁大的孩子跑过去。老孟蹲下身,将一只小靴子交给那个小孩子。

　　"那是查理斯,"克莱拉说道,"老孟的儿子。"

　　伽马什又看了看,发现查理斯长得很漂亮。查理斯此时正大笑着,在往反方向跑。老孟和妻子十分耐心地将查理斯抱回来。老孟吻吻了查理斯,然后小跑回到队伍前。

　　伽马什发现,查理斯患有唐氏综合征。

　　"准备好了吗?"老孟喊道,他举起手臂,"预备。"

　　伽马什紧抓着靴子,然后回头看了看克莱拉和彼得,他们俩正紧张地看着前方。

　　"扔!"

　　伽马什使劲甩起自己的臂膀,感到手上的那只靴子重重地碰到了自己的背。然后他身子向前倾了一下,手上的那只沾着泥土的靴子没有握牢,一头落在了伽马什前头两尺远的地方。

　　克莱拉虽然握得很牢,但是没持续多久。她的靴子几乎是笔直向上丢入空中。

　　"往前扔!"周围看的人都大声叫道。所有人都一致向后退,好像那些靴子是从灼热的太阳里朝他们扔过来的。

　　靴子击中了彼得。不过,好在那只是一只小小的、粉红色的儿童靴子,所以砸在他身上也没什么事。在伽马什身后,加布里和莫娜在打赌,这次克莱拉会花多长时间来编造借口以及编出的借口又会是什么。

　　"我赌十美元,克莱拉会说:'这次那是一只施了魔法的靴子。'"莫娜说道。

　　"啊,她去年已经用过这个借口了。我觉得她会说:'那是彼得故意被靴子砸中的。'"

　　"看来你赢了。"

　　克莱拉和彼得走了过来。"你们能相信吗?他们竟然又给了我一只施了魔法的靴子。"

加布里和莫娜都哈哈大笑起来。克莱拉也笑起来,她一边笑,一边看着伽马什。加布里给了莫娜十美元。克莱拉走到伽马什身边,轻轻说道:"明年我要说是彼得故意被靴子砸中的,这样可以让加布里赢些钱。"

"假如他没被靴子砸到呢?"

"可是他每次都会被砸到啊。"克莱拉很真诚地说道,"他是故意的,你知道吗?"

"我知道了。"

莫娜朝站在草地另一边的露丝挥挥手,鸭子罗萨摇摇摆摆地走在露丝身旁。露丝向罗萨伸出一根手指。老孟看到这一情景,也向扔靴子的每一个人伸出一根手指。

"露丝没来玩扔靴子的游戏吗?"伽马什问道。

"露丝不喜欢这种滑稽的游戏。"彼得回答道,"她到市集是来买儿童衣服的。"

"买了干嘛呢?"

"谁知道露丝要干嘛。"莫娜说道,"也许想加快案子的调查速度吧。"

"关于案子,我们已经有了一个重大发现。"伽马什说道。大家都靠拢过来,聚在伽马什身边,就连露丝也步履蹒跚地走过来。"法医说,死者不是在小酒馆里被杀的。他应该是在其他地方被杀死,然后被弄到小酒馆里的。"

伽马什此时能清楚地听到整个市集里的声音。小贩们在叫嚷着,如果你能击中一只锡制的鸭子,你就能得到一个填充玩具;铃声响着提醒游人各种游戏比赛;广播员也在提醒游人,马展即将开始。但是聚在伽马什身边的那几位却是一片沉默。最后克莱拉说道:

"这对于奥利维来说是个好消息,不是吗?"

"你是说,这能使他的嫌疑程度降低?"伽马什问道,"也许吧,但是这反而会产生更多疑问。"

"比如,尸体是怎么被弄进小酒馆里的。"莫娜说道。

"还有,杀人的第一现场在哪里。"彼得说道。

"我们警方已经在挨家挨户地搜查整个三松镇了。"

"你们凭什么?"彼得质问道,"没有我们的允许就搜查我们的屋子?"

"我们有搜查授权证。"伽马什回答道,对于彼得这么激烈的反应感到很吃惊。

"这还是侵犯了我们的隐私权。你知道我们会回去的。你们就不能等一等吗?"

"我们可以等,但最后还是选择不要等了。毕竟,这不是问卷调查。坦白说,你们各位的感受不在我们警方的考虑范围内。"

"显然,我们的隐私权也不在你们的考虑范围内。"

"那样说不对。"伽马什语气坚定地说道。彼得越是激动,伽马什反而显得越是冷静。"我们有搜查证。当有人在你们的小镇里杀了人时,你们的隐私权也就没了。我们警方可没有侵犯你们的隐私,是杀人凶手侵犯了你们的隐私。别忘了,你们需要我们警方的帮助。那就意味着,站到一边,一切交给我们来处理。"

"让别人搜查我们自己的屋子,"彼得说道,"如果你是我,你会有什么感受?"

"我也不会感到开心的,"伽马什承认道,"谁会感到开心呢?但我觉得我能理解。而且搜查已经开始,后面的搜查还会变得更细致。在案子侦破以前,我们必须知道什么地方藏着什么东西。"

伽马什表情严肃地看着彼得。

彼得仿佛能看到自己画室紧闭的那扇门。他能想象警方打开了那扇门,旋即打开了画室的电灯,走进他最私密的空间,在那里他存放着自己的画作,那是他的灵魂。他最新的画作就放在那里,被一块薄薄的画布盖着。它就隐藏在画布之下,不让任何审视的目光发现。

但是,现在陌生人已经打开了那扇门,掀起了那块画布,看到了它。他们会怎么想呢?

"目前,我们还没发现什么有价值的东西,除了吉莉安丢失的那双靴子。"

"你们找到了?"露丝说道,"那个老女人还说我偷了她的靴子呢。"

"它们是在她家和你家之间的灌木丛里找到的。"伽马什说道。

"老天爷。"露丝叹道。

伽马什注意到,老孟一家一直站在草地的另一边等着自己。"不好意思,我过去一下。"

伽马什快步朝老孟夫妇和他们的儿子查理斯走去。随后他和老孟走向老孟搭起来的货摊。货摊里有许多老孟手工做的家具。伽马什觉得,这些家具能满足每个人的品味。老孟选择手工做家具,而且是很精致的家具。伽马什用鉴赏的眼光环视了一下货摊里的那些桌子、橱柜和椅子。它们都是一丝不苟、精致绝伦的作品。所有的榫头都严丝合缝,没有用一根钉子;所有的小装饰也完美地镶嵌在表面。完美的成品家具,毫无瑕疵。制作这样的家具一定既耗时又需要耐心。老孟这位年轻的木匠给这些桌子、椅子和梳妆柜定的价格其实低于这些家具的真正价值。

但是老孟还是选择这么做,这对于当今的年轻人而言是不寻常的。

"我们能帮您什么忙吗?"老孟的妻子问道,笑容满面。她有着黑黑的头发,发剪得很短贴在头上。两只眼睛大大的,显得很体贴的样子。她穿的衣服是多层的,看上去既舒适又飘逸。伽马什觉得,她是一位大地母亲,嫁给了一位木匠。

"我是有一些问题想问。但能否跟我先说说你们的家具,它们太漂亮了。"

"谢谢。"老孟说道,"这一年我大部分时间都在做这些家具,然后拿到市集上来卖。"

伽马什用他的大手抚摸着一个梳妆柜光滑的表面,"很光滑,是用了石蜡吗?"

"没有用石蜡,除非你想让它着火。"老孟笑道,"石蜡是很容易着火的。"

"那瓦勒轩涂料呢?"

老孟的脸笑得皱了起来。"您大概把我们当成宜家家居了吧。用瓦勒轩涂料是很容易的。"老孟开玩笑道,"我们可没用那玩意儿。我们使用的是蜂蜡。"

我们?伽马什想着。他看着这对年轻夫妇。很显然,他们是一个团队的。

"你们做的家具都会拿到市集上来卖吗?"伽马什问道。

"这些是卖剩下的。"老孟的妻子回答道,她指的是周围所剩不多的那几件家具。

"今晚市集结束之前这几件就会卖掉了,"老孟说道,"然后我又需要再做一些。秋天是到树林里找木料的好时节。我大部分的家具都是在冬天做成的。"

"我想看看你的家具作坊。"

"随时都可以。"

"现在可以吗?"

老孟看着伽马什,伽马什也看着他。

"现在?"

"有问题吗?"

"嗯……"

"没问题的,老孟。"老孟的妻子说道,"我来看摊子。你们去吧。"

"我把查理斯一起带去,可以吗?"老孟问伽马什,"我妻子既要招呼客人,又要看着查理斯,她会忙不过来的。"

"他当然可以一起去。"伽马什回答道,他向查理斯伸出手。查理斯毫不犹豫地握着伽马什伸出的手。伽马什的心里泛着微微的感动,他意识到这个孩子是多么可爱,而且会一直这么可爱。他一直对他人保持着信任。

要保护这样的孩子对于父母亲来说的确是件难事。

"我们会照看好他的。"伽马什让老孟的妻子放心。

"这我知道。我担心他会给您添麻烦。"老孟妻子说道。

"不会的。"伽马什说道,伸手去和她握手,"我还不知道您的名字呢。"

"我名叫米契尔,但大家都叫我老妻。"

老妻的手和她丈夫老孟一样粗糙且布满老茧,但是她的行为举止让人感觉很有教养,说话的声音也让人感觉很温暖。这一切都让伽马什想起了自己的妻子蕾娜。

"为什么叫老妻?"伽马什问道。

"这源于我和丈夫之间的一个玩笑,然后就传开了。我和丈夫从此就被称为老孟和老妻。不过,这倒也挺合适的。"

伽马什对此表示同意。这一称呼的确适合这对年轻夫妇,他们似乎生活在自己的世界里,创造着自己的完美。

"再见。"查理斯竖着一根手指向自己的母亲道别。

"老孟!"老妻责怪道。

"不是我教他的。"老孟抗议道。不过,伽马什注意到,他并没有说出这一手势出自于露丝。

老孟把他的儿子塞进小货车,然后和伽马什一起驶离市集的停车场。

"'老'这个字是你真实的姓吗?"

"我一直被人称为'老某某',但我真实的姓氏是帕特里克。"

"你在这儿住了有多久了?"

"您是指在三松镇?有几年了吧。"老孟想了一会儿,"啊,我的上帝,已经住了有十一年了。真不敢相信。奥利维是我在这儿遇到的第一个人。"

"大家对他为人评价怎么样?"

"大家的评价我不清楚。我只能说我自己的评价。我很喜欢奥利维这个人。他总是对我很好。"

"那么,不是对所有人都很好?"伽马什注意到老孟说这句话时语气的变化。

"有些人对于自己所获得的东西的价值并不了解。"老孟注视着路面,正集中精力地开着车子。"许多人只是凑热闹罢了。他们不喜欢听别人说他们的古董柜子很古老,但是却一文不值。那些人不过都是在装腔作势罢了。但奥利维知道自己在做什么。在我们这儿很多人都做古董生意，但真正了解古董的没几个。奥利维是真懂古董。"

在片刻沉默之后，伽马什和老孟看着车窗前外的乡村风景飞驰而过。伽马什问道："我老是在想，古董商人是从哪里弄到古董的呢？"

"大多数做古董生意的人都是有线人的。这些线人经常出入各大拍卖行，而且认识这个行业里的人。大多数上了年纪的人喜欢卖掉一些老古董。在我们这儿，如果有人在周日早上敲你家门的话，那最有可能是个做古董生意的线人而不是教会的教徒。"

"奥利维有这样的线人吗？"

"没有，他是自己做的。他得干得很辛苦才能找到自己中意的古董。他知道什么样的古董值钱，什么样的不值钱。他人不错，而且大多数的古董他出的价格都很公道。"

"大多数很公道？"

"啊，他总得自己从中赚些钱吧。许多老古董是需要修理的。他会把一些老家具交给我来修，那总是能够让我忙一阵的。"

"我猜，你要的价钱肯定远低于那些家具真实的价值。"

"价值只是个相对的概念。"当汽车在路上颠了一下时，老孟看了一眼伽马什。"我喜欢我自己做的家具。如果我按照小时来计算我做的这些家具的价格的话，那就没人会来买我的家具了。奥利维也不会雇我来修理他淘到的那些老古董了。所以我定的价格还是低一些好。我已经生活得不错了，没什么可抱怨的。"

"有没有人跟奥利维结过仇？"

老孟沉默地开着车。伽马什不知道，他有没有听到自己问的问题。但老孟最后终于说话了。

"大概一年前，住在大山路上的一位名叫普瓦里耶的老太太打算住到圣米雷市的养老院里去。奥利维跟这位老太太认识有好几年了。当老太太搬去养老院的时候，她把大部分东西都卖给了奥利维。奥利维从中发现了一些很有价值的东西。"

"那奥利维买下的价格合理吗？"

"那要看你站在谁的立场上了。老太太是很高兴的。奥利维也很高兴。"

"你的意思是有人对此不高兴喽?"

老孟不说话。伽马什在等着他的回答。

"老太太的孩子们应该不高兴吧。他们曾说奥利维故意讨老太太的欢心,他在利用一个孤独的老年人。"

老孟将车子开进一个小农庄。农庄的墙上开满蜀葵,花园里也到处是黑眼苏珊花和传统的玫瑰花。在农舍的旁边有一个种着蔬果的小花园,它经过精心打理,看上去显得很整洁。

车子停了下来,老孟指着一间仓房。"那就是我制作家具的工作室。"

伽马什解开查理斯的安全带,将他从车子的座位上抱出来。小孩子已经睡着了。伽马什抱着查理斯,和老孟一起朝那间仓房走去。

"你刚才说,奥利维在普瓦里耶老太太住的地方发现了很有价值的东西?"

"奥利维只花了一小笔钱就把老太太不需要的东西都给买下来。老太太先把自己想要的挑选走,然后奥利维就把剩余的都买下来。"

老孟在仓房前停了下来,转身面朝伽马什。

"那些东西里有六把齐本德尔①式样的椅子。每把都值一万美元左右。我知道此事是因为奥利维把那几把椅子交给我修理过。我想他没有跟别人说过吧。"

"你有跟别人说过吗?"

"没有。你一定很惊讶,我对自己工作的事情一直守口如瓶。"

"那你知不知道,奥利维有没有另外给过普瓦里耶老太太钱呢?"

"我不知道。"

"老太太的孩子们一定很不高兴。"

老孟微微点点头,然后打开了仓房的门。伽马什走进了一个截然不

---

① 托马斯·齐本德尔(Thomas Chippendale 1718—1779):英国18世纪著名家具设计师,尤其以设计椅子而闻名。

同的世界。外面农场夏末时的杂乱气味——微微的化肥味道、割下的草的味道、还有在阳光下晒着的甘草和其他草本植物的味道——在这里面消失了。

这里面只有一种味道——木头的味道。刚锯下的木屑以及陈旧的木料,各种不同类型的木料。伽马什看着房间的墙壁,墙上准备被制成家具的木料排成一排。老孟此时用自己灵巧的手抚摸起一块粗糙的木板。

"您可能不了解木头,在这块木头下有一块木瘤。制作家具时,你必须清楚自己要什么样的木头。有时有些木头会有瑕疵,但这些瑕疵出现在家具表面时又会显得那样完美。这真是很有趣。"

老孟看着伽马什的眼睛。查理斯微微动了一下,伽马什赶紧用手托住孩子的背,以免他向后仰。

"对木头我恐怕是个外行。你这里好像有各种不同的木头,这是为什么?"

"满足不同的需要呗。制作家具里层的时候,需要用枫木、樱桃木或是松木;做外层则需要用杉木。这是红杉木,我的最爱。现在看上去可能不太像,但经过雕刻、抛光后……"老孟能言善道地做着各种手势。

伽马什注意到,在一个平台上放着两把椅子。其中一把头朝下放着。"这是小酒馆里的椅子吗?"伽马什朝那两把椅子走去。很明显,其中一把的扶手有些松动了,另一把的腿有点歪。

"那是周六晚上从小酒馆里拿来修的。"

"在小孩子面前谈论小酒馆里的案子可以吗?"

"没什么的。查理斯也许听得明白,也许也听不明白。反正他知道我们不是在谈论他。"

伽马什希望,更多的人能够听得明白。"凶杀案发生的那天晚上你就在小酒馆里?"

"是的。我每周六都会去小酒馆拿要修的家具并把已经修好的带过去。那天也是照旧。我是在过了午夜的时候去的。小酒馆最后的一位客人正好离开。年轻人正在打扫。"

年轻人?伽马什想着。小酒馆的那几个服务生也不比老孟年轻到哪里去。但老孟,不知怎么的,喜欢以老者的口吻来说别人。

"但我那时没看到有尸体。"

"太糟了。要是你当时看到,那倒好了。你当时有注意到什么不寻常的事吗?"

老孟想了想。查理斯此时醒了过来,扭动着身体。伽马什把孩子放到地面上。查理斯从地上拿起一块木头开始玩起来。

"我很抱歉。我真希望自己能帮上忙。但好像没什么不寻常的事情,跟往常周六一样啊。"

伽马什也拾起一块木头,将上面的木屑吹掉。

"你是怎么开始给奥利维修家具的?"

"啊,那是还多年前的事情了。奥利维那时叫我修一把椅子,那把椅子在仓库里放了好几年。奥利维想把它放到小酒馆里。您得知道……"

接下去是老孟关于魁北克地区老式松木家具滔滔不绝的演讲,什么白色的涂料啦,脱漆的麻烦啦,修理老家具可能会毁了老家具啦,既要使老家具能够有用又要使之保持原有价值是何等困难啦。

伽马什一边聆听着,一边感到很惊奇。他本人对魁北克的历史很感兴趣,由此对魁北克的老古董——那些数百年前由当地拓荒者在漫漫冬夜里制作的精美家具——也产生了兴趣。先民们将这些家具制作得既实用又美观,简直将自己的灵魂都注入其中了。每次当伽马什触碰一张老木桌或是大衣橱时,他都能想象当地先民用自己布满老茧的手削刨木头的景象,他们一遍又一遍地做着,把木头变成完美的作品。

正是由于有了像老孟这样的人,当地的家具才能变得完美而持久。

"是什么把你吸引到三松镇来的?为什么你不去大城市呢,比如,蒙特利尔或是舍布鲁克[①]?那里肯定有更多活可以揽。"

"我出生在魁北克。您觉得大城市可以提供给古董家具修理师许多活干,但对我这样的年轻人而言在那里创业是很难的。我以前在蒙特利

[①] 舍布鲁克(Sherbrooke),也叫"希布洛克"或"谢布鲁克",1875年建市,是加拿大魁北克省南部城市,坐落于蒙特利尔、魁北克市和波士顿三地高速路交汇点。

尔莫特瑞丹路上的一家古董店里工做过,但我觉得我不适应大城市的生活。后来我决定到舍布鲁克去。我坐在车里,向南行驶,后来迷了路。我恰好开进三松镇,在小酒馆这里我下车问路,然后要了杯牛奶咖啡。我当时一屁股坐在一把椅子上,谁知那把椅子竟然垮了。"老孟大笑起来,伽马什也笑起来。"所以我主动修理那把椅子。后来就留下来了。"

"你说你在这儿住了有十一年了。那你离开魁北克时,年纪一定很小吧。"

"那时我十六岁。我是在我父亲过世后离开魁北克的。先在蒙特利尔待了三年,然后就是在这儿了。我是在这儿遇到我的妻子,然后生了查理斯,然后置办了点家业。"

伽马什想,这位年轻人在这十一年里可做成了不少事情。"周六晚上奥利维看上去怎么样?"

"和以前一样啊。劳动节假日总是很忙碌的,但他显得很轻松。我觉得,他和平时一样显得很轻松自在。"老孟微笑道。看得出,老孟在说这句话时是饱满感情的。"我之前听到,您不是说死者不是在小酒馆里被杀的吗?"

伽马什点点头。"我们正在寻找杀人第一现场。事实上,你们还在市集的时候,我已经派人搜查整个小镇了,包括你的住所。"

"真的吗?"他们此时就站在仓房里,老孟回头看看仓房的幽暗处。"这样搜查或许有用,但也或许无济于事。现在还很难说。"

"说的没错。"伽马什注意到,老孟和彼得不一样,他似乎并不在乎警方搜查自己的住所。

"为什么你杀了一个人还要把尸体拖到另一个地方呢?"老孟问道,几乎是自言自语似的。"如果你是在自己家里杀了一个人,那么急急忙忙转移尸体我可以理解。但为什么要把尸体弄到奥利维的小酒馆里呢?真是奇怪。我猜,大概小酒馆位于小镇中心,搬运尸体比较方便吧。"

伽马什没有打断老孟的思路。但他们两个都知道不是这么回事。小酒馆不是一个便于抛尸的地方。伽马什认为,这起凶杀案绝不是一场意外。凶手选择小酒馆作为抛尸地点也绝不是随意的。

在小镇居民中藏着一个十分危险的人物。这个人表面看上去快乐、体贴甚至十分友善，但这一切都是假装的，只是一个面具而已。伽马什知道，如果找到凶手，揭下面具，肯定会把凶手的皮也一起揭下来，因为那张面具已经与凶手骨肉相连。凶手的伪装是彻头彻尾的。

...13

"我们在市集玩得很愉快。我还给你带了这个。"加布里关上门,打开小酒馆里的电灯。他拿着一个充气狮子玩具给奥利维。奥利维接过玩具,把它放在自己的膝盖上。

"谢谢。"

"你听说了吗?伽马什说那个死掉的人不是在这儿被杀的。我们很快能拿回我们的拨火棍了。我想拿回我的拨火棍,你呢?"加布里婉转地问奥利维,但奥利维什么反应都没有。

加布里走过昏暗的房间,打开桌子上的台灯,然后在一个石头砌成的壁炉里生起了火。奥利维仍然坐在扶手椅上,凝视着窗外。加布里叹了一口气,给自己和奥利维各倒了一杯啤酒。随后两人一起小口喝着啤酒、吃着腰果、一起看着窗外的小镇风景。现在是太阳落山前的最后一刻,也是夏季结束前的最后一天。

"你看到了什么?"加布里最后忍不住问道。

"你指什么?你看到什么,我就看到什么。"

"不可能。我看到的东西让我很快乐,但你看到的却让你不快乐。"

加布里已经习惯了他伴侣的脾气。奥利维总是安静而内敛。加布里倒显得更为敏感。但他们两个心里都清楚,奥利维才是敏感多愁的那个。他总是把心事埋得很深,不告诉任何人。如果两个人都受到伤害的话,加布里受到的只是皮肉伤,而奥利维受到的则是深入骨髓的伤害。这伤会一直深埋着,甚至可能会致命。

但奥利维也是加布里遇到过的最善良的人。当然,在遇到奥利维之前,加布里也遇到过几个善良的人。但当他第一眼看到奥利维这个身材纤瘦、头发金黄、表情害羞的男人时,一切都发生了改变。

加布里现在失去了耐心。

"怎么了?"加布里将身子向前倾,握住奥利维纤细的双手。

"没什么,只是一切都结束了。"奥利维最后说道,"我是说,干嘛还要费心呢?没有人会愿意再到这里来了。谁会愿意在躺过一具尸体的餐厅里吃饭呢?"

"露丝说过,我们所有人最后都会是尸体。"

"说得好。我会把这句话加到小酒馆的广告里头。"

"至少你不该对已经死的和以后会死的尸体有歧视。我们这儿对两种尸体都欢迎。这会是一个更棒的广告宣传。"

加布里看到奥利维的嘴角微微动了一下。

"好啦。至少警方说那个人不是在这里被杀的,这是个好消息。在这里被杀和在其他地方被杀是不一样的。"

"你觉得呢?"奥利维用希望的眼神看着加布里。

"你知道我在想什么吗?"加布里此时变得特别严肃,"我在想,那根本就没什么大不了的。即使那个人真的是在这儿被人杀掉的,你觉得,彼得,莫娜还有克莱拉会再也不来这里吗?还有帕拉一家?还有贝立夫先生?我告诉你,即使这里尸体堆积如山,他们也照样会来。你知道为什么吗?"

"因为大家喜欢这儿?"

"因为大家喜欢你。大家都爱你。听着,奥利维,你拥有最棒的小酒馆、最美味的饭菜、最舒适的休息场所。这里很棒,你也很棒。每个人都爱你。知道吗？"

"知道什么？"奥利维有些暴躁地问道。

"你是这个世界上最善良、最英俊的男人。"

"你只会说这些。"奥利维感觉自己又回到了小时候。当其他的孩子都在到处奔跑寻找青蛙、木棍或是蚱蜢时，小奥利维则在寻找他人的关注和爱。他将别人甚至是陌生人说的充满爱意的话语收集起来，并把它们深埋进自己不断成长的心里。

这样做的确有用。但没过多久，奥利维需要的就不再只是听别人说的话而已了。

"是莫娜教你这么说的？"

"是的，根本就不是那么回事，感觉像是莫娜和我共同编造了一个谎言一样。你到底怎么了？"

"你不会明白的。"

加布里顺着奥利维的视线看着窗外。当看到山上时，加布里叹了口气。他和奥利维以前上过那座小山。

"我们现在没事可做。也许，我们应该……"

"应该干嘛？"奥利维忽然咬牙切齿地问道。

"你是在寻找一个让自己痛苦的借口吗？是这样吗？"

奥利维自己也觉得刚才的反应有些不近情理。他已经知道小酒馆不是第一凶杀现场，知道大家仍然会爱着他，也知道加布里不会离开自己。那还有什么不对劲的呢？

"听着！也许我们可以给他们一个机会。谁知道呢？他们的旅店和休闲会所也许能帮助我们。"

这不是奥利维想听到的。他猛地站起身，差一点把坐着的椅子掀倒。他能感觉到自己胸中燃烧的怒火。那怒火像一股强大的冲击波，使奥利维变得势不可挡、强大威猛、英勇无比，但同时也变得野蛮而残忍。

"如果你想跟他们做朋友，那么好啊，你怎么现在不就跑去他们那里啊？"

"我不是那意思。我是说。既然我们无事可干，干嘛不和他们友好相处呢？"

"你这话简直像幼儿园里的小孩子说出来的。他们想要毁掉我们,你明不明白？他们刚来的时候,我一切都很好。但后来他们开始想抢走我的顾客,甚至想抢走我店里的员工。你觉得当所有顾客都住在他们酒店里的时候,还有人会到你的旅店里来吗？"

奥利维的脸变得通红。加布里能看到,在奥利维竖直起来的稀疏金发之间的头皮上都爆出了青筋。

"你在说什么呀？我不在乎有没有人来。你也知道的,我们不缺钱。我只是说说玩罢了。"

奥利维极力控制自己的情绪,不让自己显得太无理。他们两个此时彼此看着对方,他们俩目光对视之间的空气似乎都在跳动。

"为什么？"奥利维最后问道。

"什么为什么？"

"如果那个人不是在这里被杀害的,干嘛他要被弄到这里来？"

加布里感到自己的怒火被奥利维的这个问题给浇灭了。

"我今天从警方那里听说,"奥利维说道,他的声音是那样单薄,"他们明天要找我父亲谈谈。"

可怜的奥利维,加布里这样认为,他看来还是有担心的事。

吉恩·波伏瓦从车子里钻出来,凝视着马路对面普瓦里耶的家。

普瓦里耶家的房子看上去摇摇晃晃,外墙需要再涂一层漆。走廊也是倾斜的,楼梯看上去也是松松垮垮的,房子一侧的木板也掉了。

在魁北克郊外,波伏瓦看到过好几十个这样的地方。几代人都出生和住在一座房子里。克洛蒂尔·普瓦里耶可能在用她母亲用过的带有缺口的杯子喝着咖啡,睡在一张自己假想中的床垫上。房间的墙上覆盖着亲戚们送来的干花和勺子,那些亲戚们可能已经搬到里穆斯基、西库提米或是加斯贝[①]这样偏远的地方了。房间里或许还有把椅子,就放在

[①] 里穆斯基(Rimouski)、西库提米(Chicoutimi)和加斯贝(Gaspe)都是加拿大魁北克省较为偏远的地区。

窗边，靠近木质壁炉。椅子上可能还垫了块脏兮兮的阿富汗小毯子，上面也许还粘着面包屑。在洗完早餐的餐盘后，克洛蒂尔或许会坐在那把椅子上，看着窗外。

她会看什么呢？一位朋友？一辆熟悉的汽车？还是看有没有亲戚再送把勺子来？

此刻，她是不是正在看着自己呢？

伽马什开的沃尔沃汽车出现在了小山的那边，然后在波伏瓦面前停了下来。伽马什和波伏瓦都站着，凝视着对面的那所房子。

"我看到了瓦勒轩涂料。"波伏瓦说道，他觉得那所房子一定需要使用大量瓦勒轩涂料或是类似的涂料。"吉尔伯特一家在装修老宅时没有使用瓦勒轩涂料。我问过多米尼克了，她说他们想尽量使用绿色环保的涂料。他们把老宅的地板磨光后使用的是桐油。"

"那么说来，死者衣物上发现的瓦勒轩涂料不是来自哈德利老宅的喽？"伽马什问道，显得有点失望。他觉得，哈德利老宅才最有可能是凶杀第一现场。

"我们干嘛来这儿？"当伽马什和波伏瓦两个人转身巡视那所摇摇晃晃的房子以及停在后院里那辆生锈的客货两用卡车时，波伏瓦这样问道。他之前接到伽马什的电话，叫他到这里来碰头。但他并不清楚来这儿的目的。

伽马什向波伏瓦解释了老孟所说的有关奥利维、普瓦里耶老太太和那些古董的事情，尤其是那几把齐本德尔风格的椅子。

"所以，老太太的子女觉得奥利维欺诈了老太太。换言之，也等于欺诈了他们？"波伏瓦问道。

"有可能。"伽马什敲了敲克洛蒂尔·普瓦里耶家的门。过了一会儿，一个极不耐烦的声音在屋里喊道：

"是谁？"

"我是伽马什探长，女士。我是魁北克安全局的工作人员。"

"我又没干什么坏事。"

伽马什和波伏瓦彼此互看了一眼。

"我想跟您谈谈,普瓦里耶女士。是关于三松镇小酒馆里的凶杀案。"

"怎么?"

隔着一英寸的门板进行案件调查是件很难的事。

"我们能进屋谈吗?我们想跟您谈谈奥利维·布鲁列这个人。"

一个身材矮小瘦弱的老妇人打开了门。她看着伽马什和波伏瓦,然后转身,很快地走回了屋里。伽马什和波伏瓦跟在她后面。

房子内部的装潢跟波伏瓦之前想象的一样。或者更确切地说,那不是装潢。房间墙上覆盖的那些东西跟它们最初被放置在墙上的时候一样。这些东西经过了好几代人的手,整堵墙沿着水平线就像是一处考古遗址。越往房间深处走,墙上覆盖的东西就越接近现代。被装上框框的干花、塑料餐具垫、十字架、耶稣和圣母玛利亚的画像,当然还有勺子,所有这些都成排地罗列在已经褪色的带有花状图案的墙纸上。

但是整间房间却是很干净的,可以说是一尘不染,闻上去还有曲奇饼的味道。孙辈甚至是曾孙辈的照片都放在架子和桌子上。餐厅的桌子上铺着一块已经褪色的花纹桌布,桌布很干净而且被熨烫过。桌子中央还摆放着一个大花瓶,花瓶里插着夏末时节的花朵。

"要喝茶吗?"老妇人从炉子上拎起一只茶壶。波伏瓦不要茶,但伽马什想喝茶。老妇人给他们两个都倒上了一杯茶。"好吧,那么开始吧。"

"我们听说奥利维从您这里买了些家具。"波伏瓦开口说道。

"不是一些,他买了很多。感谢上帝。不管我的孩子们跟你们说了些什么,我要说的是,奥利维给我的东西比其他任何人给予我的都多。"

"我们还没找您的孩子谈过。"波伏瓦说道。

"我也没有。自从把很多东西卖给奥利维之后,他们就没跟我说过话。"但她似乎并不显得很难过。"我那几个孩子都很贪婪,都等着我死,这样好继承遗产。"

"您是怎么认识奥利维的?"波伏瓦问道。

"他有一天来敲我家的门,然后介绍起自己。他问我有没有什么东西想卖的。一开始我打发他走了，"老妇人回忆起往事，笑了起来，"但他身上有股劲。他总是不断坚持，所以最后我邀请他进屋喝了杯茶。然后他就一个月来一次，喝喝茶就走了。"

"您是什么时候决定将东西卖给他的？"波伏瓦问道。

"我想卖了就卖了。"老妇人愤愤地说道。波伏瓦开始理解奥利维当初一定是费了大力气才从这位老妇人手里买到东西的。

"有一年冬天特别长，下了好大的雪，天也很冷。所以我决定离开。我想把大部分东西都卖了，然后搬到圣雷米那里新造的养老院里去。我告诉奥利维，我们在屋子里兜了一圈。我给他看我父母留给我的那些没用的东西，都是些老式的柜子、台子、还有用松木做的大家伙。上面涂的漆也都是蓝色或是绿色，无聊透了。我本来想试着把上面涂的漆给刮掉，但刮不下来。"

波伏瓦听到坐在身边的伽马什深吸了一口气，那是痛苦的表示。跟伽马什相处了这么多年，波伏瓦深知伽马什对于老古董的感情。他也知道，老家具上的涂漆是绝不能刮的。刮老家具上的涂漆就像是把一个人活生生地剥皮一样。

"您还记得您拿到多少钱吗？"

"我记得很清楚。总共是三千二百美元，足够买这些东西了。你们看，这些都是从希尔斯百货店①买的。"

伽马什看着餐桌的桌腿，那是预制构件木材。在新买的电视前有一把铺着软垫的摇椅，还有一个用薄木片制成的暗色柜子，柜子上还放着一些装饰用的盘子。

普瓦里耶老太太自豪地看着房间里的摆设。

"后来奥利维过了几个星期又来了。你们猜他带了什么来？一张新的床，床垫上的塑料封皮还没拆开呢。那张床是他送给我的。他现在有时还会来看看我。他真是个好人。"

---

① 希尔斯百货（Sears, Roebuck and Co）：一家领先的零售公司，提供商品零售和相关服务。该公司销售多种家用商品、服装和汽车产品。在美国和加拿大有超过2300间Sears品牌店和附属商店。

波伏瓦点点头。这位好人只付了一小笔钱就买下了那么多价值不菲的老家具。

"但是,您现在没有住在养老院里,这是为什么?"

"在买了这些新家具之后,这个家变得跟以前不同了。现在这个家感觉像是真正属于我的。我又喜欢上这个地方了。"

克洛蒂尔把伽马什和波伏瓦带到门口。波伏瓦注意到门口放着的那块垫子,垫子已经有点破烂了,但还放着。伽马什和波伏瓦向克洛蒂尔道了声再见,便开车前往克洛蒂尔大儿子的家。他就住在离这儿一英里远的地方。一个大肚便便、满脸胡渣的男人开了门。

"是警察。"他朝屋里叫到。这个屋子,还有这个男人,闻上去都有股啤酒、汗液和烟草的混合味道。

"您是克劳德·普瓦里耶先生吗?"波伏瓦问道。这只不过是走个形式。这个男人不是克劳德还会是谁?眼前的这个男人大概接近六十岁,但样子看上去好像超过了六十岁。波伏瓦在离开老火车站的办公室前查了一下克劳德·普瓦里耶的相关情况。他那时在想自己到底会查出些什么:

轻微的罪行,酗酒和扰乱治安,商店扒窃,还有保险金欺诈。

看来克劳德·普瓦里耶是个投机倒把,擅长钻空子,并喜欢戳别人脊梁骨的人。然而,也不能说他总是侵害别人。他不是也认为自己被奥利维给欺诈了吗?

在一番自我介绍后,克劳德·普瓦里耶开始大谈特谈起来。波伏瓦所能做的就是将克劳德的注意力集中在奥利维身上。克劳德的黑名单太长了。黑名单上的人都是曾经对不起他的人,其中也包括他的母亲克洛蒂尔·普瓦里耶。

最后伽马什和波伏瓦终于从克劳德那间弥漫着陈腐气味的屋子里走了出来。两个人都深深吸了一口傍晚时分的新鲜空气。

"你觉得是他干的吗?"伽马什问道。

"看得出,他对奥利维很生气。"波伏瓦回答道,"但除非他能用远程遥控将尸体搬运到小酒馆里。我觉得我们应该把他从嫌疑人名单上划掉。你没看到他连从那个臭气熏天的沙发上站起来都显得很吃力吗？"

他们走回到车子停的地方。伽马什忽然停下脚步。

"你在想什么？"波伏瓦问道。

"我还记得普瓦里耶老太太说，她差点就把所有那些老家具都扔到垃圾场去。你能想象吗？"

波伏瓦看得出，伽马什一想到这个就会心痛。

"但是奥利维拯救了它们。"伽马什继续说道，"很奇怪，他是怎么做到的？他没给老太太足够多的钱，反而给了她关心和陪伴。这个价格又该怎么定呢？"

"如果我陪你二十个小时，我能够买下你的车吗？"

"不要耍贫嘴。有一天你也会老的，会孤独的。你看着吧。"

当波伏瓦跟着伽马什的车回到三松镇时，波伏瓦一直在想着伽马什刚才说的话。没错，奥利维拯救了那些珍贵的老家具，并且愿意花时间陪伴那位暴脾气的老太太。但如果奥利维既能给予老人应该的关爱，又能给她一个公道的价钱，那不是更好吗？

但是奥利维没有这么做。

马克·吉尔伯特看着跟自己同名的那匹马，马儿也看着他。但两个马克似乎都不太高兴。

"多米尼克！"马克在马棚的门边叫到。

"怎么了？"多米尼克打起精神说道，她从屋子里出来，穿过花园走过来。她本希望马克会过几天才发现马匹的事情。事实上，她希望马克永远都不要发现才好。但这就像《帕曲奇一家》里的情节一样，是不可能的。

此时，多米尼克看到马克正插着手臂，站在马棚前面。

"这些是什么？"

"这些是马。"多米尼克回答道。当然，她不得不承认，自己怀疑那匹名叫通心粉的马可能是头驼鹿。

"我知道它们是马。我是说，它们是什么品种的马？它们不是打猎用的种马,是吗?"

多米尼克犹豫起来。有一刹那,她在想如果回答"是",接下来会发生什么。她猜想,尽管马克不是种马方面的专家,但是他是肯定不会买这样的马匹的。

"它们不是猎马。但它们比猎马更好。"

"好在哪里?"

马克说的话变得越来越急促,这可不是个好兆头。

"它们价格更便宜。"

多米尼克看得出,她的这个回答起到了软化马克的作用。也许应该告诉他整件事情。"我是从屠宰场把它们买下来的。它们本来今天要被送去屠宰。"

马克迟疑了一会儿。多米尼克看得出,他正在极力控制自己的怒气。他不想让这件事就这么算了,但又不想为此大发雷霆。"也许,它们应该被……你应该明白的。"

"你指它们应该被屠宰?不可以。兽医已经来给它们检查过了。兽医说它们很健康,至少以后会变得很健康。"

整个马棚闻上去有股消毒水、肥皂和药物的味道。

"身体上或许是。但你别跟我说,那匹马也很健康。"马克指着那匹名叫马克的马,它此时正张大鼻孔,喘着粗气。"它看上去皮毛脏兮兮的,这是为什么?"

为什么马克观察力这么强?"因为没人能靠近它。"多米尼克忽然有了个主意,"兽医说,这匹马需要特别的抚摸。它只让与众不同的人靠近自己。"

"是吗?"马克又看了看跟自己同名的那匹马,然后朝它走过去。马儿向后退了几步。马克伸出手,马儿的耳朵向后竖起来。当它开始鼻子里喷粗气时,多米尼克赶紧将马克拉开。

"今天一天已经够它受的了,它已经有点晕了。"

"好吧。"马克说道,他和多米尼克一起离开马棚。

"它叫什么?"

"雷雨。"

"雷雨？"马克念了一遍这个名字,"雷雨。"他重复念着,好像自己正骑在一匹骏马上,不断催促着马儿向前飞奔一样。

卡罗尔在厨房门口碰到他们俩。"那么,"她对自己的儿子说道,"你见到马儿了。它们怎么样？马克怎么样？"

"我很好,谢谢。"马克有点困惑地看着自己的母亲,从她手上接过饮料,"卡罗尔怎么样？"

在马克身后,多米尼克向自己的婆婆拼命打着手势。卡罗尔大笑起来,差一点就把实情说了出来。还好她及时看到自己媳妇打的手势,停止大笑说道："我很好。你喜欢那几匹马吗？"

"喜欢可谈不上。我怀疑,那几匹也谈不上是马。"

"我们需要一些时间来适应它们。"多米尼克说道。她接过婆婆给她的苏格兰威士忌,喝了一口。然后他们几个从屋里出来,走到花园里。

多米尼克和卡罗尔聊着天,看上去更像是朋友而不是婆婆和媳妇。马克看着花园里的鲜花、已经结果的树木、刚涂上新漆的篱笆还有花园前面绵延的草地。那几匹马,且不管它们是不是马,很快会在那草地上吃草了。

马克再次感到一种空虚感。这种感觉会随着时间的流逝出现小小的裂痕。

离开蒙特利尔对于多米尼克来说是很艰难的抉择,对于自己的母亲而言,离开魁北克市也是一个艰难的抉择,因为她们俩都得抛亲弃友。马克虽然表面上看上去很伤感,来到偏远的小镇居住,并声称自己会想念每个朋友,但事实上,他内心并不难过。

他人只是你生命的一部分而不是全部。马克还记得自己的父亲喜爱的吉普林[①]所写的一句诗,也是小时候父亲教自己念的那句诗：所有人都占有你部分的人生,但没人会占有全部。

[①] 鲁格亚德·吉普林（Rudyard Kipling 1865~1936）：英国著名小说家,儿童文学作家兼诗人。1907年获得诺贝尔文学奖。

的确如此。在过去四十五年里,没一个人在马克心里占据太大空间。

他有许多同事、熟人、伙计。他自己是一个精打细算的共产主义者:每个人在他心中占的分量都是均等的,没人会占得太多。

你会变成一个真正的男人,我的儿子。那首诗的结尾这样写道。

然而,此时当马克听着自己的母亲和妻子在轻声谈话,看着眼前开阔绵延的草地,他开始怀疑现有的一切是否足够,那句诗说的是否正确。

警官们围坐在会议桌边。波伏瓦拧开手上红色记号笔的笔帽。莫林警官感到,那拧开笔帽"啵"的一声好像是赛跑比赛中发射枪的指令。在接触凶杀案这么短的时间内,莫林觉得自己已经喜欢上记号笔的气味和拧开笔帽时发出的声音了。

莫林坐在自己的椅子上,还和之前一样显得有些紧张,唯恐自己会问一些傻问题。拉克斯特警员会帮他的。当大家都带着各自的文件来开会的时候,拉克斯特发现莫林的手在颤抖。她小声对莫林说,这次他只需要听大家讲就可以了。

莫林看着她,显得很吃惊。

"我在会上什么都不说,大家会把我当白痴吗?"

"相信我,光听不说是不会丢了工作的。任何工作其实都一样。你只需要放松就可以了。今天还是我来发言吧。明天谁发言再看情况,你说呢?"

莫林一直看着拉克斯特,他在试图弄明白她的动机。他知道,每个人做事都是有动机的。有些人出于善良的动机,而有些人则动机险恶。他在安全局已经工作了较长一段时间。他清楚地知道,著名的刑侦部门里的警员做事往往不是出于善良的本性。

刑侦部门竞争太激烈了,人人都像挤进来调查凶杀案,因为这能使自己在安全局建立起声望,同时也能获得跟伽马什探长一同工作的机会。

现在他几乎已经站在了通向声望的大门口。但只要一个错误的举动就可能使自己被扫地出门,在瞬间被人遗忘。他不能让这种事情发生。他本能地知道,现在是一个关键时刻。拉克斯特警员真的是在真诚地帮助自己吗？

"好了。来看看我们都发现些什么？"

波伏瓦此刻站在白板前面。白板紧挨着三松镇的地图贴在墙上。

"我们现在知道死者不是在小酒馆里被杀的。"拉克斯特说道，"但我们还不知道杀人的第一现场在哪里。还有，死者到底是谁。"

"还有，尸体为什么要被挪到小酒馆里。"波伏瓦说道。他说了他和伽马什拜访普瓦里耶老太太和她儿子的事情。拉克斯特则报告了她和莫林查到的有关奥利维·布鲁列的信息。

"奥利维·布鲁列，三十八岁。家里的独子。生于蒙特利尔，上学也在那儿。父亲是铁路局的一名行政管理人员，母亲是位家庭主妇，现在已经去世。家境富裕，曾在莫特瑞丹塞恩学校上中学。"

伽马什把眉毛扬了扬。那可是一所顶级的天主教会私立学校。在奥利维毕业后没多久，伽马什的女儿安妮也在那里上过学，课程是由严厉的修女教授的。他的儿子丹尼尔拒绝上那所学校，他更喜欢氛围相对轻松的公办学校。安妮在学校里学会了逻辑学、拉丁语还有解决问题的能力，而丹尼尔则一度学会了怎么卷大麻烟。但两个孩子都快乐而体面地长大成人了。

"奥利维在蒙特利尔大学获得工商管理硕士学位，后在劳伦森银行工作过。"拉克斯特继续读着她的调查报告，"他主要负责接待高端企业客户。他干得很不错。但后来他辞职了。"

"为什么？"波伏瓦问道。

"不清楚。我明天会去那家银行了解情况。同时我还和奥利维的父亲约好明天见一面。"

"是关于奥利维的私人生活吗？"伽马什问道。

"我找加布里谈过。他和奥利维是在十四年前开始生活在一起的。加布里比奥利维还小一岁，今年三十七。他曾是当地基督教青年会的健身教练。"

"你是说加布里？"波伏瓦问道，脑子里想着那个大块头，浑身软绵绵的男人。

"很多原先好身材的人最后都会这样。"伽马什说道。

"在奥利维辞掉银行的工作后,他们卖掉了蒙特利尔的公寓,搬到了三松镇,接管了小酒馆并住在小酒馆楼上。但是最初小酒馆还不是酒馆,是一家五金商店。"

"真的?"波伏瓦问道。他不敢想象小酒馆会变成其他任何东西。他极力想象着小酒馆的横梁上或是那两个石头砌成的壁炉前面悬挂着铲雪锹、电池和电灯泡的情景。但是他实在想象不出来。

"还有呢,你们听着。"拉克斯特将身子向前靠,"我是在查询土地登记记录时发现这一情况的。十年前奥利维不仅买下了小酒馆的产权,而且还把小旅店的产权也买下来了。不过,他没有就此收手。杂货店,面包店还有莫娜的书店的产权全都被他买下了。"

"所有店铺吗?"波伏瓦问道,"他拥有整个小镇的地皮产权吗?"

"我想是的。不过,其他人好像都不知道。我在面包店找莎拉问过,还有杂货店的贝立夫先生我也问过。他们都说是从蒙特利尔的某个人那里租下店铺的。他们签的是长期合同,租金也很合理。他们一般是把租金以支票的形式寄给一家有限公司。"

"奥利维的有限公司?"波伏瓦问道。

伽马什仔细地听着这些情况。

"奥利维买下这些地皮产权花了多少钱?"波伏瓦问道。

"总共花了七十二万美元。"

"天啊!"波伏瓦叫道,"这么大一笔钱!他从哪里弄来这么大一笔钱?是分期付款吗?"

"不是,他付的是现金。"

"你刚才说,奥利维的母亲已经去世了。也许那是他分得的遗产。"

"还不清楚。"拉克斯特回答道,"他母亲去世不过五年。不过,我明天去蒙特利尔会再进一步调查这件事的。"

"追踪这笔钱的来源。"波伏瓦说道。调查钱的源头在犯罪调查中已是司空见惯的办案手法了,尤其是在凶杀案调查中。波伏瓦在白板上潦草地写下:忽然要追踪一笔钱的来源。然后他又向大家讲了法医的最新发现。

莫林听着,显得很入迷。这就是查出凶手的过程。查出真正的凶手不是通过DNA测试或是培养皿实验,也不是通过紫外线扫描或是其他任何实验室得出的结论。尽管实验室的结论的确很重要,但这里——案件逻辑性的推理——才是警方真正的实验成果。莫林看着会议桌边的其他警员,他一句话也没说。

伽马什探长将视线暂时从波伏瓦身上移开。他此时微笑地看着莫林。

在会议结束后不久,拉克斯特警员便开车前往蒙特利尔。莫林警员回家去了,而波伏瓦和伽马什则慢慢地走过石桥,进入小镇。他们悠闲地走过漆黑一片的小酒馆,在旅店门口遇到了奥利维和加布里。

"我给你们留了张纸条。"加布里说道,"因为小酒馆暂停营业,所以我们准备到外面去吃晚饭,你们也一起来吧。"

"又是在克莱拉家里吗?"伽马什问道。

"不是,这次是在露丝家里。"加布里回答道,看到伽马什和波伏瓦脸上惊讶的表情,他显得很满足。他感觉好像有人在用枪指着这两位安全局的警官。伽马什探长看上去满脸惊讶,而波伏瓦探员则是满脸恐惧。

"我想你最好戴上运动头盔。"加布里轻声对波伏瓦说道。他们几个此时正走在回廊的台阶上。

"啊,我决定还是不要和你们一起去吃晚餐了。你去吗?"波伏瓦问伽马什,他们已经在屋里了。

"开玩笑。错过一睹露丝在自己的老巢里大展才华的好机会?我可不想错过。"

二十分钟后,伽马什探长冲了把澡,给妻子蕾娜打了个电话,换了宽松的长裤、蓝色的衬衫和领带以及一件驼毛开衫。他看到波伏瓦正坐在旅店的客厅里喝着啤酒,嚼着薯片。

"你确定不去了吗?"

伽马什不得不承认,出去共进晚餐的确很诱人。但是波伏瓦点点头。

"我会在窗边点上一根蜡烛为你祈祷的。"波伏瓦说道,目送着伽马什离去。

露丝那幢用防护板搭建起来的房子就在不远处,只隔了几幢建筑而已。它面朝小镇绿地,显得很小巧。房子前面有一个走廊,二楼有两堵山墙。伽马什其实以前来过露丝家,不过都是为了工作来案子的,从来没有来做过客。当伽马什进屋的时候,屋里所有人的眼睛都看着他。大家随后都行动一致地向他走过来。莫娜最先走到伽马什身旁。

"可怜可怜我们吧,你带枪了吗?"

"我没枪。"

"你是指,你根本没有枪?"

"枪很危险。你干嘛要枪?"

"这样你好朝她开枪射击。她要杀了我们。"莫娜一把抓住伽马什的袖子,拿他的手指着露丝。露丝此时穿着一件带蕾丝的围裙,手上托着一个橘黄色的塑料托盘,在客人们中间走来走去。

"事实上,"加布里说道,"露丝她要绑架我们,把我们带回到上世纪五十年代。"

"也许那就是她最后一次享受娱乐的年代。"

"饭前甜点,要来一点吗?"露丝锁定了新来的客人,并朝他走来。

加布里和奥利维看看彼此,"她是在说你。"

真让人难以置信,露丝是在说伽马什。

"上帝爱鸭子。"露丝用浓重的英国口音说道。在她身后,鸭子罗萨一摇一摆地走来。

"我们一来,她就用这种口音说话。"莫娜说道,她一边说,一边躲开靠过来的托盘,差一点被堆放在地上的《时代文学副刊》绊倒。伽马什看到,托盘上一字排开放着咸味饼干,饼干上涂抹着一层褐色物质。伽马什希望那褐色的东西是某种花生酱。"我记得看到过类似的报导,"莫娜继续说道,"一个人在大脑受到损伤后就会开始用浓重的口音说话。"

"被魔鬼附身也可以被认为是一种大脑损伤吗?"加布里问道,"露丝在用魔鬼的舌头说话呢。"

"呀,呀,呀。"露丝此时这样说着话。

露丝家里最令人吃惊的并不是挂在顶上的环形灯,或是柚木做成的家具;也不是忽然变得温文尔雅,拿着奇怪食物,说着浓重英国口音的露丝以及堆满各种书籍、报纸和杂质的沙发,还有长着绿毛的地毯。真正令人吃惊的是那只鸭子。

罗萨竟然穿着一件衣服。

"鸭子穿衣服真是奇特。"加布里说道。

"我们可爱的罗萨。"露丝放下涂抹着花生酱的咸味饼干,开始拿出塞满奶酪的芹菜卷。

伽马什看着这一切,他在想,现在是不是该打两个电话。一个电话打给动物保护组织,另一个打给精神病院。与客人们的精神状态不同,罗萨和露丝看上去都显得很兴奋。

"你想来一个尝尝吗?"克莱拉递给伽马什一个球状物,里面塞着种子一样的东西。

"这是什么?"伽马什问道。

"我想这是羊脂球,用来喂鸟的。"彼得说道。

"你们给我吃这个?"伽马什问道。

"总得有人吃这个,否则露丝会不高兴的。"克莱拉朝露丝的方向点点头。露丝此时已经进了厨房。"我们大家都害怕得要死。"

"哦,不了,谢谢。"伽马什微笑道,然后朝奥利维走去。当经过厨房门口时,他朝里面看了看,发现露丝正在打开一罐东西,罗萨则站在桌子上看着她。

"现在,我们来把它打开吧。"露丝自言自语地说道,"或者我们先闻一下,你觉得呢?"

罗萨似乎没什么反应。露丝自己闻了闻打开的罐头,"太棒了。"

露丝在一块毛巾上擦了擦手,然后又伸手撩起罗萨穿的衣服边角把一片褶皱起来的羽毛抚平。

"我能帮您吗?"伽马什在厨房门口问道。

"啊,如果你充满爱心的话。"

伽马什退了回去,他觉得露丝马上会朝他扔过来一把切肉刀。但露丝没有,她一直微笑着,还递给伽马什一盘橄榄,每个橄榄里都塞着罐装蜜饯似的东西。伽马什拿着这一盘橄榄,回到客厅。大家都向他问好,好像他刚从黑暗国度回来一样。伽马什很庆幸波伏瓦没来。今晚的露丝比以往任何时候都更古怪,都更像一个英国移民的后裔。露丝穿着裙子,而伽马什分发着食物,这些食物肯定会让那些愚蠢得想吃它们的人丢了性命。

"要橄榄吗?"伽马什问奥利维。

奥利维和加布里都看看盘子。

"这东西会不会施了魔法?"加布里问道。

"你最好还是小心为好。"奥利维说道。

加布里张开嘴准备吃那橄榄,但当他看到周围人脸上紧张的表情时,他又马上闭上了嘴。

彼得站在不远处,看着露丝之前给他的一杯水。他微笑着,想起之前对于警方搜查自己家感到生气时克莱拉对自己说的话。

"你干嘛那么生气?"克莱拉之前这么问他。

"你不生气吗?我是说,那些陌生人看你的画作。"

"画展不就是这么回事吗?今天下午来看我画展的人比我这辈子看到过的都多。真希望他们能多带些警察来,最好把支票本也带来。"克莱拉大笑道,很显然她并不在意警方搜查自己的住所。但她看得出彼得很在意,"怎么了?"

"我的那幅画还没被展出呢。"

"彼得,听着。你把整件事弄得好像跟你的艺术创作有多大关系似的。"

"当然有关系啦。"

"他们只是在查找杀人凶手而已,又不是在找艺术家。"

事实的确如此,它就像是一个令人觉得不舒服的真相介于彼得和克莱拉之间。

伽马什和奥利维此时离开了其他人,走到客厅的一个安静角落。

"我听说,你在几年前把小酒馆的产权给买下了。"

奥利维的脸色有点微微发红,对于这一问题显得有点惊讶。他本能地偷偷看看周围,确定其他人没有在偷听。

"我觉得投资房产收益会很好。我之前工作时攒了一笔钱,这儿的生意也很不错。"

"一定是很不错。你买下这些产权差不多花了八十万美元。"

"我想今天这些地皮产权能值一百万。"

"也许。但你付的是现金。你这儿的生意有那么好吗?"

奥利维又快速地瞄了一眼周围。虽然没人在听他讲话,但奥利维还是压低了嗓音。

"小酒馆还有加布里的旅店生意都不错。但主要还是古董这一块给我带来了大把利润。"

"怎么说?"

"人们对于魁北克当地的松木很感兴趣,我在这方面有不少收藏。"

伽马什点点头,"我今天下午刚找普瓦里耶一家谈过。"

奥利维的脸色变得很难看,"你要明白,他们说的并不是真的。我可没有欺诈过他们的母亲。老太太自己要卖掉那家老家具,而且是迫不及待要卖出去。"

"我知道,我找普瓦里耶太太也谈过了,还有老孟。那些老家具一定保养得不是很好吧。"

奥利维显得有点放松下来了。

"啊,是的。这么多年放在潮湿冰冷的地下室或是阁楼上,能保养得好吗?你还得把老鼠从家具里赶出来。我刚买下来的时候,有些家具已经歪歪斜斜,几乎都没法修了。当时的景象足够催人泪下了。"

"普瓦里耶太太说,你后来有一次去她那里给她送了张新床。有这么回事吗?"

奥利维低下头,"是的,我只是想谢谢她。"

这是良知,伽马什这样想着。奥利维这个人虽然对古董极为贪婪,但是他的良知会监督自身的贪念。

"你刚才说,小酒馆和旅店都经营得不错。你确切指的是什么?"

奥利维向窗外看了一会儿,然后再看看伽马什。

"啊,好啦。大家一起来吃饭吧。"露丝喊道。

"我们该怎么办?"克莱拉对莫娜轻声说道,"我们该逃吗?"

"来不及了。露丝或者罗萨一定会抓住我们的。现在能做的只有坐下来祈祷黎明的出现。如果发生什么可怕的事情,只有一死了。"

伽马什和奥利维走过来。他们是最后两个去吃晚餐的人。

"我想,你们应该知道他们在哈德利老宅里做的事情了吧?"奥利维说道,但伽马什并没有答话。"他们几乎把整个老宅的内部全都装饰了一番,而且还要把老宅改成一家旅馆兼休闲会所。里面有十个按摩室,还提供冥想和瑜伽的课程。他们还会组织野外一日游活动。到时游客会蜂拥而至,这会毁了我们还有小镇的。"

"毁了三松镇?"

"当然,"奥利维恶狠狠地说道,"还有小酒馆和加布里的旅店。"

伽马什和奥利维走进厨房,坐在露丝白色的塑料餐桌边。

"注意碗里的东西。"当露丝在每位客人面前放上一个碗时,加布里警告道。

伽马什看着自己碗里的东西。他能分辨出里面有罐装水蜜桃、熏肉、芝士还有橡皮小熊糖。

"这些都是我的最爱。"露丝微笑着说道。罗萨坐在露丝身旁一个用毛巾做成的窝里。它正在用它的喙梳理着衣服袖口下的羽毛。

"要苏格兰威士忌吗?"露丝问道。

"好的。"露丝拿出六个玻璃杯,在每个杯子里倒了一点威士忌,并在他们的碗里也倒了些。

没过多久,客人们都步履蹒跚地走入安静而凉爽的秋夜之中。在露丝家里的这些时间,每个人都感觉好像过了三个世纪,过了好几个人生。

"再见。"露丝向大家挥手道别。伽马什振作精神,就在露丝关门的时候,他听到一句:"这些混蛋东西。"

...14

　　当回到旅店时,他们发现波伏瓦还在等着他们。或者说看上去还在等着。波伏瓦已经在椅子上进入了梦乡。在他身边放着一个沾满面包屑的盘子和一杯巧克力牛奶。壁炉里还闪烁着余火。
　　"我们要把他叫醒吗?"奥利维问道,"他看上去睡得很香。"
　　波伏瓦的脸侧在一边,脸上还能隐隐看到口水的痕迹。他的呼吸沉重而均匀。他的胸口上放着加布里从市集上带给奥利维的那只玩具狮子,一只手还搭在上面。
　　"真像一个婴儿扮成的警官。"加布里说道。
　　"这倒提醒我了。露丝先前叫我把这东西给他。"奥利维递给伽马什一张纸条,伽马什接过纸条。对于加布里和奥利维想要帮忙的请求,伽马什予以了婉拒。于是,奥利维和加布里疲倦地上了楼。现在已是晚上九点了。
　　"吉恩,"伽马什轻声叫道,"醒醒。"
　　他蹲下身子,碰了碰波伏瓦的肩膀。波伏瓦沉重地吸了口气,一下子醒了过来。那只玩具狮子也一下子从波伏瓦的胸口跳到地上。

"怎么啦?"

"上床去睡。"

伽马什看着波伏瓦站起身。"晚餐怎么样?"

"没死人。"

"这真是三松镇的一大奇迹。"

"奥利维说露丝想把这个东西送给你。"伽马什将纸条交给波伏瓦。波伏瓦揉揉眼睛,打开纸条,读起来。然后他摇摇头,把纸条递给伽马什。纸条上写着:

也许在这一切里有些事
我错过了。

"这是什么意思?是在威胁我吗?"

伽马什皱皱眉头,"不知道。露丝她干嘛给你写这个?"

"是出于嫉妒?也许她是个狂热分子。"但是伽马什和波伏瓦都清楚,这个"也许"是一种宽容和大度。"说到狂热,刚才你女儿打了个电话过来。"

"安妮?"伽马什忽然担心起来。他本能地掏出自己的手机,但他知道手机在这个山谷的小镇里是无法使用的。

"没什么事。她只是打电话跟你说一下自己工作中碰到的烦心事。没什么要紧事。她说她想辞了工作。"

"该死。昨天她想跟我谈的大概就是这件事,那时我们接到电话到这里办案子。"

"别担心。我已经把你女儿搞定了。"

"我可不觉得叫她滚蛋算是'搞定了'。"

波伏瓦大笑起来。他弯下腰捡起地上的狮子玩具。"你女儿在家里被称为'狮子'看来是很有道理的。她太凶了。"

"她被称为狮子是因为她总是充满激情。"

"她吃人吗?"

"她身上所有你讨厌的东西恰恰是你在男性身上所欣赏的东西。"伽马什说道,"她很聪明,总是会坚持自己坚信的事情。她会说出自己的想法,不会逆来顺受。你干嘛总是要去刺激她?每次你们两个在一起吃饭,最后总是要吵起来。我对你们的争吵开始感到厌倦了。"

"好的。我以后尽量克制。但她真的很讨厌。"

"你也是。你们两个其实很像。她打电话来说了些什么?"伽马什拿了把椅子坐在波伏瓦旁边。

"她说,她之前接手的一个案子被派给了另一个资历比她浅的律师。我就跟她谈了一会儿。不过,我可以确信她不会因为这事而杀人的。"

"她当然不会。"

"她随后决定不辞职了。我跟她说,任何仓促的决定都会使人后悔。"

"啊,你真是这样说的吗?"伽马什笑着问道。他不敢相信这句话会从波伏瓦这位"冲动之王"的口中说出来。

"总得有人给她一些建议吧。"波伏瓦笑道,"她的父母都疯了,你知道的。"

"我听说了。谢谢。"

这的确是个好建议。伽马什很高兴地知道,波伏瓦清楚冲动的坏处。他看看手表,现在已是九点半了。他拿起旅店里的电话。

当伽马什在跟安妮通电话的时候,波伏瓦若有所思地抚摸着手中的玩具狮子。

> 也许在这一切里有些事
> 我错过了。

这是调查凶杀案时最令人担心的情况:错过了一些事。伽马什探长管理着一个优秀的刑侦团队。团队里有将近两百名精心挑选的警员在整个魁北克省负责调查各种刑事案件。

然而,波伏瓦知道,自己身处的这个团队是最优秀的。

他自己是这一团队中的猎犬,每次办案总是冲锋在前。

拉克斯特警员是猎人,意志坚定且足智多谋。

伽马什探长呢?伽马什是一位探险者。他会去那些其他人都不愿去,不能去或是不敢去的地方。他会深入荒野去寻找隐藏其中的峡谷,洞穴和野兽。

波伏瓦一直以为,伽马什这么做是因为他什么都不怕。但现在他渐渐意识到,有许多事情会使伽马什感到恐惧。但那也正是他的强项,因为他能在别人身上发现这些恐惧,而正是这些恐惧成为了凶手拿起刀子,举起拳头或是重击他人后脑勺的原因。

年轻的莫林警员呢?他给这个团队带来了什么?波伏瓦不得不承认,自己已经对那个年轻人很客气了,但这还是无法让自己对他在办案方面的稚嫩熟视无睹。到目前为止,猎犬波伏瓦已经清晰地嗅出了这起杀人案件中的恐惧气味。

这一恐惧来自于莫林。

波伏瓦起身上楼,留下伽马什独自一人在旅店客厅里和女儿打电话。当走在楼梯上的时候,他哼起了织工乐队的一首歌。他希望伽马什没注意到自己手上正紧紧抓着那只狮子玩具。

第二天早上当贝立夫先生打开杂货店店门的时候,他看到已经有一位顾客等在门口了。保罗·莫林警员从小店走廊上的长椅上站起身,并向贝立夫这位年老的杂货店主介绍起自己。

"你需要买些什么呢?"贝立夫先生问道,一边打开店门的门锁。在三松镇,居民通常不会站在杂货店门口迫切地想买东西。但是眼前的这位年轻人并不是小镇居民。

"您这里有石蜡出售吗?"

贝立夫先生严肃的面容上露出了微笑,"我这里什么都有。"

莫林之前从没来过这家杂货店。他此时正在店里东张西望。黑色的木质货架上整齐地摆放着铁罐头。大袋的狗粮和鸟食放在柜台边上。在货架的正上方还放着双陆棋的旧盒子。此外，西洋棋、蛇梯棋还有大富翁游戏棋也都摆在上面。标着数字的油漆涂料还有拼图玩具也整齐有序地罗列在一起。在一边的墙上陈列着各种干货，而另一边墙上则是油漆、靴子和给鸟投食的器具。

"石蜡就在那儿，在玻璃罐旁边。你是要腌制食物用吗？"

"您这里会卖出很多石蜡吗？"

"在这个季节吗？那些是我店里所有的存货了。"

"那么，这些东西呢？"莫林拿起一个铁罐头，"这些卖得多吗？"

"卖出去一些。我们这儿大多数人会去考恩斯威尔的杂货铺买这种东西，或者去建材商店买。我这里只存一点样货以防万一。"

"您最后一次卖出这些东西是在什么时候？"莫林一边付钱买下这些商品，一边问贝立夫先生。他并没有期待对方会有明确的回答，但他觉得自己必须得问一下。

"七月份的时候。"

"真的吗？"莫林觉得自己是不是有必要摆出警察问讯的样子，"您是怎么记得这么清楚的？"

"我就是记得住啊。你得要了解人们的习惯。有些人会买一些不太寻常的物品，比如像这个。"贝立夫先生举起那个铁罐头，然后把它放进购物纸袋里。"我还记得有两个人来买过这东西。这些东西通常在市场上都能买得到。"

莫林警员离开贝立夫先生的杂货店，手上拿着刚买的商品，心里则装着打听到的意外消息。

拉克斯特警员通过走访约谈对象开始了一天的工作。她此时按下电梯按钮。电梯门嗖地一下关了起来，把她带到了蒙特利尔劳伦森银行大楼的顶层。当在休息室坐着等待约谈时，她看看窗外的风景。窗外一边是一座海港,而另一边则是顶上建有巨大十字架的皇家山①。巨大的玻璃建筑簇拥在市中心里。它们反射着太阳的光芒,同时也映射出蒙特利尔这座法国风情城市的雄伟与壮丽。

当俯视着蒙特利尔的市中心时,拉克斯特总是会对自己的自豪感感到惊讶。建筑师们成功地将这座城市变得神奇而迷人。蒙特利尔的当地居民是永远不会抛弃历史的。魁北克人也是这样,不管过去是好是坏,他们都会铭记。

"您请进。"一位接待员面带笑容,指了指一扇开着的门。

"谢谢。"拉克斯特走进去。那是一间很大的办公室,里面站着一位身材纤瘦,但体格健壮的中年男士。他从站着的办公桌边走过来,同拉克斯特握了握手,并介绍自己名叫伊夫·夏庞蒂埃。

"我这里有一些您想要问的信息。"夏庞蒂埃用很文雅的法语说道。拉克斯特很高兴,因为她总算能跟一位执行总裁说自己的母语了。她这一代人本可以直接讲法语的,但她只听过自己的父母还有祖父母说法语。她知道魁北克的近代史,如果是在三十年前,她只能用英语和别人交流。拉克斯特英语说得很好,但那并不是自己的母语。

拉克斯特接过夏庞蒂埃给她的咖啡。

"这事很微妙。"夏庞蒂埃说道,他的秘书此时已经离开并把办公室门关起来了。"我并不希望您把奥利维·布鲁列先生当成罪犯。他在这里没有任何不良记录。"

"但是?"

"我们大家在头几年跟他相处得很愉快。我们对他的工作业绩留下了深刻的印象。他被提升得很快。大家都很喜欢他,尤其是他的客户。

---

① 皇家山(Mont Royal):皇家山是加拿大蒙特利尔市最高的山峰,建立于 1870 年,整个地区占地 101 公顷,由设计纽约中央公园的著名设计师 Frederick Law Olmsted 所规划。皇家山上还有一处有趣的建筑,就是山顶上一座巨大的十字架,高约 30 米的铁架立在山头,铁架上的几十盏探照灯在夜晚亮起,几公里以外都看得清楚。1642 年,蒙特利尔建城,不久就面临着洪水的威胁,当时的人们向天祈祷,恳求上帝让城市能够在洪水中生存下来。1643 年 1 月 6 日,城市的创建者 Maisonneuve 背负着一个木制的十字架爬上皇家山,向上帝表示感谢。1924 年,为了纪念这段故事,蒙特利尔人在山顶立起了这个十字架。

在我们这个行业里很多人都是油嘴滑舌的,但奥利维不是。他稳重,而且受人尊敬。跟他一起工作让人觉得很放松。"

"但是。"拉克斯特重复道。她脸上露出浅浅的笑容,希望不会给对方留下过于强势的印象。夏庞蒂埃也微笑了一下。

"但是,公司有一笔钱不翼而飞。大概有数百万美元。"夏庞蒂埃等着拉克斯特有所反应,但拉克斯特继续仔细聆听着,"我们公司很谨慎地展开调查,但与此同时有更多的钱不翼而飞。最后调查下来我们锁定了两个人,其中之一就是奥利维。我一开始不敢相信,但在进行了几次面谈之后,奥利维他自己承认了。"

"他有没有可能是替另一名员工顶罪呢?"

"我对此表示怀疑。坦白说,另一名员工虽然也很聪明,但还没聪明到能干这种事情。"

"侵占公款不需要很高的智商吧。如果你要绞尽脑汁才能贪污公款,那你一定很笨。"

夏庞蒂埃先生大笑起来,"我同意你的说法,但我还没解释清楚。那笔钱是从公司账面上被挪用的,不是被偷的。在面谈时奥利维告诉我们他是怎么做的。他当时好像在负责马来西亚的一个项目。他看到了这一项目中的巨大投资商机,并把这一情况报告给他的上级,不过上级并没有批准。于是他在没有获得上级批准的情况下自己承接了那个项目。他的供词都在这里,他都写下来了。他原本打算用赚到的利润来弥补那笔被挪用的公款,但还没来得及赚到利润,他私自挪用公款的事情就被查出来了。不过,他的投资眼光很正确,他挪用的那三百万美元款项后来升值到了两千万美元。"

此时,拉克斯特有了反应。尽管她没有说,但她脸上的表情使夏庞蒂埃点了点头。

"的确如此,奥利维那小子在投资赚钱方面很有天赋。他现在哪儿?"

"后来你们将他开除了?"拉克斯特问道,没有回答夏庞蒂埃的问题。

"是他自己提出辞职的。我们当时都在决定怎么处置他。上层对此的意见不一致。不过,奥利维的上司可是大发雷霆,他希望我们在奥利维的脖子上套上绳索,然后把他从公司顶楼推下去。我们说我们不能这么做。"

拉克斯特大笑起来,"那么,你们当中还是有人想挽留他的喽?"

"奥利维在工作方面的确做得不错。"

"你是指赚钱吗?你觉得如果没被发现的话,他会把挪用的款项填补回来吗?"

"啊,您问到点子上了。我们上级领导中有一半人觉得他会,而另一半觉得不会。奥利维最后是主动辞职的,可能是意识到他已经失去了我们对他的信任。当你失去了别人对你的信任时,你也明白……"

明白,拉克斯特想着。是的,明白。

现在奥利维住在三松镇。但和每一个到处搬家的人一样,他能带来的只有他自己。

就是这么回事。

三位安全局的警官坐在老火车站的办公室的会议桌边。

"我们该从哪里入手呢?"波伏瓦问道。他此时再次站在贴在墙上的白板旁边。他在白板上写的那几个问题还没得到解决,现在上面又增加了两个新问题:

凶杀第一现场在哪里?
尸体为何被挪动?

波伏瓦摇摇头。他们的破案思路似乎出了差错。在这起凶杀案中即使是最有可能的线索,例如:凶器是拨火棍,现在也被证明是错的。

他们现在一无所获。

"我们其实已经知道不少了。"伽马什说道,"至少我们知道死者不是在小酒馆里被杀害的。"

"那反而让我们不知如何是好。"波伏瓦说道。

"我们还知道尸体身上沾有石蜡和瓦勒轩涂料,以及奥利维可能有嫌疑。"

"但我们还不知道死者到底是谁。"波伏瓦在白板上的那个问题下重重地划了一条下划线。伽马什让波伏瓦冷静片刻,然后说道:

"我们会知道的。我们最后总会知道的。这就像拼图游戏,最后整个图画会展现在我们面前。我们只需要耐心等待,坚持不懈。我们还需要对其他嫌疑对象有更多了解,比如说帕拉一家。"

"我有您需要的这方面信息。"莫林警员挺直肩膀说道,"哈娜·帕拉和罗阿尔·帕拉是在上世纪八十年代中期以难民身份来到这里的。他们申请公民身份,后来也获得了身份。现在他们都是加拿大籍的公民了。"

"都是合法身份吗?"波伏瓦有些遗憾地问道。

"都是合法的。他们只有一个孩子,哈沃克,今年二十一岁。帕拉一家和这里的捷克人聚居社区有着很紧密的联系。他们还资助过社区里的一些人。"

"行了,行了。"波伏瓦挥挥手,说道:"有什么有价值的信息吗?"

莫林低头看看自己的记录本。他在想,什么样的信息才是波伏瓦认为的有价值的信息呢?

"有关帕拉一家来这儿之前的情况你有了解吗?"伽马什问道。

"没有,长官。我之前打电话到布拉格,但是帕拉一家在布拉格时的记录并不好找。"

"好吧。"波伏瓦咬着记号笔的笔帽说道。"还有其他信息吗?"

莫林将一个购物纸袋放在会议桌上。

"今天早上我去了一趟杂货店,买了这些东西。"

莫林从纸袋里拿出一块石蜡。"贝立夫先生说每个人都会来买石蜡,尤其在每年的这个时节。"

"对破案没多大帮助。"波伏瓦说道,又将身子靠回到椅背上。

"但是,这个可能有所帮助。"莫林从纸袋里又拿出一个铁罐头。铁罐头上印着瓦勒轩涂料的字样。"贝立夫先生说,今年七月份有两个人到他这里买了这种涂料。一个人是加布里,另一个是马克·吉尔伯特。"

"啊,真的吗?"波伏瓦把记号笔的笔帽给咬掉了。

拉克斯特警员和每个蒙特利尔市民一样对栖居屋[①]是非常熟悉的。栖居屋是为1967年世博会而建的古怪而又奇特的公寓建筑。在当时这一建筑被认为是十分前卫的,即使现在也仍然很抢眼。它坐落在圣劳伦斯河的姐妹岛上,是人类创造力和视觉艺术的一大奇观。只要你见过栖居屋,你就会对它过目不忘。建筑师并没有把屋子设计成供人居住的正方形或是长方形的房子,而是把每一个房间设计成独立的区域——一个狭长的立方体。它看上去就像小孩子任意搭起来的积木——每一块积木上堆着另一块,每一个房间都和另一个彼此相连。有些房间位于上方;有些位于下方;有些则位于两边,这样阳光就能照射进整幢建筑,所有的房间都能沐浴在阳光之中。从栖居屋的每一间房间望出去,无论是看圣劳伦斯河还是蒙特利尔市,风景都是极为漂亮的。

拉克斯特以前还从没进入过栖居屋里的房间,但现在她正走入其中的一间。因为雅克·布鲁列——奥利维的父亲——就住在里面。

"请进。"雅克·布鲁列打开门,但脸上并没有任何笑意。"你来是问有关我儿子的事情的?"

雅克·布鲁列跟他儿子奥利维很不一样。他长着一头黑色的头发,身材也很粗壮。在他身后,拉克斯特可以看到闪亮的木质地板,石板砌成的壁炉以及可以俯瞰整条圣劳伦斯河的窗户。整间房间看上去很有品味,也很奢华。

"我想我们能否坐下来谈?"

"我想你能否直接说重点?"

[①] 栖居屋(Habitat 67):1967年魁北克省蒙特利尔市举办了世博会。由于住宅是那届世博会的主题之一,因此建筑师 Moshe Safdie 接受委托建造一座大规模的住宅综合楼,首先是供来访的政要使用,其次是供蒙特利尔市的居民居住。Safdie 设计的 Habitat 67 是当时一个建筑杰作,不但提供了一个可相互交流的公寓社区,还能保证租户的私密性与独立性。这个城市中的城市是1967年世博会的一大亮点,已成为蒙特利尔市最抢眼的地标之一。

雅克站在门口,挡着拉克斯特,甚至不让她进屋。

"我在电话里已经说过了,我是调查凶杀案的警官。我们警方正在调查三松镇里发生的一起命案。"

雅克看上去表情茫然。

"就是您儿子住的那座小镇。"雅克这时点点头,拉克斯特继续说道:"在小酒馆里发现了一具尸体。"

拉克斯特故意没有提谁的小酒馆。奥利维的父亲等着她继续说,看上去对于小酒馆完全没有概念,也没有任何警觉,根本就不关心。

"是在奥利维的小酒馆里。"拉克斯特最后补充道。

"你想从我这儿了解些什么?"

在凶杀案件中遇到那些关系破裂的家庭是很常见的事情,但拉克斯特没想到在栖居屋里会遇到一个这样的家庭。

"我想了解有关奥利维成长环境,生活背景以及兴趣爱好方面的情况。"

"那你找错人了。你应该去问他的母亲。"

"不好意思,我以为他母亲已经过世了。"

"是过世了。"

"您之前在电话里跟我说,奥利维上过莫特瑞丹塞恩学校。那可是一座很好的学校。他在那所学校里一直上到六年级。在那之后他去了哪里?"

"我想他大概去了洛约拉中学,或是布雷博夫中学吧。我不记得了。"

"我能冒昧问一下。您和他母亲一直分居吗?"

"没有,我们从没离婚。"这是他到目前为止说的最有感情的话。显然,离婚这一说法比死亡或是凶杀更能让雅克感到感伤。拉克斯特等着他接着说,她一直等着。最后雅克终于开口道:

"我以前离家很远,一直忙着自己的事业。"

但是,拉克斯特知道这不是理由,也不是借口,因为她自己也忙着追捕凶手,但却清楚地知道自己孩子上哪所学校。

"他有没有做过什么坏事？比如，跟人打架，或是其他什么？"

"你是说奥利维？从来没有。他一直是个规规矩矩的孩子。有时可能身上会有些擦伤，但从没出过很严重的问题。"

这好像是在谈论一个无生命的东西，就好像在跟一个推销员谈论起居室的家具一样。在整个谈话中，雅克·布鲁列差一点就要用"这个东西"来称呼自己的儿子。

"您最后一次跟他说话是在什么时候？"拉克斯特不知道这是否跟案子有关，但是她很想知道。

"我不记得了。"

拉克斯特早就猜到了。当她准备离开的时候，雅克说道："替我向他问好。"

拉克斯特在电梯口停下脚步。她按下电梯按钮，然后回头看着站在门框边上的那个大个子男人。他的身体把透射进房间的阳光都给遮挡住了。

"也许，您可以自己去向他问好，或者直接去看看他。您见过加布里吗？"

"加布里？"

"加布里，他的伴侣。"

"加布里尔？他没告诉过我他有妻子。"

电梯来了，拉克斯特走了进去。她在想，雅克·布鲁列是否知道三松镇在哪里。她此时脑子里一直想着这个将自己与家人远远隔开的男人。

不过，很显然，他的儿子奥利维也是这样的人。

临近中午的时候，奥利维站在小酒馆的前门。他在决定是否要开门营业。也许进入小酒馆的人群能够淹没自己头脑中的那个声音——那位老者的声音。那个可怕的传说将自己和老者紧紧地捆绑在了一起，一直到死。

年轻人出现在如今已荒芜的山脚下。和生活在这一地区的每个人一样,他也听说了那个传说。根据传说,不听话的孩子会被送给可怕的山神作为祭品。

年轻人在布满灰尘的泥土上寻找着那些小小的骨骸。可是,什么都没有,没有生命的迹象,甚至也没有死亡的迹象。

当年轻人准备离开时,他听到一声轻轻的叹息。在一片死寂之中吹来一阵微风。年轻人感到那阵风吹在自己的背上,他感到皮肤变得冰冷,头发都竖了起来。他回头看着那茂密、翠绿的山谷、浓密的森林以及铺着茅草的小屋。他在想,自己为何这么愚蠢要孤身一人到这里来。

"不要,"他听见风中传来一个声音,"不要。"他听着。

年轻人转过身。"不要。"他又听到。

"不要走。"那个声音说道。

... 15

三位警官一起从老火车站的办公室里走出来。但走到小镇绿地时，他们各自散开。波伏瓦离开伽马什和莫林。原本他要去找加布里与奥利维再进行一次面谈。然而，此时他却走在前往哈德利老宅的路上。

波伏瓦感到信心满满，因为他们抓住了吉尔伯特一家撒谎的证据。多米尼克昨天还告诉过他他们从来没使用过瓦勒轩涂料，她当时还很愉悦地说自己是多么环保。但现在有证据表明，他们至少买了半公升那种涂料。

此外，波伏瓦急切想找吉尔伯特一家还有一个原因。那就是他很好奇，甚至很焦虑。他想看看吉尔伯特一家对哈德利老宅究竟做了些什么。

伽马什试着推了一下小酒馆的门。他很惊讶地发现门开着。今天早些时候，当伽马什在旅店里吃着黄油面包、切片的草莓和香蕉、枫木糖浆以及后腿熏肉的时候，加布里还说自己不知道奥利维打算什么时候让小酒馆重新开张。

"也许再也不开张了。"加布里当时这么说道,"不开张的话,我们该怎么办呢?我只得开始大量接收前来住宿的顾客。"

"你还有这家旅店,真是不错。"伽马什说道。

"你觉得这不错,是吧?可我已经懒惯了,这下非得累死不可。"

但此时当伽马什和莫林警员走进小酒馆时,他们却看到加布里就站在吧台后面正在擦洗着吧台,而在小酒馆的厨房里飘来一阵美食的香味。

"奥利维,"加布里大声喊道,从吧台后面走了出来,"凶杀案后光临小酒馆的第一批客人来了。"加布里几乎在唱歌了。

"看在上帝的分儿上,加布里。"他们听到厨房里有人喊道,然后是一个水壶掉在地上的声音。过了一会儿,奥利维从厨房的旋转门后走出来,"啊,是你们啊。"

"是我们。我们还有些问题想问。你们现在有空吗?"

奥利维看着他们,好像准备说"没空"。但他马上改变了主意,示意他们在壁炉边找个位子坐下谈。壁炉里再次生起了炉火,拨火棍也回来了。

伽马什看着莫林警员。莫林把眼睛睁得大大的。显然,伽马什探长是想让自己来主持这次面谈吗?时间一分一秒过去,没有人开口说话。莫林冥思苦想着,"不要显得太强势。"但他并不认为自己会表现得很强势;"要让嫌疑人放弃自己的伪装。"加布里朝他微笑着,在围裙上擦着手,等着莫林问话。"表现要好,"莫林这么想着,"看来那家伙正在伪装自己,要是嫌疑人没有伪装就好了。"

莫林也微笑着看着奥利维和加布里。他此时正在绞尽脑汁想问题。可是目前他能想到的问题就像高速公路上超速行驶的汽车一样疾驶而过。显然,此时询问加布里有没有驾照是不合时宜的。

"是有关那起凶杀案吗?"加布里问道,想提示一下莫林。

"哦,是的。"莫林说道,他回过神来,"也并不完全是凶杀案的事情,只是有个小问题想问一下。"

"请问吧。"奥利维说道,指了指身边的一把椅子,"您坐下说吧。"

"其实也没什么事情。"莫林说道,和其他人坐在一起,"只是一个小问题。我们在想,你们为什么七月份要从贝立夫先生那里买瓦勒轩涂料?"

"我们有买吗?"奥利维看着加布里。

"啊,是我买的。我们需要把吧台重新刷一下,你不记得了吗?"

"你能不能不要用那种涂料? 我喜欢吧台保持原样。"奥利维说道,"真是让人烦心。"

"我也很烦心。你们看看。还记得吧台刚买来时的样子吗? 那时它是闪闪发亮的。"

几个人伸长脖子看着不远处的吧台。吧台上有收银用的抽屉、各种各样的罐头、软心豆粒糖以及甘草糖。在这些东西后面的架子上还放着盛满液体的玻璃瓶。

"主要还是这里的氛围。"奥利维说道,"这里的一切要么是本来就是旧的东西,要么就是看上去旧的东西。别再说了。"奥利维挥挥手阻止加布里继续说下去,然后他转过身面对伽马什和莫林,"我们两个在这点上总是谈不到一处。我们刚搬到这里时,这里还是个五金店。现在里面所有的东西跟原先完全不一样了,要么是被换掉了,要么就是被遮盖掉了。"

"现在的横梁以前是藏在天花板的绝缘材料里的。"加布里补充道,"还有,原先壁炉的位置改成了储藏室。现在的壁炉是请了一个石匠重新砌起来的。"

"真的吗?"伽马什说道,感到很了不起。现在的壁炉看上去就像小酒馆里原有的东西一样。"但是,你用瓦勒轩涂料干什么呢?"

"对,加布里,你用瓦勒轩涂料干嘛?"奥利维也逼问道。

"我原本想把吧台表面的旧漆弄掉,然后把表面磨光一下,最后再涂上瓦勒轩,但是……"

"但是什么?"

"但是,后来我想老孟会做这些事的。他知道该怎么弄,而且也喜欢弄。"

"后来又忘了,因为没人再去碰过那个吧台。"

"你从贝立夫先生那里买来的那罐瓦勒轩涂料现在在哪里?"莫林警员问道。

"就在我家的地下室里。"

"我能看看吗?"

"如果你想的话,当然行。"加布里目不转睛地看着莫林,觉得莫林好像疯了。

吉恩·波伏瓦简直不敢相信自己的眼睛,但他更不能相信的是那些看不见的东西。他在哈德利老宅里看了一圈,这使他感到很高兴。马克和多米尼克已经带他看了所有漂亮的卧室,每间卧室里都配有壁炉、平板电视、按摩浴缸和蒸汽冲淋房。每间房间还铺着闪亮的马赛克玻璃瓷砖。此外,每间卧室里还配有一个咖啡器。

这些房间正在等待着它们的第一批客人光临。

现在他们几个就站在休闲区域。它位于老宅的底层。但即使如此,这一区域也有着柔和的灯光和令人心静的色调,呈现出一种静谧的氛围。用来装饰的物品已经摆了出来,等待着上架,但架子还没有制作好。这一区域虽然和老宅其他地方一样让人印象深刻,但显然还没有最后完工。

"大概还要一个多月吧。"马克说道,"我们希望能在感恩节假期接待第一批客人。我们还在讨论是不是要在报纸上登广告呢。"

"我觉得时间有点仓促,但马克觉得可以如期完工。我们已经雇了一批员工:四位按摩师、一位瑜伽教练、一位私人教练还有一位接待员。这都是为了养生休闲的需要。"

马克和多米尼克两人津津有味地谈论着。依妮德也会喜欢这儿的,波伏瓦这样想着。

"如果夫妻两人入住这里的话,你们怎么收费?"

"如果在这里住一晚并参加养生服务的话,费用是三百二十五美元。"马克说道,"那是工作日标准房的价格,当然这还包括一顿早餐和一顿晚餐。"

看来这里没一间房间对波伏瓦而言是可以入住的,价格他也承受不起。这里奶油的售价又是多少呢? 不过,在结婚纪念日的时候到这里来消费一下还是可以的。如果奥利维和加布里知道的话,肯定会杀了自己的。不过,他们没必要知道。自己和依妮德可以住在这儿,这里有吃有住,不用进三松镇。谁还愿意离开这里呢?

"那是每个人的费用。"马克说道。他关掉电灯,然后几个人走上楼梯。

"您刚才说什么?"

"我说,每个人的价格是三百二十五美元,而且是税前的。"马克回答道。

波伏瓦真庆幸,此时他走在后面,没人看见他此时脸上的表情。看来真的只有有钱人才有资格享受休闲养生啊。

然而,到目前为止波伏瓦还没有看到任何瓦勒轩涂料的迹象。他之前仔细地看了看地板、柜台还有门,并对它们精细的做工赞不绝口。吉尔伯特夫妇都很高兴。但其实波伏瓦是在找瓦勒轩涂料的痕迹,那种不自然的痕迹。

但什么都没有找到。

在走到大门口时,波伏瓦本想直接问马克和多米尼克,但是他还想留一手。他在老宅前的花园里转悠着,注意到已经修剪整齐的草地,新种的植物还有新栽的粗壮树木。

一切看上去都井然有序,这是乡村该有的样子。

此时,在老宅的墙角处走过来一个人。他正推着一辆手推车。当这人看到波伏瓦时,他停下脚步。这人就是罗阿尔·帕拉。

"我能帮您什么吗?"

波伏瓦先自我介绍了一下,然后看着手推车里的肥料。"这儿有很多事够您忙的吧。"他和罗阿尔一起走着。

"我很喜欢马。很高兴看到马儿又能回到这儿。哈德利老宅以前也养马。不过,现在马棚坍塌了,以前骑马用的小道也长满了杂草。"

"我听说,老宅的新主人叫您把杂草都给除掉。"

罗阿尔咕咕哝哝道,"这是一项大工程。不过,我儿子有空的时候会来帮我。我也喜欢在树林里静静干活。"

"只是有时会有陌生人来打扰。"波伏瓦说道,他看到罗阿尔脸上露出紧张的表情。

"您这是什么意思?"

"您不是跟拉克斯特警官说,您曾看到有个陌生人跑进树林吗?但那个人并不是死者。您觉得那会是谁?"

"我一定是眼花看错了。"

"那您当时干嘛要告诉警方呢?您并不相信自己说的话,是吗?"

波伏瓦再次看着罗阿尔的面部表情。罗阿尔此时满脸是汗,身上也因为粘着肥料而显得脏兮兮的。他身体很健壮,但看上去并不蠢。事实上,波伏瓦觉得,罗阿尔这个人很聪明。可他为什么要撒谎呢?

"我不喜欢别人盯着我看,好像我被外星人给绑架了一样。我只看到一个人影一闪而过,然后就不见了。我跑过去找,但什么都没看见。在那之后我就再也没见过那个人。"

"也许那人离开了本地。"

"也许吧。"

波伏瓦和罗阿尔两人一起沉默地走着。空气中弥漫着刚晒干的青草以及肥料的味道。

"我听说,老宅的新主人一家子都很环保。"波伏瓦故意使说话的口气听上去好像是在责备吉尔伯特一家似的,这显得有点傻,像是最近流行的市民笑话。"他们肯定不让您使用杀虫剂或是合成化肥之类的东西吧?"

"我自己从不用那些东西。我告诉他们也不要用。我还教他们怎么堆肥,怎么将废物再利用。不过,我不知道他们是否把我的话听进去了。他们以前竟然还用塑料袋购物,你能相信吗?"

波伏瓦自己也用塑料袋购物。不过,此时他摇摇头。罗阿尔将手推车里的肥料倒在一堆散发着蒸汽的肥料上。然后,他转身看着波伏瓦。

"您想说什么?"波伏瓦问道。

"他们现在可是变得比环保人士还环保呢。当然,这没什么不好。我希望人人都能这样。"

"您的意思是在老宅的所有装修中他们没用任何有毒物质,比如说,瓦勒轩涂料?"

罗阿尔又笑着说道:"他们原来倒是想用,但我不让他们用。我建议他们使用桐油涂料。"

波伏瓦此时不像之前那么信心满满了。当罗阿尔·帕拉在堆肥时,波伏瓦又回到老宅门口,按响了门铃。现在可以直接询问他们了。马克的母亲卡罗尔开了门。

"我想跟您的儿子再谈一下,如果您不介意的话。"

"当然可以,警官先生。您想进屋来谈吗?"

卡罗尔十分友善,也十分有礼貌。这一点跟她的儿子马克截然不同。马克尽管外表也很友善好客,但你会时不时地感觉到在他的外表之下有一种高傲,好像他自己拥有许多东西,而别人拥有的却少得可怜,并且他的这种高傲会让你感到自己拥有的东西越来越少。

"我就在这儿等吧。只是有个小问题要问。"

在卡罗尔走开去叫马克之后,波伏瓦站在大厅的入口处。他以欣赏的目光看着大厅里洁白的墙面,闪亮的家具以及作为摆设的鲜花。一切都显得那样整洁和安详,让人有宾至如归的感觉,而这一切竟然出现在哈德利老宅,真是让人觉得不可思议。不过,在这完美的装潢之中波伏瓦还是看到了一丝瑕疵。阳光从前厅的窗户涌进来,前厅的木质地板上折射出一道亮光。

那是一道某种涂料折射出的亮光。

...16

当马克和多米尼克过来时,波伏瓦已经把铺在前厅地板上的一块小地毯掀了起来。此时他正在检查前厅的地板。

"怎么了?"多米尼克问道。

波伏瓦跪着不动。他只是抬头看看,示意马克和多米尼克待在原地。然后,他又弯腰检查着什么。

前厅的地板是涂过瓦勒轩的,所以看上去很平滑,很坚固,而且又干净又有光泽。不过,地板上有一块小小的污点。波伏瓦站起身,用手拍了拍自己的膝盖。

"您这里有无线电话吗?"

"我去拿。"马克说道。

"也许您可以让您的母亲去拿一下,如果她不介意的话。"波伏瓦看看卡罗尔。卡罗尔点点头,转身去拿无线电话。

"怎么了?"马克问道。他走近一点,凝视着地板。

"您应该知道怎么了,吉尔伯特先生。昨天您的妻子还说你们是从来不用瓦勒轩涂料的,她还说你们都很环保。现在看来不是么回事。"

马克笑道:"你说的没错。这里是用了瓦勒轩涂料。但那是在我们还没有找到更好的涂料之前使用的。我们后来使用了桐油涂料,瓦勒轩也就不用了。"

波伏瓦看着马克。他听到卡罗尔拿着电话过来了。地板上传来她走路的嗒嗒声。

"我也用瓦勒轩涂料,"波伏瓦说道,"我可能不像你们这么环保。我知道这种涂料需要一天的时间来风干。但实际上,这种涂料真正要变得坚硬需要一周左右的时间。这里的瓦勒轩不像是几个月前涂上去的。那时你们还没买瓦勒轩涂料,不是吗?这里的瓦勒轩应该是上星期什么时候涂上去的。"

马克看上去显得有些惊慌失措。"好吧,我是在上周五当其他人睡着的时候,自己偷偷摸摸涂上去的。这里地板的木料是很好的,所以得比其他地方的地板更牢固耐久才行。我用了瓦勒轩,也只是在这块儿地方用了而已,其他地方都没有用。我想多米尼克和妈妈是不会发现的。"

"你们进出使用的是老宅的正门吗?这里毕竟是主要入口。"

"我们一般把车停在房子旁边,从厨房那里的门进出。我们从不使用正门。但到这儿来的客人会用正门。"

"这是电话。"卡罗尔走了过来。波伏瓦向她谢了一声,然后打电话给小酒馆。

"请问,伽马什探长在吗?"波伏瓦在问奥利维。

"什么事?"他听到电话里传来伽马什深沉的嗓音。

"我发现了一些情况。我希望您能来一下。请把犯罪现场工具箱也带来。"

"犯罪现场?你在胡说什么?"马克问道,显得十分气愤。

但波伏瓦并没有回答他的问题。

几分钟后,伽马什和莫林来到哈德利老宅。波伏瓦指给他们看涂了瓦勒轩的地板。地板上那个小小的污渍在光亮的地板表面上显得很显眼。

莫林拍了照,然后戴上手套,从工具箱中拿出小镊子,采集了一些样本。

"我马上把这些样本送到舍尔布鲁克的实验室去。"

莫林走了。伽马什和波伏瓦转身看着吉尔伯特一家。多米尼克带着从杂货店里买的东西回来了,此时和自己的丈夫与婆婆站在一起。

"怎么了?"多米尼克问道。

他们都站在大厅里,与前厅正门保持距离。那里已经用黄色的警用隔离带隔开了,铺在上面的地毯也被卷了起来。

伽马什显得很严肃,之前和蔼可亲的面容看不到了。"那个死者到底是谁?"

吉尔伯特一家三人面面相觑。

"我们跟你们说过了,"卡罗尔说道,"我们不认识那个人。"

伽马什慢慢地点着头。"你们是这么说过了。你们还说过从来没见过任何跟死者外部特征相似的人。但是你们见过,至少你们中有一个人见过。你们中有一个人知道的情况跟警方实验报告中指出的情况是一样的。"

吉尔伯特一家又面面相觑。

"死者曾经就躺在这里,躺在正门的入口处。当时前厅地板上的瓦勒轩涂料还没彻底风干。有少许涂料粘在了死者穿的外套上,你们的地板上也粘有死者外套上的纤维。"

"可这太荒唐了。"卡罗尔喊道,看看伽马什,又看看波伏瓦。看来这位老妇人也很善于变换情绪。此时她从一位举止优雅的老宅女主人变成了一位令人害怕的泼妇,眼中露出愤怒的恶狠狠的目光,"立刻从这里滚出去!"

伽马什微微鞠了一躬。让波伏瓦惊讶不已的是他竟然转身离开了。伽马什转身时看了一眼波伏瓦。

伽马什和波伏瓦沿着满是灰尘的小路回到三松镇。

"干得好,吉恩。我们搜查了老宅两次,可两次都没发现。"

"我们干嘛离开。我们应该待在那里质问他们才对。"

"也许吧,但我们有的是时间。他们中的某个人已经知道我们警方掌握了证据。让这家伙自己慢慢想想。现在强势逼问是问不出什么的。"

波伏瓦想着伽马什说的话,觉得的确有道理。

在吃午饭前,马克·吉尔伯特来到小镇老火车里的办公室。

"我能跟您谈谈吗?"马克问伽马什。

"你可以跟我们这里每一个人谈。在这里是没有秘密的,你觉得呢,吉尔伯特先生?"

马克浑身不自在,但还是在一把椅子上坐了下来。波伏瓦向莫林点点头,示意他拿上记录本过来。

"我是自愿过来的,你们应该明白。"马克说道。

"我们明白。"伽马什回答道。

马克之前是以极慢的步伐朝老火车站走来。一路走,他一路想着自己将要跟警方说些什么。他朝树林、朝石头、甚至朝天上南飞的大雁说着自己准备要说的话。那时他觉得自己准备得很充分。但现在当面对警方的时候,他又显得不那么自信了。

"我知道这可能听上去有些不可思议。"马克开始说起他最不愿意说的事情。他试着把自己的注意力集中在伽马什身上,而不去看坐在旁边的助理探员,或是那个在做着笔录的呆头呆脑的年轻人。"我看到有个人躺在那里。我当时因为睡不着,所以起床去厨房,想拿块三明治吃。就在那时我看到有个人,他就躺在前厅的地板上。"

马克看着伽马什,伽马什也用自己沉稳,好奇的棕褐色眼睛看着他。他没有指责,也没有表现出不信任,仅仅是在聆听。

"那时已经是黑夜了,所以我打开灯,走得更近一些。我当时以为那可能是个酒鬼喝醉了,他可能刚从小酒馆里出来,上了山,看到我们这座房子,所以就舒服地躺在那里。"

马克说得没错,这的确听上去有些不可思议。然而,伽马什什么也没说。

"我本想找人帮忙,但又不想让多米尼克或是我妈妈担心。所以我又悄悄走得更近一些,然后我看到了那人的脑袋。"

"所以当时你就知道那人是被谋杀的?"波伏瓦问道,他根本不相信马克说的每句话。

"是的。"马克看着波伏瓦,直到他看出波伏瓦脸上不相信的表情。他随后又回头看着伽马什,"我当时自己也不敢相信。"

"这么说,那天午夜时分一个被人谋杀的人出现在了你家的前厅里。你们那天晚上没锁门吗?"波伏瓦问道。

"我们是锁门的。但我们一直在装修房子,很多东西要搬进搬出,而且我们一般不从正门出入,所以那天可能忘了锁了。"

"你发现死者之后做了什么,吉尔伯特先生?"伽马什问道,他的声音听上去很理智,给人一种安慰感。

马克开口说话,但马上又闭上了嘴。他低头看着自己的双手。他曾对自己发誓,如果警方问到这个问题,自己绝不能欲言又止,也绝不能退缩。但现在他却打起了退堂鼓。

"我想了一会儿,然后背起尸体,下山进了小镇,然后把尸体拖进小酒馆里。"

马克最终还是说了出来。

"为什么要这么做?"伽马什问道。

"我原本想打电话报警的,当时电话就在我手里。"马克伸出自己的手给伽马什看,好像他的手就是证据一样,"但是我随后又想到我们即将开业的休闲会所,还有我们为此投入的心血。我们一个月后就要开张营业了,你知道吗?各大报纸一定会刊登这起杀人案。到时谁还会愿意来一家死过人的休闲会所休闲放松呢?"

波伏瓦并不想同情马克。但他也不得不承认,马克为哈德利老宅的装修花了那么大一笔钱,他这么做还是可以理解的。

"那么,是你把尸体弄到小酒馆里的?"波伏瓦问道,"为什么呢?"

马克转向波伏瓦,说道:"因为我不想把尸体放在其他人家里。我知道奥利维通常会把钥匙放在小酒馆正门前的花台下面。"他看到波伏瓦脸上露出的怀疑神情,但他还是继续说道:"我把尸体抬下山,把他放在小酒馆的地板上,然后就回家了。随后我拿了一块小地毯铺在尸体躺过的地方。我知道没人会在意这个,因为有太多事情要关心。"

"你这样做是很危险的。"伽马什说道,眼睛盯着马克看。"我们可以告你破坏犯罪现场、侮辱尸体,或是妨碍警方破案。"

"甚至可以告你谋杀。"波伏瓦补充道。

"我们需要你把所有的真相都说出来。你为什么要把尸体丢在小酒馆?你完全可以把尸体丢弃在树林里。"

马克叹了一口气。他没想到警方会对这一点刨根问底。"我也想过把尸体弄到树林里,但很多孩子会在周末的时候到小镇里来度假。我不想让小孩子看到尸体。"

"您真是高尚。"伽马什说道,试着克制自己,"但这种情况是不太可能发生的,不是吗?谁家的小孩子会整天往树林里跑?"

"但这有可能发生的,不是吗?你会冒这个险吗?"

"我当时就会打电话报警。"

伽马什让马克自己去想这句话的含义。他的回答已经完全摧毁了马克·吉尔伯特的道德制高点。马克此时被赤裸裸地暴露在警方面前。在伽马什眼里,马克·吉尔伯特在意识清醒的时候尚且会昧着良心做事,那么在意识混乱的时候他很可能也会杀人。

"我要听你的实话。"伽马什说道,声音轻得几乎听不到。

"我把尸体丢在小酒馆里,这样别人就会认为人是在小酒馆里被杀的。自从我们到这里以来,奥利维根本就没把我们放在眼里。"

"那么,你把尸体丢在小酒馆里是要报复奥利维?"波伏瓦问道。他能想到有些人的确会有丢弃尸体的念头,但只是这么想,不会去这么做的。但是,眼前的这个嫌疑人却这么做了。他诉说着自己对于奥利维的仇恨,那是一种很少见的、令人感到惊讶的仇恨。此外,他还诉说着消除这种仇恨的解决方法。

马克看看自己的双手,然后又看看窗外。他的视线在老火车站的墙壁上移动着。最后他的视线停留在坐在他对面的伽马什身上。

"这些就是我做的事情,我不应该这么做。我知道错了。"马克对于自己的愚蠢行为不断地摇着头。当周围没人对此作出回应的时候,他猛地一抬头。他的目光尖锐而明亮,"等一下。你们不会认为那个人是我杀的吧?"

没有人回答。

马克看看伽马什,然后又看看波伏瓦,甚至还看了看此时正拿着笔一动不动,呆头呆脑的莫林。

"我为什么要杀那个人?我甚至都不认识他。"

仍然没人回答。

"真的,我以前真的没见过那个人。"

最后波伏瓦打破了沉默,"但是那个人在你家里,而且已经死了。为什么一具陌生人的尸体会出现你家里呢?"

"你们不明白吗?"马克将双手伸向波伏瓦,"你们不明白吗?那就是我不敢报警的原因,因为当时我就知道你们警察会这么想的。"他用双手紧紧抱住头,好像试图不让头脑里的混乱思想跳出来一样。"多米尼克会杀了我的。上帝啊!"他的肩膀垂了下来,脑袋也耷拉着,好像无法承受自己的所作所为所导致的后果以及即将面临的结局。

就在这时电话铃响了。莫林警员走去接电话,"喂,魁北克安全局。"电话那头的声音急促地说着,但很含糊,听不清。

"太糟糕了。"莫林想到。他感到糟糕是因为他知道这电话打断了正在进行的审问。"我听不清楚。"其他人此时都看着他。莫林的脸涨得通红,努力地听着,但还是听不清电话那头在说什么。忽然他听清了一个词,随后他整个脸色都变了。"紧急情况。"

莫林用手遮住电话听筒,"是吉尔伯特太太打来的电话。她说在她的院子里有个人,她曾在屋后的树林里见过那个人。"莫林随后又听着电话里的声音,"她说现在那人正朝老宅走来。她该怎么办?"

另外三个人都一下子站了起来。

"上帝啊!他一定是看到我出门,知道家里现在只有两个女人。"马克说道。

伽马什接过电话,"吉尔伯特太太,后门锁好了吗?您能去把后门锁好吗?"他等了一会儿,"很好,现在那人在哪儿?"伽马什仔细听着,然后开始朝门的方向移动,波伏瓦和马克也跟在他身边。"我们两分钟后就到。请您和您的婆婆待在楼上的浴室里并锁上浴室门。就是您曾带我参观过的那间浴室。是的,有个小阳台的。锁上门,拉上窗帘,待在那儿别动直到我们来。"

波伏瓦已经发动了汽车的引擎,伽马什猛地拉开门,并将电话丢给莫林,"你也待在这儿,别动。"

"我也去。"马克喊道,他朝门的方向跑来。

"你待在这儿跟你妻子保持通话,让她情绪稳定下来。你在拖延我们的行动,你知道吗?"

伽马什说话的声音急促而又带着愤怒。

当波伏瓦发动汽车时,马克从莫林手里一把抢过电话。汽车急速驶过石桥,沿着考门斯大道,驶向哈德利老宅。他们不到一分半钟就到达了老宅,然后轻手轻脚但却行动迅速地从车里出来。

"你带枪了吗?"当他们一路小跑时波伏瓦问伽马什。在老宅的一个墙角边他们蹲伏下来。伽马什摇摇头。"真是的,"波伏瓦脑子里这样想着,"有时自己真想开枪打死伽马什。"

"枪很危险。"伽马什说道。

"可是,"波伏瓦将头探出去朝老宅后面望了望,"那家伙可能有枪。"

伽马什举起手,波伏瓦马上闭嘴。伽马什朝一个方向指了指,然后就从老宅一边迅速跑开。波伏瓦迅速从老宅正前门跑过,跑到了老宅的另一边。此时两人都朝老宅后门方向移动着,那里就是多米尼克看到那个陌生人的地方。

伽马什紧贴着墙壁,身子蹲得很低,慢慢朝墙边移动。现在需要迅速行动。那个陌生人在那里已经待了至少五分钟了。他现在可能已经进了老宅。即使一分钟也能发生很多事情,更别说五分钟了。

伽马什移动到灌木丛旁,然后朝老宅较远的那一边移动着。忽然,他看到一个东西在动,是个人,一个大个子男人。那人戴着帽子和手套,还穿着一件野外工作服。那人此时离老宅的后门很近。如果他进到屋子里,那么伽马什他们就不好对付了,因为老宅里有那么多地方可以躲藏,而且还有两位女士在里面。

当伽马什注视着那个人时,那个人也朝周围看了看,然后他打开老宅后门进入了厨房。

伽马什一下子从墙边站了起来。

"别动!"伽马什命令道,"安全局的警察。"

那人停下脚步。由于他背对着伽马什,所以他不知道伽马什是否拿着枪。但伽马什也一样看不见那人是否有枪。

"举起你的手。"伽马什喊道。

那人一动不动。这可不是个好兆头,伽马什感到。如果那人忽然挥动手臂进行射击的话,伽马什已经准备好立即后退躲闪了。但是此时这两个人都定在原地一动不动。忽然那个人转过身。

伽马什是受过训练且十分有经验的警察。他感到时间一下子慢了下来,整个世界都停了下来。此时唯一存在着的就是站在他面前的那个男人。伽马什看清了那人的身体,臂膀还有双手。当那人转身时,伽马什看到那人手里还紧握着一样东西。

伽马什急忙躲闪。

就在此时,那个人忽然倒在了地上,波伏瓦压在了他身上。伽马什立刻奔上前,将那的手紧紧摁在地上。

"他手上有东西,你看到了吗?"伽马什叫道。

"抓住了。"波伏瓦说道。伽马什将那人拖了起来。

伽马什和波伏瓦看着那人。他的帽子已经掉了,灰白色的头发露了出来。他个子很高,身材瘦长。

"你们到底想干嘛?"那人喊道。

"你在非法入侵他人的住宅。"波伏瓦说道,将那人手上先前握着的东西拿给伽马什看。那是一个袋子,里面装着燕麦卷。袋子前面还印着一个标志:

贝勒切斯庄园酒店①

伽马什仔细打量着那个人。他看上去很脸熟。那人也回看着他,表情显得既愤怒又傲慢。

"你们怎么敢?你们知道我是谁吗?"

"其实,"伽马什回答道,"我知道您是谁了。"

在伽马什给莫林打了个电话之后,马克·吉尔伯特被允许离开老火车站。几分钟后,马克回到了老宅。他一路跑来,气喘吁吁。他被告知妻子和母亲都很安全。马克很高兴再能亲眼见到她们。他拥抱着自己的妻子和母亲,亲吻着她们。然后他面向伽马什。

"那个人在哪儿?我想见见他。"

很显然,"见见"只是一个婉转的托词。

"在马棚里。波伏瓦探员正看着他。"

"好的。"马克说道,朝大门走去。

"马克,等等。"他母亲跑过来。"也许我们应该把这件事交给警方处理。"卡罗尔·吉尔伯特看上去仍旧很害怕的样子。当想到马棚里的那个人时,伽马什觉得卡罗尔感到害怕也是有理由的。

"你在开玩笑吗?那个人一直在监视我们。也许他还有其他什么企图。"

"你这是什么意思?什么叫'其他企图'?"

马克迟疑了一会儿。

"你有什么事情瞒着我们?"多米尼克问道。

马克看了一眼伽马什,说道:"我觉得那个人很有可能杀了小酒馆里的死者。很有可能是他把尸体丢在我们家里的。他这么做也许是出于威胁,也许是警告我们他将要杀死我们中的某个人。也许他错把那个死者误认为是我们的人。当然这只是我的推测。但是先是尸体出现在我家,然后那个家伙又要闯入我家。很明显,有人想要伤害我们。我得弄

---

① 贝勒切斯庄园酒店(Manoir Bellechasse):加拿大魁北克地区最豪华的酒店之一。

明白这是为什么。"

"等一下。"多米尼克抬起手不让她的丈夫进一步说下去。"你在说什么？尸体出现在这儿？"她朝前厅看了看，"在我们家？"她又看看伽马什，"这是真的吗？"她又看看他的丈夫，"是真的吗，马克？"

马克想张嘴说话，但他还是闭上了嘴，然后深吸了一口气。"尸体的确出现在这儿。警方说的没错。我半夜里起床看到了尸体。我当时吓坏了，于是做了件蠢事。"

"是你把尸体弄到小酒馆里的？"多尼米克看着马克，脸上的表情好像被自己心爱的人抽了一个耳光一样，她显得如此震惊。马克的母亲也极度震惊地看着马克，好像马克在芳提娜城堡饭店①里当众撒尿一样。当马克还是个孩子时，有一次他在芳提娜城堡饭店里撒尿，从那时起他就清楚地知道母亲的这个表情意味着什么。

此时马克的思绪在整座老宅里乱转着，试图在老宅某个黑暗的角落里找到一个替罪羊。他知道尸体出现在自己家里并不是自己的过错。当然，他也知道他做了一件妻子无法认同的事情。妻子不会为了这件事而责备自己吧。

但马克知道多尼米克会的。

多尼米克转向伽马什，说道："现在我允许你们枪毙他。"

"谢谢，女士。但我需要有能枪毙他的东西，比如，一把枪。"

"太可惜了。"多尼米克说道，她又看着自己的丈夫，"你当时脑子里在想什么？"

马克将自己先前对警方说的话又一五一十地告诉了妻子和母亲。他推断当时在凌晨三点的时候，他的脑子很明显处于一片混乱状态。

"你是为了我们会所的生意才这么做的吗？"当马克说完时，多尼米克这样质问道。"如果丢弃尸体是为了我们的生意，那么你就是大错特错了。"

"上帝，我这么做不是事先计划好的。"马克试图为自己争辩。"是

---

① 芳堤娜城堡饭店（Château Frontenac）：也称芳堤娜古堡酒店，它是当地最高档的饭店之一。芳提娜城堡饭店坐落在加拿大魁北克市圣劳伦斯河北岸，是加拿大太平洋铁路公司建于19世纪末的一系列古堡大饭店之一。

的,我这么做的确犯了个大错。可是错误的源头不在我啊。"马克在午夜看到有个东西躺在黑暗的角落里,那是一个会让人倒吸一口凉气的东西。"是的,是我搬动了尸体。可是,是谁先把尸体放在这儿的呢?"

所有人都被这个他们之前并没有想到的问题给怔住了。但是伽马什已经想到了这一点,因为他已经注意到,在涂了瓦勒轩涂料的地板上还有另一个东西。那就是尸体躺过的地板上的那个污渍。除了那个污点之外,根本没有血迹。波伏瓦之前也注意到了。即使马克不断擦洗,他也不可能把所有血迹都擦洗得干干净净,总是会留下一些痕迹的。

但是,现在地板上什么血迹都没有,在上面只发现了死者穿的外套上的纤维。

死者也许是马克杀的,但作案地点绝不是在他家的前厅。死者在被丢在这里之前就已经死了。

马克站起身,说道:"所以我想见见那个企图闯入我家的家伙。我觉得他和这起凶杀案有关。"

卡罗尔也站了起来,拉着她儿子的手臂,说道:"我觉得还是让警方来处理比较好。那个人可能不好惹。"

卡罗尔看看伽马什,但伽马什却并不打算阻止马克和那个人见面。相反,伽马什此时很想看看他们两个见面到底会发生些什么事。

"跟我来吧。"伽马什对马克说道,然后转身面向两位女士。

"如果你们愿意的话,也欢迎加入。"

"我去。"多米尼克说道,"也许你可以待着。"她对自己的婆婆说道。

"我也去吧。"

当他们几个到达马棚的时候,马儿们在草地上抬起头看着他们。波伏瓦之前没见过这几匹马,一下子停下了脚步。他没在现实生活中见过这么多马。在电影里见过,可是这些马匹看上去不像电影里的马匹。当然,大多数男人长得都不像肖恩·康纳利[①],大多数女人也长得不像茱莉

[①] 肖恩·康纳利(Sean Connery):英国男演员。他早在60、70年代就因《007》中詹姆斯·邦德的英雄气概、绅士风度吸引了千百万观众,成为世界级大明星。

亚·罗伯茨①。但是即使是自然选择的结果,这几匹马也长得有点太奇怪了。其中有一匹马甚至长得都不像马。马儿们开始在老宅外的草地上悠闲散着步,有一匹马走路的时候身子有点倾斜。

莫林以前见过很多马。他惊奇地叫道:"多么漂亮的牛啊。"

多米尼克没有理他。但是她此时的注意力被这几匹马儿吸引住了。当她自己目前的生活突然变得乱哄哄时,马儿们悠闲的步伐吸引住了她。当然,她还想到了这几匹马儿之前的凄凉身世。不对,不是凄凉,而是忍耐。如果马儿能够忍耐他人对它们施加的蹂躏和痛苦,那么多米尼克也能够承受即将在马棚里发生的任何事情。当其他人走到她前面的时候,多米尼克停下了脚步,又走回到草地边。她站到一个铁桶上,将身子靠在围栏上。其他的马儿都还很怕生,不敢上前,但唯独名叫毛茛的那匹马——高大、丑陋、身上布满伤疤——走了过来。毛茛将自己大大平平的脑袋在多米尼克的胸前轻轻磨蹭,好像多米尼克的胸很适合安放它的脑袋,好像它的脑袋是打开多米尼克心灵的钥匙。当多尼米克重新走回去和其他人一起站在马棚前面的时候,她在自己的手上闻到了马儿留下的气味,也感觉到了马儿在她胸口留下的温度。

他们走进昏暗的马棚。他们的眼睛花了一些时间才适应马棚里的光线。马棚里的那个阴影变得清晰起来,那是个人影。此时出现在众人面前的是一个个子高高、身材瘦长、面容和蔼的老人。

"你们让我等了这么久。"那个黑影说道。

马克的视力可不像他假装的那么好。他此时只能看到一个模糊的人形。但是那个人形说话的声音对他而言却格外清晰。他感到有些头晕,伸出了双手。他的母亲卡罗尔就站在他身边,她一把抓住儿子伸出去的手,牢牢抓着不肯松开。

"妈妈?"马克轻轻问道。

"没事的,马克。"那个黑影说道。

---

① 茱莉亚·罗伯茨(Julia Roberts):美国女演员,以"大嘴美女"著称。1988年出演《现代灰姑娘》受得好莱坞注意,随后凭《钢木兰》获得奥斯卡女配角提名,1990年的《风月俏佳人》更让她成为最抢眼的女明星。

但马克知道不可能没事。他之前已经听说了有关哈德利老宅的一些传说——在老宅里住着鬼。他很喜欢这些传说因为这样就没人愿意买老宅,自己就能以很低的价格买下它。

现在看来传说不是假的,有个可怕的东西真的在老宅里出现了。在哈德利老宅里,之前出现过不止一个鬼。

"爸爸?"

...17

"爸爸?"

马克看着那个比阴影还要黑暗的黑影,然后看看自己的母亲。那个声音是不会错的,是难以忘却的。那个低沉,冷静的声音总是会伴着一个浅浅的微笑。当自己还是个孩子的时候,以及后来成年之后,马克都弄不清这声音究竟来自何处。此时,马克又开始弄不清了。

"你好,马克。"

这个声音此时带着一种幽默感,好像在说着一件很滑稽的事情一样,好像马克震惊的神情是一件很有趣的事情一样。

文森特·吉尔伯特博士从马棚的阴影中走了出来,走进了阳光之中。

"妈妈?"马克转向站在自己身边的母亲。

"我很抱歉,马克。你过来一下。"卡罗尔将自己唯一的儿子叫到马棚外面,让他坐在一堆干草上。马克觉得这堆干草好像扎进了自己屁股上的肉,很是不舒服。

"你能弄点喝的给他吗?"卡罗尔问自己的媳妇,但多尼米克此时双手正捂着自己的脸,显得和自己的丈夫一样不知所措。

"马克?"多尼米克说道。

波伏瓦看看伽马什。如果吉尔伯特一家一整天只会喊对方的名字,那今天可有的受了。

多尼米克很快平静下来,她急匆匆地走开,后来几乎是跑着进了老宅。

"我很抱歉,我吓到你了吗?"

"你当然吓到他了,文森特。"卡罗尔愤愤地说道。"你有考虑过他的感受吗?"

"我还觉得他会很高兴的呢。"

"你从来没考虑过别人的感受。"

马克看着自己的父亲,然后又看看自己的母亲,"你跟我说他已经死了。"

"我可能说得有点夸张。"

"死了?你竟然跟他说我死了?"

卡罗尔又开始斥责起自己的丈夫,"没错,我是说你死了。你现在不是老得快死了吗?"

"我?我快死了?你有没有想过,你在悠闲地玩桥牌时,我在过着怎样的生活?"

"你抛弃了自己的家庭,还有——"

"够了。"伽马什喊道,举起一只手。卡罗尔和文森特终于停止了相互攻击,两个人此时都看着伽马什。"请让我来弄明白这件事。"伽马什说道,"他是你父亲吗?"

马克终于仔细打量着那个站在自己母亲身边的男人。他比以前老了很多,也瘦了很多。毕竟自从父亲在印度失踪以来,至少他母亲是这么说的,已经过了二十年了。在父亲失踪几年后,母亲告诉他他的父亲已经死了。马克当时有没有想过给父亲举办个追悼仪式呢?

马克那时根本没想过。比起为一个在自己大部分人生中都缺席的人举办追悼仪式,那时他还有更为重要的事情要做。

所以,一切就这样被尘封起来了。那个了不起的人物——马克的父亲是个了不起的人物——就这样被遗忘了。马克再也没有谈起过他,也没有想起过他。当他第一次遇见多尼米克时,多尼米克问他,他的父亲是不是那位文森特·吉尔伯特博士。他的回答是"是的,但是他死了"。掉进了加尔各答或是孟买或是马德拉斯①的某个幽暗洞穴里。

"他是位很了不起的人物吧?"多尼米克曾这样问道。

"是的,他很了不起。他托起了死者,埋葬了自己。"

多尼米克从此再没问过。

"我来了。"多尼米克拿着一个托盘走了过来,托盘放着几只玻璃杯和几瓶饮料。她不知道现在是什么情况。以前她参加过的所有董事会议,所有她主持过的客户晚宴以及所有她参加过的仲裁听证会都没有像今天这件事这样让人不知所措。自己的公公竟然还活着,但显然他并未受到家人的敬重。

多米尼克将托盘放在一块原木上,然后将双手放在脸上。她轻轻地吸着手上残留的马儿的气味,她感到放松了很多。她放下手,但并没有放松警觉。她本能地感到要有麻烦了。麻烦就在面前。

"是的。他是我爸爸。"马克回答道,然后又转身看着自己的母亲,"他难道没死?"

伽马什觉得,这真是个有趣的问题。通常儿子会问:"父亲还活着吗?"但马克却问:"父亲没死吗?"这两种问法之间存在着对父亲天差地别的态度。

"恐怕是的。"

"我现在就站在这儿,你们都看到啦。"文森特说道,"我也能听到你们在说话。"

伽马什并不打算让这种情形拖得太久。他觉得很有意思。他知道文森特·吉尔伯特博士是一个难对付的家伙。他希望这位了不起的博士——因为伽马什觉得他很了不起——不是一个邪恶的人。

卡罗尔递给马克一杯水,自己也拿了一杯。她坐在干草堆上,就坐

---

① 马德拉斯(Madras):印度的一个港口城市。

在马克身边。"你爸爸和我在很多年前就已经认为我们的婚姻结束了。你也知道,他后来去了印度。"

"你为什么要说他死了呢?"马克问道。但即使他不问,波伏瓦也会问。波伏瓦以前总感到自己的家有点怪怪的。家里人从来没有轻言细语地说过话,也从来没有安静地聊过天。家里始终充满责备、愤怒、大声的争吵、大叫和尖叫。这些以前都会出现在家人的脸上和家庭生活中。真是一团糟。波伏瓦以前一直渴望安宁和祥和。他最后在妻子依妮德身上找到了。他的生活这才安定下来,并一直保持着恰到好处的状态。

所以,他真的会替马克质问卡罗尔。

但即使自己的家人很奇怪,也没有眼前的这家人家奇怪。事实上,能够目睹这样奇怪的场景也是当警察的乐趣之一。至少跟那些想置对方于死地的家人比起来,波伏瓦感到自己的家人还是挺不错的。

"我觉得那样活得更轻松。"卡罗尔说道,"比起做个离婚的女人,做个寡妇更快乐。"

"但你有没有想过我?"马克质问道。

"我觉得对你来说也会更轻松啊。想到你父亲已经死了不是更省事吗?"

"你怎么会这么想?"

"我很抱歉。我错了。"卡罗尔说道,"但是那时你已经二十五岁了,从来没跟自己的父亲亲近过。我当时觉得你不会在意的。"

"所以,是你杀了他?"

文森特·吉尔伯特到目前为止一直没说话。这时他大笑道:"儿子,你这句话问得好。"

"走开。"马克喊道,"我等一会儿再问你。"马克将身子转了过去,背对自己的父亲。文森特感到干草堆像是在扎自己的屁股。

"不管现在他怎么反悔,当时是他自己同意的。没有他的许可,我也是瞒不了这么久的。为了换取自由,他宁愿同意自己被宣布死亡。"

马克转身看看自己的父亲,"这是真的吗?"

此时的文森特看上去不像之前那么趾高气昂的了,"我那时脑子糊涂了,身体也不太好。我去印度就是为了寻找自我,尽量彻底摆脱以前的生活。我当时想重新开始生活。"

"所以,从那时起你就对我不管不问了,是吗?"马克质问道,"这是怎样一个该死的家庭啊!你这二十年来究竟去了哪儿?"

"在芳提娜城堡饭店。"

"什么?你竟然在一家豪华酒店住了二十年?"

"没有,没有。我只是夏天的时候去那里住住。我给你带了那个。"文森特指了指放在马棚架子上的一个纸袋子。"这是给你的。"他对多尼米克说道。多米尼克拿了过来。

"是燕麦卷。"多尼米克说道,"是芳提娜饭店做的。谢谢。"

"燕麦卷?"马克问道,"你死而复生就是为了带点早饭给我们?"

"我不知道你们需要些什么。"文森特回答道,"我从你妈妈那里听说你在这里买了幢房子,所以我就过来了,想时不时看看你们。"

"您就是罗阿尔·帕拉在树林里看到的那个人?"多尼米克问道。

"罗阿尔·帕拉?罗阿尔?你是说那个皮肤黑黑、肌肉发达的男人?"

"你是指那个帮助你儿子打理这个地方的老好人?"

"我知道自己指的是什么。"

"你们可不可以别这样。"多米尼克看着自己的公公婆婆,"请两位注意一下自己的言行。"

"你今天来这儿干嘛?"马克最后问道。

文森特显得有些迟疑起来。他坐在旁边的一个干草堆上。"我是想来找你母亲。她以前跟我说起了你的婚姻还有工作。你好像活得很快乐。但后来她说你辞掉了工作,搬到了一个不知名的小地方。我想来看看你是不是一切都好。我并不是一个冷漠无情的人,你们应该知道。"文森特说道,他带着贵族气质的英俊面容显得有点伤感。"我知道我出现得很突然。我很抱歉。我真不该让你妈妈那样做。"

"你在胡说什么?"卡罗尔问道。

"当然,我本不该来找你们。但我听说小镇里发现了死尸,警察也来了。所以我想你们可能需要我的帮助。"

"对了,那具尸体?"马克问自己的父亲,他父亲也盯着他看,"嗯?"

"嗯什么?等等。"文森特看看自己的儿子,随后又饶有兴趣地看看伽马什,然后又看着自己的儿子。他大笑道:"你在开玩笑吗?你觉得那案子跟我有关?"

"难道不是吗?"马克问道。

"你真打算要我回答吗?"和蔼可亲的文森特此时不仅显得很生气,简直可以说是义愤填膺。伽马什对于文森特突如其来的情绪变化感到很吃惊。这位举止文雅,颇有幽默感的老人忽然变得怒不可遏。他的愤怒不仅吞噬了自己,同时也吞噬了他人。马克激怒了自己的父亲,他或许忘了父亲就站在他面前,或许他想证明这个人是不是真的是自己的父亲。不过,现在马克知道答案了。他一脸惊讶地站着不动,脸上唯一的表情就是那双微微睁大的眼睛。

马克的这个表情能传递给伽马什怎么样的讯息呢?从马克的眼神中,伽马什好像能看到一个胆怯的婴儿,胆小的孩子和怯懦的男人。他们从来不知道他们会从自己的父亲身上发现什么。父亲今天会是和蔼可亲,充满爱心的吗?或者今天父亲会把儿子打得皮开肉绽吗?也许只要一个眼神,或一句话,小时候的马克就会感到自己受到了羞辱。他知道自己懦弱无助,又愚蠢自私。所以小马克逐渐长出了一层外壳来抵挡外界的攻击。虽然这层外壳能够保护马克脆弱的灵魂,但伽马什知道,这层外壳不会一直提供保护,反而会变成一个麻烦,因为外壳虽然会抵挡外界的打击,但它也会抵挡住外界的阳光,而关在外壳里的那个脆弱灵魂只能在黑暗中自我滋养。

伽马什颇有兴趣地看着马克。马克已经激怒了自己父亲内心的愤怒怪兽,很显然,那头怪兽已经醒来并开始准备猛扑过来。但马克的心里也住着一头怪兽吗?也许,马克的那头怪兽早已经醒来了?

有人把一具尸体放在马克他们家的前厅里。那会是他父亲干的吗?或是儿子干的?还是另有他人?

"我希望您能回答下个问题,先生。"伽马什说道,他转身面对文森特并看着他的眼睛。

"请叫我博士。"文森特的声音显得格外冰冷,"我是不会被你或是其他任何人吓到的。"他看看自己的儿子,然后又看看伽马什。

"对不起。"伽马什说道,他微微鞠了一躬,但目光一直盯着那位愤怒的博士。伽马什的道歉似乎进一步激怒了文森特。文森特意识到这些人中竟然有一个能够抵挡住他的不敬,而自己的儿子却什么也抵挡不住。

"请您来说说那具尸体吧。"伽马什重复道,好像他和文森特在进行一次愉快的谈话似的。文森特十分憎恶地看着伽马什。从眼角的余光中,伽马什注意到那匹名叫马克的马从草地那里慢慢靠近。那匹马看上去就像是魔鬼的坐骑,骨瘦如柴,皮毛上沾满污物和疮斑。一只眼睛是好的,另一只眼睛是瞎的。伽马什不知怎么的被那匹马被吸引住了,他觉得它代表着自己所熟悉的一件事物——愤怒。

两个人彼此看着对方。最后文森特博士哼了一声,挥挥手,表示对伽马什和他的问题不屑一顾。怪兽退回到洞穴里去了。

但是那匹马靠得越来越近。

"关于那具尸体我无可奉告。我只是觉得那可能对马克不利,所以我才会来这里,也许马克需要我。"

"需要你干什么?"马克喊道,"需要你来把大家吓得半死吗?难道你就不能按一下门铃,或是事先写一封信什么的吗?"

"我没想到你们会这么胆小。"文森特微笑道,看来那头怪兽真的已经退回洞穴了。但是马克已经受够了。马克走到草地前的围栏旁,咬了一下文森特博士的肩膀。当然,那是名叫马克的马儿干的。

"什么东西?"文森特叫道,他吓了一跳,将手捂在自己瘦弱的肩膀上。

"你们要逮捕他吗?"马克问伽马什。

"你们是想屈打成招吗?"

马克看着自己的父亲,然后又看看站在父亲背后那匹跟自己同名的马儿。它浑身黑黑的,显得很可怜,而且脑子可能已经半疯了。马克想到这一点就笑起来。

"还是回去吧,爸爸。妈妈说的没错,还是你不在的时候我们会生活得更轻松。"

马克转过身,朝老宅的方向走去。

"这是怎么样的一家人啊。"波伏瓦说道。此时他们正走在回小镇的路上。莫林警官已经回到了老火车站的办公室里,伽马什和波伏瓦则在稍后离开了吉尔伯特一家,让他们一家人自己去解决矛盾。"不过,这家人家对于案件倒起了平衡的作用。"

"此话怎讲?"伽马什问道。在他左面,伽马什注意到露丝·萨多从自己家走出来,她身后跟着身穿外套的罗萨。伽马什在昨天晚上写了一张对露丝的盛情款待表示感谢的便条,在今天早上的时候他顺便把便条塞在了露丝的信箱里。当露丝打开信箱拿东西的时候,伽马什看着她。他看到露丝将那张便条塞进自己旧毛衫的口袋里。

"至少一个人死了,另一个人活了。"

伽马什微笑着,他在想这是否就是生命的交替。当波伏瓦看到露丝的时候,露丝也正好看到他们。

"快跑。"波伏瓦小声对伽马什说道,"我来掩护你。"

"太迟了,老伙计。鸭子已经看到我们了。"

露丝似乎很愿意忽略伽马什和波伏瓦的存在,但鸭子罗萨却以紧凑的步伐向他们两人一摇一摆地走来。

"它似乎很喜欢你。"露丝对波伏瓦说道,波伏瓦此时正跟在罗萨后面。"但是它的智商只是一只鸟的智商。"

"您好,萨多女士。"伽马什微笑着向露丝鞠了一躬,而波伏瓦瞪着两只眼睛看着她。

"我听说是吉尔伯特一家将那具尸体放在小酒馆里的。你们为什么不逮捕他们?"

"你已经知道了?"波伏瓦问道,"谁告诉你的?"

"谁告诉我的?整个小镇都知道了。怎么?你们打算逮捕马克·吉尔伯特?"

"根据什么?"波伏瓦问道。

"根据什么？他杀了人，不是吗？难道你是个白痴吗？"

"我是白痴？是哪个白痴让鸭子穿衣服的？"

"那你要我怎么做？难道让它在大冬天里冻死吗？你怎么心肠这么恶毒？"

"我恶毒？对了，你叫奥利维给我的那张纸条是什么意思？我都记不起来上面写什么了，但上面写的东西简直莫名其妙。"

"你没有想过那句话的含义吗？"露丝问道。

"也许在这一切里有些事/我错过了。"

伽马什念起那句诗。露丝冷眼看着他，"那是私人信件，不是给你看的。"

"那句诗到底表达什么含义？"

"你会弄明白的，还有这个，你也会弄明白的。"露丝将手伸进自己旧毛衫的另一个口袋，拿出另一张纸条。纸条折得整整齐齐的。然后，她将纸条递给波伏瓦，随后朝小酒馆方向走去。

波伏瓦看着手掌上那张折成正方形的纸条，然后他把它紧紧拽在手心里。

伽马什和波伏瓦看着露丝走过小镇绿地。在绿地那头，他们看到人们走进小酒馆。

"露丝一定是个疯子。"当他们朝老火车站走去时，波伏瓦这么说道，"但她也的确问了个好问题。我们为什么没逮捕任何人呢？今天下午我们应该在儿子和父亲之间做个选择，看到底逮捕谁。"

"根据什么呢？"

"根据正义。"

伽马什大笑道："我倒给忘了。正义，说得好。"

"我们真的可以逮捕他们，不管是私闯民宅还是谋杀嫌疑犯，我们都有理由逮捕他们。"

"可我们都清楚，死者不是在吉尔伯特家的前厅里被杀的。"

"可那也不能证明马克不是在其他地方杀的人啊。"

"他杀了人，然后把尸体搬到自己家，然后再把尸体背起来，弄到小酒馆里去？"

"那可能是马克的爸爸干的。"

"为什么？"

波伏瓦思考着这个问题。他无法相信吉尔伯特一家是无辜的。在这户人家家里似乎生活着一个会剥夺他人生命的杀人犯，虽然他们最有可能的举动是彼此相互残杀。

"也许是他想伤害自己的儿子。"波伏瓦说道，虽然他自己也觉得这说不通。他们两个在横跨贝拉贝拉河的石桥上停下脚步。波伏瓦看着河岸，像是在思考着什么。阳光反射在河面上，他一下子被这景象给迷住了。"也许，事实恰好相反。"他说道，思路很通畅。"也许，文森特·吉尔伯特想回到自己儿子身边，但他需要一个回来的理由。对别人来说这种想法可能很荒谬，但对文森特这种极端自我主义的人来说，这样做就可以免去敲门向家人表示道歉的麻烦了。他需要一个理由，于是他杀死了一个在他看来一文不值的流浪汉。他需要这个流浪汉来达到自己的目的。"

"他那么做为了到达什么目的呢？"伽马什问道，他也在看着河岸清澈的河水。

波伏瓦转身面对伽马什，注意到水面的阳光此时反射在伽马什的脸上，"为了能和儿子重新在一起。但是他要让自己看上去像一个拯救儿子的英雄，而不是一个委曲求全、不负责任的坏爸爸。"

伽马什看着波伏瓦，显得很感兴趣，"你继续说。"

"所以，他杀了一个没人会在乎的流浪汉，然后把尸体丢在他儿子家的前厅。他然后就等待着案发的那一刻，估算着自己什么时候可以现身。当他儿子一家需要他帮助的时候，他就可以名正言顺地和儿子他们生活在一起了。"

"但马克后来把尸体弄到小酒馆里了。文森特没有借口出现啦。"伽马什说道。

"我觉得，文森特出现的时候很凑巧。恰好在我们发现尸体最初是在哈德利老宅一个小时后，文森特就出现了。"

伽马什点点头,将眼睛眯了起来。他再次看着流动着的河水。波伏瓦知道,此时伽马什正在头脑中慢慢梳理着案情,他的思绪正在披荆斩棘,试图在被谎言和巧合所笼罩的迷雾中开出一条道。

波伏瓦打开露丝给他的那张纸条:

> 我就坐在你叫我坐的地方,这地方
> 满是岩石,满是痴心妄想。

"长官,谁是文森特·吉尔伯特?你好像认识这家伙。"

"他是个了不起的人物。"

波伏瓦大笑起来,但当看到伽马什脸上严肃的表情时,他马上停止大笑,问道:"他哪里了不起?"

"至少有些人认为他很了不起。"

"是像我一样的白痴吗?"

"他的事情说来话长了。以后慢慢讲给你听。"

"你相信他是个很了不起的人物吗?"波伏瓦有些胆怯地问道。

伽马什忽然笑起来,"我得先走一步。我们半小时后在小酒馆里一起吃午饭,你看怎么样?"

波伏瓦看看手表,已是中午十二点三十五分了,"好的。"

波伏瓦看着伽马什慢悠悠地走过石桥进入三松镇。然后他又继续看露丝给他的那张纸条:

> 喜欢以杀戮取乐的神灵
> 也能治愈创伤。

有人在注视着伽马什。在小酒馆里,奥利维一边愉快地听着顾客们的笑声和收银机的叮当声,一边注视着窗外。小酒馆现在到处是人。整个小镇的人好像都涌入进小酒馆里了。人们前来吃饭、打听消息或是纯粹来聊天。大家此时都在打听案件戏剧性的调查结果。

哈德利老宅里还有一具尸体。那具尸体到了小酒馆里，至少是老宅的主人把尸体弄进了小酒馆里。大家先前对奥利维的猜疑已经烟消云散了，奥利维的污点算是被洗清了。

奥利维此时听到自己周围的顾客们都在谈论，或者说，都在猜疑马克·吉尔伯特。大家在猜他的精神状态是否正常，或是在猜测他的杀人动机是什么。马克会不会就是凶手？大家还无法确定，但有一件事可以确定了，那已经是毫无疑问的了。

那就是，吉尔伯特一家已经完了。

"谁还会愿意去他们那里？"奥利维听到有人这么说。"帕拉一家说，吉尔伯特一家把好运带进了哈德利老宅。但现在却发生了这种事情。"

大家都对此表示同意。这的确让人感到羞耻。吉尔伯特一家的休闲会所还没来得及开张就要歇业了，看来这是必然的了。当伽马什慢慢地朝小酒馆方向走来时，奥利维一直在透过窗户看着他。露丝忽然出现在奥利维身边，"想象一下一直被人跟踪的滋味，"露丝说道，她看着伽马什一点点靠近小酒馆，"被那个家伙跟踪。"

克莱拉和加布里挤过小酒馆里的人群，走到奥利维身边。

"你们在看什么？"克莱拉问道。

"没看什么。"奥利维回答道。

"在看他。"露丝指着正在一边沉思一边走路的伽马什。他显得不慌不忙，但却步履坚定。

"他一定很高兴吧。"加布里说道，"我听说是马克·吉尔伯特杀了那个人，并把尸体丢在这里的。案子可以结了。"

"但伽马什为什么不逮捕他呢？"克莱拉问道，她小口喝着啤酒。

"伽马什就是个白痴。"露丝说道。

"我听说，马克说他是在自己家里发现那具尸体的，"克莱拉说道，"但发现时，那个人已经死了。"

"是的，已经死了。"奥利维说道。朋友们都觉得还是个要勾起奥利维对当时情景的回忆。

克莱拉和加布里好不容易挤过人群到吧台那里去拿更多喝的。

服务员们忙得不可开交。奥利维已经决定给他们涨工钱,以补偿小酒馆关门歇业的这两天对他们造成的经济损失。这也是他们应得的报酬,因为他们对自己很忠诚。加布里常对奥利维说,他应该赢得他人的忠诚,相信忠诚会让自己渡过难关。

奥利维觉得,现在自己的确渡过难关了。

在奥利维身旁,露丝用她的拐棍有节奏地敲击着木质地板。这声音不仅让人心烦,甚至让人感到威胁。啪,啪,啪,啪,轻柔地敲着,但却始终不停。

"要喝苏格兰威士忌吗?"

这能让露丝停下脚步,但露丝仍然僵硬地站着,手上的拐杖一会儿提起,一会儿落下。啪,啪,啪,啪。此时奥利维意识到,露丝为何要这样敲击拐杖了。

伽马什探长还在一步步向小酒馆走来。他步履缓慢而坚定。露丝手上的拐棍每一次敲击都意味着伽马什向这里更近了一步。

"我在想,凶手是不是知道,追捕他的那个人有多么可怕?"露丝问道,"我真为那个凶手感到难过。他一定感到自己被困住了。"

"人是马克·吉尔伯特杀的。伽马什会逮捕他的。"

露丝拐棍的声音与奥利维心跳的声音结合在了一起。他看到伽马什过来了。然而,奇怪的是,伽马什从小酒馆门口走过去了,并没有进来。奥利维随后听到了隔壁莫娜书店的铃声。

"听说哈德利老宅里发生了很刺激的事情。"

莫娜给伽马什倒了一杯咖啡,然后坐在伽马什身旁,就靠在一个书架边上。

"是的。谁告诉你们的?"

"谁告诉的?每个人都知道这事啊。是马克·吉尔伯特把尸体弄到小酒馆里的。现在大家还没弄清楚的就是他是不是杀人凶手。"

"大家都是怎么说的?"

"啊,这个,"莫娜喝了一小口咖啡,看着伽马什,而伽马什正看着一排排的书籍。"有些人觉得人一定是马克杀的,然后把尸体丢在小酒馆里,这样好报复奥利维。大家都知道,他们两个谁都看不惯谁。但也有人觉得,如果马克真是凶手,他应该在小酒馆里把人杀掉,干嘛要在其他地方杀了人,然后再抛尸小酒馆呢?"

"你是位心理学家,你来说说你的看法。"伽马什将视线从一排排的书籍转向莫娜。

"我赞同前一种观点。"

"但你还没用心理学知识来分析一下呢?"

"人类的罪恶使人类无法重回到伊甸园,不是吗?"他们拿着咖啡走到窗边,在窗边的扶手椅上坐了下来。莫娜一边思考着,一边喝着咖啡。最后她开口说道。

"但前一种观点似乎也说不通。"莫娜看上去对先前的回答并不满意。

"你认为凶手是马克·吉尔伯特吗?"伽马什问道。

"老天,我以前可从没这样想过。可是,现在证据不都指向他吗?认为他是凶手也是顺理成章的事。"

"因为他是外来的?"

"是脱离掌心。"莫娜回答道。

"对不起,你说什么?"

"你应该听过这种说法吧,探长先生?"

"是的,我听过这种说法,意思是某人做了不可接受的事情。我想,那也是你们看待外来者的一种方式吧。"

"我可不是指这个。你知道这种说法的出处吗?"当伽马什摇摇头时,莫娜笑着说道:"这是一家书店的店主告诉我的秘密。据说这种说法起源于中世纪。当时人们用很厚的石头围成城墙,在里面建起一座堡垒。我们都见过这种堡垒,不是吗?"

伽马什以前见过许多古代的城堡和堡垒,但它们都已是一片废墟了,只有小时候在书籍里看过的带有彩色插图的堡垒让他留至今还印象深刻。那些堡垒的城楼上站着警觉的弓箭手，还有石头砌成的雉堞、巨大的木门、护城河以及吊桥。在石头垒砌的城墙里面是一块巨大的空地。当受到攻击时，村民们就会跑到城墙后面，然后吊桥升起，木门紧闭，所有待在空地上的人就安全了。至少他们是这么认为的。

莫娜摊开手掌，用手指在掌心画了个圈。"这边就是城墙，是起到保护作用的。"然后她的手指忽然停止画圈，指尖定在柔软的手掌中心，"这就是掌心。"

"所以，如果你脱离掌心……"

"那么，你就变成了外来者，"莫娜说道，"那是一种威胁。"她慢慢合拢手掌。作为一名黑人，莫娜明白什么叫"脱离掌心"。她自己也曾一度"脱离掌心"，直到通过努力又回到了掌心。现在她站在掌心里，这次轮到马克·吉尔伯特"脱离掌心"了。

可是，待在掌心里也并不总是像莫娜想象的那样舒服。

伽马什喝了一小口咖啡，看着莫娜。很有趣，每个人似乎都知道了马克·吉尔伯特搬动尸体的事情，但似乎没人知道有另一个吉尔伯特死而复生了。

"你刚才在找什么书？"莫娜问道。

"在找一本叫《本性》的书。"

"《本性》？是关于阿尔伯特兄弟和他们建立的社区的书？"莫娜站起身，朝书架走去，"我们以前好像谈过这本书。"[1]

莫娜又转了个身，朝书架的另一头走去。

"是的，好几年前我们谈过这本书。"伽马什回答道。

"啊，我记起来了。查理斯出生的时候，我把那本书的复印本送给了老孟和他妻子了。我想，那本书现在已经绝版了。真是可惜，这么好的一本书。"

该书就在放旧书的书架上。

---

[1] 在露易丝·佩妮的处女作《伊甸园的蛇》（Still Life）第七章中，伽马什和莫娜曾谈论过《本性》（Being）这本书。《伊甸园的蛇》（Still Life）中译本已由上海文艺出版社于2012年出版。

"啊,找到了。我还留有一本。书页都折起来了,不过,好书都这样。"

莫娜把那本薄薄的书递给伽马什。"我可以暂时离开一下吗?我跟克莱拉约好在小酒馆里吃午饭。"

伽马什笃定地坐在扶手椅上,在透过窗户的阳光下读着那本书。它是关于一个令人厌恶的人,同时也是一个了不起的人的故事。

波伏瓦到了拥挤的小酒馆。在向忙得不可开交的哈沃克点了一杯啤酒之后,他挤过人群。他听到周围的人在谈论着有关市集的事情以及今年比赛的情况。的确,今年的比赛很糟糕。此外,还有人在谈论天气。不过,波伏瓦听到大多数人都是在谈论尸体。

罗阿尔·帕拉、老孟还有其他顾客一起坐在一个角落里。他们抬头看看波伏瓦,并向他点头致意,但是并没有从座位上站起来。

波伏瓦扫视了一下周围,他在找伽马什。没过一会儿,伽马什走进了小酒馆。波伏瓦成功地抢到了一张桌子。没过多久,伽马什和波伏瓦就坐在了一起。

"工作很辛苦吧,长官?"波伏瓦将曲奇饼的饼屑从伽马什的衬衫上掸掉。

"侦查工作总是很辛苦的。你怎么样?"伽马什点了一杯姜汁啤酒,然后将所有的注意力都集中在波伏瓦身上。

"我在搜狗上查了一下有关文森特·吉尔伯特的情况。"

"查到些什么?"

"这就是我查到的。"波伏瓦迅速打开记录本,"文森特·吉尔伯特,1934年出身于魁北克市一户法国裔富裕人家。其父是国民议会的议员,其母来自一户法国裔精英家庭。文森特拥有拉瓦大学哲学博士学位和麦哲尔大学医学博士学位。他凭借通过子宫检测唐氏综合征的实验而广为人知。这种测试可以在胎儿早期阶段检测出胎儿是否有患唐氏综合征,并对此采取相应措施。"

伽马什点点头。"但是后来他终止了这种测试,去了印度。从印度回来后,他并没有回实验室完成自己的研究项目,而是加入了拉波特①的阿尔伯特兄弟建立的社区。"

伽马什将一本书放在桌上给波伏瓦看。

波伏瓦将书翻转过来。在书的背面印着一张紧皱眉头,显得傲慢专横的人的照片。这张照片上的人的脸跟一个多小时前被波伏瓦扑倒的那个人的脸一模一样。

"《本性》。"波伏瓦读着书名,然后把书放下。

"这本书就是关于他在拉波特的经历的。"伽马什说道。

"我读过这个故事。"波伏瓦说道,"那里有一个为唐氏综合征病人建立的社区组织。文森特从印度回来后,曾自愿在那里做医疗方面的顾问。如果不是他后来拒绝继续自己的研究,他本可以在那儿治愈更多病人。"

伽马什敲了敲那本书,"你应该读一下。"

波伏瓦假笑道:"还是你来说说吧。"

伽马什迟疑了一会儿,然后聚精会神地说道:"《本性》其实也并不是完全关于拉波特的,甚至也不是关于文森特的。它是关于傲慢、谦卑以及人性。这是一本写得好的书,作者也是个很了不起的人。"

"你是在说我们刚才见过的那个文森特吗?他就是一个人渣。"

伽马什大笑道:"我同意你的观点。但大多数了不起的人物都是这样的。圣衣纳爵②也有过犯罪记录。圣杰罗姆③也是个可怕且自私自利的家伙,而圣奥古斯丁④也乱搞男女关系。他还曾祈祷说,'上帝啊,赐予我贞洁,但不是现在。'"

波伏瓦哼了一声,"听上去跟大多数人一样。为什么这样的人被认

---

① 拉波特(LaPorte):位于美国德克萨斯州的一座小城市。
② 圣依纳爵(St Ignatius 1491—1556):西班牙人,是天主教耶稣会的创始人,也是天主教会圣人之他在罗马天主教内进行改革,以对抗由马丁·路德等人所领导的宗教改革。
③ 圣杰罗姆(St Jerome 347?—419或420):医生、教会、圣经学者,其最重要的工作是翻译《圣经》并将其传播到拉丁美洲。
④ 圣奥古斯丁(St Augustine 354—430):早期西方基督教神学家、哲学家。在罗马天主教系统,他被封为圣人和圣师,并且是奥斯定会的发起人。对于新教教会,特别是加尔文主义,他的理论是宗教改革的救赎和恩典思想的源头。

为是了不起的圣人,而其他人却被看成是凡夫俗子呢?"

"我无法回答你。这是个秘密。"

"胡说八道,你甚至都不去教堂。你对这些所谓的圣人怎么看?"

伽马什将身子向前靠,"我觉得,变成圣人就得先变成凡人。文森特·吉尔伯特就是这样的圣人。"

"不仅仅如此吧?我看得出来,你很崇拜他。"

伽马什拿起那本已经破损的《本性》。他朝周围看了看。老孟正在喝着可乐,吃着芝士和肉酱长棍面包。伽马什忽然想起查理斯的小手握在自己手里的感觉。那是充满信任与仁慈的感觉。

伽马什试着去想象一个没有信任和仁慈的世界。文森特·吉尔伯特这个了不起的人物如果继续自己的研究,他很有可能会获得诺贝尔奖。但是他却停止了自己的研究,结果得到的只有同仁和大多数凡人的耻笑。

但在《本性》一书中,文森特并没有为此道歉,甚至也没有为此做出解释。他就是真实的自己,就像查理斯一样。

"想好吃什么了吗?"加布里出现在他们面前。在点好餐之后,正当加布里要转身离开之时,莫林警员来了。

"希望没有打扰两位。"

"当然没有。"伽马什说道。加布里转身要走,可就在这时,拉克斯特警员也来了。加布里在狂抓自己的头发。

"啊,"波伏瓦说道,"你们两个是从哪里冒出来的?"

"你们一定会很惊讶的。"加布里说道,他写下了拉克斯特点的餐,"就这些了吗?"

"就这些了,谢谢。"伽马什很确信地告诉加布里,"谢谢,我们没想到你会来这儿。"伽马什对拉克斯特说道,此时加布里已经走开了。

"我也没想到要到这儿来。但我还是想私下里聊公事。我已经和奥利维的父亲以及他以前的上级领导谈过话了。"

拉克斯特压低自己说话的声音,告诉他们劳伦森银行执行总裁跟她说的话。当她说完时,她点的油虾、芒果、香菜和菠菜搅拌成的色拉正好也端上来了。但是拉克斯特颇为嫉妒地看着放在伽马什面前的一盘热气腾腾的意大利面，面上面浇着蘑菇、蒜头、调味粉还有帕尔马干酪。

"所以，还不清楚奥利维是想独占那笔钱，还是会事后把钱补回去。"波伏瓦说道，他看着他点的碳烤牛排，咬了一口调味薯条。

"那位总裁相信奥利维这样做是在为银行赚钱。但是，即使奥利维不主动辞职，他也是很有可能被开除的。"

"他们确信奥利维在马来西亚的那笔生意中赚到的钱会如数交还给银行吗？"伽马什问道。

"他们认为他会的。到目前为止我们还没有发现奥利维的任何账户。"

"也就是说，我们还不知道奥利维从哪里弄来的钱来买下小镇的产权。"波伏瓦说道，"奥利维的父亲说了些什么？"

拉克斯特告诉他们自己在栖居屋里的经历。当她说完时，他们面前的盘子已被拿走，甜点菜单放在了他们面前。

"我不要甜点。"拉克斯特对哈沃克·帕拉微微笑道。哈沃克也向她回笑了一下，然后招呼另一位服务员清理旁边的桌子。

"谁打算跟我一起吃空心甜饼？"波伏瓦问道。他们几个得赶快破了这个案子，否则他们会越吃越胖。

"我要。"拉克斯特说道。

涂抹着冰淇淋和热巧克力酱的松软甜饼很快端了上来。伽马什有点后悔自己没有点。当波伏瓦和拉克斯特一勺勺吃着混合着油酥和黑色热巧克力的融化冰淇淋时，伽马什看得了迷。

"那么，奥利维的父亲从没来过这儿。"波伏瓦说道，用纸巾擦擦自己的嘴。"他甚至都不知道奥利维住在哪儿，在干些什么。他难道都不知道他儿子是个同性恋吗？"

"奥利维又不是第一个不敢告诉父亲自己同性恋身份的儿子。"拉克斯特说道。

"秘密。"波伏瓦说道，"他还有更多秘密没说。"

伽马什注意到，当莫林朝窗外看时，莫林脸上的表情变了。随后，小酒馆里原本嘈杂的谈话声一下子安静下来。伽马什顺着莫林的视线看过去。

一头驼鹿正意气昂扬地沿着莫林大道向小镇方向跑来。当它跑得更近时,伽马什站了起来。在那头驼鹿的背上竟坐着一个人,那人紧紧抓住驼鹿粗粗的脖子。

"你,待在这儿,看着门。"伽马什对莫林说道,"你们两个跟我来。"伽马什对波伏瓦和拉克斯特说道。当小酒馆里的其他人还未对此做出任何反应时,伽马什已和他的团队走了出去。当其他人想要跟出去的时候,莫林警员挡在了门口。他虽个子不高,但却显得很有威慑力。没有人能从他身边溜出去。

透过玻璃窗人们能够看到当那头驼鹿往下坡跑的时候,它长长的腿在抽搐,显得很疯狂。伽马什走上前,但它并没有减缓跑的速度,它背上的骑手也无法控制住它。伽马什张开手臂,想要使它停下来。当它跑得更近时,伽马什他们认出,那正是吉尔伯特一家养的那几匹马中的一匹,如果它们可以被称为马的话。此时,这匹马的眼神显得很狂野,还翻着眼白,它的马蹄在剧烈地抽搐着。波伏瓦和拉克斯特站在伽马什身边,他们也张开着手臂。

由于站在小酒馆的门边,背对外面,莫林看不见外面发生了什么事。他所能看到的只有小酒馆顾客们脸上的表情。他之前见过很多事故现场。他知道,如果情况真的很糟的话,人们是会尖叫的,但如果情况变得不能再糟的话,人们则是保持沉默。

此时,小酒馆里一片沉默。

三位警官站在原地不动。那匹马笔直朝他们跑来,它时不时改变跑的方向,像一头疯狂的野兽一般嘶鸣着。马背上的骑手突然落在了草地上。当马儿扭动着身体准备调头时,拉克斯特成功地抓住了马缰绳。在她身边的伽马什也抓住了缰绳。他们两个使马儿停了下来。

波伏瓦跑到草地上,蹲下来看着那个摔下马的骑手。

"你没事吧?别动!躺着别动!"

但是和任何不愿接受命令的人一样,那个骑手还是坐了起来,猛地摘下自己的头盔。那是多米尼克·吉尔伯特。此时,多米尼克就像她骑的马一样,眼神显得很狂野,眼睛也翻着眼白。伽马什让拉克斯特控制住那匹蹦跳的马儿,自己迅速跑到波伏瓦身边,蹲了下来。

"发生了什么事?"伽马什问道。

"在树林里,"多尼米克上气不接下气地说着,"一个小木屋,在里面,有血,很多血。"

...18

　　这个年轻人刚成年。他听到了风声,听到了风中的哀吟,也注意到了这哀吟声。他站着不动。一天后,他的家人前来寻找他,他们对于可能在他身上发生的事情感到害怕。他们在荒凉的山脚下发现了他。他还活着,一个人。家人求他和他们一起回去,但令他们吃惊的是,他竟然拒绝回去。

　　"他被下了药了。"他母亲说道。

　　"他被诅咒了。"他妹妹说道。

　　"他被施了催眠术。"他父亲说道,准备回去了。

　　但是他们的说法都不对。事实上,他是被迷住了、被这荒凉的大山迷住了、被大山的寂寞迷住了、被他脚下长出的草芽迷住了。

　　他做到了。他使大山又焕发了生机。大山需要他。

　　所以,这个年轻人留了下来。生命的温度渐渐回到了大山。绿草、树木、芬芳的花朵也回来了。狐狸、兔子和蜜蜂也回来了。

在年轻人走过的地方冒出了汩汩的清泉；在他坐过的地方出现了池塘。

这个年轻人就是大山的生命。大山因此爱着年轻人，年轻人也因此爱着大山。

在几年的时间里，原本荒凉的大山变得十分美丽。它声名远播。原本可怕的地方变成了宁静、安详和安全之所。人们渐渐回来了，包括年轻人的家人也回来了。

一座小镇拔地而起。孤独了许久的山神保护着小镇。每天晚上当其他人都入睡之时，年轻人——现在已是一个男人——会走到大山的山顶。他会躺在柔软的草地上，聆听着大山深处发出的低沉的声音。

有一天晚上，当年轻人像往常一样躺在山顶时，他听到了一个意想不到的声音。那是山神在向他诉说着一个故事。

奥利维和小酒馆里其他的人一起注视着那匹狂野的马儿和那个摔在地上的骑手。他感到自己的皮肤在蠕动，他渴望自己冲出去，大声尖叫着从人群中间冲出去。他想跑，不断地跑，直到摔倒为止。

因为和小酒馆里其他人不同，奥利维知道究竟发生了什么。

然而，奥利维并没有跑。他站着一动不动，好像自己也是旁观者中的一员。但他知道，自己不可能再是旁观者了。

伽马什走进小酒馆，用目光扫视了一下人群。

"罗阿尔·帕拉还在吗？"

"我在。"从小酒馆的后面传来一个声音。众人让开一条道，罗阿尔这个体格健壮的男子走了过来。

"吉尔伯特太太在树林深处发现了一个小木屋。您知道那个小木屋吗？"

罗阿尔和其他顾客一样想了一会儿。然后，他又和其他顾客一样摇了摇头。"从来没听说过树林里有小木屋。"

伽马什想了一会儿，然后他朝外面看了看。他看到多米尼克仍在喘着气。"请拿杯水。"伽马什说道。加布里拿来一杯水。"您请跟我来一下。"伽马什对罗阿尔说道。

"小木屋离这儿有多远?"伽马什问多米尼克。多尼米克一口气把水喝完。"我们坐地形车^①的话能到那里吗?"

多尼米克摇摇头,"不行,那里树林太茂密了。"

"那你是怎么到那儿的?"波伏瓦问道。

"是通心粉带我去的。"多米尼克拍了拍那匹长得像驼鹿一样的马儿的脖子,"在今天早上出了那档子事之后,我想一个人待一会儿。所以我就骑上通心粉,决定去找找看老宅以前的那条骑马专用道。"

"这可不是个好主意。"罗阿尔说道,"你可能会迷路的。"

"我确实迷路了。所以也就找到了那个小木屋。我当时沿着你清理出来的小路走着,但小路很快走到了尽头。我想看看能不能找到那条旧道,所以我继续往前走,然后就看到了小木屋。"

此时,多米尼克的头脑里充满了各种画面:黑黑的木屋、木屋地板上漆黑的大摊血迹、自己跳上马背、寻找回去的道路、抑制住内心的恐惧。她想起了每一个加拿大人从小就被警告的事情:永远不要独自一个人进入树林。

"你还能找到去小木屋的路吗?"伽马什问道。

还能吗? 多尼米克想了一会儿,然后点点头,"能。"

"很好。你现在要休息一下吗?"

"我希望这件事赶快结束。"

伽马什点点头,然后转身面向罗阿尔,"请您跟我们一起来吧。"

他们一行人走上山坡。多尼米克牵着通心粉,罗阿尔走在多米尼克旁边,而安全局的警官们则跟在后面。波伏瓦小声对伽马什说道,"如果坐地形车都到不了那里,我们怎么到的了呢?"

"你是说你害怕了?"

"我是说……哦,算了。"波伏瓦脸色不太好看,好像伽马什当众说出

---

① 地形车(All Terrain Vehicle 简称 ATV):一种可在陡峭山坡上行驶的特殊用途车辆。

了他恐高的弱点一样。

"我觉得,你应该克服一下恐高症。"

在半个小时内,罗阿尔已经给毛茛和切斯特这两匹马儿安上了马鞍。名叫马克的那匹马没看到,但多米尼克的丈夫马克从马棚里走了出来,他头上戴着一个头盔。

"我跟你们一起去。"

"不用了,吉尔伯特先生。"伽马什说道,"你看,总共三匹马。你妻子需要一匹,波伏瓦探员需要一匹,而我也需要一匹。"

波伏瓦打量着切斯特,它此时不断晃动着两个马蹄,好像在听着爵士乐一样。波伏瓦此前从没骑过马,他以前一直觉得这辈子都不会有机会骑马了。不过,现在看来有机会了。

他们出发了。多米尼克走在最前面,伽马什紧跟其后。他手里拿着一卷亮红色的丝带用来做标记。波伏瓦走在最后面。伽马什不想多谈自己以前骑马的经历。其实,伽马什以前骑过很多次马。在他刚和蕾娜约会的时候,他们俩常一起骑着马沿着皇家山上的骑马专用道散步。他们会一起在蒙特利尔市中心绿地上吃野餐,然后沿着小道穿过树林,在一个空旷地带下马,将马拴在一棵树上,然后俯瞰整座城市。他们会喝着冰镇的啤酒,吃着三明治。如今皇家山上的那座马棚已经没了,但有时他和蕾娜还会在某个周日下午一起外出,找个地方骑一会儿马。

然而,此时伽马什骑在毛茛上。他感到这一次和以前截然不同,这更像是在茫茫大海上驾驶着一艘小船。当毛茛一摇一摆地行走时,伽马什感到想吐。每走十步,他会在一棵树上系上一根红丝带。多米尼克骑着通心粉走在前头,已经走得好远了。伽马什不敢往后看,他知道波伏瓦就紧跟在自己身后,因为他能听到波伏瓦骂骂咧咧的声音。

"蠢东西,走稳点。"

树枝一根根弹回来,好像造物主正在抽他耳光一样。

在出发前,波伏瓦被告知骑马时要保持脚跟向后,双手要保持平稳。但此时波伏瓦的双脚已经离开了马镫,他紧紧抓住切斯特灰色的马鬃。

他刚把腰伸直,一只脚重新踩上了马镫,一根树枝就迎面朝他扇来一个耳光。在那之后,波伏瓦只好保持着一个并不怎么优雅和好看的骑马姿势了。

"蠢东西,走稳点。"

山路变得越来越狭窄,树林也变得越来越幽暗。他们前行的步伐变慢下来。此时,伽马什都无法确定他们是否还在小道上行走,但是周围也没有其他道路。拉克斯特警员和莫林警员在准备着刑侦用的工具,他们会在随后坐地形车和伽马什他们会合。不过,这要等到罗阿尔·帕拉开出一条道来才行。这需要时间。

拉克斯特需要多久才会意识到伽马什他们已经迷路了呢?一个小时?还是三个小时?夜幕何时会降临?他们会如何在树林里兜着圈子?树林正变得越来越暗,越来越冷。伽马什感觉他们好像已经骑了好几个小时的马了。他想看看手表,但在幽暗的树林里看不清手表上的指针。

多尼米克停了下来,伽马什和波伏瓦也随后赶到。

"哇!"波伏瓦喊道。

伽马什伸出手,紧拉住马缰绳,让切斯特停了下来。

"小木屋就在那边。"多米尼克轻声说道。

伽马什在马上摇晃着身体,试图在茂密的树木间看清小木屋。最后他下了马,将马拴在一棵树上,然后走到多尼米克前面。但他仍无法看清。

"在哪儿?"

"就在那儿。"多尼米克轻声说道,"就在那一抹阳光旁边。"

一抹斜阳透射进树林里。伽马什往阳光旁边的方向看过去。是的,就在那儿,一座小木屋。

"你待在这里。"伽马什对多米尼克说道,然后向波伏瓦点头示意。波伏瓦此时正在四处张望,想着该怎么从马上下来。最后他将身子斜靠着,紧紧抱着一棵树,然后一点点从马背上滑下来。若是碰到其他的马,它们肯定会精神变得很沮丧,但切斯特这些马显然遇到过比波伏瓦更糟糕的骑手。当波伏瓦从它背上滑下来时,它似乎已经喜欢上了波伏瓦。

尽管先前波伏瓦不止一次踢过它，用马鞭打过它，或用拳头揍过它，但在切斯特的一生中，波伏瓦是到目前为止对它最温柔、最和善的骑手了。

伽马什和波伏瓦看着那座小木屋。它是由原木搭建而成的。在木屋的门廊里放着一把摇椅，椅子上还放着一个大大的靠垫。紧闭的门两边是窗户。窗台上摆放着盛开着鲜花的小盒子。在木屋的一侧是一个石头砌成的烟囱，但是烟囱里已不再有烟冒出来了。

在他们身后，伽马什和波伏瓦能听到马蹄踩在地上发出的轻柔声以及马尾拂动时发出的嗖嗖声。他们还能听见林间的小动物匆忙奔跑的声音。树林里散发着一股苔藓、针叶树木和腐败的树叶散发出来的味道。

他们两个朝小木屋走去，来到门廊。伽马什扫视了一下门廊的地板，只发现几片干枯的树叶，并没有血迹。他向波伏瓦点点头，示意透过窗户看看屋子里面的情况。波伏瓦轻手轻脚地来到一扇窗户边上，他背靠着墙。伽马什则来到另一扇窗户边。然后，伽马什做了一个手势，他和波伏瓦同时向屋内看去。

他们看到屋里有一张桌子和几把椅子。在屋子的较远的那头还有一张床。但没有灯光，也没有任何东西在移动。

"没发现情况。"波伏瓦说道。伽马什点头表示同意。于是他伸手去握门把手。门咯吱一声开了一条小缝。伽马什用脚挡住门，使门保持开着一条缝的状态。然后他又向屋里望去。

小木屋就只有一间房，所以伽马什马上就看出屋里没有人。他走了进去，但波伏瓦还把手放在自己佩戴的手枪上。波伏瓦是个很谨慎的人。从小成长于暴乱的环境中，这造就了他小心谨慎的性格。

斜阳从窗户照进来。透过阳光能看到木屋空气中漂浮的灰尘。出于习惯，波伏瓦伸手去摸电灯开关，但没摸到。可是他看到了煤油灯，并打开了它。映入他们眼帘的是一张床、一个柜子、几个书架、几把椅子和一张桌子。

小屋里空荡荡的，只有死者留下的遗物还在。那是死者的个人物品还有血迹。在小屋的木质地板上有一大摊漆黑的血迹。

毫无疑问，他们已经找到了杀人的第一现场。

一小时后,罗阿尔·帕拉跟着伽马什探长留下的红丝带找到了现场。罗阿尔还用自己的电锯将所来路上的杂草树木清理掉了一些,原本狭窄的道路变得开阔了不少。拉克斯特他们坐的地形车也到了,并带来了刑侦用的工具箱。波伏瓦探员此时正在木屋里拍着照片,而拉克斯特、莫林和其他警员在木屋里搜索着罪犯遗留下的证据。

罗阿尔和多米尼克已经骑上了马,回了家。他们走在前面,切斯特跟在后面。切斯特时不时回头看看,希望再能看一眼那个没有粗暴对待自己且举止滑稽的骑手。

当马蹄声渐渐远去时,树林里顿时安静下来。

当队员们在小木屋里搜索着犯罪证据时,伽马什觉得自己有必要在小木屋的外围查一查。木屋的窗边放着雕刻精美的木盒,盒子里种着开满花朵的旱金莲和一些绿色植物。伽马什用手指捏了捏一棵植物,然后又捏捏另一棵。它们闻上去有香菜、迷迭香、罗勒果和龙蒿[①]的味道。随后,伽马什朝木屋边上的一一排树木走去,此时一注阳光正从树叶间投射进来。

用弯曲的树枝做成的篱笆围成了一个大约二十尺宽,四十尺长的长方形空地。篱笆上爬满藤蔓。伽马什走近一步,发现那些藤蔓上结着豌豆。他打开篱笆的门,走进园子。园子里种着一排排整齐的蔬菜。它们得到了精心的照料,原本可以有一次小小的丰收,但现在已不会有了。园子里种植着西红柿、土豆、豌豆、黄豆、西兰花还有胡萝卜。伽马什掐下一颗豌豆吃了起来。在园子的小径上还放着一辆手推车,车上布满灰尘,上面还有一把铁锹。在园子较远的那头有一把由弯曲的树枝做成的椅子,椅子上面有一个看上去很舒适的旧靠垫。整个景象让人感到很温馨,伽马什能想象出这样一幅场景:一个人在园子里忙着农活,时不时坐到这把椅子上歇息片刻。

伽马什低头看着这把椅子,似乎在那个靠垫上还能看到死者曾经坐

---

① 罗勒果(basil)和龙蒿(tarragon):两种用于制作香料和调味料的植物。

过的痕迹。他曾经就坐靠在上面,也许在阳光下一坐就是几个小时。

死者一个人生活在这里。

伽马什知道,没有几个人能做到这一点。即使有些人想这样做,选择这样做,大多数人还是无法忍受这种寂寞的。他们会感到烦躁不安,感到极度无聊。但伽马什觉得,死者不会这样。当凝视着这个园子,思考着问题时,伽马什能想象死者就在这里。

此刻,伽马什在想些什么呢?

"长官?"

伽马什转过身,看到波伏瓦朝他走来。

"我们已经做了初步的取证工作。"

"凶器找到吗?"

波伏瓦摇摇头。"但我们发现了一些玻璃罐,有的里面装着蜜饯,有的里面是石蜡。有好多呢。我想我们已经知道死者之所以会粘有石蜡的原因了。"波伏瓦看看园子,似乎很惊讶。他总是对那些被安排得井然有序的东西感到惊讶。

伽马什点点头,"死者是谁?"

"我还不知道。"

现在波伏瓦在这起案件调查中已经全然成为了仅次于伽马什的第二把手。"你怎么看?你觉得,这个木屋是死者的吗?"

"我想是的。这里应该就是死者被杀的第一现场。只是我们还不知道死者的身份。既没找到身份证,也没有照片、出生证明、护照或是驾驶证什么的。"

"有信件吗?"

波伏瓦摇摇头。"柜子里有一些衣服,不过都是些旧衣服,有些已经很破烂了。但是都很干净,而且缝补得很好。其实整个地方都很干净整齐。屋子里有许多书籍,我们正在翻阅,有些书里写着名字,但每个名字都不一样。我想,死者一定是从旧书店里弄来这些书的。我们还在椅子边上找到一些木匠工具还有一些木屑。此外,还发现一把旧的小提琴。我猜,死者晚上会拉这把小提琴。"

伽马什此时脑海中浮现出死者身前的景象：一个健康的人、喜欢在园子里种种蔬菜、饮食简朴、喜欢坐在炉火边做做木匠活。在夜幕降临后，他会拿起那把小提琴，他只演奏给自己听。

这个喜爱隐居独处的人究竟是谁？

"这个地方看上去很原始。"波伏瓦继续说道，"死者得自己用水泵把水抽到厨房的水槽里面。我已经有好多年没看到过有人用水泵了。而且，木屋里没有洗手间和浴室。"

伽马什和波伏瓦朝四周看看，发现在一条蜿蜒的小径深处有一个户外厕所。这让波伏瓦感到一阵恶心。伽马什打开厕所的门，往里面看了看，然后关上门。虽然里面已经开始结上了蜘蛛网，但一样很干净。伽马什知道，会有越来越多的动植物侵入到这里直到这个厕所消失为止，它会被这座树林彻底吞没。

"那他在哪里洗澡呢？"当伽马什和波伏瓦走回小木屋的时候，波伏瓦问道。根据法医的推断，死者是经常洗澡的。

"那里有一条河。"伽马什说道，他停下脚步。他们此时就站在小木屋前面，木屋位于整座树林的正中央。"你听到河水声了吗？那可能就是流向小镇的贝拉贝拉河。"

波伏瓦的确听到了类似于马路交通的声音。这确实让人感到很舒适。在木屋的旁边还有一个可以用来观看彩虹的蓄水池。

"我们已经发现指纹了。"当进入小木屋时，波伏瓦说道。他此时正开门让伽马什进屋。"我认为，这些指纹属于两个不同的人。"

伽马什扬了扬眉毛。凶手有没有可能留下指纹呢？

小木屋里变得越来越昏暗了。莫林警员发现了更多煤油灯还有一些蜡烛。伽马什看着自己的团队在认真工作着。他们的工作给人一种优雅的感觉，这可能是一种只有从事刑侦工作的警官才会欣赏的优雅吧。流畅的动作：向旁边小步移动、身子向前靠、向后靠、一会儿弯腰、一会儿起立、一会儿又蹲下。这些动作都太优雅了。

伽马什此时站在小木屋的中间，整个木屋的布局都尽收眼底。墙壁是用大而圆的原木构成的。奇怪的是在窗户边还有窗帘。厨房里还有一面琥珀玻璃制成的镜子靠在窗户边。

厨房的水槽旁有一个手动水泵,它和一个木制厨房灶台连接在一起。敞开式的架子上整齐地摆放着碟子和玻璃杯。伽马什还注意到灶台上面有食物。他走过去看,但没有碰任何东西。那些食物是面包、黄油还有芝士。这些东西已经被啃过了,但不是人类啃的。此外,在一个打开的盒子里还有一些橘红茶和一罐蜂蜜,还有一小罐已经被打开的牛奶。伽马什闻了闻,牛奶已经发馊了。

伽马什叫波伏瓦过来看。

"你对此有什么看法?"

"死者看来会购物。"

"怎么购物?他肯定不会去贝立夫先生的杂货店购物,我也敢肯定他也不会去圣米雷市买东西。一定是有人把这些食物带给他的。"

"然后再杀了他?给他喝一杯茶,然后朝他后脑勺猛击一下?"

"也许是。"伽马什咕咕哝哝说道。他朝屋子四周看看。煤油灯释放出的灯光与电灯泡的截然不同。煤油灯的灯光是柔和的,这使得一切东西的边缘都显得更为轻柔。

一个木制小炉子将简易的厨房和卧室隔离开。一张盖着一块桌布的小餐桌似乎就是餐室了。在对面墙上有一个石砌壁炉,壁炉两边各有一对椅子。在木屋较远的那一头则是一张大大的铜床和一个小柜子。

那张床是手工做的,枕头是填充的。墙上挂着一些布,可能是用来抵挡冬季的寒流的,这就像你在中世纪的城堡里看到的一样。木屋的地板上铺着小毯子,地板很干净,除了那一大块被漆黑血迹浸湿的地方。

一排书架沿着整堵墙延伸开。书架上放着各种旧书。当走进看时,伽马什注意到在墙壁原木的缝隙处插着一个东西。他把那东西拔了出来,仔细看着。

是一张一美元钞票。

加拿大使用美元已有几十年历史了。当近一步仔细查看墙壁时,伽马什发现了更多美元。其中有些是两美元钞票,而有些是二十美元钞票。

这些就是死者的存款吗?难道像古代喜欢把钱塞进被子里的守财

奴一样,死者把钱塞进墙壁里?在查看了一遍木屋的墙壁后,伽马什得出一个结论,这些钱塞在墙壁缝隙里是用来抵挡户外的寒气进入室内。这座小木屋竟然是用原木和美元搭建起来使之无视隔绝的。

伽马什随后走到壁炉旁,在一对椅子边停下脚步。其中一把椅子的靠背留有很深的磨损印记。伽马什碰了碰靠背上已经被磨破的织物。然后他又低头看了看椅子边的那张桌子,他看到了波伏瓦先前提到的木匠工具。在墙角边他还看到一把小提琴和琴弓。在木匠工具旁边有一本书,书合拢着,但里面插着一张书签。死者遇害的那晚就是在读这本书吗?

伽马什拿起那本书,微笑着读道:

"在我的屋子里有三把椅子。"伽马什轻声读着,"一把为了独处、一把为了友谊;还有一把为了社交。"

"您在说什么?"拉克斯特问道,她此时正蹲着,从桌子下面看着伽马什。

"这是梭罗《瓦尔登湖》①里的句子。"伽马什举起那本书,"梭罗也是住在木屋里的,这你知道。但可能不是像这样的木屋。"

"但是梭罗有三把椅子,"拉克斯特微笑道,"但我们这位死者却只有两把椅子。"

只有两把椅子,伽马什想着。但这也已经足够了,一把椅子就可以用来交朋友了。死者有朋友吗?

"我想死者可能是个俄罗斯人。"拉克斯特说道,她站起来,伸伸腰。

"为什么?"

"一些书架上有图标,就在书旁边。"拉克斯特朝她身后挥挥手。很明显,在放精装本书籍的书架前面的确有俄罗斯图标。

---

① 亨利·戴维·梭罗(Henry David Thoreau,1817—1862),美国作家、哲学家,超验主义代表人物。毕业于哈佛大学,曾协助爱默生编辑评论季刊《日晷》。写有许多政论,反对美国与墨西哥的战争,一生支持废奴运动。其思想深受爱默生影响,提倡回归本心,亲近自然。1845年,在距离康科德两英里的瓦尔登湖畔隐居两年,自耕自食,体验简朴和接近自然的生活,以此为题材写成的长篇散文《瓦尔登湖》(1854),成为超验主义经典作品。

伽马什皱皱眉头,环顾了一下小木屋。过了几分钟,他整个人又冷静下来,一动不动地站着,只有眼睛还在不断看看这儿,看看那儿。

波伏瓦走过来,"怎么了?"

伽马什没有答话。整间屋子一下子安静下来。伽马什又环顾了一下小木屋。他不敢相信自己所看到的。他感到太震惊了,他闭上眼睛,然后又睁开。

"怎么了?"波伏瓦又问了一遍。

"你当心一点。"伽马什对莫林警员说道,莫林此时正拿着厨房里的一只玻璃杯。

"我会当心的。"莫林回答道,他在想长官怎么忽然提醒他这个。

"还是我来拿吧,可以吗?"

莫林将那只玻璃杯交给伽马什。伽马什将玻璃杯拿到煤油灯旁。在煤油灯柔和的灯光下,伽马什看到了他想看的东西,但他不敢相信这东西此时竟握在自己手中。这是一只含铅玻璃杯,而且是纯手工工艺制作的。伽马什看不清杯子底部的商标。但即使看清,这对他也毫无意义,因为他并不是玻璃器皿方面的专家。但伽马什对于工艺品的渊博知识足以让他知道,他现在拿在手里的那只玻璃杯是个无价之宝。

含铅玻璃是相当古老的一种玻璃。它的加工方法已经失传数百年了。伽马什轻轻地将那只玻璃杯放下,然后看了看厨房。在厨房敞开式的架子上放着至少十只这样的玻璃杯,只是大小各不一样,都是用这种古老的玻璃制成的。当团队里的其他人也在看时,伽马什沿着墙上的架子走起来,一边走,一边看着上面摆放的盘子、杯子还有各种餐具。然后他走到另一堵墙边,仔细检查上面的挂饰。然后他又看了看地板上铺的小地毯,他轻轻掀起地毯的一角看了看。最后伽马什就像一个受到了惊吓的人一样靠近书架。

"到底怎么了?"波伏瓦问道,他一直跟着伽马什。

"这不是一座木屋,吉恩。这是一座博物馆。这里的每一样东西都是古董,都是价值连城的古董。"

"您在开玩笑吧?"莫林说道,他把一只骏马形状的水壶放了下来。

死者到底是谁？伽马什在想着这个问题。谁会选择住在如此人迹罕至的地方，过着与世隔绝的生活？梭罗说，另一把椅子为了社交。

但死者显然不想进行社交。他在恐惧什么呢？这种恐惧竟然让他宁愿与世隔绝。他是不是像波伏瓦先前说的，是一个求生主义者？伽马什觉得不是。小木屋里的古董反驳了这一说法，而且木屋里没有枪支，也没有任何武器，连教你如何求生的杂志或是有关求生注意事项的书籍也没有。

所有与求生主义有关的东西都没有。相反，死者却把含铅玻璃杯随身带进了树林。

伽马什扫视了一下书架上的书籍。他不敢碰它们，"这些书上的灰掸掉了吗？"

"已经掸掉了。"莫林回答道，"我想从这些书里头找到死者的名字，但是没用。大多数书上的名字都不一样。显然都是二手旧书。"

"当然是。"伽马什似乎在自言自语。他看着此时自己手上拿着的那本书。他把书翻到书签夹着的那一页，开始读起来：我居住在树林里因为我想只凭借最基本的物资来生活。我想看看我能否学会大自然教给我的东西。同时我也想看看，当我即将死去时，我能否发现我没有白活。

伽马什将书翻到第一页，他轻轻地吸了一口气。

那是《瓦尔登湖》1854年的初版本。

...19

"彼得?"克莱拉轻轻地敲了一下彼得画室的门。

彼得开了门,他试着不让自己看上去过于神秘,但最后还是放弃了,因为克莱拉太了解他了。克莱拉知道,彼得对自己的艺术创作总是显得过分神秘。

"你画得怎么样了?"

"还不错。"彼得回答道。此刻他希望能关上门,继续自己的绘画创作。他一整天都拿着画笔,在画布旁走来走去,随后又将画笔放下。显然,画还没有画完。这太令人尴尬了。克莱拉对此会怎么想?他的画家同行们会怎么想?还有那些绘画评论者们会怎么想?这种情况以前从没发生过,从他童年画画以来从没发生过这种事。

彼得从来不会让任何人看自己的创作过程。

这很荒唐。

很明显,艺术需要的是更透明的清晰度、更多的细节以及更深的层次感。这也是他的客户和支持者们愿意购买自己作品的原因。

今天彼得好几次把画笔拿起来,然后又放下。他以前可从来没有这样过。克莱拉曾经对自己的绘画充满怀疑,但她不断努力,最后终于创作出了杰作——从蜻蜓翅膀中获得灵感的《欢乐耳朵的游行》以及另一幅杰作《子宫勇士》。在那段时间,彼得一直观察着克莱拉,他对此感到很困惑。

这就用灵感在进行创作吧。

不行。彼得是一个更为理智,也更为严谨的艺术家。他总是计划好画作的每一个部分,并把每一个部分画下草图。他总是提前数个月就知道自己要画什么了。他从不依赖虚妄的灵感。

这一次,彼得拿着一块烧火用的原木走进画室。那块原木被砍的边缘所露出的年轮纹理清晰可见。他拿着一个放大镜,靠近原木,试图将原木的每一个细节都无限放大以至于别人都认不出那是什么。正如彼得在自己的拍卖画展上想要传达给大家的理念一样,这块被放大得面目全非的原木就是对于生活的隐喻——人们是如何将生活中的事物无限放大直到一个原本简单的真理都不再为人所识。

人们看不清简单的真理。然而,这一次似乎不管用了。彼得无法看清真理,但却要将真理画出来。

在克莱拉走后,彼得扑通一下坐在椅子上。他凝视着画架上那副令人困惑的画作。他默默地对自己念叨:我是很优秀的。我是很优秀的。然后他开始轻声说道:"我比克莱拉优秀。"这声音如此轻,连他自己都听不见。

奥利维此时坐在小酒馆的门廊里,看着山上那黑沉沉的树林。奥利维直到此时才意识到,整个三松镇其实都被树林环绕着。

警方已经找到小木屋了。他之前一直祈祷小木屋永远不要被人发现,但是还是被发现了。自从搬到三松镇以来,第一次,奥利维感到那黑沉沉的树林在一步步向自己逼近。

"但是,如果这些东西,"波伏瓦朝小木屋里头的各种东西点点头,

"都是无价之宝的话,为什么凶手没把这些东西拿走呢?"

"我也在思考这个问题。"伽马什说道,他此时坐在木屋壁炉边的一把大椅子上,"你觉得,凶手杀人到底为了什么,吉恩?为什么要杀死一个隐居在树林里过着安逸朴素生活的人呢?死者可能已经在这里住了有几十年了。"

"还有,杀完了人之后,凶手为什么要搬走尸体,而把这些无价之宝留在这儿呢?"波伏瓦在伽马什对面的一把椅子上坐了下来。

"莫非那具尸体比这些东西更值钱?"

"那干嘛要把尸体丢在哈德利老宅呢?"

"如果凶手把尸体留在这里,我们可能永远也发现不了。"伽马什推断道,显得很困惑,"我们可能永远都不知道发生了一起命案。"

"如果不是为了财宝,干嘛要杀死那个人呢?"波伏瓦问道。

"财宝?"

"不是财宝,还能是什么?一个隐藏于树林深处装满无价古董的小木屋,这难道不是一笔埋藏起来的宝藏吗?只不过它不是藏在土里,而是藏在树林里。"

但凶手没有拿走这笔财宝。相反,凶手从小木屋里只拿走了他想要的唯一的东西———一条人命。

"你有注意到这个吗?"波伏瓦站起身,朝木屋门口走去。他打开门,向上指了指,脸上露出好笑的表情。

在门楣上方有一个数字。

16

"你可别告诉我,死者在这里还可以收发信件。"波伏瓦说道,伽马什则一脸困惑地看着他。那个数字是用黄铜做的,还涂了一层绿漆,这使得它在黑色的木门上几乎无法被发现。伽马什摇摇头,看看手表,现在已是晚上六点了。

在讨论片刻之后,大家决定莫林警员今晚留在小木屋里守夜,看管木屋里这些价值连城的古董。

"你跟我来。"伽马什对莫林说道,"我开车送你回去拿过夜用的东西还有卫星电话,其他人在这里把手头的工作做完。"

莫林上了地形车,坐在伽马什后面。由于坐在车后座,莫林在找有没有可以抓握的东西。伽马什发动了引擎。以前为了办案,伽马什常常得去外港和偏僻的乡村。他会驾驶雪地车、汽艇、摩托车还有地形车。虽然他觉得这些交通工具非常便利快捷,可他一点也不喜欢它们。它们发出的尖锐的声音会打破大自然的宁静,它们的噪音和尾气也会污染环境。

如果有什么东西可以把死者从墓地里唤醒,那么这些交通工具可以做到。

当地形车载着伽马什和莫林启动时,莫林发现自己有麻烦了。他用自己细细的手臂紧紧抓住坐在他前面的伽马什。他抓得那样紧,他甚至能感到伽马什外套上的蜡质层都贴在了自己的脸颊上,都能感觉到外套底下伽马什健壮的身体。他还闻到了伽马什身上的檀木香和玫瑰香水的香味。

年轻人坐直身体,一只手放在大山的地面,另一只手遮着自己的脸。他不敢相信山神跟他说的故事。他开始咯咯笑起来。

听到年轻人的笑声,山神感到困惑。通常山神将这个故事告诉别人时,别人的反应都是发出恐惧的尖叫。

山神听着年轻人的笑声,他意识到这是快乐的笑声。这笑声感染了山神。山神以前常会咆哮,只有当山脚下小镇里的居民感到害怕时他才会停止咆哮。他并不想这样做。他再也不想惊吓任何东西了。

那晚山神安然入睡。

然而,那位年轻人却没有睡着,他辗转反侧。最后他走出小木屋,凝视着山顶。

从那时起,每晚年轻人都被山神告诉他的故事压得喘不过气来。他渐渐变得憔悴和虚弱。他的父母以及亲朋好友都注意到了他的变化,甚至连山神也注意到了。

终于在一天夜里,在太阳还未升起之前,年轻人将父母推醒。"我们得离开这儿。"

"你在说什么?"睡眼蒙眬的母亲问道。

"为什么要离开这儿?"父亲和妹妹问道。

"山神告诉我,有一个神奇的地方,在那里人们都可以长生不老,永远都不会生病或变老。那地方只有山神知道,但是他说我们现在得先离开这儿。就今晚,就趁现在天还没亮的时候,我们得赶快离开这儿。"

他们将小镇里其他的人也叫醒。在天亮前,大家都已整装出发。年轻人最后一个离开。在走之前,他走进树林,蹲下身轻轻触碰了一下正在沉睡的山神。

"再见了。"年轻人轻声说道。

然后他将包袱夹在腋下,消失在夜色之中。

波伏瓦此时站在小木屋外面。天色几乎全黑了,他饿得要死。他们已经完成了手头的工作,他在等拉克斯特整理好东西,然后离开这儿。

"我得方便一下。"拉克斯特说道,她来到木屋的门廊上,"有地方可以方便吗?"

"那里有个户外厕所。"波伏瓦朝木屋的不远处指了指。

"太好了。"拉克斯特说道,她手里拿着一个手电筒,"这难道不像是恐怖电影里的情节吗?"

"哦,行了,我们今天已经够受的了。"波伏瓦假笑道。他看着拉克斯特沿着小径向那间户外厕所的方向走去。

波伏瓦的胃在咕咕哝哝地发出响声。至少他希望那是他的胃在发出声音。还是越快回到人类聚集区越好。怎么会有人生活在这里?波伏瓦此时一点都不羡慕莫林能在这里过夜。

晃动的手电筒灯光表明拉克斯特回来了。

"那间户外厕所你有进去过吗?"拉克斯特问道。

"你在开玩笑吧?伽马什探长进去看过,我没有。"想到这个波伏瓦就想吐。

"所以你不知道那里面有什么东西喽?"

"你别告诉我,那里面的卫生纸也是用美元做的。"

"事实上是的。是一块钱和两块钱面值的美元。"

"你开玩笑。"

"我可没开玩笑。我还发现了这个。"拉克斯特举起手上的一本书。"第一版,还有 E.B. 怀特的亲笔签名,是《夏洛特的网》①。"

波伏瓦看着那本书,他不知道拉克斯特在说什么。

"这是我小时候最喜欢的书了。夏洛特那只蜘蛛?"拉克斯特说道,"威尔伯那只小猪?你读过这本书吗?"

"我没读过,希望蜘蛛和小猪不要生气。"

"是谁把这么珍贵的第一版书留在一个户外厕所里的呢?"

"是谁把美元留在那里的呢?"波伏瓦忽然迫切地想离开这里。

"你好。"加布里坐在客厅里挥挥手。他正在叠衣服,并把叠好的衣服塞入一个箱子内。"所以,树林里有一座小木屋。死者就是住在那里的吗?"

"我想是的。"伽马什说道,他看着加布里正在叠小背心。

"这些是给罗萨的。我们从其他人那里收集了一些小衣服,准备送给罗萨。这件是不是太大了些?"加布里举起一条男士西装裤,"这件是奥利维的。他说这是他自己亲手做的。虽然他动手能力很强,但我不信。"伽马什没有答话。

"这是有点大,而且对罗萨而言是不是太阳刚了点?"伽马什问道。

"确实是。"加布里将那条西装裤放到一边,"再过几年,也许露丝适

---

① E・B・怀特(E.B.White 1899—1985):美国当代著名散文家、评论家,以散文名世,其文风冷峻清丽,辛辣幽默,自成一格。除了他终生挚爱的随笔之外,他还为孩子们写了三本书:《斯图尔特鼠小弟》(又译《精灵鼠小弟》)、《夏洛特的网》与《吹小号的天鹅》,同样成为儿童与成人共同喜爱的文学经典。《夏洛特的网》讲述了一只名叫威尔伯的小猪和一只名叫夏洛特的蜘蛛之间的友谊。

合穿这条裤子。"

"之前从没有人说起过树林里有座小木屋吗？连哈德利老太太也没说起过吗？"

加布里摇摇头，继续叠着衣服，"从没人说起过。"然后加布里停了下来，将手放在膝盖上，"我在想，那人是怎么活下来的？他难道会一路走到考恩斯威尔或是圣雷米市采购食物吗？"

当伽马什走上楼梯时，他想到，警方也还不知道死者是如何得到生活物资的。随后他去冲了一把澡，和自己的妻子通了一会儿电话。天色越来越黑。在远处他听到树林里传来尖锐的响声，那是地形车回来了。地形车已从小木屋回到了小镇。

在小旅店的客厅里，加布里已经不见了。此时舒适地坐在客厅椅子上的人是文森特·吉尔伯特。

"我之前去了小酒馆，但那里的人老是来烦我。所以我就到这里来烦你了。我以前一直不想去打扰儿子的生活。现在我起死回生，但儿子他们却并不欢迎我，真是太滑稽了。"

"你觉得你儿子会高兴你回来吗？"

"但你知道，我的确回来了。很令人吃惊，是不是？这就是人类自我欺骗的本性。"

伽马什疑惑地看着他。

"好吧，是我在欺骗我自己。"文森特咬牙切齿地说道。他看着伽马什。伽马什看上去个子高大，体格健壮，可能比自己重十磅，也许还要重一些。如果不注意的话，他可能会变胖，也许会死于心脏病。

文森特想象着伽马什忽然双手紧贴胸口，两只眼睛睁得大大的，然后又紧紧闭起来，身子靠在墙上，不断地喘着气。而自己文森特·吉尔伯特博士著名的医学家却站在一边袖手旁观，任凭这位探长倒在地上。当想到自己拥有掌控死亡的生死大权时，文森特感到心里很舒坦。

伽马什此时也在看着文森特这个身子笔直的人。他的脸对伽马什而言太熟悉了，他曾在《本性》这本书的最后一页上多次凝视、端详过这张脸。这张脸是那样的傲慢，同时又带着挑衅和自信。

但是伽马什读过《本性》这本书,他知道在这张脸的背后隐藏着什么。

"你打算住在这里吗?"伽马什之前听说文森特不打算离开这儿,小旅店是这里唯一可住宿的地方。

"事实上,我不打算住在这里。我是马克休闲会所的第一位客人,但别以为我会要求他们招待我。"文森特微笑着说道。和大多数古板严肃的人一样,他笑起来时和不笑的时候显得那样不同。

伽马什脸上的惊讶溢于言表。

"我知道你很吃惊。"文森特说道,"事实上,多米尼克邀请我住下来,虽然她希望我能够……"

"谨慎一些?"

"不要被别人看见。所以我到这里来了。"

伽马什在一把扶手椅上坐下,"你为什么现在来找自己的儿子?"

文森特·吉尔伯特和那具尸体几乎是同时出现在小镇里的,这不能不让人起疑心。此时,伽马什的脑海中仿佛又看到了那座小木屋,还有木屋壁炉边的那两把舒适的椅子。文森特和死者会不会在某个夏日的晚上就坐在那两把椅子上呢?他们两个或许在聊着天、讨论着什么?或是后来争论起什么?最后发生了凶杀案?

文森特低着头看着自己的双手。那双手曾经伸入病人的体内,曾经捧过心脏、修补过心脏,并让心脏重新跳起来。这是一双拯救过生命的双手。但是此时这双手却在不停地颤抖,文森特感到胸中一阵剧痛。他此时心脏病发作了吗?文森特抬起头,看到伽马什正盯着自己。他在想,如果自己此时突发心脏病,眼前的这位探长会救自己吗?

他该如何解释自己在拉波特的生活呢?在那里他跟一群身患唐氏综合征的男男女女在一起。一开始他还以为自己的工作只是治疗他们身体上的疾病。

帮助他人。

文森特在印度的时候,当地的一位长老告诉他要帮助他人。他在印度的寺庙里住了几年,最后那位长老终于意识到了他的存在。他在印度住了有将近十年,最后换得这句话。

帮助他人。

这就是文森特做的事情。他回到魁北克,然后到了拉波特加入了阿尔伯特兄弟创建的社区组织。他要在那里帮助他人。他从没想过别人会来帮助他。毕竟,那些身患唐氏综合征的病人能提供给这位著名的医学家兼哲学家什么帮助呢?

就这样过了好几年,终于在一天早上在拉波特的这个社区里发生了一些变化。文森特下楼去吃早餐时,他意识到他能叫出每个人的名字。大家也都跟他说着话,微笑着,或者走到他面前给他看自己发现的东西,例如:蜗牛、小棍子或是一片草叶。

都是一些很平常的东西,没什么特别的。但是对文森特而言在自己睡觉的那段时间里,整个世界都变了。当他上床睡觉时他还在帮助别人,可当他一觉醒来时,别人却治愈好了他。

就在那天下午,在一棵枫树的树荫下,文森特开始动笔写起《本性》这本书。

"我平时一直留心马克的情况。我知道他在蒙特利尔干得很成功。当他们卖掉蒙特利尔的房子,在这里买下一桩老宅并搬到这里来的时候,我知道该是我来这里的时候了。"

"来这里干嘛呢?"伽马什问道。

"我要来帮助他们。"

帮助别人。

文森特开始欣赏这句简短的句子中所包含的巨大能量。帮助可以有许多不同的形式。

"你怎么帮呢?"伽马什又问道。

"确保马克他们一切都好。"文森特回答道,"你也看到了,他们被那具尸体弄得焦头烂额。马克把尸体移走,他的确干了件蠢事。可是我了解马克,他不会是凶手。"

"你怎么知道?"

文森特看着伽马什,脸上露出不可遏制的愤怒。但伽马什知道在那愤怒之下隐藏着什么。

恐惧。

文森特·吉尔伯特在恐惧什么呢？

答案很简单。他害怕自己的儿子会因为谋杀而被捕。他之所以害怕这个，要么因为他清楚人是马克杀的，要么他清楚凶手另有其人。

几分钟后，一个声音从拥挤的小酒馆里传来。那个声音是在叫伽马什的名字。伽马什此时刚到小酒馆要了一杯红葡萄酒，想静静地看会儿书。

"你这家伙。"

好几个人都站起来。莫娜穿过整个屋子，走过来站在伽马什坐的桌子旁边。她低头看着伽马什。伽马什站起来，微微鞠了一躬，示意她坐下。

莫娜一屁股坐下来，椅子发出轻微的咯吱声。

"要喝酒吗？"

"你先前干嘛不告诉我你想看这个？"莫娜指了指伽马什手里拿着的《本性》。伽马什微微笑道。

"这是个秘密。"

"那你打算对此保密多久呢？"

"越久越好。我听说他之前到这里来喝酒。你遇见他了吗？"

"你是说文森特·吉尔伯特？啊，如果你管低三下四，阿谀奉承叫做'遇见'的话，那么，好吧，我是遇见他了。"

"我想，他肯定不记得你是谁了。"

"难道我很容易被认错吗？他真的是马克的父亲？"

"是的。"

"你知道吗，当我准备向他介绍我自己的时候，他根本看都不看我一眼，好像我是一块面包屑一样。"葡萄酒和一碟腰果端了上来，"还好，谢天谢地，我告诉他我叫克莱拉·莫罗。"

"我也是。"伽马什开玩笑说道，"他可能会怀疑的。"

莫娜大笑起来，她刚才的怨气已经烟消云散了。"老孟说树林里的那个人正是文森特·吉尔伯特。他在窥视自己的儿子,是吗?"

伽马什在想,自己该怎么回答呢。但是这个现在已经不是什么秘密了。他点点头。

"那他干嘛要窥视马克呢?"

"他们父子二人以前一直各自生活,没有来往。"

"这是我听到现在马克做的第一件正确的事情。"莫娜说道,"不过,说来也真是讽刺。著名的文森特·吉尔伯特博士帮助过那么多孩子,却和自己的孩子不相往来。"

伽马什想起了自己的女儿安妮。他自己是不是也是这样对她的呢?他自己在倾听着他人的烦恼,而对自己女儿的烦恼却充耳不闻?在前天晚上他刚和安妮通过电话,确定她一切都好。但是安妮所谓的"好"是有不同含义的。在伽马什看来,安妮竟然愿意听波伏瓦的话,那简直是糟透了。

"你们好。"奥利维说道,他递给伽马什和莫娜一份菜单。

"我马上就走了。"莫娜说道。

奥利维显得有些犹豫,"我听说你们找到死者住的地方了。他是一直生活在树林里吗?"

这时拉克斯特和波伏瓦正好走过来,他们要了几杯饮料。在喝完最后一口葡萄酒,顺手拿了一大把腰果之后,莫娜起身准备离开。

"我会留心你要买的书的。"莫娜说道。

"你那里有《瓦尔登湖》这本书吗?"伽马什问道。

"别告诉我你在树林里还发现了梭罗?还有其他人藏在那片树林里吗?是不是那里还藏着吉米·霍法[①]?或是艾米莉亚·埃尔哈特[②]?你

[①] 吉米·霍法(Jimmy Hoffa):著名"鬼船"玛丽·塞莱斯特号上的船员。该船于1872年12月5号在大西洋上被人发现。船体完好无损,但船员都失踪了。根据记录,玛丽·塞莱斯特号上应有十名船员。吉米正是其中一位船员的名字。

[②] 艾米莉亚·埃尔哈特(Amelia Earhart 1897年7月24日—1937年7月2日失踪,1939年1月5日被宣布死亡)是一位美国女性飞行员和女权运动者。埃尔哈特是第一位获得飞行优异十字勋章、第一位独自飞越大西洋的女飞行员。她还创了许多其他纪录,将自身的飞行经历编写成非常畅销的书籍,并协助建立了一个女飞行员组织。1937年,当她尝试全球首次环球飞行时,在飞越太平洋期间失踪。

吃完晚饭后,到我这里来,我给你《瓦尔登湖》的复印本。"

莫娜走了。奥利维按照伽马什他们点的菜,端上来撒上融化的黄油和肉酱的面包卷。波伏瓦从他的小背包里拿出他在小木屋里拍的照片,并把照片递给伽马什看。

"我们一回办公室就把这些照片贴在墙上。"波伏瓦咬了一口面包卷。他饿坏了。拉克斯特也拿了一个面包卷,她一边小口喝着葡萄酒,一边看着窗外。但她此时能看到的只有小酒馆里映射出的灯光,还有前来吃饭的小镇居民。有些人坐在吧台边,手里拿着啤酒或是威士忌,有些人则很轻松地坐在壁炉边。没人注意到伽马什他们。忽然拉克斯特的目光遇到了什么,与其说那是人的眼睛,倒不如说更像是幽灵的幻影。她刚一转身,想看个清楚,奥利维恰好走进厨房。

几分钟后,一盘蒜汁黄油拌螺肉放在了波伏瓦面前。拉克斯特的面前放着一碗薄荷豌豆汤,而伽马什面前则是梨枣风味的花菜奶酪汤。

"嗯~"拉克斯特说道,她正喝着一勺汤,"这些是刚从菜园里摘下来的豌豆。你的应该也是新鲜的吧。"她朝波伏瓦碗里的螺肉点点头。波伏瓦笑了一声,然后一口气将螺肉吃完,还将面包蘸着蒜汁黄油吃了下去。

伽马什此时看着那些照片。他慢慢地将照片放低些,感觉好像发现了图坦卡门①的陵墓一样。

"我得打个电话给布鲁内尔。"伽马什说道。

"财产犯罪部门的头儿?"拉克斯特问道,"好主意。"

泰莱斯·布鲁内尔是艺术品犯罪方面的专家,也是跟伽马什私交非常不错的一位朋友。

"她看到那座小木屋的话,一定会激动死的。"波伏瓦笑道。奥利维正在把他们餐桌上的盘子撤走。

"死者怎么能收集到这么多价值连城的古董呢?"伽马什在思考着这个问题,"而且还都带到了小木屋里?"

---

① 图坦卡门(前1341—前1323):古埃及新王国时期第十八王朝法老。

"为什么呢?"波伏瓦说道。

"但小木屋里找不到任何私人物品,"拉克斯特说道,"没有照片、没有信件、没有银行账本、也没有身份证件。什么都没有。"

"明显的杀人凶器也没有。"波伏瓦补充道,"我们把木屋里的一根拨火棍还有一些花圃工具送去检验了,但我觉得那些不会是凶器。"

"但你们走后,我发现了一样东西。"拉克斯特把一个背包放在桌上,她打开包,说道:"这是在床底下发现的,就靠在墙边。一开始我没注意到它。"拉克斯特解释道,"我采集了上面的指纹。我已把样本送去实验室检验了。"

放在桌上的东西是一块雕刻过的木头,上面还留有看似像血一样的东西。

木头上还刻着一个字:

Woe[①]。

---

① Woe 这一单词在英语中有"灾难"、"祸害"之意。

...20

莫林警员在小木屋里溜达,嘴里哼着小曲。他一只手里拿着卫星电话,另一只手里抓着一块烧火用的木头。不过,这块木头不是用来烧火的,因为此时小木屋的壁炉已经在燃烧释放出热量了。这块木头是用来防身的,以防有什么东西从黑影里,或是从某个角落里冲出来。

莫林将小木屋里所有的煤油灯和蜡烛都点上。那些蜡烛似乎是死者自己用罐子里剩下的石蜡亲手做的。

在木屋里,莫林看不到电视,也不能打手机,也见不到自己的女朋友和母亲。他把卫星电话再次放到自己嘴边,然后又把电话放下。他这样做已经有好几次了。

你现在不能打电话给伽马什探长。你要跟他说什么呢?说你一个人待在小木屋里很害怕?这个地方曾经有人被谋杀?

莫林知道他也不能打电话给自己的母亲。他如果打电话给母亲,母亲一定会想办法到这里来,那么第二天早上队员们就会看到母亲在给自己熨烫衬衫、煎着熏肉和鸡蛋。

不行，不能让大家看到这个。否则，他宁愿去死。

莫林在小木屋里逛来逛去，用手指戳戳这个，戳戳那个。不过他很小心。有时他像一只兔子一样跳来跳去，拿起玻璃杯，或是凝视着一些不起眼的东西，例如，厨房窗户边用琥珀制成的窗板，或是带有雕刻的银质蜡烛台。最后他从带来的褐色纸袋中拿出一块三明治还有一个蜡质小纸袋。打开纸袋，里面是塞有熏肉和干酪的长棍面包。还不错。莫林随后打开一罐可口可乐，小口喝起来。然后他在壁炉边坐下，壁炉边的那把椅子坐得格外舒服。他一边吃着，一边使自己放松。当他吃着长棍面包的时候，他感到自己完全放松下来了。他伸手想去拿放在旁边的小提琴，但是觉得还是不要去动它为好。于是他从书架上任意拿了一本书，开始读起来。

这本书的作者莫林从未听说过。作者名叫柯勒·贝尔。这本书是关于一位名叫简爱的英国姑娘成长的故事。在读了一会儿之后，莫林的双眼由于在昏暗灯光下阅读而显得有些疲倦了。他觉得现在该是睡觉的时候了。现在一定过了午夜时分了。

他看看手表，现在只是晚上八点半。

他犹豫了一会儿，然后伸手拿起那把小提琴。这把木质小提琴很重，摸上去似乎有一定的温度。莫林用自己的手轻轻在小提琴的表面抚摸着，时不时还将其轻柔地翻过来。他很快将小提琴放回原处，他不应该去碰它的。他又回去读那本书，可是没过一会儿，那把小提琴又在他手上了。莫林知道自己不应该碰它，但还是情不自禁地拿起那把用马鬃做成的琴弓。莫林知道现在都已经碰过了，他干脆站起身，玩起了那把小提琴。

他把小提琴放在自己的下巴下面，然后用琴弓拉起琴弦。小提琴的声音深沉而浑厚，极具诱惑力。这种诱惑力是莫林这位年轻的警员所无法抵挡的。没过一会儿，悠扬的琴声回荡在整座小木屋里，甚至回荡在角落里。

主菜端上来了。伽马什的主菜是令人垂涎的水果烤鸡；拉克斯特的主菜是拌着干酪、西红柿和紫苏的意大利宽面条;波伏瓦的主菜则是紫红色的羊肉锅。还有一大盘新鲜烤蔬菜串也端上了桌。

伽马什的烤鸡又嫩又脆,里面有芥末和苦艾酒的风味。

"这块木头意味着什么呢?"当大家在吃主菜的时候,伽马什问道。

"这是小木屋里唯一一件不算古董的东西。"拉克斯特说道,"至于那些木匠工具,我猜想死者一定自己会做木匠活。这块木头说不定也是他自己做的。"

伽马什点点头,他自己也是这么想的。"但是为什么上面要刻'Woe'这个字呢?"

"这会不会是死者的名字?"波伏瓦毫无激情地说道。

"Woe先生?"拉克斯特说道,"那或许能够解释死者为什么要一个人住在小木屋里了。"

"为什么他要给自己刻这个字呢?"伽马什放下手上的刀叉,"在小木屋里你们有发现其他用刨子之类的工具制作的东西吗?"

"没有。"波伏瓦回答道,"我们只发现了斧子、榔头还有锯子,这些工具都有磨损。我想,死者一定是自己动手盖了那座小木屋的,但是没有发现用刨子制作的东西。"

伽马什思考着,他又拿起了刀叉。死者为何要离群索居呢?

"你有注意到我们拍的关于河流的照片吗,长官?"拉克斯特问道。

"是的,我注意到了。至少我们现在知道死者是怎样保持食物不变质的了。"

拉克斯特警员之前检查了小木屋附近的那条河流。她发现在河里固定着一个包裹,包裹里放着一罐罐容易变质的食物。这个包裹就悬挂在冰冷的河水里。

"但是,很显然死者不会自己制作牛奶和干酪,也没人在当地杂货店见过死者。"波伏瓦说道,"所以,我们只能得出一个结论。"

"那就是,专门有人提供给死者这些东西。"拉克斯特说道。

"调查还算顺利吗?"奥利维突然出现问道。

"还行,谢谢。"伽马什面带微笑回答道。

"各位还需要来点蛋黄酱或是黄油吗？"奥利维也微笑着问道,极力不让自己看上去很抓狂。他告诉自己无论他端上来多少调味品、小面包或是葡萄酒都无法改变什么。他是从来不会迎合他人的。

"不用了,谢谢。"拉克斯特说道。奥利维有些不情愿地离开了。

"我们至少已经从小木屋里提取了指纹。明天我们就应该有所收获。"波伏瓦说道。

"我想,我们到时就会知道死者为什么会被杀。"伽马什说道。

"那几条小路,"拉克斯特说道,"罗阿尔·帕拉一直在为多米尼克清理那些小路。其中有一条小路几乎就在小木屋附近,近得都能够看见小木屋了。"

"多米尼克不就是沿着那条小路才发现小木屋的吗？"波伏瓦说道,"但是目前只有她一个人的证词。我们不知道她是不是在更早以前就发现了小木屋。"

"可是更早以前他们家还没有马呢。"拉克斯特说道,"马匹是在凶杀案发生后才到多米尼克他们家的。"

"但她可能事先自己走了一下那几条小路。"伽马什补充道,"为了以后骑马,她事先亲自走走,然后才好告诉罗阿尔清理哪条路。"

"罗阿尔也能自己走过那几条小路。"波伏瓦说道,"或者他的儿子哈沃克·帕拉,罗阿尔说哈沃克经常会来帮他。"

伽马什和拉克斯特思考着这个想法。然而,似乎没有充分的理由能说明罗阿尔或是哈沃克在清理小路之前就走过那几条小路。

"但是为什么要杀死一个隐居者呢？"拉克斯特问道,"即使罗阿尔或是哈沃克或是多米尼克发现了小木屋,他们也没必要杀了里面的隐居者啊。当然,杀人也许为了屋子里的那些财宝,可是干嘛还把财宝留在小木屋里呢？"

"也许财宝已经不在木屋里了。"波伏瓦说道,"我们只发现了木屋里的那些,也许还有更多的东西我们还没发现。"

波伏瓦的这一说法让伽马什为之一振。他自己先前怎么没想到这点呢？他过多地关注已经被发现的东西,却没去想想可能还没被发现的东西。

莫林警员躺在床上,试着让自己觉得舒服一些。他觉得,躺在一个死人曾经躺过的床上有点奇怪。

他闭上眼睛,可是却辗转反侧。睁开眼睛,他凝视着壁炉里闪烁的火光,小木屋不再那么可怕了。事实上,莫林感到此时的小木屋让人觉得很温馨。

他好几次拍拍枕头,好让枕头蓬松些。但是枕头里好像有什么东西似的。

他坐起身,拿起枕头,使劲捏起来。没错,枕头里面的羽毛中的确藏着什么东西。他站起来,走到一个煤油灯旁。他将枕头芯子抽出来。在枕头内部缝着一个深深的口袋。莫林十分小心地将手沿着口袋的边缘滑动,动作就好像一名兽医在给一匹怀孕的母马接生一样。他的手最后摸到一个硬硬的、表面有疙瘩的东西。

他将那东西从口袋里拿出来,放在灯光下看。那是一个精美的雕刻品,刻的是一艘载满男男女女的船只,船上的人都面向船首的方向。莫林对于这艘船精美的雕刻工艺感到很吃惊。雕刻这个东西的人一定自己也经历过一次激动人心的航行。那种心情就像自己小时候和妹妹一起跟家人开车去阿伯蒂比湖①或是加斯珀国家公园②一样兴奋。

莫林注意到船上乘客的表情是满怀喜悦的。通过仔细观察,他还发现船上大多数乘客都带着包裹或是袋子,年龄也是各不一样,既有刚出生的孩子,也有体弱的老人。有些人的表情是兴奋的,有些流露出期待的神情,还有些则是安详而满足的神情。

所有人都很快乐。这是一艘充满希望的船。

船的船帆是用削得很薄的木片做成的,真是令人觉得不可思议。莫林将船翻转过来,发现在船的底部刻有一些字。他把船凑到灯光下。船

---

① 阿伯蒂比湖(Abitibi):位于加拿大安大略省与魁北克省之间的一个大湖泊。
② 加斯珀国家公园(Gaspe):加拿大著名的高山国家公园之一,位于加拿大艾伯塔省落基山脉最北边。

底刻着:

OWSVI

这是俄文吗？拉克斯特警员曾认为死者是俄罗斯人,因为书架上有俄罗斯的图标。船底用奇怪的字母刻成的字会是死者的名字吗？

莫林有了一个主意。他回到床边,又试着去捏另一只枕头。那只枕头就在先前的那只下面。在那只枕头里也有一个硬硬的东西。莫林将拿东西从枕头里拿出来,又是一件雕刻品,也是用木头刻成的,而且同样工艺精致。这件雕刻刻的是聚在岸边的男男女女,他们的视线都望着远方。有的人显得很困惑,但大多数人似乎都显得很满意。在这件雕刻品的底部莫林同样发现刻着一些字:

MRKBVYDDO

莫林把这件雕刻放在桌上,就放在前一件雕刻的旁边。这两件雕刻传达出一种愉悦和充满希望的感觉。莫林看着它们,简直比看电视还着迷。

然而,越是盯着它们看,莫林越是感到某种不安。他感到好像有什么东西也在盯着自己看。他看看厨房,然后又快速扫视了一下整个房间。当回头再次看着那两件雕刻时,他惊奇地发现,他的不安感正是来自于这两个东西。

莫林此时感到好像有什么东西在他的背上移动,然后忽然地那东西窜入黑暗的空间中。莫林突然后悔为什么不多点亮几盏煤油灯。他注意到一点亮光,那亮光就在小木屋最幽深的那个角落里。那是一双眼睛吗？

拿起那块用来防身的木头,莫林慢慢地向那个角落靠近。他随后蹲下身子。当他伸手去触碰那个亮光时,那个亮光开始形成一个图案。那是一个蜘蛛网,煤油灯柔和的灯光恰好照射在上面。但是似乎还是有什么不对劲的地方。当莫林的眼睛适应了角落里的光线,看清了那个蜘蛛网时,他感到脊背的汗毛都竖了起来。

在蜘蛛网上有一个字:

Woe。

...21

第二天早上当莫林回到老火车站的办公室里时,其他人都已坐在了桌边。莫林的头发显得很凌乱。大家都看着他。拉克斯特示意莫林坐在自己旁边,桌上出乎意料地放着一杯牛奶咖啡和一盘摊鸡蛋、熏肉和切得厚厚的抹着果酱的吐司面包。

莫林狼吞虎咽地吃着,一边听着别人作的报告。现在轮到他来作报告了。

他把之前发现的那两件雕刻品放在桌上,然后将它们慢慢推到桌子的中央。这两件雕刻如此生动,好像那艘船已经扬帆起航,自己开动起来了,好像岸上的人们在正在焦急地等待着它的到来。

"这些是什么?"伽马什问道,他从坐着的椅子上站起身,靠近桌子想看得更清楚些。

"我是昨天晚上发现的。它们就藏在床上的枕头里面。"

桌旁的另外三位警官看上去都有些懵了。

"你在开玩笑吧?"拉克斯特说道,"藏在枕头里面?"

"它们是被缝在枕头里的,就放在床上。它们藏得很好。但我不清楚,死者把它们放在枕头里是为了把它们藏起来呢,还是为了保护它们不被碰坏。"

"你当时为什么不用卫星电话报告?"波伏瓦质问道,他的视线此时从那两件雕刻移向莫林。

"我应该要报告吗?"莫林显得很惊讶,他的眼睛看看这位警官,又看看那位警官,"我想我们当时也做不了什么,只有等到天亮。"

其实,莫林发现那两件雕刻时本想打电话报告的。但在经过一番挣扎之后,他还是没有拨打小旅店的电话把伽马什他们从睡梦中叫醒。他不想屈服于自己心中的恐惧。但是此时从大家脸上的表情中莫林发现,自己当时没及时报告情况是犯了一个大错误。

莫林一直以来都很胆怯,正是这种胆怯一直以来误导着他的判断。他曾希望自己不要再胆怯,但看来还是不行。

"下一次,"伽马什说道,他表情严肃地看着莫林,"记得要及时汇报。我们是一个团队。我们需要知道一切情况。"

"是,长官。"

"从上面提取指纹了吗?"波伏瓦问道。

莫林点点头,拿出一个信封,"指纹样本就在里面。"

波伏瓦一把拿过那个信封,将指纹样本取出,开始进行扫描输入电脑。但即使在扫描的时候,波伏瓦的双眼也紧盯着那两件雕刻品。

伽马什双手伏在桌子上,透过戴着的半月形眼镜看着那两件雕刻品。

"它们真精美。"

船上乘客的喜悦之情仿佛可以被感受到。伽马什蹲下身,这样他的视线可以与雕刻平行,好像那艘船正向他驶来。伽马什觉得,这两件雕刻应该是一个完整雕刻的两个组成部分。一艘正在驶向岸边载满乘客的船只,还有在岸边等待着的快乐人群。

但是,为什么伽马什会感到某种不安呢?为什么他想要警告那艘船不要靠岸呢?

"它们的底部还刻有字。"莫林说道。他拿起其中的一件雕刻给伽马什看,伽马什随后又给拉克斯特看。波伏瓦拿起另一件雕刻,看着底部的那些字母。那些字母看上去像是随意排列的,但是应该不会是随意的。这些字母一定传达着什么含义。他们得把这含义弄明白。

"这是俄文吗?"莫林问道。

"不是,俄文的字母是斯拉夫字母。这些则是罗马字母。"伽马什回答道。

"这些字母表达什么意思呢?"

三位经验丰富的警官们彼此面面相觑。

"我不知道。"伽马什承认道,"大多数艺术家会用某种方式来标记他们的作品。也许这就是那位雕刻者标记自己作品的方式吧。"

"那为什么两件雕刻品底部的字母不一样呢?"莫林继续问道。

"问得好。我对此也没有头绪。也许布鲁内尔督察能回答这个问题。她明天早上会到这儿来。"

"我昨天晚上还发现了一样东西。"莫林说道,"我还给那东西拍了一张照片。照片还在相机里。可能拍得不是很清楚,但是……"

莫林打开相机,然后把相机递给波伏瓦。波伏瓦瞄了一眼。

"太小了。看不清。我得放在电脑里放大。"

当波伏瓦坐在电脑旁下载照片时,其他人讨论着案子的调查情况。

"活见鬼了。"他们听到波伏瓦轻声说道。

"怎么了?"伽马什走过去。拉克斯特也跟过去。几个人此时都围在电脑屏幕边。

照片拍的是一个蜘蛛网,还有网上的那个字。

Woe。

"这到底是什么意思吗?"波伏瓦问道,几乎是在自言自语。

伽马什摇摇头。难道蜘蛛会在网上织出这个字?为什么又是这个字呢?这个字在死者床底下发现的那块木头上也有。

"某只小猪。"

"你说什么?"伽马什问道。

"我昨天在小木屋附近的户外厕所里发现了一本签名的书。"

"是关于一个叫简爱的姑娘吗?"莫林问道,但马上他就觉得自己真不该问。其他几个人都看着他,好像是他说了"某只小猪"。"我在小木屋的书架上看到一本书,"莫林解释道,"书的作者叫柯勒·贝尔。"

拉克斯特一脸茫然,伽马什也看上去困惑不解。莫林此时不想看波伏瓦脸上的表情。

"别理他。你继续说。"

"那本书叫《夏洛特的网》,是 E.B. 怀特写的。"拉克斯特说道,"那是我孩提时代最爱看的一本书。"

"我女儿小时候也最爱看那本书。"伽马什说道。他还记得安妮小时候自己一遍遍地读给她听这本书里的故事,安妮还假装自己不会害怕黑暗、关闭的柜子和房子里发出的吱吱嘎嘎的声音。那时伽马什每晚都会给安妮读那本书直到她睡着。

那本书带给了安妮许多快乐。伽马什至今还记得那本书就叫《夏洛特的网》。

"某只小猪,"伽马什重复道,他发出一声低沉而含糊的笑声,"那本书写的是一只要被送去屠宰场的小猪的故事。一只名叫夏洛特的蜘蛛和它成了好朋友,蜘蛛还试图拯救小猪的性命。"

"蜘蛛就是通过在网上编织一些文字,"拉克斯特解释道,"比如像'某只小猪'这样的文字使得农场主认为小猪威尔伯是头神奇的猪。我在户外厕所里发现的那本《夏洛特的网》还有作者的签名呢。"

伽马什摇摇头,感到真是不可思议。

"那后来的结局怎么样?"莫林问道,"小猪得救了吗?"

波伏瓦十分厌恶地看着莫林,但波伏瓦自己也不得不承认他也想知道结局。

"得救了。"伽马什回答道。然后他的眉头又紧锁起来。很明显,在现实生活中蜘蛛是不会在网上编织文字的。那么是谁把那个字弄在蜘蛛网上的呢?这么做的目的是什么?为什么是"Woe"这个字呢?

伽马什恨不得再回到小木屋里。

"还有东西。"

大家的目光又一次聚焦在莫林那张稚气未脱的脸上。

"这次是关于户外那间厕所的。"莫林转向拉克斯特,"你有注意到什么吗?"

"你是说,除了那本《夏洛特的网》以外,厕所里用美元做的卫生纸?"

"不是厕所里面,是在厕所外面。"

拉克斯特想了一会儿,然后摇摇头。

"也许是因为光线太暗的缘故吧。"莫林说道,"我当时也没看到,直到今天早上才注意到。"

"看在上帝分儿上,赶快说到底注意到了什么?"波伏瓦咬牙切齿地问道。

"是一条小路。它一直通向那个户外厕所,但不是到那儿就完了。那条小路一直延伸出去。我今天早上就是沿着那条小路来这里的。小路的起点就在这里。"

"在老火车站?"波伏瓦问道。

"并不是老火车站。那条小路穿过树林一直延伸到那里。"

莫林朝俯瞰三松镇的那座山丘指了指。

"我沿路已经做了标记。我想我还能找到那条小路。"

"你这样做真是太愚蠢了。"伽马什说道,他看上去很严肃,说话的语气也很凶。莫林一下子脸红起来。"绝对不要一个人进树林,你明白吗?你可能会迷路的。"

"但是你会来找我的,不是吗?"

大家都知道伽马什会的。伽马什曾找到过他们一次,他还会这样做的。

"没有必要进行不必要的冒险。不要放松警惕。"伽马什深褐色的眼睛看上去那样紧张,"一个小错误有时就可能要了你的命,或是别人的命。绝对不能放松警惕。周围到处都是危险,树林还有我们正在追捕的凶手都可能构成危险。永远别再犯这样的错误。"

"是,长官。"

"好。"伽马什说道,他站起身。其他人也站起来。"你现在带我们去看看那条小路吧。"

此时在小镇里,奥利维正站在小酒馆的窗前,对于身后客人们的谈话声和笑声似乎都没在意。他看到伽马什和其他人沿着山丘的山脊在走路。他们一会儿停下来,然后又来来回回走起来。奥利维甚至还能看到波伏瓦对那位年轻警员愤怒地指手画脚,那位年轻警员总是看上去有点不知所措。

"一切都会好的。"奥利维这样对自己重复道,"一切都会好的,保持面带微笑。"

伽马什他们的脚步又停了下来。他们正看着树林,而奥利维正看着他们。

奥利维感到仿佛一阵巨浪向自己袭来,使他一直屏住的呼吸一下来迸射出来。他脸上一直保持的笑容也消失了。

这是一种解脱,几乎就是一种解脱。

"就在那儿。"莫林说道。

他之前将自己的皮带系在一根树枝上。他先前在系皮带时还觉得这样做很聪明,但现在看来要在树林周围寻找一根细细的皮带也不是件容易的事。

但最终还是找到了。

伽马什看着那条小路。一旦你发现了路,路就会变得很清晰。它似乎在对你呼唤,就像在绘画中刻意设置的视觉效果一样,一旦你的眼睛发现了,你就会忍不住想看,比如说陶器上画的老虎图案,或是麦田里的怪圈等。

"我过一会儿在小木屋里跟你们会合。"伽马什说道,他和拉克斯特看着波伏瓦和莫林走进树林。伽马什感到,他们就像朝圣者一样,只要不是孤身一人就是安全的。当然,这是一种自负的想法,但是这能让伽马什感到放心。他一直看着他们两个直到他们消失在树林里。但他还是站在原地没动,直到他再听不到他们的声音。然后他自己朝小镇方向走去。

当有人按门铃时,彼得和克莱拉都在自己的画室里。门铃的铃声让他们都吓了一跳。他们都没想到有人会来拜访。他们都刚进入画室,想好好享受在家的感觉。有多少次克莱拉和彼得在早上十点看到露丝坐在他们家的客厅里,双脚搭在沙发上,一边读着一本书,一边喝着马蒂尼酒,而罗萨则躺在她身边的小地毯上。克莱拉和彼得觉得他们得请牧师来才能把她们两个赶跑。

也有不止一次他们发现加布里躺在他们的浴缸里。

"有人回来了吗?"一个低沉的男人的声音问道。

"我回来了。"克莱拉叫道。

彼得都懒得回答。他只是在自己的画室附近转悠,在画架上的那副作品旁边转悠,走得更近些,然后又走开。彼得的心思似乎总是只在自己的作品上,但其实他的思绪还在另一件事情上。自从马克·吉尔伯特搬动尸体的消息在小镇里炸开了锅,彼得就一直想着这件事。

彼得很喜欢马克,他被马克吸引就像他会被铬黄色和天蓝色或者被克莱拉吸引一样。每次想到要去拜访马克,他都会感到兴奋,甚至兴奋得有点头晕目眩。哪怕只是去跟马克聊聊天,散散步。

然而,马克把这一切都给毁了。他试图去毁掉奥利维是一件很可怕的事。彼得对此虽感无奈,但还是觉得马克这样做很不好,这就像在某个讨人喜欢的东西上钉上一颗生锈的钉子一样令人反感,至少彼得是这样的感受。

现在他憎恨马克·吉尔伯特。

在画室的外面彼得听见克莱拉说话的声音,一个熟悉的声音在回答。

那是伽马什探长的声音。

彼得决定加入他们的谈话。

"要喝咖啡吗?"克莱拉问伽马什,伽马什和彼得此时已经相互打过招呼了。

"不,谢谢。我等会儿就走。我是来办公事的。"

克莱拉觉得这种说法还真滑稽。办公事,办谋杀案的公事。

"你们警方昨天忙了一整天吧?"克莱拉说道,三个人此时坐在厨房的桌子边,"整个小镇都在谈论。真不知道到底哪件事才是最令人震惊的,是马克·吉尔伯特搬动尸体呢? 还是文森特·吉尔伯特出现在小镇?还是死者似乎在树林里生活了很长一段时间? 死者真的一个人生活在树林里吗?"

"我想是的,但是还得做进一步确认。我们到目前为止还是不知道死者的身份。"

伽马什仔细打量着克莱拉和彼得。他们两个看上去也和伽马什一样困惑。

"我不相信小镇里会没人知道树林里住着一个人。"克莱拉说道。

"我想一定有人知道,因为有人给死者送食物。我们在小木屋的桌子上看到有食物。"

克莱拉和彼得很惊讶地看看彼此。

"是我们小镇中的某个人吗? 会是谁呢?"

小镇中的某个人,伽马什想着这句话。尽管这句话很简短,但却很有力量。原本警方在这起案子中感到千头万绪,而现在"小镇中的某个人"仿佛画了一个圈、限定了一个范围、设定了一个尺度:小镇中的人和小镇外的人。

家庭、俱乐部、帮会、城市、州郡、国家都是可以限定的范围。现在的范围就设定在三松镇内。

莫娜怎么说来着? 脱离掌心。

但这又不是简单地脱离自己所属的区域。处于自己所属的区域对人们来说是具有吸引力的,那是人类欲望的一部分。处于自己的所属区域意味着安全和忠诚。如果你是我们中的一分子,那你就会受到保护。

这是不是就是自己目前所面对的情况呢? 伽马什想到。他所做的不仅仅是要找出杀人凶手,还要面对凶手所属区域的人对凶手的保护。城堡的吊桥是不是已经升起了? 城门是不是已经关闭了? 三松镇是不是在保护一个杀人凶手？因为他是其中的一分子？

"为什么有人给死者食物，然后还要杀了他呢？"克莱拉问道。

"没有道理啊。"彼得表示同意。

"也许凶手一开始并不打算杀人，"伽马什推断道，"也许有什么事情发生激怒了凶手。"

"就算是那样，那么为什么凶手在杀了人后不逃跑呢？为什么他要把尸体从小木屋一路拖到吉尔伯特家呢？"克莱拉问道。

"是啊，为什么呢？"伽马什说道，"你们对此有什么看法吗？"

"因为凶手想让尸体被人发现，"彼得说道，"而吉尔伯特一家正好离小木屋最近。"

凶手想让尸体被发现。为什么？大多数凶手都会竭尽全力掩盖自己的罪行。为什么这个凶手却要极力彰显自己的罪行呢？

"要么就是想让尸体被人发现，"彼得继续说道，"要么就是想让小木屋被人发现。"

"我想再过几天或许我们就能搞清楚了。"伽马什说道，"罗阿尔·帕拉正在这一区域清理骑马用的小路吗？"

"是的，我们也帮不上大忙。"克莱拉说道。

伽马什将手伸进自己随身带的背包，"我这次来其实是想让你们看看我们在小木屋里发现的一些东西。我想听听你们的看法。"

伽马什从背包里拿出两个用毛巾包裹的东西。他小心翼翼地把它们放在桌子上。这两个包裹好像两个新生的婴儿，被裹得严严实实以抵挡外界的寒冷。伽马什慢慢地将包裹拆开。

克莱拉将身子靠过去看。

"看他们的脸。"克莱拉直视着伽马什的眼睛，"太漂亮了。"

伽马什点点头。的确雕刻得很漂亮。不仅仅是雕刻的手法，而且雕刻出的人物脸上的喜悦以及生气让它们显得如此美丽。

"我可以吗？"彼得想伸手，伽马什点点头。彼得拿起其中一件雕刻品，然后将它翻转过来。

"这上面还有字呢，但我看不明白。是一个签名吗？"

"也许是吧。"伽马什回答道,"我们还不清楚这些字母到底是什么意思。"

彼得仔细看着这两件雕刻品。一件雕刻的是一艘船,另一件雕刻的是一个岸。"这些是死者雕刻的吗?"

"我想是的。"

其实,伽马什更愿意相信这两件雕刻品是米开朗基罗①雕刻的,因为小木屋里的其他雕刻都很普通,唯有这两件雕刻死者将它们藏起来。可见,这两件雕刻品对死者应有别样的意义。

伽马什先看看克莱拉,随后又看看彼得脸上的表情,直到发现他们两个脸上都露出不愉快和不舒服的情绪。克莱拉开始在椅子上显得坐立不安起来。比起今天早上安全局的警官们,莫罗两口子似乎更快地察觉到这两件雕刻品有不对劲的地方。伽马什觉得,这也不足为奇。莫罗两口子都是艺术家,自然更容易与这两个艺术品产生共鸣。

这两件雕刻表面上给人一种喜悦与愉快感,但在这表面之下却隐藏着其他东西,仿佛一支愉快的乐曲之下隐藏着阴郁的副调。

"怎么了?"伽马什问道。

"它们有些不对劲。"克莱拉说道,"好像缺少了些什么。"

"你能说说看吗?"

彼得和克莱拉继续凝视着这两件雕刻品,然后又看看彼此。最后他们看着伽马什。

"抱歉,"彼得说道,"艺术品有时是潜意识的产物,甚至连作者本人都未必意识到。我只是觉得它们有点不和谐,也许是颜色不太和谐吧。"

"不过,我可以告诉你,"克莱拉说道,"它们是了不起的艺术品。"

"你怎么知道?"伽马什问道。

"因为它们能激起你强烈的情绪反应。所有伟大的艺术作品都是如此。"

---

① 米开朗基罗(Michelangelo 1475—1564):意大利文艺复兴时期最伟大的画家、雕塑家和建筑师之一。

克莱拉又开始凝视起那两件雕刻品。它们要传达的是快乐吗？有什么问题吗？是不是因为它们太漂亮、太欢乐、太充满希望，所以才令人感到不安呢？

　　克莱拉希望不是这么回事。这两件雕刻品似乎还隐藏着其他什么。

　　"我想起来了。"彼得忽然说道，"你不是约好几分钟后和丹尼斯·弗丁碰面的吗？"

　　"啊，该死，该死，我差点忘了。"克莱拉叫道，一下子从桌子边跳起身。

　　"我就不打扰你们了。"伽马什说道，将那两件雕刻品又重新包裹起来。

　　"我有个主意。"克莱拉走到门口时说道，"弗丁先生比我们更懂雕刻。我们对雕刻真的知之甚少。为什么不让弗丁先生看看那两件雕刻品呢？"

　　"好主意，"伽马什说道，"太好了。你在哪里跟他碰面？"

　　"五分钟后在小酒馆。"

　　伽马什从背包里拿出一件雕刻品，然后将它交给克莱拉。

　　"太漂亮了。"克莱拉说道。此时她和伽马什走在前往小酒馆的路上，"我会跟弗丁先生说，这是我雕刻的。"

　　"你真想这样说吗？"

　　当克莱拉再次看着这件雕刻品时，她又想起了之前在她心中所感到的强烈的恐惧感。

　　"我还是不要这样说了。"克莱拉回答道。

...22

当伽马什回到老火车站的办公室时,他看到泰莱斯·布鲁内尔已经坐在会议桌边。她周围放着许多照片。伽马什进来时,她站了起来。

"探长先生,你好。"布鲁内尔走过来,伸出手,"拉克斯特警员很好地招待了我,让我有一种宾至如归的感觉。"

泰莱斯·布鲁内尔已到了退休的年纪,尽管安全局里还没有人正式提起过这件事。这倒并不是因为害怕布鲁内尔女士受不了,而是因为她在某些方面是无人可以取代的。

布鲁内尔早在二十年前就已在安全局的退休部门里工作了。当时管理该部门的年轻警官觉得这是在开玩笑。这位资深的女士当时年纪只有四十五岁左右,身穿香奈儿时装,递交给那位警官一份申请表。那位警官在退休部门里给她安排了一个职位,觉得这对于年轻警官们来说真的是一种威胁。当布鲁内尔女士两腿交叉着坐在椅子上,空气中弥漫着她喷的香水时,那位警官充满困惑地看着她。

泰莱斯·布鲁内尔曾是著名的蒙特利尔艺术博物馆的文物收购专

家,但是她本人对拼图游戏却有着常人所不知道的极大兴趣。她对各种拼图游戏都很感兴趣。在她的孩子都去上了大学之后,她来到安全局工作。还有什么东西会跟罪犯斗智斗勇更接近从拼图游戏中所获得的乐趣呢?来到安全局工作之后,布鲁内尔曾在警察学院里上过阿尔芒·伽马什探长的课。伽马什的课让她发现了另一种拼图游戏和另一种激情,那就是揣摩罪犯的犯罪思维。

如今,在安全局里布鲁内尔的级别已经超过了伽马什。她已是安全局财产犯罪部门的总负责人了。她现在虽已六十五岁多了,但还是跟以前一样充满活力。

伽马什十分热情地和布鲁内尔握了握手,"你好,布鲁内尔督察。"

泰莱斯·布鲁内尔和她的丈夫杰罗姆以前经常到伽马什家吃饭,有时也会邀请伽马什一家到他们位于劳里埃路上的公寓里做客。但在工作的时候,他们彼此都以"探长"和"督察"相称呼。

伽马什走到拉克斯特身边,拉克斯特在伽马什进来时也站了起来。

"有什么情况吗?"

拉克斯特摇摇头,"没有。不过,我已经给实验室打过电话了。实验报告应该很快会出来。"

"很好,谢谢。"伽马什向拉克斯特点点头。拉克斯特又坐回到自己的电脑旁。然后伽马什面朝布鲁内尔。

"我们正等着实验室的指纹报告。我真是很感谢你能在百忙之中到我们这里来。"

"我很乐意来这儿。还有什么比这儿更能让人感到刺激的呢?"她和伽马什回到会议桌边。布鲁内尔轻声对伽马什说道:"那些东西是真的吗?"

布鲁内尔指着摊在桌子上的那些照片。

"是的。"伽马什也轻声回答道,"我们可能还需要杰罗姆的帮助。"

杰罗姆·布鲁内尔现已从医院退休。他和他妻子一样对拼图有着相同的乐趣。但自从他妻子的兴趣转向揣摩罪犯的心理后,杰罗姆则将兴趣牢牢锁定在破解密码方面。在他位于蒙特利尔公寓内杂乱但却舒适的工作室里,杰罗姆会招待那些来找他帮忙的外交官或是国家安全局的人员。他有时会为他们破解一些神秘的密码,有时他自己也会创造一些密码。

杰罗姆是一个性格开朗且很有修养的人。

伽马什将剩下的那件雕刻品从背包里拿出来。他打开包裹,把雕刻品放在桌上。那艘船上的乘客再一次在会议桌上启航了。

"很漂亮。"布鲁内尔说道,她戴上眼镜,靠上前去看。"真的很漂亮。"她对自己咕咕哝哝地说道。她仔细看着雕刻的每一个细节,但并没有去触摸它,"雕刻得很精致。不管是谁雕刻的,那个人一定很了解木头,而且一定很懂艺术。"

布鲁内尔后退一步,凝视着那件雕刻品。伽马什等待着她的反应。很明显,她的脸上原本的笑容消失了,甚至身子有些向后倾斜以离那件雕刻远一点。

这是今天早上伽马什第三次看到这种反应了。他自己也曾有这种反应。这两件雕刻品似乎有一种钻入人心的能力,它们会钻到人心中最隐秘,同时又是最易引起共鸣的那部分。它们能震慑人性,然后它们就好像牙科医生修补牙齿一样开始钻进去,直到快乐变成了恐惧。

过了一会儿之后,布鲁内尔的表情变得平静下来。最后,专业警官的职业表情又占了上风。她又变成了一个前来帮助伽马什解决问题的帮手。她将身子向前靠,绕着会议桌走动着,但是并没有去碰那件雕刻。最后从各个角度观察完那件雕刻后,她将雕刻品拿起来,像其他人一样看了看雕刻的底部。

"OWSVI,"布鲁内尔说道,"大写字母,它们是刻进木头里的,而不是写上去的。"她说话的语气好像一位法医在解剖和描述尸体一样,"这木头很重,是一种硬木。是樱桃木吗?"她看得更加仔细,甚至还嗅了嗅那件雕刻品,"不是樱桃木,纹理不对。是雪松木?不对,颜色好像不对,除非……"布鲁内尔把雕刻拿到窗户边,放在阳光下仔细观察。没一会儿,她放下雕刻,微笑着对伽马什说道:"是雪松木,而且是红木雪松。我几乎可以肯定这些木头来自英属哥伦比亚地区。选择这种木头进行雕刻是个不错的选择。雪松木永远不会朽烂,尤其是这种红木雪松。它是一种硬木,但却极容易被雕刻。北美西海岸的海达部落①用这种木头雕刻图腾柱已有几百年的历史了。"

"那些柱子现在还在吗?"

"如果不是在19世纪被政府或是教会给毁掉的话,它们应该还矗立着。不过现在你在渥太华的人类文明博物馆里还能看到保留下来的一根柱子。"

伽马什和布鲁内尔都清楚北美的殖民者对原住民都做了些什么。

"那么,你怎么会出现在这儿的呢?"布鲁内尔对那件雕刻品说道,"你在害怕什么呢?"

"你为什么会这么问?"

拉克斯特警员也抬起头看着他们两个,她也想知道布鲁内尔这么问的原因。

"你也肯定有同感,是不是,阿尔芒?"布鲁内尔用伽马什的名来称呼他,这表明布鲁内尔虽然显得很镇定,但其实她也感到困惑不解。"这件雕刻似乎笼罩着某种阴冷的东西,我不太愿意说那是邪恶……"

伽马什吃惊地挺直脖子。邪恶一词除了在宗教布道词之外,平时不是经常听得到的。人们日常生活中经常会说野蛮、恶毒或是残忍,甚至恐怖,警方在形容犯罪现场时有时会使用恐怖一词。

但很少会说邪恶。但令泰莱斯·布鲁内尔这位聪明的、擅于破解拼图与犯罪的警官感受到的正是邪恶,所以她才用了这个警方极少使用的词。

"邪恶?"拉克斯特也这样问道。

布鲁内尔督查看着拉克斯特,"我说了,我不太愿意使用这个词。"

"你现在还不愿意这么说吗?"伽马什问道。

布鲁内尔再次拿起那件雕刻品。她把它放在跟自己的视线保持水平直线的位置上。她凝视着船上那些小小的人物。所有人都整装待发;

---

① 海达部落(Haida):北美洲的古老印第安部落之一。

婴儿被包裹在毯子里；女人们带着装满面包和干酪的包裹；男人们则显得强壮而意志坚定。所有人都看着前方，期待着美好的彼岸。所有雕刻的细节都十分精细。

布鲁内尔忽然转过身，猛地远离那件雕刻品，好像它要咬到她的鼻子一样。

"怎么了？"伽马什问道。

"我知道原因了。"布鲁内尔回答道。

昨天晚上卡罗尔·吉尔伯特和她的儿子马克都没睡好。他们怀疑多米尼克也没睡好。卡罗尔并不关心睡在楼上小房间里的文森特有没有睡好。每次当文森特出现在她脑海里时，卡罗尔都将其逼回到思绪的一个狭小空间里，并牢牢锁上那个空间的门。

现在已是早上了。卡罗尔在厨房里煮着一壶香浓的法式碾磨咖啡。她将一条羊毛披肩搭在自己的肩膀上，然后端起托盘，带着咖啡壶走出厨房。她在安静的阳台里坐了下来，这个阳台能俯瞰到整个花园和被清晨的薄雾笼罩着的草地。

昨天白天对卡罗尔而言感觉好像充满了无穷无尽的突发情况，整个一天都好像有个喇叭在她头上鸣响。大家又拼凑成一户人家。在经历了一次又一次的突发事件后，他们又结合在了一起。

马克的父亲还活着。

文森特其实一直在他们的附近。

那个被谋杀的人曾躺在自己的新家里。

马克把尸体弄到小酒馆里，他想伤害，甚至想毁掉奥利维。

昨天当伽马什探长离开时，他们都已头晕目眩。他们都太累、太困惑，无法再质问彼此了。马克已经排除了疑虑，他回到会所休闲区继续抹石灰、刷油漆、敲敲打打进行着装修。文森特原本要走，但在昨天夜里又回来了。多米尼克昨天骑着那几匹马中状态最好的马外出时发现了那座小木屋。

"天堂的钟声即将响起。"卡罗尔又想起了自己第一次看到那几匹马时想到的诗句。不过,此时她并不是在看马,而是在看着薄雾蒙蒙的草地。那斑驳的草地似乎又让她看到了马儿身上的疮斑。

> 这是多年来最狂野的钟声,
> 当教士丧失了他的理智
> 而民众恢复了自己的理性,
> 他们一同跪下狂热地祷告
> 为被驯服的谦卑的老虎,
> 为被人训练跳舞的狗熊。

"妈妈。"

卡罗尔吓了一跳,她的思绪被她的儿子给打断了。她站起身,看着马克。马克显得睡眼惺忪,但已经梳洗过了。他的声音显得很冰冷,好像是从远方飘过来的一样。他们两个彼此看着对方。他们应该眨眨眼、坐下来、倒杯咖啡、聊聊天气吗?或是聊聊新闻头条?或是马匹?他们该不该继续假装暴风雨还没有来呢?但那似乎不是他们的作风。

谁犯的错更严重?卡罗尔多年来一直在向马克撒谎,告诉他他的父亲已经死了;而马克则将一具尸体移入小酒馆,从而毁掉了他们一家融入小镇的机会。

卡罗尔毁掉了马克的过去,而马克毁掉了吉尔伯特一家的未来。

他们两个都是罪孽深重的人。

"我很抱歉,马克。"卡罗尔说道,她展开自己的双臂。马克默默地走过石头铺就的地板,好像快要倒在地上了。马克个子很高,但卡罗尔不高。但卡罗尔仍抱住他,用双手抚摸他的背脊,并轻声说道:"坐在那儿,坐在那儿。"

他们坐了下来,两人中间是一个盛放着羊角面包和新鲜草莓酱的托盘。今天早晨一切看上去那样碧绿、那样新鲜,从高高的枫树和橡树再到草地都是生机盎然。马克倒着咖啡,而卡罗尔则将羊毛披肩甩在自己肩膀上看着马儿在草地上吃草。那些马儿偶尔会抬起头看看它们本无缘再见的太阳,以及这个它们在两天前本该永别的世界。此时站在薄雾之中,它们仍显得好像处于阴阳两界之间。

"它们看上去真的很像马,"马克说道,"如果你眯着眼看的话。"

卡罗尔看看马克,大笑起来。马克正在发挥着自己的想象力,将那几匹马变成他原本所期待的猎马。

"老实说,那匹真的是马吗?"马克指着切斯特。在早晨的薄雾里,切斯特看上去像头骆驼。

卡罗尔忽然感到很悲伤,他们因为自己的过错可能得离开这个地方。老宅的花园将不再美丽。不过,随着时间的流逝当花园里的各种植物不断生长、融合、繁衍,花园可能看上去会更好。

"我有些担心那匹马。"马克指着那匹毛色最黑的马儿,它正独自在吃着草,"它是叫雷雨吧?"

"啊,是的,"卡罗尔有点不自在地看着马克,"它,怎么了?"

"你觉得它会咬客人吗?当然我不反对它先前咬爸爸。"

卡罗尔忍住不笑。她的脑海里又看到了那位肩旁上沾满马儿口水的了不起的大人物。那是昨天糟糕的一天里唯一令人高兴的事情。

"你有什么建议吗?"卡罗尔问道。

"我不知道。"

卡罗尔沉默不语。其实她心里清楚马克的意思。如果那匹马无法在一个月内学会听话,那么到感恩节会所开张之时,它就得被处理掉。

"为可怜失明的拉煤的小马驹,"卡罗尔小声念起之前被打断的诗句,"为被猎杀的小兔子。"

"妈妈,你在说什么?"马克问道。

"啊,那匹马,那匹马的名字其实不叫雷雨。它叫马克。"

"你在开玩笑吧?"但两个人都没有笑。马克又看着那头跟其他马儿保持距离,眼神中透射着凶恶与狂野的动物。在薄雾蒙蒙的草地上它就像一点黑色的污渍,就像是一个错误、一个疤痕。

一匹名叫马克的马。

没多久,在马克和多米尼克去杂货店和建材店后,卡罗尔在厨房里找到四根胡萝卜。她拿着这四根胡萝卜去喂马。一开始那几匹马儿还不太愿意靠近她。但最先是毛茛,然后是通心粉,最后是切斯特都——走上前从卡罗尔手中将胡萝卜叼走。

但只有一匹马还是原地不动。

卡罗尔轻声呼唤着马克的名字,安抚它、引诱它、最后甚至恳求它。卡罗尔站在篱笆边,将身子向前倾,把手上的胡萝卜伸得尽可能远,"过来吃吧,"她哄着说道,"我不会伤害你的。"

但是,马克不相信她。

卡罗尔回到屋里,爬上楼梯,敲响了小房间的门。

伽马什拿起那件雕刻品,仔细地看着船甲板上的乘客。

的确不容易注意到,但是伽马什还是觉得没注意到这一细节是自己的错。现在这一细节变得很明显了。在船的后部有一个雕刻出来的小人,那人蹲在一位神态庄重、拿着大包裹的女士前面。

当伽马什看着那个木雕小人的脸时,他感到自己的皮肤上像有东西在爬动。那个小人看上去像个小男孩,他正回头看着后方,视线似乎跳过了身后的那位女士,像是在看着船后面的什么东西。船上其他人的目光都是朝前看的,只有他的身子是下蹲着,目光向后看着船驶来的方向。

那人脸上的表情让伽马什感到自己的血液都变冷了,一直冷到骨头,一直冷到骨髓,甚至冷到心里。

这就是恐惧的表情吧。感觉像是。这个木雕小人脸上的表情所传达的讯息正是恐惧。伽马什突然抑制不住地也想看看自己的身后,看看身后有没有潜伏着什么东西。但他还是控制住了自己的情绪,戴上眼镜,凑上前更仔细地观看。

在那个小人的手里还紧抓着一个包裹。

最后,伽马什放下雕刻,摘掉眼镜,"我明白你的意思了。"

布鲁内尔叹了口气,"邪恶,这艘船在进行一次邪恶之旅。"

伽马什同意这 说法,"你觉得这件雕刻看上去熟悉吗?它会出现在你的被盗文物的名册上吗?"

"我的名册上有数千件艺术品。"布鲁内尔笑道,"从伦勃朗的绘画到雕刻的牙签。"

"我猜,那些文物你一定都背得滚瓜烂熟。"

布鲁内尔笑得更开心了。她微微点点头。伽马什的确很了解自己。

"不过,没有一件是像这样的。它很特别。"

"它能说是件艺术品吗?"

"如果你是想问它有没有艺术价值的话,那么我可以告诉你,它是件无价之宝。如果我现在还是艺术博物馆的文物收购专家,如果我在文物市场上看到这件雕刻品的话,我肯定会毫不犹豫地花大价钱来收购它。"

"为什么呢?"

布鲁内尔看着伽马什这位个子高大、表情冷静的探长。他多么像一位学者。她似乎能看到伽马什戴着帽子,穿西服像一艘船一样在一所古老大学的大厅中穿行,周围聚集着许多崇拜他的学生。布鲁内尔还记得自己第一次见到伽马什是在警察学院的课堂上,当时的伽马什要比现在年轻二十岁,但已然是一幅教官的气势了。如今在解决重大案件时,他更是显示出自己的权威性。他卷曲的黑发发迹在后退,鬓角的头发已和他胡子的颜色一样灰白,身体也发福了,但布鲁内尔仍能感到伽马什对自己的影响。

伽马什教会了布鲁内尔很多东西。其中最重要的一点就是不要光看,还要学会倾听,就像他现在在倾听布鲁内尔一样。

"一件艺术品之所以独一无二并不在于它的色彩、或是构造、或是主题。艺术品的价值跟我们肉眼看到的没有关系。为什么有些绘画会成为杰作,而有些可能画得更好的却被人遗忘了呢?为什么有些交响曲在作曲家去世许多年后仍被人们所喜爱呢?"

伽马什思考着这个问题。此时他的脑海中浮现出的是在几天前的一个晚上在吃完晚饭后被随意放在画架上的一幅画。当时昏暗的灯光照在那幅还未镶框的画上。

他当时凝视了那幅画好久。

那是一幅老妇人的肖像画。画上老妇人的头向前靠,但她的脸却向后看。

伽马什现在明白了画上老妇人的这一举动。当时他看着那幅画时的感受与刚才看着那个雕刻小人时的心情是一样的。克莱拉绝不是纯粹在画一位老妇人,她甚至不是在画一种感觉,而是在用一位老妇人的形象创造一个世界。

那幅画就是一幅杰作。

伽马什忽然对彼得产生了一丝怜悯。他深深希望彼得不再跟自己的妻子竞争。克莱拉显然在绘画方面已经胜过了彼得。

"它,"布鲁内尔用精心修剪过的手指指着那件雕刻品,"即使在你我都离开这个世界后,即使在这个美丽的小镇消失后,还会被人记得。"

"我们还有一件像这样的雕刻品。"伽马什说道,很高兴看到布鲁内尔督查脸上吃惊的表情,"不过在看另一件雕刻之前,我想我们还是先去一下小木屋。"

伽马什低头看看布鲁内尔的脚。她今天穿着一双很精致的新鞋子。

"我今天随身带了一双靴子,探长先生。"布鲁内尔说道,她走在伽马什前头,快速走到门边。她说话的声音显得微弱而又带着一种责备。"你什么时候能不让我去那些泥泞的地方?"

"我相信在我们达到那里之前,已经有人把那里清洗过一遍了。"伽马什说道。当他们准备出发时,伽马什朝拉克斯特警员笑笑。

"我的意思是,你老是把我带到那种既脏乱又有尸体的犯罪现场。"

"这一次保证没有尸体,但仍然脏乱。"

"长官,"拉克斯特跑到车边,手里拿着一张打印出来的纸,"我想你先看看这个。"

拉克斯特将那张纸递给伽马什。那是实验室的报告。初步结果已经出来了,后面还会有进一步的结果。这让伽马什脸上露出了笑容。他把实验结果拿给布鲁内尔看。

"我们在小木屋里的一把椅子边上发现有木屑,先前在死者的衣服上发现也有木屑的痕迹。实验报告说那些是红木雪松的木屑,来自英属哥伦比亚地区。"

"我猜,你们已经找到雕刻者了。"布鲁内尔说道,"只是我想知道,他为什么要雕刻这样充满恐惧感的东西。"

伽马什也想知道。他发动汽车,沿着莫林大道行驶。然后他们将坐地形车,前往位于树林深处的小木屋。布鲁内尔是一位艺术品方面的专家兼学者,但她表面上并不像。而此时伽马什和她正前往一座简陋的小木屋,小木屋里的死者表面上也不像一位艺术家。

伽马什将地形车停在通向小木屋的小路的最后一个拐弯处。他和布鲁内尔下车,步行走完最后一段路程。在树林里完全是另一个天地。伽马什想让布鲁内尔有一种身临其境的感觉去猜测死者为什么会选择独自住在这里。树林里是一个充满阴凉树荫、散漫日光以及植物腐败气味的世界。在这个世界里生命都是浮光掠影,只能听得到,但却看不到。

伽马什和布鲁内尔此时都意识到,自己在这个世界里是个外人。

但是这个世界并不危险,至少现在并不危险。再过十二个小时,当太阳下山以后,这里就会感觉截然不同了。

"我现在明白你说的了。"布鲁内尔向四周看看,"一个人可以很容易地生活在这里而不被其他人发现。这里很安详,不是吗?"她似乎希望伽马什同意自己的看法。

"你愿意生活在这里吗?"伽马什问道。

"我想我愿意。你感到很吃惊吗?"

伽马什没有回答。他只是微笑着,继续走路。

"我现在无需很多东西。"布鲁内尔继续说道,"我以前常渴望得到许多东西。去巴黎旅行呀、一座漂亮的公寓呀、还有许多时髦的衣服呀。不过,这些东西我都已经有了。我感到满足了。"

"你满足不是因为你拥有了这些东西。"伽马什建议道。

"随着年纪越来越大,我需要的东西也越来越少。我真的相信自己愿意生活在这里。至少我有想这样简单生活的愿望。你呢,阿尔芒?"

伽马什点点头。他再次看到那座简易的单间小木屋。

"一把椅子用来独处,一把用来交朋友,还有一把用来社交。"伽马什说道。

"《瓦尔登湖》里的句子。那你需要几把椅子呢?"

伽马什想了想,"两把就够了。我不在乎社交,我只需要一个人陪伴。"

"那人是蕾娜吧。"布鲁内尔说道,"我只需要杰罗姆。"

"小木屋里有《瓦尔登湖》的最初版本,你知道吗?"

布鲁内尔叹了口气,"真是难以置信。死者到底是谁?你有头绪吗?"

"没有。"

伽马什停下脚步。布鲁内尔在他身边也停下脚步,顺着他的视线看过去。

一开始还很难看清,但渐渐地布鲁内尔依稀看到一间用原木搭建的简易木屋。那座木屋好像自己在慢慢成形,并在邀请他们进来。

"请进。"他说道。

卡罗尔·吉尔伯特深吸了一口气,然后进了房间。她这一步几乎越过了几十年来她为自己树立起来的堡垒、越过了和自己终生的朋友一起共进午餐的美好时光、越过了多少个以轮流打桥牌作为消遣的夜晚、越过了多少个坐在窗边看着集装箱货船在圣劳伦斯河下来来往往的下雨的下午。她这一步一下子越过了在魁北克的铜墙铁壁保护之下的寡妇生活。她曾以此来阻挡一切令人不愉快的事情。

"你好,卡罗尔。"

那个子高大、身材细长的男人此时就站在房间的中央,看上去好像知道卡罗尔要来一样。卡罗尔的心脏猛烈地跳动着,手脚都开始发凉,变得麻木。她有些害怕自己会昏倒。其实也不是昏倒,而是失去了支撑自己站立的力气。

"文森特。"卡罗尔的语气显得很坚定。

文森特的身体扭动了一下。卡罗尔比任何人都更了解这个身体。这个身体比以前更瘦了。他曾经厚实闪亮的头发现在也已变得稀薄而灰白。他的眼睛还是褐色的,但曾经犀利的眼神现在却带着疑惑的目光。

文森特伸出一只手,动作显得出奇地缓慢。那只手上现在出现了卡罗尔所没见过的色斑。在和文森特相处的头几年里她曾多少次拉着那只手,曾多么渴望那只手能一直拉着自己。有多少次她见到过那只手拿着《义务报》在阅读。那只手曾是她和这个自己曾深爱的男人之间唯一的肉体接触,而那只手上的细长而敏感的手指却宁愿拿着无关紧要的日常报纸,也不愿意拉着她的手。那些手指便是那个男人冷酷无情的证据。他只是勉强与自己生活在一起。

终于有一天,他放下手上的报纸,用犀利的眼光看着卡罗尔。他说他并不快乐。

卡罗尔笑了。

卡罗尔直到现在都还记得那是一个真正滑稽的笑声,并不是因为她觉得这是在开玩笑,而是因为那个男人的表情十分严肃。那位了不起的人物似乎觉得自己不快乐,天就要塌下来了。

这其实也很正常。像许多跟他同年纪的男人一样,他爱上了另一个人。卡罗尔其实早就知道了。只不过,他所爱的那个人不是别人,正是他自己。他极度自恋。事实上,卡罗尔也是这样。她和那个他都深爱着文森特。

但那还不够。文森特还需要更多的爱。就像所有自认为了不起的人物一样,他要的爱不仅仅局限在自己的家庭里。他要的爱隐藏在印度的某个山洞里。

因为他太不同寻常了,所以他的救赎也不同寻常。

卡罗尔和文森特曾在吃早饭时讨论文森特应该怎么"死"。对文森特来说,这充满戏剧感,而对卡罗尔来说,这是一种解脱。讽刺的是,这是他们两人这么多年来最愉快的一次谈话。

当然,他们都犯了一个大错。他们本应该告诉儿子马克,但他们两个谁又会在乎当时还是孩子的马克的感受呢?

卡罗尔后来意识到这一点已经太晚了——这是在不到一天前才意识到的吗?父亲的死——当然不是真的死——其实深深伤害了马克。

当时的马克很容易地接受了父亲的死讯。然而,这一次,马克做不到。父亲的"复活"对马克产生了创伤,好像文森特在"复活"的过程中抓伤了马克的心。

如今,文森特站在面前,瘦弱、皮肤布满老年斑,甚至有些精神不济。他正伸出一只坚定的手,邀请卡罗尔。

"我们得谈一谈。"卡罗尔说道。

文森特放下伸出的手,点点头。卡罗尔等着文森特数落她的缺点和毛病、斥责她犯的所有错误以及对他造成的伤害。

"我很抱歉。"文森特说道。卡罗尔点点头。

"我知道你感到亏欠。我也是。"卡罗尔坐在床边,轻轻拍了拍床。文森特坐在她身边。此时卡罗尔能清晰地看到他脸上爬满的皱纹。这让她感到很惊讶,因为皱纹只会出现在额头。

"你身体不错,是吗?"文森特说道。

"我希望什么事情也没发生。"

"包括我回来吗?"文森特笑笑,握住卡罗尔的手。

不过,卡罗尔没有心跳加速,她已经变得铁石心肠。她意识到自己不会再信任这个男人了。这个男人突然从过去的记忆里返回,住在这里,吃着他们的食物,睡着他们的床。

他就像童话故事里的匹诺曹——一个用木头做成,会模仿人类行为的木偶。他的眼神和微笑都是虚伪的。如果你把他切开,你就会看到他身体里一圈圈的纹理,那是一圈圈由欺骗、诡计和花言巧语所构成的纹理。这就是他的本质,从来没有改变过。

这个男人的身体里储藏着一个接着一个的谎言。现在他就住在这儿,住在吉尔伯特家。卡罗尔忽然感到,自己一家的生活就要分崩离析了。

. . . 23

"我的上帝啊!"

这是布鲁内尔督察在看到小木屋内部时所说的唯一的话。当她在小木屋里走动时,她不断重复着这句话。她时不时会停下脚步,拿起一个东西看看。她看东西的眼睛随后就会睁得大大的,然后再把那东西十分小心地放下,然后再拿起另一个东西。

"可是,这不可能啊。这是来自琥珀屋[①]的东西。我敢肯定。"布鲁内尔朝放在厨房窗户旁边的一个闪亮的橘红色镶盘走去,"上帝啊,这个也是。"布鲁内尔轻声说道,把两只手交叉在胸前。

伽马什观察了一会儿。他知道布鲁内尔对于自己所看到的东西并未做好准备。他之前其实已经提醒过她,但照片拍出来的东西并不能说

[①] 琥珀屋(The Amber Room):它是 1716 年由普鲁士国王送给俄罗斯彼得大帝的礼物,墙面镶嵌有 6 吨多的琥珀和名贵珠宝,闪耀着从柠檬黄到金红色,人类可以想象的黄色系中一切的色彩,辉煌得令人窒息,被列为世界第八大奇迹。二战期间,这座宝屋被纳粹劫掠窃取。直到圣彼得堡 300 年纪念的时候,才由俄国巧匠重新复原出了当时的面貌。

明什么。伽马什之前已经跟布鲁内尔说过小木屋里的精致瓷器。

还有那些铅化玻璃杯。

还有由作者签名的初版书籍。

还有精美的小挂毯。

还有俄罗斯的图标。

"那是把小提琴吗?"布鲁内尔指着放在椅子边上的乐器。那个木制乐器的颜色显得深邃而温润。

"它已经被人动过了。"波伏瓦说道,然后看着莫林,"是你昨天晚上动的吗?"

莫林的脸刷地红起来,看上去有些害怕,"我只是稍微动了一下而已。我只是拿起来,然后……"

布鲁内尔把那把小提琴拿到窗户边的阳光下,轻轻地翻动着,"探长先生,你看得懂这个吗?"她把小提琴递给伽马什,指了指上面的一个标签。在伽马什看的时候,布鲁内尔又拿起那把琴弓检查起来。

"这是一把图特琴弓①。"布鲁内尔几乎倒吸了一口气,看着其他人茫然的表情,"单单这把弓就价值数十万美元。"布鲁内尔将那把弓指向其他人站着的方向,然后又指着伽马什,"琴上的标签是不是斯特拉迪瓦里②?"

"我不知道。标签好像有公元 1738 的字样,"伽马什很紧张地说道,"还有卡洛斯什么的,还有克雷莫纳什么的。"伽马什摘掉眼镜,看着布鲁内尔,"这些名字让你想到什么?"

布鲁内尔笑笑,手里仍然拿着那把琴弓,"卡洛斯·贝尔贡齐。他是一位制琴师,是斯特拉迪瓦里最优秀的学徒。"

---

① 图特琴弓(Tourte bow):法国著名近代琴弓之父图特于 18 世纪设计出的琴弓,被公认为世界上最完美的琴弓,也是现代小提琴琴弓的范本。

② 安东尼奥·斯特拉迪瓦里(Antonio Stradivari 1644—1737):生于克雷莫纳,卒于同地。14 岁从 N. 阿马蒂学艺,22 岁制成第一把完美的小提琴,并标上他姓氏的拉丁化变体。1684 年继承业师另立作坊,1690 年创立新琴式。1700 - 1725 年制作了许多传世名琴,1737 年所制琴称"天鹅号",标签上加注"93 岁作",仍为后世使用的名琴。他一生制小提琴约 950 把,中提琴、大提琴约 150 把,传至今日有线索可查者约 500 ~ 800 把。各琴皆有别号,价值连城。

"所以,那还不是最好的小提琴,是吗?"波伏瓦问道。波伏瓦听说过斯特拉迪瓦里制作的小提琴,但没听说过卡洛斯这个人。

"也许没有他的师父制作的那么好,但一把卡洛斯·贝尔贡齐制作的小提琴现在仍价值一百万美元。"

"贝尔贡齐?"莫林问道。

"怎么,你知道他?"

"不知道,但我们在小木屋里找到了一些小提琴的乐谱,上面有提到贝尔贡齐这个人。"莫林走到书架边,找了一会儿,然后拿着一本薄薄的琴谱和一张卡片走了过来。他交给伽马什,伽马什看了看,然后递给布鲁内尔。

"看得出这是用什么文字写的吗?"布鲁内尔问道,"不是俄文,也不是希腊文。"

伽马什仔细看着。那张卡片好像写给某个名字开头是 B 的人,上面的确谈到贝尔贡齐。卡片的落笔签字是一个大写 C。其余的文字都看不懂,虽然能感到是一些礼貌用语。这张卡片上有一个日期:1950 年 12 月 8 日。

"这个大写的 B 会不会就是死者?"布鲁内尔问道。

伽马什摇摇头,"日期不相符。死者在那个时候应该还没出生。我想,那个大写 B 会不会是贝尔贡齐?"

"不可能,年代太晚了。贝尔贡齐早就过世了。这个大写 B 和 C 会是谁呢?还有,为什么死者会收集这本琴谱和这张卡片呢?"布鲁内尔在问自己。她看着那本琴谱,笑了起来。她把琴谱递给伽马什,指着琴谱的第一行。第一首曲子是一个叫 BM 的人谱写的。

"所以,"伽马什说道,他放下琴谱,"最初的曲子是一个叫 BM 的人谱写的。附带的那张卡片是写给一个名字首字母是 B 的人,并提到了贝尔贡齐小提琴。所以,按照逻辑推断,B 是拉小提琴和创作乐曲的人,而那个 C 把一把贝尔贡齐小提琴送给 B 作为礼物。"伽马什朝那把小提琴点点头,"那么,那个 BM 会是谁呢?为什么死者会有他创作的乐曲和他的小提琴呢?"

"这首曲子谱写得怎么样?"布鲁内尔问莫林。伽马什将琴谱递给莫林。莫林嘴巴微张,厚厚的嘴唇闪着光亮,看上去很蠢的样子。他看着那首乐曲,小声哼了片刻,然后抬起头。

"写得还不错。"

"那你来拉一下这首曲子。"伽马什将那把价值百万美元的小提琴递给莫林。莫林不情愿地接受了,"你昨天晚上已经拉过了,是不是?"伽马什问道。

"你昨晚到底干了什么?"波伏瓦质问道。

莫林转向波伏瓦,"小提琴上面都是灰,我把上面的灰掸掉,然后拍照。我不觉得这有什么要紧的。"

"你是不是还摆弄了那些瓷器和玻璃杯?你还嫌这里的东西不够杂乱,是不是?"

"我很抱歉。"

"请拉一下那首曲子。"伽马什说道。布鲁内尔将那把价值连城的琴弓递给莫林。

"我昨天晚上拉的不是这首曲子。我只会随便玩玩。"

"尽你所能拉拉看。"伽马什说道。

莫林警员迟疑了一会儿,然后把小提琴放到自己下巴下面。他弯下腰,拿起那把琴弓,开始在琴弦上拉起来。

小提琴发出缓慢而厚实的声音。那声音是如此有力,仿佛能在空气中看到它一样。伽马什觉得,他们现在听到的乐曲应该比 BM 创作的原曲节奏更慢一些。莫林正在尽力跟上原曲的节奏,但他拉得仍然很动听、很优美。这首曲子的旋律是复杂而成熟的,看来 BM 很清楚自己谱写的是什么乐曲。伽马什闭上双眼,想象着那位死者。在冬天的一个夜晚,户外雪已堆得很高,他一个人在小木屋里,炉子上煮着蔬菜汤,壁炉里生着火,释放着热量,而小木屋里充满着小提琴的琴声,拉的正是这首曲子。

为什么只有这首曲子?没有其他的曲子吗?

"你知道这是什么曲子吗?"伽马什看着布鲁内尔,她也正闭着眼睛在聆听这首乐曲。她摇摇头,睁开眼睛。

"不知道,但还挺好听的。我在想,BM会是谁。"

莫林把小提琴放得低一些,深吸了一口气。

"你昨天拉这把小提琴时,它有没有走调?还是你调试过琴弦?"布鲁内尔问道。

"它很和弦。死者一定最近拉过。"莫林将小提琴放下来,但是伽马什制止了他。

"你昨晚拉的不是这首曲子,那拉的是哪首?"伽马什指了指那本琴谱。

"是我爸爸以前教我的曲子。没什么特别的。我知道我不应该……"

伽马什抬起手,不想听莫林说道歉的话。"那没什么。把你昨晚拉的曲子拉给我们听听。"

莫林看上去十分惊讶。伽马什解释道:"你刚才拉的曲子还无法真正测试这把小提琴,不是吗?你刚才拉的曲子有点跑调,所以,我想听听用这把小提琴拉一首你熟悉的曲子来听听,就像死者本人在拉一样。"

"可是,长官。我其实只会拉木提琴,不怎么会拉小提琴。"

"两者有区别吗?"伽马什问道。

莫林迟疑了一会儿,"其实也没什么大的区别,至少在乐器方面没什么大区别。但它们拉出来的声音完全不一样。我爸爸以前常说,小提琴的声音就像人在唱歌,而木提琴的声音像是人在跳舞。"

"那么,让它跳舞吧。"

莫林涨红着脸,显得有些不知所措。他把那把小提琴再次放在下巴下面,然后把琴弓放在了琴弦上。

这一次的声音让所有人都吃了一惊。琴弦上荡起一首盖尔特[①]的挽歌。那首歌从小提琴的琴身和莫林的手上荡漾开,充满了整座小木屋、整个屋顶、甚至每个角落。简单的旋律围绕在伽马什他们身边,像带着

---

① 盖尔特(Celtics):欧洲的一个古老民族,是现代苏格兰人、威士人和爱尔兰人的共同祖先。

绚烂的色彩、像散发着迷人的香气、像人们轻柔的诉说声。这首曲子飘入了伽马什他们的胸中,缓缓地、庄严地、悠扬地飘进来,不是进入他们的耳朵,不是进入他们的头脑,而是进入他们的心灵。它是那样饱满而庄重。

莫林的神态也发生了变化。他原本松垮的身体此时扭曲起来,好像他的身体就是为了演奏这把小提琴而生的,好像他天生就是为了拉这首曲子。莫林的双眼紧闭着,他此时脸上的表情就像伽马什所感觉到的,充满快乐,甚至狂喜。这就是音乐的力量吧,或是这把小提琴的力量吧。

看着莫林,伽马什忽然联想到了什么。

一个音符——头大而身体小。莫林此时就像一个会走路的等待着乐器来演奏的音符。那把小提琴是个杰作。此时的莫林无疑也是一个杰作。

一分钟后,音乐停了下来,曲子结束了。它已被小木屋里的原木、书籍、挂毯还有人给吸收了。

"太美妙了。"布鲁内尔喊道。

莫林将小提琴交给布鲁内尔,"刚才的那支曲子叫《考恩·奎格利》,是一首爱尔兰乐曲,是我最喜欢的曲子。"

小提琴一离开莫林的手,莫林马上又变成那个身材瘦长、傻头傻脑的年轻人了。可能再不会有人听到他用小提琴演奏那支曲子了。

"谢谢。"伽马什说道。

布鲁内尔把小提琴放在地上。

"以后不管你做什么都要向我汇报。"伽马什把那本琴谱交给莫林。

"是,长官。"

布鲁内尔又去看小木屋里的其他东西。她一边看,一边时不时说"我的上帝"。每一件东西似乎都比前一件更令人称奇。

但没有什么会比伽马什想要看的东西更令人称奇了。那东西就在小木屋最远处的那个角落里,靠近屋梁的地方。如果警方在前天搜查时看到那东西的话,他们一定会觉得那东西是整座小木屋里再普通不过的了。还有什么东西会比木屋里的一张蜘蛛网更普通呢?

然而，那张蜘蛛网恰恰是小木屋里最不普通、最不寻常的东西了。

"我的上帝啊！"伽马什听到布鲁内尔又喊了一声，布鲁内尔此时手里拿着一个绘有青蛙图案的盘子，"这是凯瑟琳大帝[①]的收藏品，几百年前就丢失了。太难以置信了。"

伽马什觉得，如果布鲁内尔真想看难以置信的东西，她应该来看看这个。波伏瓦已经打开了手电筒。

在还没看到之前，伽马什还是不敢相信。但是现在这东西就在眼前。在刺眼的手电筒灯光照射下，这东西显得闪闪发亮，好像在嘲笑看它的人一样。

Woe，蜘蛛网上写着。

"Woe。"伽马什轻声说道。

一个小时后，布鲁内尔在小木屋菜园的一个角落里找到了伽马什。他正坐在一把椅子上。

"我已经看完了。"

伽马什站了起来。布鲁内尔十分疲倦地坐在椅子上，长长地吐了一口气。

"我从没见过这样的东西，阿尔芒。我们以前破获过一些重大的文物盗窃案，也发现过令人瞠目结舌的艺术品。你还记得去年在莱维斯小镇发生的那起文物盗窃案吗？"

"是艾克兄弟干的那起案子吗？"

布鲁内尔点点头，然后又摇摇头，好像想澄清什么，"在那起案子里我们发现了许多旷世奇珍，几乎所有名画的初始画稿都在里面，甚至还有一幅已经失传的油画。"

"那真是一次大收获，不是吗？"

"是的。"

"你觉得，这个地方是不是更令人瞠目结舌？"

[①] 凯瑟琳大帝（Catherine the Great 1729—1796）：即俄国女皇叶卡捷琳娜二世。

"我不想说得太专业。但我不清楚你和你的队员是不是充分明白木屋里那些东西的真正价值？"

"你还是从你的专业角度来说说看吧。"伽马什说道,"这正是我请你来的原因。"

伽马什微笑着。布鲁内尔不止一次觉得,这个世界上最令人瞠目结舌的其实是伽马什本人。

"你先拿把椅子坐下。"布鲁内尔说道。伽马什找了一块锯下的原木,他把原木的底朝上,坐了下来。"莱维斯小镇的那起案子的确不同一般,"布鲁内尔解释道,"但在很多方面,那又是一起普通的文物盗窃案。这些案犯大都是艺术品方面的惯偷,或是黑市文物收藏者,其中也许有些人熟悉两种类型的文物。文物市场一般专业倾向性很强,而且会涉及大笔钱款,所以那些文物盗窃犯大都是文物方面的专家,但他们一般只精通一种或两种类型的文物,比如说 17 世纪以来的意大利绘画,或是荷兰的一些绘画大师的作品,或是古希腊的古董等等。他们不太可能涉及所有文物类型,他们只专攻一个领域,否则他们就无法知道他们盗窃来的是不是赝品或是复制品了。所以,在莱维斯的那起案子里我们发现了许多珍品,但是它们都是同一类型的文物。你还记得吗？"

"我记得。它们都是文艺复兴时期的绘画,而且大多数都是同一画家的作品。"

"是的。大多数文物盗窃犯都是专攻某一类文物。但是你看看那儿,"布鲁内尔朝小木屋指了指,"那里面有手工制作的丝绸挂毯、古老的铅化玻璃杯。在那块绣花的桌布下面你知道我发现了什么？是一张我见过的最精美的内嵌式桌子,而死者却把它当做一张普通餐桌来使用。那张桌子应该有五百年的历史了,应该出自名家之手。甚至连死者挂在墙上的那些布都是艺术珍品。大多数博物馆都会把那些布压在玻璃下面进行保护。伦敦的维多利亚博物馆和阿尔伯特博物馆一定愿意出大价钱买下那些布。"

"也许那些布就来自于那里。"

"你是说那些东西是偷来的？有这可能,看来我有事可干了。"

布鲁内尔看上去好像已经等不及了,但是她又显得并不着急离开小木屋和这个菜园。

"我一直在想,死者到底是谁?"布鲁内尔伸出手,从藤蔓上摘下几颗豌豆,把其中一颗拿给伽马什,"大多数不幸源于无法静静地坐在房间里享受安宁。"

"这是帕斯卡①说的。"伽马什说道,他觉得这句话引用得很贴切。"死者原本可以静静地坐在房间里享受安宁,但是他被那些无价之宝包围着,那些宝贝可都是背后有故事的。"

"你这么说很有趣。"

"琥珀屋是什么?"

"你怎么知道那里面有些东西来自琥珀屋?"布鲁内尔用审视的目光看着伽马什。

"是你刚才在看东西的时候自己说的。"

"我有说过吗?你往那里看,看到小木屋窗户边上的那个橘红色镶盘吗?"伽马什看着,是的,就在窗户边,在阳光下那东西正发出温暖的光亮。它看上去就像一块大大的、厚厚的涂上颜色的玻璃。布鲁内尔也看着,她被迷住了,不过她很快又清醒过来,"抱歉。不过我从没想过会在这里发现这样的镶盘。"

"你指什么?"

"琥珀屋是18世纪由普鲁士国王弗里德里希一世创造的一间由琥珀和黄金打造的屋子。能工巧匠花了数年的时间才建造起来。琥珀屋竣工的时候,它被誉为是一个世界奇迹。"伽马什看得出布鲁内尔此时正在想象着琥珀屋的样子,她的眼睛似乎正望着远方。"弗里德里希一世原本是为自己的妻子索菲亚·夏洛特建造琥珀屋的。但几年后他把琥珀屋送给了俄国沙皇,从此琥珀屋就一直保存在圣彼得堡直到战争爆

---

① 布莱士·帕斯卡(Blaise Pascal,1623—1662),法国数学家、物理学家、哲学家、散文家。他对机械计算器的制造和流体的研究作出重要贡献,澄清了压强和真空的概念。布莱士·帕斯卡是詹森教派的信徒,其宗教论著《致外省人书》被奉为法文写作的典范。布鲁内尔说的那句话即出于该书。

发。"

"什么战争？"

布鲁内尔笑道，"问得好。当然是第二次世界大战喽。当时的苏联意识到德国纳粹可能会攻下圣彼得堡，所以他们把琥珀屋拆卸下来。但他们还来不及把拆卸下来的琥珀屋藏好就被德国人发现了。"

布鲁内尔停了下来。

"继续说啊。"伽马什说道。

"就这些了。我只知道这么多了。琥珀屋后来就不见了。从它消失的那天起，历史学家、宝藏探寻者还有古董商就一直在找。我们只知道琥珀屋是在阿尔伯特·斯皮尔[①]的命令下被运走的，然后被藏了起来。也许这样做是为了确保它安全吧，但从此没人再见过琥珀屋。"

"关于琥珀屋的消失有没有什么传言？"伽马什问道。

"被普遍接受的一个说法是琥珀屋在盟军的轰炸中被摧毁了。但还有一个说法。有人认为阿尔伯特·斯皮尔很聪明，很多人觉得他并不是真正的纳粹党成员。他虽然效忠于希特勒，但对希特勒的许多想法并不认同。他是一个国际主义者，同时也是一个文物保护者，他优先考虑的是拯救世界上的文物免受被毁灭的命运，不管那些文物来自哪里。"

"阿尔伯特·斯皮尔也许是个文物保护者，"伽马什说道，"但他也是个纳粹。他知道集中营，知道犹太人大屠杀，也赞同杀光犹太人。当纳粹在屠杀犹太人时，他还显得很高兴。"

伽马什说这番话时的语气给人一种冰冷的感觉，他的眼神也充满锋芒。

"我也赞同你的看法。不过，我只是告诉你有关他的一个说法而已。有些人认为正是斯皮尔把琥珀屋隐藏了起来，既不被德国人发现，也不被盟军发现。有人认为琥珀屋的宝藏就藏在厄尔士山区。"

"哪儿？"

[①] 阿尔伯特·斯皮尔（Albert Speer, 1905—1981）：德国建筑师，在纳粹德国时期成为装备部长以及帝国经济领导人，也是后来的纽伦堡审判中的主要战犯之一。

"位于德国和如今的捷克共和国之间的厄尔士山区。"

伽马什和布鲁内尔都思考了一会儿。最后伽马什问道:"那么,那个来自琥珀屋的镶盘是怎么来到这里的呢?"

"琥珀屋里的其他宝藏在哪里呢?"

丹尼斯·弗丁坐在克莱拉对面。他看上去比实际年龄更年轻,大概四十岁出头。他是一位失败的艺术家,但却成功发现了许多艺术天才。他能在别人的作品中发现天赋。

在克莱拉看来,弗丁的做法是一种具有启迪性质的利己主义,也是一种良性的利己主义。没有人会牺牲什么,也没有人会欠别人什么,或被别人欠什么。克莱拉坚定地认为,弗丁此时请自己在奥利维的小酒馆里喝圣安伯瓦兹啤酒是因为他在自己的画作中发现了天赋。

对于克莱拉而言,她与弗丁碰面的理由除了自我的肯定之外就是想从弗丁那里获得点东西——名誉与财富。

或者至少是一杯免费的啤酒。

但在克莱拉沉浸于属于自己的不可比拟的荣光之前,她还得做一件事情。她将手伸进她的包里,从里面拿出一个包裹好的东西。"有人叫我给您看看这个。这个东西的制作者在几天前死了,是被谋杀的。"

"真的吗?这东西很特别,是不是?"

"可能没有您想的那样特别。它唯一的特别之处就是没人知道它的制作者到底是谁。警方在树林里找到了一座小木屋,这东西就在小木屋里。负责这起案子的探长让我给您看看这个东西,也许您能告诉我们些什么。"

"你指的是线索?"弗丁看上去很感兴趣。当克莱拉将那包裹解开时,他十分仔细地看着。没过一会儿,那些雕刻的小人站在了岸边,它们的视线直挺挺地看着放在弗丁前面的啤酒杯。

克莱拉观察着弗丁。弗丁微微眯起眼睛,向前靠过去,聚精会神地抿着嘴唇。

"很漂亮,我是说,雕刻工艺很精湛,而且雕刻得很细致,每张脸都不一样,各具个性。我不得不说,这是一件不错的雕刻品。当然略显简单,不过你能指望住在偏远地区的木匠雕刻出什么杰作呢。"

"真的吗?"克莱拉说道,"我还觉得它很棒呢,甚至堪称完美。"

弗丁将身子向后仰,对克莱拉笑笑。这笑容并不是嘲笑,而是朋友之间友善的笑容。

"也许我有点太苛刻了,但我这辈子看过不少这样的雕刻品。"

"不少?都是一样的吗?"

"当然不是一模一样,但大致差不多。雕刻的主题往往是捕鱼的人,或是叼着烟管的人,或是骑着一匹马的人。这些主题是最受欢迎的。如果雕刻的是一匹骏马或是一条猎犬,你就能找到一个好买家。还有猪,关于猪的雕刻也很受欢迎。"

"真是长见识。对了,这东西底部还有字。"克莱拉将雕刻品底朝天翻过来,然后指给弗丁看。

弗丁将眼睛眯成一条缝,然后带上眼镜开始读。他皱皱眉头,然后将雕刻品放下来,"我在想这到底会是什么意思。"

"想得出吗?"克莱拉不愿放弃。她想给伽马什提供一点线索。

"几乎可以肯定是一个签名,或者是一串数字。需要别的东西才能确定。这雕刻品就只有一件吗?"

"有两件。这件雕刻能值多少钱?"

"很难说。"弗丁又把那件雕刻品拿起来,"它做工精良,不过不是关于猪的。"

"真可惜。"

"嗯……"弗丁想了一会儿,"我觉得两百美元左右吧,也可能两百五十美元。"

"就这么多?"

"我的估价可能不一定对。"

克莱拉看得出,弗丁表面显得很有礼貌,但其实他已经对这件雕刻品感到厌倦了。克莱拉把雕刻品重新包裹好,放进了自己的包。

"现在,"弗丁又将身子靠上前,他英俊的脸上露出期待的表情,"让我们来谈谈真正伟大的艺术品吧。你希望怎样陈列你的画？"

"我画了一些草图。"克莱拉把自己的速记本交给弗丁。几分钟后弗丁抬起头，眼睛似乎为之一亮。

"太棒了。我喜欢你排列画作的方式，它们这样排列留下一个空间，就像人在呼吸一样，不是吗？"

克莱拉点点头。能和某个无需进行太多解释的人聊天真是令人放松。

"我尤其喜欢你排列那三幅老妇人肖像画的方式。你没把它们排放在一起，而是把它们分开陈列，每一幅都占据一面墙的中心。"

"我是想让其他画作把它们包围起来。"克莱拉很兴奋地解释道。

"是的，就像助手，或是朋友，或是评论者将自己包围起来一样。"弗丁也兴奋起来，"但我还是不清楚这样陈列的意图是什么？"

"我想让参观者看到它们是怎样发生变化的。"克莱拉解释道，她身子向前靠。她曾把这一想法和彼得说过。彼得很支持，但克莱拉看得出，彼得其实并不明白自己这个想法的真正意图。对于克莱拉的这种陈列方式，第一眼看时会觉得有些杂乱无章，但事实是这样陈列是有意图的。克莱拉想让参观者走进来，观看那些表面看上去很传统的绘画，但渐渐地他们会发现那些画并非传统意义上的油画。

这对于参观者而言是一种有深度、有意义的挑战。

克莱拉和弗丁聊了一个多小时。他们彼此交换着关于画展陈列的看法、现代艺术的发展走向以及一些令人兴奋的新生代艺术家。弗丁很快使克莱拉确信她就是新生代艺术家里的佼佼者。

"我本不想告诉你的，因为这也许未必能实现。但我已经把你的作品集寄给了莫玛艺术博物馆[①]的菲兹帕特里克。他是我的一位老朋友，他说他会来参加你的画展开幕式。"

克莱拉叫了起来，差一点把她的啤酒杯都打翻了。弗丁笑着，举起他的手。

"不过，你先等一等，那还不是我真正想跟你说的。我只是传个话而

[①] 莫玛艺术博物馆（MOMA）：美国最著名的现代艺术博物馆之一，位于纽约。

已,《纽约时报》的主编阿林尔也将会出席……"

弗丁在犹豫是不是要继续说下去,因为克莱拉此时看上去好像得了中风。看到她紧闭着嘴,弗丁继续说道:"如果运气好的话,德斯坦·布朗恩这个月将在纽约莫玛艺术博物馆开一次画展。她对你的画很感兴趣。"

"德斯坦·布朗恩?您是说瓦内萨·德斯坦·布朗恩,伦敦塔特现代美术馆馆长吗?"

弗丁点点头,然后紧紧握住自己的啤酒杯。不过,这一次克莱拉并没有差一点打翻任何东西,而是整个人被怔住了,一动不动。她坐在热闹的小酒馆里,阳光从竖框窗户中照射进来。在弗丁的身后,克莱拉看到了自己的家沐浴在阳光之中,还有家窗前种着玫瑰、铁线莲和蜀葵的花台。她看到了小镇里的居民,这些人的姓名和生活习惯她都烂熟于心。她还看到了那三棵如同灯塔一般的松树,即使小镇被树林包围,那三棵高大的松树也是十分显眼的。如果你知道自己要追寻什么,那么你就需要有一座灯塔。

克莱拉感到自己即将离开小镇,离开这个自己曾真正属于的地方。这个永远一成不变的小镇却帮助了它的居民发生了改变。克莱拉曾经带着前卫的艺术思想离开艺术学院,她当时身穿灰白色的衣服,在她眼中的世界也是灰白色的。但在这里,在这个不起眼的小镇里,她发现了色彩以及色彩之间的细微差别。这一点是她从小镇居民那里学到的。小镇居民们总是很慷慨地给予她真善美作为绘画的主题。他们并未完美无缺的超人,而是有缺点,但也很努力的平凡人。他们的生活中充满恐惧与迷茫,但也充满美酒。

他们即使深处荒野之中也仍会坚强地站立着。他们给予她恩惠,也给予她坚持的动力。

克莱拉忽然想对小镇的居民们表示无限感激,感激他们激励自己将他们作为绘画题材进行创作。

克莱拉闭上眼睛,将头斜靠在阳光之中。

"你没事吧?"弗丁问道。

克莱拉睁开眼。弗丁好像整个人沐浴在阳光之中,他金黄色的头发闪闪发亮,脸上露出温暖而又有耐心的微笑。

"您知道吗?也许我不应该跟您说这事,但就在几年前,根本不会有人买我的画。大家都嘲笑我画的画。他们觉得我的画很怪异。我差点要放弃画画了。"

"大多数伟大的画家都经历过相同的事。"弗丁轻轻地说道。

"我差一点就从艺术学校里退学了,您知道吗?我可没跟多少人提起过这件事。"

"还要再来一杯吗?"加布里问道,收走了弗丁的空啤酒杯。

"我不要了,谢谢。"弗丁回答道,然后回头看着克莱拉,"我是少数知道这件事的人吗?大多数优秀的艺术家都差一点退学,否则该怎样考验一位艺术家呢?"

"我很擅长考验别人。"加布里说道,顺手收走克莱拉的空酒杯,"当然,我指的是考验男人的床上功夫。"

加布里朝克莱拉做了个鬼脸,然后走开。

"恶心的同性恋。"弗丁说道,顺手抓起一把腰果,"那家伙说的话难道你听了不想吐吗?"

克莱拉感到浑身冰冷。她看着弗丁,认为他是在开玩笑,但弗丁显然不是在开玩笑。他说的是心里话。克莱拉忽然觉得想吐。

...24

伽马什探长和布鲁内尔督察向小木屋走回去。两个人都陷于沉思之中。

"我已经把我知道的都告诉你了。"布鲁内尔说道,他们此时已经来到了小木屋的门廊上,"现在该你来说说看了。你先前和波伏瓦探员在角落里悄悄在说什么,像两个调皮的小学生一样?"

没有什么人会把伽马什探长想象成一个调皮的小学生。伽马什笑了,然后他想起了那个闪着光、嘲笑着自己、黏在小木屋角落里的东西。

"你想看看吗?"

"不想,我还是回到菜园里,拔拔萝卜算了。上帝啊,我当然想看。"布鲁内尔大笑道。伽马什带她来到房间的一个角落里。布鲁内尔的眼睛还在不停地看看这儿,看看那儿。每经过小木屋里的一件宝物时,她都会瞄上一眼。他们终于在光线最暗的那个角落边停下了脚步。

"我没看到什么呀。"

"但那东西就在你面前。"伽马什说道。当布鲁内尔在寻找着那东西时,波伏瓦忽然想起另一个被发现的东西,那是今天早上塞在小旅店他住的房间门下的一张纸条。

波伏瓦之前问过加布里知不知道那张盖着图章塞在门缝里的纸条,但加布里看上去一脸茫然,摇摇头。

波伏瓦将那张纸条塞进自己的口袋里。在今早喝完第一杯牛奶咖啡后,他才开始有心情读那张纸条上写的东西:

一个女人轻柔的身体
将你内心的狂热舔舐干净,

让波伏瓦最心烦的并不是露丝这位疯子诗人闯进了小旅店并将纸条塞进自己的房间里,也不是自己根本看不懂这句话的意思。最让波伏瓦感到心烦的是句子后面的逗号。

这表明句子还没完,后面还有其他东西。

"不好意思。我真的没看到什么。"布鲁内尔的说话声把波伏瓦的思绪又拉回到小木屋。

"你有没有看到一张蜘蛛网?"伽马什问道。

"看到了。"

"就是那个。你再仔细看一下。"

过了一会儿,布鲁内尔的脸色变了。她的眼睛瞪得大大的,眉毛也扬了起来。她微微把头斜过来看,好像不敢直视那张蜘蛛网。

"蜘蛛网上有个字,是写在网上的。那是什么字?是'Woe'这个字吗?怎么可能有这种事?什么样的蜘蛛才能编织出这个字?"布鲁内尔问道,显然她想不出什么答案,也没人给她答案。

就在此时卫星电话响了。莫林警员在接听电话后,把电话递给伽马什,"是拉克斯特警员打来的,是找您的,长官。"

"喂,什么情况?"伽马什问道,他听了几分钟,"真的吗?"然后继续听着电话,他环视了一下整间屋子,然后又看看那张蜘蛛网,"好的,我知道了。谢谢。"

伽马什挂了电话,想了片刻,然后伸手去拿旁边的一把折叠梯子。

"你需要我来……"波伏瓦指了指那把梯子。

"不用。"伽马什深吸一口气,然后登上那把高高的梯子。才爬了两节楼梯,伽马什就因为手没有抓稳差点跌下来。波伏瓦迅速跑上前,用自己大大的手抓住伽马什的肩膀。身体平稳之后,伽马什又爬了上去,并用一支钢笔拨动那张蜘蛛网。慢慢地伽马什用钢笔撩起一根蛛丝,而楼梯下面其他伸长脖子看的人都没注意到他的这一举动。

"就是这个了。"伽马什咕咕哝哝地说道。

在从楼梯上下来,双脚踩在坚实的地面之后,伽马什朝那个角落点点头。波伏瓦用手电筒照着那张蜘蛛网。

"你是怎么做到的?"波伏瓦问道。

此时那张蜘蛛网上的文字发生了变化。上面显示的不再是"Woe",而是"Woo"。

"有一根丝松掉了。"

"你是怎么知道的?"波伏瓦坚持问道。大家都仔细地凝视着那张蜘蛛网。很显然,蜘蛛是编织不出这样的网的。它看上去似乎是用某种细线——可能就是钓鱼用的尼龙线——人为编织成的一张蜘蛛网。警方很快会取下一些线拿回去分析。分析的结果或许会告诉他们更多的情况。不过,将"Woe"变成"Woo"似乎对于破案也没什么帮助。

"实验室已将更多的实验结果送到了办公室。我等一会儿告诉你们指纹报告的结果。你们还记得在床底下发现的那块木头吗?"

"是上面也同样刻着'Woe'的那块木头?"莫林问道,他也加入了伽马什他们的谈话。

伽马什点点头,"木头上面有血迹。根据实验报告,那是死者的血迹。警方在清理掉上面的血迹之后,他们还发现了其他东西。木头原来刻的字不是'Woe',是血迹搅乱了字的拼写。血迹清除掉后,那个字应该是……"

"是'Woo'这个字吗?"波伏瓦问道,"所以,你觉得木头上刻的是这个字,蜘蛛网也应该是这个字。"

"应该是这样。"

"我还是更喜欢'Woe'。"波伏瓦又抬头看看那张蜘蛛网,"至少它还有确切的意思。'Woo'有什么意思呢?"

大家思考着这个问题。会不会有人当时在小木屋周围转悠,恰好往木屋里看了看,发现有一群成年人站在屋子里一动不动,眼睛凝视着屋外,嘴里时不时地说着"Woo"呢?

"Woo,"布鲁内尔说道,"人们喝彩时不是会说'Woo'的吗?"

"Woohoo?不会,人们喝彩会叫'boo',"波伏瓦说道,"那是'Boohoo',不是'woo'。"

"人们称呼袋鼠时是不是说'woo'?"莫林问道。

"袋鼠?那是'roo'①。"波伏瓦有些不耐烦地回答道。

"真是难猜。"布鲁内尔说道。

"Woo,woo,"莫林屏住气不停地说着这个字,听上去像一列开动着的火车。他想让自己想出某个意思来,但他重复得越多,这个字似乎就越没有什么含义。"Woo,"莫林不断重复着。

只有伽马什什么也没说,他只是听着。但他的脑子此时正在想着另一件事。他想到,当血迹从刻的字上被清除掉时,木头上面还显露出了其他东西。想到这里,他的表情变得严肃起来。

"他不能住在这里。"

马克此时正在厨房水槽的水龙头下扭动着臂膀。

"我也不想他住在这里,但至少在这里我们可以照看他。"马克的母亲说道。

三个人从厨房的窗户望出去,看到一位老人正盘着腿坐在草地上思考着什么。

"妈妈,你这是什么意思,'照看他'?"多米尼克问道。多尼米克完

---

① 袋鼠的英文拼写是 kangaroo,有时人们会简称袋鼠为"roo",而莫林误以为袋鼠的拼写是 kangawoo,所以才认为"woo"代表袋鼠。

全被自己的公公给迷惑住了。虽然她的公公文森特身上的魅力已经衰弱了,但多米尼克看得出,文森特曾是个极有权力欲望的人,他喜欢驾驭他人。如今他仍有这种驾驭力。他不仅仍残存着昔日的高傲,而且还显得有些狡猾。

马克抓着一大块肥皂,正在搓洗着自己的双臂,就像外科医生做手术前清洗自己的手臂一样。事实上,他是在粉刷墙壁之后清洗掉手臂上的粉尘和石膏。

粉刷墙壁是一项辛苦的工作,但马克却是在为别人做这项工作。那人就是老宅的下一个主人。马克在为下一个买家粉刷墙壁。

"我的意识是文森特遭遇了一些事情。"卡罗尔说道,"他总是遭遇各种事情。他已经不是当年那个集荣光于一身的文森特了。他已经忘却了自己的过去。"

事实可能并不是这样,但是卡罗尔显得很宽容大度,这主要是看在马克的分儿上。事实上,卡罗尔根本无法确定文森特是否忘却了他对别人所造成的伤害。她更愿意相信,文森特是故意驾驭别人,然后毁掉别人。他是在竭尽全力这么做。

卡罗尔曾是文森特的私人护士、助理和仆人,也是文森特行为的见证者和良知的守护者。也正是因为如此,文森特才会恨她,她也才会恨文森特。

三个人再次看着那个盘着腿,安静地坐在自家草地上的老人。

"我现在不想照看他。"马克说道,一边在擦干自己的手臂。

"我们不能不管他。"多尼米克说道,"他是你的亲生父亲。"

马克用一种夹杂着可笑与伤感的表情看着自己的妻子。"他是不是对你做了什么?他把你迷惑住了,是不是?"

"我可不是天真的小姑娘。你该知道这一点。"

马克忽然意识到,多尼米克曾经让加拿大金融界最富有、最具有控制欲望的家伙都闻之色变。但是文森特·吉尔伯特博士却是完全不同类型的人。他的身上具有一种极具迷惑性的东西。"我很抱歉。发生了这么多事情。"

马克曾经认为,比起充满贪欲、恐惧和支配欲的金融界,搬到乡村居住是一个不错的选择。但是到目前为止他在乡村发现的却只有一具尸体,他所做的也是搬动那具尸体,最终毁掉了吉尔伯特一家在小镇里的名声,成为了杀人嫌疑犯。现在,马克在粉刷完墙壁之后想把一位了不起的人物从自己家里赶出去。

现在户外的枫树叶还没有改变颜色。

但是等到树叶改变颜色时,他们也许已经搬走了。马克期待着在另一个地方找到一个家。他现在宁愿回到相对更轻松的金融界,即使在金融界每一个人都想致对方于死地。在这里,虽然一切看上愉快而祥和,但事实却并非如此。

马克再次看着窗外。在窗外的草地上盘腿坐着的人是自己的父亲,在他身后是两匹长得像驼鹿又不像驼鹿的老马。在更远些的地方则是一匹浑身像裹着泥浆的马,那匹马怎么都应该被屠宰掉做成狗粮。这些都不是自己搬到这里来时所期待的东西。

"马克说的对。你应该知道的,"卡罗尔对自己的媳妇说道,"文森特这个人要么会迷惑别人、支配别人,要么就是动坏脑筋。他总是会不择手段得到自己想要的东西。"

"那么,他到底想要什么呢?"多米尼克问道。这似乎是一个很明白的问题,但为什么这么难回答呢?

门铃响了。他们三个人面面相觑。在过去的二十四小时里,他们三个人对这声音已经产生了恐惧感。

"我去开门。"多米尼克说道。她迅速走出厨房,一分钟后又回来了,身后跟着一个小男孩还有老孟。

"我想各位都认识我的儿子吧。"老孟说道,他已经微笑着向每个人都打了招呼,"查理,妈妈告诉你对这些好人应该说些什么?"

当查理在思考时,其他人都等着。然后查理向他们伸出一根手指。

"这个动作是他从露丝那里学来的。"老孟解释道。

"真是个好榜样。他也喜欢喝苏格兰威士忌吗?"卡罗尔问道。老孟晒黑的英俊面容上露出微笑。

"他不喜欢。露丝给了他一瓶马提尼酒。我们并不打算将酒混合起来喝。"老孟此时看上去有点尴尬,他将双手放在查理的肩膀上,将他拉到自己怀里。"我听说他在这儿。你们介意我见见他吗?"

马克、多米尼克和卡罗尔显得有点莫名其妙。

"介意什么?"多米尼克问道。

"我是说吉尔伯特博士。我曾在树林里见过他。我知道他是谁,但我那时不知道他是您的父亲。"

"你为什么当时不来告诉我们?"多尼米克问道。

"我不想多管闲事。他当时似乎不想被人发现。"

此时马克想到,住在这里可能生活更简单些,而那个人使这里的生活变得错综复杂。曾经生意场上的经验使得马克把一切事情都当作是自己的生意,即使有时根本不是那么回事。

"我不想打扰他。"老孟继续说道,"但我想我能否见见他。也许可以把查理介绍给他认识。"这位年轻的父亲看上去显得有些卑躬屈膝,"我一直反复在读他写的《本性》。你父亲是个了不起的人。我真羡慕你。"

其实,马克一直羡慕老孟。老孟总是关爱着自己的儿子,保护着自己的儿子。为了自己的儿子,他宁可卑躬屈膝。

"他现在坐在草地上。"马克说道。

"谢谢。"当走到门口时,老孟停下脚步。"我手头有一些工具。也许我明天可以过来帮你们做些什么。一个人总是需要帮手的。"

你将成为一个男人,我的儿子。为什么自己的父亲从没告诉过自己一个人总是需要帮手呢?

马克点点头,意识到这意味着什么。老孟愿意主动帮助吉尔伯特一家装修老宅,而这是因为自己的父亲是文森特·吉尔伯特博士。自己该死的父亲救了他们一家。

老孟还对多米尼克说道:"我妻子向您问好。"

"请,"多米尼克说道,然后迟疑了一会儿,"也向她问声好。"

"我会的。"老孟和查理向草地的方向走去。马克他们三个人看着。

从树林里钻出来的文森特·吉尔伯特博士不知怎的竟然成为了小镇里的名人。

当老孟和查理靠近时,文森特睁开一只眼睛,在他长长的睫毛下那只眼睛看着,但他看到的不是那两个向他静静走来的人,而是站在窗边看着自己的那三个人。

曾经有人告诉文森特要帮助他人。他也打算帮助他人,但首先他得帮助自己。

小酒馆里静悄悄的,只有一些小镇居民坐在小酒馆外的桌子旁,沐浴在阳光下,静静地喝着咖啡或是开胃酒。在小酒馆里,奥利维站在窗边。

"啊,老天爷。你是不是从没见过窗外的景色。"加布里说道,他此时正站在吧台后面,擦拭着木质的台面,在已经空掉的糖罐里重新加上糖。

过去几天每当加布里看奥利维的时候,他总是会看到奥利维站在同一个地方——一扇凸窗旁边——看着外面。

"要吃糖吗?"加布里朝奥利维走去,递给他一根甘草棒棒糖。但奥利维此时像是被施了魔法一样,毫无反应。加布里于是自己吃起来,他先把甘草棒棒糖裹着糖衣的头部一口咬掉了。

"你到底有什么心事?"加布里顺着奥利维的目光向外看去,想看看奥利维到底在看什么。可是,没什么吸引人的东西啊,只有一些顾客坐在小酒馆的阳台里,还有就是小镇绿地,露丝和罗萨正在绿地上散步。鸭子罗萨此时正穿着一件编织的汗衫。

奥利维将眼睛眯起来,他的注意力此时集中在了那只鸭子身上。然后他转向加布里。

"那件汗衫你看上去眼熟吗?"

"哪一件?"

"当然是那只鸭子穿的那件。"奥利维仔细地看着加布里脸上的表情。加布里这个大块头是从不撒谎的。他此时正嚼着甘草棒棒糖,脸上露出一副困惑的表情。

"我不知道你在说什么。"

"那是我的汗衫,不是吗?"

"别瞎说了,奥利维。你觉得你跟那只鸭子会穿同一件汗衫?"

"不是现在穿。那是我小时候穿的汗衫。我小时候的衣服现在在哪里?"

加布里沉默不语,心里抱怨露丝为什么要让罗萨穿着那件新衣服招摇过市。当然,那件汗衫也说不上很新。

"我觉得该是处理那些衣服的时候了。"加布里说道,"露丝正好需要汗衫给罗萨在秋天和冬天里保暖,所以,我就想到了你小时候的那些衣服。你现在留着那些衣服有什么用呢?它们只会占地方。"

"它们能占多少地方?"奥利维反问道。他感到自己的内心在分裂,自己的矜持在破裂,"你怎么能这样做?"他对加布里恶狠狠地说道。加布里身子向后退,显得很惊恐。

"但是你自己以前也说过想处理掉那些衣服啊。"

"我说的是我,我!只有我可以处理,而不是你,你没有这权力。"

"我很抱歉,我不知道那些衣服对你来说那么重要。"

"它们对我来说当然很重要。我接下去该怎么办呢?"

奥利维看着窗外,看到罗萨紧跟在露丝身后,而露丝正对着罗萨咕咕哝哝地不知道在说些什么。奥利维觉得泪水使自己的双眼感到刺痛,喉咙里快要爆发出难以抑制的情绪。他无法再把那些衣服找回来了。它们已经逝去,永远地逝去了。

"你想让我把那些衣服再要回来吗?"加布里问道,他握住奥利维的手。

奥利维摇摇头,他自己也不明白自己干嘛情绪这么强烈。他还有其他的事情要烦恼呢。他的确曾想过要处理掉那些小时候穿的衣服。但之所以没有去做只是因为自己很懒,不知道把那些衣服送给谁。

罗萨为什么不能穿那些衣服呢?远处的天空传来阵阵鸣叫声。露丝和罗萨都抬起头。在空中一群野鸭正在向南飞。

悲伤的情绪又再次向奥利维涌来。逝去了,永远地逝去了,一切都逝去了。

  小镇里的居民花了好几个星期的时间才穿越树林。一开始的时候，年轻人催促着他们前行，还时不时朝身后看看。后来，他开始后悔告诉自己的家人和朋友跟自己一起离开小镇。如果没有这些年老体弱的人以及孩子的拖累，他原本可以走得更快。但是随着时间一点一点流逝，平静的日子日复一日，年轻人不再担心了，他反而感激有这些人的陪伴。

  当第一个路标出现的时候，他几乎都忘了抬头看一看。

  那是一个黄昏，落日的余光没有消失，夜色也没有降临。年轻人不知道其他人有没有注意，但他注意到了在远处有一丝光亮，就在地平线上。第二天，太阳升起，但升得不够高，天空仍是一片昏暗。但是，地平线上再次出现了那丝光亮，就好像一个阴影从天际的另一边溢出来一样。

  年轻人此时意识到了什么。

  他紧紧拽住自己的包裹，催促大家前行，加快步伐前进，大家也愿意前行。毕竟，永生、青春与幸福正在前头等着他们。大家几乎欣喜若狂，而年轻人则抑制住内心的狂喜。

  夜里那丝光亮在夜空中闪烁；白天那个阴影朝他们不断延伸。

  "到了吗？"当大家来到一座小山的山顶时，年轻人年老的姨妈急切地问道，"我们快到了吗？"

  在他们面前的是一大片水潭，什么都没有，只有水。

  在他们身后，那个阴影在不断拉长。

...25

"奥利维在吗？"

奥利维金黄色的脑袋低着。他正在研究小酒馆的收支情况。此时正是吃午饭的时间，小酒馆里充满了大蒜、香草和烤鸡的味道。

奥利维已经看到他们来了，甚至在他们还没进来时就已经听到他们的脚步声了。那个声音犹如尖叫一般，好像整个树林都在嚎叫。他们是坐着地形车从树林里过来的，车停在哈德利老宅前面。当伽马什探长和波伏瓦探员走进小镇时，小镇里大多数人都停下了手头的活，看着他们两个。小镇居民都在窃窃私语着，没人去打搅他们两个。奥利维转身，走到小酒馆的更深处，站在了吧台后面。在他周围服务员们正在整理着餐桌，而哈沃克·帕拉正在一块小黑板上写着今日的特色餐点。

小酒馆的门开了。奥利维转过身，感到最后时刻终于降临了。

"奥利维在吗？"伽马什探长说道，"我们想和你谈谈，私底下谈。"

奥利维转身微笑着，好像在告诉自己他们是不会对自己做什么的。伽马什也微笑着，但是他锐利的眼神中却看不出笑意。奥利维把伽马什和波伏瓦带到小酒馆后面的一间房间里,在那里可以俯瞰贝拉贝拉河。奥利维示意他们坐在餐桌旁的椅子上,他自己也坐了下来。

"我能帮你们什么吗?"

奥利维的心在胸口剧烈跳动着,他的手变得冰冷而麻木。此时他都感觉不到自己的四肢了,眼前正冒着金星。他努力保持呼吸均匀,极力显得很轻松自在。

"跟我们说说住在小木屋里的那个人吧。"伽马什探长开门见山地说道,"我指的是那位死者。"伽马什将双手交叉在胸前,等待着奥利维的回答,好像一位共同吃饭的同伴在等着听一个饭前小故事一样。

奥利维知道,躲不过去了。其实,在看到那位老者躺在小酒馆地板上的那一刻起,奥利维就知道躲不过去了。他没有逃,因为逃也逃不出命运的掌控。

"我和加布里刚搬到三松镇的时候,他是我的第一位客人。"

这些被掩盖了这么久的秘密现在一点一点冒出来了。这些秘密掩盖得都快腐烂了。奥利维很惊讶自己隐藏这些秘密的身体竟然没有发臭。

伽马什微微点了一下头,示意奥利维继续说下去。

"那时我们经营的是一家古董店,还不是小酒馆。我们租了楼上的房间当住房。当时的情况很糟糕,整间房子到处都是垃圾。之前住的人把房子装修得面目全非。我和加布里花了一天一夜的时间才又把房子恢复成原样。我记得,我们刚搬到这里来没几周的工夫,他就来店里了。那时他长得不像你们所看到的样子。那是很多年以前的事了。"

奥利维似乎又看到了当年的情景。当时加布里正在他们新房子的楼上,清理着垃圾,将干裂的墙壁剥下来使其露出原有的砖墙。每一个小小的改变都比上一个更令人兴奋,但是没什么能比拥有一个新家更令人兴奋的了。他们终于有了一个落脚点。最初,奥利维和加布里一直专注于整理东西,没有仔细去关注过三松镇。但在过了几个星期之后,小镇慢慢地展露在他们面前。

"我当时还处于创业阶段,手头没有多少东西,只有一些过去收集来的零碎小物件。当我还是个孩子的时候,我就梦想自己能开一家古董店。那时我觉得实现梦想的机会来了。"

"开古董店的机会其实并没有来,"伽马什轻声说道,"倒是投资赚钱的机会先来了。"

奥利维叹了一口气。他知道伽马什已经发现了那个秘密。

"我那时辞掉了城市里的工作。也许你们已经知道了,我过去在银行里干得很成功。"

伽马什再次点点头。

奥利维笑了。他又想起了以前工作生活的日子,想起了工作时穿的丝绸制服、健身会所的会员卡以及到梅赛德斯经销店去买车。只是由于车子颜色的问题,最后没买成。

他还想起了那笔做得有点过头的投资。

那件事情曾使奥利维感到十分丢人。他一度情绪极其低落,以至于他都害怕自己会自残。于是他去了一家心理治疗室寻求帮助。正是在那家治疗室的候诊间里他遇到了加布里这个大块头、高嗓门、浑身充满精力的家伙。

一开始,奥利维对加布里没什么好印象。加布里身上没有一点是奥利维看得上眼的。奥利维一直以来把自己和自己的朋友看成是快乐的、谨慎的、优雅的,乃至于有些愤世嫉俗的人。

但加布里却很奇怪。他长相很普通,而且肥头肥脑,根本看不出有任何优雅的气质。

但是,加布里和奥利维都不是邪恶的人。渐渐地,奥利维开始欣赏加布里善良的本性。

他爱上了加布里,而且爱得那样深,完全无设防地陷入爱情之中。

加布里后来同意辞掉自己的工作和奥利维一起搬出城市,至于搬到哪里无所谓。于是他们坐在车里,开始向南行驶。当沿着马路行驶至一块高地时,他们的车停了下来。最后他们不得不承认迷路了。尽管他们心中并没有最终的目的地,但也不能迷路啊。奥利维坐在驾驶座上,正忙着在看魁北克地区的交通地图。没过多久,奥利维意识到加布里站在车外,正在轻轻敲着车窗。奥利维摇下车窗,加布里做着手势让他出来。

奥利维感到心烦意乱。他一把将交通地图扔到后座，从车子里钻了出来。

"干什么？"他咬牙切齿地问加布里，而加布里则看着前方。奥利维顺着他的视线看过去。他们找到了自己的归宿。

奥利维看了一眼就知道那是他们的家。

那是一个奥利维在孩提时代在床边的童话书里读到过的地方。当时奥利维的父亲希望儿子能读一些有关海战的故事，或是看裸体女人的杂志。但是奥利维却一直喜欢读有关小镇、乡村或是花园的故事。在那些故事里有袅袅的炊烟和古老的石墙。

这些童年的故事后来被遗忘了，直到奥利维看到三松镇的那一刻。在那一瞬间，他还想起了儿时的另一个梦想——开一家古董店。那也是当时奥利维为展示自己所收藏的古董所能做的唯一事情。

"我们去看看好吗，宝贝？"加布里拉着奥利维的手，将车停在原地，一起沿着有些泥泞的道路朝三松镇走去。

"我有些失望。看到老者进到店里……"

"老者？"伽马什问道。

"我是这么称呼那位死者的。"

"你不知道他的名字吗？"

"他从没告诉过我，我也从没问过他。"

伽马什看着波伏瓦的眼睛。波伏瓦也显得有些失望和不相信。

"继续说吧。"伽马什说道。

"他那时头发有点长，看上去也有点脏兮兮的，不像是来买卖古董的样子。但当时生意很冷清，我和他随便聊了聊。一周之后，他又来了。在随后的几个月里他基本每周都会来一次。最后有一次他把我拉到一边，跟我说他有些东西想卖给我。当时我感到很失望。我一直对他很客气，可他却想让我买下他的一些垃圾。我当时几乎想要叫他滚开，但就在那时他拿出了一样东西。"

奥利维还记得自己低头看着那东西时的情景。他们当时站在屋子的后面，所以光线比较昏暗。那东西既没有发光，也没有闪烁。事实上，它看上去很普通。奥利维伸手去摸那东西,但老者抓住了他的手。然后他们走到光线较亮的地方。

那东西是一幅微型肖像画。两个人走到窗边。这回奥利维看清楚了。

那幅肖像画镶嵌在一个镀金的老式画框里。它一定是用很细的马鬃画笔绘制出来的,画上所有的细节都是那样精致。画上有一个男人的侧面像,那男人戴着假发、穿着蓬松的外套。

即使现在回忆起来,奥利维仍然感到心跳在加速。

"你打算卖多少钱?"

"我只是想换些吃的,可以吗?"老者问道。买卖成交。

奥利维看着伽马什。伽马什犀利的眼神始终没有游离过。

"一切就这么开始了。我同意用几袋食物来换那幅肖像画。"

"这样做值不值呢?"

"不是很值。"奥利维还记得自己小心翼翼地将画从画框里取出来。他看到画的背面有一些古老的字母,好像是锉上去的。此外,上面还写着一个年代:1745。"我后来把那幅画卖了几美元。"

奥利维看着伽马什的眼睛。

"你把它卖到哪里了?"

"卖给蒙特利尔莫特瑞丹路上的某家古董店。"

伽马什点点头,"请继续说。"

"在那之后,老者就时不时地带点东西过来换些食物。但他好像变得越来越偏执,不愿意进入小镇。后来他就邀请我去他的小木屋作客。"

"你为什么会同意去?到小木屋的路程不是很方便。"

奥利维一开始就害怕回答这个问题。

"因为他给我的东西都是好东西。虽然不是很值钱,但却都做工精良。所以我很好奇他是从哪里得到那些东西的。我第一次去小木屋时就意识到那些东西的价值了。它们看上去好像属于某种很少见的古董类型。我当时仔细地观察着,发现他吃饭用的盘子价值数万,甚至数十万美元。你们有看到那些玻璃杯吗?"奥利维的眼睛中闪烁着激动的光芒。"简直太神奇了。"

"他有没有跟你解释过自己为什么会拥有这些价值连城的古董？"

"没有,我也从没问过他。我害怕那会吓他一跳。"

"他有没有意识到那些东西的真正价值？"

这是个有趣的问题,也是奥利维曾经多次问过自己的问题。老者对待那些古董的态度就像加布什对待宜家家居一样,他似乎并没有对那些古董关爱有加。但是,老者并不是一个粗俗的人,他很谨慎,这一点是可以肯定的。

"我不清楚。"奥利维回答道。

"所以,你给他吃的食物,他给你价值连城的古董？"

伽马什此时说话的态度即保持中立,又显出很好奇的语气。奥利维没有听出伽马什话语中责备的口气。

"他并没有给我他最好的古董,至少一开始的时候没有。我也不是仅仅给他吃的东西。我还帮他挖菜园,还带一些农作物的种子给他。"

"你多久去看他一次？"

"两周一次。"

伽马什想了想,然后问道:"他为什么要独自生活在小木屋里？"

"我猜,是在躲避什么吧。"

"躲避什么？"

奥利维摇摇头。"我也不知道。我曾经问过他,可他没说什么。"

"那么你知道些什么？"伽马什说话的语气不像刚才那么有耐心了。波伏瓦停下手头的记录,抬头看着他。奥利维则坐在椅子上扭动了一下身体。

"我知道老者花了几个月的时间建起了那座小木屋。然后他自己把所有东西搬进了木屋。"奥利维打量着伽马什,希望自己的回答能得到伽马什的认可,也希望伽马什不要失去耐心。伽马什将身子向前靠了靠。奥利维继续说道:"这些是老者自己告诉我的。他大多数的东西体积都不大,只有扶手椅和床体积大一些。其他东西任何人都能搬动。他身子很健壮的。"

伽马什没说什么话。奥利维开始有些局促不安起来。

"我说的都是实话。他从来没跟我说过那些古董的来历。我也不敢问他。但事实很清楚,不是吗?那些古董一定是他从哪里偷来的,否则,他干嘛要躲起来呢?"

"你觉得那些东西是偷来的,但你却对此守口如瓶?"伽马什问道,奥利维仍没有听出伽马什话中责备的口气,"你竟然没有打电话报警。"

"没有。我知道应该要报警,但我没有。"

波伏瓦没有嘲讽,这很难得。他觉得奥利维没有报警也是情有可原的。毕竟,在这种情况下有多少人会选择报警呢?每次当听到有人发现一个装满钱的皮包并将其上交的时候,波伏瓦都会感到很惊讶。他总是会怀疑那些人是否真有拾金不昧的精神。

然而,对伽马什而言,他此时想到的却是另一件事——死者所拥有的古董:古董小提琴、无价的玻璃器皿、瓷器、银器还有镶盘。如果死者是故意躲藏在树林里的话,那就意味着有人在追踪他。"老者有没有说过他是从哪儿来的?"伽马什问道。

"没有,我曾问过他,但他没说。"

伽马什又想了想,"那么,他听上去像哪里的人?"

"你指什么?"

"他的口音。"

"就是正常的口音。我们是用法语交流的。"

"魁北克法语,还是法国法语?"

奥利维有些迟疑起来。伽马什等待着。

"是魁北克法语,但是……"

伽马什没有说话。他等着,好像为了这个回答他已经等了一整天、一整个星期、一整个人生一样。

"但是他有点轻微的口音。我想应该是捷克口音。"奥利维仓促地回答道。

"你确定吗?"

"是的。他是捷克人。"奥利维声音含糊地回答道,"我确定。"

伽马什看到波伏瓦把这一点记在了记录本上。这是第一条关于死者身份的线索。

"尸体被发现的时候,你为什么不告诉警方死者是小木屋里的老者?"

"我本想说的,但是我不想警方找到小木屋。"

"为什么?"

奥利维试着深吸一口气,但好像吸进的氧气没有达到他的肺部,或是没有达到他的脑部。他感到自己紧闭的嘴唇在发凉,而自己的双眼在燃烧。难道自己向警方交代的还不够吗?可伽马什还依然坐在面前,双手交叉在胸前,等着自己的进一步回答。奥利维从伽马什的眼睛里能看出,伽马什已经知道了答案,但他仍要求奥利维继续回答。

"因为在小木屋里有我想要的东西。"

奥利维看上去已经筋疲力尽了,他说话的声音好像是从身体里被迫发出的一样。但伽马什知道,奥利维还有事没说。

"跟我们说说雕刻的事吧。"

克莱拉走在通向老火车站的路上。她走过石桥,进入小镇。她一会儿看看这儿,一会儿看看那儿。

她该做些什么呢?

她之前到老火车站是去还那件雕刻品的。

恶心的同性恋。

两个相结合的词。

当然,克莱拉本可以忘掉这两个词,也可以假装弗丁没有说过这两个词。或者,克莱拉或许可以找到某个能确定自己刚才做的事情是正确的人。

她其实没什么都没做,什么也没说。她只是感谢丹尼斯·弗丁这次能够前来看望自己。她表示这次谈话很令人兴奋,并同意随着画展的日期不断临近,她会和弗丁保持联系。分手前他们两个还握了握手,在彼此的脸颊上亲了一下。

此刻,克莱拉站着,看看周围,显得很茫然。她之前想过和伽马什谈谈自己的心事,但马上就打消了这个念头。伽马什的确是她的朋友,但他也是个警察,警察更擅长调查严重的案件,而不是听那两个肮脏的词。

然而,克莱拉又想到,会不会大多数的凶杀案都是这么开始的呢?它们是不是也是从肮脏的话语开始的呢?有些话语会在人的心里积聚、溃烂、凝结,最终导致杀戮。

恶心的同性恋。

克莱拉什么都没说。

她转身向右,朝小镇的店铺区走去。

"什么雕刻?"

"我这里正好有一个。"伽马什将那艘船的雕刻放在桌子上,船上那个神情阴郁的男孩就隐藏在其他快乐的乘客之中。

奥利维凝视着那件雕刻品。

他们聚集在世界的尽头,彼此拥挤在一起,看着前方的大海,但只有那个年轻人在向后看,看着他们前来的方向。

现在不可能不注意到天际的那点光亮了。天空几乎还是一片昏暗。黑夜与白天不再有区别。但是,小镇居民们是如此快乐,如此充满期待,他们似乎并没注意,也并不在乎。

那点光亮像是划过黑夜的一把军刀,划过夜色指向小镇居民,几乎直指他们。

山神已经站了起来。他召集了一支由仇恨和愤怒所组成的军队,军队的首领是灾难。军队的愤怒划破了前方的天空,它在寻找一个人,一个年轻人,一个刚成年的年轻人,还有他手上紧握的包裹。

军队不断前行着,越来越近。小镇居民们在岸边等待着,等待着渡海到达他们被应许的国度,那是一个没有邪恶、没有疾病、没有衰老的国度。

年轻人奔跑着,试着找到一个可以隐藏起来的地方,哪怕是一个他可以蜷着身子躲起来的山洞,哪怕那个山洞很小很小。周遭安静极了。

"啊。"奥利维说道。
"关于这件雕刻你能告诉我们一些什么吗?"伽马什问道。

一座小山将小镇居民和那支可怕的军队隔绝开,但只能隔绝一个小时,也许不到一个小时。

奥利维再次听到了那个声音说着那个故事。那个声音充斥着整座小木屋,充斥着小木屋里的黑暗角落。

"快看。"一个小镇居民喊道,指着海面。年轻人转过身,想看看是什么恐怖的东西从海上而来。但他看到的是一艘船,一艘满帆的船,它正以很快的速度向他们驶来。

"那是上帝派来的。"年轻人的姨妈叫道,她踏上了船的甲板。年轻人知道姨妈说的没错,一定是天庭的某位神灵同情他们,所以派来了一艘大船,送来了一股强风。小镇居民们慌忙上了船,船立即启航。当船行驶到海中央时,年轻人回头望,看见在那座小山之后升起了一个黑影。那黑影越升越高。小山的山顶飞舞着仇恨,小山光秃秃的两侧聚集着哀愁、痛苦和疯狂,而站在军队最前头的是灾难。

当看到大海中央的那艘船时,山神尖叫起来。他的叫声像一阵风一样把船帆吹得鼓鼓的,以至于船在海面上划出条条水纹。在船头快乐的小镇居民们正翘首企盼陆地的出现,期盼着那个新的国度。但年轻人蜷缩在众人中间,朝身后看着,看着他所创造的苦难之山,看着吹动船帆的愤怒。

"你们是在哪里找到的?"奥利维问道。

"在小木屋里。"伽马什很仔细地看着奥利维。奥利维好像对那件雕刻品感到很困惑,甚至有些害怕。"你以前见过它吗?"

"没有。"

"或者其他类似的雕刻品?"

"也没有。"

伽马什将那件雕刻品递给奥利维,"这件雕刻的主题很奇怪,你不觉得吗?"

"奇怪在哪里?"

"你看,船上每一个人都很高兴快乐,除了这个人。"伽马什用手指指着那个蜷缩在人群里的小人。奥利维仔细地看着,皱着眉头。

"我对雕刻艺术一窍不通。你们应该去问别人。"

"老者平时都雕刻些什么东西?"

"没什么特别的,就是些木雕而已。他以前教我雕刻,但我老是会弄伤自己的手。我的手不是很灵活。"

"可加布里不是这么说的。他说你以前还会自己做衣服。"

"那是我小时候,"奥利维红着脸说道,"那时做出来的衣服都不像样子。"

伽马什从奥利维手中拿回那件雕刻品,"我们在小木屋里发现了一些木匠工具。实验室正在研究那些工具,很快我们就会知道那些工具是不是用来制作这件雕刻品的。但我想我们都清楚答案,对不对?"

伽马什和奥利维面面相觑。

"你说得对。"奥利维大笑道,"我差点忘了。他以前是喜欢雕刻一些稀奇古怪的东西,但他从来没给我看过这件。"

"那他给你看过些什么呢?"

"我不记得了。"

伽马什很少会显得缺少耐心,但波伏瓦这次没耐心了。他把记录本砰地一声合拢,那声音不太令人舒服。当然,这还不足以传达自己对于奥利维的不满之情。奥利维的表现就像一个被指责偷了曲奇饼的六岁小孩一样。他否认一切,把哪怕无关紧要的事情都赖得一干二净,好像自己情不自禁要撒谎一样。

"试着回想一下。"伽马什说道。

奥利维叹了一口气,"我真想不起来了。他很喜欢雕刻东西,他还叫我给他弄些木头。他对木头也很挑剔,一定要产自英属哥伦比亚地区的红木雪松。我从老孟那里弄了些给他。他后来送给我一些他雕刻的东西,我当时感到太失望了,因为他没给我小木屋里的那些古董,却只是一些木头雕刻。"

"那他送你的雕刻在哪里?"

"我都给扔了。"

"扔哪里了?"

"树林里。我回家的路上,随意丢在树林里了。我不想要那些东西。"

"但他没给过你这件东西,或是给你看过这件东西,是吗?"

奥利维点点头。

伽马什在思考着。为什么老者要把这件雕刻还有另一件藏起来呢?这两件雕刻有什么不同呢?也许,老者已经开始怀疑奥利维把送他的雕刻都扔了。也许,老者已经意识到奥利维并不喜欢自己的创作。

"这是什么意思?"伽马什指着雕刻品底部的那些字母。

OWSVI

"我不知道。"奥利维显得很困惑,"他以前送我的其他雕刻没有这些字母。"

"那跟我们说说 woo 吧。"伽马什说得很轻,以至于奥利维认为自己是不是听错了。

克莱拉坐在一把舒适的大扶手椅上,看着莫娜在招待贝立夫先生。贝立夫先生到莫娜的书店找一些可读的书籍,但不知道读哪本。此时,他正和莫娜交流着,莫娜给了他一些自己的建议。莫娜知道每一个读者想读的书——包括读者自以为想读的书和他们实际上爱读的书。

最后,贝立夫先生拿着萨特①和韦恩·格雷茨基②的自传走了。他还向克莱拉微微鞠了一躬,克莱拉则坐在扶手椅上也向贝立夫先生鞠了一躬。每次当这位颇有绅士风度的贝立夫先生鞠躬时,克莱拉都会有些不知所措。

莫娜递给克莱拉一杯冰镇柠檬水,然后坐在克莱拉对面的一把椅子上。下午的阳光从书店的窗户里射进来。站在窗边可以看到小镇居民的一条狗正在追逐一个皮球,有时那个皮球又在追逐那条狗。

"你今天早上是不是和弗丁先生碰面了?"

克莱拉点点头。

"怎么样?"

"还不错。"

"你有闻到烧焦的味道吗?"莫娜问道,她嗅了嗅鼻子。克莱拉也警觉起来,看看周围,"啊,在这儿。"莫娜指着克莱拉,"你的裤子着火了。"

"很有趣。"克莱拉现在需要这样的玩笑来提振自己的心情。当开始描述自己跟丹尼斯·弗丁碰面的场景时,克莱拉尽量让自己显得很轻松。当她说到那些可能会来参加自己画展开幕式的名人时,莫娜叫了起来,一把抱住她。

"你能相信吗?"

"什么?恶心的同性恋吗?"

"蠢女人。那是一种新游戏吗?"莫娜大笑道。

"难道你对我刚才说的话不感到生气吗?"

"你指什么?就因为你说我是'恶心的同性恋'?我才不生气呢。"

"为什么不生气?"

"我知道你不是有意这么说的,对吗?"

"如果我是有意这么说的呢?"

---

① 让－保罗·萨特(Jean-Paul Sartre 1905—1980):法国哲学家、作家,存在主义哲学的大师,被誉为二十世纪最重要的哲学家之一。
② 韦恩·格雷茨基(Wayne Gretzky 1961—):加拿大的职业冰球明星,得到2857分的"伟大冰球手",全球冰球传奇人物。

"那我只能对你表示难过。"莫娜笑道,"怎么了?"

"我们在小酒馆时,加布里过来招待我们。加布里走后,弗丁叫他'恶心的同性恋'。"

莫娜深吸了一口气,"那么你说了些什么?"

"什么都没说。"

莫娜点点头,这次轮到她无话可说了。

"你在说什么?"

"Woo。"伽马什重复道。

"Woo?"奥利维显得很困惑,但他每次在说到关键点的时候都会显得很困惑。波伏瓦其实已经不再相信奥利维所说的任何话了。

"老者没有提到过吗?"伽马什问道。

"你指提到 woo?"奥利维反问道,"我甚至都不知道你在说什么。"

"你有没有注意过小木屋角落里的一张蜘蛛网?"

"蜘蛛网?你在说什么?没有,我从没注意过。但我可以告诉你,如果有蜘蛛网,我会很吃惊,因为老者总是把小木屋打扫得一尘不染。"

"很干净?"伽马什问道。

"是的,很干净。"奥利维重复道。

"奥利维,woo 这个字你觉得有什么含义吗?"

"没有。"

"但是,你从老者手里拿走的那块木头上就刻着这个字。你应该是在老者被杀之后从他手里拿走的吧?"

情况比奥利维想象的还要糟。他原本想象的就已经够糟的了。伽马什似乎已经知道了一切,或者说,几乎接近一切了。

上帝啊,祈求您不要让他知道一切,奥利维心里这么祈祷着。

"是的,是我拿走了那块木头。"奥利维承认道,"但我没有看那块木头刻着什么。那块木头当时就在地上,就在他手的旁边。我看到上面有鲜血,所以拿起来就扔了。上面刻着 woo 这个字吗?"

伽马什点点头,身子向前倾。他将肘关节放在膝盖上,他大而有力的双手轻轻地握着。

"是你杀了老者吗？"

. . . 26

莫娜身子向前倾,拉着克莱拉的手,最后说道:
"你当时那样做是很正常的。"
"真的吗?因为我当时感到很不舒服。"
"你人生大部分时候都感觉不舒服。"莫娜说道,她明智地点点头,"所以那很正常。"
"哈,哈。"
"听着,弗丁能给你一切你所梦想和想要得到的东西。"
"他人似乎也很友善。"克莱拉讽刺道。
"你确定他当时不是在开玩笑?"
克莱拉点点头。
"也许,他自己也是个同性恋。"莫娜说道。
克莱拉摇摇头。"我本以为是,但他有老婆,还有几个孩子,似乎不像同性恋。"
克莱拉和莫娜都想着有没有其他可能性,但是似乎没有。当时只有默默走开的加布里才可能是弗丁所说的"恶心的同性恋"。

"我应该做些什么呢?"克莱拉问道。

莫娜沉默不语。

"我应该和加布里说这件事吗?"

"也许吧。"

"那么就明天吧。"

当离开书店的时候,克莱拉想着莫娜刚才说的话。弗丁能给自己想要的一切,能帮助自己实现儿时以来的梦想——成为一名有名望的成功画家。这是自己在多年默默无闻,备受嘲讽和冷落之后应该得到的报答。

她现在所要做的就是保持沉默。

她能做到这一点。

"没有,我没有杀人。"

但即使在说这句话时,奥利维仍能意识到自己先前的所作所为有多么可怕。在隐瞒和欺骗了这么久之后,他已经使事实真相变得模糊不清了。

"我到小木屋时,他已经死了。"

上帝啊,这话在他听来就像谎言一样:我没有偷曲奇饼、没有打碎精致的瓷器、没有从钱包里偷钱,我也不是同性恋。

全是谎言,他这一辈子全是谎言,直到来到三松镇。在他达到三松镇的那几天里,奥利维感到自己过的是真正的生活——和加布里一起生活在店铺楼上租的单元公寓里。

但是,后来老者来了。从此伴随奥利维的又是一连串谎言。

"听着,我说的都是事实。那天是周六晚上,小酒馆里都是人,劳动节长假里小酒馆总是人声鼎沸。到了午夜时分,小酒馆里只剩几位客人了。然后老孟带着修好的椅子和桌子来了。在他离开的时候,小酒馆里已经没人了,只有哈沃克在做最后的清理工作。所以我决定去看望一下老者。"

"在午夜之后?"伽马什问道。

"是的。我以前通常也是午夜后去看他的。这样就没人会看到我。"

坐在奥利维对面的伽马什此时将身子向后靠,与奥利维保持一定的距离。这一姿势意味深长,仿佛在说伽马什不相信奥利维说的话。奥利维看着伽马什,这位他曾认为是自己朋友的人,他感到自己的心收缩得紧紧的。

"你难道不害怕树林里的黑暗吗?"

伽马什问了一个很简单的问题。但在那一刻,奥利维意识到了伽马什作为探长的才能。伽马什能够慢慢爬进别人的皮肤,挖掘皮肤下面的肉、血直至骨头。他问的那个问题看似简单,实则充满欺骗性。

"我害怕的不是黑暗。"奥利维回答道。他还记得自己以前只有在太阳下山之后才会感到自由。无论是在城市的公园里,还是在昏暗的剧院或是卧室里,黑暗能够使自己摆脱白天时的面具,重新做回真正的自己。奥利维需要黑暗的保护。

他所害怕的不是黑暗,而是暴露于阳光下的东西。

"我认识去小木屋的路,走到那里大概只要二十分钟左右。"

"你到小木屋的时候看到什么?"

"一切看上去都很正常。窗户里亮着灯,门廊上的煤油灯也亮着。"

"他是在等什么人吗?"

"他是在等我。每次等我的时候,他都开着灯。所以一开始我没有意识到发生了什么事,直到我走进小木屋,看到他躺在地上。我当时就知道他已经死了,但我没想到他是被杀的。我当时以为他是摔倒了,或是心肌梗塞之类的病发作了才倒在地上,撞破了头。"

"你看到凶器吗?"

"没有,什么都没看见。"

伽马什身子又向前倾。

奥利维在想,这一次他是不是相信我说的话了。

"你当时是给死者送吃的东西吗?"

奥利维的思维迅速转动起来。他点点头。

"你带了些什么吃的?"

"就是平时吃的东西。干酪啦、牛奶啦、还有黄油和一些面包。那次我还带了一些蜂蜜和茶。"

"那你是怎么处理的?"

"你指那些吃的吗?我不记得了。我当时很害怕。我真不记得了。"

"我们在小木屋的厨房里发现了那些食物。它们已经被人食用过了,牛奶盒也被打开了。"

伽马什和奥利维两个人面面相觑。伽马什的眼睛眯成一条线看着奥利维,奥利维感到自己在颤抖。

伽马什看来很生气。

"我那天晚上去了小木屋两次。"奥利维对着桌子咕咕哝哝地说道。

"请说得响一些。"伽马什说道。

"我后来又去了一次小木屋。这总行了吧?"

奥利维的呼吸变得很急促,就像一条被钓上钩,准备被切片的鱼。

"第一次我去小木屋的时候,老者还活着。我们还喝了一杯茶,聊了一会儿天。"

"你们聊了些什么?"

  灾难即将来临,孩子,没有什么能阻挡。虽然花了很长时间,但最终还是降临在了这里。

"他总是问我有谁来了小镇。他还喜欢打听外面世界的消息。"

"外面世界?"

"你们应该知道的。他这么多年来生活的区域不超过小木屋周围五十尺的范围。"

"继续说。"伽马什说道,"后来发生了什么?"

"后来天黑了,我就回去了。他给我一些东西换我带来的食物。一开始我表示拒绝,但他坚持要送我一些东西。我走出树林时,才意识到我忘了拿那些东西。所以我又回到小木屋。"没必要跟他们说那个帆布包。"当我再到小木屋时,他已经死了。"

"你离开有多久?"

"大概半个小时。我走得很快。"

奥利维似乎又看到了那些摇曳的树枝,好像它们要抽自己的耳光一样。他好像又闻到了松树针叶的味道,听到了树林里沙沙的响声,仿佛一个军队正在树林里行军。他当时快速地跑着,那可能是他自己发出的声音,由于恐惧和夜晚的宁静被强化了。当然,也有可能不是。

"你当时有听到或看到什么吗?"

"没有。"

"当时是几点?"伽马什问道。

"我猜,大概是凌晨两点吧,或是两点半。"

伽马什把十指交叉在一起。"在你意识到老者死了之后,你做了什么?"

剩下的事情像潮水般一股脑儿地涌来。奥利维意识到老者死了之后,他的脑子里冒出了一个主意。老者的尸体或许还能帮他的忙。他将尸体放在菜园的手推车里,推着装有尸体的手推车,前往哈德利老宅。

"这花了一些时间,但最后还是到了。我原本想把尸体放在老宅的门廊上,但我推了一下门,前门竟然没锁。所以我就把尸体放在前厅了。"

奥利维在讲述这一段时尽量使语气显得很轻松,但他知道事实根本不轻松。这是一种野蛮、丑恶、应受到惩罚的行为。这是对尸体的侮辱,对友谊的侮辱,也是对吉尔伯特一家的侮辱,而最终这会成为对于加布里和三松镇的侮辱。

房间里安静极了,奥利维感觉仿佛只有他一个人。他抬起头,看到伽马什正在看着自己。

"我很抱歉。"奥利维说道。他在责怪自己,极力不让自己哭出来。但他也知道自己的行为远不是一句抱歉的话就能被原谅的。

过了一会儿,伽马什做出了一个惊人的举动。他将身子向前靠,这样他的那双大手几乎能碰到奥利维的手了,好像触碰这样一个邪恶之人不是什么可怕的事情似的。伽马什用冷静而又低沉的声音说道。

"如果人不是你杀的,那还会有谁?我们需要你的帮助。"

就凭这一句话,伽马什此时已经站在了奥利维一边。奥利维也许失去了他人的信任,但至少现在他还不孤独。

因为伽马什信任他。

克莱拉站在彼得紧闭的画室门前。克莱拉没有敲门,她几乎从不打扰彼得,除非有什么紧急情况。不过,紧急情况很少在三松镇发生。如果有的话,通常都是露丝样难以躲避的紧急事件。

克莱拉之前已经在自家的花园里转了好几圈。然后她走回屋子里,又在客厅里转了几圈,后来又到厨房里转着圈,最后她发现自己站在了彼得画室的门前。她爱莫娜,也信任伽马什,也很喜欢加布里和奥利维以及许多其他朋友,但此刻她最需要的是自己的丈夫。

克莱拉终于敲了门。过了一会儿,门开了。

"我想跟你谈谈。"

"谈什么?"彼得立即从画室里出来,随手关上画室的门,"出什么事了吗?"

"我跟弗丁碰面了,这你也知道。他说了一些事情。"

彼得感到自己的心脏似乎有片刻时间是没有跳动的。在那停止跳动的一瞬间,他的脑子里冒出一个小小的希望。他希望弗丁改变了主意,取消了克莱拉的个人画展。他希望弗丁说克莱拉的画展无法举办了。彼得是真心希望自己的妻子无法举办画展的。

彼得的心每天每个小时都在为克莱拉跳动着。但有时他的心也会停止跳动。

他拉着克莱拉的手,"弗丁他说了些什么?"

"他说加布里是个恶心的同性恋。"

彼得等着克莱拉把话说完,他想听弗丁说自己是一位更优秀的画家,可是,克莱拉只是看着他。

"你来说说事情的来龙去脉吧。"彼得把克莱拉带到一把椅子旁,两人坐了下来。

"一开始一切都很好。他很喜欢我布置画展的想法。他说莫玛博物馆的费茨帕特里克,还有《时代周刊》的阿林尔都会来出席我的画展。他甚至还认为,瓦内萨·德斯坦·布朗恩,你应该知道这个人吧,就是塔特现代艺术馆馆长也可能会来出席我的画展。你敢相信吗?"

彼得不敢相信,"还有呢?"

彼得觉得,自己此时的感受就像把自己一次又一次地扔向布满尖钉的墙壁。

"然后他就在背后说加布里是个恶心的同性恋。他说他想吐。"

墙上的尖钉变得没那么尖锐了,此时变得柔和了许多。

"那你说了什么?"

"什么也没说。"

彼得底下眼睛,然后又抬起头,"如果是我,我也不会说什么。"

"真的吗?"克莱拉看着彼得的眼睛。

"真的。"彼得笑笑,捏紧自己的手,"你当时没想到他会这么说。"

"我当时被吓住了。"克莱拉解释道,"我应该怎么办?"

"你指什么?"

"我是应该当做什么都没发生,还是应该跟弗丁说些什么?"

彼得立即衡量起这两个选择。如果克莱拉直接向弗丁——她的画展筹备人——指出他的问题的话,弗丁很有可能会生气。事实上,这种情况是一定会发生的,至少也会破坏克莱拉和他之间的合作关系。他甚至可能会取消克莱拉的画展。

如果克莱拉什么都不说,她就是安全的。但彼得了解自己妻子的为人,如果不说,这件事会一直纠缠着她的良知。良知一旦被唤醒,有时也是一件很糟糕的事情。

加布里将脑袋伸进房间。

"你们好。什么事情这么严肃?"

奥利维、伽马什和波伏瓦都看着他。没人对他笑。

"等一下。你们是不是在跟奥利维说他爸爸的事?"加布里坐在奥利维的身边,"我也想听听。他爸爸是怎么说我的?"

"我们没在谈奥利维父亲的事情。"伽马什说道。坐在对面的奥利维眼睛里流露出祈求的目光,但伽马什无法隐瞒真相。"我们正在谈论奥利维和那位死者之间的关系。"

加布里看看伽马什,又看看奥利维,然后又看看波伏瓦,最后他的目光又落在奥利维身上。"什么?"

伽马什和奥利维交换了一下眼神,最后奥利维将一切都说了出来。他告诉加布里那位老者的事情,还有自己去小木屋看望老者以及搬运尸体的事情。加布里一声不吭地听着。这是波伏瓦第一次看到加布里超过一分钟没有说一句话。即使当奥利维说完的时候,加布里也没有说话。他只是坐着,好像再也不打算说话了。

但过了一会儿,他还是开口了,"你怎么会做出这么傻的事情?"

"对不起。我当时整个人都懵了。"

"这不是懵不懵的事。我不敢相信,你竟然从没跟我说起过那座小木屋。"

"我本想告诉你的。可是老者对外人很害怕,他总是神秘兮兮的。你不知道他……"

"我猜不是这么回事吧。"

"如果他知道我告诉别人有关他的事,他就不会再想见我了。"

"可你为什么非要见他不可呢?他只是个住在小木屋里与世隔绝的隐士。等等。"当加布里把这些都串联起来时,他突然沉默下来,"你为什么要去小木屋?"

奥利维看着伽马什,伽马什点点头。然后奥利维说起来。

"那座小木屋里都是财宝,加布里。你可能都不敢想象。小木屋的缝隙里都塞满美元用来抵挡外面的风和寒气。屋子里到处都是铅化玻璃杯和挂毯。你简直不敢相信。老者拥有的一切都是价值连城的宝贝。"

"你是在瞎编吧。"

"我没瞎编。老者吃饭用的盘子是凯瑟琳大帝曾经使用过的,就连上厕所用的卫生纸都是美元钞票。"

"太吓人了。不过我喜欢你的白日梦。我知道你是在开玩笑。"

"我没有开玩笑,没有。我知道这让人那以置信。有时我去看望他,他会给我一些东西。"

"你拿了?"加布里的声音变得尖锐起来。

"我当然拿了。"奥利维有些咬牙切齿地说道,"我可没有偷,再说那些东西对他也没有用处。"

"但是他是个老人。你这样做跟偷没什么两样。"

"你这样说不对。你觉得我会从一个老人那里偷东西吗?"

"为什么不会?你不是把他的尸体搬运到哈德利老宅去了吗?谁知道你会做什么。"

"是吗?那么你是完全清白的喽?"奥利维此时说话的声音变得冷酷而尖刻起来,"你觉得我们是怎么把小酒馆的产权给买下来的?还有你的小旅店?你说啊?你难道就没想想,我们是怎么从那个像垃圾站一样的公寓里搬出来的吗?还有……"

"我把它整修过了。他不再是垃圾站了。"

"还有,我们是怎么让小酒馆和小旅店开张营业的?你觉得我们是怎么突然有钱把它们同时经营起来的?"

"我一直认为我们以前的古董店生意很好。"周围一片沉默。"你本应该告诉我一切。"加布里说道。伽马什与波伏瓦和加布里想的一样,奥利维到底还有什么事隐瞒没有说。

现在是接近黄昏的时候了。伽马什探长正走着,穿过树林。波伏瓦自愿陪着伽马什一起走,但是伽马什更愿意一个人静静思考着问题。

在离开奥利维和加布里之后,伽马什他们先回到了老火车站的办公室。莫林警官正在办公室里等着他们。

"我知道那个 BM 是谁了。"莫林说道,他很兴奋地跟在伽马什他们身后。还没等伽马什和波伏瓦把外套脱掉,他就迫不及待地说:"你们来看。"

伽马什和波伏瓦走到莫林的电脑旁。伽马什坐了下来,而波伏瓦则站着,头靠在伽马什肩膀的上方。电脑屏幕上有一张黑白照片,照片上是一个男人,他正抽着一根烟。

"这个人名叫博胡斯拉夫·马尔蒂努[①]。"莫林说道,"我们在小木屋里发现的那首小提琴乐曲就是他谱写的。他的生日是12月8日,所以那把小提琴一定是他妻子送给他的生日礼物。卡片上的那个大写C应该就是他的妻子夏洛特。"

伽马什一边听着,一边看着电脑屏幕上莫林找到的有关那个人的生平信息。马尔蒂努生于1890年12月8日,出生地为波西米亚,就是现在的捷克共和国。

"他们有孩子吗?"波伏瓦问道,他也看到了那则信息。

"没有。"

"你确定?"伽马什坐在椅子上扭转身体,看着莫林。莫林点点头。

"我已经查了很多遍了。我还打电话给位于布拉格的马尔蒂努音乐学院想查到更多信息,但现在布拉格那里是半夜,得再过一些时候我才能问他们。"

"你顺便再问问他们有关小提琴的事,可以吗?"伽马什说道。他站起身,穿上外套,随后朝小木屋的方向走去。他慢慢地穿越树林,思考着问题。

安全局派来看守小木屋的一位警员在小木屋的门廊上向伽马什敬了一个礼。

"请跟我来一下。"伽马什说道,他把那位警员带到菜园里的手推车旁。伽马什向那位警员解释这辆手推车曾用来搬运尸体,他让那位警员从手推车上采集一些样本。然后伽马什走进了小木屋。

明天早上小木屋就要被清空了。木屋里的所有古董都会被分类并登记在册。它们将会被保存在一个黑黑的贮藏室里,远离人们的视线,也没人能触碰它们。

[①] 博胡斯拉夫·马尔蒂努(Bohuslav Martinu,1890 - 1959):捷克作曲家、小提琴家。

在被清空之前，伽马什想最后看一眼小木屋里的情景。

伽马什关上门，等待着自己的眼睛适应小木屋里昏暗的光线。和之前一样，首先让伽马什留下印象的是小木屋里的气味，那是木头和木头被烧过的气味，然后进入鼻子的便是咖啡的香味以及窗台上的盒子里种植的香菜和龙蒿的香气。

小木屋里显得很安静，也很令人放松，甚至让人感到兴奋。屋子里的一切都堪称杰作，那些无价之宝似乎与整座小木屋相得益彰。老者或许不是很清楚这些宝贝的真正价值，但他一定清楚它们的用途并完全发挥了它们的实用功能。玻璃杯、碟子、银器、花瓶，所有一切都发挥了它们的实用价值。

伽马什又拿起那把贝尔贡齐小提琴。他把那把小提琴抱在怀里，坐在壁炉边的一把椅子上。一把椅子用来独处，一把用来交朋友。

死者没有进行社交的需求和愿望。但他的确有朋友。

现在警方已经知道到底是谁坐在对面的那把椅子上了。伽马什先前认为是文森特·吉尔伯特，但是他错了。现在他知道那人是奥利维·布鲁列。奥利维常来这里陪伴老者，并带给他种子、食物还有友情。作为回报，老者也给奥利维他想要的东西：古董。

这是公平的买卖。

但还有没有其他人见过老者呢？如果没有，或者说，如果伽马什无法证明还有其他人认识老者，那么奥利维将会以谋杀罪被起诉，然后会被逮捕、审判，最终可能会被判刑。

有一个想法伽马什始终挥之不去，即老者刚被人谋杀，文森特·吉尔伯特就出现在小镇，这也未免有点太巧了。奥利维不是说过，老者很担心有陌生人来到小镇吗？也许，文森特就是老者所担心的那个陌生人。

伽马什扭动了一下脖子，开始思考更多问题。假如文森特·吉尔伯特不是老者所躲避的那个人。假如是吉尔伯特家的其他人呢？毕竟，买下哈德利老宅的是马克·吉尔伯特。马克在城里有非常稳定的工作。他和多米尼克都很有钱，完全可以在城里的任何地方买房子。他们为什么要买下一幢破旧的老宅呢？除非他们想要的并不是老宅，而是老宅周围的树林。

那么帕拉一家呢？奥利维说,老者说话带有捷克口音。帕拉一家就来自捷克。罗阿尔·帕拉在清理小路,而那条小路正是通向小木屋的。

也许是罗阿尔发现了小木屋以及里面的财宝。

也许帕拉一家知道老者就生活在树林里,他们一直在找。当吉尔伯特一家买下哈德利老宅之后,罗阿尔就做起了清理树林小路的工作,想借此机会探查整座树林,寻找老者。

还有哈沃克·帕拉。他有什么问题？哈沃克似乎是一个再普通不过的年轻人了。但一个年轻人选择在这样一个偏僻的小镇里生活,而其他同年纪的人都去了大城市或上大学,或谋求事业发展。在小酒馆当服务生可算不上什么事业。为什么这样一个相貌英俊、头脑聪明的年轻人会选择在这里工作生活呢？

伽马什将身子向前靠了靠,他在想象着老者被杀那天夜里的情景。当时小酒馆里都是客人。老孟带着修好的家具来了,随后又离开。然后奥利维离开小酒馆。哈沃克最后锁门。也许就是在那个时候,哈沃克发现了奥利维不同寻常的举动,甚至可以说是怪异的举动。

哈沃克会不会在那个时候看到奥利维走进树林,而不是回家呢？

也许,哈沃克很好奇,一路跟踪奥利维,最后就来到了小木屋,看到了里面的财宝。

这一切像电影一样在伽马什眼前播放着。在奥利维离开之后,哈沃克就进了小木屋。他向老者索要一些古董,但老者拒绝了。也许老者还推搡哈沃克,企图将他推出小木屋。于是哈沃克被惹怒了,他拿起某样东西,朝老者的头部砸去。由于害怕,哈沃克跳跑了。没过多久,奥利维又重新回到小木屋。

但这一推理无法解释一切。

伽马什把小提琴放下来,抬头看着角落里的那张蜘蛛网。不像,这不像是一起突发的凶杀案。这起案件中充满着罪犯的狡猾与残忍。老者是先被折磨,然后再被杀的。伽马什此时正被一个小小的字折磨着。

Woo。

几分钟后,伽马什站了起来,缓缓地在小木屋里溜达着,一会儿拿起这个看看,一会儿拿起那个,有时还碰一下那些他觉得可以触碰的东西。放在窗边的那个来自于琥珀屋的镶盘将一抹橘黄色的光亮反射进屋子里。伽马什看着屋子里那些被老者用来种花的古老瓷器、令人炫目的搪瓷勺子和丝绸挂毯,还有那些初版书籍。床边的桌子上此时就放着一本书。伽马什缓慢地拿起那本书,看了起来。

该书的作者叫柯勒·贝尔。莫林曾提起过这本书。伽马什翻开这本书,这又是一本初版书。然后伽马什注意到了这本书的书名。

《简爱:一本自传》。作者柯勒·贝尔,那是某个人的笔名。

伽马什又把书翻了一下。那是夏洛特·勃朗特[①]的笔名。他拿着的正是《简爱》的最初版本。

伽马什静静地站在小木屋里,但外面的树林比小木屋里更安静。伽马什的耳朵里不断有一个字在重复。从他们发现小木屋的那刻起,这个字就一直在重复。在户外厕所里发现的那本书里、在琥珀屋的镶盘里、在那把小提琴里,现在在他手上拿着的这本书里,这个字都有出现。这个字是一个人名:

夏洛特。

[①] 夏洛特·勃朗特(Charlotte Brontë 1816—1855):19世纪著名英国作家、诗人,世界文学名著《简爱》的作者。夏洛特在1847年《简爱》的第一版中使用的是她的笔名柯勒·贝尔。

...27

"实验室正在传给我们更多实验结果。"拉克斯特警员说道。

伽马什从小木屋回来之后就把他的队员召集到会议桌旁开会。此时拉克斯特手里正拿着刚打印出来的实验报告,"那张蜘蛛网是用钓鱼用的尼龙线制作的,上面没有指纹,当然也没留下任何DNA。做那张蜘蛛网的人可能是带着外科手术的手套。实验室只在蜘蛛网上发现了一点灰尘和蛛丝。"拉克斯特笑道。

"灰尘?"伽马什问道,"实验室有检查出那张蜘蛛网挂在角落里有多长时间了吗?"

"他们认为,蜘蛛网挂在那里不会超过几天。当然也有可能死者一直在清理那张蜘蛛网,但这种可能性微乎其微。"

伽马什点点头。

"那么,是谁把蜘蛛网放在小木屋里的呢?"波伏瓦问道,"是死者自己放的?或是凶手放的?"

"还有一件事,"拉克斯特说道,"实验室也检查了刻在木块上的那个 woo 字。他们认为那个字是很多年前刻上去的。"

"是死者自己刻的吗?"伽马什问道。

"实验室的工作人员还在研究。"

"那么,关于'woo'这个字的含义有什么进展吗?"

"Woo 也许是一个姓氏。有一部电影的导演叫约翰·吴。他来自中国,他曾执导《碟中谍 II》。"莫林很严肃地说道,好像在提供十分重要的情报一样。

"Woo 可能是非法世界 World of Outlaw 的简称。那是一个赛车比赛组织。"拉克斯特看着伽马什,伽马什则一脸茫然地看着拉克斯特。拉克斯特马上低头看自己的记录本,想从中找到一些更为有用的信息,"还有一种电子游戏也叫 Woo。"

"啊,真不敢相信我竟然把它给忘了。"莫林喊道,转身看着伽马什,"Woo 其实不是电子游戏的名字,而是游戏里一个角色的名字。那个游戏叫做魔兽之王。"

"魔兽之王?"伽马什觉得,小木屋里的老者和杀死老者的凶手都不太可能把一个电子游戏的名字刻下来,"还有其他可能吗?"

"哦,还有一种叫做 woo 的鸡尾酒,"拉克斯特回答道,"那是用杜松子酒和伏特加混合而成的。"

"有一个词叫 woo-woo,"波伏瓦说道,"那是个英国俚语。"

"真的吗?"伽马什说道,"什么意思呢?"

"它指一个人疯了。"波伏瓦笑道。

"英国俚语还有一种说法叫 woo 一个人,意思是引诱一个人。"拉克斯特说道,但是她马上摇摇头。这些说法似乎都不对。

会议结束了,大家各就各位。伽马什走到自己的电脑旁,在电脑的屏幕上打出一个字:

夏洛特。

加布里切着西红柿、胡椒和洋葱。他就这样一直切着。他之前已经把生梨、草莓、甜菜和腌菜都切好了。他后来又把刀磨了一下,继续切更多东西。

加布里就这样从下午一直切到傍晚。

"我们能谈谈吗?"奥利维问道,他此时站在厨房门口。厨房里的味道闻上去既熟悉又陌生。

加布里背对着门,没有停下手里的活。他拿起一个花椰菜,又开始切起来。

"是腌芥菜吗?"奥利维说道,他冒险走进厨房,"那是我最爱吃的。"

咚咚,咚咚,咚咚,花椰菜被切成一块块,然后被丢入沸水中煮。

"我很抱歉。"奥利维说道。

加布里在水槽边清洗着柠檬,然后将柠檬切成小块放到一个罐子里,然后又在上面撒上一点盐。最后加布里把剩下的一点柠檬用力挤压,将汁水倒在刚才撒的盐上。

"我来帮你,好吗?"奥利维说道,伸手去拿罐子的盖子。但加布里站到奥利维和罐子中间,自己将罐子的盖子盖上,然后把罐子密封起来。

厨房里现在放着各种颜色的罐子,里面装着各种果酱、果冻、腌菜还有酸辣酱。加布里看上去好像准备长期保存这些东西,默默地将一切他能保存的东西都保存起来。

克莱拉将新鲜胡萝卜的根切掉。她看着彼得将刚切好的小块土豆放进沸水中。他们今晚打算吃一顿用自家菜园里种植的蔬菜和甜黄油做的晚餐。这是他们在初秋时节最爱的食物了。

"我不知道谁会感觉更糟,是奥利维还是加布里?"克莱拉说道。

"我知道。"彼得说道,他此时正在剥豌豆,"加布里什么都没做。但你敢相信奥利维这些年一直去小木屋,但却谁都没告诉吗?我的意思是说,他是不是还有其他什么事隐瞒着大家?"

"你知道他是个同性恋吗?"

"他也许根本不是同性恋,他也许隐瞒了自己直男的身份。"

克莱拉笑起来,"看来他要把加布里踢出门了,我想很多女性会很开心。"克莱拉忽然不说话,手上拿的小刀停在半空中,"我想奥利维现在一定感觉很难受。"

"得了吧。即使那个老者没有死,他也应该受到谴责。"

"他没做错什么,这你知道。"克莱拉说道,"老者把一切东西都给他了。"

"这只是他的一面之词。"

"你什么意思?"

"老者已经死了。奥利维想怎么说就可以怎么说。"

克莱拉停下手头正在切的胡萝卜,"你在说什么呀?"

"没什么。我只是生气。"

"为什么?因为他对我们隐瞒了一些事?"

"你难道没有被欺骗的感觉吗?"

"有一点。但我感到更多的是震惊。听着,我们大家都知道奥利维喜欢古董。"

"你是说,他既贪婪又吝啬?"

"使我震惊的是他竟然搬运尸体。我真不敢想象他一个人搬运老者的尸体,穿过树林,然后把尸体丢在哈德利老宅。"克莱拉说道,"我觉得,奥利维没那么大的力气。"

"我觉得,他应该对那位老者没有那么大的仇恨。"彼得说道。

克莱拉点点头,她也这么认为。此外,克莱拉还在想,奥利维还有什么事隐瞒着大家。不过,她自己也打算隐瞒一件事。她可能不会把弗丁叫加布里"恶心的同性恋"的事告诉加布里。在吃晚饭的时候,克莱拉向彼得说道:

"可是,"她总结道,盘子里的食物几乎没有动过,"我不知道该拿弗丁怎么办。我是应该去一次蒙特利尔直接跟他谈谈,还是当做什么事都没发生过呢?"

彼得拿起一根外脆内软的长棍面包,然后在面包外面十分均匀地抹上黄油。他的动作给人一种井然有序感。

克莱拉看着彼得。她觉得自己快要尖叫或是发怒了。她想一把抓过那根该死的长棍面包,然后把它按在墙上不断揉直到它变成墙上的一块油斑为止。

然而,彼得还是慢条斯理地用小刀在面包上涂抹着黄油。他要确保黄油涂抹得很均匀。

他应该给自己的妻子什么建议呢?叫她忘了那件事?告诉她弗丁说的话也没错?当然,如果为了不让她的画家生涯受挫,最好还是叫她忘了那件事。此外,就算说了也改变不了弗丁对于同性恋的看法,那只会使弗丁憎恶克莱拉。弗丁这次给克莱拉的礼物可不是什么小东西,而是克莱拉一直以来梦寐以求的东西,也是每一个艺术家梦寐以求的东西。来自艺术界的每一个画家都梦想能举办那样一场画展。克莱拉的画家生涯将无可估量。

他是应该告诉克莱拉忘记那件事,还是告诉她为了加布里,为了奥利维,为了他们所认识的所有同性恋者应该当面斥责弗丁呢?当然,后一种做法更是为了克莱拉自己的良知。

然而,如果克莱拉真的这么做了,弗丁可能会生气,很有可能会取消她的画展。

彼得将小刀的刀尖插入面包的孔隙里,把里面的黄油弄出来。

彼得知道自己想说什么,但是他不知道他这样说是为了他自己,还是为了克莱拉。

"怎么?"克莱拉问道,她感到自己话语中不耐烦的口气,"怎么?"她说话的声音变得更柔和,"你有什么看法?"

"你自己的看法呢?"

克莱拉看着彼得的脸,"我想还是当做什么都没发生的好。如果弗丁再说类似的话,我再指出他的错误。现阶段对我们来说压力都很大。"

"我想你的决定是正确的。"

克莱拉低头看着盘子上自己没吃过的食物。她已经听出彼得话语中带着犹豫的情绪。然而,他并不是一个愿意拿自己妻子前途来冒险的人。

在睡梦中罗萨嘎嘎地叫了两声。露丝将罗萨身上穿的法兰绒睡衣脱了下来,这样罗萨在重新睡着之前可以拍拍翅膀,将自己的嘴巴放在翅膀下梳理羽毛了。

奥利维前来拜访露丝。奥利维显得很害羞,表情很尴尬。露丝将一张过期的《纽约时报》从椅子上清理掉,奥利维坐在露丝家的前厅里,看上去像个逃难的难民。露丝拿来一杯热的雪莉酒和一根涂抹着奶酪的芹菜卷。露丝坐了下来。他们就这样坐着有将近一个小时,什么话都没说,直到罗萨走进前厅。此时罗萨穿着一件灰色运动上衣,走路摇摇摆摆。露丝发现奥利维双唇紧闭,下巴也耷拉着,没有发出任何声音,只有两行热滚滚的眼泪沿着他英俊的脸庞滑落下来。

随后奥利维告诉了露丝之前发生的事情:伽马什探长、小木屋、老者还有老者的财宝。此外,奥利维还告诉露丝自己是怎么搬运尸体的、又是怎么买下小酒馆、面包店以及三松镇几乎所有店铺的产权。

露丝并不在乎这些。她此时此刻想的是如何与奥利维交流。她想对奥利维说一些话、说一些正确的话。她想告诉奥利维她仍然爱他,加布里也爱他,永远都不会离开他。大家对他的爱是不会消失的。

露丝想象着自己站起来,坐在奥利维身边,拉着他颤抖的手说道:"我就在你身边,我就在你身边。"

就在他的身边,就在他的身边,不断轻柔地抚摸着他拱起的背脊直到他大口地吸气。

然而,露丝并没有这么做。她只是给自己又倒了一杯雪莉酒,默默地看着奥利维。

现在太阳已经落山了,奥利维也回去了。露丝坐在厨房里塑料桌子旁的一把白色塑料椅子上。她已经醉了。她把笔记本拿过来。罗萨正在轻轻地嘎嘎叫着,它现在身上盖着一块小小的编织毯。露丝在笔记本上写道:

> 她升入天空,飞离大地,发出一声叹息。
> 她飞过电线杆,飞过房屋的屋顶
> 屋顶下住着被大地束缚的凡人。

她升入天空,却记得有礼貌地向大地道别……

写完后,露丝亲吻了一下罗萨的额头,然后一瘸一拐地上楼睡觉去了。

...28

第二天早上当克莱拉下楼时,她惊讶地发现彼得正坐在花园里看着远处发呆。他已经倒好了一杯咖啡。克莱拉又倒了几杯咖啡,然后朝彼得走去。

"昨晚睡得好吗?"克莱拉说道,递给彼得一杯咖啡。

"不是很好,你呢?"

"还不错。你为什么没睡好?"

今天是一个阴霾的早晨,空气中透着一丝寒意。这种早晨让人感到夏天真的已经过去,秋天已经来了。克莱拉喜欢秋天。她喜欢秋天灿烂的枫树叶、生着火的壁炉还有整个小镇中所弥漫的熏木头的气味。她喜欢秋天在小酒馆外的桌子旁慵懒地坐着,穿着一件针织衫,小口喝着牛奶咖啡。

彼得撅起嘴,低头看着自己的脚。他的双脚穿着一双橡胶靴,这样好让脚不被早晨的露水沾湿。

"我昨晚一直都在想你的问题。应该拿弗丁怎么办?"

克莱拉变得严肃起来,"你说说看。"

彼得昨天夜里大部分时间的确都在思考那个问题。昨天夜里彼得起床、下楼、在厨房里转着圈,最后走进自己的画室。那里是他的庇护所,弥漫着他的气息和体味,还有油画颜料以及画布的气味。此外,他的画室里还有淡淡的柠檬馅饼的味道。彼得无法解释这个味道是从哪里来的。他的画室里的气味在这世上是独一无二的。

画室里的气味让他感到很安心。

他昨晚就是待在画室里思考着那个问题。最后他不想再思考了,他想把头脑中那个变得越来越响的嚎叫声——仿佛预示着某个大事件即将来临——清除掉。终于,在太阳升起之前,他知道自己应该跟妻子克莱拉说些什么了。

"我觉得,你应该和弗丁谈谈。"

他终于说出了口。克莱拉站在彼得旁边,一声不吭。她的双手紧紧握着咖啡杯。

"你真的这么认为?"

彼得点点头。"你想我和你一起去见他吗?"

"我还没决定是不是要去。"克莱拉有些恶狠狠地说道,她向后退了几步。

此刻,彼得真想走上前去,将刚才自己的话收回。他想告诉克莱拉,自己错了。这样克莱拉就会和自己在一起,什么都不对弗丁说。这样她就能继续举办自己的画展了。

彼得在想,自己刚才到底在说什么。

"我想你是对的。"克莱拉转身看着彼得,显得很可怜,"弗丁他不会介意的,是吧?"

"弗丁?他不会的。你不需要显得很气愤,只需要告诉他你的感受就可以了。就这么简单。我想他一定会理解的。"

"我可以说,我当时可能听错了。我可以跟他说,加布里是我们最要好的朋友。"

"就这么说。弗丁他可能都不记得自己说过那句话了。"

"我想他肯定不会介意的。"克莱拉慢慢走回屋子里,打电话给弗丁。

"丹尼斯吗?我是克莱拉·莫罗。是的,太棒了。真的?那东西能卖出高价?好的,我会转告伽马什探长的。对了,我今天会来一次蒙特利尔,我想我们能够再碰一次头。我……我有一些想法想对你说。"克莱拉停了下来,"嗯,嗯。好的。十二点半在圣坡勒餐厅见。好的。"

我做了什么?彼得在问自己。

小旅店的早餐今天吃上去味道不佳。土司烤焦了,鸡蛋吃上去像橡皮,熏肉也被熏得发黑,咖啡淡而无味,牛奶似乎凝结住了一样。做这顿早餐的加布里和这顿早餐一样令人抑郁。伽马什和其他人很有默契,大家都一致认为此时不要在加布里面前讨论案情。他们一直忍耐着直到回到老火车站的办公室。

"啊,谢天谢地。"拉克斯特警员说道,她拿起莫林警员买来的霍顿奶茶和外面涂着巧克力的面包圈。"我从来没觉得这个竟然会比加布里做的早餐好吃。"拉克斯特大大地咬了一口面包圈,"如果再这样下去,我真想赶快了结案子,然后马上回家。"

"我也这么想。"伽马什说道,他戴上自己半月形的眼镜。

波伏瓦走到自己的电脑旁搜寻资料。在电脑的显示屏上贴着一张小纸条,纸条上的字是露丝的笔迹。波伏瓦把纸条一把撕下来,将其团成一个小球,扔在地上。

伽马什探长此刻也在看着自己电脑的显示屏。不过,他正在搜狗上查找有关"夏洛特"的信息。

伽马什一边小口喝着咖啡,一边浏览着有关"夏洛特"的各种信息:好人夏洛特、夏洛特乐队、夏洛特·勃朗特、夏洛特教堂、《夏洛特的网》、位于美国北卡罗来纳州的夏洛特市、爱德华王子岛[①]上的夏洛特镇,还有位于北美洲另一端英属哥伦比亚地区的夏洛特皇后岛等等。伽马什发现,这些地区大多数地名都是以"夏洛特女王"命名的。

---

① 爱德华王子岛(Prince Edward Island):北美洲圣劳伦斯湾南部岛名,现属加拿大。

"夏洛特这个名字你们有谁想出它的含义来吗?"伽马什问他的队员。在思考了一会儿之后,大家都摇摇头。

"会不会是指夏洛特皇后?她嫁给了乔治国王。"

"是指乔治三世①吗?那个疯子?"莫林问道。其他人都惊讶地看着他。莫林微笑道:"我读书的时候历史学得很好。"

伽马什觉得,对于莫林而言学校的生活应该刚过去没多久。此时电话铃响了,莫林去接电话。那是布拉格的马尔蒂努音乐学院打来的电话。伽马什一直听着莫林跟电话那头的对话,直到他自己的手机响起来。

这是布鲁内尔督查打来的。

"我刚到自己的办公室。现在我的办公室看上去就像汉尼拔②的帐篷一样。小木屋里的那些财宝都堆放在里面,我连走路都没法走,阿尔芒。"但布鲁内尔的语气似乎并不生气,"不过我打电话来不是来抱怨的。我是来邀请你,你愿意来我的公寓和杰罗姆还有我共进午餐吗?杰罗姆有些东西想给你看,我也有些事情想跟你说。"

伽马什和布鲁内尔约定下午一点去布鲁内尔位于劳里埃路上的公寓。当他刚挂断手机,办公室的电话铃又响了。

"是克莱拉·莫罗的电话,找您的,长官。"莫林说道。

"你好,克莱拉。"

"你好,探长。我打电话来是想告诉你,我今早刚和丹尼斯·弗丁通过电话。事实上,我们今天下午还会碰面。弗丁告诉我,他找到了一位愿意买那两件雕刻品的买家。"

"真的吗?那位买家是谁?"

"我没问,但是弗丁说,那位买家愿意以一千美元的价格买下那两件

---

① 乔治三世(George III 1738—1820):英国及爱尔兰的国王,英国汉诺威王朝的第三任君主。1760年即位,直到1820年去世,终年82岁。多次的精神错乱为乔治三世的晚年笼罩上一层乌云。其子威尔士亲王,亦即后任国王乔治四世,在国王被疾病折磨导致精神错乱而难以执政期间,于1787年至1788年及1811年2月5日至1820年1月20日两度作为摄政王代理国务。在他的执政期内,他的强硬立场导致了北美殖民地的最终独立。

② 汉尼拔·巴卡(Hannibal Barca 公元前247年—前182年):北非古国迦太基名将,军事家。在与古罗马人的多次战役中,他曾将劫掠的无数珍宝放置在自己的帐篷中。

雕刻品。弗丁觉得这个价格很不错。"

"很有趣。你需要坐车进城吗？我正好也要进城去见一个人。"

"好的,谢谢。"

"我过半个小时到你这儿来。"

在伽马什挂断电话后,莫林走了过来。

"他们说,马尔蒂努没有子女。他们还说,他们也意识到那把小提琴不见了。其实那把小提琴在马尔蒂努去世后……"莫林查看了一下记录本,"在1959年马尔蒂努去世后小提琴就不见了。我告诉他们,警方找到了那把小提琴,还有一本小提琴乐谱。他们很兴奋,说那把小提琴值一大笔钱。事实上,那把小提琴已经被认为是捷克的国宝级文物了。"

又是那个词：财宝。

"你有问过有关马尔蒂努的妻子夏洛特的情况吗？"

"我问过了。他们俩同居很长时间,在马尔蒂努已经奄奄一息时才正式结婚。她几年前去世了,没有再婚。"

伽马什点点头,思考着什么。过了一会儿,他又对莫林说道："我需要你再去调查一下这里的捷克人社区,尤其调查一下帕拉一家的情况,查一查帕拉一家在捷克的生活情况；他们是怎么离开捷克的；在捷克时他们都跟谁来往；还有他们的家族情况。总之,有关他们的一切都要查。"

伽马什随后又走到波伏瓦身边,"我等一会儿要去蒙特利尔一趟和布鲁内尔督查谈一些事,看看有什么线索。"

"好的。莫林一拿到有关帕拉一家的资料,我就去他们家。"

"别一个人去。"

"好的,我不会的。"

伽马什弯下腰,拾起先前被波伏瓦扔在地上的那个纸团。他打开纸团,读着上面的文字：在你的噩梦之中。

"在你的噩梦之中。"伽马什重复道,将纸团交给波伏瓦,"你觉得这是什么意思？"

波伏瓦耸耸肩,打开自己办公桌的抽屉。抽屉里塞满了被捏成团的小纸条,"这些小纸条到处都是。我外套的口袋里,还有今天早上贴在我房间的门上。这张是贴在我电脑的显示屏上的。"

伽马什将手伸进抽屉,随意拿起一张小纸条。上面写着:

> 喜欢以杀戮取乐的神灵
> 也能治愈创伤。

"都是类似的语句吗?"

波伏瓦点点头。"每一次都比上一次更莫名其妙。我该拿这些纸条怎么办?露丝这个老女人肯定很生气,因为我们占用了她消防站的办公室。你觉得我们需要颁布一道禁令吗?"

"禁止一位荣获加拿大总督奖的八十岁诗人给你寄送诗歌?"

波伏瓦觉得这似乎不可行。

伽马什又看了看那些纸团,它们仿佛在欢呼一样。"好了,我得走了。"

"谢谢你的帮忙。"波伏瓦说道。

"不用谢。"伽马什挥了挥手,走了出去。

在随后的一个小时里,伽马什和克莱拉在前往蒙特利尔的路上谈论着三松镇里的居民、夏季到小镇的来访者、吉尔伯特一家以及克莱拉现在所知道的情况。

"老孟和查理斯前几天还在小镇里。老孟对文森特·吉尔伯特很着迷。他知道他在树林里看到的那个人就是文森特,但是却没告诉任何人。"

"他是怎么知道文森特的?"

"通过《本性》这本书。"克莱拉说道。

"那是当然。"伽马什说道,车子此时驶入通向蒙特利尔的高速公路。"查埋斯患有唐氏综合征。"

"查理斯出生后,莫娜给过老孟一本《本性》的复印本。这本书改变了他们的生活,也改变了其他许多人的生活。莫娜说,文森特·吉尔伯特博士是个了不起的人。"

"我想,他会同意这一说法的。"

克莱拉大笑道:"不过,我可不觉得我需要这样一个了不起的人来拯救我。"

伽马什对此表示同意。大多数伟人都是殉道者。他们会让许多人跟自己一起陪葬。伽马什默默地开着车,车子经过一个又一个路牌。

"如果我说'woo'这个字,你会想到什么?"伽马什问克莱拉。

"是猜字游戏吗?"克莱拉看着伽马什,露出一种假装担心的表情。

"这个字你觉得有什么含义?"

事实上,当伽马什又说到这个字时,克莱拉感到有点紧张。"woo,"克莱拉重复道,"woo 以前有一个含义,表示求爱。不过,woo 现在已经没这个含义了。"

"表示求爱?"伽马什大笑道,"我明白你的意思了。不过,我不觉得这是我想要的答案。"

"很抱歉。我帮不了你。"

"啊,没关系。"此时车子已经上了山普伦大桥。然后车子开到圣劳伦大道上。在向左转了两次弯之后,克莱拉在圣坡勒餐厅下了车。

在走上几个台阶之后,克莱拉又转身走了回来。她靠在伽马什车子的窗前问道:"如果一个人侮辱了另一个你很在乎的人,你会指出那个人的过错吗?"

伽马什想了一会儿,"我希望我会。"

克莱拉点点头,然后转身离开了。但是克莱拉了解伽马什,他是不会"希望"这么做的。

...29

在吃完一顿丰盛的午餐——黄瓜汤、烤虾、茴香色拉和梨子口味的蛋挞——之后,伽马什和布鲁内尔夫妇坐在公寓二楼亮堂的客厅里。客厅的两边是两排书架。客厅里到处摆放着破旧的东西——残缺的陶器碎片和有缺口的杯子。这是一间人们既可以居住、阅读,又可以聊天、思考并开怀大笑的客厅。

"我正在研究小木屋里的那些古董。"泰莱斯·布鲁内尔说道。

"有什么进展吗?"伽马什坐在沙发上,身子向前靠,手上拿着一杯浓咖啡。

"目前还没有。听上去很令人吃惊,那些古董没有一件被报告失窃。不过我还没查完,可能要花几个星期的时间来追查这些古董的来历。"

伽马什慢慢地将身子靠回去,将他长长的腿交叉在一起。如果这些古董不是偷来的,那么它们是从哪儿来的?"有没有其他的可能?"伽马什问道。

"也许,死者是这些古董真正的拥有者,或者这些古董是从某个死去的人那里偷来了,所以没人报告失窃,比如说古董的真正主人在战争中死亡了,像是琥珀屋这样。"

"也有可能是别人赠送给他的。"布鲁内尔的丈夫杰罗姆补充道。

"可是它们都是无价之宝。"布鲁内尔对此表示反对,"谁会把这么多无价之宝送给别人?"

"说不定是作为报答呢?"杰罗姆说道。

三个人都沉默不语。他们在想着,小木屋里的老者到底做了什么可以使别人如此慷慨地报答他。

"对了,阿尔芒。我有东西要给你看。"杰罗姆站起身,他身高有五尺半(1.83米左右)。尽管身材已经接近正方形,但是杰罗姆仍然行动自如,好像他的体内装满了从头脑中溢出来的思想。

杰罗姆一屁股坐在伽马什身边,整个沙发都陷了下去。此时,杰罗姆手上拿着那两件雕刻品。

"首先,我得说它们都精美,几乎像会说话一样,你不觉得吗?我的任务,泰莱斯告诉我,是要弄明白它们到底在说什么。或者更确切地说,弄明白这些字母到底表达什么意思。"

杰罗姆将两件雕刻品翻转过来,露出底部刻着的字母。

MRKBVYDDO是那件岸边主题的雕刻下面的字母。

OWSVI是那艘船的雕刻下面的字母。

"这是某种编码。"杰罗姆解释道,他戴上眼镜,再次仔细地凝视这些字母,"我是从最简单的推测开始的。Qwerty是业余编码人员最有可能使用的字母组合。你知道这个字母组合吗?"

"这是打字机上的字母顺序,也是电脑键盘上的字母顺序。"伽马什说道,"Qwerty是键盘第一行左边的字母顺序。"

"使用Qwerty的人其实就是在键盘上依次打上这些字母,所以很容易破解。不过,这两件雕刻上的可没那么简单。"杰罗姆将身体向上伸直了一下,伽马什感到自己的身体快要陷进杰罗姆在沙发上坐出的那个大洞里去了。"我尝试了很多破解编码的方法,不过老实讲,我不知道它们到底是什么意思。很抱歉。"

伽马什本指望着杰罗姆这位破解密码的高手能够破解老者所设置的这些字母的含义。但是就跟这起案子中其他的谜团一样,这些字母也还是无法破解。

"但我想我知道这是什么类型的编码。我觉得它们是恺撒编码。"

"请继续说。"

"好的。"杰罗姆说道,他喜欢挑战,也喜欢有人听他讲解,"尤里乌斯·恺撒[①]是一位天才,他也是密码破解者心目中的帝王。恺撒曾使用古希腊字母向其驻扎在法国的军队传送秘密情报。不过,没过多久他就更新了密码形式。他转向使用罗马字母,也就是我们今天所使用的字母。但是恺撒以每三个字母为顺序使用字母。比如说,如果你想要表示 kill 即屠杀的意思,用恺撒编码写出来就是……"杰罗姆拿起一张纸,在上面写下一串字母:ABCDEFGHIJKLMNOPQRSTUVWXYZ

然后杰罗姆圈出四个字母:NLOO

"看明白吗?"

伽马什和布鲁内尔都挤到桌边看个清楚。

"所以,恺撒编码是更换了字母的顺序。"伽马什说道,"如果雕刻品下面的那些字母是恺撒编码的话,你也能用这种方法来破译吗?以三个字母为顺序移动那些字母?"

伽马什看着那艘船底部的字母。

"那么,这些字母就是……L,T,P 是不是?不过,这没有任何含义。"

"恺撒是个聪明人,我想那位老者一定也很聪明。至少,他应该知道恺撒编码。恺撒编码的巧妙之处就是你几乎无法破解,因为字母移动转换的顺序可以是任意的,或者你也可以使用一个只有你和你的联系人才知道的关键字。你可以把那个关键字写在字母表前面,然后开始编码。比如说,我们以蒙特利尔 Montreal 为例。"

杰罗姆又拿起刚才那张写着字母表的纸,在最开头的八个字母下面

[①] 尤利乌斯·恺撒,(Iulius Cacsar 公元前 102 年—公元前 44 年):古罗马皇帝,罗马共和国末期杰出的军事统帅、政治家。

写下 Montreal，然后从 A 开始讲将剩余字母写上去：

A B C D E F G H I J K L M N O P Q R S T U V W X Y Z
M O N T R E A L A B C D E F G H I J K L M N O P Q R

"好，如果你现在想要发送的信息是 kill 这个字，编码会是什么呢？"

伽马什拿起铅笔，在纸上圈出四个字母：CADD

"对了。"杰罗姆说道。伽马什看着自己圈出的字母，感到很惊奇。泰莱斯·布鲁内尔一直在旁边看着，她站起身，微笑着，对自己聪明的丈夫感到很自豪。

"我们需要那个关键字才能破解。"伽马什挺直身子。

"是的，那是关键所在。"杰罗姆大笑道。

"我想我知道那个关键字是什么了。"

杰罗姆点点头，又找来一把椅子，坐了下来。他在一张纸上又把字母表写了一遍：

A B C D E F G H I J K L M N O P Q R S T U V W X Y Z

然后，他手上的铅笔停在下一行，等着那个关键字。

"夏洛特 Charlotte。"伽马什说道。

克莱拉和丹尼斯·弗丁此时正喝着咖啡。圣坡勒餐厅的后花园此时几乎空无一人。中午吃午饭的人潮——主要是来自蒙特利尔青年营区的一些嬉皮士年轻人——现在不见了。

服务员把账单拿来了。克莱拉知道，现在该是说那件事的时候了，要么就再也别说。

"我还有一件事想根您说。"

"是那两件雕刻品吗？你都带来了？"弗丁将身子靠上前。

"没有，它们还在伽马什探长那里。但我已经把你的消息告诉他了。"

我想那两件雕刻可能是那起凶杀案的物证之一。"

"那是当然。不用着急。不过,我觉得那位买家可能对它们的兴趣不会保持太久。但是,它们真的很精美,任何人都会想要的。"

克莱拉点点头,觉得现在可能该是他们道别的时候了。她应该回三松镇,然后列出一张参加自己画展的人的名单,并把那件事彻底忘掉。毕竟,弗丁对于加布里说的那句话他自己已经淡忘了,情况没那么严重。

"那么,你还想谈点什么呢?你是打算在普罗旺斯还是托斯卡纳①买一幢别墅?或者买一艘游艇你看怎么样?"

克莱拉不知道弗丁是否在开玩笑,但她知道弗丁不是随随便便说这样的话的。

"只是一件小事。我想我可能听错了,就是昨天您到三松镇来时对加布里说的一些话。"

弗丁看上去很感兴趣,但有些困惑。

"加布里就是来为我们服务的那位服务员。"克莱拉解释道,"他是给我们端饮料的。"

弗丁仍然困惑地看着克莱拉。克莱拉感到自己的大脑在蒸发。在早上反复操练了很多次之后,现在她的脑子突然什么都记不起来了,甚至连自己的名字都记不起来了。"啊,我只是想说,你知道……"

她的声音变得越来越轻。她说不出来。这一定是个警示,克莱拉这么认为,这一定是上帝给自己的警示,告诫自己什么都不要说,这样她就能安然无事。

"没什么。"克莱拉笑道,"我只是想告诉您那个服务员的名字。"

克莱拉觉得,弗丁一定已经习惯了那些喝醉酒的、或是精神错乱的,或是思路混乱的艺术家,而此时的克莱拉似乎三者全都具备。克莱拉觉得,在弗丁的眼中,自己一定是一个精神极度错乱的杰出画家。

弗丁结了账,并且克莱拉注意到,他还留了一笔不菲的小费。

---

① 普罗旺斯(Provence)和托斯卡纳(Tuscany):分别是法国和意大利的两个行政区,都以优美的自然风光与奢华的别墅群而著称。

"我记得你说个那个人。"弗丁带着克莱拉穿过餐厅后花园的小树林,那里弥漫着草本茶的香气,"那个人是个讨厌的同性恋。"

VDTK？ MMF/X

大家盯着这几个字母。他们越看越摸不着头脑。这几个字母到底传达什么含义?

"有什么看法吗?"杰罗姆抬起头。

伽马什也是一脸的茫然。他确信自己已经找到了那个关键字,他确信,"Charlotte"就是那个可以破解编码的关键字。他想了一会儿,把整个案件在脑子里又过了一遍。

"Woo。"伽马什说道。大家又试了试。

还是什么含义都没有。

"《瓦尔登湖》。对了,用 Walden 试试看。"但是伽马什知道这也是徒劳的,的确仍然什么含义都没有。

什么含义都没有,什么都没有。到底还漏掉了什么呢?

"我会接着试试其他方法的。"杰罗姆说道,"可能它们并不是恺撒编码。还有许多其他类型的编码方式呢。"

杰罗姆十分肯定地微笑着。伽马什感到了他微笑背后所传达的含义:情况很糟,但是自己不会放弃。

"你能否跟我说说你的一个同事文森特·吉尔伯特?"伽马什问道。

"他不是我的同事。"杰罗姆回答道,语气显得有点生气,"从我从医以来,我就没见过他和谁共事过。他这个人无法忍受傻瓜。你不觉得像他那样的人喜欢把其他所有人都看成傻瓜吗?"

"有那么糟吗?"

"吉尔伯特博士总是把自己看成是救世主,这一点让杰罗姆很生气。"泰莱斯·布鲁内尔说道,她此时正靠在丈夫坐的那把椅子的扶手上。

"他的为人应该很难相处吧。"伽马什说道,他自己也曾和一些自以为是的家伙共事过。

"哦,倒不是因为这个。"布鲁内尔笑道,"杰罗姆之所以生气是因为吉尔伯特认为自己才是唯一的上帝,并且拒绝相信还有另一个上帝的存在。"

大家大笑起来。不过,杰罗姆很快就收敛了笑容,"文森特·吉尔伯特是个十分危险的人。他自以为上帝附身,是一个狂妄自大的家伙。但是他很聪明,他写的那本书叫……"

"叫《本性》。"伽马什说道。

"啊,对。那本书里的每一字都经得起推敲。我读过那本书,写得很不错。大多数读过该书的人都会同意他书中的观点。在某些方面他的确是个很有成就的人,甚至可以说是个很了不起的人。"

"那你觉得他是吗?"

杰罗姆用鼻子哼了一声,"他所做的唯一的事情就是让每一个人相信他是个了不起的人物。考虑到他的为人处世,这也算不上什么卑鄙无耻的举动。至于你问我觉得他是不是一个了不起的人,我的回答是,他不是。"

"好了,现在该轮到你来听听我的消息了。"布鲁内尔站了起来,"跟我来。"

伽马什跟着她来到工作室,杰罗姆则独自一人在客厅里破解着那些字母。工作室里堆满各种报纸和杂志。布鲁内尔在自己的电脑边坐下,在快速敲击了几下鼠标之后,一张照片出现在电脑屏幕上。

伽马什从坐的椅子上站起身,仔细看着那张照片,"这是……"

"这是另一件雕刻品。"布鲁内尔笑道,她感觉自己现在就像一位从帽子里变出一只兔子的魔术师。

"这也是那位老者雕刻的作品吗?"伽马什在椅子上扭动了一下身体,看着布鲁内尔。布鲁内尔点点头。伽马什又看着电脑屏幕。这一件雕刻品更为复杂。一边是一艘搁浅的船,后面是森林,而另一边是一个正在建造中的小村镇。"即使在照片里,那些雕刻出来的小人也都像活的一样。他们和那两件雕刻中的人物是一样的吗?"

"我想是的。但这上面看不到那个表情惊恐的男孩子。"

伽马什在小村镇、岸边的船上以及后面的森林里寻找着。的确没有那个男孩的身影。他发生了什么？"我们需要看一看这件雕刻品的实体。"伽马什说道。

"这是住在苏黎世的一位收藏家的私人收藏品。我已经和那里我熟悉的一位美术馆馆长联系过了。他说他会想办法的。他可是一位很有影响力的人物。"

伽马什知道自己用不着催促布鲁内尔进行联系。

"不仅仅是那个男孩子，"伽马什说道，"我们还需要看看这件雕刻底部刻了什么。"

和另外两件雕刻品一样，这件雕刻品也是表面看上去静宁，安详，充满田园气息，但在每一根线条之间却隐藏着某种东西———一种惊恐的气氛。

但是这件雕刻品中的人物和另外两件一样都显得很快乐。

"另外还有一件。那是在开普敦的一件私人收藏品。"电脑屏幕迅速切换，另一件雕刻品出现了。在这件雕刻品中，一个男孩子躺在一座山的山脚下，也许是睡着了，也许是死了。伽马什戴上眼镜，身子向前，眼睛斜视着，想看得更清楚些。

"很难确定，但我觉得这就是那个男孩子。"

"我也这么认为。"伽马什说道。

"他是死了吗？"

"我不清楚，但我不这么认为。你有注意到这件雕刻上有某种东西吗，阿尔芒？"

伽马什将身子向后靠，深吸了一口气，然后将胸中感受到的压力都呼了出来。他闭上双眼，随后又睁开。但这一次他没有看屏幕上的那张照片，而是用心去感受它。

过了一会儿，伽马什知道布鲁内尔说的没错。这件雕刻品的确跟其他几件不同。它们出自同一人之手，这是毫无疑问的。但是有一个重要的细节发生了改变。

"这件雕刻品感觉不到恐惧。"

布鲁内尔点点头，"是的，只有平静与满足。"

"甚至还有爱。"伽马什说道。他渴望能拿着这件作品,甚至拥有它,尽管他知道这是无法做到的。伽马什不止一次感受到了自己的欲望,或者更确切地说是自己的贪婪,在蠢蠢欲动。他知道自己不会将贪婪的欲望付诸于行动,但他清楚地知道有的人会这么做。这是一件值得占有的雕刻作品。伽马什甚至怀疑,所有那几件雕刻品都值得占有。

"这几件雕刻的情况,你知道多少?"伽马什问道。

"总共有七件这样的雕刻作品被出售。第一件是在六年前卖出去的,价格是一万五千美元。之后它们的价格就开始一路飙升,最后一件的出售价格达到了三十万美元,那是去年冬天卖出去的。据说如果还有第八件这样的雕刻的话,价格可以达到至少五十万美元。"

伽马什十分惊讶地呼了一口气,"无论谁卖出这些雕刻品,都能赚到数十万美元。"

"日内瓦的拍卖行还只是做了保守的估价,但是我算了一下,现在这样的一件雕刻品的价格大概是一百五十万美元。"

伽马什的思绪在飞速运转着。很快他的思绪汇集成一个事实,或者说汇集成一句话:

> 我回家的路上,随意丢在树林里了。我不想要那些东西。

这是奥利维说的话。看来,奥利维又在撒谎了。

笨蛋,笨蛋,伽马什这样想着。他再次看着屏幕上的那张照片,那个男孩子脸朝下躺在山脚下,仿佛在亲吻着大山。这有可能吗?伽马什问自己。

这会是奥利维干的吗?是奥利维杀了老者?

一百万美元的确可以成为杀人的动机,但是为什么要杀死一个可以不断给自己提供无价之宝的老者呢?

不会是这样的,奥利维还有一些事情没有向警方交代。伽马什认为,如果自己还有希望抓住真正的凶手的话,那么现在就是必须揭露真相的时候了。

为什么加布里是一个令人恶心的同性恋,或是令人讨厌的同性恋呢?克莱拉这样想着。为什么自己对这一切都缄口不语呢?

"对,你就是这样的人。"克莱拉仿佛听见自己在说话,那个声音是从自己的身体之外发出的。阳光晒在身上暖洋洋的,但克莱拉却将外套裹得更紧。她和弗丁此时站在人行道上。

"我开车送你去哪儿?"丹尼斯·弗丁问道。

去哪儿?克莱拉不知道伽马什此时身在何处,但她有伽马什的手机号码,"我还是自己步行好了,谢谢。"

她和弗丁握了握手。

"这次的画展对你我而言都将会是一次盛大的展出。我真替你高兴。"弗丁十分友好地说道。

"还有一件事。加布里,他是我的朋友。"

克莱拉感到弗丁握着的手松开了,但是他仍微笑着,看着克莱拉。

"我只是想说,他并不是一个恶心和讨厌的同性恋。"

"他不是吗?可他看上去像是一个同性恋啊。"

"是的,他是同性恋。"克莱拉感到自己的脑子越来越糊涂了。

"你到底要说什么,克莱拉?"

"你说加布里是恶心的、讨厌的同性恋。"

"怎么了?"

"你说的这句话似乎不礼貌。"

此刻,克莱拉感觉自己像是一个中学生。"不礼貌"这样的词在艺术界是不太被使用的,除非把它作为一种对他人的侮辱。

"你不是想教训我吧?"

弗丁之前说话的声音像蜜一般甜,甜得克莱拉都感到他的声音好像黏在了自己的身上。弗丁之前的眼神也是那样体贴,但现在他的眼神中透露出凶狠,甚至是威胁。

"不是,我只是想说我很吃惊,我不喜欢听到我的朋友被人说成那样。"

"可他就是一个恶心的、令人讨厌的同性恋。你得承认这一点。"

"我说了,他是一个同性恋,但并不恶心,也不讨厌。"克莱拉感到自己的脸颊正在嗞嗞作响,她知道自己的脸现在一定涨得通红。

"啊,"弗丁叹了一口气,摇了摇头,"我明白你的意思了。"他用怜悯的目光看着克莱拉,就像一个人看着一只生病的宠物一样,"你毕竟还是个来自偏远小镇的人。你在那个小镇住的时间太长了,克莱拉。这让你的气量变得极其狭小。你先是质问你自己,现在你还想压制我的声音。这很危险,这是一种政治上的专制,克莱拉。作为一名艺术家,你需要突破一切边界,你需要前进、需要挑战、需要变得惊世骇俗,而你不愿意这样做,是吗?"

克莱拉站着不动,只是看着弗丁。她不明白他在说什么。

"我觉得你不愿意。"弗丁继续说道,"我老实跟你说吧。我说他的话也许是有点让人震惊,但我说的是事实,而你更喜欢听好话,喜欢听礼貌的话。"

"你在背后侮辱了一个好人。"克莱拉说道,她现在能感到自己愤怒的眼泪。她知道自己现在看上去会是什么样子,一定看上去很软弱。

"看来我不得不重新考虑一下画展的事情了。"弗丁说道,"我对你感到很失望。我本以为你很优秀,但现在看来这一切都是你装出来的。你其实不仅肤浅,而且迂腐。我可不能拿我美术馆的声誉来冒险,让一个不愿意为艺术做出挑战的人来我的美术馆里办画展。"

交通信号灯此时变成绿色。丹尼斯·弗丁大跨步穿过马路。当走到马路的另一边时,他回头看看克莱拉,然后又摇摇头。随后他笔直朝自己的车子走去。

波伏瓦探员和莫林警员朝帕拉一家住的房子驶去。波伏瓦期待着能看到一座很传统的房子,一座来自捷克的木匠会居住的房子,类似于瑞士的牧人小屋。对波伏瓦而言,整个世界只有魁北克和非魁北克的区别。中国人看上去都是一样的,非洲人也是。南美洲人——如果波伏瓦想到南美洲的话——看上去也长得一样,吃着一样的食物,住在几乎一样的房子里。那是一个没有自己的故乡那么有魅力的地方。他头脑中的英国人也全是一样的,都是疯子。

在波伏瓦的头脑里,瑞士人、捷克人、德国人、挪威人、瑞典人都彼此混居。他们都是身材高大、金发碧眼、体格健壮,当然也有个别身材瘦小。他们全都住在像大写字母 A 一样的房子里,房子里有许多隔板和牛奶。

波伏瓦减慢车速,车子缓缓停在帕拉一家的房子前面。波伏瓦此时所看到的是一大块玻璃在阳光的照射下闪烁着光芒,有一些玻璃映射出蓝天、白云、小鸟、树林、大山和一个白色的尖顶。那尖顶是远处三松镇的教堂。周围所有美丽的风景都被眼前这座漂亮的房子外的玻璃墙给映射出来了。

"你们来的真巧。我刚好要出去工作。"罗阿尔·帕拉打门时说道。

罗阿尔把波伏瓦和莫林带进屋子。屋子里显得十分亮堂。地板打磨得十分光亮,看上去很结实牢固。波伏瓦认为,如果这座房子飞上天的话,这样的地板会使人觉得很安全。屋子里的光线让波伏瓦有些目眩,他觉得屋子在飞。

"什么东西。"波伏瓦轻声说道,走进一间大房间。那是一间多功能房间,既可以当做厨房和餐室,也可以当做客厅。房间的三面墙都是玻璃做的,感觉好像房子里的各个房间都是相通的,室外与室内也是相通的,外面的树林与房子也是相通的。

一个来自捷克的木匠除了住在树林里,住在这样一个充满光亮的房子里,还能住在哪里呢?

哈娜·帕拉此时正在水槽边,擦着自己的手,而哈沃克·帕拉则在摆放午餐碟子。整个房间弥漫着一股浓汤的味道。

"你现在不在小酒馆里干了吗?"波伏瓦问哈沃克。

"今天正好轮班。奥利维还问我是否介意呢。"

"你介意吗?"

"介意?"他们朝一张长长的餐桌走去并在桌边的椅子上坐了下来,"当然不介意。我觉得奥利维最近压力很大。"

"你觉得奥利维这人怎么样?"波伏瓦注意到莫林拿出了他的记录

本和笔。他之前曾告诉莫林,当他们到达帕拉家里的时候,他就开始记录。警察做记录这一动作会让嫌疑人感到惊慌失措。波伏瓦喜欢看到嫌疑人惊慌的样子。

"如果拿我父亲跟他进行比较的话,他人真的很好。"

"你这话什么意思?"罗阿尔叫道。波伏瓦打量着眼前这个身材矮小、体格粗壮的人。他想找到罗阿尔暴力倾向的证据,但似乎拿罗阿尔开涮是帕拉一家的乐趣。

"至少奥利维不会让我拿着锯子、斧头还有砍刀做木工活。"

"奥利维的巧克力蛋糕和冰淇淋比那些东西危险得多。至少你拿着斧头的时候知道自己要小心。"

波伏瓦意识到,罗阿尔能够一刀直入问题的核心。他表面的凶暴并不是他真实的为人。当然,他表面的友善可能也不是真实的。

"我想给各位看一下死者的照片。"

"我们已经看过了。先前拉克斯特警官已经给我们看过了。"哈娜说道。

"我希望你们能再看一次。"

"有什么问题吗,警官?"哈娜问道。

"你们是捷克人。"

"怎么了呢?"

"你们刚到这里没多久,我知道的。"波伏瓦继续说道,没有回答哈娜的问题,"苏联入侵捷克之后,有很多捷克人都到这儿来了。"

"这里有一个很不错的捷克人社区。"哈娜说道。

"事实上,这个捷克人社区规模很大,简直可以说是一个捷克人联盟。你们每个月都会聚餐一次。"

这些情况都是波伏瓦从莫林查到的资料里得知的。

"没错。"罗阿尔说道,他看着波伏瓦,不明白波伏瓦到底想要表达什么。

"你有好几次担任过该联盟的主席,是吧?"波伏瓦问罗阿尔,然后又看着哈娜,"你们两位都曾担任过。"

"这并不是什么值得夸耀的职务,警官先生。"哈娜笑道,"大家都是轮流担任的。我们采用的是轮流制。"

"我可不可以说,你们认识捷克人社区中的每一个人?"

罗阿尔和哈娜彼此看了看对方,然后点点头。

"所以,你们也应该认识那位死者。他就是捷克人。"波伏瓦将那张照片从口袋里拿出来,放在桌上。但是罗阿尔和哈娜并没有拿起来看。帕拉一家三个人此时都看着波伏瓦,显得很惊讶。他们是在惊讶波伏瓦已经了解了实情呢?还是在惊讶死者是个捷克人?

波伏瓦认为,他们一定属于这两种情况中的某一种。

过了一会儿,罗阿尔拿起照片,看了一下。他摇摇头,然后把照片递给自己的妻子,"我们已经看过了,而且已经告诉过拉克斯特警官,我们不认识死者。即使他是捷克人,他也从来没有来聚过餐,也从没有和我们联系过。你们可以去问问其他人。"

"我们会的。"波伏瓦将照片又放回到口袋里,"其他警官正在和社区里其他捷克人谈话。"

"这算是刑讯吗?"哈娜问道,她脸上的微笑不见了。

"不是,只是一般的调查问询。如果死者是捷克人,询问一下捷克人社区里头的人也是很正常的事情,不是吗?"

电话铃响了,哈娜走去接电话。她低头看看来电显示,"是伊娃打来的。"哈娜拿起电话,开始用法语说起来。她说家里正有一位安全局的警官在找他们谈话;不,她不认识照片上的死者;是的,死者是捷克人让她感到很吃惊。

真是狡猾,波伏瓦这样想到。哈娜挂断电话,但电话马上又响了。

"是亚娜打来的。"哈娜说道,不过这次没人去接。电话铃一直响着。他们意识到电话铃会响整个下午。在安全局的警官们在捷克人社区进行调查问询期间,社区里的捷克人都会彼此打电话通报。

这的确让人感到人心险恶,但波伏瓦很快也不得不承认,他自己在办案时也会做同样的事情。

"你们认识博胡斯拉夫·马尔蒂努?"

"谁?"

波伏瓦又重复了一遍,然后给他们看打印出来的材料。

"啊,博胡斯拉夫·马尔蒂努。"罗阿尔说道,他用一种波伏瓦所不知道的方式读着那个名字,"他是捷克的作曲家。难道你们怀疑人是他杀的?"

罗阿尔大笑起来,但是哈娜和哈沃克没有笑。

"捷克人社区里有没有人和马尔蒂努有关系?"

"没有,没人。"哈娜十分肯定地回答道。

莫林对于帕拉一家的调查情况很有限。他们在捷克时似乎只和一位姑妈还有几个表兄弟有来往。帕拉夫妇是在他们二十多岁的时候离开捷克的,他们在加拿大申请到了难民身份,现在已是加拿大的公民了。

没什么特别的,他们与马尔蒂努也没有任何关系。事实上,他们与任何有名或无名的人都扯不上关系。他们既不知道 woo,也和夏洛特无关,也没有财宝,什么都没有。

然而,波伏瓦确信帕拉一家知道的事情远比他们告诉警方的要多得多,也远比莫林所查找到的情况要复杂得多。

当波伏瓦开车离开时,他看到自己的车子在那座玻璃房子上反射的光影。波伏瓦在想,帕拉一家是否也像他们居住的那座房子一样是透明的。

"我还有一个问题想问。"伽马什说道,他和布鲁内尔此时正走回到客厅。杰罗姆抬起头看了看他们,然后又低下头试图破解那一串字母。

"什么问题?"

"就是关于丹尼斯·弗丁——"

"是弗丁美术馆的馆长?"布鲁内尔打断伽马什的话。

伽马什点点头,"他昨天来过三松镇,并且看到了其中一件雕刻品。他认为那件雕刻品并没有多少价值。"

布鲁内尔犹豫了一会儿,"我对此并不感到惊讶。弗丁是一位受人尊敬的艺术品商人,在发掘新生艺术家方面很有成就。但是他所擅长的并不是雕刻艺术,尽管他也交易过几件非常棒的雕刻作品。"

"但即使像我这样的外行都看得出那几件雕刻是杰出的艺术作品。他怎么会看不出呢?"

"你的意思是说,弗丁在撒谎?"

"有这种可能吗?"

布鲁内尔想了一会儿,"有这种可能性。其实我总是觉得有点好笑,不过这是艺术界司空见惯的情况。外行人似乎觉得艺术界都是由一群疯狂的艺术家、愚蠢的买家和将两者结合起来的艺术品商人组成的。事实上,艺术品交易就是做买卖。任何只懂一种类型的艺术品的人在艺术界会被埋没掉,这样你投进去的数千万美元可能就岌岌可危了。但是在艺术界比金钱更可怕的是自负。如果将大把的金钱和更大的自负结合在一起,你就会精神失常。艺术界是一个弱肉强食的世界,常常是很丑恶的,也是很凶残的。"

伽马什想到了克莱拉,他在想,克莱拉是否意识到了这一点,她是否清楚等待着自己的是什么——脱离掌心。

"但艺术界里不是每个人都那样吧。"伽马什说道。

"当然不是。但是,"布鲁内尔朝放在杰罗姆旁边桌子上的那两件雕刻品点点头,"它们会使人们变成那样。一个人死了。如果我们更加仔细地调查这起案子的话,说不定会发现还有其他人也死了。"

"为了这几件雕刻品?"伽马什将那艘雕刻的船拿起来。

"为了金钱。"

伽马什凝视着这几件雕刻品。他知道,不是每个人都会被金钱所驱使,还有其他驱使人们犯罪的东西,比如:嫉妒、仇恨、报复心等等。伽马什此时的视线没有看着那些驶入快乐港湾的乘客,而是看着船上那个向后张望的男孩子。那个男孩子用恐惧的目光看着自己驶来的方向。

"我还有件事要告诉你,阿尔芒。"

伽马什放下手中的那艘船,看着布鲁内尔。

"我发现了你所谓的'woo'了。"

... 30

"就是这儿。"泰莱斯·布鲁内尔说道。

伽马什和布鲁内尔之前开车来到蒙特利尔市中心。此刻布鲁内尔正指着一幢大楼,伽马什缓缓减慢车速。后面的车辆立即按响了喇叭。在魁北克减慢车速几乎等同于犯罪。伽马什没有加速,他并不去理会后面的喇叭声。他试着要看清布鲁内尔指给他看的那幢大楼。那是一座名叫海菲儿的艺术馆,艺术馆的外面有一尊青铜制成的雕塑。在伽马什能更好地看清那尊雕塑之前,后面的汽车超上前去了。伽马什花了二十分钟的时间来寻找一个停车位。

"你不能就停在马路边上吗?"布鲁内尔问道。

"如果我们不想有麻烦的话,最好不要。"

布鲁内尔叹了口气,不过还是同意了。最后他们终于找到了一个停车位。把车停好后,他们沿着舍布鲁克大道走着,直到来到海菲儿艺术馆前面。他们看着那尊雕塑。伽马什其实以前见过它,但从未驻足观赏过。

正在此时伽马什的手机响了。"不好意思。"他对布鲁内尔说道,然后去接电话。

"我是克莱拉。我在想,你什么时候可以办完事送我回去。"

"再过几分钟吧。你没事吧?"克莱拉的声音听上去有些颤抖,显得很沮丧。

"我很好。我在哪里跟你碰头?"

"我现在正在舍布鲁克大道,就在海菲儿艺术馆外面。"

"我知道那地方。我过几分钟后到你这儿,可以吗?"克莱拉的声音听上去很着急,甚至有些迫不及待地想离开。

"好的。我等你。"

伽马什挂断电话,走回到那尊雕塑旁边。他静静地绕着雕塑走着,而布鲁内尔则凝视着雕塑,脸上露出喜悦的神情。

伽马什看到的这尊雕塑是一尊真人大小的青铜雕像。雕像的主体是一位衣衫褴褛的中年妇女,她站在一匹马的旁边,在她身边还有一条狗,马的背上还坐着一只猴子。伽马什走回到布鲁内尔身边,他停下脚步。

"这就是你所说的'woo'?"

"不,这是艾米丽·卡尔①。这尊雕塑是乔·哈法德的作品,名字叫做'艾米丽和她的伙伴们'。"

伽马什笑了笑,然后点点头,现在他能够看明白这尊雕塑了。雕塑中的那个女人——表情庄重,蹲着身子,面容丑陋——竟然是加拿大最伟大的画家之一。她是一个极具天赋,同时又充满幻想的艺术家。她的大部分绘画创作于20世纪初期。她早已去世了,但她的艺术风格却历久弥新,对后世产生了深远的影响。

伽马什仔细地看着这尊青铜雕塑。雕塑中的艾米丽比伽马什在斑驳的黑白照片上看过的艾米丽更加年轻一些。黑白照片中的艾米丽总是一个人在树林里,看上去充满阳刚之气,表情大多很严肃,显得并不

---

① 艾米丽·卡尔(Emily Carr 1871—1945):加拿大著名画家兼作家。其作品深受太平洋西北沿岸地区印第安土著艺术风格的影响,也是加拿大最早采用现代主义和后印象派画法的画家之一。

快乐。

但这尊雕塑里的艾米丽却是快乐的表情。可能这是雕塑者个人的幻想吧。

"很棒,是不是?"布鲁内尔问道,"艾米丽·卡尔通常看上去都很忧郁。这尊雕塑展现了她快乐的一面,我觉得很棒。她通常只有和她的动物伙伴们在一起时才会快乐,她憎恨人类。"

"你先前说你发现了'woo'。它在哪儿?"

伽马什显得有些失望,他现在无法确定布鲁内尔先前说的话是否正确。一位已经去世很长时间的画家和自己眼下正在办理的案子到底有什么关系?

布鲁内尔走到雕塑前面,将自己精心修饰过的手放在那只猴子雕像上。

"这就是 Woo,它是艾米丽最忠实的伙伴。"

"Woo 是一只猴子?"

"艾米丽热爱所有动物,而 Woo 是她的最爱。"

伽马什将双手交叉在胸前,凝视着那只猴子。"这的确很有趣,但老者小木屋里的那个'woo'应该具有某种含义。你怎么会想到艾米丽·卡尔的猴子呢?"

"因为这个。"

布鲁内尔打开自己的手提包,递给伽马什一本光滑的小册子。这是关于艾米丽·卡尔作品回顾展的宣传册,该回顾展在温哥华美术馆举行。伽马什看着册子上艾米丽画作的照片,那些画作毫无疑问带有强烈的美洲西海岸的狂野风格。它们几乎创作于一个世纪之前。

艾米丽的作品的确与众不同。绚烂的绿色和棕色交织在一起,使得画面上的森林看上去既狂野又安静。由于砍伐和破坏,那片森林早已消失。但多亏艾米丽·卡尔的画作,这样的森林在今天仍散发着生命力。

但是艾米丽·卡尔之所以杰出并不是由于这一点。

伽马什翻阅着小册子直到他找到自己想找的东西——带有艾米丽题字的绘画系列。这些画作所描绘的是萦绕于所有加拿大人心头的东西:

图腾柱。

艾米丽曾有一段时间生活在英属哥伦比亚地区北部海达部落的偏远渔村里。她坐在海岸边，就在海达人树立他们所信仰的图腾柱的地方画下了这一系列的画作。

小册子上有一个小小的箭头指着海岸附近的三座小岛。

那就是夏洛特皇后岛。

那里就是海达人树立图腾柱的地方。

夏洛特。

伽马什感到一阵激动。自己真的发现了 woo 吗？

"老者的雕刻品是用红木雪松雕刻的。"布鲁内尔说道，"Woo 这个字也是刻在红木雪松上的。红木雪松这种树只生长在某些特定地区。魁北克地区可没有这种树木。英属哥伦比亚地区是它的生长地之一。"

"是在夏洛特皇后岛上吗？"伽马什轻声说道，他似乎已经被那些描绘着笔直、高大、壮观的图腾柱的画作给迷住了。在那些画作上，图腾柱不会被当做异教徒的信物而遭砍伐，也不会被教会和殖民政府猛然推倒。

艾米丽·卡尔的画作是唯一能够展示海达人所树立起来的图腾柱最真实的图像资料。艾米丽从来不画人，但是她爱画人类创造出来的东西：长长的房子和高耸的图腾柱。

伽马什凝视着册子上的画作，感到自己迷失在这狂野的美景以及即将到来的灾难之中。

过了一会儿，伽马什再次看着艾米丽在画作上的题字：海达村庄。夏洛特女王。

伽马什现在知道布鲁内尔说的没错。Woo 指向艾米丽·卡尔，而艾米丽·卡尔又指向夏洛特皇后岛。这就是为什么老者小木屋里有那么多和夏洛特这一名字有关的东西：《夏洛特的网》、夏洛特·勃朗特、将那把小提琴送给自己丈夫的夏洛特·马尔蒂努，还有曾经作为礼物送给爱妻夏洛特的琥珀屋。所有这些把伽马什引到了这里，引向夏洛特皇后岛。

"送给你了。"布鲁内尔指了指那本小册子，"这上面有许多关于艾米丽·卡尔的生平信息,或许对你破案有用。"

"谢谢。"伽马什合起小册子,再次看着那尊艾米丽的雕塑。艾米丽这位曾用自己的绘画记录加拿大令人羞耻的过去的画家并没有在画作中展现那些被剥夺了家园的土著居民的痛苦,而是在自己的作品中展现了他们光荣的历史。

当伽马什开车驶上山普伦大桥时,克莱拉一直凝视着桥下圣劳伦斯河灰暗的河水。

"你的午餐怎么样?"伽马什问道,此时他们已到了通往三松镇的高速公路上。

"啊,原本可以更好些。"

克莱拉此时的情绪在愤怒、罪恶感和后悔之间剧烈摇摆着。有时她觉得自己当时应该清楚地告诉丹尼斯·弗丁他是个人渣,但下一刻她又急切地想赶快到家,这样好打电话给弗丁,向他道歉。

克莱拉感到自己仿佛是块磁铁。他人的批评、指责、责备都穿过空气朝她飞来。她似乎专门吸引那些负面的东西,这也许是因为她自己太正面了吧。

好了,已经受够了。克莱拉在自己的座椅上伸直身子。让弗丁见鬼去吧。但是,或许应该向弗丁道歉,然后在自己的个人画展结束后再坚持自己的看法。

克莱拉觉得,自己是多么愚蠢啊。为什么自己会觉得得罪一个能给自己带来名誉与地位的美术馆馆长会是一个好主意呢?通过弗丁,原本自己可以获得他人的认可、赞赏乃至关注。

该死,自己到底做了些什么?一切还能挽回吗?原本自己可以一直忍着直到画展开幕之后,直到《纽约时报》《伦敦时报》刊登了画展的报导之后。到那时候,弗丁的愤怒就不会像现在这样毁了自己了。

现在一切都完了。

克莱拉仿佛听见弗丁在说这句话。更重要的是,克莱拉在弗丁的表情里看到了这句话。弗丁要毁掉她。虽然毁掉一个人暗示着需要先让这个人建立起一点名望,但是弗丁要做的却更可怕,他要让全世界永远不会听到克莱拉·莫罗这个名字,永远不会看到这个人画的画作。

克莱拉看了看车子仪表盘上的时间。

现在是下午三点五十分。来自城市的交通流量开始变小,伽马什他们在一小时内就能到达三松镇。如果在五点前到家,克莱拉就能打电话给弗丁美术馆,向弗丁道歉了。

或许,她应该打电话告诉弗丁他是一个人渣。

回家之路真是漫长。

"你想说说你的午餐吗?"在两人沉默了半个小时之后,伽马什这样问道。他们此时已从高速公路上下来,正朝考恩斯威尔方向驶去。

"我不知道说些什么。丹尼斯·弗丁昨天在小酒馆里说,加布里是一个恶心的同性恋。加布里没听见,但我听见了,但我什么也没说。我和彼得还有莫娜说过这件事,他们觉得还是由我自己来处理。今天早上彼得说,我应该找弗丁谈谈。"

伽马什的车子此时已经离开了主干道。商店和居民楼逐渐远去,树林开始出现。

"你找他谈后,他有什么反应吗?"伽马什问道。

"他说他要取消我的画展。"

伽马什叹了口气,"我对此表示难过,克莱拉。"

伽马什瞄了克莱拉一眼,看到她阴郁的脸正面对窗外。她让伽马什想起了自己的女儿安妮———头疲倦的狮子。

"你今天过得怎么样?"克莱拉问道。车子已经开在了有点泥泞的道路上了,显得有点颠簸。这是一条不太有人走的路,大多数时候只有那些明确知道自己目的地的人才会走这条路,否则就会完全迷失方向。

"颇有收获,我是这么觉得的。对了,我有个问题想问你。"

"问吧。"克莱拉似乎松了一口气。她感到自己除了看仪表盘上的时间之外,终于可以有别的事情可干了。

"你怎么看艾米丽·卡尔?"

"我从没觉得这是个问题。"克莱拉笑道,然后她想了一下,"我在艺术学院时就研究过她的绘画。她对许多加拿大画家,尤其是女性画家而言都是灵感的源泉。她也曾经激发过我的创作灵感。"

"怎么激发的?"

"艾米丽曾经只带着画架只身一人去往无人敢去的荒野地区。"

"还带着她的猴子。"

"猴子?什么意思,探长?"

伽马什笑了笑,"没什么,请继续说。"

"她是一个很独立的人。她的画风不断在变化。一开始,她的画风是写实主义的,一棵树就是一棵树,一幢房子就是一幢房子,几乎是真实的记录。你知道的,她希望在海达部落灭亡之前将海达人的村镇完全如实地记录在自己的画布上。"

"我知道,她大多数的画作是关于夏洛特皇后岛的。"

"是的,她大多数的著名画作是关于夏洛特皇后岛的。她觉得,画出肉眼所能看到的东西还不够,所以她后来抛弃了一切传统的画法,不仅将自己看到的东西画下来,还将自己的感受也画下来。以前人们曾批评她的这种画法,但讽刺的是,正是这种画法成就了她那些最著名的画作。"

伽马什点点头,又想起了树立在交织着狂野色彩的森林前面的图腾柱,"了不起的女性。"

"我觉得这一切都源于那个致命的故事。"克莱拉说道。

"那个什么?"

"致命的故事。这在我们画家圈子里是广为人知的。艾米丽是五个女儿当中最小的,和她父亲的关系也最亲。她和自己的父亲保持着十分良好的关系。有人觉得这种关系已经超越了正常的父女之爱,但没有证据可以证明这一点。"

"你是说,这不是一种性爱关系?"

"是的,只是纯粹的父女关系。但是在艾米丽十来岁的时候,发生了一些事情。她后来离家出走,再也没有跟自己的父亲说过话,也没有再见过他。"

"发生了什么事?"伽马什减缓车速。克莱拉感觉到了车速在减缓。她看了看时间,现在已接近四点五十五分了。

"没人知道发生了什么。艾米丽本人也从没告诉过别人,她的家人也对此守口如瓶。但是艾米丽从原本快乐、无忧无虑的女孩子变成了一个神情抑郁的女人。她变得十分孤僻,不讨人喜欢。在她快走向生命终点的时候,她写了一封信给她的朋友。在信里,艾米丽说,她的父亲曾经跟她说了一件事,那是一件既可怕又难以原谅的事。"

"是那个致命故事?"

"艾米丽自己是这么形容的。"

他们到家了。伽马什将车子停在克莱拉家门口。他和克莱拉安静地在车里坐了片刻。此时已是五点半了,太晚了。克莱拉可以尝试一下,但她知道弗丁这个时候是不会接电话的。

"谢谢你。"伽马什说道,"你刚才说的事情对我很有用。"

"你也是。"

"我希望是这样。"伽马什对克莱拉笑道。显然,克莱拉此时的心情好了不少。她下了车,但没有马上进屋,而是在自家房前慢慢地散起步来。她慢慢走向小镇绿地,然后不断绕着绿地转着圈。转完一圈之后,又开始重新转一圈。她一边转着圈,一边脑子里想着艾米丽·卡尔,想着艾米丽曾遭受到的那些来自美术馆馆长以及绘画评论家的非议。那是自己害怕去面对的一群人。

去到荒野的更深处,再深一点吧。

然后克莱拉回了家。

现在是夜里,地点是苏黎世。一位艺术品收藏家拿起他花了大价钱买来的一件看似古怪的雕刻品。他曾确定这件雕刻品是一件伟大的艺术品,更重要的是,它是一笔大投资。

一开始,收藏家将那件雕刻品放在自己家里,但没过多久,他的妻子就要求他把它拿走。于是他将雕刻品放到了自己的私人收藏馆里。有一天,收藏家坐在自己的收藏馆里,手里拿着一杯法国白兰地,眼睛看着自己所收藏的那些杰作:毕加索①的绘画、罗丹②的雕像还有亨利·摩尔③的雕塑。

但他的视线始终会指向那件快乐的雕刻品。雕刻品上刻着树林还有正在建造小村镇的快乐居民。一开始,这件雕刻品曾让收藏家感到欢乐,但现在他却感到了一丝阴森。他在想是不是该把它放到其他地方,比如说壁橱里。

在白天的时候,中间人打来电话问收藏家是否愿意把这件雕刻品送到加拿大协助警方进行案件调查。收藏家拒绝了,这件雕刻品毕竟是自己的一项投资。他人无法强迫他,因为他并未犯法,他人无权没收这件雕刻品。

不过,中间人向他传达了加拿大警方的两个要求。对于第一个要求,收藏家早已知道了答案。不过,他还是拿起那件雕刻品,看了看它平滑的底部。没有字母,也没有签名,什么都没有。另一个要求则听上去有点愚蠢,不过收藏家还是按照要求做了。当他正准备将雕刻品放回原处,发送电子邮件给中间人告诉他雕刻底部什么都没有时,他突然注意到雕刻品上浓密的树林间有一个东西。

收藏家靠近仔细看。在远离正在建造中的村镇的树林深处,他发现了警方一直在寻找那个东西。

那是一个木雕的小人,一个年轻人,一个刚成年的男孩子。他就藏在浓密的树林间。

---

① 毕加索(Picasso 1881—1973):西班牙画家、雕塑家,是现代艺术的创始人,西方现代派绘画的主要代表,和乔治·布拉克同为立体主义的创始者。
② 奥古斯特·罗丹(Auguste Rodin 1840—1917):法国雕塑家,被认为是19世纪和20世纪初最伟人的现实主义雕塑艺术家。
③ 亨利·摩尔(Henry Moore 1898—1986):英国雕塑家。摩尔以他的大型铸铜雕塑和大理石雕塑而闻名。

...31

天色已晚。拉克斯特警员已经离开。波伏瓦探员和莫林警员正在汇报他们白天的调查情况。

"我们已经询问了帕拉一家,还有柯美尼克一家和马库斯一家,捷克社区的每户人家我们都问过了。"波伏瓦说道,"但没人认识死者,也没人见过死者。但是他们都听说过那个拉小提琴的家伙——"

"马尔蒂努。"莫林说道。

"是的,因为那家伙是捷克著名的作曲家,但是也没人真正认识他本人。"

"我和马尔蒂努音乐学院通过电话,也对帕拉一家做了背景调查。"莫林说道,"他们的确像他们自己所声称的那样是从捷克逃亡出来的难民。此外没什么特别的。其实,帕拉一家比大多数人家更守法。他们跟马尔蒂努一点关系都没有。"

波伏瓦摇摇头。如果说谎言会使伽马什感到愤怒,那么这样的真相会使波伏瓦感到极度沮丧,尤其当办案变得毫无线索的时候。

"你的看法呢?"伽马什问莫林。在回答这个问题之前,莫林看看波伏瓦。

"我认为,那把小提琴和那首乐曲跟这里的所有人都没什么关系。"

"你也许说得很对。"伽马什表示同意。他知道,在找出真正的凶手之前,他们还得收集更多的线索。也许这也是一条线索。"那么,帕拉一家有什么新情况吗?"伽马什问道,但他知道答案。如果帕拉一家有新情况的话,波伏瓦早就跟他说了。

"帕拉一家没什么新情况。"波伏瓦很肯定地说道,"但是……"

伽马什等待着接下去的话。

"他们似乎很警惕,也很防备。他们在得知死者是个捷克人时显得很惊讶,捷克社区里的每一个人都很惊讶。"

"那你怎么看?"伽马什问道。

波伏瓦用手抹了抹自己的脸,"我还想不出什么,但我觉得里面肯定有问题。"

"你认为里面有某种关联?"伽马什继续问道。

"怎么会没有关联?死者是个捷克人,还有那本乐谱、小提琴也来自捷克,这里还有个捷克人的社区,还有两个很有可能已经发现了小木屋的捷克人。除非……"

"除非什么?"

波伏瓦将身子向前靠,他将双手放在桌子上,紧紧握在一起。"除非我们的思路出错了,除非死者根本不是捷克人。"

"你的意思是,奥利维在撒谎?"伽马什问道。

波伏瓦点点头,"奥利维很多事情都在撒谎。也许他想让我们转移注意力,让我们去怀疑别人。"

"那么,那把小提琴和那本乐谱又是怎么回事呢?"

"怎么回事?"波伏瓦开始变得劲头十足,"小木屋里还有许多其他东西。也许莫林说的是对的。"波伏瓦说这句话的语气尽管听上去像在说狱子也会正确一样,但在他的语气中仍能感到混合了一种目睹了奇迹之后的敬畏感和怀疑感,"也许,乐谱和小提琴跟死者的身份没有什么关系。毕竟在小木屋里还有来自俄罗斯的盘子和来自其他地方的许多东西。这些东西不能说明什么。死者可能来自任何地方。我们现在只有奥利维的证词。也许奥利维并没有刻意撒谎。也许死者说话真的带有口音,但不一定是捷克口音,也可能是俄罗斯口音,或是波兰口音,或是其他类似国家的口音。"

伽马什将身子向后靠,思考着。然后他点点头,又将身子向前靠。"倒是有这种可能性。但真的会是这样吗?"

这是办案中伽马什最喜欢的一个过程,也是让他感到害怕的一个过程。这一过程并不意味着已经抓住被逼入角落,露出凶残面目的凶手,而是意味着当你本应该一切就绪时却忽然要调转路线。这意味着你将失去方向,放弃一条原本通向光明的大道;意味着你将无法快速得出结论。

不行,自己需要一步一个脚印谨慎前行,伽马什这么想着。就像所有探险者一样,他知道危险往往不是出现在悬崖边上,而是出现在你迷失方向的时候,出现在你被太多信息弄得晕头转向的时候。

揭晓凶杀调查谜底的那一刻往往是十分简单的,因为谜底的答案很清楚地就摆在那里,就隐藏在各种事实、证据和谎言之中,就隐藏在调查过程的误判之中。

"我们先别管死者是不是捷克人。"伽马什说道,"我们的视野要放得更远些。死者也许是捷克人,也许不是。但不管他是不是,小木屋里的那些东西是毋庸置疑的。"

"布鲁内尔督查怎么说?小木屋里的东西是偷来的吗?"波伏瓦问道。

"她还没找到偷窃的证据,不过她还在找。但她的丈夫杰罗姆研究了那两件雕刻底部的字母,他认为那些字母是恺撒编码,一种密码编排形式。"

伽马什随后解释了恺撒编码是怎么形成的。

"所以,我们只需要找到那个关键字就可以了,是吧?"波伏瓦问道,"那太简单了,关键字就是 woo。"

"不是,我已经试过了。"

波伏瓦走到贴在墙上的一大张纸板旁边,拧开记号笔的笔帽,在纸板上写下字母表。伽马什看到记号笔在字母间来回穿梭。

"小提琴会不会是关键字?"莫林问道。波伏瓦再次惊奇地看着莫林,好像在看着一只神奇的猴子。波伏瓦将小提琴即 violin 写在另一张纸板上,然后又写上马尔蒂努即 Martinu。

"试试波西米亚 Bohemia①。"莫林建议道。

"好主意。"波伏瓦说道。在一分钟内,他们尝试了十几个关键字。十分钟后,他们几乎把所有能想到的关键字用试过了,但是一无所获。

波伏瓦有些恼怒地将笔帽盖在记号笔上,眼睛凝视着那些字母表,好像它们是应受惩罚的罪犯一样。

"你们可以继续尝试。"伽马什说道,"布鲁内尔督察也正在追查剩余的几件雕刻品。"

"您觉得死者是因为什么才被杀的?"莫林问道,"仅仅是因为那几件雕刻品吗?"

"也许吧。"伽马什说道,"有不少人会为了值钱的东西而杀人的。"

"可是,我们发现小木屋时,屋子里并没有被翻动过的痕迹。"波伏瓦说道,"如果凶手发现了小木屋,到了那里并杀了老者,他为了找到那几件雕刻品为什么不把小木屋搜个遍呢?在小木屋里凶手根本不用担心会引起周围人的注意。"

"也许,凶手正要这样做的时候,奥利维回来了,所以他不得不离开。"伽马什说道。

波伏瓦点点头,他忘了奥利维之后又返回过小木屋一次。这或许能说明伽马什的推测。

"啊,我想起来了。"波伏瓦说道,他坐了下来,"实验室把小木屋里发现的那些木匠工具和那块木头的相关报告发过来了。实验报告说,那些工具的确是用来雕刻那两件雕刻品的,但是木头上的那个'woo'不是用这些工具刻的,因为'woo'的刻槽跟那些工具的刻槽不符,而且刻的

---

① 波西米亚(Bohemia):原是中欧的古地名,位于现捷克共和国中西部地区,是吉普赛人的聚居地。西方人常以 Bohemia 或 Bohemian 指代那些到处流浪、放荡不羁或喜欢独处的人。

手法也不一样。显然，雕刻品和那个字出自两个不同的人。"

这件案子总算有了一些眉目了。

"雕刻用的木头还有那块刻字的木头都是红木雪松吗？"伽马什问道，他希望得到确认。

波伏瓦点点头，"不过，雕刻品用的红木雪松更加精细些。这一点从雕刻品上刻的水面、昆虫、波纹还有其他东西都能看得出来。雕刻品使用的红木雪松质地更好。"

伽马什将身子向前靠，在一张纸条上写下几个字。然后他把纸条递给坐在桌子对面的波伏瓦。波伏瓦看了看纸条，然后叫了一声，"你找实验室的人谈过了吗？"

"我已经和布鲁内尔督查谈过这件事了。"

伽马什告诉波伏瓦和莫林有关艾米丽·卡尔还有那只叫做Woo的猴子，还有海达部落用红木雪松雕刻出来的图腾柱。

波伏瓦低头又看了看那张纸条上写的字：

夏洛特皇后岛，伽马什是这么写的。

实验室的报告也是这么暗示的。那块刻着woo的木头，最初就是几百年前生长在夏洛特皇后岛上的一棵雪松的一部分。

加布里在莫林大道上溜达来，溜达去。他已经决定了，他要在改变主意之前到那里去。今天整个下午他都有空。

自从伽马什探长询问完奥利维以及加布里知道奥利维隐瞒了很多事情之后，加布里和奥利维之间说的话几乎不超过五个字。终于，加布里到了他决定去的地方。他看着一幢外墙闪闪发亮的建筑，这幢建筑曾是哈德利老宅。如今，一块刻着字的招牌挂在老宅的正前门上方。那招牌在微风中微微地抖动了几下。

招牌上写着：旅店兼休闲会所。

这几个字看上去那样清晰和精致。这是加布里曾想让老孟为自己的小旅店所制作的招牌类型。在这几个字之上，三松镇这三个字刻成一条直线，显得既过目难忘，又有古雅的情趣。

加布里也曾想让自己的小旅店有这样一块招牌。至少他的旅店位于三松镇的中心地区,而哈德利老宅却位于三松镇旁边的山丘上,并不真正属于三松镇。

然而,现在一切都太晚了。加布里到这儿可不是来找麻烦的。相反,他来这儿恰恰是要消除麻烦的。

加布里走到老宅的门廊上。他此时意识到,奥利维也曾站在这里,当然还有那具尸体。加布里极力将这幅画面从脑海里抹掉。曾经善良、温柔、安静的奥利维竟然做出了如此可怕的事情。

加布里按了一下门铃,然后等待着。他注意到闪着金光的门把手、斜边玻璃窗以及门上涂着的鲜红色的涂料。这一切给人一种兴奋的宾至如归的感觉。

"你好?"多米尼克·吉尔伯特打开门,脸上露出既礼貌又有些疑惑的表情。

"您是吉尔伯特夫人吗?你们刚搬到这里来时,我们见过面。我是加布里。"

加布里伸出自己大大的手,多米尼克和他握了握手。"我认识您,您是小镇里那家知名旅店的经理人。"

加布里知道,听到溢美之词时自己会被软化,但他还是很高兴自己能被这样称呼。加布里从不拒绝被称为经理人。

"哦,是的。"加布里笑道,"不过跟您所做的事相比,我实在算不了什么。你们的这幢房子实在太漂亮了。"

"您想进来参观一下吗?"多米尼克站到一旁,加布里发现他正站在一个大厅的正前方。他上一次站在这里时,哈德利老宅还是一片颓败的景象,当时加布里自己也很颓败。但现在很明显,昔日的哈德利老宅已经一去不复返了。山顶上昔日的这座令人叹息的荒凉老宅如今焕然一新,变成了一家温馨、漂亮且豪华的旅店,一家加布里自己都想入住的旅店。在这样的旅店里他可以放松自我,从而逃避一些事情。

加布里此时想到了自己的那家略显破旧的小旅店。在不久之前,自己的小旅店还似乎那样舒适、温馨和好客,而现在却显得有些疲倦,就像一位已经人老珠黄的妇人。当你可以入住充满年轻气息的旅店兼休闲会所时,谁还愿意到一家过气的旅馆里来呢?

奥利维也许说得对,一切都完了。

加布里看着和善而自信的多米尼克,他知道眼前的这个女人是不会输的,她似乎天生就是会取得成功的。

"我们正好在客厅里喝东西。您想一起来喝些什么吗?"

加布里本打算拒绝。他本打算向吉尔伯特一家说一件事,然后就马上离开。他并不是来串门的。但多米尼克此时已经转身,沿着宽阔的走廊朝客厅走去,她似乎认为加布里愿意接受自己的邀请。

但是对于这样一桩装修精美的房子和眼前这位举止优雅的女士,加布里感到似乎有什么东西与这一切不相称。

当多米尼克沿着走廊在走时,加布里仔细地观察着她。多米尼克穿着一件轻盈的丝绸上衣、一条防水的宽松长裤以及一条搭肩的围巾。此外,加布里还闻到一种味道,那是什么味道?

过了一会儿,加布里知道了,他微笑起来。大厅里散发着的不是优雅的香气,而是马棚里的气味。确切说,不是马儿身上的气味,而是一股淡淡的马粪味儿。

加布里感到信心倍增,至少他的小旅店里散发着的是考松饼的香味。

"是加布里来访。"多米尼克朝客厅里说道。客厅里此时正生着壁炉。一位老人正坐在壁炉旁,凝视着壁炉里的火。卡罗尔·吉尔伯特坐在一把扶手椅上,而马克则坐在一个放着酒瓶的托盘旁边。他们所有人此时都抬起了头。

伽马什探长从没见过小酒馆里如此冷冷清清。他选择在壁炉边的一把椅子上坐下。哈沃克·帕拉给他端来一杯饮料。

"今晚真是安静啊。"当哈沃克将一杯苏格兰威士忌和一盘魁北克奶酪饼放在伽马什面前时,伽马什这样感叹道。

"的确很安静。"哈沃克说道,他的脸微微泛红,"不过,可能很快人就会多起来的。"

但伽马什和哈沃克心里都清楚,这是不可能的。现在已经是晚上六点半了,这正是人们前来吃晚饭的高峰时间段。小酒馆的就餐大厅里此时只有两位顾客,而为他们服务的服务生倒有好多个。以前到这儿来就餐的人流不会再来了,不仅仅是今晚,可能永远都不会再来了。

三松镇的居民其实已经宽恕了奥利维。那具尸体仅仅被认为是一种晦气。即使奥利维认识死者、知道小木屋的存在,但这些在小镇居民眼里也算不上什么大事。尽管宽恕奥利维不是那么容易,但小镇居民还是宽恕了他,因为奥利维受人爱戴,而爱意味着包容。奥利维的所作所为只是被看成一种心理疾病的表现。

但当小镇居民得知奥利维这些年来偷偷摸摸地从一位精神有些错乱的老人那里弄到数百万美元,并悄悄买下几乎整座小镇的产权时,居民们对奥利维的宽恕结束了。奥利维现在成为了莫娜、莎拉还有贝立夫先生所住的房子的房东了。

三松镇俨然成为了奥利维镇,居民们开始变得不安起来。原来大家都熟悉的那个奥利维竟然变得如此陌生。

"奥利维在吗?"

"他在厨房。他今天让主厨早下班,他决定今晚自己亲自下厨。您知道的,奥利维是个很棒的厨师。"

伽马什的确知道。他曾有好几次品尝过奥利维的手艺,但他也知道,奥利维之所以决定亲自下厨是想躲藏起来,躲在一个他不会看到人们愤恨和不愉快的表情,而那些人曾是他的好朋友。此外,躲在厨房里也可以不用看到那些曾经高朋满座而如今却空荡荡的椅子。

"你能否把奥利维叫出来跟我一起吃饭?"

"我尽量试试看。"

"好的。"

伽马什表现得好像这是一次有礼貌的邀请,但事实却不是这样。几分钟后,奥利维坐在了伽马什对面的一把椅子上。他们用不着把说话的声音压低,因为小酒馆里此时空无一人。

伽马什将身子向前靠,一边小口喝着苏格兰威士忌,一边自仔细地打量着奥利维。

"听到夏洛特这个名字,你会想到什么?"

奥利维的眉头惊讶地扬了一下。"夏洛特?"奥利维想了一会儿,"我从来没认识过叫夏洛特的人。我只以前认识过一个叫夏莉的女孩子。"

"老者有提起过夏洛特这个名字吗?"

"没有。"

"你和老者以前都聊点什么?"

奥利维似乎再一次听到了老者的声音,那声音并不深沉,但却很冷静。"我们以前主要谈怎么种植作物,还有装修或是排水管之类的话题。老者他是从罗马人、希腊人还有早期定居者那里学会这些手艺的。真是让人吃惊。"

伽马什不止一次希望小木屋里能有第三把专门给他坐的椅子。"他从没提起过恺撒编码吗?"

奥利维再一次显得很困惑,然后摇摇头。

"那么,他有没有说起过夏洛特皇后岛?"伽马什问道。

"英属哥伦比亚地区的?他干嘛要谈那个岛?"

"三松镇里有没有从英属哥伦比亚地区来的人?"

"小镇里的人来自许多地方,但我不记得有人来自英属哥伦比亚地区。"

伽马什将那两件雕刻品放在桌子上。那件船的雕刻品的船尾对着桌子上的奶酪饼,看上去好像那艘船是从奶酪饼里驶出来的,而奶酪饼正在追赶那艘船一样。

"因为它们是来自那个地方的,至少,雕刻用的木头来自那个地方。它们是来自夏洛特皇后岛的红木雪松。我们再来说一次。"伽马什轻声说道,"告诉我,你对这两件雕刻品了解多少?"

奥利维脸上的表情显得很冷漠。伽马什知道那种表情,那是一个撒谎的人被识破谎言时才有的表情,是一个试图在最后一刻找到一条退路的人才有的表情。伽马什等待着奥利维的回答,他小口喝着威士忌,并将一块奶酪饼放在一大块坚果面包上。随后,伽马什把一片面包放在奥利维面前,他自己也拿了一片。伽马什一边吃着,一边等待着。

"它们是由老者雕刻出来的。"奥利维说道,声音显得平稳而单调。

"这个你已经说过了。你之前告诉我们老者送给你几件雕刻品,而你把它们扔在了树林里。"

伽马什等待着,他知道剩下的部分会自己冒出来。他随意看了看窗外,看到露丝正和罗萨一起在散步。不知为什么,罗萨竟穿着一件小小的红色雨衣。

"我没把它们扔掉。我一直留着它们。"奥利维轻声说道。在壁炉火光照射范围之外的世界似乎消失了。此刻仿佛伽马什和奥利维就坐在小木屋里,"我跟老者来往大概一年左右的时候,老者送给我第一件雕刻品。"

"你还记得那件雕刻品是什么样的吗?"

"是一座山,还有树木,还有一个男孩子躺在山脚下。"

"是这个吗?"伽马什拿出布鲁内尔给他的那张照片。

奥利维点点头。"我记得很清楚,因为我当时不知道老者会雕刻东西。他的小木屋里到处是财宝,但是都是别人制作的。"

"那件雕刻品你后来是怎么处理的?"

"我藏了一段时间,但必须藏得很隐蔽,否则加布里看到会问的。后来我觉得还不如将它卖掉会更省事。于是我就放在淘宝上出售,定价一千美元。然后就有一个中间商联系了我,他说他手头有好几个买家,但让我再拿几件这样的雕刻品一起出售。我当时觉得他在开玩笑,但八个月后当老者又送了我一件雕刻品时,我想起了这个中间商并联系了他。"

"那个中间商是丹尼斯·弗丁吗?"

"克莱拉的经纪人?不是,他是住在欧洲的某个人。我可以把他的联系方式给你。"

"那很好。第二件雕刻品是什么样子的?"

"很普通,很简洁。至少表面看上去是那样。我当时有点失望。刻的好像是一座森林,但如果仔细看,能看到在森林的树木之间有一排人在前行。"

"男孩子也在其中吗?"

"哪个男孩子?"

"就是躺在山脚下的那个男孩子。"

"应该没有吧。那是另一件雕刻。"

"我的意思是,"伽马什说道,他不知道自己有没有把要表达的意思说明白,"有可能老者将同一个人物刻在了每一件作品里。"

"你是说那个男孩子?"

"包括其他人物。那件雕刻上还有什么?"

奥利维想了想,的确还有其他东西——树林上方的阴影,有某些东西在大山后面隐隐升起。奥利维心里知道那是什么。

"没有,没什么东西了。雕刻上只有森林和一些人。中间商看到那件雕刻品时很兴奋。"

"它最后卖出多少价钱?"

"一万五千美元。"奥利维看到伽马什脸上吃惊的表情。

但是伽马什的目光始终没有从奥利维的脸上移开。奥利维很庆幸自己说的是事实。很显然,伽马什已经知道了问题的答案。坦白事实就像撒谎一样有时是要承担风险的。奥利维觉得,降低风险的最好办法就是将事实与谎言结合起来。

"老者总共制作了多少件雕刻品?"

"我猜大概八件吧。但加上你们警方发现的这两件,我想应该一共有十件。"

"你把他送给你的雕刻品都卖了?"

奥利维点点头。

"你之前还告诉我们,老者会给你一些小木屋里的古董作为你带给他的食物的报酬。那些送你的古董到哪里去了?"

"我把它们卖给蒙特利尔莫特瑞丹路上的古董店了。但后来我发现那些古董价值连城,于是我卖给了一些私人收藏家。"

"谁?"

"我有好多年没跟他们联系过了,我得找找看他们的联系方式。基本都是住在多伦多和纽约的一些收藏家。"奥利维将身子靠在椅背上,朝空荡荡的小酒馆看了看,"我想今晚我应该让哈沃克和其他人早点下班。"

伽马什没有说话。

"你觉得客人还会回到这儿来吗?"

伽马什摇摇头,"你的所作所为伤害了他们。"

"我伤害了他们?马克·吉尔伯特才伤害了他们呢。你们要小心马克那家伙,他为人可表里不一。"

"你也是,奥利维。你一直都在撒谎,也许现在还在撒谎。我现在再问你一个问题,希望你如实回答。"

奥利维点点头,挺直腰杆。

"老者到底是不是捷克人?"

奥利维迫不及待地想开口回答,但伽马什马上举起一只手阻止了他,"我希望你想清楚再回答。好好想想,也许你记错了呢?也许老者说话没有口音?"伽马什聚精会神地看着奥利维,"也许他说话的确有口音,但并不一定是捷克口音。也许捷克口音只是你的误判呢?所以,好好想想,再回答。"

奥利维一开始看着伽马什举起的那只手。当那只手放下时,奥利维的目光又盯着伽马什这个高大而健壮的人。

"不会有错的。这么多年来我周围的很多朋友和邻居都说捷克语。我对这种语言的发音很熟悉。老者就是捷克人。"

在伽马什听来,奥利维说这话的语气是案件调查以来他所说的最为肯定的话。然而,伽马什仍仔细地观察着坐在自己对面的这个身材纤瘦的人。他仔细观察着奥利维的嘴部运动、他的眼神、额头的皱纹以及脸色。过了一会儿,伽马什点点头。

"今晚真冷啊。"露丝说道,她忽然走进小酒馆,并在伽马什身边的一把椅子上坐下。露丝用她带着泥土的拐杖敲打着自己的膝盖。"不好意思。"露丝说道,但她仍敲打着。

露丝对于自己打断别人的谈话毫不在意,对于伽马什和奥利维之间的紧张状态也毫不知情。她一会儿看看伽马什,一会儿又看看奥利维。

"啊,看看这家伙都做了些什么。你能相信奥利维对那具尸体所做的事吗?难道他比你还蠢?真是让我感到大千世界,无奇不有。这太像是一次精神洗礼了。啊,这是奶酪饼吗?"

露丝伸手拿起伽马什吃剩下的奶酪饼,然后又伸手去拿伽马什的苏格兰威士忌,不过,伽马什的动作比她快。莫娜走了进来,然后克莱拉和彼得也走进来,告诉大家有关丹尼斯·弗丁的事情。大家对克莱拉都表示同情,并一致认为克莱拉做得很对。随后大家一致认为克莱拉应该在明早打电话给弗丁,要求他原谅。但过了一会儿,大家又觉得克莱拉还是不要打电话。

"我看到罗萨在外面。"克莱拉说道,她迫切地想转移话题。"它穿着一件雨衣,看上去很漂亮。"克莱拉之前在想,一只鸭子为什么要穿雨衣。不过,随后克莱拉认为露丝一定是在训练罗萨,让它适应穿衣服的感觉。

最后,话题又转回到奥利维以及老者身上。露丝将身子向前靠,拉住奥利维的手说道:"没事的,亲爱的,我们大家都知道你很贪心。"然后她又看着克莱拉,"我们大家也都知道你需要帮助,而彼得心眼很小,而这位糊涂侦探,"露丝又转向伽马什,"为人很是难对付。而你……"露丝又转向莫娜,然后又看看奥利维,然后大声说道:"这人是谁?她总是在这里游荡。"

"你是一个令人讨厌、精神错乱、喝得稀里糊涂的老巫婆。"莫娜说道。

"我现在可没喝醉。"

喝完酒后,大家都各自离开了。在离开前,露丝交给伽马什一张折叠得很好且边缘裁剪得很整齐的纸条,"把这个交给那个老是跟着你的家伙。"

奥利维一直看着窗外。他看到罗萨正安静地坐在草地上等露丝。罗萨的这幅打扮似乎让奥利维看到了自己所渴望的样子。

加布里很好奇地看着那位了不起的人物——文森特·吉尔伯特。加布里知道,莫娜很敬畏这个人,而很少有人会让莫娜感到如此敬畏。老孟和他的妻子曾经说,他们由于读了这个人写的《本性》一书而彻底改变了他们的生活。推而广之,眼前的这个人改变了小查理的人生。

"各位好。"加布里有点胆怯地说道,目不转睛地看着文森特·吉尔伯特。加布里成长于一个天主教家庭,小时候他曾无数次凝视着教堂里那些刻画着过着苦难生活和光荣殉道的圣徒的彩色窗户。虽然加布里后来不再信仰天主教,但是有一点他始终没有改变,那就是圣人都是了不起的人物。

"你来这儿干嘛?"马克·吉尔伯特问道,他和自己的妻子还有母亲此刻都站在沙发旁边。三个人形成一个半圆形,而文森特则处于这个半圆形的边缘。加布里等待着文森特能让马克冷静下来、等待着他告诉马克对待来访的客人要有礼貌、等待着他让马克变得理智。

然而,文森特什么都没说。

"你来干嘛?"马克又问道。

"我很抱歉没有及时来这里拜访你们。"

马克哼了一声,"你的同伴早就来拜访过我们了。"

"别这样,马克。"多米尼克说道,"他是我们的邻居。"

"又不是他自愿选择做我们的邻居。如果他们得逞的话,我们早就搬走了。"

加布里并不否认这一点。实际情况是奥利维的麻烦也是伴随着吉尔伯特一家的到来而降临的。然而,此刻大家都在,有一些话必须得说。

"我来这儿是来向各位道歉的。"加布里说道,站着一动不动,"我很抱歉没能成为你们的好邻居。我对那具尸体的事也表示诚挚的歉意。"

加布里害怕这些话听上去不是很有说服力,但他希望至少听上去很真诚。

"奥利维为什么不来?"马克问道,"你不用来道歉。道不道歉不是取决于你的。"

"求你别这样,马克。"多米尼克说道,"你看不出他来向我们道歉已经很难为他了吗?"

"我看不出。奥利维派他来道歉可能是想让我们不要起诉他,或者是想让我们不要告诉别人他是个精神错乱的人。"

"奥利维的精神并不错乱。"加布里说道,他感到自己体内有一股自己的忍耐所无法抑制的冲动。"奥利维是个好人,你并不了解他。"

"如果你到现在还认为他是个好人,那真正不了解他的人是你。一个好人怎么会把一具尸体丢在邻居家门口呢?你来说说看。"

这两个男人彼此针锋相对起来。

"我可不会把一具尸体弄到别人住的地方把别人吓得半死。这么做实在太卑鄙了。"

"奥利维是被迫这么做的。你们刚搬来的时候,他的确想跟你们交朋友。但你们后来开始想从小酒馆里挖人,还想开大型旅店和休闲会所。"

"十间客房算不上大型旅店吧。"多米尼克说道。

"在蒙特利尔当然不算,但在这儿就算是了。这只是个小镇。我们在这里已经安静生活了很久了。你们刚来到这里就试图改变这里的一切,也没有想真正融合到小镇里来。"

"'融合'?你所谓的'融合'是叫我们低三下四,感激你们让我们在这里生活,是吗?"马克愤愤地说道。

"不是的,我的意思是尊重这里原有的生活方式,这是小镇居民很艰难地才建立起来的生活方式。"

"你们是想设立隔离区,是吗?"马克以厌恶的口吻说道,"你们站在隔离区里,把别人都排斥在隔离区外。"

"不是这样的。三松镇绝大多数居民都来自其他地方。"

"但是你们只接受那些听从你们所设立的规则的人。那些人只听你们说的话。我们到这里来是来实现我们的梦想的,而你们却不允许我们这么做。这是为什么?因为我们要做的事情和你们发生了冲突。你们觉得我们威胁到了你们,所以你们就想办法把我们赶出去。你们就是两条笑里藏刀的地头蛇。"

马克几乎要将唾沫吐在加布里脸上了。

加布里十分惊讶地看着马克,"但是你们没有想过,你们那么做会让我们不高兴吗?为什么你们到这里来,却故意要让你们的邻居不高兴呢?你们不想跟我们成为朋友吗?你们从小酒馆里挖人的时候,就应该想想奥利维的感受。"

"什么?所以那就是奥利维把尸体丢在我们家的理由吗?"

"我已经说了,他那么做的确不对。但正是你们刺激他那么做的。我们想成为你们的朋友,但你们却让我们难以做朋友。"

"那么,你想让我们和你们成为什么样的朋友呢?默默无闻?一天就接待几个客人?也许,房子再变得小一点?总之,不能让我们对你和奥利维的生意构成影响,对不对?"

"说得没错。"加布里说道。

马克闭上了嘴。

"你想想看。你觉得我们为什么不亲手做羊角面包?"加布里继续说道,"或者亲手做馅饼,或是烤饼呢?我很喜欢做这些东西。但是莎拉的面包店在小酒馆开业之前就已经存在了。莎拉一辈子都住在三松镇里。她的面包店是她祖母的。所以我们开了一家小酒馆。小酒馆里所有的面包、馅饼还有蛋糕都是莎拉做的。我们要调整自己的梦想让它适应这里已经存在的梦想。对我们而言,自己烤制面包或是糕点可以节省成本,也更有乐趣,但是我们追求的不是这些。"

"那你们追求什么?"文森特·吉尔伯特问道,这是他自从加布里到这里以来第一次开口说话。

"我们追求的不是赚大钱。"加布里回答道,他将脸转向文森特,"我们追求的是知足,是快乐。"

大家都没说话。加布里心里暗暗感谢文森特终于创造机会让理智能够回归。

"或许你应该跟你的同伴说这些话。"文森特说道,"你说得很好听,但不见得能做到。你责备我儿子的话说得冠冕堂皇,把自己包装成一个高尚、和蔼、充满爱心的圣人,但你清楚这些品格都意味着什么吗?"

文森特站了起来,向加布里一步步走近。他每靠近一步,加布里都感到他在变大,而自己却在变小。

"你和你的同伴不过是些自私自利的家伙。"文森特轻声说道,"我儿子已经很有耐心了。他雇佣当地的员工,给这里创造就业机会。这里原本是一个大家可以来放松调养的地方,但你们不仅想要摧毁它,还想要当众让我儿子出丑。"

文森特走到自己儿子身边,似乎终于发现了自己到这里来的意义。

没什么可说的了。加布里离开了。

在回去的路上,加布里看到小镇家家户户的窗边亮起了灯光。头顶上,南飞的野鸭排成一个V字形,它们正在远离这里渐渐出现的寒气以及即将到来的秋冬季节。加布里在路边的一个树桩上坐下来休息。他看着夕阳在三松镇后面渐渐低沉,想起了流逝的时光,心里感到一阵孤独。此刻,加布里不再肯定了不起的圣人能给自己带来慰藉。

波伏瓦的桌上端上了一杯啤酒,而伽马什仍在喝着自己的威士忌。此时他们两个人舒适地坐在椅子上看着菜单。小酒馆里空无一人。彼得、克莱拉、莫娜还有露丝都已经走了,奥利维再次退回到自己的厨房。哈沃克——留下来的最后一位服务员——写下伽马什和波伏瓦点的菜之后也走开了。此时,小酒馆里只剩下伽马什和波伏瓦在聊天。

伽马什拿起一小块面包,然后和波伏瓦谈论起自己与奥利维的第二次谈话。

"那么,他仍然坚持认为老者是捷克人。你还相信他吗?"

"我相信。"伽马什回答道,"至少我相信奥利维确定老者是捷克人。你在恺撒编码方面有什么进展吗?"

"没有。"当他们两个开始试着用自己的名字来破解那串字母时,他们感到自己都快放弃了。不过,在发现自己的名字对破解字母也毫无帮助时,他们两个倒都松了一口气。

"到底是哪里不对?"伽马什问道。波伏瓦将身子靠在椅背上,将自己的餐巾摊在桌子上。

"真是让人沮丧。好像每次快要取得进展时,一切就又变得毫无头绪了。我们到现在连死者的真实身份都不知道。"

伽马什微笑了一下。这种情况在破案过程中是常见的。越是深入调查一起案件,他们所收集的线索就越多。最后总会出现"嚎叫"的那一刻,就好像抓住了某个狂野的、尖叫的东西。伽马什知道,这种"嚎叫"意味着某个东西已经受到了惊吓,被逼入死角。这也意味着他们进入了最后破案的阶段。最后所有的线索和碎片都会停止尖叫,并暴露出真实的凶手。他们现在已经接近这一步了。

"顺便说一下,我明天可能要离开一下。"在哈沃克将伽马什他们点的菜端上来之后,伽马什对波伏瓦这样说道。

"是回蒙特利尔吗?"波伏瓦用叉子捞起一叉子的烤鱿鱼,而伽马什则吃着他的意大利烤熏肉。

"还要再远一点。我要去夏洛特皇后岛。"

"你在开玩笑吗?到英属哥伦比亚地区?那地方靠近阿拉斯加。你去那里就是因为一只名叫 Woo 的猴子?"

"如果你这么认为……"

波伏瓦用叉子捞起黑色的烤鱿鱼,然后把鱿鱼浸在蒜汁里面。"我明白你的意思,但你不觉得这样做太极端了吗?"

"我并不这么认为。夏洛特这个名字反复出现,"伽马什开始扳动手指,"夏洛特·勃朗特的初版《简爱》、初版的《夏洛特的网》,还有来自琥珀屋的镶盘,琥珀屋最初是为一位叫夏洛特的公主建造的。老者一直保存的有关那把小提琴的纸条也是一个叫夏洛特的人写的。我一直都在想,夏洛特这个名字反复出现到底意味着什么。今天下午布鲁内尔督查给了我答案——夏洛特皇后岛,那是艾米丽·卡尔曾经画画的地方,也是老者雕刻用的木头的来源地。也许此行会一无所获,但如果不试试看的话,我就真成了糊涂侦探了。"

"但是谁把你引向那个地方的呢?是你自己还是那个凶手?我觉得,你可能被误导了。我认为凶手还在这里,在三松镇。"

"凶手当然还在三松镇。但我觉得,这起凶杀案源于夏洛特皇后岛。"

波伏瓦有点恼火了,同时也有点筋疲力尽,"你收集了很多线索,然后按照自己的想法把它们拼凑起来。"

"你想说什么?"

波伏瓦此刻需要审视一下自己。伽马什探长不仅仅是他的上司,他和伽马什的关系已经超越了波伏瓦和其他人的关系。他知道伽马什的耐心是有限度的。

"我想说,你只看到自己想看到的东西,而那些东西并不存在。"

"你是说无法被发现的东西?"

"不是,我是说根本不存在的东西。你自以为得出了一个结论,但那并不是什么结论。你将一些并不存在的东西拼凑起来,而这拼凑出来的东西又会把你引向何处呢?只能是引向死胡同,长官。"

波伏瓦看着窗外,试图使自己冷静下来。哈沃克走过来拿走了桌上的盘子。在哈沃克离开后,波伏瓦继续说道:"我知道你喜欢历史、文学还有艺术。死者的小木屋对你来说肯定是一座宝库。但我觉得你从中看到了很多其实并不存在的东西。我觉得你把整件案子变得复杂化了。你知道我愿意跟你到任何地方去,我们队里所有人都愿意。你只需要指明一个方向,我就愿意去那个地方。我信任你,但你有时也会犯错。你总是说,凶杀案从本质来说是很单纯的,是源于一种情绪。由于产生了这种情绪,所以人就变成了凶手。我们还有很多其他线索可以追踪,我们不用再去想什么猴子、木头,还有那个该死的小岛,用不着长途跋涉到那里去。"

"说完了吗?"伽马什问道。

波伏瓦挺直腰,深吸了一口气,"还没说完。"

伽马什笑道:"我同意你的看法,吉恩。凶手肯定还在这儿,凶手在这儿认识了老者,又在这儿杀死了老者,你说的没错。这起案件的表面看上去很简单。一个老人因为价值连城的财宝而被人杀了。那些财宝也许是老者偷的,所以他想躲藏起来,于是就来到了这个没有人认识他的小镇。但光这样做还不够,于是老者在树林深处又亲手造了一座小木屋。他是在躲避警方吗?也许是;还是在躲避某些人的追踪?我觉得也有这种可能。但不管他在躲避谁,他都无法一个人做到。他需要有人给他提供外界的讯息,需要有人做他的耳目。所以他找上了奥利维。"

"为什么是奥利维?"

"露丝今晚不是说了吗?"

"喝更多的苏格兰威士忌吗?这个老巫婆。"

"这个露丝也说过。但她还说,奥利维很贪心。奥利维的确很贪心,老者也是。老者可能在奥利维身上看到了自己,看到了人性的贪婪和占有欲。他知道通过许诺奥利维越来越多的东西,自己可以控制奥利维。但随着时光流逝,一些事情在悄然发生。"

"老者得了老年痴呆症?"

"也许。但事实可能恰恰相反。也许,老者变得更聪明了。他造起来用来藏宝的小木屋变成了他的家,他的港湾。你能感觉到这一点。老者在小木屋的生活很安静、很舒适,甚至很温馨。这种简简单单的生活谁不向往呢?"

他们点的晚餐来了。当香喷喷的红酒炖牛肉放在波伏瓦的面前时,他又变得忧郁起来。他看看坐在自己对面的伽马什。伽马什此时正微笑着看着面前的法式烤龙虾。

"是的,乡村简单的生活。"波伏瓦举起自己的酒杯,好像在祝酒一样。

伽马什也举起自己的酒杯和波伏瓦的酒杯碰了一下,然后用叉子叉起一大块多汁的龙虾肉。当伽马什在吃着龙虾的时候,他想起了自己刚进小木屋的那一刻。在那一刻他意识到自己看到的是宝藏。每一件古董都是有目的性地放在那里。那些东西——书籍和小提琴——不管是出于实用目的还是娱乐目的,出现在小木屋里都是有原因的。

然而,还有一样东西。那样东西出现在小木屋里似乎毫无缘由。

伽马什将手上的叉子慢慢放下,然后看着波伏瓦。过了一会儿,波伏瓦也放下手上的叉子,看看自己身后。什么人都没有,只有空荡荡的屋子。

"怎么了？"

伽马什竖起一根手指，要求保持安静。然后他从胸前的口袋里拿出一支笔和一本小记录本。他快速地在记录本上写下一些东西，好像害怕这些东西会立即消失一样。波伏瓦把头伸过来看。终于他看到了，显得很兴奋。

记录本上写的是字母表。

波伏瓦默默地看着伽马什在字母下面加上下划线，脸上显露出惊奇的表情。波伏瓦在想，自己怎么会这么笨，竟然忘了到这么明显的东西。

在字母表下面，伽马什写下一个字：16（SIXTEEN）

"那是小木屋门上的数字。"波伏瓦轻声说道，好像他也害怕声音响一点就会把那个字吓跑一样。

"雕刻底部的那些字母是什么？"伽马什问道，显得很焦急。他想赶快破解谜底。

波伏瓦在自己的口袋里乱摸，终于拿出自己的记录本。

"人在水岸的雕刻下面刻的是 MRKBVYDDO；船的雕刻下面是 OWSVI。"

波伏瓦看着伽马什在努力破解老者所设的编码。

A B C D E F G H I J K L M N O P Q R S T U V W X Y Z
S I X T E E N A B C D E F G H I J K L M N O P Q R S

当伽马什找出了对应字母之后，他读道："T，Y，R，I，就是……"

"Tyri。"波伏瓦轻声说道，"Tyri……"

"还有，K，K，V。"伽马什看看波伏瓦。

"这是什么意思呢？是个人名吗？也许是一个捷克人的名字？"

"也许是回文构字法。"伽马什说道，"我们得重新排列一下这些字母。"

他们两个又试了几分钟，一边吃着晚餐，一边破解着编码。最后伽马什把手上的笔放下，摇了摇头，"我还以为找到了关键字呢。"

"也许关键字是对的啊。"波伏瓦说道,并不愿意放弃。他记下更多的字母,然后又尝试了其他排列的方法将字母不断重新排列。最后,波伏瓦也不得不得出同样的结论。

看来关键字不是"SIXTEEN"。

"但是,"波伏瓦说道,拿起一块脆皮面包蘸了一下肉汁,"我在想,小木屋门上为什么会有16这个数字呢?"

"有些事物的出现也许不需要理由。"伽马什说道,"也许,它们莫名其妙的出现就是它们存在的理由。"

伽马什说的这句话对于波伏瓦而言有点难懂,就像伽马什对于夏洛特皇后岛的推测一样难以理解。事实上,在波伏瓦看来,这根本谈不上推测,顶多只是伽马什的一种直觉,或者说得更难听一点,这只是伽马什个人的胡思乱想,他已经被凶手给操控了。

波伏瓦对于地处地球偏远角落的夏洛特皇后岛的唯一印象就是茂密的树林、大山还有无垠的灰色河水。大多数时候岛上都被薄雾所笼罩。

现在伽马什探长将一个人前往这个被薄雾笼罩的小岛。

"我差点忘了。露丝叫我给你这个。"伽马什把一张纸条递给波伏瓦。波伏瓦打开纸条,大声读起来:

"提着颈后部把自己的灵魂轻轻提起
呵护自己,走进黑暗与乐土。"

至少这次在"乐土"一词的后面是句号。这是不是意味着句子已经终结了呢?

...32

　　伽马什是在下午晚些时候达到那座雾蒙蒙的岛的。在达到那里之前,伽马什不断换乘体积越来越小的飞机,最后乘坐的飞机机身仅仅只能容下他的身体。那架飞机是在鲁伯特王子城①机场的跑道尽头直接起飞的。

　　当这架小型飞机飞越英属哥伦比亚北部地区的那座小岛的海岸线时,伽马什低头看了一下。他看到大山和茂密的古老森林。岛上的风景千百万年来一直隐藏在薄雾之中,就像岛上茂密的树木一般无法穿透。它一直与世隔绝,但并不孤单。它是生命的大熔炉,孕育出了世界上最大的黑熊与世界上最小的猫头鹰。岛上生机勃勃。事实上,岛上的第一批人类起源于一个巨大的蛤蜊壳,那是由一只大乌鸦从另一座岛上带到这里来的。根据海达人的创世纪传说,海达部落的先民就是这样来到这座岛上的。到了近代,在这座岛上还能看到伐木工的身影,不过他们并

---

① 鲁伯特王子城(Prince Rupert):加拿大西部港口城市。

不是创世纪的一部分。他们穿越浓浓的雾气来到岛上是为了寻找财富。伐木工大约是在一个世纪前达到夏洛特皇后岛的。他们对于自己偶然发现的这个生物大熔炉熟视无睹,眼里只看到岛上的财宝——古老的红木雪松树。这些树木因为它们的耐久性而被人珍视。在夏洛特皇后出生以及后来嫁给发疯的乔治三世之前,这些树木就早已高耸地挺立在这座岛上了。但如今它们却在锯子的蹂躏之下倒下来,被制作成墙板、甲板和枕木,还有十件小小的雕刻品。

小型飞机在水面上稳稳着陆之后,年轻的女机长——一位丛林飞行员——帮忙使伽马什这个大个子从他小小的机舱里出来。

"欢迎来到海达人生活的地方。"机长说道。

在动身到这里来之前,伽马什早上在三松镇的小旅店里醒来,发现筋疲力尽的加布里正在厨房为自己的这次出行准备食物。当时伽马什对于这个位于半个地球之外的小岛一无所知。但在从蒙特利尔到温哥华,再从鲁伯特王子城到夏洛特皇后岛的漫长旅途上,伽马什都一直在读着有关这个岛屿的相关资料。

"非常感谢您能带我来您的家乡。"

伽马什觉得,机长深褐色的眼睛显得有些困惑。即使你不是海达人,你也知道一个穿着套装年近中年的白人男性到这里来并不是什么好兆头。

"您一定就是伽马什·阿尔芒探长吧。"

一位留着黑发、皮肤黝黑、体格健壮的男子从码头那里走过来。他伸出手和伽马什握手。

"我是加拿大皇家骑警队的明肖军士。我们在电话里联系过。"

明肖军士嗓音深沉浑厚,有唱歌剧的潜质。他是海达人。

"啊,是的。谢谢您能来接我。"

明肖从飞机上拿下伽马什的行李,然后一把甩在自己的肩上。在感谢了机长——机长并未搭理他们——之后,伽马什和明肖朝码头的尽头走去。他们走上一个斜坡,然后上了一条大路。空气中弥漫着一丝透骨的寒冷。伽马什记起来,他此时所在的地方比温哥华更靠近阿拉斯加。

"您似乎不会在这里待很长时间吧。"

伽马什看着不远处的大海,意识到陆地部分已经消失了。其实,并不是陆地在消失,而是在这里根本就不存在陆地。在这里岛屿就是陆地。

"我希望我能待长一些,这里真美。不过,我还是得尽快回去。"

"我已经在当地旅店给您安排了一间房间。我想您一定会喜欢这里的。您可能也知道,夏洛特皇后岛上居民不多,总共只有大概五千人,一半是海达人,还有一半……"明肖迟疑了一会儿,"是非海达人。我们这里也会有游客,不过现在已经过了旅游旺季。"

两人已经放慢了脚步。现在他们停下了脚步。他们已经走过了一家五金店、一家咖啡馆,还有一幢门前摆放着一个美人鱼雕像的建筑。但是真正吸引伽马什注意力的却是那个海港。他这一辈子还从未见过这么美丽的景象。尽管在魁北克他也曾见过一些风景壮丽的地方,但他不得不承认,没有一个地方能跟这里相媲美。

这里充满着荒野的气息。伽马什放眼望去,所看到的全是从水面上升起的被漆黑的森林所覆盖的大山。伽马什能看到在远处还有一个小岛以及一些渔船。头顶上雄鹰展翅翱翔。此时伽马什和明肖走在铺满鹅卵石和贝壳的海滩上。他们静静地站了一会儿,聆听着鸟儿的叫声和海水的拍岸声,嗅着夹杂着海带、鱼类和树林气息的海风。

"这里的鹰巢比加拿大其他地方都多。这象征着好运。"

加拿大皇家骑警一般是不会说"好运"二字的,除非是在治理交通的时候。伽马什并没有转身看明肖,他已经完全被眼前的景象吸引住了。但是他在听明肖说话。

"海达人有两个部落:雄鹰部落和乌鸦部落。我已经安排您和这两个部落的长者进行会面。他们也邀请您共进晚餐。"

"谢谢。您也会来吗?"

明肖笑了笑,"不来,我想没有我你们聊起来会更随意些。海达人是很热情的。他们生活在这里已经有数千年的历史了,一直没被打扰过,直到近代。"

明肖一直把海达人称为"他们"而不是"我们",这在伽马什看来很有趣。也许,明肖这么称呼是不想让伽马什有被排斥的感觉吧。

"我今晚尽量不去打扰他们。"

"太迟了。我已经和他们说好了。"

伽马什冲了一把澡、刮了胡子、将镜子上的湿气抹掉。笼罩着古老森林的雾气似乎已经钻入了他住的房间。也许,这些雾气是来监视他的,好让他此行的目的变得更为神圣。

伽马什在抹去湿气的镜子里看到了自己——一位远离家乡、神情疲惫的安全局警官。

换上新衬衫,穿上黑色的宽松裤,伽马什拿起一条领带,坐在床边。他的床被看上去像覆盖着的手工缝纫的缎子。

整间房间虽然简朴,但却很舒适。像这样的房间即使堆满萝卜也是没有关系的,因为住在里面的人只会注意窗外的风景。这间房间的窗户正好对着海港。落日的余晖使天空布满金色、紫色和红色的波纹与线条,仿佛天空里的一切都是有生命的。

伽马什走到窗户边凝视着风景,他的双手在系着领带。这时有人敲门,伽马什开了门,心里想着应该是旅店店主或是明肖军士来敲门。但他很意外地发现,站在门口的竟然是那位女机长。

"你好。我的曾祖母叫我到这里来接你去吃晚饭。"

她还是面无表情。事实上,她似乎对于邀请伽马什前去共进晚餐感到很不高兴。伽马什穿上一件灰色夹克衫和外套,然后和女机长一起走到逐渐变暗的户外。环绕在海港周围的房子里亮起了灯光。此时的空气阴冷而潮湿,但却很新鲜,这让伽马什提振了精神。他感到这时比之前任何时候头脑都更清爽。他们上了一辆轻型货车,然后驶出村镇。

"你是来自夏洛特皇后岛的吗?"

"我来自海达人部落。"女机长回答道。

"当然。你是雄鹰部落的?"

"乌鸦部落。"

"哦。"伽马什说道,他意识到自己的问题听上去很傻,但坐在他身边的这位女士似乎并不在意。她似乎更愿意忽视伽马什的存在。

"你的家人一定为你是一位女飞行员而感到骄傲吧?"

"为什么?"

"因为你会飞行。"

"因为我是一只乌鸦吗?这里每个人都会开飞机,探长先生。我只是比别人更需要帮助罢了。"

"你当飞行员已经有很长时间了吗?"

一片沉默。很显然,伽马什的问题根本不值得回答。伽马什也觉得,还是保持沉默比较好。此时伽马什的眼睛已经适应了车子里昏暗的光线。在车子行驶的过程中他能够看到海港那边起伏的群山。几分钟后,他们来到了另一个村镇。女机长将车子停在一幢白色房子前面,这幢房子的正门有一块牌子:斯基德盖特[①]社区大厅。女机长从车子里走出来朝正门走去,她也不回头看看伽马什是否跟着自己。她要么觉得伽马什一定会跟上来,要么就是根本不关心伽马什是否能跟上。

伽马什离开昏暗的海港,跟着女机长穿过正门来到大厅,最后进入一间剧院。伽马什回头看了一下,确信自己是从一扇门里进入这个神奇的新世界。此刻他的周围有三面是装饰精美的小阳台。伽马什转了一个圈,他的双脚在光滑的木地板上吱吱作响。此时他才意识到自己的嘴巴微微张着。他闭上嘴巴,看着站在自己身边的女机长。

"太不可思议了。"

"哦。"

宽阔大气的台阶直通那三个阳台。在房间的尽头是一个舞台,舞台的后面画着一幅巨大的壁画。

"那是海达人的村镇。"女机长说道,朝那幅壁画点点头。

"真是不可思议。"伽马什轻声说道。伽马什其实经常会感到惊讶或吃惊,但是很少会惊讶得目瞪口呆。此刻他已经惊讶得目瞪口呆了。

[①] 斯基德盖特(Skidegate):在海达部落语言中有"渔村"的意思。如今在夏洛特皇后岛上有多处以斯基德盖特命名的海达人部落遗址和博物馆。

"您喜欢这幅壁画吗？"

伽马什低下头，意识到又来了一位女士。那位女士比女机长，甚至比自己年纪要大得多。不过和女机长不同，那位女士一直面带笑容，好像发现了许多人生的乐趣一样。

"非常喜欢。"伽马什伸出自己的手和那位女士握了握手。

"这就是我的曾祖母。"女机长说道。

"我叫艾斯特。"那位女士说道。

"我是伽马什·阿尔芒。"伽马什说道，微微鞠了一躬，"很荣幸认识您。"

"我也很荣幸认识您，探长先生。请。"艾斯特朝最中间的一个房间走去，那里已经摆放着一张长桌子。房间里弥漫着食物的香味。满房间的人正在谈笑风生，相互打招呼。

伽马什原本以为海达部落的老者们聚在一起时会穿上本民族的传统服装。他此时被眼前的景象弄得有点尴尬。这些海达部落的男男女女们穿着他们平时的工作服，有的人穿着T恤衫和厚厚的针织衫，有的则穿着套装。从穿着上看，他们中有些人在银行工作，有些在学校和诊所工作，还有些应该在海边工作。有些人应该是艺术家或是画家，但大多数都从事雕刻艺术。

"我们这儿是一个母系社会，探长先生。"艾斯特解释道，"但我们这儿大多数族长都是男性。当然这并不是说女性没有权力，其实恰恰相反。"

艾斯特看着伽马什，眼神显得那样清澈。她说的是事实，并不是在夸耀。

艾斯特随后把伽马什一个一个介绍给在场的每个人。伽马什重复着每个人的名字，试图全部记住。但在记了五六个名字之后，他就开始感到有点头晕了。最后艾斯特把他带到自助餐桌边，桌上已经摆满了食物。

"这位是斯卡先生。"艾斯特说道，她正在向伽马什介绍一位小个子老人，那位老人正端着盘子看着伽马什。斯卡先生的眼睛看上去有些浑浊，"斯卡先生来自雄鹰部落。"

"您也可以叫我罗伯特。"斯卡先生说道,他的嗓音浑厚有力而他的握手更有力。斯卡先生微笑着说道:"两个部落的女人们为您举办了一个海达人传统的欢迎仪式,探长先生。"斯卡先生将伽马什带到餐桌旁,然后向伽马什一一介绍起每一道菜,"这道菜叫卡夫,就是鲱鱼鱼卵烧海带。那里的那道菜是用胡椒烟熏过的鲑鱼。如果您喜欢鲑鱼,那里还有木熏鲑鱼。这些鲑鱼都是今早由瑞格抓来的。瑞格熏制了一整天呢,都是为您,警官先生。"

伽马什和斯卡先生沿着长长的餐桌走着。餐桌上一字排开放着章鱼丸子、蟹肉糕饼、比目鱼、土豆色拉,还有热乎乎的新鲜面包以及果汁和水,但是没有酒类。

"我们这里也会举办舞会。这里是我们大多数人举办红白喜事的场所。大多数聚餐会也在这里举行。雄鹰部落的人做东道主的时候,乌鸦部落就负责招待客人。当然,倒过来也一样。但是今晚我们两个部落的人都来招待您,因为您是我们双方最尊贵的客人。"

伽马什虽然之前也参加过专门为他准备的晚餐会或是酒宴,但几乎没有一次能像这次这样使他感到如此受宠若惊。

伽马什拿了一些食物,然后坐了下来。让他感到吃惊的是,女机长也走了过来。整个晚餐会上他们都在聊着天,不过伽马什注意到,海达部落的老人们问的问题比他们回答的问题要多。他们似乎对于伽马什的工作、生活和家庭情况很感兴趣。他们还询问有关魁北克的情况。这些老人们知识很丰富,思维也很活跃,而且善解人意、言语谨慎。

在吃完了糕点、新鲜水果和一杯清凉果汁之后,伽马什告诉他们有关三松镇里发生的那起凶杀案以及住在树林深处小木屋里的老者的相关情况。海达部落的老人们都很认真地听着。当伽马什告诉他们,老者独自一人住在堆满财宝的小木屋里时,他们显得更认真了。小木屋里的老者被夺走了生命,身边没有亲朋好友,也无名无姓,身边只有一堆古董,但没有一件是真正属于自己的。

"您觉得那位老者生活得快乐吗?"艾斯特问道。在艾斯特看来,如果一群人当中有一个首领的话——不管这位首领是选出来的,还是公认的,像老者的这种情况是不可能发生的。伽马什在想,如果有那样的首领的话,艾斯特一定是最佳人选。

伽马什迟疑了一会儿。他从未问过自己这个问题:

老者生活得快乐吗?

"我想,他应该很满足吧。他过着一种生活圈子狭小,但却很安逸的生活。至少这种生活让我很着迷。"

女机长转身看着伽马什。直到这一刻女机长才真正直视伽马什。

"他被各种价值连城的宝贝围绕着。"伽马什继续说道,"时不时也会有人来看他。那个人还给他带来一些他自己没法弄到的东西。但他似乎在害怕着什么。"

"人很难在害怕的时候保持生活快乐。"艾斯特说道,"不过,恐惧有时会产生勇气。"

"而勇气有时又会产生内心的平静。"一位身穿套装的年轻人说道。

这句话让伽马什想起了几年前在一家小饭馆的墙壁上看到的一位渔夫所写的话。那位渔夫当时在房间的另一头微笑着看着伽马什,这几乎让伽马什感到气都透不过来。然后那位渔夫在墙壁上很快地写下一些字句,随后就离开了。伽马什走到墙壁前,读着上面的句子:

> 有爱的地方就会有勇气,
> 有勇气的地方就会有平静,
> 有平静的地方就会有上帝。
> 当你心中有了上帝,你便有了一切。

伽马什现在说着这几句话,房间里一片寂静。海达人擅长保持安静。伽马什也是。

"这是祷告词吗?"艾斯特最后问道。

"那是一位渔夫在一个小饭馆的墙壁上写的话。那个小饭馆在一个叫羊肉湾的地方,离这儿很远。"

"也许没那么远。"艾斯特说道。

"一位渔夫？"身穿套装的那位年轻人问道，脸上露出微笑，"伙计们，大家玩疯了。"

站在那位年轻人身边的一位穿着厚厚针织衫的老人拍了一下那位年轻人。大家都笑起来。

"我们大家都是渔夫。"艾斯特说道。伽马什感觉，艾斯特说的"我们"包括自己。过了一会儿，艾斯特问道："你们的那位老者喜欢什么？"

伽马什想了一下，"我不清楚。"

"也许当您想清楚这个问题时，您就能找出凶手了。我们该怎样帮助您破案呢？"

"在老者的小木屋里有许多关于 woo 和夏洛特的线索。它们让我最后想到了艾米丽·卡尔，而艾米丽又指引我到了这里。"

"哈哈，你一开始就应该想到这里。"一位老人笑道，但这并不是自命不凡或是讥讽他人的笑声，"艾米丽的绘画这么多年以来一直把人们吸引到这里。"

这么多人来到这里到底算不算是一件好事？这很难说。

"我认为，老者在夏洛特皇后岛上生活过，也许是在十五年前或是更早以前。我们警方认为老者是捷克人，因为他说话带捷克口音。"

伽马什将在停尸房里拍的死者照片拿了出来。他告诫大家照片上的尸体可能会让人看了不舒服，但他其实并不担心这一点。海达人是一个能够很好地同活人与亡灵相处的民族。在海达人的观念里，阳间与阴间的界限不是那么分明，人类、动物和亡灵都生活在一起。在他们的世界里即使盲人也能观看这个世界，每个人都有飞翔的能力。

大家喝着浓茶，看着照片上的死者。他们看了很长时间而且看得很仔细。即使是那位女机长也很认真地注视着照片。

大家在看照片的同时，伽马什注视着他们，他想要看到捕捉到他们脸上的表情，哪怕只是扭扭脖子或是调节一下呼吸的小动作。他注意力高度集中地注视着每一个人，但是他所看到的只是一群希望能帮上忙的人。

"可能让您失望了，我很抱歉。"艾斯特说道，伽马什将照片重新放回到自己的背包里，"您为什么不通过电子邮件把照片发送给我们呢？"

"啊,我已经发电子邮件给明肖军士了,他把照片也分发给当地的警员了。但我还是想亲自来一趟,因为有一些东西是没法用电子邮件发送的。我带了一些东西过来。"

伽马什将两个裹成球状的包裹放在桌子上,然后小心翼翼地将第一件包裹拆开。

此时整个房间里鸦雀无声,没有勺子碰撞杯子的声音,也没有蛋挞杯被拨开或是爆裂的声音,甚至连呼吸声都听不到。好像房间里弥漫开什么东西,好像死寂降临到了这间房间。

伽马什又将第二件包裹慢慢拆开。第二件包裹里的东西像一艘船一样在桌子上行驶到第一件包裹的旁边。

"还有其他的类似作品。我们警方认为应该有八件。"

周围的人不知是否听到了伽马什说的话,大家都没任何反应。终于一位中年的矮壮男子伸出手,但又马上缩回手,看着伽马什。

"我可以碰吗?"

"当然。"

那位男子用自己大大的、粗糙的双手拿起那件船型雕刻品。他把雕刻品放在自己的脸旁边,这样他可以凝视船上那些木雕小人的眼睛。那些小人带着满心的快乐与愉悦望着前方。

"那位就是瓦萨提,"女机长说道,"瓦萨提·威尔·索姆斯。"

"是威尔·索姆斯?"伽马什问道。伽马什知道索姆斯这个人,他是加拿大还健在的最伟大的艺术家之一。他所雕刻的海达部落雕刻品充满了生命力,是全世界许多私人收藏家和博物馆竞相收藏的作品。伽马什曾认为索姆斯是一位隐士,由于太有名,他不得不隐居起来。伽马什开始感到海达人的传说正在渐渐成真,传说中的伟大艺术家竟然站在自己面前,一边小口喝着红茶,一边吃着水果。

索姆斯拿起另一件雕刻品,然后将雕刻品翻转过来,"这是用红木雪松雕刻的。"

"而且是来自这里的红木雪松。"伽马什肯定地说道。

索姆斯看了看那件船型雕刻品的底部,"这是一个签名吗?"

"或许您可以告诉我们。"

"只是一串字母,但是应该有什么含义吧。"

"那似乎是一种编码。我们还没能破解出来。"

"这串字母是死者写的?"索姆斯举起雕刻品。

"是的。"

索姆斯看了看手上的雕刻品,"我无法告诉您死者到底是谁,但我可以告诉您,死者绝不是仅仅感到害怕而已,他感到的是极度的恐惧。"

...33

第二天早上当伽马什醒来时,清新凉爽的微风带来了海上的湿气。海鸟觅食的叫声在他房间的窗户边此起彼伏。伽马什在床上翻了个身,将温暖的被子裹在自己身上,然后坐起身看着窗外。昨天的一切仿佛一场梦。昨天早上他在三松镇醒来,晚上却睡在了大海边的一个海达人村镇里。

窗外的天空一片蔚蓝,伽马什能看到海鹰和海鸥在天空滑翔。伽马什从床上站起来,快速穿上外套,不过马上意识到自己忘了穿内衣。

下楼之后,伽马什发现一顿丰盛的早餐已放在了桌上。早餐有熏肉、鸡蛋、吐司面包和一杯浓咖啡。

"拉维纳打电话来说她早上九点在码头等您,如果到时候不来,她就自己走了。"

伽马什看看周围以确定女房东在跟谁说话。

屋子里就伽马什一个人,"您是在跟我讲话吗?"

"当然。拉维纳说了,您不能迟到。"

伽马什看看手表,已经八点半了。伽马什不知道拉维纳是谁,也不知道码头在哪里,他为什么要走。伽马什又喝了一杯咖啡,然后回到自己的房间使用盥洗室。随后他穿上外套,戴上帽子,走下楼同女房东说话。

"拉维纳有说是在哪个码头吗?"

"我想应该是她最常停靠飞机的那个码头吧。您不会找不到的。"

伽马什不知有多少次在找得晕头转向之前听别人对自己说过"你不会找不到的"之类的话。不过,伽马什此时站在旅店的门廊上,深深呼吸着吹来的微风。他看了看不远处的海岸线,那里有好几个码头。

不过能够停靠飞机的码头只有一个。那位年轻的女机长正在看自己的手表。她就是拉维纳吗?伽马什此时感到有些尴尬,因为他意识到自己还没问过她叫什么。

伽马什走过去。当走到码头的木质甲板上时,伽马什发现拉维纳并不是一个人,威尔·索姆斯和她在一起。

"我想到您可能想看看这些雕刻用的木头的源产地。"索姆斯说道,他邀请伽马什进入一架小型水上飞机,"我的孙女同意带我们飞到那里去。您昨天乘坐的那架飞机是商务航空公司的,而这架是她自己的。"

"我也有个孙女。"伽马什说道。当飞机从码头开动出去,声音开始变得隆隆作响的时候,伽马什并不想立即系上安全带。"不过,我的孙女与您的孙女不一样,她现在只能用手指给我画画。"

伽马什本还想加一句"至少画手指画不会像开飞机这样有生命危险"。不过他没有说出口,因为他觉得这不礼貌。

飞机的速度越来越快了,水面上开始出现小小的波浪。此时伽马什才意识到机舱里的帆布安全带已经断了、椅子也生锈了、坐垫也破了。他看着窗外,真希望自己早上没有吃那么多。

过了一会儿,飞机上了天,机身向左一震,高高飞入空中,然后沿着海岸线飞行。他们在天上大约飞了有四十分钟。狭小的机舱里噪音很响,只有大声吼叫,对方才听得见。索姆斯时不时会将身子侧过来,指指窗外的某个东西。他指了指下面的一个小海湾,好像在说:"那里就是我们海达人最初出现的地方,我们来自蛤蜊壳,那是我们的伊甸园。"过了一会儿,他又说道:"看下面,那些是现存最后的红木雪松树了,也是最后的雪松树森林了。"

伽马什鸟瞰着下面的那片土地。他看到河流、水湾、森林,还有被冰川雕凿出来的大山。最后他们降落在一个海湾旁,海湾边上的高山山峰即使在现在这样晴朗的白天也笼罩在薄雾之中。当他们走向低洼处,走过一片沙滩,然后朝幽暗的海湾边走去时,索姆斯又将身子侧过来看着伽马什,他叫道:"欢迎来到海达人的圣地,这是一块神奇的大地。"

的确如此。

拉维纳赶上了他们。这时有一个人出现在岸边,那个人正拉动着一条小船,在最后一刻他跳进船里。那个人划着小船来到对岸,帮助伽马什他们上了小船。那人自我介绍道:

"我叫约翰。我是这里的守林员。"

伽马什注意到约翰赤裸着双脚,然后看到拉维纳和她的祖父脱掉他们的鞋子和袜子并卷起裤腿,而约翰则在划着船。伽马什很快明白他们这样做的原因了。小船已经离岸很近了,最后十尺左右的距离只能徒步涉水前行。伽马什把自己的鞋子和袜子脱了下来,并卷起自己的裤腿。几乎就在大脚趾碰到水的那一刹那,伽马什又把腿缩了回去。在他的前方,他看到拉维纳和索姆斯在笑。

"水的确很冰冷。"约翰承认道。

"行啦,来吧,娇羞的小公主,使出吃奶的力气。"拉维纳说道。伽马什在想,拉维纳是不是也属于露丝·萨多这种类型的人。难道世界的每个角落都有这样的人吗?

伽马什使出吃奶的力气,在海滩上一步步前行。他的双腿从浸入水的那一刻起就开始发紫。他麻木地在水和石头铺成的海滩上走着,最后终于来到了一个树桩边。伽马什在树桩上坐了下来,用手弄掉粘在脚底板上的沙子和贝壳碎片,然后穿上袜子和鞋子。他已经不记得上一次松一口气是什么时候了。也许水上飞机降落的那一刻是他最后一次感到放松的时刻吧。

伽马什已被周围的风景、守林员,还有冰冷的海水弄得不知所措了。

一开始他根本无法看清周围到底有些什么,但现在他看清了。他们此时正站在森林的边缘,围绕着这边缘的是许多根雄伟的图腾柱。

伽马什感到自己的血液急速涌向心脏。

"这就是图腾柱半月圈。"索姆斯说道。

伽马什没有回答。他无法回答,只是静静地凝视着这些高耸的图腾柱,柱子上刻着神秘的时间刻度,还有动物和神灵相结合的图像。图像中的杀人鲸、鲨鱼、狼、熊、鹰和乌鸦的图案也在凝视着伽马什。柱子上还有其他的图像,那是一些长着长舌头、大眼睛、长獠牙的怪物。那是来自神秘世界之外的未知生物,但却又真实地存在着。

此刻,伽马什感到自己似乎正站在人类记忆的边缘。

一些图腾柱十分笔直且高大,而大多数图腾柱已经有些倾斜,或是东倒西歪了。

"我们海达人都是渔夫。"索姆斯说道,"艾斯特说的没错。大海为我们的身体提供食物,也为我们的灵魂提供养料。"索姆斯张开自己的双手,做出一个简单的手势指着面前的那片森林。

当伽马什他们在图腾柱中间溜达时,守林员约翰说道:"这是地球上现存最大的图腾柱群。这个地方现在被保护起来了,可以前不是。有些图腾柱是用于纪念某个特殊事件的,而有些则是用来纪念亡灵的。每根柱子都有自己的故事。刻在柱子上的那些图像也是按照一定的顺序和目的刻上去的。"

"这里就是艾米丽·卡尔画画的地方吧。"伽马什说道。

"我猜,您很想看看,是不是?"索姆斯问道。

"能让我看一下就太好了。谢谢您,十分感谢。"

"这一地区是最后一块有海达人图腾柱的地方了。这些图腾柱几乎与世隔绝,但也最漂亮。"约翰说道,"不过,它们最终还是会倒塌的。这里以前发生过好几次疾病、禁酒风波还有传教士禁止异教的运动,它们把图腾柱还有海达人居住的长形屋子都给毁掉了。这些是仅剩的。"约翰指了指不远处的一块覆盖着苔藓的土堆,"那就是一座长形屋子。"

伽马什在这一地方徘徊了一个小时。他得到允许,可以触摸那些图腾柱。他发现自己站在高处,用自己的大手触碰着柱子上刻着的巨大面具。伽马什在试着想象是谁雕刻出了这样的杰作。

最后,伽马什朝约翰走去。约翰在这一个小时里一直站在原地不动,观察着伽马什。

"我到这里是来调查一起凶杀案的。我能给您看一些东西吗?"

约翰点点头。

"这是一张死者的照片。我们警方觉得死者可能在这里生活过一段时间,因为他生前很多物品里有夏洛特这样的字眼。"

"那么他不是海达人喽?"

"我想他不是。"伽马什给约翰看那张照片。约翰拿了过来,仔细地看着,"很抱歉,我不认识这个人。"

"他可能是好多年前生活在这里的,也许是十五年或二十年前吧。"

"那可不太好查。那个时候这里有很多人,也是在那个时候海达人通过设置路障的方式迫使岛上最后一家伐木公司关门。死者也许就是当时的一名伐木工也说不定。"

"也许是吧。他显然在树林里能生活得很舒适。他还给自己造了一座小木屋。您觉得这里有谁会教授别人盖小木屋呢?"

"您是在开玩笑吗?"

"没有。"

"这儿几乎每个人都会盖木屋。虽然现在大多数海达人生活在村镇里,但大部分人在树林里都有自己的木屋。有些是我们自己造的,有些是我们父母那一辈人造的。"

"您生活在木屋里吗?"

约翰是在犹豫吗?"不是,我在这里的假日旅店里有自己的房间。"约翰笑道,"不过几年前我自己造了一间木屋。您想去看看吗?"

"如果您不介意的话。"

当索姆斯和他的孙女在周围闲逛时,约翰领着伽马什走进森林的深处,"这里有些树木已经有一千多岁了。"

"这片森林确实值得保护起来。"伽马什说道。

"不过，不是所有人都这么认为。"约翰停下脚步，指了指前面。那里有一座木屋，在木屋的门廊上还有一把摇椅。

这和老者的小木屋太像了。

"您认识他吗，约翰先生？"伽马什问道，他忽然意识到此时他正独自一人和一个健壮的男子站在森林深处。

"您指死者？"

伽马什点点头。

约翰又笑道："不认识。"不过，约翰在朝伽马什身边靠近。

"您有没有教他怎么建造木屋？"

"没有。"

"有没有教他雕刻东西呢？"

"没有。"

"如果您真的教过他，请您一定告诉我。"

"我没什么事情好隐瞒的。我问心无愧。"

"那么，您一直一个人生活在这里吗？"

"您为什么问这个？"约翰的声音几乎像是一种叹息，或是一种嘘声。

伽马什拿出一件雕刻品。约翰看着那艘船上的小人，他后退了一步。

"这是用红木雪松雕刻的，木头就来自这里。"伽马什说道，"说不定就来自这座森林里的某棵树。这件雕刻品是死者制作的。"

"那跟我又有什么关系呢？"约翰说道，最后看了一眼那件雕刻品，然后走开了。

伽马什跟着他走出森林。他看到索姆斯此时正坐在沙滩上朝他微笑。

"您和约翰聊得愉快吗？"

"他不太爱说话。"

"他是守林员，又不是爱饶舌的家庭妇女。"

伽马什笑了一下，开始将那件船型雕刻包起来。但是索姆斯握了一下伽马什的手，叫他先不要包裹起来。索姆斯将那件雕刻品再次拿在手里。

"您说雕刻用的木头来自这里,是很古老的木头吗?"

"不清楚。实验室工作人们说不出。他们得从雕刻品上砍下一大块木头进行分析才能知道,但我不让他们这么做。"

"难道这比一个人的性命还重要?"索姆斯把雕刻品拿起来。

"没有什么东西能值一条人命,先生。但是生命既然已经逝去,我希望能在不破坏作品的情况下找出是谁雕刻了它。"

伽马什的回答似乎让索姆斯很满意。他把雕刻品交还给伽马什,但显得有点不情愿。

"我很想见见雕刻这件作品的人,他很有天赋。"

"雕刻者也许曾是一名伐木工。也许他曾经砍伐过这里的树木。"

"我家族里有许多人都曾做过伐木工,但这并不意味着我要把他们当坏人或是永远的敌人来看待。"

"您教授其他艺术家雕刻东西吗?"伽马什随意问道。

"您是否觉得死者曾到过这里跟我谈过话呢?"索姆斯反问道。

"我想他应该来过这儿。他是一名雕刻家。"

"您一会儿说他以前是名伐木工,一会儿又说他是名雕刻家。他到底是干嘛的,探长先生?"

尽管索姆斯是带着幽默的口吻在说话,但伽马什仍能感觉到其中责问的语气。索姆斯正在试探。艾斯特先前也在试探。艾斯特先前说,海达人都是渔夫。渔夫都擅长试探,这样鱼儿才会上钩。

索姆斯会不会在自己来这儿之前就已经做了什么手脚呢?伽马什开始这样怀疑起来。

"您教授别人雕刻东西吗?"伽马什仍然坚持问道。

索姆斯摇摇头,"我只教海达人雕刻东西。"

"死者是使用这里的木头雕刻东西的。您对这一点感到吃惊吗?"

"一点也不吃惊。虽然现在大部分森林已被保护起来,但仍有一部分树木是允许被砍伐的。砍掉了之后再补种上去。其实,伐木业如果经营得当的话,它还是一个非常不错的产业。新种的树木对于整个生态系统是有好处的。我建议世界上所有的木雕家都使用红木雪松来雕刻东西。"

"我们得走了。天气变了。"拉维纳走过来说道。

当水上飞机开始起飞,从被树木遮掩的海湾猛地一下上升时,伽马什低头往下看。他看到其中的一根图腾柱在挥手,好像活的一样。但伽马什马上意识到那是约翰在挥手。约翰一直守护着这块萦绕着祖先魂魄的圣地,但却对伽马什带来的雕刻品如此害怕。用莫娜的话说,约翰脱离了掌心。

"您知道吗?约翰曾经强烈抵制伐木。"由于飞机引擎的巨大响声,索姆斯高声喊道。

"他是个好人,看来他站在您这边。"

"他的确是个好人。不过我觉得他应该会站在您这边。约翰曾是一名骑警,他还曾被迫逮捕过自己的祖母。到现在我还能想起他当时逮捕自己祖母的情景。"

"约翰是我的叔叔。"拉维纳在驾驶员座位上叫道。伽马什花了一些时间将这些信息组织起来。那个少言寡语,喜欢独处的约翰,那个目送着他们的飞机起飞的约翰曾经逮捕了艾斯特。

"现在他是一名守林员,守护着海达人最后的图腾柱。"伽马什说道。

"我们所有人都得守护一些东西。"索姆斯说道。

明肖军士将一张便条和一个信封留在伽马什住的旅店里。在中午吃过鲜鱼和罐头玉米之后,伽马什打开信封,从里面拿出几张照片。那些照片是用明肖军士的打印机打出来的。信封里还有一封打印出来的电子邮件。

阿尔芒,

我们已经查到了剩余的四件雕刻品,但还有两件没有下落,一件是奥利维在淘宝网上卖出去的那件;另一件是在日内瓦被拍卖掉的那件。雕刻品的收藏者都不愿意将实物寄给我们,但他们都发来了雕刻品的照片(请看附件)。除了小木屋里的那两件雕刻品之外,其余雕刻品的底部都没有字母。

杰罗姆还在继续破解那些字母。不过到目前为止尚无进展。

对于这些照片你会怎么看?很令人吃惊,是不是?

我一直在研究小木屋里的那些古董。到目前为止尚无任何有关失窃的报告,我也看不出这些古董之间有什么联系。我觉得其中的一只黄金手镯可能是捷克产的,但也有可能是罗马尼亚某个地方的。那是一只令人震惊的手镯,因为它的历史比现在的罗马尼亚的历史还要久远。

小木屋里的古董都很奇特,它们之间似乎没有任何关联。难道我们还忽略了什么?看来还得好好研究一下。我一直在封锁发现小木屋宝藏的消息,但现在我却一直会接到来自世界各地的博物馆还有报社打来的电话。我不知道谁走漏了风声,但是消息已经传出去了,大部分的来电是关于琥珀屋的。看来有些事情他们还不知道呢。

我听说你现在夏洛特皇后岛。祝你好运。如果你碰到威尔·索姆斯,告诉他我很欣赏他的雕刻作品。不过他一直深居简出,你可能未必会碰到他。

泰莱斯·布鲁内尔。

伽马什一边吃着东西,一边看着照片。在点的椰味馅饼上桌之前,他已经把所有照片看完了。他将照片摊开摆成扇形放在桌上。现在他可以同时凝视所有的照片了。

照片里雕刻品的风格发生了变化。在其中的一张照片里,雕刻出来的小人似乎正在往车子上装载东西,他们似乎在搬家,表情显得非常兴奋。但那个男孩子的表情似乎很焦虑,他在催促其他人动作快一些。在另一张照片中,人群中似乎出现了一种不安的情绪。最后两张照片里的雕刻品更是显得与众不同,在其中一张照片里人们不再赶路,而是住在了小房子里面,那应该是他们的家。但一些人将头伸出窗外在张望,表情显得很警惕,但并不恐惧,至少在这张照片里还没有显示出恐惧的表情。但是在布鲁内尔发来的最后一张照片里,恐惧的气氛开始显现出来了。最后那张照片里的雕刻品是所有雕刻中最大的,那些雕刻出来的小人都站直着身子,似乎在凝望着前方、凝望着伽马什。

那是一种奇怪的凝望,它使所有观看者都感到自己也是这件雕刻品的一部分,但绝非快乐的部分。观看者会感觉自己就是那些小人恐惧的对象。

他们真的是感到恐惧了。昨天晚上当索姆斯看着那个蜷缩在船里的男孩子的时候,他说什么来着?

"绝不是仅仅感到害怕而已,他感到的是极度的恐惧。"

在这几件雕刻品中的确弥漫着一种令人恐惧的氛围。雕刻这些作品的人也感到了某种使他极度恐惧的东西。

奇怪的是,伽马什并没有在最后两件雕刻品中发现那个男孩子。伽马什问房东要来一个放大镜。他弯着腰仔细地检查照片上的每一个细节,看上去就像福尔摩斯在办案。然而,还是没有发现。

伽马什将背靠在椅背上,小口喝着茶,椰味馅饼还一口没吃过。将雕刻品中原有的欢乐彻底抹去的东西不论是什么,这东西也让伽马什暂时失去了胃口。

几分钟后明肖军士来了。他和伽马什再次穿过整个村镇。他们在一家名叫格里历的建筑装潢店铺门口停下脚步。

"我能为两位做些什么吗?"一位胡子、头发和眉毛全都花白的老人说道,不过这位老人身体却很健硕。

"我们想跟您谈谈一位可能在上世纪八十年代或九十年代初在您这里工作过的员工。"明肖军士说道。

"您在开玩笑吧。您也知道,伐木工流动性很大,尤其在那个年代。"

"为什么尤其在那个年代呢,先生?"伽马什问道。

"这位是伽马什探长,来自魁北克安全局。"明肖军士介绍双方认识,伽马什和格里历握了握手。伽马什觉得,格里历并不是一个能够轻易说出真相的人。

"您来的地方可真够远的。"格里历说道。

"是的,但在这里我感到有种回家的感觉。您刚才说的那个年代为什么尤其如此?"

"上世纪八九十年代吗?您真不知道?您听说过莱尔岛吗?还有路障、抗议?我们这里有数千公顷的森林,那时海达人对于砍伐岛上树木一事都非常愤慨。您没听说过?"

"我听说过,但当时我没来过这儿。也许您能详细说说当时发生的事情。"

"其实那也不是海达人的错。他们是被那些该死的激进环保主义分子挑唆的,那些激进分子简直就是恐怖分子。他们招募了一些暴徒还有孩子,那些人其实只是想引起关注。他们的主张其实和森林扯不上任何关系。您要知道,我们只是砍伐一些树木,我们并没杀人或是捕杀动物。那些被砍掉的树木不久又会重新生长。我们给这里提供了大量的就业机会,但那些激进的环保分子却挑唆所有的海达人起来抗议,把一些胡说八道的思想灌输给他们。"

明肖军士站在伽马什身边,他一直扭动着脚,但没说一句话。

"可是,我记得那些被逮捕的海达人平均年龄是七十六岁。"伽马什说道,"老年人挡在了年轻人和你们这样的外来者之间。"

"那不过是个噱头罢了,那并不能说明什么。"格里历咬牙切齿地说道,"您刚不是说您不知道这些事情吗?"

"我是说我当时不在这儿,但我有看报纸。不过,报纸上说的跟您说的不一样。"

"没错。那些该死的媒体在胡编乱造。它们把我们描绘成坏蛋。其实,我们只是砍伐了一百公顷我们有权砍伐的树木而已。"

格里历的声音越说越响。他的愤怒和创伤并没有随着时光的远去而被淡忘。

"当时有暴力冲突吗?"伽马什问道。

"有一些,肯定是有的。但不是我们挑起的,我们只是在做我们的本职工作。"

"那时一定有很多人,包括伐木工还有环保主义人士,到这里来,然后又走了,是不是?"

"那时岛上到处都是人。您是想让我帮您找一个人,对吗?"格里历用轻蔑的语气问道,"他叫什么名字?"

"我不知道。"伽马什没有去理睬格里历嘲弄的笑声,他将死者的照片拿给格里历看,"这个人说话可能带有捷克口音。"格里历看了一会儿,然后把照片还给伽马什。

"请再仔细看看。"伽马什说道。

格里历看着伽马什。

"请您仔细看一下照片而不是看着我,先生。"伽马什的声音虽然克制,但却听得出严厉的语气。

格里历将照片又拿了回来,更加仔细地看。"我真的不认识这个人。他也许以前来过这儿,但谁又记得呢?他即使来过这儿,当时应该也是很年轻的。坦白说,这个人看上去不像伐木工或是护林员。他个子太小。"

这是格里历第一次提供较有价值的线索。伽马什又看了看照片上的死者。在那个年代到夏洛特皇后岛来的人有三类:伐木工、环境保护人士和艺术家。死者似乎最有可能是后者。伽马什向格里历说了声谢谢,然后走开了。

走在街道上的时候,伽马什看了看手表。他在想,如果叫拉维纳开飞机送他去鲁伯特王子城的飞机场,自己或许还能赶得上回蒙特利尔的夜航班。但伽马什还是先打了一个电话。

"是索姆斯先生吗?"

"我是,探长先生吗?您怀疑死者可能是环保激进分子?"

"您是怎么知道的?"

索姆斯在电话那头笑道:"我能帮您做些什么吗?"

"守林员约翰带我去看了他在森林里的小木屋。您见过他的木屋吗?"

"见过。"

"他的木屋几乎跟死者的小木屋一模一样。不过,死者的木屋可是位于半个地球之外的魁北克树林里。"

电话那头没有声音。"索姆斯先生?"伽马什觉得电话是不是断了。

"那也不能说明什么。我自己的小木屋和约翰的也一模一样。除了极个别的木屋外,我们海达人的木屋都是一模一样的。这恐怕让您失望了。"

伽马什挂断了电话,他的确感到了失望。不过,有一件事情他是确信无疑的,那就是死者曾经在夏洛特皇后岛上生活过。

伽马什赶上了从温哥华起飞的夜航班。他的座位正好位于两个位子的中间。当飞机起飞时,坐在前面座位的人将座位向后靠,几乎快碰到伽马什的膝盖了。坐在两旁的乘客把手搭在座位扶手上,这使得伽马什在七小时的航程中都一直听到隔壁座位的小孩打电子游戏的声音。

伽马什戴上半月形的眼镜,读着有关艾米丽·卡尔的资料,包括她的艺术创作、游历经历,还有那个"致命故事"。伽马什看着艾米丽在夏洛特皇后岛上创作的绘画。他现在更加欣赏画作中那些充满力量和诗意的形象。他尤其欣赏艾米丽有关图腾柱的绘画。她在图腾柱倒塌之前将它们画了下来。画上的图腾柱那样高大和挺直,而画上那些海达人居住的长形屋子还没有被苔藓覆盖。

在飞越温尼伯①上空的时候,伽马什拿出那几张有关雕刻品的照片。

伽马什看着这些照片,他的思绪在转动着。在这些雕刻作品中那个男孩子演绎了一个交织着战争、攻击和英雄气概的复杂故事。伽马什想到了波伏瓦,想到了被各种事件所困扰的三松镇,还想到了露丝·萨多写的那些话。伽马什闭上眼睛,将头靠在座位上。他想到了露丝写给波伏瓦的那几句诗句,对露丝而言诗歌好像就是一种武器。

　　　　提着颈后部把自己的灵魂轻轻提起
　　　　呵护自己,走进黑暗与乐土。

---

① 温尼伯(Winnipeg):加拿大中部的一座工商业城市。

伽马什觉得,这句诗是那么优美而深邃。当加拿大航空公司的飞机向蒙特利尔方向飞去时,伽马什的思绪已经不知游离到什么地方了,他开始昏昏入睡。就在开始低头打瞌睡时,又有一句诗在他的头脑里冒了出来:

  喜欢以杀戮取乐的神灵
  也能治愈创伤。

当飞机在飞越多伦多上空的时候,伽马什已经知道了这些雕刻品背后所隐藏的秘密,也知道自己下一步该做什么了。

...34

当伽马什在夏洛特皇后岛的薄雾中穿行时,克莱拉也在自己的迷雾里前行。她一整天都在电话周围溜达,靠电话越来越近,但是最后又突然走开。

彼得在自己的工作室里观察着这一切。他不知道自己希望发生的事情有没有发生。他也不知道克莱拉有没有打过电话给弗丁。他甚至不知道对克莱拉还有对他自己而言应该怎么样做才最好。

彼得看着自己画架上的绘画。他拿起画笔,蘸上颜料,朝画作走去。他决定要将观众所期待看到的所有细节——复杂的结构、精细的层次——都在这幅画上展现出来。

彼得在画作上加了几笔,然后后退几步看着。

"啊,上帝啊。"彼得叹了口气,凝视着白色画布上那个刚画上去的斑点。

克莱拉再次走向电话。这次她是正好经过冰箱,一手拿着巧克力牛奶,另一只手拿着曲奇饼,她的眼睛却一直盯着电话。

她是故意这么做吗？还是过于任性？她真的会一直坚持自己的信念吗？她算是女强人呢，还是女懦夫？有时要说清楚这些问题真的很难。

克莱拉走进花园，毫无兴趣地除了一会儿草。然后她回到屋里，冲了一把澡，向彼得道了声再见，然后钻进车子，开车前往蒙特利尔。她此行是去弗丁美术馆拿回自己的画册。

在回来的路上克莱拉在最后一刻决定绕道去看一下艾米丽·卡尔的那座雕像。她凝视着雕像中那个衣着邋遢、神情古怪的女人，这个女人身边还有一匹马、一条狗和一只猴子。克莱拉觉得，雕像中艾米丽的表情仿佛在诉说着那个"致命故事"。

波伏瓦在特鲁多机场接伽马什。

"布鲁内尔督查那里有任何新情况吗？"当波伏瓦将伽马什的行李放到车子后座时伽马什这样问道。

"她又发现了一件雕刻。那件雕刻现在被住在莫斯科的某个人收藏着。那个人不愿交出雕刻实体，不过他寄来了一些照片。"波伏瓦把一个信封递给伽马什，"你怎么样？发现什么新情况吗？"

"你有没有发现，露丝给你的那些诗句其实是一整首完整的诗里的各个部分？"

"你是在夏洛特皇后岛上发现这个情况的？"

"应该说是间接发现。那些诗句你还保存着吗？"

"那些纸条吗？当然没保存。怎么了？它们对破案很重要吗？"

伽马什叹了一口气，他感到很累。今天他还有一段路要赶，所以不想受到一些小事的困扰，至少现在不想。

"没什么，应该对破案没什么帮助。我只是觉得丢掉那些诗句不应该。"

"啊，你竟然会说这样的话。你等着吧，等着露丝专门送给你莫名其妙的诗句吧。"

"提着颈后部把自己的灵魂轻轻提起，呵护自己，走进黑暗与乐土。"伽马什轻声念道。

"我们下一步做什么？"当车子在前往三松镇的路上开始颠簸时,波伏瓦这样问道。

"去小酒馆。我们需要跟奥利维再谈一次。你有查过他的经济状况吗？"

"奥利维现有的资产价值大概有四百万美元。其中一百五十万左右来自出售雕刻品的钱,大约一百万多一点来自老者送他的那些古董,他自己原有的资产大概有一百万左右。不过,我们还没有细查。"波伏瓦很严肃地回答道。

伽马什知道自己已经很接近真相了。他也知道现在就是抓住真正凶手的时候,或者是功亏一篑的时候。

车子在小酒馆门口缓缓停下。伽马什此时正安静地坐在后座上。波伏瓦在想,伽马什大概想抓紧时间打个瞌睡。他的确看上去很累了,在乘坐加拿大航空公司的飞机进行长途飞行之后谁会不累呢？在加拿大航空公司的飞机上任何东西都要收钱。波伏瓦甚至觉得,在那样的飞机上连紧急用的氧气罩旁边都放着一个刷卡机。

波伏瓦看着伽马什。伽马什的头低着,眼睛也闭着。波伏瓦不想去叫醒他,因为他睡得那样安稳。不过,波伏瓦很快注意到伽马什的大拇指在轻轻捻着手上的照片。波伏瓦仔细地看着,发现伽马什的眼睛没有合上,至少没有完全合上。

伽马什的双眼眯成一条缝,正在聚精会神地看着手上的照片。

照片上是一座山形雕刻品。尽管雕刻的边缘已经被抛光,但那座雕刻出来的山还是显得光秃秃的,十分荒凉,只有山脚下有几棵锯齿状的松树。伽马什感到,这件雕刻品呈现出一种凄凉感和空虚感。但这件雕刻品却有着和其他几件截然不同的地方,同时这件雕刻品还有一种诡异多变的氛围。伽马什将眼睛眯得更细,更加仔细地凝视着照片。他发现刚才被认为是山脚下的一棵松树的东西其实并不是松树。

那是一个年轻人,一个表情十分犹豫地走向山脚的男孩子。

在那个男孩子走过的地方都有树苗从地里冒出来。

这让伽马什想到了克莱拉画作中的露丝。克莱拉的画作捕捉到的正是露丝的眼神从绝望变成希望的那一刻,而这件雕刻品也是如此,它虽然弥漫着绝望感,但是又很奇怪地使人看到了希望。无需仔细凝视,伽马什就知道这个男孩子就是其他几件雕刻品中出现的那个。但在这件雕刻品中男孩子的恐惧感没有了,或是令人恐惧的事情还未发生?

罗萨在小镇绿地上嘎嘎叫着。今天它穿着一件淡粉色的针织衫,是不是还戴了珠宝?

"你听。"波伏瓦说道。当他们从车里出来的时候,波伏瓦看着不远处的罗萨。"你能想象一整天都在听一只鸭子叫吗?"

"等你有了孩子,你就知道这种感受了。"伽马什说道,此时他们站在小酒馆门前,注视着露丝和罗萨。

"小孩子也会这样嘎嘎叫吗?"

"不会,但是他们肯定会发出噪音,还会做其他事情。你现在有计划要孩子吗?"

"也许吧。不过我老婆可不太喜欢小孩子。"波伏瓦站在伽马什身边,两个人一同看着宁静的小镇。除了罗萨的嘎嘎叫声之外,周围的一切都很宁静。"你儿子丹尼尔那里有消息吗?"

"蕾娜昨天跟他们通过电话了,他们一切都好。孩子在几周之后应该就会降生。到时我们会去一次巴黎。"

波伏瓦点点头,"那将会是丹尼尔的第二个孩子。安妮怎么样?有生孩子的计划吗?"

"还没有。我觉得戴维想要一个完整的家庭,但安妮似乎不喜欢孩子。"

"我看到她抱过弗洛伦斯。"波伏瓦说道,他回忆起丹尼尔带着自己的女儿来看望伽马什时的情景。当时波伏瓦看到安妮把自己的侄女弗洛伦斯抱在怀里,对她唱歌。"她很喜欢弗洛伦斯。"

"她自己声称不想要孩子。我们也不想逼她。"

"最好还是不要干涉。"

"倒也不是因为这个。她以前帮助邻居家照看孩子时,我们可是目睹了一切。每次孩子一哭闹,安妮就叫我们,然后我和蕾娜就不得不来收拾残局。我们做临时保姆赚的钱都比她多。"伽马什将头凑近波伏瓦轻声说道,"说句老实话,将来不管发生什么事,我都不愿意让安妮来给我换尿布。"

"她也曾跟我说过同样的话。"波伏瓦说道,他看到伽马什在微笑,但笑容马上就消失了。

"我们现在进去吧。"伽马什朝小酒馆的门指了指。

四个男人选择坐在离窗户较远的地方。小酒馆此时静悄悄的,显得很冷清。房间两头的两个壁炉里正生着火。伽马什还记得几年前自己第一次走进这里时的情景,那时这里摆放着并不协调的各色家具——扶手椅、圈椅、温莎椅①、圆桌、方桌、石头砌成的壁炉以及木头房梁。当时每件家具上都贴着价格标签。

当时这里的一切是否都是可以买卖的呢?是任何人都能来买吗?伽马什不这么认为,但有时他也会对此产生疑问。

"上帝啊,你难道从没跟你爸爸说起过我吗?"加布里问道。

"我说了。我告诉他我和一个叫加布里尔的人生活在一起。"

"你爸爸确实是这么认为的。"波伏瓦说道。

"什么?"加布里说道,看着奥利维,"那么,你爸爸认为我是个女人喽?也就是说……"加布里看着奥利维,露出难以置信的表情,"你爸爸他不知道你是个同性恋?"

"我从没告诉过他。"

"不需要说得很详细,但你应该告诉他。"加布里说道。然后他看着波伏瓦,"快四十岁了,没有结婚,又是一个古董商。上帝啊,他以前还跟我说,小时候当其他孩子在挖地道的时候,他却在挖陶瓷碎片,这难道还不足以说明自己是个同性恋吗?"加布里又转身看着奥利维,"你以前在万圣节的时候还自己缝补戏服呢。"

"我没告诉过他,我也不想告诉他。"奥利维咬牙切齿地说道,"这根

---

① 温莎椅(Windsor chair):一种流行于18世纪欧美地区的靠椅。

本不关他的事。"

"这是怎样的一户人家啊。"加布里叹息道,"你和你爸爸真是绝配。一个不想知道,而另一个不想说。"

但是伽马什知道,这绝不仅仅是不想说的问题。奥利维是一个心里藏着许多秘密的人。他从男孩子变成青年,又从青年变成男人,但心里仍然藏着许多秘密。伽马什从自己的背包里拿出一个信封,然后将信封里的七张照片放在桌上,就放在奥利维面前。然后,伽马什又将那两件雕刻品拿了出来,也放在桌上。

"这些雕刻品应该按照怎样的顺序摆放?"

"我已经不记得老者给我的是哪几件雕刻了。"奥利维说道。伽马什盯着他看,然后轻声说道:

"我没问你那个。我是问这些雕刻品应该按照怎样的顺序摆放。你心里应该很清楚,是不是?"

"我不明白你的意思。"奥利维看上去有些不知所措。

伽马什当即做出了一个连波伏瓦都很少看过的举动。伽马什将自己的大手重重地拍在桌子上,连桌上的那两件雕刻品都跳了起来。坐在桌边的人也跳了起来。

"我已经听够了,听够了你的谎言。"

伽马什看上去的确是听够了。此时他的脸显得极度严厉,已经被奥利维的谎言和秘密弄得面色铁青、棱角分明。"你知道自己现在面临的麻烦吗?"伽马什的声音很低沉,但却很紧张,好像从喉咙里透露出威胁的语气。"你现在必须停止撒谎。如果你还想证明自己清白的话,你必须告诉我们真相,马上!"

伽马什将照片摊开,然后用力丢在奥利维面前。奥利维此时看着那些照片,好像被吓住了。

"我不知道。"奥利维吞吞吐吐地回答道。

"看在上帝的分儿上,奥利维,说实话吧。"加布里恳求道。

伽马什此刻露出了怒容,但这不仅仅是愤怒,还有挫败和害怕,他害怕真正的凶手会因为隐藏在另一个人的谎言里而逃脱。奥利维和伽马什彼此看着对方。他们中一个一辈子都在隐藏秘密,而另一个一辈子都在揭露秘密。

加布里和波伏瓦也在看着他们两个。他们意识到将会爆发一场战争,但却都无能为力。

"请说实话,奥利维。"伽马什的声音听上去格外刺耳。

"你怎么知道我没说实话?"

"海达人的圣地、夏洛特皇后岛,还有岛上的图腾柱告诉我的。"

"它们告诉你我没有说实话?"

"它们以自己的方式告诉我。每根图腾柱上都刻着一个图案,每一个图案都诉说着自己的故事。每一个故事看似是孤立的,但是当连在一起时,它们就组成了一个更大的完整故事。"

波伏瓦听着伽马什说的这些话,他想到了露丝给他的那些诗句。伽马什之前告诉他,那些诗句如果以正确的顺序连在一起时,它们也能组成一首完整的诗。波伏瓦把手伸进自己的口袋,碰了碰放在里面的纸条。这张纸条是今天早上塞在他房间的门下面的。

"这些雕刻品会讲述一个怎样的故事呢,奥利维?"伽马什重复道。其实,雕刻品组成一个完整故事的想法是伽马什乘坐飞机时听到隔壁座位的小男孩打电子游戏时忽然想到的。伽马什当时想到了这起凶杀案,想到了海达人,还有守林员约翰。约翰正是受到自己良知的驱使,最后在夏洛特皇后岛荒无人烟的森林里寻找到了安宁。

伽马什当时在想,同样的事情会不会也发生在那位老者身上呢?老者原本也许是个很贪婪的人,他住在树林里只是想躲藏起来。但是后来他良心发现了,所以他把美元当做卫生纸以此作为对自己贪心的羞辱。他把初版书籍作为自己获取知识的伴侣,并把价值连城的盘子当做日常吃饭的普通盘子。

在远离尘嚣的树林里老者找到了自由、幸福还有内心的安宁。

然而,老者仍然要躲避一些事情,或者更确切地说,仍有一些事情是老者所无法释怀的。他一直想摆脱这些事情的纠缠,但结果却有更多的事情纠缠着他。那些事情就是真相。

于是老者决定将真相告诉某个人,那个人就是奥利维。然而,老者又不愿意直截了当地说出真相,于是他把真相藏在了一个寓言故事里,并把这个寓言故事雕刻成好几件作品。

"老者要我发誓不能告诉任何人。"奥利维低下头,对着自己的膝盖说道。

"你没有违背你的誓言。在他活着的时候,你没有告诉任何人。但现在你必须说出真相。"

奥利维一言不发,他伸出手,开始移动桌上的照片。他迟疑了一会儿,至少将照片的排列顺序调整了一次。最后,老者所要诉说的故事呈现在了大家眼前。

奥利维讲述着老者的故事,随着他的讲述,他把手放在每一张照片上,房间里弥漫着奥利维轻柔而又催眠般的说话声。伽马什此时仿佛能看到死者又活了过来。在某个深夜就在那座小木屋里,老者唯一的来访者坐在火光摇曳的壁炉前面,聆听着这个关于狂妄、惩罚、爱情以及背叛的传说。

伽马什仿佛能看到那些村民由于不知真相而显得十分喜悦,他们在那个男孩子的带领下离开自己的家园出发前行。那个男孩子紧握着自己的包裹,催促着村民加快脚步,向着他们心目中的极乐世界前进。但是,男孩子想的可不是极乐世界。他偷了山神的宝藏。

还有更糟的事情。

他背叛了山神对他的信任。

此刻老者所雕刻的每一个人物都具有了意义。那些站在岸边观望的男男女女失去了陆地,而那个蜷缩着身子的男孩子失去了希望。

那艘船到岸了,但是它是由愤怒的山神派遣过来的。

就在山神的背后浮现出了永恒的阴影,那是一种看不见但却真实存在的威胁——由山神所召集的恐怖军队。这支军队由愤怒、仇恨、灾难和不断增强的暴怒所组成。站在这支军队后面的正是山神。这支军队所向披靡、不可阻挡。

这支军队会找到所有村民,最终也会找到那个男孩子以及被男孩子偷走的宝藏。

　　这支军队所经之处都会爆发战争、饥荒、洪水和瘟疫。它会摧毁整个世界。灾难引领着它,而真正的灾难则被抛到了后头。

　　波伏瓦听着这个故事。他放在口袋里的那只手紧紧攥着露丝给他的最后一句诗句。他能感到纸条已经被手上的汗水给浸湿了。他低头看着那几张照片还有那两件雕刻品,他看见那些快乐但却无知的村民在慢慢发生变化,好像他们也第一次意识到有什么事情即将发生。

　　波伏瓦此刻感受到了他们的恐惧。

　　战争和饥荒最终降临在了极乐世界的岸边。这么多年来,战争一直围绕着村民们的新家,但却从没有真正降临在他们头上。然而,这一次却……

　　大家都看着最后那张照片上的雕刻。在那件雕刻品中村民们簇拥在一起。他们衣衫褴褛,抬头望着前方,表情显得那样恐惧。

　　他们仿佛正在看着伽马什他们几个人。

　　奥利维停了下来。故事到此结束了。

　　"继续说啊。"伽马什轻声说道。

　　"就这些了。"

　　"那个男孩子后来怎么样了?"加布里问道,"后面的雕刻作品里再也没出现那个男孩子。他去哪儿了?"

　　"他躲进了树林,因为他知道山神最终会找到村民。"

　　"他把村民也出卖了吗? 还有他的家人? 还有他的朋友?"波伏瓦问道。

　　奥利维点点头。"但应该还有别的。"

　　"别的什么?"

　　"隐藏在山神后面的那个东西。正是那东西驱使着山神追踪村民,连山神看到那东西都畏惧三分。"

　　"那东西比灾难还可怕? 比死亡还可怕?"加布里问道。

　　"比任何东西都可怕。"

　　"那东西会是什么呢?"伽马什问道。

"我不知道。老者还没有说出那东西的真面目就死了。但我猜他已经把那东西雕刻了下来。"

"什么意思?"波伏瓦问道。

"老者有一个帆布包,他从来不让我看那个包里装的东西。但是那天晚上他看到我在看那个帆布包,因为我实在忍不住想看。老者当时大笑起来,说他以后会给我看的。"

"你那天发现老者被人杀死的时候,那个帆布包……?"伽马什问道。

"它不见了。"

"你为什么之前不告诉我们?"波伏瓦训斥道。

"如果那时我说了,我就等于承认了一切,等于承认我认识老者。接受了他送我的雕刻品,并把它们卖了换钱。他送我东西其实是要我之后还会再来看他。他每次都会把他的财宝送一些给我。"

"所以你就上瘾了。"加布里说道,他的声音里既没有愤怒,也没有惊讶。

"就像舍赫拉扎德一样。"

大家都看着伽马什。

"你说谁?"加布里问道。

"那是《一千零一夜》里一个人物的名字。"

大家都看上去很茫然。

"国王每天晚上要娶一位妻子,然后第二天早上杀掉这位妻子。"伽马什说道,"有一天晚上,国王选择了舍赫拉扎德为妻。舍赫拉扎德知道国王的脾气。她知道自己有麻烦了,于是她有了一个主意。"

"杀死国王吗?"加布里问道。

"比杀死国王更妙的主意。每天晚上舍赫拉扎德给国王讲一个故事,但每次都不把故事讲完。如果国王想知道故事的结局,他就必须让舍赫拉扎德活着。"

"难道老者为了保命也在做同样的事?"波伏瓦有些困惑地问道。

"我想,从某些方面来说是这样。"伽马什回答道,"就像他雕刻作品中的那位山神一样,他渴望他人的陪伴。也许他十分了解奥利维,他知道想要留住奥利维的唯一办法就是不断许诺给他更多的东西。"

"这么说不公平。你把我说得像个妓女一样。我可不是白拿那些东西的。我帮他修建菜园,还带给他日常用品和吃的东西。他也从我这里获得了很多好处啊。"

"他的确从你这儿获得了好处。可你也从他那儿获得了很多好处,不是吗?"伽马什将他的一双大手合拢在一起,看着奥利维,"老者到底是谁?"

"他叫我发过誓不能告诉任何人。"

"我知道,遵守誓言对你很重要,你一直都是老者的好朋友,但是现在你必须告诉我们。"

"老者来自捷克斯洛伐克。"奥利维终于开口说道,"他的名字叫雅格布,但我不知道他姓什么。他来这儿的时候正好是柏林墙倒塌[①]的那一年。我不觉得我们能够理解那一事件在当时造成了有多么大的混乱,但我还记得当时人们看到柏林墙倒塌时是多么兴奋,因为人们最终获得了自由。但老者每次提起那件事时却是完全不一样的情绪。他认为所有体制都崩塌了,一切都变得无法无天了,连电话局、铁路局还有民航局都瘫痪了。老者说那一切太可怕了。但他同时也觉得那是出逃的好时候,所以就逃了出来。"

"小木屋里的一切东西都是他随身带出来的?"

奥利维点点头,"因为他身上带着美元,他把美元成为硬通货,所以他能安排一切事情。他和这里的古董店签署了合同,他卖掉一部分随身带来的古董,然后使用钞票贿赂捷克斯洛伐克的官员,这样他就可以把更多的东西弄出来。他把那些东西装在一个集装箱里,然后运到了蒙特利尔港。他把所有的东西都贮藏起来,等待着。"

"等待着什么?"

"等待着找到一个家。"

---

① 柏林墙倒塌:1990年6月东德政府决定开始拆除象征德国分裂与冷战的柏林墙。柏林墙的倒塌象征着冷战在欧洲的终结,当年10月两德正式统一。

"他先去了夏洛特皇后岛,是不是?"伽马什问道。过了一会儿,奥利维点点头,"但是他在那里没待很长时间。"伽马什继续说道,"他在岛上期待能获得安宁与祥和,但是抗议很快爆发了,世界各地的人都涌到了岛上。所以他后来离开了,来到了这里。他决定在魁北克,就在这里的树林里找到一个可以居住的地方。"

奥利维点点头。

"为什么是在三松镇?"波伏瓦问道。

奥利维摇摇头,"我也不知道。我问过他,但他没告诉过我。"

"然后发生了什么?"伽马什问道。

"就像我之前告诉你们的,他在这里住了下来,开始建造小木屋。在一切都弄好之后,他把那些财宝从贮藏的地方拿出来,放在了小木屋里。这当然要花一些时间,但他有的是时间。"

"那些财宝都是他从捷克斯洛伐克弄出来的,是吗?"

"我没问过他,他也没告诉过我。但我想不全是吧。他总是显得很慌张,好像在躲避什么东西,也许是某个人。但我不知道是谁。"

"你知道你浪费了我们多少时间吗?我真搞不懂你在想什么?"波伏瓦斥责道。

"我当时只是觉得你们警方一定能抓住杀人凶手,而其他事情跟抓住凶手没什么关系。"

"其他事情?"波伏瓦说道,"你是这么认为的?你觉得这些都是无关紧要的事情,是不是?你怎么知道我们根据你的谎言到处乱跑就能够抓住凶手呢?"

伽马什微微举起手。波伏瓦极力控制住自己,然后深吸了一口气。

"跟我们说说 woo 是怎么回事?"伽马什问道。

奥利维抬起头,眼神显得很紧张。他脸上苍白、面容憔悴,仿佛一个星期里老了二十岁。"我记得你说 woo 是艾米丽·卡尔饲养的一只猴子。"

"我是这么说过,但我也一直在思考这个问题。我觉得 woo 对老者来说还意味着其他什么,是某种更隐秘、并且令人恐惧的东西。我觉得 woo 被人为编织在蜘蛛网上以及刻在木头上是作为一种威胁的象征,也许是只有老者和凶手才能理解的象征。"

"那你干嘛还来问我?"

"因为雅格布告诉过你,不是吗,奥利维?"

伽马什的眼睛看着奥利维,期待着他说出真相。

"他什么都没说过。"奥利维最后回答道。

这个回答是那样令人怀疑。

伽马什凝视着奥利维,试图用尽全力看穿这谎言迷雾背后的真相。奥利维这次说是事实吗?

伽马什站起身。当走到门口时,伽马什又回头看看奥利维和加布里。奥利维此时已是筋疲力尽、眼神空洞,似乎身体里已经不剩什么了。伽马什希望奥利维真的不剩什么了。奥利维说的每一个谎言都像从他身上揭下一块皮。他现在坐在小酒馆里,整个人支离破碎。

"那个男孩子后来怎么了?"伽马什问道,"就是那个故事里的男孩子。后来山神找到他了吗?"

"最后一定是找到了。但找到时男孩子已经死了,不是吗?"奥利维回答道。

...35

伽马什在小旅店里冲了一把澡、刮了胡子,然后换了一身衣服。他瞄了一眼自己的床,床上铺着干净、雪白的床罩,羽绒被也已经放在了床上,仿佛在等待着自己上床安寝。不过,伽马什抵制住了睡觉的诱惑。没过多久他就和波伏瓦一起走过小镇绿地,朝老火车站的方向走去。拉克斯特警员和莫林警员在老火车站的临时办公室里正等着他们。

大家围坐在会议桌旁,面前放着咖啡杯和那两件雕刻品。伽马什简单地将自己在夏洛特皇后岛上的经过以及跟奥利维再次谈话的情况告诉了他们。

"所以说,死者通过这些雕刻作品在讲述一个完整的故事喽。"拉克斯特说道。

"我们再来把思路理一遍。"波伏瓦说道,他走到挂在墙上的纸板旁,"死者在苏联解体那年带着那些宝藏离开捷克斯洛伐克。当时捷克斯洛伐克一片混乱,所以他贿赂了当地海关官员将宝藏运送到蒙特利尔港,然后再将那些宝藏藏起来。"

"如果老者是以难民或是移民的身份进入加拿大的话,相关机构一定留有他的指纹记录。"莫林说道。

拉克斯特警员转身看着莫林,她知道这个年轻人太缺少经验了。"加拿大到处都是非法移民。其中有些人躲了起来,而有些人使用的是假身份,但却一样能蒙混过关。你只需要给某些人塞些钱就可以了。"

"那你的意思是死者是非法潜入加拿大的喽?"莫林问道,"那么哪些古董呢?它们是盗窃来的吗?死者是从哪里得到它们的?比如说那把小提琴,还有琥珀屋里的镶盘?"

"布鲁内尔督查说,琥珀屋在第二次世界大战期间就神秘失踪了。"伽马什说道,"关于它的下落有很多说法。有人认为琥珀屋被阿尔伯特·斯皮尔埋藏在位于德国和捷克斯洛伐克交界处的山里。"

"真的吗?"拉克斯特问道,她此时变得兴奋起来。"说不定老者发现了这一宝藏?"

"如果他发现了,他应该拥有整座琥珀屋的财宝才对。"波伏瓦说道,"我觉得,也许是其他什么人发现了琥珀屋,或是部分琥珀屋的宝藏,并将其中的一小部分卖给了老者。"

"也有可能,"莫林补充道,"是老者偷来的。"

"也有可能,"伽马什说道,"你们说的都对。也许某个人在十几年前发现了琥珀屋,并把琥珀屋的宝藏进行了分割。其中的一个价值连城的镶盘给了某个人,而这个人又将镶盘托付给老者,好让他把镶盘走私出去。"

"可是,这么做是为了什么呢?"拉克斯特问道,她把身子向前倾。

"这样做他们就可以在另一个国家开始新的生活。"波伏瓦插嘴说道,"他们可能并不是第一批走私文物的人。他们卖掉文物,从而在加拿大置办产业或是买房子。"

"所以,那些人把镶盘交给老者就是为了出国过上新生活?"莫林问道。

"可是,小木屋里的财宝都是来自同一个人的吗?"拉克斯特问道,"小木屋里东一本书、西一件价值连城的家具或是玻璃器或是银器。如果这些宝藏来自不同的人,难道所有这些人都想在这里开始新生活?老者负责把所有这些宝藏都走私出去?"

"布鲁内尔督查也问过相似的问题——为什么小木屋里的古董类型各不一样。"伽马什说道,"显然它们不是来自同一个人的收藏,而是许多不同人的收藏。"

"可是,没有人会将这么多无价之宝托付给一个人。"波伏瓦说道。

"或许他们别无选择。"伽马什说道,"他们需要将这些宝藏弄出捷克斯洛伐克。如果老者是个陌生人,他们可能不会相信他。但如果老者是他们熟悉的朋友……"

"就像雕刻中的那个男孩子,"波伏瓦说道,"背叛了所有信任他的人。"

大家看着前方,一言不发。莫林以前从没想过杀人凶手能在这么寂静的状态下被抓到。但此刻他们似乎已经快抓住凶手了。

那之后发生了什么呢?也许那些住在布拉格某座小村镇里的人等待着老者——他们最信任的朋友——的回音。在什么时候他们的希望变成了绝望呢?又是在什么时候绝望最后变成了愤怒和仇恨呢?

他们中会不会有一个人意识到了这一点?他远渡重洋来到这里并最终找到了老者?

"老者干嘛要到这里来呢?"莫林问道。

"到这里来有什么好奇怪的?"波伏瓦问道。

"这里住着许多来自捷克斯洛伐克的人。如果老者把所有从捷克斯洛伐克偷来的财宝带到这里的话,他不是应该离自己的同胞越远越好吗?"

这些话引起了伽马什的注意,他一直在仔细聆听和思考着。伽马什将身子向前靠,拿起那些照片看起来,尤其是那张关于村民建造村镇的雕刻品的照片。照片上村民们似乎已经住在了新家里,但照片上完全看不到那个男孩子的身影。

"也许,奥利维不是唯一撒谎的人。"伽马什说道,站起身,"也许老者来到这里的时候并不是一个人。说不听他当时还有同伙。"

"那个人现在应该还在三松镇。"波伏瓦补充道。

哈娜·帕拉正在清理吃剩下的午餐。她之前做了一道美味的浓汤，整个厨房里弥漫着像是她母亲当年在捷克村庄里制作的汤的味道。那是一股融合了肉汤、芹菜、肉桂和自家种的蔬菜的味道。

哈娜现在居住的这幢由金属和玻璃构建起来的亮闪闪的房子其实与她以前所生活的木质小屋没多大区别。屋子里总是弥漫着令人垂涎的味道以及隐隐的恐惧。住在这座房子里的人害怕引起他人的注意、害怕抛头露面。哈娜的父母亲、姨妈还有邻居以前一直过着十分舒适且和谐的生活。然而，内心害怕变得与众不同的恐惧感使得人与人之间总是存在着一层隔膜。

但在这里，一切似乎都是公开透明的。帕拉一家一到加拿大就马上放松了下来。在这里，人们只关心自己的事情。

至少哈娜是这么认为的。她的手在大理石桌面上擦拭着，这时她忽然注意到一道光亮。一辆车正朝这里开过来。

伽马什看着他面前的这幢由玻璃和金属构建起来的房子。在来这里之前他把对帕拉一家做的笔录——包括对于帕拉一家住所的描述——又看了一遍。但是此时当站在这幢房子面前时伽马什还是吃了一惊。

房子在阳光下闪耀着，但并不刺眼。它似乎只是在放射着自己的光亮以显得与周围略有不同。这是一个充满光亮的世界。

"这幢房子很漂亮。"伽马什说道，几乎是在自言自语。

"你应该看看它的内部。"

"我想我会的。"伽马什点点头，他和波伏瓦穿过房子前的小院。

哈娜·帕拉把他们带进屋，拿了他们脱下的外套，"探长先生，很高兴再次见到你们。"

哈娜的法语略微带点口音，但是说得很流利。看得出，哈娜并没有正式学过法语，但却很热爱法语。她把法语的每一个音节都读得清清楚楚。伽马什知道语言和文化是分不开的。没有了语言,文化也必将枯竭,反之亦然。热爱一种语言必将尊重这种语言所代表的文化。

那也正是伽马什学好英语的理由。

"我们想跟您的丈夫和儿子谈谈,如果可以的话。"

伽马什说话的声音很有礼貌,但这种礼貌却让人感到一种莫名的压力。

"哈沃克出去了,但罗阿尔在家。"

"哈沃克去哪儿了,夫人?"波伏瓦问道。

哈娜显得有点紧张,"去树林了,他去砍一些木头以备冬天的时候用。"

"您能把他叫回来吗?"波伏瓦说道。波伏瓦试图让自己也变得很有礼貌,但结果却是让自己变得似乎更加阴险狡猾。

"我们不知道他现在在哪儿。"

一个声音从他们背后传来。伽马什和波伏瓦同时转身,看到罗阿尔正站在走廊里。他是个大块头,身体结实、充满力量。罗阿尔双臂叉腰,看上去像一只受到惊吓的动物,正准备不断膨胀自己的身体以吓走对手。

"那么,我们或许能和您谈谈。"伽马什说道。

罗阿尔站着一动不动。

"请到厨房里谈吧。"哈娜说道,"厨房里暖和些。"

哈娜将他们带进厨房。当经过厨房时,她警惕地瞪了自己丈夫一眼。此时照射进来的阳光使得整个厨房变得很暖和。

"真的很漂亮。"伽马什感叹道。从厨房的落地窗他能看到户外的草地,然后是树林以及更远处的三松镇圣托马斯教堂的尖顶。伽马什感到自己此时好像生活在大自然的怀抱中。这幢房子建造在这里一点也不觉得突兀。房子的构造的确不太寻常,有些出人意料,但并没有不和谐的感觉。整幢房子似乎就是属于这里的,它完美地与这里融合在了一起。

"祝贺你们。"伽马什转身面对帕拉夫妇,"这真是一个了不起的成就。这幢房子一定是你们一直梦寐以求的吧。"

罗阿尔放下了插在腰间的双臂。他指了指桌子旁边的椅子。伽马什坐了下来。

"我和妻子曾商量过很长时间。一开始这并不是我的选择。我还是更喜欢传统样式的房子。"

伽马什看着哈娜。哈娜也拿了一把椅子坐在桌子的另一头。"您一定听取了别人的意见。"伽马什微笑道。

"这幢房子最后是他建的。"哈娜说道,也回笑了一下。哈娜说话的声音很有礼貌,但既不友好,也不幽默。"建这幢房子花了好几年时间。我们原先有属于自己的产权房,我们一直住在那间房子里直到哈沃克六岁。哈沃克越长越大,所以我想有一间真正属于我们自己的房子。"

"我明白,但为什么是这样的房子呢?"

"您不喜欢吗?"哈娜并没有显得很生气,只是有些好奇。

"恰恰相反。我很喜欢,我觉得它真的很漂亮,感觉好像它就是属于这里的。不过,您得承认,这房子的构造很特别。这里其他人是不会有这种类型的房子的。"

"我们想要一幢和我们以前居住的房子完全不同类型的房子。我们想要改变。"

"我们是指谁?"伽马什问道。

"我们当然是指我和哈沃克。"罗阿尔插嘴说道,他的声音很严肃,也很警惕,"这有什么问题吗?"

伽马什摇摇头,身子朝前坐了坐。他把双手放在冰冷的桌面上,"您的儿子哈沃克为什么在奥利维的小酒馆里工作?"

"他需要钱。"哈娜说道。伽马什点点头。

"这我明白。但他为什么不在林场里,或是建筑工地里工作呢?这样他赚的钱会更多。在小酒馆里做服务员即使算上小费也赚不了多少。"

"您干嘛问我们这个?"哈娜反问道。

"当然,如果他在这儿的话,我会问他的。"

罗阿尔和哈娜交换了一下眼神。

"哈沃克的性格像他的母亲。"罗阿尔最后说道,"他长得像我,但脾气个性像他母亲。他喜欢和人打交道。他喜欢在树林里工作,但更喜欢待在热闹的地方。小酒馆很适合他。他喜欢在那里工作。"

伽马什慢慢地点点头。

"哈沃克在小酒馆每天晚上都工作到很晚。"波伏瓦说道,"他一般几点到家?"

"一般是凌晨一点,很少会比这更晚。"

"也就是说,有的时候还是会在一点以后才到家喽?"波伏瓦问道。

"我想是的。"罗阿尔回答道,"但我从不等他。"

"但我猜,您是会坐着等儿子回来的吧?"波伏瓦转身面对着哈娜。

"是的。"哈娜承认道,"但他从来没有晚于一点半回家。一般是小酒馆里的客人晚走,或是开派对,他需要留下来打扫,这样他就会晚回家,但从没晚于一点半。"

"请您想想清楚,女士。"伽马什很冷静地说道。

"想清楚?"

"我们想听真相。"

"这就是真相,警官先生。"罗阿尔说道。

"希望是这样。那么,那个死者是谁?"

"你们警察干嘛老是问我们这个问题?"哈娜说道,"我们真不认识死者。"

"死者的名字叫雅格布。"波伏瓦补充道,"他是捷克人。"

"我知道。"罗阿尔回答道,他的脸由于生气而显得有点扭曲,"难道所有捷克人都是彼此认识的吗?你们知不知道这对我们来说是一种侮辱?"

伽马什将身子凑过去,"这不是侮辱,这是人心所向。如果我生活在布拉格,我也会想尽办法出来的。死者应该是在十年前到的这里,并在树林里建造了一座小木屋。小木屋里堆满了财宝。你们知道这些财宝来自哪里吗?"

"我们怎么知道。"

"我们认为这些财宝是从以前捷克斯洛伐克的某些人那里偷来的。"

"因为它们来自捷克斯洛伐克,所以我们就一定知道它们的情况吗?"

"如果死者真的偷了这些东西,你们觉得他到这里来做的第一件事是会和这里的捷克人社区一起聚餐吗?"哈娜不耐烦地说道,"我们真不认识这个叫雅格布的人。"

"你们在来这里之前是做什么的?"伽马什问道。

"我们两个那时都是学生。我们是在布拉格的查理斯大学认识的。"哈娜回答道,"当时我学的是政治科学,而罗阿尔学的是建筑工程。"

"您现在是这一地区的议员了吧。"伽马什问哈娜,然后他又转向罗阿尔,"但是您似乎并没有在这里继续从事跟您的专业相关的工作。这是为什么呢?"

罗阿尔低下头看着自己那双大而粗糙的手,他的手上已布满了老茧。"我已经受够和人打交道了,我不想再跟谁有什么工作上的关系。你们觉得为什么加拿大规模最大的捷克人社区会选在这个远离城市的地方吗?因为我们捷克人已经对他人的所作所为感到厌恶了。那些人老是被别人怂恿,而且玩世不恭,经常疑神疑鬼,并且极会嫉妒和贪图别人的东西。他们总是彼此算计,我不想再跟这样的人有任何瓜葛了。我只想一个人静静地在园子里或是树林里工作。人类是一种可怕的生物,探长先生,您一定清楚这一点,您也一定看到过人类对彼此所造成的伤害吧?"

"是的,我见过。"伽马什承认道,然后他想了一会儿,好像在头脑里将所有曾见过的可怕事件梳理一遍一样,"我知道人们会做什么。"伽马什微笑道,然后又继续轻声说道:"他们既会做坏事,但也会做好事。我也曾见过人们为他人做出牺牲;我也见过在几乎无望的情况下人们选择宽恕对方。人心中是存在着良知的,帕拉先生,请您相信这一点。"

罗阿尔迟疑了一会儿,他眼睛睁得大大地看着伽马什,好像伽马什这个冷静的大高个正在邀请他进入一间他一直渴望进入的屋子。可是他最后还是从那屋子里退了出来。

"如果您相信这个,那您就是个傻瓜,探长先生。"罗阿尔嘲笑道。

"即使这样我也是个快乐的傻瓜。"伽马什微笑道,"啊,我们谈到哪儿了? 哦,对,凶杀案。"

"停在车道旁的那辆车是谁的?"一个年轻人的声音从走廊处传来。过了一会儿,门砰地一声关了起来。

波伏瓦站起身。哈娜和罗阿尔也站了起来,彼此面面相觑。伽马什走到厨房门口。

"那是我的车,哈沃克。我们能谈谈吗?"

"当然可以。"

哈沃克走进厨房,脱掉自己戴的帽子。哈沃克的脸上沾满汗珠和灰尘。他很自然地微笑道:"干嘛大家都这么严肃?"然后他的表情变了,"不会这里又发生了一起凶杀案吧?"

"你为什么会这么想?"伽马什问道,眼睛一直盯着他看。

"因为你们表情都这么阴郁,我感觉好像小时候家长去拿成绩报告时的样子。"

"在某些方面的确很相似。现在的确是检查成绩的时候了。"伽马什指了指哈沃克父亲身边的一把椅子。哈沃克坐了下来,伽马什也坐下来。

"你和奥利维是上周六晚上最后留在小酒馆里的人吗?"

"是的。奥利维先离开,然后我锁的门。"

"奥利维离开后去哪里了?"

"我想应该是回家了吧。"哈沃克的表情看上去好像觉得这个问题很幼稚。

"我们警方已经查清楚了。奥利维那天夜里是去看望死者了。他每个星期六晚上都会去看望死者。"

"真的吗?"

"真的。"伽马什觉得哈沃克似乎显得有些过于镇定,好像事先已经操练过了一样。"但是,除了奥利维以外,还有其他人也认识死者。有好几个办法可以找到死者住的小木屋。其中一个办法就是沿着已经被荒废的骑马小道;另一个办法就是跟踪奥利维。"

哈沃克脸上的微笑渐渐消失了。"你的意思是说我跟踪奥利维?"

哈沃克看看伽马什,再看看他的父母,目光不断转移着。

"你刚才去哪里了?"

"在树林里。"

伽马什慢慢地点点头,"在树林里做什么?"

"砍木头。"

"可我们没听见砍木头的声音。"

"我早就砍完了,刚才这是在把砍好的木头堆起来。"哈沃克的目光快速地瞄了一眼罗阿尔,然后又看着伽马什。

伽马什站了起来,走了几步来到厨房门口。他弯下腰,从地上拾起某个东西。然后他又走了回来,将那东西放在桌子上。那是一块小木片,确切说,那是一片刨下的木片,它的两端都卷曲着。

"你们是靠什么来建造这幢房子的?"伽马什问罗阿尔。

"您什么意思?"罗阿尔问道。

"建造这幢房子应该要花费几十万美元吧。单单建筑材料就花费不少,再加上给这幢与众不同的房子进行装修的费用还有劳力成本。您刚才说你们是在十五年前造起这幢房子的。当时发生了什么事情能够让您有这么多钱来建造这样的一桩房子?您是从哪里弄到这么多钱的?"

"你觉得会发生什么事情呢?"罗阿尔将身子凑近伽马什,"你们这些魁北克人,总是这么庸俗。当时发生了什么?让我想想。十五年前魁北克发生了主权公投活动;阿伯蒂比湖附近当时发生了森林火灾;魁北克当时还举行过一次选举。没什么特别的事情发生啊。"

当罗阿尔在说这些话的时候,他说话时的气流使桌上的那片木片抖动起来。

"当时就这些事情啊。"罗阿尔说道,"上帝,你作为魁北克人怎么会不知道当时发生的这些事呢?"

"当时捷克斯洛伐克分裂了,"伽马什说道,"分裂成了斯洛伐克和捷克共和国两个国家。那是二十年前的事情,但是它的影响还在持续。有些人和事没落了,"伽马什看看玻璃墙幕,"而有些则兴起了。"

"但是我们仍能见到自己的家人。"哈娜说道,"我们留在故国的许多东西仍然可以再次拥有,比如:家人还有朋友。"

"还有艺术、银器还有传家宝贝。"波伏瓦说道。

"你觉得这些东西很重要吗?"哈娜问道,"我们以前没有这些财富的时候不也生活得挺好吗? 我们想念的是家人和朋友,而不是物质财富。我们过去都不敢想象那是真的,直到1968年[①]我们才知道以前自己竟然一直被愚弄。我们在捷克斯洛伐克的时候看到的有关西方的报导和那些从西方国家回来的人口中所说的简直有天壤之别。在我们的祖国,以前我们只知道我们的生活有多么美好,人们挥舞着旗帜,唱着歌曲。可是我的姨妈和她的子女却告诉我完全不一样的故事。他们说我们国家的旧体制是极其可怕、腐败和残酷的,但它毕竟还维持着。可是一旦它垮了,一切都不复存在了,剩下的只有空虚与灾难。"

伽马什在听到最后一个字时微微地点了一下头。又是灾难。

"当时的情景太可怕了。人们被殴打、被谋杀、被抢劫,但却没有警察,也没有法庭审判。"

"这也正是将东西走私出国的好时机。"波伏瓦说道。

"我们本来想资助我们的几个堂兄妹出国的,可是他们选择留在那里。"罗阿尔说道。

"我的姨妈当然也想跟他们待在一起。"

"那是人之常情。"伽马什说道,"但是人没有出来,东西也没有弄出来吗?"

过了一会儿,哈娜点点头说道:"我们将一些传家的宝贝弄出了国。我的父母亲在战前将那些宝贝藏了起来。他们曾告诉我,如果局势不好的时候,那些宝贝可以留着用来卖钱。"

"局势变得不好的时候?"伽马什问道。

"所以后来我们把那些宝贝弄了出过,到了这里之后就把它们卖了换成了钱,所以我们才能够建造这样的一幢房子。"哈娜说道,"我们先

[①] 1968年欧洲爆发1968年革命。其最初源于法国,但很快席卷欧洲,乃至全世界。1968年8月前苏联政府调动了20万军队镇压了在捷克斯洛伐克首都布拉格爆发的"布拉格之春"革命运动。前苏联正式入侵捷克斯洛伐克,斯大林主义的侵略性本质就此昭然若揭。

前挣扎了很久,最后觉得父母亲会理解我们并支持我们这么做的。那些传家宝只不过是些东西罢了,拥有一个家才是最重要的。"

"那些传家宝贝里都有些什么?"波伏瓦问道。

"一些绘画作品、一些老式家具,还有一些小雕像。我们在这里更需要的是一幢房子而不是雕像。"哈娜说道。

"你们把那些东西卖给谁了?"

"纽约的一个古董交易商,是一个朋友的朋友。我可以把他的名字给你们。在价格方面他做了个小小的让步,不过价格还算公道。"罗阿尔说道。

"好的。我会跟他通电话的。那笔钱你们一定是精打细算地在用吧。"伽马什转身看着罗阿尔,"你会做木匠活,是吗?"

"是的,我会做。"

"那么,你呢?"伽马什问哈沃克,哈沃克耸耸肩,"我要确切的回答。"

"我也会做。"

伽马什伸出手,慢慢地滑动着放在桌子上的那片木片,直到把它滑到哈沃克面前。伽马什在等待着哈沃克的回答。

"我刚才是在树林里刨木头。"哈沃克承认道,"我每次干完活之后都喜欢一个人坐着用刨子刨木头。这样做会让我感到很放松,同时也可以静心思考一些问题。我用木头给老孟的儿子查理斯制作一些小玩具,老孟则会给我一些木块,然后指导我怎么弄。不过,我做的很多东西都是垃圾,所以他会把它们给扔了或是烧了。但有时如果制作出来的东西还不错的话,我就会送给查理斯。您干嘛这么关心我刨木头的事情?"

"因为在死者身边就有一块被刨过的木头。那块木头上面还刻着一个字 woo。死者是不会刻那个字的,所以我们推测应该是凶手刻上去的。"

"你们难道觉得哈沃克……"罗阿尔还没把话说完。

"我们带了搜查证,还有几位警官正赶过来。"

"你们想搜查什么?"哈娜问道,她的脸色十分苍白,"是找做木匠活的工具吗？我可以把它们给你们。"

"不只是那些工具，女士。死者的小木屋里还少了两样东西，一样是杀人凶器，另一样是一个帆布包。这两样东西我们也要找。"

"我们从没见过这两样东西。"哈娜说道，"哈沃克，去把你的木匠工具拿过来。"

哈沃克带着波伏瓦去户外的一间小屋，而伽马什则等待着其他警员的到来。其他人没过多久就到了。波伏瓦过了一会儿也回来了，手里拿着做木匠活的工具和其他一些东西。

那是几块红木雪松的木块，已经被刨过了。

伽马什他们商量了一会儿，一致同意由波伏瓦带领到达的几名警员搜查整幢房子，而伽马什则先回老火车站的临时办公室。此时伽马什和波伏瓦正站在车边谈论着。

"你觉得，这会是他们两个里头谁干的？"波伏瓦问道，他把车钥匙交给伽马什。"哈沃克很有可能跟踪奥利维，最后发现了老者的小木屋。但也有可能是罗阿尔，他在清理那条骑马用的小路时也有可能发现小木屋。甚至哈娜也有可疑之处。凶手不需费很大力气就能杀死老者。当然这可能是由于愤怒所导致的，但不需要费很大的体力。也许老者将帕拉一家的部分财宝从捷克斯洛伐克弄了出来，然后他来到这里，帕拉一家认出了他。也有可能老者认出了他们，所以他选择躲进树林，藏了起来。"

"也许老者和帕拉一家本来就认识。"伽马什说道，"说不定他们几个人原先在捷克斯洛伐克的时候就是朋友或是邻居。帕拉一家把自家的传家宝贝托付给老者，然后老者就带着那些宝贝消失了。"

"到了这里以后老者抛开同伴，一个人躲进了树林。后来罗阿尔在清理小道的过程中发现了老者的小木屋。"

伽马什看着执行搜查任务的警员们开始他们的常规搜查工作。没过多久，帕拉一家里里外外都被搜查了一遍。

伽马什需要集中自己的思想。他把车钥匙又交还给波伏瓦，"我还是步行回去吧。"

"你在开玩笑吗?"波伏瓦问道,对于波伏瓦而言,步行就是一种惩罚,"老火车站离这儿有几英里远呢。"

"走走路对我有好处,能让我理清思路。我们在三松镇见。"伽马什沿着脏兮兮的道路走着,朝波伏瓦挥了挥手。秋季的天空中有几只黄蜂在嗡嗡地飞舞着,但它们不会对人构成危险。它们由于吸饱了苹果、生梨和葡萄的蜜汁身体都养得肥肥的,而且很慵懒。

它们一定感到周围的世界正处于急剧旋转的边缘了。

伽马什优优哉游哉地走着,那些熟悉的味道和声音也渐渐退去。此刻伽马什的脑海中浮现出守林员约翰、会开飞机的女机长拉维纳,还有那个坐在自己隔壁座位上打电子游戏的小男孩。这些人在伽马什的脑海里一个接一个闪现,一个接一个诉说着各自的故事。

凶杀案似乎是关于财宝的争夺,但伽马什知道,实际情况并非如此。财宝的争夺只是案件的表象。罪恶往往含有许多人们看不见的东西,凶杀案尤其如此。

三松镇的这起凶杀案是由恐惧以及恐惧所导致的谎言引起的。说得更确切些,它是由一系列故事——人们对于这个世界和自身起源的传说——所导致的。那些故事里包括神秘事件、图腾柱、介于寓言与事实真相之间的传说,还有掉入深渊的人。这起凶杀案背后所隐藏的正是老者雕刻的那些作品所要讲述的传说,那是关于灾难、仇恨、绝望和愤怒的山神以及背叛的传说。除此之外,传说中还有其他东西,那是让山神都畏惧三分的东西。

伽马什现在知道了,这起凶杀案正是源于一个"致命故事"。

... 36

搜查小组之前已经搜查过这里很多次了,但此时他们又对这里进行了一次搜查。这一次他们搜查得更加仔细。地板下面、屋檐后面以及挂在墙上的画作后面都查了个遍。他们不断搜查着、搜查着……

终于,他们有了发现。

那是在嵌在石砌壁炉里的一块砖头的后面。先前那块砖头前似乎永远生着火,但现在火已经熄灭,烧焦的原木也已经被拿走。搜查队先是发现了一块砖头,然后又发现了第二、第三乃至第四块可以移动的砖头。移开这些砖头,搜查队员们发现里面有一个小隔间。

波伏瓦将戴着手套的手小心翼翼地伸了进去,漆黑的煤灰马上就掉在了他的手臂和胳膊上。

"我拿到了。"波伏瓦说道。周围所有人的眼睛此刻都盯着他。当波伏瓦慢慢地将手臂从小隔间里伸出来时,所有人都目不转睛地看着。他随后将一个银质大烛台放在了桌上,就放在伽马什的面前。那是一个犹太教祭祀时所使用的烛台。即使像波伏瓦这样对银器一无所知的人也一眼看得出那是一件精美绝伦的古董：简朴、精致、古老的珍品。

这个银质大烛台历经战争、劫难、屠杀和灾祸一直留存到了今天。人们以前视它为珍宝，把它藏起来，守护它，并在它周围进行祷告。但在一天夜里就在魁北克的树林里，有一个人将它给毁了。

这个烛台成为了杀人的凶器。

"这上面是石蜡吗？"波伏瓦指了指黏在烛台上的半透明物质，那上面还混合着已经干掉的血迹。"老者自己会制作蜡烛。小木屋里有很多石蜡，那些石蜡不是用来储存东西的，而是用来制作蜡烛。"伽马什点点头。

波伏瓦又走到壁炉边，将手臂又一次伸进那个黑洞洞的小隔间。大家都注视着他脸上的表情。最后大家看到波伏瓦的表情有了细微的变化，那是一种惊喜的表情，因为他的手又碰到了另一个东西。

波伏瓦将一个小的帆布包放在烛台旁边。周围鸦雀无声。终于伽马什朝坐在自己对面的那个人问了一个问题。

"你有打开过这个帆布包吗？"

"没有。"

"为什么不打开？"

那个人没有回答，但伽马什并不催促他，因为现在有的是时间。

"我还没来得及打开。我当时只是匆匆忙忙将那个帆布包和烛台一同从小木屋里拿走。我原本以为第二天早上能打开看一下。但第二天尸体竟然出现在了小酒馆里，大家的注意力都集中在了这里。"

"所以当时在警方还没到这里之前你就在壁炉里生起了火，是吗？奥利维？"

奥利维低着头。一切都完了。

"你们为什么会搜查壁炉呢？"奥利维问道。

"一开始我也没想到。但当我看到其他人在搜查时，我忽然想起来你说过小酒馆以前是一个五金商店，而那个壁炉是后来重新修建的。它是整个小酒馆里唯一新造的东西，尽管它看上去很旧了。我还记得那天早上虽然有些潮湿，但却并不冷，可是壁炉里却烧着火。你在发现尸体后所做的第一件事就是生起壁炉里的火。这是为什么呢？"伽马什朝放在桌上的帆布包和烛台点点头，"你这么做就是为了确保警方不会发现这两样东西。"

伽马什将身子向前靠，直视着奥利维，背对着那个帆布包和烛台，他让这两样东西暂时脱离自己的视线，"现在告诉我们真相。这次必须说实话。"

加布里坐在奥利维身边，他看上去还没有缓过神。当安全局的搜查人员从帕拉一家来到小酒馆门口时，加布里看上去还很高兴，他甚至还在开玩笑。但随着搜查工作变得越来越细致，加布里脸上愉悦的表情逐渐被恼怒和气愤的表情所替代。此刻他脸上的表情是震惊。

但是加布里一直待在奥利维身边。他现在也一直坐着陪着奥利维。

"我发现老者的时候，他已经死了。我承认，是我拿走了帆布包。"奥利维指了指放在桌上的那两样东西，"但我并没有杀人。"

"想清楚再回答，奥利维。我劝你还是想想清楚。"伽马什说话的声音使那些安全局的警员都感到不寒而栗。

"我说的是真话。"奥利维闭上眼睛，他几乎相信如果自己闭上眼睛不看到伽马什他们，伽马什他们就会消失；那个银质烛台还有那个脏兮兮的帆布包就不会出现在小酒馆的桌子上；警察就会离开这儿，而他和加布里就能得到安宁。

最后奥利维又睁开了眼睛，看到伽马什正直视着自己。

"我没有杀人，我向上帝发誓，我没有杀人。"

奥利维转身看着加布里。加布里也看着他，然后伸手握住奥利维的手。加布里看着伽马什说道："你了解奥利维的，我也了解奥利维，他是不会杀人的。"

奥利维看看加布里，随后又看看伽马什。有办法可以逃脱吗？哪怕机会再微小、再迷茫，他也要想办法逃脱。

"告诉我究竟发生了什么？"伽马什重复道。

"我已经都说了。"

"那就再说一遍。"伽马什说道。

奥利维深吸了一口气,"那天夜里我让哈沃克留下来锁门,然后我就去了小木屋。我在那里待了大概四十五分钟,喝了一杯茶。当我要走的时候,老者想送我一个小器皿做礼物。但我忘拿了。当我回到镇里后,我想起自己忘了拿,于是就感到有些生气。然后我又想起来,老者总是许诺给我那个东西,"奥利维指了指那个帆布包,"但他从来就没打算给我,只是送点小玩意儿来搪塞我。"

"那个小器皿价值五万美元。它本来是属于凯瑟琳大帝的东西。"

"但是那个东西不能跟它相比。"奥利维又指了指那个帆布包,"当我再次到小木屋的时候,老者已经死了。"

"但你上次跟我们说帆布包已经不见了。"

"我撒了谎。是我拿走的。"

"你以前见过那个烛台吗?"

奥利维点点头,"老者一直在用那个烛台。"

"用来祷告吗?"

"用来点蜡烛。"

"我想,那个烛台一定也是个无价之宝吧。"

"你是想问我干嘛要拿那个烛台吗?我拿走它是因为烛台上有我的指纹。我之前经常帮老者点蜡烛,或是换新蜡烛,所以无数次碰过那个烛台。"

"把你再次回到小木屋时的情景描述一遍。"伽马什说道,他的声音沉稳而理智。

随着奥利维的描述,相关场景再次展现在伽马什他们眼前。奥利维再次回到小木屋,他看到小木屋的门开着,老者躺在地上,地上还有血。奥利维走进去,感到很惊讶,然后他拿起老者手边的东西。他看到拿着的东西上面有血迹,他马上把那东西给扔了。那个东西跳落在了床底下,后来被拉克斯特警员发现。那个东西就是那块刻着 woo 的木块。

奥利维还看到了那个银质烛台。它倒在地上,处于血泊之中。

奥利维从小木屋里退出来,来到门廊上,他准备跑。可是他又停下了脚步。在他面前是一个可怕的凶杀现场,一个他认识并关心的老人被人残忍地杀害了；而在他身后则是一片漆黑的树林以及贯穿树林的小道。

夹在这两个场景之间的是谁？

是奥利维。

奥利维当时瘫坐在门廊的摇椅上，背对着小木屋里可怕的场景。他的思绪在不断向前延伸。

接下来怎么办？

奥利维知道这个问题的关键在于那条骑马用的小道。他是在几周前知道那条小道的。吉尔伯特一家出人意料地买下了哈德利老宅，更加出人意料的是他们竟然决定重新开放那条小道。

"现在我知道你为什么这么恨吉尔伯特一家了。"加布里轻声说道，"这看上去像是反应过度，但其实并不涉及你的小酒馆和吉尔伯特一家休闲会所之间的商业竞争，是吗？"

"真正的原因在于那条小道。我很害怕，因为吉尔伯特一家雇佣了罗阿尔清理那条小道。我知道如果他们发现小木屋的话，一切就都完了。"

"你之后做了什么？"伽马什问道。

奥利维告诉他们。

奥利维在摇椅上坐了很久，一直在思考着，思绪辗转反侧。最后他终于想出一条妙计。他觉得老者还能帮他一个忙。他要毁掉马克·吉尔伯特，阻止那条小道进一步开放，而且必须立刻进行。

"我把老者的尸体放在了手推车上，然后推着手推车到了哈德利老宅。我知道如果老宅里发现有尸体，那吉尔伯特一家的休闲会所也就完了。不会再有会所，也不会再有旅店，当然更不会有那条骑马用的小道了。罗阿尔会停下手头的活，吉尔伯特一家会离开这里，杂草会再次淹没小道。"

"那么然后呢？"伽马什问道。奥利维犹豫起来。

"然后我就能拥有小木屋里的一切。一切财宝就都是我的了。"

大家都看着奥利维，但没有人对他的做法表示赞同。

"啊，奥利维。"加布里感叹道。

"我能怎么办呢？"奥利维用恳求的语气对自己的同伴说道，"我不能让别人发现小木屋。"奥利维不知该如何解释在当时的情况下——凌晨两点半、周遭一片漆黑、离自己十尺开外有一具尸体——自己这么做是多么合情合理。

"你知道你这么做像什么样子吗？"加布里恼怒地说道。

奥利维点点头，然后垂下了脑袋。

加布里转身面对伽马什，"如果真是他杀了人，他是不会这么做的。如果你杀了人，你也不会这么做，不是吗？你肯定想的是把尸体掩埋起来，而不是把自己的罪恶张扬出去，不是吗？"

"然后发生了什么？"伽马什继续问道，他并不是不理睬加布里，而是不想让自己的思路被引到其他方面。

"我然后把手推车又推了回来，然后拿了那两样东西就离开了。"

大家看着桌子上的那两样东西，那是充满诅咒的两样东西，也是最珍贵的两样东西——一个用来杀人的烛台和一个帆布小包。

"我把它们带了回来，然后把它们藏在了壁炉的后面。"

"你没有看过帆布包里装的东西吗？"伽马什又问道。

"我本来以为当所有人的注意力都集中在吉尔伯特一家的时候，我有的是时间打开来看。但是当莫娜第二天早上在小酒馆里发现老者尸体的时候，我整个人几乎都懵了。我那时没有足够时间把东西从壁炉后面挖出来，所以我就在壁炉里生起了火，这样你们就不会注意到壁炉了。后来几天大家的注意力都集中在小酒馆。到那时为止我都一直假装那两样东西不存在，什么事都没发生过。"

大家一片沉默。

伽马什将身子向后靠，看了奥利维一会儿，"现在你可以告诉我们故事的结局了，就是老者在他的雕刻作品里讲述的那个故事的结局。"

"我不知道故事的结局是什么，除非我们把那个东西打开。"奥利维的视线始终没有离开过那个帆布包。

"我觉得现在还没必要打开。"伽马什将身子又向前靠，"我要你来讲述故事的结局。"

奥利维看着伽马什,显得十分诧异,"我已经把我知道的都告诉你了。老者只说到那只军队发现了村民。"

"我记得是恐惧正在降临。现在我想听结局部分。"

"我真不知道结局。"

"奥利维,你真不知道?"加布里眼神犀利地看着奥利维。

奥利维看着加布里,然后又看着伽马什,"你知道结局吗?"

"我已经知道了。"伽马什回答道。

"你是怎么知道的?"加布里问道,他的目光从伽马什移向奥利维,"告诉我结局。"

"老者并非那个真正讲述故事的人。"伽马什说道。

加布里吃惊地看着伽马什,显得有些疑惑不解。然后他又看着奥利维。奥利维点点头。

"难道是你?"加布里轻声问道。

奥利维闭起眼睛,小酒馆消失了。奥利维似乎又听到了小木屋的壁炉里正啪啪燃烧着的火焰,似乎又闻到了木头燃烧时发出的味道以及燃烧的烟中夹杂的枫木的甜味。他仿佛像以前一样又感觉到了拿在手里的茶杯的温度,仿佛又看到那把小提琴在壁炉的火光中闪着亮光。他看到坐在自己对面的老者——衣衫破旧,但却很干净。这位穿着旧衣服的老人周围被各种财宝围绕着。老者将身子向前倾,眼中闪着亮光,但又充满恐惧。老者一边聆听着,奥利维一边讲述着。

奥利维睁开眼睛,又回到了小酒馆。"老者害怕某些东西。第一次在小酒馆里遇到他的时候,我就看出他很害怕。时间越长,他似乎变得越害怕,最后他几乎不再到镇里来了,只待在小木屋里。他经常问我有关外面世界的消息。我告诉他外面正在发生的政治事件还有战争,有时也告诉他这里发生的事情。有一次我告诉他,在小镇的教堂里将举行一个音乐会。你不是去参加演唱的吗?"奥利维看看加布里,"老者说他想去看看。"

奥利维说的这些话再也收不回了,一旦说出口,就再也收不回了。

"可我是不会让他去看音乐会的。我不能让别人看到他,或者让别人跟他交朋友。所以我告诉他音乐会取消了。他想知道取消的原因。我也不知道当时我是怎么想出来的,我随口就编了一个有关山神、村民、偷宝藏的男孩子以及逃跑、躲藏之类的故事。"

奥利维看着桌子的边缘,眼睛一直注视着那里。他似乎看到了制作桌子的木头上已经变得十分光滑的木疙瘩。那是好几辈人不断用手触碰、揉搓和抚摸的结果,就像奥利维此时在揉擦这些木疙瘩一样。

"老者害怕某些东西,而我编的故事让他感到更加害怕。他开始变得有些精神恍惚,而且极度敏感。我知道如果我告诉他树林外面正在发生一些可怕的事情的话,他是一定会相信我的。"

加布里将身子向后靠以好好打量自己的同伴,"你是故意这么做的?你是故意让老者对外面的世界感到恐惧,是吗,奥利维?"

加布里在说奥利维名字的时候几乎是用气息呼出来的,好像这个名字让他感到恶心。

"还不仅仅只有这些吧。"伽马什轻声说道,"你编造的故事虽然使老者变成了囚徒,让小木屋里的财宝不被其他人发现,但你编造的故事也激发了老者雕刻的欲望。我很好奇,你第一次看到那些雕刻品时,你在想什么?"

"他第一次给我他雕刻的东西时,我差一点就扔了。但我后来意识到他的雕刻品能值不少钱,而且我编造的故事激发他进行雕刻创作。"

"所以老者不断在雕刻行走的大山、怪物还有那只军队,是吗?你的故事一定让老者一直在做噩梦。"加布里说道。

"Woo 指的是什么意思?"伽马什问道。

"我不知道,真不知道。只是有几次当我在讲编造出来的故事时,他一直在轻声说着什么。我一开始还以为他是在叹气,但后来我注意到他是在说一个字——woo。"

奥利维压低声音,模仿着老者说"woo"的样子。

"所以你编织了那张上面有'woo'这个字的蜘蛛网,用来模仿《夏洛特的网》里的情节,是吗?那本书也许是老者叫你找来给他看的。"

"没有,我怎么会编织蜘蛛网?我都不知道该怎样编织。"

"可是加布里曾告诉我们你小时候自己就会做衣服。如果你真想编织蜘蛛网的话,我想你也是能办到的。"

"我真没有。"奥利维坚称道。

"你先前还承认老者教你刨木头和雕刻木头。"

"是的,可是我总是笨手笨脚的,我不擅长雕刻。"奥利维用一种祈求的语气回答道,他能在大家的脸上看出不信任的表情。

"那个字的确刻得不好,是你刻的那个 woo 吧。"伽马什继续说道,"多年前你可能的确不知道这个字到底什么意思,只知道它对老者来说具有某种含义,某种可怕的含义。所以你一直记着这个字,以备有朝一日可以利用它。就像许多国家储存武器以备不时之需一样,那块刻着 woo 的木块就是你储存的一个武器。它就是你的原子弹,投在一个身心疲惫、精神恍惚、生活在极度恐惧中的老人身上的最后一颗原子弹。你在利用老者自身的罪恶感,而他的罪恶感在与世隔绝的生活中被无限放大。你认为小木屋里的财宝是老者偷来的,所以你编造了有关小男孩和山神的故事给他听。这个故事的确起作用了,它让老者不敢跨出小木屋半步,但是那个故事也激发了老者雕刻的欲望,讽刺的是,那些以你编造的故事为主题的雕刻作品成为了老者最珍贵的财富。"

"我没有杀他。"

"你把他像个犯人一样囚禁起来。你怎么能这样做?"加布里说道。

"我从没有强迫他相信我所说的话。"

"你真这么认为吗?"加布里说道。

伽马什看了看放在桌子上的那两样东西——用来杀人的烛台和一个小帆布包。它们就是杀人的动机。伽马什觉得他不能再耽搁了,现在该是他讲述属于他自己的"致命故事"的时候了。他站了起来。

"奥利维·布鲁列,"伽马什说道,他的声音显得有点虚弱,但脸上的表情却极度严肃,"我以谋杀罪名指控你。现在你被捕了。"

...37

当伽马什第二天出现在三松镇里时,地上已铺满了厚厚一层霜。伽马什将车停在哈德利老宅附近,然后下车走进深深的树林里。树上的叶子已经纷纷掉落,落叶在伽马什的踩踏下发出清脆的碎裂声。他拾起一片落叶,不止一次地感叹大自然的完美创造。树叶在它们生命的最后一刻往往也是它们最绚丽的一刻。

伽马什走走停停,有点找不到方向,但他知道自己现在要去哪里以及如何去那里。他现在只想欣赏周围的风景。周围万籁俱静,柔和的阳光从树杈间照进来,一直照到地面上,可是几乎看不到太阳。树木散发出浓郁的麝香味和甜味。伽马什慢悠悠地走着,半个小时后他来到了小木屋。他在小木屋的门廊前停下脚步,面带微笑又看了看门廊上那个用黄铜制成的数字 16。

然后他走进小木屋。

自从小木屋里的那些财宝古董被拍照、验指纹、分类和搬走之后,这还是他第一次回到这里。

他在地板上一摊紫红色污迹的旁边停下脚步。

然后他绕开那摊污迹，在小木屋里慢慢走着。如果此时身边有妻子蕾娜的陪伴的话，他觉得简直可以把这里称为家了。

一把椅子用来交友。

伽马什静静地站着，小木屋似乎又慢慢地充满了各式古董和初版书籍，他仿佛又能听见那首悠扬的盖尔特乐曲。伽马什感觉自己又看到了年轻的莫林警员演奏着那把小提琴。莫林原本松垮的双臂紧绷起来，拉起了那首乐曲。

伽马什然后又看见了老者雅格布，他正独自坐在炉火边雕刻着木头，梭罗的《瓦尔登湖》就放在镶嵌着装饰的桌子上。小提琴靠在壁炉的石头旁。老者和自己差不多年纪，但却显得老了许多，那是因为他心中充满恐惧以及害怕某种东西，那是连山神都会畏惧的东西。

伽马什记起老者藏起来的那两件雕刻品。不知为什么，那两件雕刻品与其他几件都不一样，这也许是因为那些刻在底部的神秘字母吧。伽马什一开始认为破解那些字母的关键字就是夏洛特（Charlotte），接着他又确定关键字是数字16（sixteen），这样才能解释门廊上那个奇怪的数字16。

但这两个关键字似乎都破解不了刻在雕刻品底部的那些字母。这也许永远都会是一个未解之谜。

伽马什的思维停了下来。他想到了恺撒编码，杰罗姆是怎么解释恺撒编码的？恺撒大帝是怎样编译自己的第一个密码的？他并没有使用某个单词作为关键字，而是使用了一个数字。恺撒大帝以每三个字母为顺序移动字母表。

伽马什走到壁炉旁，将手伸进胸前的口袋，拿出笔记本和一支笔。他先把字母表写在笔记本上，然后在字母下面数空格数。那才是关键字，关键字并不是16（sixteen），而是16个空格移位。

ABCDEFGHIJKLMNOPQRSTUVWXYZ
KLMNOPQRSTUVWXYZABCDEFGHIJ

伽马什这一次很仔细,他不想因为仓促而犯错。他仔细地核对着这些字母。他记得那件人在岸边眺望的雕刻品底部的字母是MRKBVYDDO。伽马什更加聚精会神地移动着字母表上的字母,C,H,A,R,伽马什慢慢地写下来,L,O,T,T,E。

伽马什长长地舒了一口气,这就是那串字母的答案:夏洛特(Charlotte)。

他然后又开始破解那件船型雕刻品底部的字母:OWSVI。

过了一会儿,答案也出来了。

艾米丽(Emily)。

伽马什微笑起来,他回忆起自己坐着飞机俯瞰薄雾缭绕,充满传说、精灵和先民鬼魂的群山时的感受。他回忆起那个已经被岁月遗忘的岛屿、永远不会忘记小岛的守林员约翰以及永远留存于艾米丽·卡尔画作中的那些图腾柱。

通过这些字母编码,老者想要传达什么讯息呢?他是否已经知道自己处于危险之中,所以才想通过这种方式传递线索呢?或者,伽马什在想,会不会有更为私人的原因?甚至是更为令人欣慰的原因呢?

老者把那两件雕刻品藏起来一定是有原因的。他在它们底部刻上那些字母也是有原因的。那些字母破译之后的答案是夏洛特(Charlotte)和艾米丽(Emily)。他用来雕刻的木头就来自于夏洛特皇后岛上的红木雪松,这也是有原因的。

老者这样一个过着与世隔绝的生活的人需要什么呢?他需要很多东西:食物、水、书籍、音乐。他还有自己的爱好,还会进行艺术创作。然而,他总是缺少了什么。

他缺少的是陪伴和朋友。他独自一人脱离掌心生活着。一把椅子用来交友,而真正陪伴他的却只有那几件雕刻品。

伽马什深信老者一定在夏洛特皇后岛上生活过。当伽马什从夏洛特皇后岛回到加拿大的那一刻起他就对此深信不疑,尽管这可能永远都无法得到证实。正是在夏洛特皇后岛上老者学会了雕刻,也学会了如何建造木屋。在那里老者第一次感受到了宁静与祥和。但没多久这种宁静与祥和就被环保主义者的抗议声浪破坏了。然而，就像人的初恋一般，一个初次让人感受到安宁的地方是永远不会被遗忘的。

老者来到这里，来到树林里，试图重新建立安宁祥和的生活。他造了一座几乎跟夏洛特皇后岛上一模一样的小木屋。他雕刻着红木雪松，木头散发出的熟悉气味使他获得慰藉。他雕刻各种人物——快乐的人物——作为自己的伴侣。

老者的雕刻品中只有一个人物是不快乐的。

那些雕刻作品于是成为了老者的家人和朋友。他看护着它们、保护着它们，还给它们起名字，睡觉时把它们枕在自己的头下面。那些雕刻品就这样轮流地在漫漫寒夜里陪伴着老者。老者会仔细聆听周围的风吹草动，害怕某个比杀戮更可怕的东西降临在自己头上。

忽然，伽马什听到树枝被人踩断的声音，他警觉地转过身。

"我可以进来吗？"

有一个人正站在小木屋的门廊上，那人是文森特·吉尔伯特。

"请进。"

文森特走进小木屋，他和伽马什握了握手。

"我在马克家附近看到了你的车子。希望你不要介意，我一直跟着你到了这儿。"

"没关系。"

"你看上去好像在沉思。"

"有很多事情需要思考。"伽马什说道，脸上露出浅浅的微笑，然后将自己的笔记本放回胸前的口袋里。

"你的工作有时的确很艰难，但这又是必须的。"

伽马什没有说话，两个人都默默地站在小木屋里。

"我还是不要打扰你思考吧。"文森特最后开口说道，朝小木屋的门走去。

伽马什迟疑了一会儿，然后走上前，"你不用走，我也已经好了。"他走出小木屋，头也不回地关上了小木屋的门。此时他们两个人一起站在门廊上。

"我把这本有我签名的书送给你。"文森特递给伽马什一本硬皮书,"就在这里的这起凶杀案审判完不久,出版商又再版了这本书,看来它还卖得不错。"

"谢谢。"伽马什将这本崭新的《本性》翻过来,看着作者的照片。照片上的文森特·吉尔伯特似乎不再露出讥讽的微笑,也不再愁容满面。相反地,照片上的文森特看上去十分英俊、风度翩翩,显得极为有耐心,也极为感性。"恭喜你。"伽马什说道。

文森特笑了,他随后拿出两把铝制折叠椅,"我把这几把椅子带到这里,这只是带到这里来的第一批东西。马克说了,我可以住在这座小木屋里。我想把它当成自己的家。"

伽马什坐了下来,"我也可以经常到这里来看你。"

"我喜欢远离文明世界。"文森特笑道,"像我这样了不起的人喜欢离群索居。"

"可你带了两把椅子。"

"啊,你明白我的意思吗?"文森特问道,"在我的屋子里有三把椅子。一把为了独处、一把为了友谊;还有一把为了社交。"

"我最喜欢的句子也出自梭罗的《瓦尔登湖》。"伽马什说道,"一个人的财富与他所放弃的物质资料成正比。"

"但在你的工作中,你没法放弃许多东西,不是吗?"

"是的。不过,一旦工作完成,该放弃的还是要放弃。"

"那你干嘛还要来小木屋?"

伽马什一言不发地坐了一会儿,然后说道:"因为总有一些事是你很难放弃的。"

文森特点点头,但什么也没说。当伽马什看着前面的树林时,文森特从自己的背包里拿出一个小的保温瓶,然后将保温瓶里的咖啡倒在一个杯子里。

"马克和多米尼克现在怎么样?"伽马什问道,小口喝着浓咖啡。

"很好。第一批客人已经来了。他们俩似乎很享受,多米尼克心情十分不错。"

"那匹叫马克的马怎么样了?"伽马什有点害怕问这个问题,而文森特摇头的动作证实了自己的担心,"对于某些马儿,"文森特咕咕哝哝地说道,"马克别无选择,只能处理掉。"

伽马什似乎又看到了那头狂野的、眼睛半瞎、精神亢奋、遍体鳞伤的动物。他知道那头动物的命运在许多年前就已经注定了。

"多米尼克和马克会在这儿住下来。他们还想好好谢谢你呢。"文森特说道,"如果不是你破了这个案子的话,他们可真的就毁了。我去听了审判,是奥利维把尸体搬到马克家门口的,他想迫使马克的休闲会所关门歇业,是吗?"

伽马什没有回答。

"但还不止这些。"文森特继续说道,"我推测,奥利维这个人一定很贪婪。"

伽马什仍然没有说话,他不想再进一步谴责原本被自己看成是好朋友的奥利维。还是让律师、法官和陪审团来判定这一切吧。

"他就是个贪婪的饿鬼。"文森特说道。

伽马什感到有点不舒服。他在椅子上扭动了一下身体,看着坐在自己旁边满脸愤怒的文森特。

"你刚才说什么?"

"那是佛教的说法,是人生轮回中的一个状态。你吃得越多,你反而会变得越饥饿。这被佛教徒认为是人生最糟糕的状态。你越是想用食物或是金钱或是权力去填补一个空洞,这个空洞就会变得越深。当然还有他人对于你的仰慕也是如此。世上一切都是如此。"

"饿鬼,"伽马什说道,"多么可怕的称呼。"

"你不知道它有多可怕。"文森特说道。

"你知道?"

文森特迟疑了一会儿,然后点点头。他此时看上去不再那样不可一世,而是更像一个普通人,"我现在放弃了一切来获得我真正想要的东西。"

"是什么东西呢?"

文森特想了一会儿,"是陪伴。"

"你想住到小木屋里就是为了获得陪伴?"伽马什笑道。

"我想学会如何使自己成为一个真正能陪伴自身的人。"

他们两个人都默默地坐着,最后文森特又开口说道:"奥利维杀人就是为了获得那些财宝吗?"

伽马什点点头,"他害怕那些财宝会被别人发现。他知道,如果你的儿子搬到这里并继续雇佣罗阿尔·帕拉清理那条骑马专用的小道的话,小木屋迟早会被人发现。"

"对于帕拉一家,你怎么看?"

伽马什看着手里握着的咖啡杯,杯子里热腾腾地冒着热气。他还没有跟文森特完整地讲述过案件调查的来龙去脉。不可否认,帕拉一家,尤其是哈沃克·帕拉,曾是警方的重点嫌疑对象。案发那天夜里哈沃克工作到很晚,他很有可能在小酒馆关门后跟踪奥利维来到小木屋。虽然在哈沃克的那些木匠工具上并没有查出什么情况,但他也有可能使用的是其他工具。

如果不是哈沃克,他的父亲罗阿尔也有可能。罗阿尔一直在清理那条小道,他所清理的小道几乎是直达小木屋的。也许,罗阿尔发现了小木屋。

当然,这些只是也许,只是推测。

由各种"也许"组成的线索直指帕拉一家。

不过,伽马什没有告诉文森特,他包括他的儿子马克和媳妇多米尼克也曾是警方怀疑的对象之一。老者的小木屋就建在哈德利老宅附近的树林里。吉尔伯特一家为什么要买下这幢已经破败荒废的老宅呢?为什么他们要那么快雇人清理那条小道呢?他们到这儿来做的第一件事就是清理那条骑马用的小道。

还有,为什么了不起的文森特·吉尔伯特博士会和老者的尸体几乎同时出现在小镇里呢?

为什么呢?为什么呢?

一条由各种"为什么"所组成的线索也直指吉尔伯特一家。

他们所有人都有嫌疑，但是所有确凿的证据——指纹、凶器、帆布包、雕刻品——都指向奥利维。在奥利维的物品里没有发现雕刻用的木匠工具，但那无关紧要。奥利维可能在好多年前就已经把工具扔了。但是警方在小旅店里发现了与小木屋里的那张蜘蛛网一样材质的尼龙线。尽管奥利维在审判席上辩解说这种尼龙线都是统一规格，但这也无法为他开脱。加布里说他曾使用这种尼龙线用来修补过花园，捆扎过金银花。

但这也说明不了什么。

"但他为什么要把那个字编织在蜘蛛网上，还有刻在木头上呢？"文森特问道。

"为了使老者感到恐惧，这样就可以让老者把帆布包里的财宝交给他了。"

这是一个多么骇人听闻，同时又是多么简单的方法啊！小道的清理工作在一天天进行着，奥利维知道自己的时间不多了。他必须得在小木屋被人发现之前让老者尽快把那个帆布包交给自己。一旦有人发现了小木屋，老者就会意识到奥利维跟他说的全是谎言。根本就没有什么山神、死亡、绝望的军队以及灾难，只有一个贪心无法得到满足的开着小酒馆的古董商而已。

接近老者的根本不是什么灾难，而是一个饿鬼。

奥利维想从老者那里得到那个帆布包的最后一丝希望就在于让老者确信灾难马上就要降临。为了拯救自己的性命，老者不得不放弃自己的财宝。所以当山神来到这里的时候，山神会发现老者，但却发现不了那个帆布包。

可是当奥利维编造的谎言不再奏效，当小道的清理工作不断推进的时候，奥利维就不得不使出他的最后一招了。

他在小木屋的一个角落里放置了一张蜘蛛网，并在小木屋的某个地方将那个 woo 字刻上去。他知道，如果老者看到这些，他会——会怎么样呢？会暴毙吗？也许。即使不会死，老者也肯定会很痛苦，因为他知道自己被发现了，被他一直以来试图躲避和逃离的某个人或物给发现了。那是老者最害怕发生的事情——被那东西发现,留下踪迹。

但事情又在哪里出了错呢？是老者最后并没有看到那张蜘蛛网？还是老者的贪婪远超过奥利维？不管是什么原因,有一点伽马什是可以肯定的,那就是奥利维的耐心已到了尽头,他已经筋疲力尽了。奥利维感到极度的愤怒,终于他伸出了手,抓起那个银质烛台,重重地向老者的后脑勺砸去。

奥利维的律师选择陪审团审判。伽马什觉得这是个好主意。陪审团在这样的案件里一般会认定这是激情犯罪,而非蓄意谋杀。伽马什自己也认为奥利维的罪名应是过失致人死亡,而不是故意杀人。起诉方也已同意了伽马什的看法。伽马什知道,奥利维对老者所做的许多事情都是蓄意为之的,但杀死老者并不是他的意图。将老者囚禁于小木屋是他的意图;操控老者、刺激老者原本就极度紧张的神经也是他的意图,但杀死老者绝不是。伽马什相信,最后将老者杀死这一举动连奥利维本人都一定感到极度震惊。

所以,过失致人死亡这一罪名比较合适。

这才是奥利维犯罪的结论。他的确杀死了一个人,但并非是表面看上去的一击致命,而是长时间的精神折磨。他让老者变得神经高度紧张,所以老者的脸上才会布满忧愁的皱纹,老者的神经才会因为哪怕一点点的风吹草动就变得不堪重负。

然而,这个过程既杀死了老者,也杀死了奥利维自己。奥利维在这一过程中逐渐剥去自己原来善良友善的外表,周围人对他原有的尊重也逐渐被憎恶所替代。在这一过程中原本的那个奥利维已经死了,已经被饿鬼吞噬了。

最后将奥利维绳之以法的并非警方的推测,而是事实证据,因为证据表明只有奥利维去过小木屋。小木屋里到处有他的指纹,凶器上也有他的指纹。此外,奥利维认识老者,还将老者送他的一些古董和雕刻品卖掉换钱。拿走那个帆布包的人也是奥利维,帆布包和作为凶器的烛台也是在奥利维的小酒馆里被发现的。尽管奥利维的律师想出各种辩解之词,但是这些确凿的事实证据是无法忽视的。伽马什觉得,这是毫无疑问的。

然而，虽然这些事实证据对于公诉人、法官以及陪审团而言或许已经足够定罪了，但对于伽马什而言还不够。他还需要更多证据。他需要杀人动机，奥利维的杀人动机似乎还无法得到证实因为他的杀人动机并不清楚。

到底是什么会驱使一个人做出杀人的行为呢？

这对于伽马什而言似乎一直是个未解之谜。先前当他回到三松镇，派人再次搜查帕拉一家的住宅时，他就一直在思考这个问题。查出杀人的动机不仅需要找到物质证据，还需要找到物质证据背后的那颗邪恶的心灵。

伽马什意识到，所有可能导致帕拉一家犯罪的因素——恐惧与贪婪——也能导致奥利维犯罪。只是与帕拉一家稍显贪婪的欲望不同，奥利维是整个人都沉浸在贪婪的泥沼中无法自拔了。

伽马什知道，奥利维最害怕两件事：暴露自己和失去财富。

这两件事不断折磨着奥利维，也不断威胁着他。

伽马什喝了一小口咖啡，他又一次想起了海达人的那些已经倒塌或即将倒塌的图腾柱。然而，那些图腾柱却一直在诉说着一个传说。

这起凶杀案也正是起源于这个传说故事。老者雕刻的那些作品是解读这个传说故事的钥匙。老者的那些雕刻品不是随意的单件作品，而是能够组合成完整内容的集合体。每一件雕刻品讲述着一个故事的片段，当它们合在一起时便构成了一个更为宏大的叙事，就像那些图腾柱一样。

奥利维通过编造传说故事试图控制老者，将老者囚禁在小木屋里，而老者利用这些编造出来的故事创作出精美绝伦的雕刻作品。奥利维从这些雕刻品中所获得的财富比他想象的还要多。

可是，奥利维并没有意识到他自己编造出的故事却在真实上演。这就像是一则真实的寓言故事。一位满心痛苦的山神正在悄悄靠近他。他每说一个谎言、每编造一个故事，那位山神就离他更近一步。

那位山神就是一个饿鬼。

奥利维变得越富有,他想要得到的东西就越多。然而,他最想得到的东西却是一个老者不愿给他的东西——帆布包中的那个东西。

老者雅格布带着他的财宝来到三松镇。那些财宝几乎可以肯定就是从捷克斯洛伐克他的朋友以及邻居们那里偷来或骗来的,因为那时他们都信任老者。随着冷战的结束,那些人离开东欧,他们开始向老者讨要自己之前托付给他的那些东西。他们甚至威胁要找到他,也许最后真的要找到他了。

于是老者带着自己的以及那些他偷来的财宝躲进了树林,藏了起来。他等待着风头过去、等待着人们放弃寻找、等待着回家、等待着重获安宁。

在风头过去之后,老者也许会把那些财宝全都变卖掉。他也许会去买私人飞机和奢华的游艇,也许会在切尔西①买一幢豪宅,或是在勃艮第②买一座葡萄酒庄园。

到那时老者会不会真正获得安宁呢?他会不会真正感到满足了呢?

找到老者所爱的东西,也许你就能找出杀死老者的凶手了。这是艾斯特那位海达部落长者告诉伽马什的话。老者喜欢金钱吗?

也许一开始老者很爱钱。

可是老者不是把美元当做卫生纸来使用吗?警方不是在小木屋的许多木头缝隙处发现许多二十元面值的美元钞票吗?老者将这些钞票用来抵挡外界的寒气。

老者爱他的那些财宝吗?一开始的时候也许是的。

但他不也放弃了一部分的财宝,用它们来换取牛奶、奶酪和咖啡吗?

还有别人的陪伴。

在奥利维被警方带走之后,伽马什坐下来,看着那个帆布包。难道这个帆布包里面的东西比灾难、绝望和战争更可怕?难道这里面的东西就是连山神也畏惧三分的东西?伽马什想了许久。当一个老人濒临崩

---

① 切尔西(Chelsea):位丁英国伦敦西南部的一个自治市,是欧洲艺术家和文化名人的聚集地之一。
② 勃艮第(Burgundy):法国勃艮第省,以优质葡萄酒和奢华的庄园闻名于世。

溃的时候,他的脑子里会想些什么呢?是什么东西一直追逐着老者、折磨着老者、并最后使老者屈服呢?伽马什当时觉得,自己已经知道答案了。

后悔。

老者后悔自己以前的所作所为,后悔自己有很多事还没有去做。他对那些曾经信任自己的人感到悔意,对自己未能向他们表示忏悔而感到后悔。

最后,当只有伽马什一个人的时候,他打开了那个帆布包,然后看了看里面装着的东西。他意识到自己错了。让老者感到最可怕的东西并不是后悔。

克莱拉·莫罗敲了敲丈夫彼得工作室的门。

"准备好了吗?"

"准备好了。"彼得回答道,他从自己的工作室里走出来,一边擦拭着手上的油画颜料。彼得喜欢在自己手上抹上一点颜料,这样克莱拉就会觉得他一直在努力画画,而事实上彼得早在几周之前就已经完成了自己的画作。

彼得最后自己认为画作已经完成,但却没有告诉过其他人。

"我看上去怎么样?"

"很好。"彼得将一小块面包屑从克莱拉的头发上拿掉。

"我正要准备午饭。"

"我带你出去吃午饭。"彼得说道,带着克莱拉朝门走去,"我们出去吃饭庆祝一下。"

他们上了车,然后朝蒙特利尔方向驶去。那天当克莱拉去弗丁的美术馆取回自己的画册时,她曾将车子停在艾米丽·卡尔的那座雕像前面。当时有一个人正坐在雕像前的一张长凳上。克莱拉坐在长凳的另一头,凝视着那座青铜雕塑以及雕塑旁边的那匹马、那条狗以及那只名叫 Woo 的猴子。

艾米丽·卡尔看上去并不像一位伟大的艺术家,倒更像是你在公交车上随便碰到的某个乘客。她身材矮小而且有些圆胖。

"她看上去跟你有点像。"有一个声音在长凳的另一头向克莱拉说道。

"真的吗?"克莱拉说道,她并不觉得这是赞美之词。

坐在长凳那头的那个妇女大概有六十多岁,打扮得很时髦,表情悠闲,举止优雅。

"我叫泰莱斯·布鲁内尔。"那个妇女说道,并伸出手。当克莱拉仍然一脸疑惑地看着她时,那个妇女说道:"我就是布鲁内尔督查,魁北克安全局的。"

"啊,是的。很抱歉没认出您。您是和伽马什探长一起到三松镇来的那位督查吧。"

"那是你的画作吗?"布鲁内尔指了指克莱拉手上拿着的画册。

"是画作的照片。"

"我能看一下吗?"

克莱拉打开画册,布鲁内尔认真地看起来。她一边浏览着,一边评论着,时不时地还深吸一口气。当浏览到一幅画作时,布鲁内尔停了下来。那幅画是一幅脸对着正前方,但眼睛却向后看的快乐妇人的肖像画。

"太漂亮了。"布鲁内尔说道,"我真想认识一下这幅画上的那个人。"

克莱拉并没有说话,她在等待着。一分钟后,布鲁内尔眨了眨眼,微笑着看着克莱拉。

"这幅画太令人惊讶了。画上的妇人显得那样高贵,但她一定遭遇到了什么事情,是不是?"

克莱拉仍然没有说话,她只是默默地看着自己的那幅画作。

布鲁内尔将画册放得更远一些看。她忽然深吸了一口气,看着克莱拉。"是恐惧,我的上帝,你画的是恐惧。你把那位妇人一刹那的恐惧感给画了下来。也许画上的人自己都没有意识到,是不是? 但是她肯定看到了什么,看到了令她感到恐惧的东西。她从优雅变的表情成了恐惧的表情。"布鲁内尔又变得冷静下来,她凝视着画上那位表情叫爱、允满喜悦的妇人,同时也凝视着喜悦表情之下那几乎不被人察觉的恐惧。

克莱拉点点头,"你说的没错。"

布鲁内尔更加仔细地看着克莱拉,"还有,我知道这画上的人是谁了。就是你,是不是?她就是你。"

克莱拉点点头。

过了一会儿,布鲁内尔对克莱拉轻声说道,她说的声音很轻,以至于克莱拉觉得那是风声。"你到底害怕什么呢?"

过了很长一段时间克莱拉才开口回答。这并非因为她不知道该这么回答,而是因为她从没向别人大声说出来过,"我害怕自己不懂得知足。"

布鲁内尔没说话,过了一会儿她说道:"有时我也害怕这个。"

布鲁内尔写下一个号码,然后交给克莱拉,"我等一会儿回办公室。这是我办公室的电话号码。今天下午请打个电话给我。"

下午的时候克莱拉打了电话过去。让她感到吃惊的是,布鲁内尔这位举止优雅的安全局警官竟然安排了蒙特利尔现代艺术馆馆长来看自己的画册。

上述这件事发生在几个星期之前。那之后发生了很多事。伽马什探长以杀人的罪名逮捕了奥利维。小镇里每一个人都认为抓错人了。但随着相关证据变得越来越清晰,人们的怀疑也渐渐消失了。就在这一切发生的同时,克莱拉将她的画作送去了蒙特利尔现代艺术馆。此刻她和丈夫彼得正开车去蒙特利尔赴约。

"他们不会说不行吧。"彼得说道,他正开着车行驶在高速公路上。"不过,我从没听说过艺术馆会以赴约的形式通知艺术家他的作品不能被展出。克莱拉,真是恭喜你了,这会比弗丁给予你的更棒。"

克莱拉觉得彼得说的没错。

彼得一边开着车,一边想起放在自己画架上的那幅画作。那幅画已经完成了,但他知道自己的画家生涯也完蛋了。在空白的画布上彼得只画了一个大大的黑色圆圈,但那个圆圈几乎没有闭合。在圆圈没有闭合的地方他画了三个黑点。

那三个黑点代表着无限的可能性。

吉恩·波伏瓦在自己家的卧室里低头看着一些纸条。他能听到楼上自己妻子正在准备午饭。

在过去的一周里,波伏瓦只要一有时间就会来到这里。他会先看一会儿电视,然后背对电视,坐在自己的书桌旁研究起那些纸条。他希望露丝这位老诗人能够一次性将一首完整的诗写在一张纸上,而不是七零八落地写在不同的纸条上。波伏瓦得像玩拼图游戏一样将这些纸条拼贴起来。可是,不行啊,这些纸条似乎拼不起来。看来,他必须得探究这些纸条上面的文字含义了。

波伏瓦其实之前跟伽马什撒了个谎。他很少撒谎,也不知道为什么这次要向伽马什撒谎。他当时告诉伽马什,他把露丝给自己的那些纸条都扔了。那些纸条要么是露丝塞在他住的房间门口,要么是硬塞在他的口袋里,要么就是委托伽马什转交给他的。

波伏瓦之前的确想把这些纸条都给扔了,但是他似乎更想知道这些纸条上的诗句究竟表达了什么意思。也许对于伽马什而言这些诗句是能够被解读的,但对于波伏瓦而言这几乎是毫无希望的,因为诗歌对他来说就是一堆胡言乱语,即使这些诗句能够拼成一首完整的诗。他该怎样组织一首完整的诗呢?

几个星期以来,波伏瓦一直在努力做着这件事情。

他把一张纸条放在另外两张中间,然后又将另一张移动到最上面:

> 我就坐在你叫我坐的地方,这地方
> 满是岩石,满是痴心妄想。
> 喜欢以杀戮取乐的神灵
> 也能治愈创伤。

波伏瓦喝了一大口啤酒。

"吉恩。"他的妻子依妮德温柔地喊道,"吃午饭了。"

"我就来。"

> 在你的噩梦之中,
> 最后的那头仁慈的狮子
> 嘴里缠着绷带缓缓走来
> 一个女人轻柔的身体,

依妮德又喊了一声,波伏瓦没有回答。他正聚精会神地凝视着这些诗句。然后他的眼睛注意到一双从书桌旁的椅子上悬挂下来的小脚。由于和视线处在同一个水平线上,波伏瓦看清了那个东西,原来是从小旅店带回来的那只充气玩具狮子的小脚。那只玩具狮子一开始放在小旅店波伏瓦住的房间里,后来又被他带回了家,现在它被放在一把椅子上,这样波伏瓦睡在床上时也能看到它。此刻波伏瓦想象着它就是一头充满狂野激情和生命力的狮子,它填补了自己空虚冷清的生活。

当凶杀案结案的时候,波伏瓦把这只狮子装到自己的背包里,然后带回了家。它进入了他内心的柔软处,那是依妮德从来没有进入过的地方。

它是一只仁慈的狮子,有着柔软的皮肤和可爱的微笑,"小乖乖,小乖乖。"波伏瓦一边轻声说着,一边看着最后的几句诗:

> 将你内心的狂热舔舐干净,
> 提着颈后部把自己的灵魂轻轻提起
> 呵护自己,走进黑暗与乐土。

一小时后,伽马什从树林里走出来,沿着斜坡走进三松镇。他在小酒馆的门廊边深吸了一口气,让自己镇定下来了,然后走进小酒馆。

过了好一会儿,伽马什才适应了小酒馆里的光线。他看到加布里正站在吧台后面,那是以前奥利维经常站的地方。加布里这个大块头好像变瘦了一些,看上去很憔悴,也很疲倦。

"加布里。"伽马什说道。两个人面面相觑。

"探长先生。"加布里回应道。他将一杯混合酒和一碟软心豆粒糖放在吧台上,然后绕过吧台走出来,递给伽马什一根甘草棒棒糖。

几分钟后莫娜走了进来,看见加布里和伽马什正坐在壁炉边聊着天。他们两人的头靠在一起,膝盖也几乎快碰到了一起。他们两个人中间还放在一根没被咬过的甘草棒棒糖。

莫娜进来时,伽马什和加布里都抬起头。

"很抱歉,打扰你们谈话了。"莫娜停下脚步,"我马上离开。我来只是想给你看这个。"莫娜将一张纸条放在加布里面前。

"我也有一张。"加布里说道,"那是露丝最近创作的一首诗。你觉得它表达什么意思?"

"我不知道。"莫娜回答道,她似乎不习惯走进小酒馆时只看到加布里一个人在。奥利维现在关在监狱里,她感到小酒馆里失去了某种最重要的东西,就好像三松镇里的那三棵松树少了一棵一样。

这段时间里所发生的一切真是叫人难过。整个小镇好像被撕裂了。小镇居民都很喜欢奥利维和加布里,对于奥利维的被捕都感到极度震惊。大家无法相信这一切,但同时他们清楚地知道,伽马什探长这么做一定是掌握了确凿的证据的。

大家也知道,对于伽马什探长而言,要逮捕自己的朋友奥利维是多么为难的一件事。既想保住一个朋友而同时又不背叛另一个朋友,这几乎是不可能做到的。

加布里站了起来,伽马什也随即站起来,"我们正在闲聊。你知道吗?伽马什探长又添了一个孙女,取名叫索拉。"

"恭喜你了。"莫娜拥抱了一下又当上祖父的伽马什。

"我得去呼吸一下新鲜空气。"加布里说道,他突然变得不安起来。当走到门口的时候,他转身看看伽马什,"你也一起来吗?"

伽马什和莫娜跟上加布里。他们三个人一起漫步穿过小镇的绿地。小镇里所有的居民都能看到伽马什和加布里在一同散步。尽管加布里内心的伤口还未愈合,但伤口不会再加深了。

"奥利维是不会杀人的,你知道的。"加布里说道,他停下脚步看着伽马什。

"我很钦佩你因为你能一直信任他。"

"我知道奥利维他的确有许多缺点,但我并不感到惊讶,因为他的缺点才是我喜欢他的原因。"伽马什微微地笑了一声,"但我还有个问题想问你。"

"请问。"

"如果是奥利维杀了老者,他干嘛要搬动尸体?他为什么要把尸体搬到哈德利老宅,让尸体被人发现?他为什么不把尸体就留在小木屋里?或者埋在树林里?"

伽马什注意到,加布里话语中的"老者"只是一具冰冷的"尸体"。加布里似乎还是无法接受是奥利维杀了人。他当然也无法接受奥利维杀死的是一个活人,而不是一具"尸体"。

"或许那条小道可以回答你的这个问题。"伽马什耐心地回答道,"罗阿尔在清理那条可以直通小木屋的小道,小木屋很快会被人发现。"

加布里不情愿地点点头。莫娜看着他们两个,她希望加布里能够接受这个毋庸置疑的真相。

"我明白。"加布里说道,"可是为什么要把尸体搬到哈德利老宅呢?为什么不把尸体拖到树林深处,让动物来处理尸体呢?"

"因为奥利维知道老者的尸体并不会对自己造成威胁,而小木屋则是他最大的心腹之患,因为小木屋里到处都有他的指纹、毛发以及他带来的食物。他并不打算将小木屋完全清理一遍,也没有时间让他这么做。但是如果我们警方的注意力集中在吉尔伯特一家的话,小道的清理工作就结束了,因为如果吉尔伯特一家离开这里的话,也就没有必要清理那条小道了。"

伽马什说话的声音显得很冷静。莫娜感到伽马什十分有耐心。这已经是至少第十次她听到伽马什耐心地向加布里进行解释,但加布里却还是不愿相信。即使现在加布里也还是在摇着头。

"我很抱歉。这就是结论。"伽马什很诚恳地说道,"没有其他的解释了。"

"奥利维不是杀人犯。"

"我同意,但他的确杀了人,是过失致人死亡,不是蓄意的。难道你不觉得他不会因为愤怒而杀人吗?他和老者相处了这么多年就是为了老者能送给他那些财宝。当他觉得自己快要失去这一切时,你敢肯定他不会做出任何过激的举动吗?"

加布里迟疑了。伽马什和莫娜此时都不敢呼吸,唯恐这个理由会在加布里的头脑里转瞬即逝。

"奥利维不会这么做的。"加布里深深地叹了口气,显得有点恼火,"他干嘛要搬动尸体?"

伽马什看着加布里,他已经无话可说了。如果有什么办法能让加布里这个正在遭受折磨的人接受真相的话,伽马什都已经尝试过了。他不想让加布里背负这个多余的精神负担以及奥利维是被冤枉的错觉。与其苦苦挣扎、绞尽脑汁想让幻想变成现实,不如坦然地接受真相吧。

加布里背对着伽马什,自己一个人朝小镇中心的绿地走去,他一个人在一张长凳上坐下。

"多么执着的一个人啊。"伽马什说道,他和莫娜继续走着。

"加布里就是这样一个人。你也知道的,他会一直等着,等着奥利维回来。"

伽马什什么也没说。他和莫娜默默地走着,"我刚才碰到文森特·吉尔伯特了。"伽马什最后开口说道,"他说马克和多米尼克决定在这儿住下来。"

"我猜到了。在马克没有将尸体丢在小镇其他居民家门口时,我就猜到他喜欢这儿。马克其实是个很友善的人。"

"不过,那匹名叫马克的马儿可惨了。"

"它应该会生活得更快乐吧。"

这句话让伽马什有些吃惊。他转身看着莫娜,"它不是已经死了吗?"

"谁说死的?文森特·吉尔伯特把它送到拉波特的那个唐氏综合症病人社区去了。它在那里能得到更好的照顾。"

伽马什用鼻子哼了一声,文森特的确是个既让人讨厌,但又很不起的人物。

当莫娜和伽马什再次经过小酒馆时,伽马什想起了那个帆布包。正是那个藏在壁炉后面的小包裹使得奥利维的罪行被揭露出来。

露丝家的门开了,她穿着一件有些旧的外套,步履蹒跚地走出来,鸭子罗萨紧跟在她身后。不过,罗萨今天没有穿衣服,只有一身的羽毛。

伽马什已经习惯看到罗萨穿人类的衣服了。今天它什么都没穿反而让伽马什觉得有点不自然。露丝和罗萨穿过小路来到绿地上。露丝打开一个小纸袋,将纸袋里的面包屑撒在地上,罗萨则一摇一摆地一边吃着面包屑,一边拍打着翅膀。头顶上传来一阵嘎嘎的叫声,那叫声越来越近。伽马什和莫娜都抬起头看着空中那声音传来的方向,但是露丝始终盯着罗萨。在不远的天空中,野鸭正排成一个V字,向南方飞去过冬。

就在此时,罗萨发出一声像人类一样的叫声,它腾身而起,飞入空中。它在空中盘旋了一圈,看到的人还觉得它会飞回来。露丝举起刚才撒面包屑的手,仿佛在向罗萨挥手道别。

罗萨飞走了。

"啊,我的上帝啊。"莫娜叹气道。

露丝一直凝视着天空,她背对着伽马什和莫娜,而她的脸和手却一直面朝远方的天空。面包屑散落在草地上。

莫娜从口袋里拿出一张皱巴巴的纸条,然后递给伽马什看。纸条上写着:

> 她升入天空,飞离大地,发出一声叹息。
> 她飞过电线杆,飞过房屋的屋顶
> 屋顶下住着被大地束缚的凡人。
> 麻雀像一阵欢呼的旋风在她身边盘旋
> 但她却比麻雀飞得更加迅捷。
> 她向上飞着,飞越卫星,地面上的每一部电话
> 此时都响起了铃声。

"罗萨。"莫娜轻声叫道,"露丝。"

伽马什看着露丝这位老诗人。他知道在山神背后浮现的是什么了,也知道是什么摧毁了山神面前的一切。那是老者最害怕的东西,也是山神最害怕的东西。

那东西就是人的良知。

伽马什还记得先前自己打开那个帆布包,手抚摸着光滑的木质表面时的感觉。帆布包里装着的是一件极为朴素的雕刻品,雕刻的是一个坐在椅子上的年轻人,他正在聆听着什么。

这个年轻人是奥利维吗?伽马什将那件雕刻品翻过来,它的底部刻着三个字母:GYY。

伽马什只用了几分钟就破解这三个字母。他凝视着这三个字母:Woo。

由于装在帆布包里,这件雕刻品比之前发现的那几件保存得都更为良好。尽管它十分朴素,但它传递的讯息却是凝练而骇人的。这件雕刻品很精美,但那个年轻人的表情却似乎显得很空虚。不过,这件作品堪称完美,雕刻用的木头坚硬而光滑,好像整个世界都能在它的表面上轻轻滑过,而不会留下任何感觉和触碰的痕迹。

这个年轻人应该就是人格化的山神,他是那样所向披靡,但又是那样无法亲近。伽马什想把这件雕刻品丢到树林的深处,丢在老者曾经一直想要躲避恐惧的地方,而那个恐惧正是他自己亲手造成的。

然而,有一样东西是老者始终都躲避不掉的,那就是自己的良知。

无论在新家,还是在新车里;无论在旅途中,还是在沉思或是癫狂中;无论是在孩子们中间,还是书籍中间;无论是踮着脚祈祷,还是跪着祈祷;无论是一展宏图,还是封闭在小木屋里,良知都是躲不掉的。

它会找到你,过去的一切都会找到你。

伽马什明白,这就是为什么时刻注意自己当下的行为是至关重要的,因为所有当下的行为最后都会变成过去,过去会不断膨胀,不断生长,它会跟着你的脚步。

它会最终找到你,就像它最终找到了老者,也最后找到了奥利维——

样。伽马什看着拿在自己手中的这件冰冷、坚硬而又无情的雕刻品。

谁会不感到害怕呢?

露丝蹒跚地走向绿地中央,在那张长凳上坐下。她用布满青筋的手将蓝色外套的领子裹得更紧。加布里伸出手,将露丝的手紧紧握在自己的手里,他轻轻揉搓着露丝的手,并轻声说道:"没事了,没事了。"

> 她升入天空,却记得有礼貌地向大地道别……

图书在版编目（CIP）数据

暗夜诉说/(加)佩妮著;魏懿译.-上海：上海文艺出版社.2016.2
(伽马什探长系列)
ISBN 978-7-5321-5903-1
Ⅰ.①暗… Ⅱ.①佩…②魏… Ⅲ.①推理小说-加拿大-现代
Ⅳ.①I711.45
中国版本图书馆 CIP 数据核字（2016）第 029525 号

THE BRUTAL TELLING
by LOUISE PENNY
Copyright: © 2009 BY LOUISE PENNY
This edition arranged with TERESA CHRIS LITERARY AGENCY
through BIG APPLE AGENCY, INC., LABUAN, MALAYSIA.
Simplified Chinese edition copyright:
2016 Shanghai Literature & Art Publishing House
All rights reserved.

著作权合同登记图字：09-2014-484 号

出 品 人：陈　征
策　　划：李珊珊
责任编辑：望　越
封面设计：丁旭东

暗夜诉说
[加]露易丝·佩妮 著
魏　懿 译
上海世纪出版集团
上海文艺出版社 出版
200020 上海绍兴路 74 号
上海世纪出版股份有限公司发行中心发行
200001 上海福建中路 193 号 www.ewen.co
苏州市越洋印刷有限公司印刷
开本 890×1240　1/32　印张 14.375　插页 2　字数 286,000
2016 年 2 月第 1 版　2016 年 2 月第 1 次印刷
ISBN 978-7-5321-5903-1/I・4720　　定价：40.00 元
告读者　如发现本书有质量问题请与印刷厂质量科联系
T：0512-68180628